EDIÇÕES BESTBOLSO

Poirot investiga

Agatha Mary Clarissa Miller (1890-1976) nasceu em Devonshire, Inglaterra. Filha de um americano e de uma inglesa, foi educada dentro das tradições britânicas, severamente cultuadas por sua mãe. Adotou o sobrenome do primeiro marido, o coronel Archibald Christie, com quem se casou em 1914, pouco antes da Primeira Guerra Mundial. Embora já tivesse se aventurado na literatura, a escritora desenvolveu sua primeira história policial aos 26 anos, estimulada pela irmã Madge. Com a publicação de *O misterioso caso de Styles*, em 1917, nascia a consagrada autora de romances policiais Agatha Christie.

Com mais de oitenta livros publicados, Agatha Christie criou personagens marcantes como Hercule Poirot, Miss Marple e o casal Tommy e Tuppence Beresford. Suas obras foram traduzidas para quase todas as línguas, e algumas foram adaptadas para o cinema. Em 1971, Agatha Christie recebeu o título de Dama da Ordem do Império britânico.

Agatha Christie

Poirot investiga

LIVRO VIRA-VIRA 2

Tradução de
A. B PINHEIRO DE LEMOS

2ª edição

EDIÇÕES
BestBolso
RIO DE JANEIRO – 2012

CIP-BRASIL. CATALOGAÇÃO-NA-FONTE
SINDICATO NACIONAL DOS EDITORES DE LIVROS, RJ

C479a
2ª ed.

Christie, Agatha, 1890-1976
    Poirot investiga – Livro vira-vira 2 / Agatha Christie; tradução de A. B. Pinheiro de Lemos. – 2ª edição – Rio de Janeiro: BestBolso, 2012.

Tradução de: Poirot Investigates
Obras publicadas juntas em sentido contrário
Com: Assassinato no campo de golfe / Agatha Christie; tradução de A. B. Pinheiro de Lemos
ISBN 978-85-7799-298-0

1. História de suspense. 2. Ficção inglesa. I. Lemos, A. B. Pinheiro de (Alfredo Barcellos Pinheiro de), 1938-. II. Título.

10-4146

CDD: 823
CDU: 821.111-3

Poirot investiga, de autoria de Agatha Christie.
Título número 189 das Edições BestBolso.
Segunda edição vira-vira impressa em junho de 2012.
Texto revisado conforme o Acordo Ortográfico da Língua Portuguesa.

Título original do romance inglês:
POIROT INVESTIGATES

AGATHA CHRISTIE™ Copyright © 2010 Agatha Christie Limited, a Chorion company. All rights reserved.
Poirot investigates (The Adventure of "The Western Star", The Tragedy at Marsdon Manor, The Adventure of the Cheap Flat, The Mystery of Hunter's Lodge, The Million Dollar Bond Robbery, The Adventure of the Egyptian Tomb, The Jewel Robbery at the Grand Metropolitan, The Kidnapped Prime Minister, The Disappearance of Mr. Davenheim, The Adventure of the Italian Nobleman, The Case of the Missing Will, The Veiled Lady, The Lost Mine, The Chocolate Box) © 1923, 1924, 1925, 1953 Agatha Christie Limited, a Chorion company. All rights reserved. Translation intitled *Poirot investiga* (A aventura da Estrela do Ocidente, A tragédia de Marsdon Manor, A aventura do apartamento barato, O mistério de Hunter's Lodge, O roubo de um milhão de dólares em títulos do Tesouro, A aventura da tumba egípcia, O roubo das joias no Grand Metropolitan, O primeiro-ministro sequestrado, O desaparecimento do Sr. Davenheim, A aventura do nobre italiano, O caso do testamento desaparecido, A dama de véu, A mina perdida, A caixa de bombons) © 1977 Agatha Christie Limited, a Chorion company. All rights reserved.

Poirot investiga é uma obra de ficção. Nomes, personagens, fatos e lugares são frutos da imaginação da autora ou usados de modo fictício. Qualquer semelhança com fatos reais ou qualquer pessoa, viva ou morta, é mera coincidência.

A logomarca vira-vira (vira-ᴇᴊɪᴀ) e o slogan **2 LIVROS EM 1** são marcas registradas e de propriedade da Editora Best Seller Ltda, parte integrante do Grupo Editorial Record.

www.edicoesbestbolso.com.br

Ilustração e design de capa: Tita Nigrí.

Todos os direitos reservados. Proibida a reprodução, no todo ou em parte, sem autorização prévia por escrito da editora, sejam quais forem os meios empregados.

Direitos exclusivos de publicação em língua portuguesa para o Brasil em formato bolso adquiridos pelas Edições BestBolso um selo da Editora Best Seller Ltda. Rua Argentina 171 – 20921-380 Rio de Janeiro, RJ – Tel.: 2585-2000.

Impresso no Brasil

ISBN 978-85-7799-298-0

Sumário

1. A aventura do Estrela do Ocidente — 7
2. A tragédia de Marsdon Manor — 33
3. A aventura do apartamento barato — 50
4. O mistério de Hunter's Lodge — 67
5. O roubo de um milhão de dólares em títulos do Tesouro — 82
6. A aventura da tumba egípcia — 94
7. O roubo das joias no Grand Metropolitan — 112
8. O primeiro-ministro sequestrado — 132
9. O desaparecimento do Sr. Davenheim — 155
10. A aventura do nobre italiano — 173
11. O caso do testamento desaparecido — 186
12. A dama de véu — 197
13. A mina perdida — 210
14. A caixa de bombons — 221

Sumário

1. A aventura da Estrela do Ocidente 7
2. A tragédia de Marsdon Manor 33
3. A aventura do apartamento barato 56
4. O mistério de Hunter's Lodge 67
5. O roubo de um milhão de dólares em títulos
   da Tesouro 82
6. A aventura da cúmba egípcia 94
7. O roubo das jóias no Grand Metropolitan 112
8. O primeiro-ministro sequestrado 129
9. O desaparecimento do Sr. Davenheim 155
10. A aventura do nobre italiano 173
11. O caso do testamento desaparecido 186
12. A dama de véu 197
13. A mina perdida 210
14. A caixa de bombons 224

1
A aventura do Estrela do Ocidente

Eu estava debruçado na janela da sala de Poirot, olhando distraidamente para a rua lá embaixo.

– Mas que estranho! – murmurei de repente.

– O que é, *mon ami*? – perguntou Poirot, plácido, das profundezas de sua confortável poltrona.

– Quero ver a dedução que tira dos fatos, Poirot. Estou vendo uma jovem, muito bem-vestida, com um chapéu elegante e pele suntuosa. Está caminhando lentamente pela rua, olhando para os números das casas. Ela não sabe, mas está sendo seguida por três homens e uma mulher de meia-idade. Um pequeno mensageiro acaba de se juntar ao grupo, aponta para a jovem, gesticula. Que drama estará ocorrendo lá embaixo? Será que a jovem é uma vigarista e os seguidores são detetives preparando-se para prendê-la? Ou será que são criminosos planejando atacar uma vítima inocente? O que o grande detetive tem a dizer?

– O grande detetive, *mon ami*, escolhe como sempre o caminho mais simples. Ele se levanta para ver pessoalmente.

E meu amigo veio postar-se também à janela. Um instante depois soltou uma risadinha divertida.

– Como sempre, *mon ami*, os seus fatos estão impregnados de um romantismo incurável. Aquela é Mary Marvell, a estrela de cinema. Está sendo seguida por um bando de admiradores que a reconheceram. E, *en passant*, meu caro Hastings, devo dizer que ela está perfeitamente a par da ocorrência!

Soltei uma risada.

– Está tudo explicado! Mas não merece aplausos por isso, Poirot. Foi uma simples questão de reconhecimento.

– *En vérité!* E quantas vezes já viu Mary Marvell nas telas, *mon cher*?

Pensei um pouco.

– Talvez uma dúzia de vezes.

– E eu a vi apenas uma vez! Mas, apesar disso, *eu* a reconheci e *você* não.

– Mas ela parece tão diferente...

– Ah! *Sacré!* Estava esperando que ela passeasse pelas ruas de Londres com um chapéu de caubói ou descalça e com os cabelos cacheados como uma garota irlandesa? Só percebe os fatos não essenciais, *mon ami*! Lembre-se do caso daquela dançarina, Valerie Saintclair.

Dei de ombros, ligeiramente aborrecido.

– Mas console-se, *mon ami*. Nem todos podem ser como Hercule Poirot. Sei disso perfeitamente.

– Nunca vi ninguém ter tão boa opinião a respeito de si mesmo! – exclamei, dividido entre divertimento e contrariedade.

– O que está querendo? Quando se é único, não se pode ignorar isso. E há outros que partilham dessa opinião... inclusive, se não estou enganado, até a Srta. Mary Marvell.

– Como assim?

– Não tenho a menor dúvida de que ela está vindo procurar-me.

– E como pode saber disso?

– É muito simples. Esta rua não é aristocrática, *mon ami*. Não tem um médico ou um dentista da moda... nem mesmo um chapeleiro da moda! Mas tem um *detetive* da moda. *Oui*, meu amigo, é verdade... estou na moda, sou o *dernier cri*! Uma pessoa diz a outra: *Comment?* Perdeu sua lapiseira de ouro? Pois vá procurar o pequeno belga! Ele é maravilhoso! Todo mundo vai! *Courez!* E as pessoas vêm! Aos bandos, *mon ami*! E com os problemas mais tolos que se pode imaginar!

Uma campainha soou lá embaixo e Poirot acrescentou:
— Eu não disse? É a Srta. Marvell.

Como sempre, Poirot estava certo. Depois de um breve intervalo, a jovem estrela do cinema americano foi levada até a sala e nos levantamos para recebê-la.

Mary Marvell era indubitavelmente uma das atrizes mais populares do cinema. Chegara recentemente à Inglaterra, em companhia do marido, Gregory B. Rolf, que era também ator de cinema. O casamento ocorrera cerca de um ano antes, nos Estados Unidos, e aquela era a primeira visita do casal à Inglaterra. Haviam tido uma grande recepção. Todos estavam preparados para se deslumbrar com Mary Marvell, suas roupas maravilhosas, suas peles, suas joias, e uma delas em especial: o grande diamante que fora batizado, como a dona, de Estrela do Ocidente. Muitas coisas, algumas verdadeiras, outras inverídicas, já tinham sido escritas a respeito da famosa pedra, que se dizia estar segurada pela fabulosa quantia de 50 mil libras.

Todos esses detalhes passaram-me rapidamente pela cabeça, ao cumprimentar, junto com Poirot, nossa linda cliente.

Era pequena e esguia, muito loura, de aparência infantil, com grandes olhos azuis, inocentes como os de uma criança.

Poirot puxou uma cadeira para ela, e a jovem começou a falar imediatamente:

— Provavelmente vai me achar uma tola, Monsieur Poirot. Mas, ontem à noite, lorde Cronshaw contou-me que o senhor esclareceu detalhadamente a morte do sobrinho dele. Concluí que deveria pedir seu conselho. Talvez seja apenas uma brincadeira de mau gosto... Gregory afirma que não passa disso... mas mesmo assim estou terrivelmente preocupada.

Ela parou para respirar. Poirot sorriu, encorajando-a.

— Continue, madame. Afinal, ainda estou completamente no escuro.

— Aqui estão as cartas – disse Mary Marvell, abrindo a bolsa e tirando três envelopes, que entregou a Poirot.

Meu amigo examinou-os atentamente e comentou:

– Envelopes comuns... o nome e o endereço escritos cuidadosamente em letras de imprensa. Vamos ver o que está dentro.

Poirot abriu o envelope. Eu estava atrás dele, olhando por cima de seu ombro. A mensagem era constituída por uma única frase, escrita com capricho em letras de imprensa, bem como o envelope. E essa única frase era a seguinte:

O grande diamante, que é o olho esquerdo do deus, deve voltar para o lugar de onde veio.

O segundo envelope continha uma mensagem exatamente igual. Mas a terceira era mais explícita:

Já foi avisada. Não obedeceu. Agora, o diamante lhe será tomado. Na lua cheia, os dois diamantes, que são o olho esquerdo e o olho direito do deus, voltarão. Assim está escrito.

– Encarei a primeira carta como uma brincadeira – explicou Mary Marvell. – Quando recebi a segunda, comecei a ficar nervosa. A terceira chegou ontem. E achei que, no fim das contas, podia ser algo muito mais sério do que eu imaginara a princípio.

– Estou vendo que as cartas não foram despachadas pelo correio.

– Isso mesmo. Foram entregues pessoalmente... por um chinês. E é justamente isso o que me assusta.

– Por quê?

– Porque Gregory comprou o diamante, há três anos, de um chinês em São Francisco.

– Estou vendo, madame, que acredita que o diamante a que se referem as mensagens é o...

– Estrela do Ocidente – arrematou Mary Marvell. – É isso mesmo. Gregory recorda que havia alguma história ligada ao diamante. Mas o chinês não deu qualquer informação. Gregory

diz que ele parecia estar apavorado e com muita pressa de se livrar da pedra. Pediu apenas um décimo do valor. Foi o presente de casamento que Greg me deu.

Poirot assentiu, pensativo.

— A história parece ser de um romantismo inacreditável, madame. Mas... quem sabe? Por gentileza, Hastings, pegue meu pequeno almanaque.

Atendi prontamente.

— *Voyons!* — disse Poirot, folheando o almanaque. — Vamos ver quando é a próxima lua cheia... Ah, aqui está! Será na sexta-feira. Ou seja, dentro de três dias. *Eh bien*, madame, veio pedir meu conselho... e vou dar-lhe. Essa *belle histoire* pode ser uma brincadeira... e pode não ser! Portanto, eu a aconselho a colocar o diamante sob minha guarda até a próxima sexta-feira. Depois, poderemos adotar as medidas que julgarmos necessárias.

Uma ligeira expressão de contrariedade se estampou no rosto da jovem atriz, que respondeu constrangida:

— Receio que isso seja impossível.

— O diamante está com a senhora?

Poirot observava-a atentamente. A jovem hesitou por um momento, depois enfiou a mão no vestido e retirou uma corrente fina e comprida. Inclinou-se para a frente, abrindo a mão. Na palma, estava uma pedra que parecia de fogo, engastada delicadamente em platina, faiscando solenemente para nós.

Poirot aspirou fundo, com um longo silvo.

— *Épatant!* Permite, madame?

Ele pegou a joia, examinou-a atentamente e depois devolveu, com uma pequena mesura.

— Uma pedra magnífica... sem a menor falha. Ah, *cent tonnerres!* E a leva consigo, *comme ça!*

— Isso não acontece normalmente, Monsieur Poirot. Sou realmente cuidadosa. O diamante sempre fica trancado em minha caixa de joias, que guardo no cofre do hotel. Estamos hospedados no Magnificent. Só o trouxe comigo hoje para lhe mostrar.

– E vai deixá-lo comigo, *n'est-ce pas*? Vai seguir o conselho de Papa Poirot?

– Deixe-me explicar, Monsieur Poirot. Na sexta-feira, vamos para Yardly Chase, onde passaremos alguns dias com lorde e lady Yardly.

As palavras dela despertaram uma recordação vaga em minha mente. Algum boato... o que seria? Pouco antes, lorde e lady Yardly haviam visitado os Estados Unidos e correra o rumor de que ele andara saindo da linha por lá, com a prazerosa assistência de algumas jovens amigas. Mas havia algo mais, algum rumor ligando o nome de lady Yardly ao de um astro do cinema na Califórnia... Ora, mas era isso mesmo! Recordei-me subitamente. O tal artista de cinema não fora outro senão Gregory B. Rolf.

– Vou revelar um pequeno segredo, Monsieur Poirot – continuou a atriz. – Estamos fazendo um acordo com lorde Yardly. É possível que nosso próximo filme seja rodado em sua propriedade ancestral.

– Em Yardly Chase? – falei, interessado. – É uma das propriedades mais famosas da Inglaterra!

A Srta. Marvell assentiu.

– Acho que é de fato uma antiga mansão feudal e tudo o mais. Porém, lorde Yardly está pedindo um preço muito alto e ainda não sei se o negócio será fechado. Mas Greg e eu sempre gostamos de misturar negócios com prazer.

– Mas... peço perdão se estou sendo obtuso, madame... não poderia visitar Yardly Chase sem levar o diamante?

Uma expressão dura e astuciosa apareceu nos olhos de Mary Marvell, totalmente em desacordo com a aparência infantil.

– Quero usar o Estrela do Ocidente em Yardly.

– Não há joias famosas na coleção Yardly, entre as quais um imenso diamante? – indaguei, subitamente.

– Há, sim – respondeu a Srta. Marvell, laconicamente.

Ouvi Poirot murmurar baixinho:

– Ah, *c'est comme ça*! – E um instante depois ele acrescentou, com sua fantástica sorte habitual de acertar sempre na

mosca (ao que procura dignificar dando o nome de psicologia): – Quer dizer que já conhecia lady Yardly? Ou era seu marido que a conhecia?

– Gregory conheceu-a quando ela esteve na Califórnia, há três anos. – Mary Marvell hesitou por um momento e depois indagou, um tanto bruscamente: – Algum dos dois costuma ler *Society Gossip*?

Ambos nos declaramos culpados, um pouco constrangidos.

– Fiz a pergunta porque no número desta semana saiu um artigo sobre joias famosas, o que é bastante curioso...

Levantei, fui até a mesa no outro lado da sala e voltei com o referido jornal. Ela o pegou, localizou o artigo e começou a lê-lo, em voz alta:

... Entre outras pedras famosas, podemos citar o Estrela do Oriente, um diamante que pertence à família Yardly. Foi trazido da China por um ancestral do atual lorde Yardly. Há uma história romântica em torno desse diamante. Teria sido outrora o olho direito da estátua de um deus, num templo chinês. Outro diamante, exatamente com o mesmo formato e tamanho, era o olho esquerdo. Segundo a lenda, também teria sido roubado, posteriormente. "Um olho irá para o Ocidente, o outro para o Oriente, até que se encontrem novamente. E quando isso acontecer, ambos voltarão em triunfo para o deus." É uma curiosa coincidência o fato de existir atualmente uma pedra similar, pelas descrições que se tem. Trata-se do Estrela do Ocidente, pertencente a uma famosa atriz de cinema, Mary Marvell. Seria muito interessante se fosse possível fazer uma comparação entre esses dois diamantes.

Ela parou de ler.

– *Épatant*! – murmurou Poirot. – Não resta a menor dúvida de que é uma história de primeira! E não sente o menor receio,

madame? Não se sente dominada por terrores supersticiosos? Não teme reunir esses dois gêmeos siameses, para que um chinês apareça e, *presto!*, os leve de volta para a China?

O tom dele era meio zombeteiro, mas tive a impressão de que havia alguma seriedade por trás.

– Não creio que o diamante de lady Yardly seja tão bom quanto o meu, Monsieur Poirot. Mas, de qualquer maneira, pretendo verificar.

Não sei o que Poirot poderia responder a esse comentário, pois nesse momento a porta se abriu e um homem de aparência excepcional entrou na sala. Dos cabelos pretos cacheados às pontas dos sapatos de couro envernizado, era um herói digno de romance.

– Eu disse que viria procurá-la e aqui estou, Mary – declarou Gregory Rolf. – O que Monsieur Poirot acha do nosso pequeno problema? Será que tem a mesma opinião que eu, ou seja, de que tudo não passa de uma brincadeira de mau gosto?

Poirot sorriu para o grande ator. Os dois faziam um contraste ridículo.

– Brincadeira ou não, Sr. Rolf – disse ele, secamente – aconselhei sua esposa a não levar a joia para Yardly Chase, na sexta-feira.

– Concordo plenamente com essa providência, meu caro senhor. E já disse isso a Mary. Mas acontece que ela é mulher e acho que não pode suportar a ideia de que outra mulher a supere em matéria de joias.

– Não diga bobagem, Gregory! – protestou Mary Marvell, rispidamente. Mas a verdade é que ela corou, com uma expressão furiosa.

Poirot deu de ombros.

– Já lhe dei meu conselho, madame. Não posso fazer mais nada. *C'est fini.*

Ele fez uma mesura e acompanhou os dois até a porta. Ao voltar, exclamou:

— Ah, *la la! Histoire de femmes!* O bom marido está querendo fazer o que é certo... *tout de même*, ele não teve o menor tato. Absolutamente nenhum!

Falei-lhe sobre minhas vagas recordações e ele assentiu, vigorosamente.

— Era o que eu já estava imaginando. Seja como for, há algo de estranho por trás dessa história. Com sua permissão, *mon ami*, vou sair para respirar um pouco de ar fresco. Peço que espere minha volta. Não vou demorar.

Eu estava meio adormecido na poltrona quando a senhoria bateu na porta e a abriu.

— Há outra dama querendo falar com Monsieur Poirot. Eu disse que ele tinha saído, mas ela falou que vai esperar, já que veio do interior.

— Mande-a entrar, Sra. Murchison. Talvez eu possa ajudá-la de alguma forma.

Logo depois, a mulher entrou na sala. Senti o coração disparar ao reconhecê-la. O retrato de lady Yardly já havia aparecido demais nas colunas sociais dos jornais para que ela pudesse permanecer no anonimato.

— Sente-se, por gentileza, lady Yardly — falei, puxando uma cadeira. — Meu amigo Poirot saiu, mas não deve demorar.

Ela agradeceu e sentou-se. Era muito diferente de Mary Marvell: uma mulher alta, morena, olhos faiscantes, o rosto pálido com uma expressão orgulhosa e altiva. Mas havia algo ansioso e triste transparecendo nos cantos da boca.

Senti um desejo de me mostrar à altura da ocasião. Por que não? Na presença de Poirot, eu me sentia frequentemente constrangido, parecia incapaz de demonstrar o que podia fazer. Contudo, não tenho a menor dúvida de que também possuo uma capacidade de dedução em alto grau. Inclinei-me para a frente, num impulso súbito, e disse:

— Lady Yardly, sei por que veio aqui. Recebeu cartas ameaçadoras a respeito do diamante.

Não houve a menor dúvida de que eu tinha acertado em cheio. Ela ficou me olhando boquiaberta, e a cor desapareceu de suas faces.

— Já sabe? Mas como?

Sorri.

— Por um processo perfeitamente lógico. Se a Srta. Marvell também recebeu cartas ameaçadoras...

— A Srta. Marvell? Ela esteve aqui?

— Acabou de sair. Como eu estava dizendo, se ela recebeu uma série de cartas ameaçadoras, como possuidora de um dos diamantes gêmeos, o mesmo não podia ter deixado de acontecer necessariamente com a senhora, a proprietária da outra pedra. Está vendo como é simples? Estou certo, não é mesmo? Também recebeu os estranhos e misteriosos avisos?

Ela hesitou por um momento, como se estivesse em dúvida se deveria ou não confiar em mim. Depois, abaixou a cabeça e assentiu, com um sorriso.

— Recebi...

— E foram também entregues pessoalmente... por um chinês?

— Não. Recebi os avisos pelo correio. Mas quer dizer que a Srta. Marvell teve a mesma experiência?

Relatei o encontro daquela manhã. Lady Yardly escutou atentamente e depois comentou:

— Tudo se encaixa. As mensagens que recebi são exatamente iguais. É verdade que chegaram pelo correio, mas estavam impregnadas de um perfume estranho... que lembra bastão de incenso, e imediatamente sugeriu-me o Oriente. O que significa tudo isso?

Meneei a cabeça.

— É o que precisamos descobrir. Por acaso trouxe as cartas? Talvez possamos descobrir algo pelos carimbos postais.

— Infelizmente, eu as destruí. Na ocasião, pareceu-me que tudo aquilo não passava de uma brincadeira de mau gosto. Será

que é mesmo possível que uma quadrilha de chineses esteja tentando recuperar os diamantes? Isso parece incrível!

Repassamos todos os fatos novamente, mas não consegui avançar um passo na solução do mistério. Lady Yardly finalmente se levantou.

– Não posso mais esperar por Monsieur Poirot. Pode contar-lhe tudo, não é mesmo? Muito obrigado, Sr...

Ela hesitou, com a mão estendida.

– Capitão Hastings.

– Mas é claro! Que esquecimento de minha parte! É amigo dos Cavendish, não é mesmo? Foi Mary Cavendish quem me encaminhou a Monsieur Poirot.

Quando meu amigo voltou, tive o maior prazer em relatar-lhe o que acontecera durante sua ausência. Ele interrogou-me um tanto bruscamente a respeito dos detalhes da conversa. Percebi que não estava lá muito satisfeito por não ter estado presente. Mas imaginei que era apenas um acesso de ciúme. Poirot sistematicamente subestima minha capacidade e calculei que estava se sentindo triste por não encontrar qualquer falha. Fiquei secretamente satisfeito comigo mesmo, embora procurasse disfarçar, com receio de irritá-lo. Apesar das idiossincrasias dele, eu era profundamente afeiçoado a meu exótico amigo.

– *Bien!* – disse Poirot finalmente, com uma curiosa expressão. – A trama vai se ampliando. Por gentileza, pegue aquele livro do "Pariato" que está na última prateleira.

Ele folheou o livro.

– Ah, aqui está! "Yardly... 10º visconde, participou da Guerra da África do Sul"... *tout ça n'a pas d'importance*... casou-se em 1907 com Maude Stopperton, quarta filha do 3º Barão de Cotteril"... hum, hum, hum... teve duas filhas, nascidas em 1908 e 1910... clubes... residências"... *Voilà,* isso tudo não nos diz muito. Mas amanhã de manhã iremos conversar com esse milorde!

– Como assim?

— Mandei-lhe um telegrama.

— Pensei que tivesse se retirado do caso.

— Não estou trabalhando para a Srta. Marvell, já que ela se recusa a aceitar meu conselho. O que eu fizer daqui por diante será para minha própria satisfação... a satisfação de Hercule Poirot! Decididamente, não posso ficar fora dessa história.

— E calmamente passa um telegrama para lorde Yardly, pedindo-lhe que venha correndo até aqui, só para atender a sua própria conveniência! Tenho certeza de que ele não vai ficar nada satisfeito.

— *Au contraire*! Se eu salvar o diamante da família, ele ficará profundamente grato.

— Acha realmente que há alguma possibilidade de os diamantes serem roubados? — indaguei, ansioso.

— Isso é quase certo — respondeu Poirot, plácido. — Tudo indica tal possibilidade

— Mas como...

Poirot interrompeu minhas perguntas ansiosas com um gesto de mão.

— Agora não, por gentileza. Não vamos criar qualquer confusão. E veja como colocou o livro na estante! Os livros mais altos estão na prateleira de cima, aqueles que são um pouco menores estão na de baixo e assim por diante. Precisamos ter ordem, *método*! É o que sempre lhe digo, Hastings...

— Tem toda razão — murmurei e me apressei em pôr o livro em seu devido lugar.

LORD YARDLY ERA um homem jovial, que falava alto, e seu rosto era um tanto vermelho. Era extremamente simpático, o que compensava qualquer falta de inteligência.

— É uma história extraordinária, Monsieur Poirot. Não consigo entender absolutamente nada. Parece que minha esposa andou recebendo algumas cartas esquisitas e a Srta. Marvell também. O que significa tudo isso?

Poirot estendeu-lhe o exemplar do *Society Gossip*.

— Em primeiro lugar, milorde, gostaria que me dissesse se esses fatos são substancialmente verdadeiros.

Lorde Yardly pegou o jornal e leu o artigo, e seu rosto se contraiu de raiva.

— Mas que história absurda! Nunca houve nada disso em relação ao diamante. E, se não me engano, veio originalmente da Índia. Nunca ouvi falar desse negócio de deus chinês.

— Mesmo assim, a pedra é conhecida como Estrela do Oriente.

— E se for? — indagou ele, furioso.

Poirot sorriu, mas não deu qualquer resposta direta.

— O que desejo pedir, milorde, é que confie em mim. Se o fizer, sem qualquer reserva, tenho muita esperança de evitar a catástrofe.

— Quer dizer que, em sua opinião, pode realmente haver algo por trás dessas histórias absurdas?

— Vai fazer o que estou pedindo?

— Claro que vou! Mas...

— *Bien*! Nesse caso, permita que eu lhe faça algumas perguntas. O caso da cessão de Yardly Chase para a filmagem já foi acertado com o Sr. Rolf?

— Ele lhe falou a respeito disso? Não, ainda não há nada acertado. — Lorde Yardly hesitou por um momento, e o vermelho de seu rosto se acentuou ainda mais. — Mas seria ótimo para mim se tudo ficasse acertado. Tenho sido um idiota em muitas coisas, Monsieur Poirot. Neste momento, estou afundado em dívidas até o pescoço. Mas quero recuperar-me. Preocupo-me com as meninas e tenho que endireitar minha vida, voltar a viver na velha casa da família. Gregory Rolf está me oferecendo um bom dinheiro... o suficiente para liquidar todas as minhas dívidas. Mas não estou querendo ceder-lhe Yardly Chase, pois detesto pensar em toda aquela gente andando por lá, mexendo em tudo. Infelizmente, talvez não me reste alternativa, a menos que .

Ele parou de falar subitamente. Poirot fitava-o atento, e perguntou:

— Quer dizer que tem outra perspectiva? Permite que eu dê um palpite? Está pensando em vender o Estrela do Oriente, não é mesmo?

Lorde Yardly assentiu.

— É isso mesmo. Pertence à família há gerações, mas não é inalienável. Contudo, não é nada fácil arrumar um comprador. Hoffberg, o homem de Hatton Garden, está procurando por um cliente. Mas se não o encontrar muito em breve, será um desastre para mim.

— Só mais uma pergunta, *permettez*... Lady Yardly prefere qual alternativa?

— Ela se opõe veementemente à venda da joia. Sabe como são as mulheres. Defende ardorosamente a cessão de Yardly Chase para as filmagens.

— Entendo... — Poirot ficou calado por um momento, imerso em seus pensamentos, depois se levantou abruptamente. — Vai voltar para Yardly Chase agora? *Bien!* Não diga nada a ninguém... a ninguém mesmo. E fique esperando por nossa chegada esta tarde, pouco depois das 17 horas.

— Está certo. Mas não entendo...

— *Ça n'a pas d'importance* — falou Poirot, afavelmente. — Sabe que vou proteger seu diamante, *n'est-ce pas?*

— Sei, sim. Mas...

— Então faça o que estou dizendo.

Foi um nobre desconcertado e deprimido que saiu da sala.

JÁ PASSAVA DAS 17h30 quando chegamos a Yardly Chase. Seguimos o distinto mordomo até o salão antigo, revestido de madeira, com a lenha ardendo na lareira. Deparamos com uma cena admirável: lady Yardly com as duas filhas; a cabeça morena da mãe inclinava-se sobre as das menina, louras. Lorde Yardly estava de pé, ao lado, contemplando-as com um sorriso.

– Monsieur Poirot e o capitão Hastings – anunciou o mordomo.

Lady Yardly levantou a cabeça, em um sobressalto. O marido adiantou-se, indeciso, os olhos suplicando alguma instrução a Poirot. Meu pequeno amigo mostrou-se à altura da situação:

– Mil desculpas pelo incômodo! Vim até aqui porque ainda estou investigando o caso que me foi levado pela Srta. Marvell. Ela virá para cá na sexta-feira, não é mesmo? Eu gostaria de dar uma volta pela propriedade, a fim de verificar a segurança. E desejava também perguntar-lhe, lady Yardly, se por acaso recorda alguma coisa dos carimbos postais das cartas que recebeu.

Lady Yardly balançou a cabeça, com uma expressão desolada.

– Lamento, mas não me lembro de nada. Sei que foi uma estupidez de minha parte. Mas é que jamais me passou pela cabeça que deveria levar os avisos a sério.

– Vão passar a noite aqui? – perguntou lorde Yardly.

– Não precisa incomodar-se, milorde. Deixamos as malas na estalagem.

– Não será incômodo algum – declarou lorde Yardly, percebendo a deixa. – Mandarei buscar a bagagem. Não, não recuse nossa hospedagem. Asseguro-lhe de que não será incômodo algum.

Poirot deixou-se persuadir. Foi sentar-se perto de lady Yardly e começou a fazer amizade com as meninas. Não demorou muito para que também participasse das brincadeiras.

Assim que as meninas se retiraram, relutantemente, levadas por uma babá de ar severo, Poirot fez uma pequena mesura para a mãe e declarou:

– *Vous êtes bonne mère.*

Lady Yardly ajeitou os cabelos desmanchados.

– Adoro as duas – murmurou ela, a voz um pouco embargada.

– Elas também a adoram... e com toda a razão!

Poirot fez uma nova reverência. Nesse momento, soou o gongo avisando que estava na hora de nos prepararmos para o jantar. Todos nos levantamos, a fim de subir para os respectivos aposentos. O mordomo apareceu, trazendo um telegrama numa salva de prata. Entregou-o a lorde Yardly, que nos pediu licença e abriu-o, ficando visivelmente tenso ao lê-lo.

Soltando uma exclamação, entregou-o à esposa. Depois, olhou para meu amigo e disse:

— Espere um momento, Monsieur Poirot. Acho que deve tomar conhecimento do telegrama. É do Hoffberg. Ele encontrou um cliente para o diamante... um americano, que voltará amanhã para os Estados Unidos. Esta noite mesmo, um perito virá até aqui avaliar a pedra. Ah, se tudo ficar resolvido...

Lady Yardly voltou-se para o marido. Ainda estava segurando o telegrama e disse, em voz baixa:

— Gostaria que não o vendesse, George. Está com a família há tanto tempo... — Ficou esperando por uma resposta. Mas como não houve nenhuma, sua expressão tornou-se subitamente dura. Ela deu de ombros e acrescentou: — Vou me vestir agora. E creio que deverei exibir a "mercadoria". — Virou-se para Poirot com um ar contrariado, e comentou: — É um dos colares mais horrendos que já foi feito. George sempre prometeu que iria pôr o diamante num novo engaste, mas nunca chegou a fazê-lo.

E, com isso, a senhora retirou-se.

Meia hora depois, estávamos todos reunidos no salão, esperando por lady Yardly. Já se haviam passado alguns minutos da hora do jantar.

De repente, ouvimos um farfalhar suave e lady Yardly apareceu na porta; uma figura esplêndida, num vestido branco espetacular. Tinha um filete de fogo em torno do pescoço. Ficou parada na porta, com uma das mãos tocando de leve no colar. E disse de maneira jovial, seu mau humor aparentemente dissipado:

– Contemplem o sacrifício! Esperem até que eu apague a luz, para que possam admirar devidamente o mais horrendo colar que já existiu na Inglaterra!

Os interruptores ficavam do lado de fora da porta. No momento em que ela estendeu a mão na direção deles, o incrível aconteceu. Inesperadamente, todas as luzes se apagaram, a porta bateu e do outro lado veio um grito prolongado e lancinante de mulher.

– Santo Deus! – gritou lorde Yardly. – Foi Maude quem gritou! O que terá acontecido?

Corremos para a porta, esbarrando um no outro na escuridão. Levamos alguns minutos para conseguir encontrá-la. E uma cena terrível nos esperava do outro lado. Lady Yardly estava caída no chão de mármore, sem sentidos, um vergão vermelho no pescoço muito branco, indicando o lugar de onde o colar fora arrancado.

Todos nos inclinamos sobre ela, sem saber se estava viva ou morta. E nesse momento os olhos dela se entreabriram e a ouvimos sussurrar, angustiada:

– O chinês... o chinês... a porta lateral...

Lorde Yardly levantou-se, soltando uma imprecação. Acompanhei-o, com o coração batendo descompassadamente. O chinês outra vez! A porta lateral era pequena, quase no ângulo da parede, a não mais que 12 metros do local da tragédia. Soltei um grito ao chegarmos ali. É que no limiar estava caído o colar refulgente, que o ladrão evidentemente deixara cair, no pânico da fuga. Abaixei-me para pegá-lo. E soltei outro grito, que foi ecoado por lorde Yardly. Bem no meio do colar, havia um espaço vazio. O Estrela do Oriente desaparecera!

– Isso esclarece tudo – murmurei. – Não eram ladrões comuns. Só queriam o diamante.

– Mas como conseguiram entrar?

– Pela porta.

— Mas está sempre trancada!

Balancei a cabeça.

— Não está trancada agora. Pode verificar.

E abri a porta enquanto falava. Ao fazê-lo, algo flutuou até o chão. Inclinei-me para pegar. Era um pedaço de seda, e o bordado era inconfundível. Fora arrancado de uma túnica chinesa.

— Na pressa, a túnica ficou presa na porta — expliquei. — Vamos atrás. Ele não pode estar muito longe.

Mas procuramos em vão. Na escuridão da noite, o ladrão conseguira escapar com a maior facilidade. Voltamos para casa relutantemente e lorde Yardly despachou um dos seus empregados para chamar a polícia.

Lady Yardly, eficientemente ajudada por Poirot, que é tão bom quanto uma mulher nessas questões, já havia se recuperado o suficiente para poder contar a história.

— Eu já ia apagar a luz quando um homem pulou em cima de mim, por trás. Arrancou-me o colar do pescoço com tanta força que acabei caindo. E, ao cair, vi que desaparecia pela porta lateral. Foi então que percebi, pelo rabicho e pela túnica, que era um chinês.

Ela parou de falar, estremecendo. O mordomo apareceu nesse momento e disse em voz baixa a lorde Yardly:

— Chegou um cavalheiro que veio da parte do Sr. Hoffberg, milorde: disse que o senhor está à espera dele.

— Santo Deus! — exclamou lorde Yardly, visivelmente transtornado. — Acho que não tenho outro jeito senão recebê-lo. Não, aqui não, Mullings. Leve-o para a biblioteca.

Puxei Poirot para um lado.

— Escute aqui, companheiro, não acha melhor voltarmos para Londres?

— É o que pensa, Hastings? Por quê?

Tossi delicadamente.

— As coisas não correram muito bem, não é? Você disse a lorde Yardly que confiasse em você e não haveria qualquer problema... mas o diamante desapareceu debaixo do seu nariz!

— Tem razão — murmurou Poirot, abatido. — Não foi um dos meus triunfos admiráveis.

Essa maneira de descrever os acontecimentos quase me fez sorrir, mas mantive-me firme.

— Assim, como fez... se me perdoa a expressão... uma tremenda mixórdia, não acha que seria mais delicado partirmos imediatamente?

— E o jantar... o jantar certamente excelente que o *chef* de lorde Yardly preparou?

— Ora, o jantar! — exclamei, impacientemente.

Poirot levantou as mãos com uma expressão horrorizada.

— *Mon Dieu*! Será possível que em seu país os assuntos gastronômicos sejam tratados com essa indiferença criminosa?

— Há uma outra razão para que voltemos a Londres imediatamente, Poirot.

— E qual é, meu amigo?

— O outro diamante — respondi, baixando a voz. — O da Srta. Marvell.

— *Eh bien*, o que há com ele?

— Será que não percebe? — A inesperada obtusidade de Poirot irritou-me. O que acontecera com sua inteligência habitualmente ativa e atenta? — Se eles já pegaram um diamante, Poirot, certamente vão agora buscar o outro!

— *Tiens*! — exclamou Poirot, dando um passo para trás e fitando-me com admiração. — Seu cérebro está funcionando às mil maravilhas, meu amigo! Imagine que eu não tinha ainda pensado nisso! Mas temos muito tempo. Só na sexta-feira é que teremos lua cheia.

Meneei a cabeça, ainda em dúvida. A teoria da lua cheia não me impressionava nem um pouco. Consegui finalmente impor

minha opinião a Poirot e partimos imediatamente, deixando um bilhete de explicação e um pedido de desculpas para lorde Yardly.

Minha ideia era seguirmos sem demora para o Magnificent, a fim de relatarmos o que acontecera. Mas Poirot vetou o plano, alegando que poderíamos fazê-lo perfeitamente pela manhã. Acabei cedendo, contrariado.

Pela manhã, Poirot parecia estranhamente avesso a sair de casa. Comecei a desconfiar de que, tendo cometido um erro inicial, não estava disposto a continuar no caso. Em resposta a minhas persuasões, ele ressaltou, com extremo bom-senso, que a notícia do roubo em Yardly Chase já devia ter sido publicada pelos jornais matutinos e os Rolf sabiam tudo o que poderíamos contar-lhes. Cedi também dessa vez, igualmente contrariado.

Os acontecimentos comprovavam que meus pressentimentos eram justificados. O telefone tocou por volta das 14 horas. Poirot escutou por um momento e depois disse, laconicamente:

– *Bien, j'y serai.* – Desligando, virou-se para mim e acrescentou, parecendo meio envergonhado, meio excitado: – O que acha que aconteceu, *mon ami*? O diamante de Mary Marvell também foi roubado!

– O quê? – gritei, levantando-me de um pulo. – E o que me diz agora daquela história de "lua cheia"?

Poirot baixou a cabeça.

– Quando aconteceu, Poirot?

– Esta manhã, pelo que entendi.

Balancei a cabeça, tristemente.

– Se ao menos me tivesse escutado... Pode ver agora que eu estava certo.

– É o que parece, *mon ami* – disse Poirot, cautelosamente. – As aparências enganam, como se costuma dizer, mas não resta a menor dúvida de que é justamente o que está parecendo neste momento.

Ao seguirmos de táxi para o Magnificent, apressei-me em esclarecer a verdadeira essência do plano dos ladrões:

— Aquela ideia da "lua cheia" foi muito inteligente. O objetivo era fazer com que concentrássemos nossos esforços na sexta-feira, deixando-nos desprevenidos antes. É uma pena que não tenha percebido isso, Poirot.

— *Ma foi!* – exclamou Poirot jovialmente, com sua despreocupação restaurada, depois de um breve eclipse. – Afinal, não se pode pensar em tudo!

Senti pena dele. Meu amigo detestava o fracasso de qualquer tipo. E disse-lhe, procurando consolá-lo:

— Ânimo, meu caro! Terá mais sorte da próxima vez.

Chegando ao Magnificent, fomos encaminhados ao escritório do gerente. Gregory Rolf ali se encontrava, juntamente com dois homens da Scotland Yard. O gerente estava sentado diante deles, com o rosto muito pálido.

Rolf assentiu quando entramos.

— Estamos chegando ao fundo da história – disse ele. – Mas é quase inacreditável. Ainda não consigo entender como o sujeito teve a coragem.

Alguns minutos foram suficientes para ele nos revelar todos os fatos. O Sr. Rolf saíra do hotel às 11h15. Por volta das 11h30, entrara no hotel um homem extremamente parecido com ele, a ponto de ser confundido por todos. Pedira a caixa de joias que estava no cofre. Assinara o recibo necessário, comentando na ocasião:

— A assinatura parece um pouco diferente porque machuquei a mão no táxi.

O recepcionista sorrira e respondera que não estava notando muita diferença. Rolf rira e dissera:

— Só não quero que me confunda com um escroque. Venho recebendo cartas ameaçadoras de um chinês, e o pior é que eu próprio pareço com um china... por causa dos olhos.

E o recepcionista, convocado para nos contar a história, declarou:

— Contempleio-o e percebi imediatamente o que estava querendo dizer. Os olhos dele eram ligeiramente enviesados nos cantos, como os de um oriental. Eu nunca tinha percebido isso antes.

— Mas que diabo, homem! – gritou Gregory Rolf, inclinando-se para a frente. – Está percebendo algo agora?

O recepcionista fitou-o atentamente, com um sobressalto.

— Não senhor, não estou vendo nada de diferente agora.

E não havia realmente nada de sequer remotamente oriental nos olhos castanhos de Rolf. Um dos homens da Scotland Yard comentou:

— O sujeito era muito esperto. Achou que poderiam perceber que seus olhos eram diferentes e tratou de agarrar o touro pelos chifres, acabando com qualquer suspeita logo de início. Ele devia estar observando quando saiu do hotel, Sr. Rolf. Esperou um pouco, para certificar-se de que ia demorar, e depois entrou.

— O que aconteceu com a caixa de joias? – indaguei.

— Foi encontrada num corredor do hotel. E só um item estava faltando: o Estrela do Ocidente.

Entreolhamo-nos, aturdidos. Toda a história parecia extremamente bizarra, irreal.

Poirot levantou-se bruscamente.

— Lamento não ter sido de muita serventia – murmurou ele, pesaroso. – Posso falar com Madame Marvell?

— Acho que ela está prostrada pelo choque – explicou Rolf.

— Nesse caso, poderia falar-lhe a sós por um momento, monsieur?

— Claro!

Poirot voltou cerca de 5 minutos depois e me disse com vivacidade:

— E agora, meu amigo, vamos para uma agência dos correios. Tenho que mandar um telegrama.

— Para quem?

— Lorde Yardly. — Ele evitou as minhas indagações, passando o braço pelo meu e dizendo: — Vamos, vamos, *mon ami*! Já sei tudo o que pensa a respeito desse triste caso. Não consegui distinguir-me! Em meu lugar, você poderia ter-se distinguido! *Bien*! Admito tudo isso! E agora vamos esquecer o caso e tratar de almoçar.

Voltamos para os aposentos de Poirot por volta das 16 horas. Um homem se levantou de uma cadeira junto à janela. Era lorde Yardly. Parecia exausto e angustiado.

— Recebi seu telegrama e vim imediatamente. Estive com Hoffberg, que nada sabe a respeito do homem que esteve em Yardly Chase ontem à noite nem do telegrama. Acha que...

Poirot levantou a mão.

— Peço desculpas. Fui eu que contratei o homem e passei o telegrama.

— *Você*? Mas por quê?

Lorde Yardly estava confuso. Poirot explicou, placidamente:

— Foi minha pequena ideia para fazer com que a história chegasse a um desenlace.

— Chegar a um desenlace? Ó Deus!

— E a artimanha deu certo! — exclamou Poirot, com satisfação. — Portanto, milorde, tenho o prazer de devolver-lhe... isto!

Com um gesto dramático, Poirot tirou do bolso um objeto reluzente. Era um imenso diamante.

— O Estrela do Oriente! — balbuciou lorde Yardly. — Mas não compreendo...

— Não? — disse Poirot! — Mas isso não tem importância. Pode estar certo de que era necessário que o diamante fosse roubado. Prometi que iria guardá-lo e cumpri a palavra. Peço que me permita manter meu pequeno segredo. E peço também

que apresente a lady Yardly meus protestos do mais profundo respeito e diga-lhe que é com imenso prazer que lhe devolvo o diamante. Que *beau temps*, não é mesmo? Bom dia, milorde.

E sorrindo e falando, o espantoso homenzinho levou o nobre aturdido até a porta. Voltou logo depois, esfregando as mãos.

— Poirot, diga-me uma coisa: será que fiquei louco?

— Não, *mon ami*. Mas está envolvido, como sempre, num nevoeiro mental.

— Como obteve o diamante?

— Do Sr. Rolf.

— Rolf?

— *Mais oui*! As cartas ameaçadoras, o chinês, o artigo no *Society Gossip*, tudo saiu do cérebro engenhoso do Sr. Rolf! Os dois diamantes, que seriam milagrosamente iguais... *bah!*, simplesmente não existiam. Havia apenas um único diamante, meu amigo! Originalmente da coleção Yardly, estava havia três anos em poder do Sr. Rolf. Ele o roubou esta manhã, com a ajuda de um pouco de tinta amarela nos cantos dos olhos. Ah, tenho que vê-lo no cinema! *Celui-là* é realmente um artista!

— Mas por que ele roubou seu próprio diamante? — indaguei, perplexo.

— Por muitas razões. Para começar, lady Yardly estava ficando inquieta.

— Lady Yardly?

— Ela ficou muito sozinha na Califórnia. O marido estava longe, divertindo-se. O Sr. Rolf era um homem bonito, com um ar romântico. Mas, *au fond*, ele é muito prático, *ce monsieur*! Conquistou lady Yardly e depois começou a chantageá-la. Exigi que me dissesse a verdade ontem à noite, e ela acabou admitindo. Jurou que fora apenas imprudente e que o caso não tivera maior gravidade. E devo dizer que acredito nela. Mas, indubitavelmente, Rolf tinha cartas comprometedoras dela, que

poderiam levar a uma interpretação diferente. Apavorada com a ameaça de divórcio e a perspectiva de ser separada das filhas, acabou concordando com tudo o que Rolf desejava. Como não tinha dinheiro próprio, permitiu que ele substituísse o diamante verdadeiro por uma réplica. A coincidência da data do aparecimento do Estrela do Ocidente atraiu imediatamente atenção. Mas tudo estava correndo bem. Lorde Yardly estava querendo mudar, assentar a cabeça. E foi então que surgiu a ameaça da possível venda do diamante. A substituição seria descoberta. Desesperada, lady Yardly escreveu para Gregory Rolf, que tinha acabado de chegar à Inglaterra. Ele tratou de tranquilizá-la, garantindo que daria um jeito... e preparou-se para o duplo roubo. Dessa maneira, ele conseguiria acalmar lady Yardly, a qual poderia contar tudo ao marido, o que absolutamente não interessava ao chantagista; receberia as 50 mil libras do seguro (ah, tinha esquecido isso!) e ainda continuaria com o diamante! Foi nesse momento que decidi entrar em cena. Lady Yardly, como eu tinha certeza que aconteceria, providenciou imediatamente um roubo... e com excelente encenação, diga-se de passagem. Mas Hercule Poirot só vê os fatos. O que realmente aconteceu? Lady Yardly apagou as luzes, bateu a porta, arrancou o colar do pescoço e jogou-o no corredor, ao mesmo tempo em que gritava. Já tinha tirado antes o falso diamante, em seu quarto, com um alicate...

— Mas vimos o colar intacto no pescoço dela, Poirot!

— Está enganado, meu amigo. A mão dela escondia a parte do colar onde apareceria o vazio do diamante retirado. E deixar um pedaço de seda na porta por onde se deu a suposta fuga era muito fácil. Assim que soube da história do roubo, Rolf imediatamente encenou também sua pequena comédia. E, diga-se de passagem, representou de maneira extraordinária!

— O que disse a ele? — indaguei, com a maior curiosidade.

— Falei que lady Yardly já contara tudo ao marido, que eu estava autorizado a recuperar a pedra e que, se não a devolvesse,

seria imediatamente iniciada uma ação judicial. E também disse mais algumas pequenas mentiras que me ocorreram. E ele se derreteu como cera em minhas mãos!

Pensei um pouco em todo o caso.

— Parece-me que há uma pequena injustiça com Mary Marvell. Afinal, ela acabou perdendo seu diamante, sem ter qualquer culpa.

— *Bah!* — exclamou Poirot, brutalmente. — Ela teve uma magnífica publicidade e isso é tudo o que lhe interessa! Já a outra é inteiramente diferente. *Bonne mère, très femme!*

— É possível — murmurei, ainda em dúvida, não partilhando inteiramente as opiniões de Poirot a respeito da feminilidade. — Suponho que foi Rolf quem mandou as cartas em duplicata para lady Yardly.

— *Pas du tout!* A conselho de Mary Cavendish, ela veio pedir minha ajuda para tentar solucionar o dilema em que se encontrava. Foi quando soube que Mary Marvell, a qual sabia ser sua inimiga, já estivera aqui antes. E mudou prontamente de ideia, aproveitando um pretexto que você mesmo, meu amigo, lhe proporcionou. Umas poucas perguntas foram suficientes para que eu constatasse que fora você e não ela quem contara a história das cartas. Ela achou que não podia perder a oportunidade excepcional que lhe era apresentada.

— Não acredito nessa história! — protestei, mortificado.

— *Si, si, mon ami*, é pena que não se interesse por psicologia. Ela lhe disse que as cartas foram destruídas, não é mesmo? *Oh, la la*, uma mulher *nunca* destrói uma carta se pode evitá-lo! Nem mesmo quando é mais prudente fazê-lo!

Senti a raiva crescer dentro de mim.

— Está tudo muito bem, mas você me fez bancar o idiota! Do princípio ao fim! E não importa que tenha explicado toda a história depois! Há um limite para tudo!

— Mas estava se divertindo tanto, meu amigo! Confesso que não tive coragem de destruir suas ilusões.

— Não adianta desculpar-se agora, Poirot! Dessa vez, você foi longe demais!

— *Mon Dieu*! Mas como você fica furioso por nada, *mon ami*!

— Estou farto!

E saí, batendo a porta. Poirot me forçara a assumir um papel ridículo. Decidi que ele estava precisando de uma boa lição Deixaria passar algum tempo antes de perdoá-lo. Afinal, ele me estimulara a bancar um tolo completo!

2
A tragédia de Marsdon Manor

Eu precisara ausentar-me de Londres durante alguns dias. Ao voltar, encontrei Poirot terminando de arrumar sua pequena valise.

— *A la bonne heure*, Hastings. Receava que não voltasse a tempo de me acompanhar.

— Foi chamado para investigar algum caso?

— Exatamente. No entanto, devo admitir que, aparentemente, não é dos mais promissores. A Companhia de Seguros Northern Union pediu-me para investigar a morte de um certo Sr. Maltravers, que há poucas semanas fez um seguro de vida no valor de 50 mil libras.

— E o que mais sabe? — indaguei, já bastante interessado.

— É claro que a apólice continha a cláusula habitual sobre suicídio. Caso ele cometesse suicídio no prazo de um ano, o seguro não seria pago. O Sr. Maltravers foi devidamente examinado pelo próprio médico da companhia. Embora já tivesse passado do chamado vigor dos anos, o médico declarou que gozava de saúde excelente. Contudo, na última quarta-feira, ou

seja, anteontem, o Sr. Maltravers foi encontrado morto no jardim de sua propriedade, Marsdon Manor, em Essex. A causa da morte foi descrita como alguma espécie de hemorragia interna. O caso em si nada teria de extraordinário se não tivessem surgido rumores sinistros sobre a situação financeira do Sr. Maltravers. A Northern Union verificou, além de qualquer dúvida, que ele estava à beira da bancarrota. O que muda consideravelmente o caso. Maltravers tinha uma esposa linda e jovem e insinuou-se que ele reunira todo o dinheiro de que podia dispor a fim de pagar os prêmios de um seguro de vida em benefício da esposa, cometendo suicídio em seguida. Tal fato não é tão raro quanto se pode imaginar. Seja como for, meu amigo Alfred Wright, que é diretor da Northern Union, pediu-me que investigasse o caso. Mas não tenho muita esperança de sucesso, como disse a ele. Se a causa da morte tivesse sido um enfarte, eu estaria mais otimista. O diagnóstico de enfarte pode ser sempre interpretado como uma incapacidade do médico local em descobrir do que o paciente realmente morreu. Mas uma hemorragia parece algo bem definido. Mesmo assim, ainda podemos fazer umas indagações necessárias. Tem cinco minutos para arrumar sua mala, Hastings, e depois pegaremos um táxi para a rua Liverpool.

Cerca de uma hora depois, desembarcamos de um trem da Great Eastern na pequena estação de Marsdon Leigh. Indagamos na estação e descobrimos que Marsdon Manor ficava a cerca de 1,5 quilômetro de distância. Poirot decidiu ir a pé e saímos caminhando pela rua principal.

– Qual é o seu plano de ação, Poirot?

– Em primeiro lugar, irei visitar o médico. Já verifiquei que só há um médico em Marsdon Leigh, o Dr. Ralph Bernard. Ah, eis a casa dele!

Era um chalé estilizado, um pouco recuado da rua. O nome do médico estava numa placa de latão no portão. Subimos até a casa e tocamos a campainha.

Tivemos sorte na visita. Era o horário que o Dr. Bernard reservava para consultas e, no momento, não havia nenhum paciente à espera. O médico era já idoso, com os ombros um pouco curvados, e tinha um jeito distraído que o tornava extremamente simpático.

Poirot apresentou-se e explicou o objetivo de nossa visita, acrescentando que as companhias de seguro normalmente investigam os casos daquele tipo.

– Claro, claro... – murmurou o Dr. Bernard. – Como ele era um homem rico, sua vida estava segurada por uma quantia apreciável, não é mesmo?

– Considerava-o um homem rico, doutor?

O médico pareceu ficar um tanto surpreso.

– E por acaso ele não era? Tinha dois carros e Marsdon Manor é uma propriedade bem grande, cuja manutenção não devia ser barata. É verdade que ele a comprou por uma bagatela, pelo que me contaram.

– Ouvi dizer que ele sofreu grandes prejuízos ultimamente – comentou Poirot, observando o médico atentamente.

O Sr. Bernard, no entanto, limitou-se a menear a cabeça, tristemente.

– É mesmo? Eu não sabia disso. Nesse caso, foi uma sorte para a esposa ele ter feito um seguro de vida. É uma jovem muito bonita e simpática, mas está terrivelmente abalada com essa catástrofe lamentável. A pobre coitada está com os nervos à flor da pele. Tentei poupar-lhe o máximo de aborrecimentos, mas é claro que o choque não podia deixar de ser considerável.

– Vinha tratando do Sr. Maltravers ultimamente?

– Meu caro senhor, nunca tratei dele.

– Como?

– Pelo que sei, o Sr. Maltravers era um cientista-cristão... ou algo parecido.

– Mas examinou o corpo?

– Claro! Fui chamado por um dos jardineiros.

– E a causa da morte era clara?

– Totalmente. Havia algum sangue nos lábios, mas a maior parte da hemorragia deve ter sido interna.

– Ele ainda estava caído no lugar onde foi encontrado?

– Estava. Não haviam mexido no corpo. Estava caído à beira de um pequeno pomar. Obviamente, estava atirando nos corvos, porque havia uma espingarda ao lado. A hemorragia deve ter ocorrido subitamente. Uma úlcera gástrica, sem a menor dúvida.

– Não há possibilidade de ele ter sido baleado?

– Ora, meu caro senhor, como pode dizer uma coisa dessas?

– Peço que me perdoe – falou Poirot, humildemente. – Mas, se minha memória não falha, num caso recente de homicídio, o médico deu inicialmente um diagnóstico de enfarte... alterando-o mais tarde, quando o comissário de polícia local declarou que isso era impossível, pois a vítima estava com um ferimento de bala na cabeça.

– Não encontrará nenhum ferimento de bala no corpo do Sr. Maltravers – retrucou o Dr. Bernard, secamente. – E agora, cavalheiros, se não têm mais nada...

Compreendemos a insinuação.

– Muito bom dia e obrigado por ter respondido tão amavelmente a nossas perguntas, doutor. Ah, sim, só mais uma pergunta... Achou que não havia necessidade de autópsia?

– Claro que não! – gritou o médico, quase apoplético. – A causa da morte era evidente e, em minha profissão, procuramos não afligir desnecessariamente os parentes de um paciente falecido.

Virando as costas, o médico entrou em casa e bateu a porta em nossas caras, violentamente. Seguimos para Marsdon Manor. No caminho, Poirot perguntou-me:

– O que achou do Dr. Bernard, Hastings?

— Pareceu-me um velho idiota.

— Exatamente. Seus julgamentos de caráter são sempre profundos, meu amigo.

Fitei-o, apreensivo, mas Poirot parecia estar falando sério. Porém, um brilho súbito surgiu em seus olhos e ele acrescentou, maliciosamente:

— Isto é, quando não está em cena uma mulher bonita!

Meu olhar tornou-se extremamente frio.

Chegando à casa, a porta nos foi aberta por uma criada de meia-idade. Poirot entregou-lhe um cartão seu e uma carta da companhia de seguros para a Sra. Maltravers. A mulher nos conduziu a uma pequena sala e depois foi avisar à patroa. Cerca de 10 minutos depois, a porta se abriu e uma mulher esguia, de luto, apareceu.

— Monsieur Poirot? – balbuciou ela.

— Madame! – exclamou Poirot, levantando-se de maneira galante e avançando rapidamente na direção dela. – Não tenho palavras para dizer o quanto lamento incomodá-la desse jeito. Mas o que se vai fazer? *Les affaires*... eles não têm a menor compaixão!

A Sra. Maltravers deixou que Poirot a conduzisse até uma cadeira. Seus olhos estavam vermelhos de tanto chorar, mas a desfiguração momentânea não era suficiente para ocultar sua extraordinária beleza. Devia ter 27 ou 28 anos, era loura, olhos azuis muito grandes, a boca linda, os lábios salientes.

— Veio falar sobre o seguro de vida de meu marido, não é mesmo? Mas era indispensável me incómodar *agora*... tão cedo?

— Coragem, madame, coragem! Seu falecido marido fez um seguro de vida elevado. Em casos assim, a companhia sempre verifica alguns detalhes. Autorizaram-me a fazer tudo o que for necessário. E pode estar certa de que farei tudo o que estiver a meu alcance para que tais providências regulares não lhes sejam

por demais desagradáveis. Pode relatar-me, sucintamente, os tristes acontecimentos da quarta-feira?

— Eu estava mudando de roupa para o chá, quando minha criada subiu... um dos jardineiros acabara de chegar correndo. Ele havia encontrado...

Ela não conseguiu continuar. Poirot apertou-lhe a mão, num gesto de condolência.

— Compreendo, madame... Não precisa contar mais nada! Tinha visto seu marido durante a tarde?

— Não, não o vira desde o almoço. Fui até a cidade para comprar selos e ele tinha saído para dar uma volta pela propriedade.

— Estava atirando em corvos, não é mesmo?

— Isso mesmo. Ele costumava sair com a espingarda. Ouvi alguns tiros a distância.

— E onde está agora essa espingarda?

— Creio que no vestíbulo.

Ela saiu da sala ao que foi seguida pelos dois homens, encontrou a arma e a entregou a Poirot, que a examinou superficialmente.

— Estou vendo que foram disparados dois tiros — comentou ele, devolvendo a arma. — E agora, madame, se me permite, eu gostaria de ver...

Ele fez uma pausa, delicadamente. Desviando a cabeça, a Sra. Maltravers murmurou:

— A criada irá levá-lo até lá em cima.

A mesma criada de meia-idade foi chamada e conduziu Poirot ao segundo andar. Fiquei com a linda e infeliz mulher, sem saber se devia falar ou permanecer calado. Experimentei uma ou duas observações de ordem geral e ela respondeu distraidamente. Poirot desceu em poucos minutos.

— Agradeço a cortesia, madame. Creio que não precisarei mais incomodá-la. A propósito, sabe algo a respeito da situação financeira de seu marido?

Ela balançou a cabeça.

— Não, Monsieur Poirot, não sei de nada. Confesso que nunca me meti e ignoro totalmente os negócios de meu marido.

— Entendo. Sendo assim, não nos pode explicar por que ele decidiu subitamente fazer um seguro de vida, não é mesmo? Ao que eu saiba, ele nunca antes pensara nisso.

— Não posso dizer nada em relação ao período anterior ao nosso casamento, estávamos juntos havia apenas pouco mais de um ano. No entanto, sei que ele fez um seguro de vida agora porque estava absolutamente convencido de que não viveria por muito tempo. Tinha uma premonição muito forte da própria morte. Tenho a impressão de que já havia sofrido uma hemorragia e sabia que a próxima poderia ser fatal. Ainda tentei dissipar esses temores horríveis, mas em vão. E, infelizmente, ele estava certo!

Com lágrimas nos olhos, ela se despediu de nós, com extrema dignidade. Ao descermos pelo caminho, Poirot teve uma reação característica:

— *En bien*, não há mais o que fazer! Vamos voltar para Londres, meu amigo. Parece que não há nenhum rato nessa ratoeira. E, no entanto...

— E no entanto o quê?

— Uma pequena discrepância, mais nada. Também percebeu, não é mesmo? Ainda não? Mas a verdade é que a vida é cheia de discrepâncias e certamente o homem não iria acabar com a própria vida... Além do mais, não há nenhum veneno que pudesse encher-lhe a boca de sangue. Não, não, devo resignar-me ao fato de que está tudo bastante claro neste caso, não há nada de suspeito... Mas quem será esse rapaz?

Um jovem alto estava subindo para a casa e passou por nós sem fazer qualquer cumprimento. Observei que sua aparência nada tinha de feia, ao contrário, que o rosto era fino e bastante bronzeado, o que indicava que vivia num clima tropical. Um

jardineiro que estava varrendo folhas caídas interrompeu seu trabalho por um momento e Poirot rapidamente aproximou-se dele.

— Poderia informar-me, por gentileza, quem é esse cavalheiro? Por acaso o conhece?

— Não me lembro do nome dele, senhor, embora já o tenha ouvido. Ele esteve hospedado aqui na semana passada, por uma noite. Foi na terça-feira.

Poirot virou-se para mim:

— Depressa, *mon ami*, vamos segui-lo.

Voltamos e nos apressamos a subir em direção à casa, atrás do jovem que se adiantava rapidamente. Um vulto todo de preto estava no terraço ao lado da casa. O rapaz desviou-se para lá e fomos atrás. Assim, pudemos testemunhar o encontro.

A Sra. Maltravers cambaleou onde estava, o rosto ficou perceptivelmente ainda mais pálido. E ela balbuciou:

— Você aqui? Mas não estava no mar... a caminho da África Oriental?

— Recebi uma notícia dos meus advogados que me fez adiar a viagem. Meu velho tio na Escócia morreu inesperadamente e deixou-me algum dinheiro. Diante das circunstâncias, achei melhor adiar a viagem. Depois, vi a notícia terrível nos jornais e decidi vir até aqui para ajudar no que fosse possível. Talvez você precise de alguém para tomar as providências necessárias.

Nesse momento, os dois perceberam nossa presença. Poirot aproximou-se e, pedindo mil desculpas, explicou que esquecera a bengala no vestíbulo. Um tanto relutantemente, segundo me pareceu, a Sra. Maltravers fez a apresentação necessária.

— Monsieur Poirot, capitão Black.

Conversamos por uns poucos minutos, tendo Poirot verificado que o capitão Black estava hospedado no Anchor Inn. Como a bengala desaparecida não fosse encontrada (o que era esperado), Poirot pediu mais desculpas e fomos embora.

Voltamos rapidamente para a cidade e Poirot seguiu diretamente para Anchor Inn.

– Ficaremos aqui até a volta do nosso amigo capitão. Notou que eu fiz questão de ressaltar que íamos voltar para Londres no primeiro trem? Talvez tenha pensado que eu falava sério. Mas não! Observou a reação da Sra. Maltravers ao avistar o jovem Black? Ela ficou visivelmente abalada! E ele... *eh bien*, não acha que ele se mostrou muito devotado? E esteve aqui na noite de terça-feira... o dia anterior à morte do Sr. Maltravers. Temos que investigar as ações do capitão Black, Hastings.

Cerca de meia hora depois, observamos nossa presa aproximar-se do hotel. Poirot saiu ao encontro dele e, dali a pouco, levou-o ao quarto que tínhamos alugado.

– Eu contava ao capitão Black a natureza da missão que nos trouxe até aqui, Hastings. Deve compreender, *monsieur le capitaine*, como estou ansioso em determinar o estado de espírito do Sr. Maltravers imediatamente antes de sua morte. Não desejo afligir ainda mais a Sra. Maltravers, fazendo-lhe perguntas dolorosas. Mas como o senhor esteve aqui pouco antes da ocorrência, pode dar-nos informações igualmente valiosas.

– Pode estar certo de que farei tudo o que estiver a meu alcance para ajudar – respondeu o jovem militar. – Mas, infelizmente, não notei nada de anormal. Embora Maltravers fosse um velho amigo de minha família, eu próprio não o conhecia muito bem.

– Quando chegou aqui?

– Na tarde de terça-feira. Segui para Londres no início da manhã de quarta-feira, pois meu navio deveria partir de Tilbury por volta de meio-dia. Mas, como certamente ouviu-me explicar à Sra. Maltravers, recebi notícias que mudaram meus planos.

– Ia voltar para a África Oriental, não é mesmo?

– Exatamente. Estou lá desde que a guerra terminou. É uma região maravilhosa, diga-se de passagem.

– Sei disso. Sobre o que conversaram durante o jantar na noite de terça-feira?

– Não me lembro muito bem. Falamos sobre os assuntos habituais. Maltravers perguntou como estava minha família, depois debatemos a questão das reparações alemãs, a Sra. Maltravers fez muitas perguntas sobre a África Oriental e eu contei algumas histórias. Acho que foi tudo.

– Obrigado.

Poirot ficou calado por um momento e depois disse, gentilmente:

– Com sua permissão, eu gostaria de fazer uma pequena experiência. Já contou-nos tudo o que seu ego consciente sabe, mas eu gostaria agora de interrogar seu ego subconsciente.

– Psicanálise? – indagou Black, visivelmente alarmado.

– Claro que não! – respondeu Poirot, procurando tranquilizá-lo. – É algo muito simples. Eu digo uma palavra e o senhor me responde com outra, a primeira que lhe passar pela cabeça. E assim por diante. Podemos começar?

– Está certo – consentiu Black, embora ainda parecesse bastante apreensivo.

– Anote as palavras, por favor, Hastings – pediu Poirot. Depois, tirou do bolso o relógio imenso, cujo mostrador tinha o formato de um nabo, e o colocou na mesa, a seu lado. – Vamos começar. Dia.

Houve um momento de silêncio e depois Black respondeu:
– *Noite.*

À medida que Poirot foi falando, as respostas dele foram-se tornando mais rápidas.

– Nome – disse Poirot.

– *Lugar.*

– Bernard.

– *Shaw.*

– Terça-feira.

— *Jantar*.
— Viagem.
— *Navio*.
— País.
— *Uganda*.
— História.
— *Leões*.
— Espingarda.
— *Fazenda*.
— Tiro.
— *Suicídio*.
— Elefantes.
— Presas.
— Dinheiro.
— *Advogados*.
— Obrigado, capitão Black. Poderia dispensar-me alguns minutos do seu tempo dentro de aproximadamente meia hora?
— Claro!

O jovem militar fitou-o com uma expressão curiosa, enxugando o suor da testa ao se levantar. Assim que a porta se fechou, Poirot virou-se para mim, sorrindo, e disse:

— E agora, Hastings, já percebeu tudo, não é mesmo?
— Não tenho a menor ideia do que está querendo insinuar.
— Será que essa relação de palavras não lhe disse nada?

Examinei a lista meticulosamente, mas acabei balançando a cabeça em negativa, desolado.

— Vou ajudá-lo, Hastings. Antes de mais nada, quero ressaltar que Black respondeu às perguntas dentro do limite de tempo normal, sem pausas demoradas. Assim sendo, podemos presumir que ele próprio não tem qualquer conhecimento que o culpe. "Dia" e "Noite" e "Lugar" e "Nome" são associações perfeitamente normais. Comecei a trabalhar com "Bernard", o que poderia ter indicado o médico local, se ele por acaso o tivesse

conhecido. Evidentemente, isso não aconteceu. Depois de nossa conversa, ele respondeu "Jantar" quando falei "Terça-feira". Mas "Viagem" e "País" foram respondidos com "Navio" e "Uganda", indicando claramente que sua viagem para o exterior é mais importante do que a que fizera até aqui. "História" recordou-lhe as histórias de "Leões" que deve ter contado durante o jantar. Quando falei "Espingarda", ele respondeu inesperadamente com "Fazenda". Quando falei "Tiro", ele imediatamente respondeu "Suicídio". A associação parece evidente. Um homem que ele conhece cometeu suicídio com uma dessas espingardas de atirar em passarinhos, em alguma fazenda. Lembre-se de que ele ainda estava pensando nas histórias que contara durante o jantar. Creio que há de concordar que chegaremos mais perto da verdade, se eu chamar novamente o capitão Black e pedir para que repita a história de suicídio que contou durante o jantar naquela noite de terça-feira.

Black não teve a menor hesitação:

– Tem toda razão. Agora que falou nisso, lembro que realmente contei uma história de suicídio durante o jantar. Um homem se matou lá em Uganda, numa fazenda, com uma dessas espingardas de ar comprimido, para caçar passarinhos. Enfiou o cano na boca e disparou. A bala foi alojar-se no cérebro. Os médicos ficaram desconcertados, pois o único indício era um pouco de sangue na boca. Mas o que...

– O que tem isso a ver com o Sr. Maltravers? Estou vendo que ainda não sabe que encontraram uma espingarda de pressão ao lado do corpo dele.

– Está querendo dizer que minha história sugeriu-lhe... Oh, não, isso é terrível!

– Não se aflija, por favor. Ele teria de qualquer maneira cometido suicídio, mais cedo ou mais tarde, de um jeito ou de outro. Bem, agora tenho que telefonar para Londres.

Poirot teve uma conversa prolongada pelo telefone e voltou com uma expressão pensativa. Passou a tarde inteira sozinho e somente às 19 horas é que anunciou que não poderia adiar por mais tempo, tinha que dar a notícia à jovem viúva. A essa altura, toda a minha simpatia já estava do lado dela, incondicionalmente. Ficar sem dinheiro e, ainda mais, sabendo que o marido cometera suicídio era um fardo grande demais para qualquer mulher. Todavia, ela acalentava a esperança secreta de que o jovem Black pudesse consolá-la devidamente, depois de passada a dor inicial. Era evidente que ele a admirava intensamente.

Nossa conversa com a Sra. Maltravers foi dolorosa. Ela se recusou categoricamente a acreditar nos fatos que Poirot apresentou. Quando finalmente se convenceu, desatou a chorar, incontrolavelmente. Um exame do corpo converteu a suspeita em certeza. Poirot sentiu muita pena da viúva. Mas, afinal, era contratado pela companhia de seguros. O que mais poderia fazer? Quando já se preparava para ir embora, ele disse à Sra. Maltravers, gentilmente:

— Madame, deve saber mais do que as outras pessoas que não existem mortos!

— Como assim? — balbuciou ela, arregalando os olhos.

— Nunca participou de nenhuma sessão espírita? É médium e deve saber disso.

— Já tinham me falado. Mas acredita mesmo no espiritismo, Monsieur Poirot?

— Já vi coisas muito estranhas, madame. Sabe que corre na cidade o comentário de que esta casa é mal-assombrada?

Ela assentiu. Nesse momento, a criada apareceu para anunciar que o jantar estava servido.

— Não querem ficar para jantar?

Aceitamos afinal. Achei que nossa presença poderia ajudá-la a esquecer um pouco o sofrimento que a dominava. Tínhamos acabado de tomar a sopa quando ouvimos um grito lá fora

e o barulho de louça se quebrando. Levantamo-nos imediatamente. A criada apareceu na porta, com a mão no coração.

– Havia um homem... parado no corredor...

Poirot saiu correndo e voltou um instante depois.

– Não há ninguém lá.

– Não há mesmo, senhor? – sussurrou a criada. – Fiquei tão assustada!

– Por quê?

A voz dela era quase inaudível ao responder:

– Pensei... pensei que era o patrão... parecia-me com ele...

Vi a Sra. Maltravers estremecer, aterrorizada. Recordei-me da velha superstição de que um suicida não pode repousar. Tenho certeza de que ela também pensou nisso, pois em seguida agarrou o braço de Poirot, soltando um grito.

– Não ouviu as três batidas na janela? Era assim que ele costumava bater, quando dava uma volta em torno da casa!

– Foi apenas a hera batendo contra a janela! – argumentei.

Porém, uma espécie de terror começou a dominar a todos nós. A criada estava obviamente abalada. Quando o jantar terminou, a Sra. Maltravers suplicou a Poirot que não partisse imediatamente. Era evidente que estava apavorada com a perspectiva de ficar sozinha. O vento era cada vez mais forte e gemia em torno da casa de uma maneira lúgubre. Fomos nos sentar na sala. Por duas vezes, a porta se desprendeu e se abriu lentamente. Nas duas ocasiões, a Sra. Maltravers se agarrou a mim, com exclamações de terror.

– Ah, mas parece que esta porta está enfeitiçada! – gritou Poirot finalmente, irritado. – Levantou-se e foi fechar a porta, virando a chave na fechadura. – É melhor deixá-la logo trancada!

– Não faça isso! – gritou a Sra. Maltravers. – Se a porta abrisse agora...

E no momento mesmo em que ela falava, o impossível aconteceu: a porta trancada se abriu lentamente. Do lugar

onde eu estava sentado, não dava para avistar o corredor além. Mas a Sra. Maltravers e Poirot estavam de frente para ele. E ela soltou um grito estridente e balbuciou depois para Poirot:

– Também o viu... no corredor?

Poirot fitou-a, com uma expressão aturdida, depois balançou a cabeça, lentamente.

– Eu o vi... meu marido... não o viu também?

– Não vi nada, madame. Não está se sentindo bem, o choque deixou-a abalada...

– Estou perfeitamente bem! Eu... Ó meu Deus!

Subitamente, sem que o esperássemos, as luzes faiscaram e depois se apagaram. E, na escuridão, soaram três batidas rápidas na janela. Ouvi o gemido da Sra. Maltravers.

E foi então que... eu vi!

O homem que eu já vira antes estendido na cama lá em cima estava agora parado a nossa frente, irradiando uma claridade fraca, fantasmagórica. Havia sangue em seus lábios e a mão direita estava levantada, apontando. De repente, uma luz intensa pareceu irradiar-se dele. Passou por Poirot e por mim e foi incidir na Sra. Maltravers. Olhei para o rosto terrivelmente pálido e apavorado dela... e vi também algo mais!

– Santo Deus, Poirot! – gritei. – Olhe só para a mão direita dela! Está toda vermelha!

Ela olhou para a própria mão e caiu no chão, gritando histericamente:

– Sangue! Isso mesmo, é sangue! Eu o matei! Fui eu! Ele me mostrava como usar a arma quando inclinei-me rapidamente e puxei o gatilho! Salvem-me dele! Salvem-me! Ele veio me pegar! – A voz dela sumiu num gorgolejo horrível.

– Luzes! – gritou Poirot.

E as luzes se acenderam como um passe de mágica.

– Está acabado. Ouviu tudo, não é mesmo, Hastings? E você também, Everett? Ah, por falar nisso, esse é o Sr. Everett, um insigne membro da profissão teatral. Telefonei-lhe esta tarde.

Não acha que a maquiagem dele está muito boa? Muito parecido com o falecido! E com uma lanterna elétrica e a fosforescência necessária, ele conseguiu causar a impressão apropriada. Se eu fosse você, Hastings, não tocaria na mão direita dela. A tinta vermelha mancha muito. Quando as luzes se apagaram, derramei a tinta na mão dela. E, agora, temos que nos apressar, se não quisermos perder o trem. O inspetor Japp está lá fora e pode cuidar do resto. Está uma noite horrível... mas ele ajudou a fazer o tempo passar mais depressa batendo de vez em quando na janela.

Ao caminharmos apressadamente sob o vento e a chuva, Poirot foi me explicando tudo:

– Havia uma pequena discrepância, Hastings. O médico parecia pensar que o falecido era um cientista-cristão. Quem poderia ter-lhe dado tal impressão senão a Sra. Maltravers? Mas, para nós, ela declarou que o marido andava bastante apreensivo com a saúde. E por que ela ficou tão aturdida com o reaparecimento do jovem Black? Finalmente, embora eu saiba que as convenções exigem que uma mulher demonstre um profundo pesar pela morte do marido, não havia motivo para que ela passasse tanto *blush* nas pálpebras! Não tinha reparado nisso, Hastings? Como sempre lhe digo, você não repara em coisa alguma!

"Pois eram esses os fatos, meu amigo. Havia duas possibilidades. Será que a história de Black sugerira um engenhoso método de suicídio ao Sr. Maltravers? Ou será que a outra pessoa que ouvira a história, a esposa, vira nela um engenhoso método de cometer um assassinato? Cheguei à conclusão de que só podia ser a segunda hipótese. A espingarda de ar comprimido, como você também verificou, era muito comprida. Para suicidar-se daquele jeito, o falecido teria que puxar o gatilho com o dedo do pé. Ora, se Maltravers tivesse sido encontrado sem uma das botas, certamente alguém nos teria

falado a respeito. Afinal, um detalhe tão insólito não poderia deixar de ser lembrado.

"Não devia ser isso. Assim, como eu já disse, a conclusão era de que se tratava de um homicídio e não de um suicídio. Mas compreendi também que não dispunha absolutamente de qualquer prova que confirmasse minha teoria. E foi por isso que encenamos a pequena comédia a que você assistiu esta noite.

Fiz meu primeiro comentário, desde que Poirot iniciara as explicações:

– Confesso que, até agora, ainda não entendo muito bem como o crime foi cometido.

– Vamos começar pelo princípio, meu caro Hastings. Temos uma mulher inteligente e astuta. Sabe da *débâcle* financeira do marido, um homem mais velho, com quem se casou apenas por interesse. Ela o convence a fazer um seguro de vida vultoso e depois começa a procurar uma maneira segura de executar o plano de matá-lo, a fim de receber o dinheiro. E o acaso lhe proporciona isso, por meio da estranha história contada por um jovem militar. Na tarde seguinte, quando *monsieur le capitaine* já está em alto-mar, segundo ela pensa, sai com o marido a passear pela propriedade. "Que história estranha a que o capitão contou ontem à noite!", comenta ela. "Será que um homem poderia atirar em si mesmo dessa maneira? Mostre-me que eu quero ver se é possível!" E o pobre do marido... concorda em mostrar! Coloca o cano da espingarda na boca. Ela se abaixa e encosta o dedo no gatilho, rindo para ele. E diz, alegremente: "E agora, meu caro, o que aconteceria se eu puxasse o gatilho?" – Poirot fez uma breve pausa e arrematou: – E depois... e depois, Hastings... ela puxou o gatilho!

3
A aventura do apartamento barato

Nos casos que registrei até agora, as investigações de Poirot começaram a partir do fato central, quer tenha sido assassinato ou roubo, seguindo a partir daí um processo de dedução lógica, até a solução final triunfante. No caso que vou agora relatar, houve uma sucessão extraordinária de circunstâncias, a partir de incidentes aparentemente triviais, que atraíram a atenção de Poirot, levando aos acontecimentos sinistros que constituíram um crime dos mais insólitos.

Eu estava passando a noite com um velho amigo, Gerald Parker. Além de nós, havia provavelmente mais meia dúzia de pessoas presentes. A conversa acabou recaindo, como sempre acontecia quando Parker estava presente, no problema da procura de moradia em Londres. A procura de casas e apartamentos era o *hobby* preferido de Parker. Desde o término da guerra, ele já morara em pelo menos meia dúzia de apartamentos e pequenas casas. Mal se instalava em algum lugar, mudava-se inesperadamente para um novo achado, de malas e bagagens. As mudanças eram quase sempre acompanhadas de pequeno ganho pecuniário, pois Parker tinha boa cabeça para negócios. Mas era o puro amor ao esporte que o levava a agir assim, não o desejo de ganhar algum dinheiro. Ficamos escutando Parker por algum tempo, com o respeito dos novatos pelas palavras do perito. Depois, foi nossa vez de falar e irrompeu então uma verdadeira babel de vozes. Finalmente, a palavra ficou com a Sra. Robinson, uma jovem encantadora, recém-casada, que estava ali junto com o marido. Eu não os conhecera antes, já que Robinson era um amigo recente de Parker.

— Por falar em apartamentos, Sr. Parker, já soube do nosso extraordinário golpe de sorte? Conseguimos finalmente arrumar um apartamento, em Montagu Mansions!

— É o que eu sempre disse! – declarou Parker. – Há muitos apartamentos para se alugar... desde que se esteja disposto a pagar o preço!

— Tem toda razão. Mas acontece que o preço que estamos pagando é barato demais. Apenas 80 libras por ano!

— Mas... mas Montagu Mansions fica perto de Knightsbridge, não é mesmo? É um prédio grande e bonito. Ou será que está falando de algum prédio com o mesmo nome metido no meio dos cortiços?

— Não, é mesmo o prédio perto da Knightsbridge. É isso o que torna nosso achado maravilhoso.

— Maravilhoso não é palavra certa! É um milagre espetacular! Mas deve haver alguma armadilha aí. As luvas são muito altas?

— Não há luvas!

— Não há... Oh, Deus, isso é demais! – gemeu Parker.

— Mas tivemos que comprar a mobília – acrescentou a Sra. Robinson.

— Ah! Eu sabia que tinha de haver algo!– exclamou Parker, reanimando-se.

— Por 50 libras. E o apartamento está muito bem mobiliado.

— Desisto! Os atuais ocupantes devem ser lunáticos com tendências para a filantropia.

A Sra. Robinson parecia um pouco perturbada. Franziu a testa ligeiramente.

— Não é muito estranho? Será que... o apartamento é mal-assombrado?

— Nunca ouvi falar de um apartamento mal-assombrado – declarou Parker, categoricamente.

— Tem razão... – murmurou a Sra. Robinson, longe de estar convencida. – Mas há várias coisas que me chamaram a atenção, coisas um tanto... esquisitas.

— Por exemplo? – indaguei.

— Ah, a curiosidade do nosso criminologista foi despertada! — exclamou Parker. — Conte-lhe tudo, Sra. Robinson. Hastings é um grande decifrador de mistérios.

Soltei uma risada, um tanto embaraçado, mas não de todo insatisfeito com o papel que me era atribuído.

— Não chega a ser nada realmente estranho, capitão Hastings, apenas... esquisito. Fomos procurar os agentes imobiliários Stosser & Paul. Não os tínhamos contatato antes, porque normalmente eles só têm apartamentos muito caros, em Mayfair. Mas achamos que não haveria mal algum em tentarmos. Eles só tinham apartamentos de 400 ou 500 libras por ano, ou então com luvas altíssimas. Quando já íamos embora, o homem que nos atendeu informou que tinha um apartamento de 80 libras por ano. Acrescentou que duvidava muito que nossa ida até lá pudesse ter algum proveito. O apartamento já estava registrado ali havia bastante tempo e tinham enviado diversas pessoas para vê-lo. Provavelmente já estava ocupado, mas não tinham sido avisados. Não gostavam de mandar pessoas lá, pois todos ficavam irritados ao visitar um apartamento já alugado.

A Sra. Robinson teve que fazer uma pausa para recuperar o fôlego, antes de continuar:

— Agradecemos e declaramos que compreenderíamos perfeitamente se o apartamento já estivesse alugado. Mesmo assim, não custava nada ir até lá para verificar. O homem nos deu uma autorização e seguimos de táxi para o apartamento. Afinal, pensamos, não custava nada tentar. O apartamento número quatro ficava no segundo andar. Estávamos esperando o elevador quando Elsie Ferguson... é uma amiga minha, capitão Hastings, que também está procurando apartamento... desceu a escada e disse, ao me ver: "Para variar, cheguei na sua frente, minha cara. Mas nem adianta subir. Já está alugado." Aquilo

parecia encerrar o caso. Porém, como disse John, o apartamento estava muito barato, podíamos pagar um pouco mais. Quem sabe, se oferecêssemos luvas... Sei que isso é uma atitude horrível e me sinto envergonhada por contar, mas sabe qual é a dificuldade de se encontrar um bom apartamento e o que se precisa fazer para consegui-lo.

Assegurei-lhe que sabia perfeitamente que, na luta em busca de moradia, o lado inferior da natureza humana frequentemente triunfava sobre o superior e que a lei tão conhecida de lobo comendo lobo sempre prevalecia.

– Subimos para ver o apartamento. E descobrimos que não estava alugado. Uma criada nos mostrou todos os cômodos e depois falamos com a patroa dela. Ficou tudo acertado. Ocuparíamos o apartamento imediatamente, pagando 50 libras pelos móveis. Assinamos o contrato no dia seguinte e vamos mudar amanhã! – A Sra. Robinson terminou de contar, triunfante.

– E o que me diz da Sra. Ferguson? – perguntou Parker. – Vamos ouvir suas deduções, Hastings.

– Elementar, meu caro Watson. Ela foi ao apartamento errado.

– Oh, capitão Hastings, mas só pode ter sido isso mesmo! – exclamou a Sra. Robinson, admirada.

Desejei que Poirot estivesse presente naquele momento. Às vezes, tenho a impressão de que ele subestima minha capacidade.

O EPISÓDIO era divertido e resolvi apresentá-lo a Poirot, na manhã seguinte, como um falso problema. Ele pareceu se interessar e me interrogou minuciosamente a respeito dos aluguéis de apartamentos em diversos bairros.

– Uma história curiosa... – comentou ele, quando terminei. – Com licença Hastings, mas preciso dar uma volta.

Quando Poirot voltou, cerca de uma hora depois, seus olhos brilhavam com um excitamento peculiar. Pôs a bengala

em cima da mesa e escovou o chapéu com o cuidado habitual, antes de falar:

— Ainda bem, *mon ami*, que não temos nenhum caso em nossas mãos no momento. Assim, podemos dedicar-nos inteiramente à atual investigação.

— De que investigação está falando?

— Do preço extraordinariamente barato do apartamento alugado por sua amiga, a Sra. Robinson.

— Ora, Poirot, não pode estar falando sério.

— Ao contrário, meu amigo, ao contrário! Sabia que o verdadeiro aluguel daquele apartamento é de 350 libras? Verifiquei pessoalmente com os agentes do senhorio. E, no entanto, aquele apartamento em particular está sendo sublocado por 80 libras. Por quê?

— Deve haver algo errado com o apartamento. Talvez seja mal-assombrado, como a Sra. Robinson sugeriu.

Poirot meneou a cabeça, com uma expressão insatisfeita.

— Há também outro fato estranho. A amiga dela disse que o apartamento já estava alugado, porém a Sra. Robinson foi verificar e descobriu que isso não acontecia.

— Mas certamente concorda comigo que a outra mulher deve ter ido ao apartamento errado. É a única explicação possível.

— Pode ou não estar certo com relação a esse ponto, Hastings. Mesmo assim, ainda resta o fato de que diversos outros candidatos foram enviados ao apartamento e, apesar do preço extremamente baixo, ainda estava para alugar quando a Sra. Robinson apareceu.

— Isso confirma que deve haver algo errado com o apartamento.

— Pelo que contou, a Sra. Robinson não percebeu nada de errado. Não acha que é muito curioso? E qual a sua opinião a respeito dela, Hastings? Acha que é uma mulher sincera?

— É uma criatura maravilhosa!

— *Évidemment!* Já que o deixou incapaz de responder a minha pergunta. Descreva-a para mim, por gentileza.

— Ela é alta e loura... isto é, os cabelos têm um tom castanho avermelhado...

— Ah, meu caro Hastings, sempre teve uma queda por cabelos assim! Mas continue.

— Olhos azuis, a pele branca e suave e... acho que é tudo – concluí, confuso.

— E o marido dela?

— É um sujeito simpático... sem qualquer coisa de excepcional.

— Moreno ou louro?

— Não me lembro... acho que era um meio-termo, com um rosto do tipo mais comum.

Poirot assentiu.

— Estou entendendo. É verdade que existem centenas de homens comuns, que se situam num meio-termo. De qualquer maneira, você sempre dá mais ênfase e demonstra mais prazer na descrição das mulheres. Sabe algo a respeito do casal? Será que Parker os conhece bem?

— Pelo que sei, são conhecidos recentes de Parker. Mas certamente, Poirot, não está pensando...

Poirot levantou a mão.

— *Tout doucement, mon ami.* Por acaso eu disse que estou pensando algo? Falei apenas que é... uma história curiosa. E não há nada que nos possa ajudar a lançar um pouco de luz no enigma. A não ser o nome da jovem em questão, não é mesmo, Hastings?

— O nome dela é Stella. Mas não vejo o que...

Poirot interrompeu-me com uma tremenda risada. Algo parecia diverti-lo intensamente.

— E Stella significa estrela, não é mesmo? Extraordinário!

— Mas que diabo...

– E as estrelas dão luz! *Voilà!* Acalme-se, Hastings. Não fique com essa cara de dignidade ferida. Vamos até Montagu Mansions a fim de fazermos algumas indagações.

Acompanhei-o, embora contrariado. O condomínio era um grande conjunto de belos prédios, em excelente estado de conservação. Um porteiro uniformizado estava tomando sol na entrada e foi a ele que Poirot se dirigiu:

– *Pardon*, mas poderia informar-me se o Sr. e a Sra. Robinson residem aqui?

O porteiro era um homem de poucas palavras e aparentemente mal-humorado ou desconfiado. Mal olhou para nós, limitando-se a resmungar:

– Apartamento quatro. Segundo andar.

– Obrigado. Sabe me dizer há quanto tempo eles moram aqui?

– Seis meses.

Dei um passo a frente, atônito, percebendo o sorriso malicioso de Poirot.

– Impossível! – gritei. – Deve estar cometendo um engano!

– Seis meses.

– Tem certeza? A mulher a que me estou referindo é alta, com os cabelos avermelhados...

– É ela mesma – interrompeu-me o porteiro. – Vieram de Michaelmas. Há apenas seis meses.

Ele pareceu perder o interesse por nós e se retirou lentamente para o saguão do prédio. Afastei-me com Poirot.

– *Eh bien*, Hastings? – indagou meu amigo, com malícia. – Ainda está convencido de que as mulheres deslumbrantes sempre dizem a verdade?

Não respondi.

Poirot tinha se encaminhado para a Brompton Road antes que eu tivesse tempo de perguntar-lhe o que ia fazer e para onde estávamos indo.

— Vamos procurar os agentes imobiliários do prédio, Hastings. Tenho o maior desejo de ter um apartamento no Montagu. Se não estou enganado, muitos fatos interessantes vão acontecer por lá, antes que se passe muito tempo.

Tivemos sorte em nossa busca. O apartamento nº 8, no quarto andar, estava para alugar, mobiliado, a 10 libras por semana. Poirot prontamente alugou-o por um mês. Ao sairmos para a rua, ele tratou de silenciar meus protestos:

— Ora, estou ganhando dinheiro suficiente atualmente, Hastings! Por que não poderia satisfazer um pequeno capricho? Por falar nisso, *mon ami*, por acaso tem um revólver?

— Tenho, sim... em algum lugar, não me lembro direito onde o deixei... — respondi prontamente, um pouco excitado. — Acha que...

— Que irá precisar usá-lo? É bem possível. Estou vendo que a ideia lhe agrada. Ah, o espetacular e o romântico o atraem invariavelmente!

No dia seguinte, fomos nos instalar em nossos aposentos temporários. O apartamento era agradavelmente mobiliado. Ocupava a mesma posição no prédio que o apartamento dos Robinson, só que dois andares acima.

O dia seguinte a nossa mudança foi um domingo. De tarde, Poirot deixou a porta da frente entreaberta e me chamou apressadamente assim que soou a batida de uma porta em algum lugar lá embaixo.

— Dê uma olhada por cima da balaustrada, Hastings. São os seus amigos? Tome cuidado para que não o vejam.

Estiquei a cabeça e sussurrei:

— São eles mesmos.

— Ótimo! Vamos esperar um pouco.

Cerca de meia hora depois, uma jovem saiu do apartamento, em roupas chamativas e coloridas. Com um suspiro de satisfação, Poirot voltou para o nosso apartamento na ponta dos pés.

— *C'est ça*. Depois que os patrões saem, é a vez da empregada. O apartamento deve estar agora vazio.

— E o que vamos fazer? — indaguei, apreensivo.

Poirot fora até a copa e estava puxando a corda do elevador de carvão. E explicou, animadamente:

— Vamos descer pelo mesmo método que o lixo. Ninguém nos perceberá. O concerto de domingo, o "passeio" de domingo e, finalmente, o cochilo de domingo, depois do tradicional almoço de domingo inglês... *le rosbif*... tudo isso irá impedir que alguém repare nas ações de Hercule Poirot. Vamos, meu amigo.

Ele entrou na pequena plataforma de madeira e eu o segui, cautelosamente.

— Vamos arrombar o apartamento? — indaguei desconfiado.

A resposta de Poirot não foi nada tranquilizante:

— Não hoje.

Puxando a corda, descemos lentamente até o segundo andar. Poirot soltou uma exclamação de satisfação ao verificar que a porta de madeira para a copa estava aberta.

— Está vendo, Hastings? Ninguém se lembra de trancar essas portas durante o dia. E, no entanto, qualquer um pode subir ou descer, como fizemos. De noite, costumam trancar, embora nem sempre... Mas vamos tomar as providências necessárias para evitar que isso aconteça.

Ele tirou algumas ferramentas do bolso enquanto falava e começou a trabalhar imediatamente, com extrema habilidade. Seu objetivo era dar um jeito no ferrolho de maneira a que pudesse ser aberto do elevador. Toda a operação durou apenas 3 minutos. Depois, Poirot guardou as ferramentas no bolso e subimos de volta a nossos domínios.

Poirot passou toda a segunda-feira fora. Ao voltar, no fim da tarde, afundou numa poltrona com um suspiro de satisfação.

— Gostaria de ouvir uma pequena história, Hastings? Uma história do tipo que aprecia e que o fará recordar-se de um dos seus filmes prediletos?

— Pode contar — respondi, rindo. — Presumo que seja uma história verdadeira e não apenas mais um dos seus esforços de imaginação.

— A história é verídica. O inspetor Japp, da Scotland Yard, pode confirmá-la, já que foi por intermédio de seus bons ofícios que dela tomei conhecimento. E agora, Hastings, vamos à história. Há pouco mais de seis meses, alguns planos navais de grande importância foram roubados de um órgão do Governo americano. Mostravam as posições de algumas defesas costeiras essenciais e valeriam uma soma considerável para qualquer potência estrangeira... como o Japão, por exemplo. As suspeitas recaíram num jovem chamado Luigi Valdarno, italiano de nascimento, funcionário subalterno do departamento de onde sumiram os documentos. Ele desapareceu na mesma ocasião. Quer fosse ou não o ladrão dos documentos, o fato é que dois dias depois encontraram o corpo de Luigi Valdarno no East Side, em Nova York, morto com um tiro. Os documentos não estavam em seu poder. Havia algum tempo, Luigi Valdarno vinha saindo com uma jovem cantora de concerto, Elsa Hardt, que aparecera pouco antes e morava com um irmão num apartamento em Washington. Nada se sabia a respeito do passado de Elsa Hardt, que desapareceu subitamente, na mesma ocasião da morte de Valdarno. Há razões para se acreditar que ela era na realidade uma consumada espiã internacional, que já realizara diversas missões infames, sob vários pseudônimos. Ao mesmo tempo em que se empenhava em localizá-la, o Serviço Secreto americano também vigiava alguns cavalheiros japoneses, aparentemente sem a menor importância, que viviam em Washington. Eles tinham certeza de que Elsa Hardt, assim que despistasse seus perseguidores, iria procurar os referidos cavalheiros. Há 15 dias, um deles partiu subitamente para a Inglaterra. Assim, ao que tudo indica, Elsa Hardt encontra-se neste

momento aqui na Inglaterra. – Poirot fez uma pausa e depois acrescentou, suavemente: – A descrição oficial de Elsa Hardt é a seguinte: 1,70 metro de altura, olhos azuis, cabelos castanhos avermelhados, pele alva, nariz reto, sem quaisquer marcas características.

– É a Sra. Robinson!

– É possível que seja – corrigiu-me Poirot. – E eu soube também que um homem moreno, um estrangeiro, andou fazendo perguntas esta manhã, a respeito dos moradores do apartamento quatro. Portanto, *mon ami*, receio que terá que esquecer seu sono esta noite e me acompanhar numa vigília no apartamento lá de baixo... armado com aquele seu bom revólver, *bien entendu*!

– Mas claro! – gritei, entusiasmado. – Quando começaremos?

– Meia-noite é uma hora ao mesmo tempo solene e apropriada. Não é provável que ocorra algo antes disso.

Precisamente à meia-noite, descemos no elevador de carvão até o segundo andar. Poirot abriu rapidamente a porta de madeira e entramos no apartamento. Passamos para a cozinha, onde nos acomodamos confortavelmente em duas cadeiras, deixando a porta para o vestíbulo entreaberta.

– E agora só nos resta esperar – disse Poirot, visivelmente satisfeito, fechando os olhos.

Para mim, a espera pareceu interminável, pois fiquei apavorado com a possibilidade de acabar dormindo. Quando me parecia que já estava ali havia mais de oito horas, embora se tivesse passado apenas uma hora e vinte minutos, conforme verifiquei mais tarde, ouvi um barulho muito fraco. A mão de Poirot tocou na minha. Levantei e, juntos, nos encaminhamos para o vestíbulo. Era de lá que vinha o barulho. Poirot quase encostou os lábios em meu ouvido e sussurrou:

– Do lado de fora da porta da frente. Estão cortando a fechadura. Quando eu der um aviso, não antes, caia em cima dele

por trás e segure-o depressa. Tome cuidado, pois ele estará armado com uma faca.

Dali a pouco, ouvimos um ruído mais forte. Um pequeno círculo de luz surgiu através da porta. Extinguiu-se imediatamente e a porta foi aberta, lentamente. Poirot e eu ficamos colados contra a parede. Ouvi a respiração do homem quando ele passou por trás de nós, tornando a acender a lanterna. E foi nesse momento que Poirot sussurrou em meu ouvido:

— *Allez!*

Avançamos juntos. Com um movimento rápido, Poirot envolveu a cabeça do intruso com um cachecol de lã, enquanto eu imobilizava os braços dele. Toda a ação foi rápida e silenciosa. Arranquei a faca da mão dele, enquanto Poirot baixava o cachecol dos olhos para a boca. Saquei o revólver e o brandi diante do rosto do homem, a fim de que ele compreendesse que qualquer tentativa de resistência era absolutamente inútil. Quando o homem finalmente parou de se debater, Poirot aproximou os lábios do ouvido dele e começou a sussurrar rapidamente. Um minuto depois, o homem assentiu. Depois, pedindo silêncio com um gesto da mão, Poirot saiu do apartamento e desceu a escada. Nós o seguimos. Eu ia por último, empunhando o revólver. Ao chegarmos à rua, Poirot virou-se para mim:

— Há um táxi esperando logo depois da esquina. Pode me dar o revólver, Hastings. Não vamos mais precisar dele.

— E se o sujeito tentar escapar?

Poirot sorriu.

— Ele não tentará.

Voltei logo depois, com o táxi. Poirot tirara o cachecol do rosto do estranho e deixei escapar uma exclamação de surpresa ao vê-lo. E sussurrei para Poirot:

— Mas ele não é um japonês!

— A observação sempre foi o seu ponto forte, Hastings. Nada lhe escapa. Tem razão, o homem não é um japonês. Ele é italiano.

Entramos no táxi e Poirot deu ao motorista um endereço em St. John's Wood. Àquela altura, eu estava totalmente aturdido. Não queria perguntar a Poirot para onde estávamos indo na presença do prisioneiro e esforcei-me, em vão, em tentar esclarecer sozinho o que acontecera.

Saltamos diante de uma casa pequena e bastante recuada. Um homem que voltava da noitada, ligeiramente embriagado, estava cambaleando pela calçada e quase esbarrou em Poirot, que lhe disse algo, rispidamente. Não consegui ouvir direito. Subimos os degraus da casa. Poirot tocou a sineta e fez sinal para que ficássemos esperando de lado. Ninguém atendeu. Ele tocou mais uma vez e depois bateu na porta por alguns minutos, vigorosamente.

Uma luz apareceu na bandeira da porta, que foi cautelosamente entreaberta.

– Que diabo está querendo a esta hora? – perguntou de maneira ríspida uma voz de homem

– Quero falar com o médico. Minha esposa está muito doente.

– Não há nenhum médico aqui!

O homem já ia fechar a porta, mas Poirot rapidamente enfiou o pé na abertura. E tornou-se, subitamente, a caricatura perfeita de um francês enfurecido.

– Como não há médico? Vou chamar a polícia! Tem que vir comigo! Vou ficar aqui e tocar e bater a noite inteira...

– Meu caro senhor...

A porta foi novamente aberta. O homem estava metido num roupão e de chinelos. Adiantou-se, para apaziguar Poirot, lançando um olhar apreensivo ao redor.

– Vou chamar a polícia!

Poirot fez menção de que ia descer os degraus.

– Não! Não faça isso, pelo amor de Deus! – O homem correu atrás dele. Com um empurrão súbito, Poirot o fez descer os

degraus, cambaleando. Um instante depois, nós três estávamos dentro da casa, fechando a porta e passando a tranca.

— Depressa... vamos entrar ali! — Poirot seguiu na frente para a sala mais próxima, acendendo a luz na passagem. — E você... fique atrás da cortina!

— *Sì, signor* — disse o italiano, indo rapidamente esconder-se atrás da cortina de veludo rosa que cobria a janela.

E foi bem a tempo. No momento mesmo em que ele desaparecia, uma mulher entrou correndo na sala. Era alta, tinha os cabelos avermelhados e usava um quimono vermelho envolvendo o corpo esguio.

— Onde está meu marido? — gritou ela, com uma expressão assustada. — Quem são vocês?

Poirot deu um passo à frente, seguido por um gesto cortês.

— É de se esperar que seu marido não vá apanhar um resfriado. Pude observar que ele calçava chinelos e que seu roupão era bem grosso.

— Quem é você? O que está fazendo em minha casa?

— É verdade que nenhum de nós teve o prazer de conhecê-la pessoalmente até agora, madame. E isso é ainda mais lamentável porque um dos nossos veio especialmente de Nova York para encontrá-la.

A cortina se abriu e o italiano avançou. Para minha surpresa e consternação, vi que ele estava brandindo meu revólver, que Poirot, inadvertidamente, devia ter deixado no assento do táxi.

A mulher soltou um grito desesperado e virou-se para fugir. Mas Poirot estava parado diante da porta fechada.

— Deixe-me sair! — gritou a mulher. — Ele vai me matar!

— Quem matou Luigi Valdarno? — indagou o italiano, com a voz áspera. Ele brandia o revólver ameaçadoramente, apontando alternadamente para os três. Não nos atrevíamos a fazer qualquer movimento.

— Santo Deus, Poirot! — gritei. — Isso é terrível! O que vamos fazer agora?

– Você me faria um favor abstendo-se de falar, Hastings. Posso assegurar-lhe de que nosso amigo não irá atirar, a menos que eu lhe diga para fazê-lo.

– Tem certeza disso? – perguntou o italiano, com um olhar que me provocou um calafrio.

A mulher virou-se bruscamente para Poirot.

– O que está querendo?

Poirot fez uma mesura.

– Não creio ser necessário insultar a inteligência de Elsa Hardt dizendo-lhe explicitamente.

Com um movimento rápido, a mulher pegou um gato preto de veludo que servia como cobertura para o telefone.

– Estão costurados no forro deste gato!

– Muito hábil – comentou Poirot, em tom de admiração, dando em seguida um passo para o lado. – Boa noite, madame. Vou deter seu amigo de Nova York enquanto a senhora dá um jeito de escapar.

– Mas que idiota! – rugiu o italiano. E levantando o revólver, disparou à queima-roupa na mulher, que já começava a se afastar, antes que eu tivesse tempo de me lançar sobre ele.

Porém, a arma simplesmente fez um clique inofensivo e a voz de Poirot soou numa censura suave:

– Nunca confia em seu velho amigo, Hastings. Não me importo que meus amigos portem armas carregadas, mas jamais permito que um mero conhecido o faça. Não, não, *mon ami*! – As últimas palavras foram dirigidas ao italiano, que praguejava furiosamente: – Espero que compreenda o que fiz por você. Salvei-o de ser enforcado. E não pense que nossa bela dama irá escapar. A casa está sendo vigiada, na frente e nos fundos. Os dois cairão diretamente nas mãos da polícia. Não acha que isso é um pensamento agradável e confortador? Está bem, pode deixar a sala agora. Mas tome cuidado... muito cuidado. Eu... ah, ele já foi! E meu amigo Hastings me olha com uma expressão de censura. Mas era tudo tão simples! Era tudo evi-

dente desde o início. Entre inúmeros candidatos, provavelmente centenas, ao apartamento número 4 de Montagu Mansions, somente os Robinsons foram considerados apropriados. Por quê? O que havia para distingui-los de todos os outros... e praticamente ao primeiro olhar? Seria a aparência? Possivelmente, embora ela nada tivesse de extraordinária. Nesse caso, só podia ser o nome deles!

— Mas não há nada de extraordinário no nome Robinson, Poirot. Ao contrário, é um nome bastante comum.

— *Ah, Sapristi*! Mas é justamente esse o ponto, meu amigo. Elsa Hardt e o marido, irmão ou o que quer que o homem fosse, chegaram de Nova York e alugaram um apartamento sob o nome de Sr. e Sra. Robinson. E subitamente descobriram que uma dessas sociedades secretas, a Máfia ou a Camorra, à qual Luigi Valdarno certamente pertencia, estava atrás deles. O que fizeram? Imaginaram um plano de extrema simplicidade. Evidentemente, sabiam que seus perseguidores não conheciam pessoalmente nenhum dos dois. O que poderia ser mais simples? Ofereceram o apartamento por um aluguel absurdamente baixo. Entre os milhares de jovens casais que neste momento procuram moradia em Londres, não podia deixar de haver vários Robinsons. Era simplesmente uma questão de esperar um pouco. Se der uma olhada no catálogo telefônico, vai verificar que era inevitável o aparecimento de uma Sra. Robinson, mais cedo ou mais tarde. O que aconteceria então? O vingador chega. Conhece o nome, conhece o endereço. E ataca! Está tudo terminado, a vingança está consumada... E Elsa Hardt mais uma vez escapa por um triz. Por falar nisso, Hastings, você deve me apresentar à verdadeira Sra. Robinson... essa criatura maravilhosa e sincera! O que eles irão pensar quando descobrirem que o apartamento foi arrombado? Devemos voltar o mais depressa possível. Ah, parece que Japp e seus amigos estão voltando!

Bateram vigorosamente na porta.

— Como descobriu este endereço? — indaguei, enquanto seguia Poirot até o vestíbulo. — Ah, é claro, você mandou seguir a primeira Sra. Robinson quando ela deixou o apartamento!

— *A la bonne heure*, Hastings. Está finalmente usando suas pequenas células cinzentas. E, agora, vamos preparar uma pequena surpresa para Japp.

Abrindo devagarinho a porta, Poirot enfiou para fora a cabeça do gato e soltou um estridente "Miau".

O inspetor da Scotland Yard, que estava parado do lado de fora, em companhia de outro homem, teve um sobressalto.

— Ah, é apenas Monsieur Poirot com mais uma de suas brincadeiras! — exclamou ele, quando a cabeça de Poirot apareceu atrás do gato. — Vamos entrar.

— Nossos amigos estão bem seguros?

— Pegamos os dois sem maiores dificuldades. Mas não estavam com a mercadoria.

— Entendo. E por isso resolveu vir dar uma busca na casa. Bem, já estou de partida com meu amigo Hastings. Mas, antes de ir embora, gostaria de fazer-lhe uma pequena preleção sobre a história e os hábitos do gato doméstico.

— Pelo amor de Deus, Monsieur Poirot, será que ficou inteiramente doido?

— O gato era adorado pelos antigos egípcios — disse Poirot, em tom professoral. — Ainda considera-se um símbolo de boa sorte quando um gato preto cruza nosso caminho. Esse gato cruzou seu caminho esta noite, Japp. Sei que na Inglaterra não é bem visto falar do interior de qualquer animal ou pessoa. Mas o interior deste gato é perfeitamente delicado. Estou-me referindo ao forro.

Com um grunhido súbito, o segundo homem arrancou o gato da mão de Poirot.

— Ah, esqueci de apresentá-lo — disse Japp. — Monsieur Poirot, este é o Sr. Burt, do Serviço Secreto dos Estados Unidos.

Os dedos hábeis do americano já haviam sentido o que ele procurava. Estendeu a mão e, por um instante, faltou-lhe a palavra. Todavia, logo se mostrou à altura da ocasião.

– Prazer em conhecê-lo – disse o Sr. Burt.

4
O mistério de Hunter's Lodge

—No fim das contas, é bem possível que eu não morra desta vez – declarou Poirot.

Julguei esse comentário, partindo de um convalescente de uma forte gripe, impregnado de um otimismo benéfico. Eu fora o primeiro a pegar a gripe e Poirot a contraíra logo depois. Ele estava então sentado na cama, apoiado em travesseiros, com a cabeça envolta por um xale de lã, tomando lentamente uma *tisane* particularmente insalubre, que eu preparara de acordo com suas instruções meticulosas. Ele contemplou, com evidente satisfação, a fileira de vidros de remédios impecavelmente arrumados sobre a cornija da lareira.

– É isso mesmo – continuou meu pequeno amigo. – Mais uma vez, voltarei a ser eu mesmo, o grande Hercule Poirot, o terror dos malfeitores! Imagine só, *mon ami*, que há uma pequena nota a meu respeito no *Society Gossip*. Isso mesmo! E aqui está! "Depressa, criminosos, podem sair às ruas! Hercule Poirot... e acreditem, meninas, ele é de fato um Hércules!... nosso detetive predileto da sociedade, não está em condições de agarrá-los! E querem saber por quê? Ora, porque ele próprio foi agarrado... por *la grippe*!"

Não pude deixar de soltar uma risada.

– Isso é ótimo para você, Poirot. Está-se tornando um personagem público. E, felizmente, não perdeu caso algum interessante durante esse período.

— Tem toda razão. Os poucos casos que fui obrigado a recusar não me causam o menor arrependimento.

Nesse momento, nossa senhoria enfiou a cabeça pela porta entreaberta e disse:

— Há um cavalheiro lá embaixo que deseja falar com Monsieur Poirot ou com o capitão Hastings. Como ele estava muito nervoso... mas nem por isso deixou de se comportar como um cavalheiro... resolvi trazer seu cartão.

Ela me entregou o cartão e li em voz alta:

— Sr. Roger Havering.

Poirot acenou com a cabeça na direção da estante e obedientemente fui pegar o *Quem é Quem*. Poirot folheou-o rapidamente.

— Segundo filho do 5º barão de Windsor. Casado em 1913 com Zoe, quarta filha de William Crabb.

— Hum... — murmurei. — Imagino que deva ser a jovem que se apresentava no Frivolity, com o nome de Zoe Carrisbrook. Lembro-me de que ela se casou pouco antes da guerra.

— Não gostaria de descer e ouvir o problema do nosso visitante, Hastings? Apresente-lhe minhas desculpas por não poder recebê-lo pessoalmente.

Roger Havering tinha cerca de 40 anos, era um homem aprumado e vestido com elegância. Mas a expressão era angustiada, indicando seu intenso nervosismo.

— Capitão Hastings? Pelo que me disseram, é o sócio de Monsieur Poirot, não é mesmo? É indispensável que ele me acompanhe hoje mesmo até Derbyshire.

— Lamento, mas isso é impossível. Poirot está de cama, com uma gripe muito forte.

O homem ficou desolado.

— Oh, Deus, mas isso é terrível!

— O assunto sobre o qual deseja consultá-lo é muito grave?

— É, sim! Meu tio, o melhor amigo que tive no mundo, foi assassinado ontem à noite!

— Aqui em Londres?
— Não. Em Derbyshire. Eu estava aqui em Londres e recebi esta manhã um telegrama de minha esposa. E decidi imediatamente vir até aqui, para suplicar a Monsieur Poirot que cuide do caso.

Tive uma ideia súbita e falei:
— Pode esperar um momento?

Havering assentiu e subi correndo a escada. Em poucas palavras expus a situação a Poirot. E não precisei explicar o restante, pois Poirot comentou:
— Estou entendendo, meu amigo. Deseja ir até lá sozinho, não é mesmo? Por que não? A esta altura, já deve conhecer bastante bem os meus métodos. Tudo o que lhe peço é que me informe diariamente de tudo o que acontecer e siga ao pé da letra as instruções que por acaso eu lhe mandar por telegrama.

Concordei prontamente com o pedido.

UM HORA DEPOIS, eu estava sentado diante de Roger Havering, num vagão de primeira classe de um trem da Midland Railway, que se afastava rapidamente de Londres.

— Antes de mais nada, capitão Hastings, quero que saiba que Hunter's Lodge, a cabana do caçador, para onde estamos indo, o lugar em que ocorreu a tragédia, é apenas isso, um refúgio para caça em plena mata, em Derbyshire. Nossa verdadeira casa fica perto de Newmarket e geralmente alugamos um apartamento em Londres durante a estação. Hunter's Lodge fica aos cuidados de uma governanta, que normalmente faz tudo o que precisamos nos fins de semana ocasionais que lá passamos. Durante a temporada de caça, quando permanecemos por mais tempo em Hunter's Lodge, sempre levamos alguns dos nossos criados de Newmarket. Meu tio, Harrington Pace (como talvez já saiba, minha mãe era uma Pace de Nova York), morava conosco havia três anos. Ele nunca se deu muito bem com meu pai nem com meu irmão mais velho. E como sou

também uma espécie de filho pródigo, creio que isso tenha contribuído para aumentar a afeição dele em relação a mim, ao invés de diminuí-la. Mas como sou um homem pobre e meu tio era um homem rico... Em outras palavras, era ele que pagava as despesas. Embora meu tio fosse um homem exigente e difícil em muitos aspectos, nós três vivíamos de maneira harmoniosa. Há dois dias, um pouco cansado de nossas festas em Londres, ele sugeriu que fôssemos passar uns poucos dias em Derbyshire. Minha esposa telegrafou para a Sra. Middleton, a governanta, avisando que seguiríamos na mesma tarde. Ontem de tarde, fui obrigado a voltar a Londres, para um compromisso inadiável. Mas minha esposa e meu tio ficaram em Hunter's Lodge. E esta manhã recebi este telegrama.

Havering entregou-me o telegrama, que dizia:

Venha imediatamente tio Harrington assassinado ontem à noite traga um bom detetive se puder mas venha de qualquer maneira – Zoe.

– Quer dizer que ainda não sabe dos detalhes?
– Não. Mas imagino que a notícia seja publicada pelos jornais vespertinos. Sem dúvida a polícia já está cuidando do caso.

Eram quase 15 horas quando chegamos à pequena estação de Elmer's Dale. Uma viagem de 8 quilômetros levou-nos a uma pequena casa de pedras cinzentas, no meio da mata.

– Um lugar muito solitário – comentei, sentindo um calafrio.

Havering assentiu.

– Acho que vou tentar desfazer-me deste lugar. Nunca mais conseguirei viver aqui.

Abrimos o portão e subimos por um caminho estreito até a porta de carvalho, de onde saiu para nos receber um vulto que me era familiar.

– Japp! – exclamei.

O inspetor da Scotland Yard sorriu-me amistosamente, antes de se dirigir a meu companheiro:

— Sr. Havering, não é mesmo? Fui enviado de Londres para tomar conta deste caso e gostaria de lhe falar por um momento, se não se incomoda.

— Minha esposa...

— Já conversei com sua esposa, senhor... e também com a governanta. Não vou retê-lo por muito tempo. É que estou ansioso em voltar para a cidade, agora que já vi tudo o que havia para se ver por aqui.

— Ainda não sei coisa alguma a respeito...

— Isso não é problema — disse Japp, suavemente. — Mesmo assim, há alguns pontos sobre os quais gostaria de saber sua opinião. O capitão Hastings, que já me conhece, poderá entrar na casa e comunicar sua chegada. Por falar nisso, capitão Hastings, onde está o homenzinho?

— Está de cama, com uma forte gripe.

— É mesmo? Lamento saber disso. Parece até a história da carroça sem o cavalo, sua presença aqui sem a companhia dele.

E depois desse gracejo de mau gosto e inoportuno, não me restava alternativa senão seguir até a casa e tocar a sineta, enquanto Japp se afastava com o Sr. Havering. Logo depois, a porta foi aberta por uma mulher de meia-idade, vestida de preto.

— O Sr. Havering logo estará aqui — expliquei. — Foi detido pelo inspetor. Vim com ele de Londres para investigar o caso. Talvez possa contar-me rapidamente o que aconteceu ontem à noite.

— Entre, por favor, senhor. — A mulher fechou a porta assim que entrei e ficamos parados no vestíbulo mal iluminado. — Foi logo depois do jantar, ontem à noite, que o homem apareceu. Pediu para falar com o Sr. Pace. Verificando que ele falava do mesmo jeito, imaginei que fosse um amigo americano do Sr. Pace. Levei-o à sala de armas e fui avisar o Sr. Pace. O cavalheiro

não me quisera dizer seu nome, o que agora acho bastante estranho. Avisei o Sr. Pace e ele pareceu ficar um pouco espantado com a visita, mas disse à patroa: "Com licença, Zoe. Vou ver o que esse sujeito está querendo." Ele foi para a sala de armas, enquanto eu voltava para a cozinha. Pouco depois, ouvi gritos, como se eles estivessem discutindo. Vim para o vestíbulo. No mesmo momento, a patroa veio também. E foi então que ouvimos um tiro e depois um silêncio terrível. Corremos as duas para a sala de armas, mas a porta estava trancada e tivemos que dar a volta até a janela. Estava aberta e pudemos avistar o Sr. Pace lá dentro, ferido a bala e sangrando muito.

– O que aconteceu com o tal homem?

– Ele deve ter saído pela janela antes de nossa chegada, senhor.

– E o que aconteceu em seguida?

– A Sra. Havering mandou que eu chamasse a polícia. É uma caminhada de 8 quilômetros. Eles voltaram comigo e o delegado passou a noite inteira aqui. E esta manhã chegou esse inspetor de Londres.

– Como era o homem que pediu para falar com o Sr. Pace?

A governanta pensou por um momento, antes de responder:

– Tinha uma barba preta, senhor, era um homem de meia-idade, usava um sobretudo leve. Além do fato de ele falar como um americano, não notei muito.

– Está certo. Será que posso falar com a Sra. Havering?

– Ela está lá em cima. Quer que eu vá avisá-la?

– Por gentileza. Diga que o Sr. Havering está lá fora, com o inspetor Japp, e que o cavalheiro que veio junto com ele de Londres lhe deseja falar, o mais depressa possível.

– Está certo, senhor.

Eu estava ansioso e impaciente em saber logo de todos os fatos. Japp tinha duas ou três horas de dianteira, e a ansiedade dele em ir embora dali levava-me a querer acompanhá-lo.

A Sra. Havering não me deixou esperando por muito tempo. Poucos minutos depois, ouvi passos leves descendo a escada. Levantei a cabeça e avistei uma jovem muito bonita vindo em minha direção. Usava uma blusa vermelha que acentuava ainda mais a característica esguia e infantil de seu corpo. Sobre os cabelos pretos havia um pequeno chapéu de couro, também vermelho. Até mesmo a tragédia recente não podia reduzir a vitalidade de sua personalidade.

Apresentei-me e ela assentiu, demonstrando saber quem eu era.

— Claro que já ouvi falar muitas vezes a seu respeito e de seu colega, Monsieur Poirot. Já fizeram trabalhos maravilhosos juntos, não é mesmo? Meu marido agiu muito bem ao procurá-los imediatamente. Deseja agora fazer-me algumas perguntas? É a maneira mais fácil de saber de tudo a respeito deste caso horrível, não é mesmo?

— Obrigado, Sra. Havering. Então, poderia me dizer a que horas o tal homem apareceu?

— Devia ser pouco antes das 21 horas. Tínhamos acabado de jantar e estávamos tomando café e fumando.

— Seu marido já tinha partido para Londres?

— Já, sim. Ele pegou o trem das 18h15.

— Ele foi de carro ou a pé até a estação?

— Nosso carro não está aqui. Veio um da garagem de Elmer's Dale para buscá-lo a tempo de pegar o trem.

— O Sr. Pace estava se comportando da maneira habitual?

— Estava absolutamente normal sob todos os aspectos.

— Poderia descrever-me o visitante?

— Infelizmente, não. Não cheguei a vê-lo. A Sra. Middleton levou-o diretamente para a sala de armas e depois veio avisar meu tio.

— O que disse seu tio?

— Ele pareceu ficar um pouco aborrecido, mas foi imediatamente falar com o visitante. Cinco minutos depois, ouvi vozes

alteradas. Saí para o vestíbulo, quase esbarrando na Sra. Middleton. Foi nesse momento que ouvimos o tiro. A porta da sala de armas estava trancada por dentro e tivemos que sair e dar a volta pela casa até a janela. É claro que isso levou algum tempo e o assassino pôde escapar. Meu pobre tio... – Ela fez uma breve pausa, visivelmente perturbada, antes de acrescentar: – ...tinha levado um tiro na cabeça. Percebi imediatamente que estava morto. Mandei a Sra. Middleton chamar a polícia. Tomei a precaução de não tocar em nada na sala, deixando tudo como havia encontrado.

Assenti, em aprovação.

– E o que me pode dizer a respeito da arma?

– Acho que sei qual foi, capitão Hastings. Havia um par de revólveres de meu marido na parede. Um deles desapareceu. Disse isso à polícia e eles levaram o outro. Acho que poderão saber com certeza, depois que extraírem a bala.

– Posso ir até a sala de armas?

– Certamente. A polícia já terminou suas investigações. E também já removeram o corpo.

A jovem senhora me acompanhou até o local do crime. No momento em que nos aproximávamos da porta, Havering entrou na casa. Ela pediu-me desculpas e correu ao encontro dele. Fiquei sozinho para fazer minhas investigações.

Acho melhor confessar logo que estas foram um tanto desapontadoras. Nas novelas de detetives, as pistas sempre são abundantes. Mas, ali, não encontrei nada que pudesse considerar fora do comum, a não ser uma grande mancha de sangue no tapete, onde devia ter caído o homem assassinado. Examinei tudo meticulosamente e tirei duas fotografias da sala com minha pequena câmera, que tomara o cuidado de levar. Examinei também o terreno do lado de fora, nas proximidades da janela. Mas fora pisado por tantos pés que cheguei à conclusão de que era perda de tempo examiná-lo. Já tinha visto tudo o

que Hunter's Lodge tinha para mostrar. Estava na hora de voltar para Elmer's Dale e entrar em contato com Japp. Assim, despedi-me dos Haverings e voltei no mesmo carro que nos trouxera da estação.

Encontrei Japp no Matlock Arms e ele me levou imediatamente para ver o corpo. Harrington Pace era um homem baixo e magro, de aparência tipicamente americana, e usava a barba raspada. Levara um tiro na nuca e o revólver fora disparado quase à queima-roupa. Japp comentou:

— Ele se virou por um momento e o outro sujeito rapidamente pegou o revólver e alvejou-o. O revólver que a Sra. Havering nos indicou estava carregado e suponho que o outro também estivesse. É curioso como as pessoas costumam fazer tolices. Como se pode deixar dois revólveres carregados na parede?

Ao sairmos da câmara mortuária, perguntei a Japp:

— O que acha do caso?

— Meu primeiro suspeito foi Havering. — Japp fez uma breve pausa. Notando minha expressão de espanto, logo acrescentou: — Isso mesmo! Havering tem alguns incidentes escusos em seu passado. Quando estava em Oxford, houve um caso meio confuso. Parece que ele assinou um cheque do próprio pai. É claro que o caso foi abafado. E não podemos esquecer que, no momento, ele está bastante endividado. Diga-se de passagem, são dívidas que o tio provavelmente não ia querer saldar. Ao mesmo tempo, sabemos que o testamento do tio é a favor dele. Por tudo isso, suspeitei dele e quis falar-lhe antes que se encontrasse com a esposa. Mas a história que me contou se ajusta perfeitamente ao que eu já sabia. Estive na estação e parece não haver a menor dúvida de que ele realmente embarcou no trem das 18h15. Assim, deve ter chegado a Londres por volta das 22h30. Ele disse que foi diretamente para seu clube. Se isso for confirmado, não haveria a menor possibilidade de ele estar aqui às 21 horas, para matar o tio disfarçado com uma barba preta.

– Eu estava mesmo querendo falar a respeito disso. O que acha dessa barba preta?

Japp piscou-me o olho.

– Acho que cresceu muito depressa... nos 8 quilômetros entre Elmer's Dave e Hunter's Lodge. Quase todos os americanos que tenho conhecido costumam manter a barba feita. É isso mesmo, acho que teremos de procurar o assassino entre os americanos ligados ao Sr. Pace. Interroguei a governanta primeiro e depois a Sra. Havering. As histórias das duas estão de acordo. Só lamento que a Sra. Havering não tenha visto o homem. É uma mulher inteligente e poderia ter percebido algo que nos desse uma pista.

Escrevi um relato longo e meticuloso para Poirot. E pude ainda acrescentar algumas informações adicionais, antes de despachar a carta.

A bala foi extraída e verificou-se que havia sido disparada por um revólver idêntico ao que a polícia apreendera na Hunter's Lodge. Além disso, os movimentos do Sr. Havering na noite do crime foram devidamente verificados e confirmados. Não havia a menor dúvida de que ele chegara a Londres no trem que passara por Elmer's Dale às 18h15. E havia ocorrido ainda outro fato importante. Naquela manhã, um homem que vivia em Ealing, Londres, ao atravessar Haven Green para chegar à estação ferroviária local, avistara um embrulho de papel pardo caído entre os trilhos. Ao abri-lo, descobrira que continha um revólver. Entregara-o à delegacia de polícia local. Antes que a noite caísse, já estava constatado que se tratava do revólver que estávamos procurando, idêntico ao que a Sra. Havering entregara à polícia. Uma bala fora disparada.

Acrescentei tudo isso a meu relatório. Na manhã seguinte, na hora do café, recebi um telegrama de Poirot:

Claro que homem de barba preta não era Havering só você ou Japp podiam ter tal ideia mande por telegrama descrição da governanta e que roupas ela usava esta manhã o mesmo da Sra. Havering não perca tempo tirando fotografias de interior estavam subexpostas e nada tinham de artísticas.

Achei que o estilo de Poirot era desnecessariamente jocoso. Tive também a impressão de que ele estava um pouco ciumento da minha posição no local do crime, com todas as facilidades para resolver o caso. O pedido de uma descrição das roupas das duas mulheres pareceu-me simplesmente ridículo, mas o atendi mesmo assim, como não podia deixar de fazê-lo, já que eu não passava de um simples mortal.

Às 11 horas, recebi outro telegrama de Poirot:

Aconselhe Japp prender governanta antes que seja tarde demais.

Aturdido, fui mostrar o telegrama a Japp, que soltou uma imprecação.

— Monsieur Poirot sabe o que faz. Se ele está dando tal conselho, é porque tem algum motivo. E eu mal prestei atenção na mulher! Não sei se posso prendê-la, mas pelo menos mandarei vigiá-la. E vamos imediatamente ter outra conversa com ela.

Mas já era tarde demais. A Sra. Middleton, aquela mulher tranquila de meia-idade, que parecia ser absolutamente normal e respeitável, desaparecera misteriosamente. Deixara seu baú. Mas este continha apenas roupas, sem a menor indicação para sua identidade ou paradeiro.

Arrancamos todos os fatos possíveis da Sra. Havering:

— Contratei-a há cerca de três semanas, quando a Sra. Emery, nossa antiga governanta, nos deixou. Foi-me enviada pela agência da Sra. Selbourne, na rua Mount, um estabele-

cimento dos mais conhecidos e respeitáveis. É lá que procuro todos os criados. Foram muitas as candidatas ao emprego, mas a Sra. Middleton foi a que me pareceu melhor. Além disso, tinha também as melhores referências. Contratei-a imediatamente e comuniquei o fato à agência. Não posso acreditar que ela tenha feito algo. Era uma mulher tão afável e quieta!

O caso era realmente misterioso. Embora fosse evidente que a Sra. Middleton não poderia ter cometido o assassinato pessoalmente, pois estava no vestíbulo com a Sra. Havering no momento em que o tiro fora disparado, parecia não haver a menor dúvida de que ela tinha alguma ligação com o crime. Se assim não fosse, por que desapareceria tão abruptamente?

Telegrafei as últimas notícias para Poirot e sugeri que eu deveria voltar a Londres, a fim de fazer investigações na agência de empregos.

A resposta de Poirot foi imediata:

Inútil perguntar na agência porque nunca ouviram falar dela descubra que veículo ela pegou ao chegar pela primeira vez em Hunter's Lodge.

Embora desconcertado com o pedido, atendi obedientemente. Os meios de transporte em Elmer's Dale eram bastante limitados. A garagem local só tinha dois carros Ford, um tanto avariados, e havia duas charretes de aluguel na estação. Nenhum desses veículos fora usado na ocasião. Interrogada, a Sra. Havering explicou que dera à mulher dinheiro suficiente para a passagem até Derbyshire e para alugar um carro ou uma charrete a fim de levá-la a Hunter's Lodge. Um dos Ford geralmente ficava parado na estação, para o caso de desembarcar algum passageiro que desejasse alugá-lo. Levando-se em consideração o fato adicional de que ninguém na estação percebera a chegada de um estranho de barba preta na noite do crime, tudo parecia apontar para a conclusão de que o

assassino viera em seu próprio carro, que ficara à espera nas proximidades, para lhe servir como meio de fuga. Provavelmente fora esse mesmo carro que levara a misteriosa governanta a seu novo emprego. Devo acrescentar que as investigações na agência de empregos em Londres tiveram o resultado já previsto por Poirot. Nenhuma mulher como a "Sra. Middleton" jamais estivera registrada na agência. Haviam recebido o pedido de uma governanta da Sra. Havering e tinham enviado diversas candidatas. Quando ela enviara o pagamento pelos serviços prestados, esquecera de mencionar qual das mulheres escolhera para o trabalho.

Um tanto desolado, voltei para Londres. Encontrei Poirot sentado numa poltrona, diante da lareira, metido num roupão de cores berrantes. Ele saudou-me com o maior afeto.

— *Mon ami* Hastings! Como estou contente em vê-lo! Sabia que sinto a maior afeição por você? E então, divertiu-se muito? Andou correndo de um lado para outro com nosso bom Japp? Interrogou e investigou até ficar plenamente satisfeito?

— O caso é um tremendo mistério, Poirot! Nunca será resolvido!

— É verdade que provavelmente não nos cobriremos de glória neste caso.

— Tem toda razão, Poirot. É um osso duro de roer.

— Para dizer a verdade, meu amigo, sou muito bom nessas investigações. Sempre consigo chegar ao tutano. Mas não é isso o que está me incomodando. Sei perfeitamente quem matou o Sr. Harrington Pace.

— Sabe? E como descobriu?

— Suas respostas esclarecedoras a meus telegramas revelaram-me a verdade. Vamos examinar os fatos metodicamente e em ordem, Hastings. O Sr. Harrington é um homem consideravelmente rico. Não resta a menor dúvida de que, com sua morte, toda a fortuna ficará para o sobrinho. Esse é o ponto

número um. Sabe-se que o sobrinho está precisando desesperadamente de dinheiro. Eis o ponto número dois. Sabe-se também que o sobrinho é... podemos dizer um homem de fibra moral um tanto frouxa? Eis o ponto número três.

— Mas sabemos que Roger Havering seguiu diretamente para Londres! Isso já foi confirmado!

— *Précisément*... O Sr. Havering deixou Elmer's Dale às 18h15. Como o Sr. Pace não poderia ter sido morto antes da partida dele, pois nesse caso o médico teria verificado que a hora do crime fora indicada erroneamente, ao examinar o corpo, chegamos à conclusão absolutamente certa de que o Sr. Havering não atirou no tio. Mas ainda resta a Sra. Havering, Hastings.

— Mas isso é impossível! A governanta estava junto dela quando o crime foi cometido!

— Ah, sim, a governanta... Mas ela desapareceu, não é mesmo?

— Tenho certeza de que acabará sendo encontrada, mais cedo ou mais tarde.

— Não creio. Não acha que há algo estranhamente misterioso nessa governanta, Hastings? Percebi imediatamente.

— Imagino que ela possuía um papel a desempenhar, escapando em seguida, no momento preciso.

— E qual foi o papel dela?

— Presumivelmente, abrir a porta para seu cúmplice, o homem de barba preta.

— Oh, não, não foi esse o papel mais importante dela. Foi justamente o que você acabou de mencionar. Ou seja, proporcionar um álibi para a Sra. Havering no momento em que o tiro foi disparado. E ninguém jamais a encontrará, *mon ami*, simplesmente porque ela não existe! "Não há tal pessoa", como disse o grande Shakespeare de vocês.

— Foi Dickens quem escreveu isso — murmurei, incapaz de conter um sorriso. — Mas o que está querendo insinuar, Poirot?

— Zoe Havering era uma atriz antes de se casar. Você e Japp viram a governanta apenas num vestíbulo mal iluminado, uma

mulher aparentemente de meia-idade, vestida de preto, com a voz contida. Nenhum dos dois, tampouco a polícia local, jamais viu a Sra. Middleton e a patroa juntas, em nenhuma ocasião. Foi uma brincadeira de criança para aquela mulher esperta e audaciosa. Sob o pretexto de chamar a patroa, ela subiu correndo a escada, vestiu uma blusa de cor berrante e pôs um chapéu de couro, com cachos presos, sobre os cabelos grisalhos com que se disfarçara. Removeu rapidamente a maquiagem, passou um pouco de *blush* no rosto. E em poucos minutos quem desceu a escada foi a esfuziante Zoe Havering, com sua voz vibrante. Ninguém se preocupou em examinar mais atentamente a governanta. Por que alguém haveria de fazer isso? Não existia nada que a ligasse ao crime. Além do mais, ela também tinha um álibi.

— E o que me diz do revólver que foi encontrado em Ealing? A Sra. Havering não poderia tê-lo levado até lá.

— Tem razão. Foi Roger Havering quem deixou o revólver lá. Mas isso foi um erro da parte deles. Foi o que me levou à pista certa. Um homem que cometeu assassinato com um revólver encontrado no local do crime certamente o jogaria fora imediatamente, não o levaria até Londres. O motivo para isso era evidente: os criminosos desejavam desviar a atenção da polícia para longe de Derbyshire. Queriam afastar a polícia das vizinhanças o mais depressa possível. É claro que o revólver encontrado em Ealing não foi aquele com que o Sr. Pace foi morto. Roger Havering deu um tiro com esse revólver e levou-o para Londres. Foi direto para seu clube, a fim de estabelecer o álibi, saindo em seguida para Ealing, uma viagem de menos de 20 minutos, deixando ali o embrulho com o revólver e voltando imediatamente. Enquanto isso, aquela criatura encantadora, a esposa dele, matava calmamente o Sr. Pace, logo depois do jantar. Está lembrado que o tiro foi disparado pelas costas? Depois, um ponto muito importante, ela tornou a carregar o revólver e pendurou-o na parede, iniciando então sua pequena representação.

– É inacreditável – murmurei, fascinado. – E, no entanto...
– E, no entanto, é verdade. *Bien sûr*, meu amigo, é absolutamente verdadeiro. Mas não será nada fácil levar os dois à justiça. Nosso bom Japp deve fazer o que puder. Já lhe escrevi contando tudo. Mas receio muito, meu caro Hastings, que seremos obrigados a deixá-los aos cuidados do destino ou de *le bon Dieu*, como preferir.

– Ou perversos florescem como um loureiro – comentei.

– Mas a um certo preço, Hastings, sempre a um bom preço, *croyez-moi*!

As previsões de Poirot foram confirmadas. Japp, embora convencido da teoria do meu pequeno amigo, não conseguiu reunir as provas necessárias para garantir uma condenação.

A imensa fortuna do Sr. Pace passou para as mãos de seus assassinos. Não obstante, eles acabaram sendo punidos pelo crime cometido. Quando li no jornal que o Sr. e Sra. Roger Havering estavam entre os mortos num acidente do avião postal para Paris, compreendi que a Justiça finalmente prevalecera.

5
O roubo de um milhão de dólares em títulos do Tesouro

– Mas como têm ocorrido roubos de títulos ultimamente! – comentei certa manhã, largando o jornal que estava lendo. – Poirot, acho que seria uma boa ideia largarmos a ciência da investigação criminal e em vez disso nos dedicarmos ao crime!

– Está querendo... como é mesmo que se diz?... ah, sim, ficar rico depressa, *mon ami*?

– Veja só esse último *coup*, Poirot, o roubo de títulos do Tesouro no valor de um milhão de dólares, que estavam sendo

transportados para Nova York pelo Banco de Londres e Escócia, e que desapareceram de maneira misteriosa a bordo do *Olympia*.

— Se não fosse pelo *mal de mer* e a dificuldade de se praticar o excelente método de Laverguier por mais tempo que as poucas horas da travessia do canal da Mancha, eu bem que gostaria de viajar num desses imensos transatlânticos — murmurou Poirot, em tom sonhador.

— Deve ser realmente maravilhoso — concordei, entusiasmado. — Alguns devem ser verdadeiros palácios flutuantes, com piscinas, salões, restaurantes... não deve ser fácil o passageiro acreditar que está em pleno mar.

— Pois eu sempre sei quando estou no mar — comentou Poirot, tristemente. — E todas essas bagatelas que você acaba de enumerar não me dizem nada. No entanto, pense por um momento, meu amigo, nos gênios que devem viajar incógnitos. A bordo desses palácios flutuantes, como acabou de chamá-los, com toda justiça, diga-se de passagem, certamente se encontrará a elite, a *haute noblesse* do mundo do crime!

Não pude conter uma risada.

— Então é isso que te atrai, hein? Bem que você gostaria de ter enfrentado o homem que roubou os títulos, não é mesmo?

A senhoria interrompeu-nos nesse momento:

— Uma jovem senhora deseja falar-lhe, Monsieur Poirot. Aqui está o cartão dela.

O cartão continha o nome da Srta. Esmée Farquhar. Depois de se abaixar para pegar farelos caídos embaixo da mesa e jogá-los na cesta de lixo, Poirot disse à senhoria que a fizesse subir.

Pouco depois, uma das mais encantadoras jovens que já vi na vida foi introduzida na sala. Tinha 1,70 metro, grandes olhos castanhos e um corpo perfeito. Estava bem vestida e seus modos demonstravam segurança e classe.

— Sente-se, por gentileza, mademoiselle. Este é o meu amigo capitão Hastings, que ajuda em meus pequenos problemas.

— Receio que o problema que lhe estou trazendo hoje seja bem grande, Monsieur Poirot — disse a jovem, fazendo uma pequena mesura ao se sentar. — Creio que já leu a respeito nos jornais. Estou-me referindo ao roubo dos títulos no *Olympia*. — Alguma surpresa deve ter transparecido no rosto de Poirot, pois ela apressou-se em acrescentar: — Certamente deve estar se perguntando o que tenho a ver com uma instituição tão circunspecta quanto o Banco de Londres e Escócia. De certa forma, nada tenho a ver. Mas, ao mesmo tempo, posso dizer que tudo. É que estou noiva do Sr. Philip Ridgeway.

— *Ah!* E o Sr. Philip Ridgeway...

— Estava encarregado de levar os títulos que foram roubados. É claro que não lhe podem atribuir culpa alguma, que não foi absolutamente responsável pelo que aconteceu. Não obstante, ele ficou bastante abalado, e o tio insiste em dizer que deve ter mencionado a alguém, negligentemente, estar de posse dos títulos.

— Quem é o tio dele?

— O Sr. Vavasour, gerente-geral do Banco de Londres e Escócia.

— Pode fazer a gentileza de me relatar toda a história, Srta. Farquhar?

— Pois não. Como foi noticiado pelos jornais, o banco estava querendo ampliar seus créditos na América. Para isso, decidiu enviar para lá um milhão de dólares em títulos do Tesouro. Para realizar a missão, o Sr. Vavasour escolheu o sobrinho, que ocupava uma posição de confiança no banco havia muitos anos e estava a par de todos os negócios da organização em Nova York. O *Olympia* zarpou de Liverpool no dia 23. Os títulos foram entregues a Philip na manhã desse dia pelos Sr. Vavasour e Sr. Shaw, que são os gerentes-gerais conjuntos do Banco de Londres e Escócia. Foram devidamente contados, arrumados e colocados num pacote lacrado, na presença de Philip. Em seguida, ele pôs o pacote dentro de sua valise.

— Uma valise com uma fechadura comum?

— Não. O Sr. Shaw insistiu para que a Hubb's adaptasse uma fechadura especial na valise. Como eu disse, Philip guardou o pacote dentro da valise. O roubo ocorreu algumas horas antes da chegada a Nova York. Realizou-se uma busca meticulosa por todo o navio, mas sem qualquer resultado. Os títulos pareciam ter literalmente desaparecido em pleno ar.

Poirot franziu o rosto.

— Mas acontece que não desapareceram, pois imagino que começaram a ser vendidos, em pequenas quantidades, depois que o *Olympia* atracou. E, agora, a próxima providência é um encontro meu com o Sr. Ridgeway.

— Eu ia sugerir que fossem almoçar comigo no Cheshire Cheese. Philip está-me esperando lá. E ainda não sabe que decidi consultá-lo em seu favor.

Concordamos prontamente com a sugestão e seguimos de táxi para o restaurante.

O Sr. Philip Ridgeway já estava esperando e ficou um tanto surpreso ao ver a noiva chegar em companhia de dois estranhos. Era um rapaz simpático, alto e elegante, com os cabelos já grisalhos nas têmporas, embora não devesse ter mais de 30 anos.

A Srta. Farquhar pôs a mão no braço dele e disse:

— Espero que me perdoe por ter agido sem consultá-lo, Philip. Deixe-me apresentá-lo Monsieur Poirot, de quem já deve ter ouvido falar muitas vezes, e o amigo dele, capitão Hastings.

Ridgeway ficou atônito e disse, enquanto apertávamo-nos as mãos:

— É claro que já ouvi falar muito a seu respeito, Monsieur Poirot. Mas não tinha a menor ideia de que Esmée estava pensando em consultá-lo a respeito do meu... do nosso problema.

— Tive receio de que não me permitisse, se eu falasse antes, Philip — disse a Srta. Farquhar, gentilmente.

— Preferiu então não correr qualquer risco — comentou ele, com um sorriso. — Espero que Monsieur Poirot possa lançar alguma luz sobre esse enigma extraordinário, pois confesso francamente que estou quase louco de tanta preocupação e ansiedade.

E, realmente, o rosto dele estava vincado, a expressão era angustiada, a indicar claramente a tensão em que estava vivendo.

— Pois vamos almoçar — sugeriu Poirot. — E, durante o almoço, colocaremos nossas cabeças a trabalhar juntas, para vermos o que se pode fazer. Eu gostaria de ouvir toda a história diretamente do Sr. Ridgeway.

Enquanto comíamos o excelente bife do restaurante, Philip Ridgeway relatou todas as circunstâncias que culminaram com o desaparecimento dos títulos. A história dele correspondia, sob todos os aspectos, à que a Srta. Farquhar já nos contara. Assim que ele acabou de falar, Poirot assumiu o comando da situação com uma pergunta:

— O que exatamente levou-o a descobrir que os títulos haviam sido roubados, Sr. Ridgeway?

Ele riu, amargamente.

— Estava evidente, Monsieur Poirot. Eu não poderia deixar de perceber. A valise, debaixo do beliche, estava para fora até a metade, toda arranhada e cortada na altura da fechadura, que haviam tentado arrombar.

— Mas não tinha sido aberta com uma chave?

— Exatamente. Tentaram arrombá-la, mas não conseguiram. Até que conseguiram encontrar um meio qualquer de abri-la.

— Estranho... — murmurou Poirot, com os olhos brilhando com aquela tonalidade esverdeada que eu conhecia tão bem. — Muito estranho... Desperdiçaram muito tempo tentando arrombar a fechadura e depois... *sapristi!*, descobriram que estavam com a chave desde o início... embora cada fechadura da Hubb's seja única.

— É justamente por isso que eles não poderiam ter a chave. Nunca a larguei, em momento algum, quer fosse dia ou noite.

— Tem certeza absoluta?

— Posso até jurar. Além do mais, se eles tivessem a chave ou uma duplicata, por que iriam perder tempo tentando arrombar uma fechadura que era obviamente inviolável?

— Ah, eis justamente a pergunta que temos de nos fazer! Eu me arrisco a profetizar que a solução para o mistério, se é que a encontraremos, dependerá da explicação desse fato estranho. Peço que não fique zangado comigo por mais uma pergunta que não posso deixar de fazer-lhe: *Está absolutamente certo de que não deixou a valise destrancada?*

Philip Ridgeway limitou-se a olhar fixamente para Poirot, que fez um gesto de desculpas.

— Ah, mas posso assegurar-lhe que essas coisas podem perfeitamente acontecer! Está certo, os títulos foram roubados da valise. O que o ladrão fez com eles? Como conseguiu levá-los para terra?

— Mas é esse o problema! — gritou Philip. — Como? As autoridades alfandegárias foram avisadas e todas as pessoas que deixaram o navio foram meticulosamente revistadas!

— E imagino que os títulos constituíam um pacote volumoso, não é mesmo?

— Exatamente. Dificilmente poderiam ser escondidos a bordo. Além do mais, sabemos que não estavam no navio, porque foram postos à venda meia hora depois da chegada do *Olympia*, muito antes que eu recebesse os telegramas informando os números e séries. Um corretor jura que comprou alguns dos títulos antes mesmo de o *Olympia* atracar. Mas não se pode mandar títulos pelo telégrafo sem fios!

— Tem toda razão. Algum rebocador se aproximou do navio?

— Só as embarcações oficiais chegaram perto do *Olympia* e mesmo assim depois que o alarme tinha sido dado, quando todos já estavam de vigília. Eu próprio fiquei observando, para ver

se os títulos não seriam transferidos para uma dessas embarcações. Essa história está me deixando maluco, Monsieur Poirot! Já estão começando a dizer que fui eu quem roubou os títulos!

— Mas também foi revistado ao desembarcar, não é mesmo? — indagou Poirot, suavemente.

— Fui sim!

O jovem estava um tanto perplexo e Poirot acrescentou, com um sorriso enigmático:

— Estou vendo que não percebeu o sentido da minha pergunta. Mas não faz mal. Agora, eu gostaria de fazer algumas indagações no banco.

Ridgeway tirou um cartão do bolso e nele escreveu algumas palavras.

— Apresente este cartão, e meu tio o receberá imediatamente.

Poirot agradeceu e nos despedimos do casal. Seguimos diretamente para a rua Theardneedle, onde ficava a sede do Banco de Londres e Escócia. Apresentamos o cartão de Ridgeway e fomos levados por um labirinto de balcões e escrivaninhas, contornando guichês que recebiam e outros que pagavam, até um pequeno escritório no segundo andar, onde os dois gerentes-gerais nos receberam. Eram dois cavalheiros sisudos, que havia muitos anos serviam ao banco. O Sr. Vavasour usava uma barba branca aparada e o Sr. Shaw tinha o rosto raspado.

— Pelo que sei, são investigadores particulares, não é mesmo? — disse o Sr. Vavasour. — Está certo. É claro que já entregamos o caso aos cuidados da Scotland Yard. O inspetor McNeil é que está encarregado das investigações. Segundo ouvi dizer, trata-se de um policial muito competente.

— Não tenho a menor dúvida quanto a isso — disse Poirot, polidamente. — Mas permite que eu faça algumas perguntas, um favor de seu sobrinho? Obrigado. Poderiam informar-me quem encomendou a fechadura especial na Hubb's?

– Fui eu que a encomendei pessoalmente – informou o Sr. Shaw. – Não poderia confiar num funcionário em assunto de tamanha importância. Quanto às chaves, o Sr. Ridgeway ficou com uma e as outras duas ficaram comigo e com meu colega.

– E nenhum funcionário teve acesso a essas chaves?

O Sr. Shaw virou-se para o Sr. Vavasour, com uma expressão inquisitiva.

– Creio que posso garantir que as chaves permaneceram no cofre onde as colocamos no dia 23 – declarou o Sr. Vavasour. – Infelizmente, meu colega ficou doente há cerca de 15 dias. Para ser mais exato, ele caiu doente no mesmo dia que Philip partiu. Acaba de se recuperar.

– Bronquite aguda não é brincadeira na minha idade – disse o Sr. Shaw, tristemente. – Minha ausência acarretou uma sobrecarga de trabalho para o Sr. Vavasour, especialmente depois que ocorreu essa catástrofe inesperada.

Poirot fez mais algumas perguntas. Tive a impressão de que estava querendo avaliar o grau de intimidade entre tio e sobrinho. As respostas do Sr. Vavasour foram breves e escrupulosas. O sobrinho era um funcionário de confiança do banco, não tinha dívidas nem dificuldades financeiras, ao que ele soubesse. Já realizara antes missões similares. Finalmente, despedimo-nos.

Ao chegarmos à rua, Poirot comentou:

– Estou desapontado.

– Esperava descobrir algo mais? São dois velhos difíceis de tratar, talvez um tanto obtusos.

– Não é isso o que me desaponta, *mon ami*. Não estava esperando encontrar num gerente de banco "um financista astucioso, com um olho de águia", como costumam dizer as suas obras de ficção prediletas. Estou desapontado é com o caso. É fácil demais!

– *Fácil*!

– Exatamente. Não o achou infantilmente simples?

– Está querendo dizer que já sabe quem roubou os títulos?
– Claro que sei.
– Mas então... devemos... por quê...
– Não fique tão confuso e aturdido, Hastings. Não vamos fazer nada, por enquanto.
– Mas por quê? O que estamos esperando?
– Pela volta do *Olympia*. Deve voltar de Nova York na próxima terça-feira.
– Mas se sabe quem roubou os títulos, por que esperar? O homem pode fugir.
– Para uma ilha dos mares do sul, que não tem qualquer tratado de extradição? Não, meu amigo, o ladrão descobriria que a vida por lá não é nada agradável. Quanto ao motivo para a espera... *eh bien*, para a inteligência de Hercule Poirot, o caso está perfeitamente esclarecido. Mas em benefício dos outros, que não foram tão bem-dotados pelo bom Deus... como é o caso, por exemplo, do inspetor McNeil... será necessário efetuar algumas indagações adicionais. É preciso sempre ter alguma consideração com aqueles que são menos dotados.
– Santo Deus, Poirot! Sabe que eu daria um bom dinheiro para vê-lo bancar o perfeito idiota, por uma vez que fosse? Nunca vi ninguém tão abominavelmente presunçoso!
– Não fique tão furioso, Hastings. Já observei que há algumas ocasiões em que você quase me detesta. Ai de mim! Tenho que sofrer os inconvenientes resultantes da grandeza!

O homenzinho estufou o peito e suspirou, tão comicamente que não pude deixar de rir.

Seguimos na terça-feira para Liverpool, numa cabine de primeira classe do trem. Poirot se recusara obstinadamente a contar-me tudo a respeito de suas suspeitas... ou certezas. Limitou-se a manifestar sua surpresa por eu não estar igualmente *au fait* da situação. Recusei-me a argumentar, escondendo minha curiosidade por detrás de uma indiferença simulada.

Chegando ao cais onde estava atracado o imenso transatlântico, Poirot tornou-se imediatamente ativo e alerta. Nosso trabalho consistiu em interrogar quatro camaroteiros, indagando por um amigo de Poirot que partira para Nova York no dia 23.

— É um cavalheiro já idoso, que usa óculos. Está quase inválido e não deve praticamente ter saído do camarote.

A descrição parecia ajustar-se ao Sr. Ventnor, que ficara no camarote C 24, ao lado daquele que Philip Ridgeway ocupara. Embora incapaz de perceber como Poirot descobrira a existência e aparência do Sr. Ventnor, fiquei bastante entusiasmado.

— Esse cavalheiro foi um dos primeiros a desembarcar quando o navio chegou a Nova York? — perguntei ao camaroteiro.

O homem sacudiu a cabeça.

— Não, senhor. Ao contrário, foi um dos últimos a deixar o navio.

Fiquei desolado, mas percebi que Poirot estava sorrindo. Ele agradeceu ao camaroteiro, uma nota trocou de mãos e fomos embora.

— Está tudo muito bem, mas a última resposta deve ter liquidado com sua teoria, por mais que se esforce em sorrir, Poirot!

— Como sempre, Hastings, não consegue perceber nada. A última resposta, ao contrário, foi o coroamento da minha teoria.

Levantei os braços num gesto de desespero e exclamei:

— Desisto!

No trem de volta para Londres, Poirot passou alguns minutos escrevendo. Depois, colocou a carta num envelope e fechou-o.

— Isto é para o bom inspetor McNeil. Vamos deixar na Scotland Yard, de passagem. E iremos direto para o Rendezvous Restaurant, onde marquei encontro com a Srta. Esmée Farquhar, a quem pedi que nos fizesse a honra de jantar em nossa companhia.

— E o que me diz de Ridgeway?

– O que há com ele? – perguntou Poirot, com os olhos brilhando.

– Ora, certamente não está pensando... não pode...

– O hábito da incoerência está se tornando cada vez mais intenso em você, Hastings. Se quer mesmo saber, claro que pensei. Se Ridgeway tivesse sido o ladrão, o que era perfeitamente possível, teria sido um caso extraordinário, um trabalho metódico e impecável.

– Mas não tão agradável para a Srta. Farquhar.

– Provavelmente, você está certo. Assim, foi melhor que tal não tenha acontecido. E agora, Hastings, vamos repassar o caso. Percebo que está morrendo de curiosidade. O pacote foi retirado da valise e desapareceu em pleno ar, para repetir as palavras da Srta. Farquhar. Vamos eliminar a teoria do desaparecimento em pleno ar, já que isso não é possível no atual estágio da ciência. Vamos procurar imaginar o que provavelmente pode ter acontecido. Todo mundo garante que é impossível que os títulos tenham sido contrabandeados para terra...

– Mas sabemos...

– *Você* pode saber, Hastings. Eu, contudo, não sei. Assumo a posição de que é realmente impossível, já que parece impossível. Restam duas possibilidades: os títulos ficaram escondidos a bordo, o que também era praticamente impossível, ou foram jogados no mar.

– Dentro de uma boia?

– Sem qualquer boia.

Fiquei perplexo.

– Mas se os títulos foram jogados no mar, não poderiam ter sido vendidos em Nova York!

– Admiro sua mente lógica, Hastings. Os títulos foram vendidos em Nova York. Portanto não foram jogados no mar. Está percebendo aonde isso nos leva?

– Onde estávamos quando começamos?

— *Jamais de la vie*! Se o pacote foi lançado ao mar, e os títulos foram vendidos em Nova York, então o referido pacote não os poderia conter. Há alguma prova de que os títulos estivessem *dentro* dele? Lembre-se, o Sr. Ridgeway jamais o abriu, desde que lhe foi entregue em Londres.

— Sim. Mas, nesse caso...

Poirot gesticulou, impaciente.

— Permita-me continuar, Hastings. Os títulos foram vistos pela última vez no escritório do Banco de Londres e Escócia, na manhã do dia 23. Reapareceram em Nova York, meia hora depois que o *Olympia* atracou. Segundo um corretor, a quem ninguém deu maior atenção, já estavam sendo vendidos antes mesmo de o navio atracar. E se os títulos nunca estiveram a bordo do *Olympia*? Havia algum outro meio pelo qual pudessem ter chegado a Nova York? Havia. O *Gigantic* partiu de Southampton no mesmo dia que o *Olympia* zarpou. É o navio que detém o recorde para a travessia do Atlântico. Levados no *Gigantic*, os títulos teriam chegado a Nova York um dia antes do *Olympia*. Tudo está bem claro, e o caso começa a ficar esclarecido. O pacote lacrado que Philip Ridgeway levava era falso. O momento da substituição só pode ter ocorrido no escritório do banco. Seria muito fácil para qualquer um dos três homens presentes preparar um pacote exatamente igual, que pudesse ser substituído pelo original. *Très bien*, os títulos são despachados para um cúmplice em Nova York, com instruções para que sejam vendidos assim que o *Olympia* atraque. Alguém, no entanto, deve ter viajado no *Olympia*, para forçar as circunstâncias do falso roubo.

— Mas por quê?

— Porque se Ridgeway simplesmente abrisse o pacote e descobrisse que era falso, as suspeitas logo recairiam em Londres. Assim, o homem do camarote ao lado fingiu arrombar a valise para atrair imediatamente a atenção de todos para o roubo, depois abriu-a com a chave em duplicata, pegou o pacote e o jogou no

mar. E foi um dos últimos a desembarcar. Evidentemente, usava óculos, para esconder os olhos. E bancava o inválido, já que não queria correr o risco de encontrar-se com Ridgeway. Desembarcou em Nova York e tratou de voltar para Londres, no primeiro navio.

– Mas quem era ele?

– O homem que tinha uma outra chave da fechadura especial da valise, o homem que não estava de cama com bronquite em sua casa de campo... *enfin*, aquele "velho" Sr. Shaw! Algumas vezes, meu amigo, vamos encontrar criminosos também nos altos escalões. Ah, chegamos. Já resolvi tudo, mademoiselle! Permite?

E, radiante, Poirot beijou a atônita jovem de leve, nas duas faces!

6
A aventura da tumba egípcia

Sempre considerei que uma das mais emocionantes e dramáticas das muitas aventuras que tenho partilhado com Poirot foi a investigação da sucessão de mortes estranhas que se seguiram à descoberta e abertura da tumba do faraó egípcio Men-her-Ra.

Logo depois de lorde Carnavon ter descoberto a tumba de Tut-ankh-Amon, Sir John Willard e Sr. Bleibner, de Nova York, realizando escavações não muito longe do Cairo, nas proximidades das pirâmides de Gizé, depararam inesperadamente com uma série de câmaras mortuárias. A descoberta despertou interesse e foi amplamente noticiada pelos jornais. A tumba parecia ser de Men-her-Ra, um daqueles faraós pouco conhecidos da Oitava Dinastia, quando o Antigo Reino entrava em decadência. No entanto, pouco se sabe a respeito desse período.

Não demorou muito para que ocorresse algo que impressionou o público: Sir John Willard morreu subitamente, de um ataque cardíaco.

Os jornais mais sensacionalistas logo aproveitaram a oportunidade para ressuscitar todas as antigas histórias supersticiosas relativas ao azar atribuído a determinados tesouros egípcios. A história da múmia azarada foi prontamente contestada pelo Museu Britânico, mas mesmo assim esteve em voga por algum tempo.

Quinze dias depois, o Sr. Bleibner também morreu, por envenenamento do sangue. Alguns dias depois, um sobrinho dele morreu baleado, em Nova York. A "Maldição de Men-her-Ra" tornou-se o assunto do dia e o poder mágico do antigo Egito passou a ser exaltado a um ponto quase fetichista.

Foi nessa ocasião que Poirot recebeu um bilhete de lady Willard, viúva do arqueólogo falecido, pedindo que fosse visitá-la em sua casa, em Kensington Square. Acompanhei-o.

Lady Willard era alta e magra. Ela estava de luto fechado, e o rosto encovado era um testemunho eloquente de sua dor recente.

— É muita bondade de sua parte ter atendido tão prontamente a meu pedido, Monsieur Poirot.

— Estou a seu inteiro dispor, lady Willard. Desejava consultar-me a respeito de algum problema?

— Sei perfeitamente que é um detetive. Mas não é apenas como detetive que desejo consultá-lo. Sei também que é um homem de opiniões originais, dotado de imaginação, com experiência do mundo... Diga-me uma coisa, Monsieur Poirot: o que pensa a respeito do sobrenatural?

Poirot hesitou por um momento antes de responder. Parecia escolher a resposta. Então, finalmente, disse:

— Não vamos deixar que fique qualquer mal-entendido, lady Willard. Não me está fazendo uma pergunta de caráter geral. Tem uma aplicação pessoal, não é mesmo? Está-se referindo indiretamente à morte de seu marido?

— Exatamente.

— Deseja que eu investigue as circunstâncias da morte dele?

— Quero que me confirme o quanto se trata de conversa dos jornais e o quanto se busca em fatos. Foram três mortes, Monsieur Poirot. Cada uma delas é perfeitamente explicável por si mesma. Mas, juntas, constituem uma coincidência quase inacreditável. E todas ocorreram no período de um mês depois da abertura da tumba! Pode ser mera superstição, pode ser alguma poderosa maldição do passado, que opera por meios nem sequer sonhados pela ciência moderna. Seja como for, permanece o fato de que ocorreram três mortes. E estou com medo, Monsieur Poirot, com um medo terrível! Talvez ainda não tenha terminado.

— Por quem está temendo?

— Por meu filho. Eu estava doente quando recebi a notícia da morte de meu marido. Meu filho, que tinha acabado de sair de Oxford, foi até lá. Trouxe... o corpo de volta. Mas agora partiu novamente, apesar de minhas preces e súplicas. Está tão fascinado pelo trabalho de arqueologia que pretende tomar o lugar do pai e prosseguir nas escavações. Pode julgar-me uma mulher tola e crédula, Monsieur Poirot, mas a verdade é que estou com muito medo. E se o espírito do faraó morto ainda não estiver apaziguado? Talvez lhe pareça que estou dizendo bobagens...

— Absolutamente, lady Willard – disse Poirot rapidamente. – Também acredito na força da superstição, uma das maiores forças que o mundo já conheceu.

Fitei-o, espantado. Nunca antes imaginara que Poirot fosse supersticioso. Mas era evidente que meu pequeno amigo não estava brincando.

— O que está realmente querendo é que eu proteja seu filho, não é mesmo? Pois farei tudo o que estiver a meu alcance para impedir que algo de mal lhe aconteça.

— Pelos meios comuns, é possível. Mas o que poderá fazer contra as influências ocultas?

— Em livros da Idade Média, lady Willard, encontram-se muitas maneiras de neutralizar a magia negra. Talvez eles soubessem mais do que nós, homens modernos, com toda a nossa ciência, de que tanto nos gabamos. Agora, vamos aos fatos, a fim de que eu possa ter algo para me orientar. Seu marido sempre foi um egiptólogo devotado?

— Sempre, desde a juventude. Era uma das maiores autoridades vivas no assunto.

— Mas o Sr. Bleibner, pelo que sei, não era um tanto amador?

— Isso mesmo. Era um homem muito rico, que volta e meia se dedicava com afinco a qualquer atividade que despertasse sua imaginação. Meu marido conseguiu fazer-lhe interessar-se em egiptologia. E o dinheiro dele foi extremamente útil no financiamento da expedição.

— E o que me diz do sobrinho? Conhece por acaso os interesses dele? O rapaz também participou da expedição?

— Creio que não. Para dizer a verdade, eu não sabia de sua existência até o momento em que li a notícia de sua morte nos jornais. Também não creio que fosse muito chegado ao Sr. Bleibner, que nunca nos falou sobre nenhum parente.

— Quem eram os outros membros da expedição?

— Há o Dr. Tosswill, funcionário subalterno do Museu Britânico; o Sr. Schneider, do Museu Metropolitano de Nova York; um jovem secretário americano; o Dr. Ames, que acompanhou a expedição, em caráter profissional; e Hassan, o devotado criado nativo de meu marido.

— Lembra-se do nome do secretário americano?

— Harper, se não me engano. Mas não tenho certeza. Sei que ele não estava havia muito tempo com o Sr. Bleibner. Pareceu-me um rapaz extremamente simpático.

— Obrigado, lady Willard.

— Se há algo mais...

— No momento, não há mais nada. Deixe tudo em minhas mãos, e pode estar certa de que farei tudo o que for humanamente possível para proteger seu filho.

Não eram palavras das mais tranquilizadoras, e observei que lady Willard estremeceu ao ouvi-las. Contudo, o fato de Poirot não ter escarnecido de seus temores pareceu representar um alívio imenso para ela.

Por minha parte, devo dizer que nunca antes suspeitara de que Poirot possuísse um veio supersticioso tão profundo em sua natureza. Abordei o assunto quando voltamos para casa. A atitude dele foi extremamente grave e compenetrada.

— Claro que acredito nesses fenômenos, Hastings. Não se deve subestimar a força da superstição.

— O que vamos fazer?

— *Toujours pratique*, o bom Hastings! *Eh bien*, para começar, vamos passar um telegrama para Nova York, pedindo mais detalhes a respeito da morte do jovem Bleibner.

Poirot passou a mensagem. A resposta foi completa e detalhada. O jovem Rupert Bleibner estava em péssima situação havia vários anos. Vagara pelas ilhas dos mares do sul durante muito tempo. Voltara para Nova York dois anos antes e rapidamente afundara ainda mais. O fato mais significativo, em minha opinião, fora o de ter conseguido recentemente arrumar dinheiro emprestado suficiente para ir ao Egito.

— Tenho um bom amigo lá no Egito que me poderá arrumar muito dinheiro — alegara ele.

Nisso, porém, seus planos tinham saído errado. Ele voltara para Nova York amaldiçoando o tio avarento, que se importava mais com os ossos de reis há muito mortos e enterrados do que com sua própria carne e sangue. Fora durante a estada dele no Egito que ocorrera a morte de Sir John Willard. Rupert mergulhara novamente numa vida desregrada em Nova York. E súbita e inesperadamente cometeu suicídio, deixando uma carta

que continha algumas frases estranhas. Parecia ter sido escrita num repentino acesso de remorso. Referia-se a si mesmo como um leproso e pária, e encerrava com a declaração de que pessoas como ele estavam melhor mortas.

Uma teoria insinuou-se rapidamente em minha mente. Nunca tinha acreditado mesmo na possibilidade de vingança de um faraó egípcio morto havia séculos. Para mim, tratava-se de um crime mais moderno. O rapaz decidira matar o tio, de preferência com veneno. Por engano, fora Sir John Willard quem ingerira a dose fatal. O rapaz voltou para Nova York, atormentado pelo crime. Recebeu a notícia da morte do tio Compreendeu que seu crime fora desnecessário e, abalado pelo remorso, acabou cometendo suicídio.

Expus minha teoria a Poirot, que se mostrou bastante interessado.

– É uma teoria engenhosa... realmente engenhosa. Pode até mesmo corresponder com a verdade. Mas não está levando em consideração a influência fatal da tumba egípcia.

Dei de ombros.

– Ainda acha que isso tem algo a ver com os acontecimentos?

– Estou tão convencido, *mon ami*, que vamos partir para o Egito amanhã.

– O quê? – gritei, atônito.

– É isso mesmo. – Uma expressão de heroísmo consciente estampou-se no rosto de Poirot. Depois, ele resmungou e se lamentou: – Ah, o mar! O abominável mar!

UMA SEMANA havia se passado. Sob os nossos pés, estavam as areias douradas do deserto. O sol ardente derramava-se sobre nossas cabeças. Poirot era a própria imagem do sofrimento, todo encolhido e abatido. O homenzinho não era um bom viajante. A viagem de quatro dias a partir de Marselha fora uma terrível agonia para ele. Desembarcara em Alexandria como uma caricatura do que de fato era, nem mesmo impecável estava.

Chegamos ao Cairo e seguimos imediatamente para o hotel Mena House, à sombra das pirâmides.

O encanto do Egito prontamente me fascinou. Mas o mesmo não aconteceu com Poirot. Vestido precisamente da mesma maneira que em Londres, sempre levava no bolso uma pequena escova de roupa, travando uma batalha incessante contra a poeira que se acumulava em suas vestes escuras.

– E minhas botas! – lamentava-se ele, a todo instante. – Olhe só para elas, Hastings! Minhas botas de couro preto envernizado, sempre tão elegantes e reluzentes! Mas, agora, há areia por dentro, o que é doloroso, e também por fora, o que constitui um ultraje à vista. E há também este calor infernal, que faz com que meu bigode fique desanimado!

– Contemple a Esfinge, Poirot. Até eu posso sentir o mistério e o encanto que ela irradia.

Poirot olhou, contrafeito.

– A Esfinge não tem um ar feliz, meu amigo. E como poderia ter, semienterrada na areia de forma tão desleixada? Ah, esta maldita areia!

– Ora, Poirot, há muita areia também na Bélgica – falei, recordando alguns dias que passara em Knocke-mer, no meio de "*les dunes impeccables*", segundo o guia turístico.

– Não em Bruxelas – declarou Poirot, olhando pensativo para as pirâmides e acrescentando: – É verdade que elas pelo menos possuem uma forma sólida e geométrica, mas a superfície é irregular, de maneira extremamente desagradável. E não gosto absolutamente das palmeiras. Eles nem mesmo as plantam em fileiras!

Interrompi as lamentações dele, sugerindo que partíssemos imediatamente para o acampamento. Fomos até lá em camelos. Os animais se ajoelharam pacientemente, esperando que montássemos, sob os cuidados de diversos meninos nativos, comandados por um loquaz intérprete.

Não me vou deter no espetáculo de Poirot sobre um camelo. Ele começou com resmungos e lamentações e terminou com gritos, gesticulações e invocações à Virgem Maria e a todos os santos do calendário. Terminou por desmontar do camelo ignominiosamente e concluiu a viagem num minúsculo jumento. Tenho de reconhecer que montar um camelo não é brincadeira de amador. Passei vários dias com os músculos doloridos e com a maior dificuldade em me mexer.

Finalmente, chegamos ao local das escavações. Um homem bronzeado, de barba grisalha e roupas brancas, usando um capacete, veio a nosso encontro.

– Monsieur Poirot e capitão Hastings? Recebemos o telegrama que mandaram. Lamento que não houvesse ninguém para recebê-los no Cairo, mas é que houve um acontecimento imprevisto, que desorganizou inteiramente nossos planos.

Poirot empalideceu. Sua mão, que se estava encaminhando para a escova de roupa, parou no meio do caminho. E ele balbuciou:

– Houve outra morte?

– Exatamente.

– Sir Guy Willard? – gritei.

– Não, capitão Hastings. Foi meu colega americano, o Sr. Schneider.

– E qual foi a causa? – indagou Poirot.

– Tétano.

Dessa vez, fui eu que empalideci. Tudo a meu redor parecia exalar uma atmosfera maléfica, sutil e ameaçadora. Um pensamento horrível me ocorreu. E se eu fosse o próximo?

– *Mon Dieu*, não consigo compreender isso! – disse Poirot, em voz muito baixa. – É horrível! Diga-me, monsieur, não resta a menor dúvida de que foi mesmo tétano?

– Creio que não. Mas o Dr. Ames poderá dizer-lhe mais do que eu.

– Ah, sim, não é médico...
– Não. Meu nome é Tosswill.

Era o perito que lady Willard descrevera como sendo um funcionário subalterno do Museu Britânico. Havia algo ao mesmo tempo grave e resoluto no homem que imediatamente me atraiu a atenção. O Dr. Tosswill acrescentou:

– Se quiserem me acompanhar, eu os levarei a Sir Guy Willard. Ele pediu para ser informado assim que chegassem.

Atravessamos o acampamento até uma tenda quente. O Dr. Tosswill puxou a abertura da tenda e entramos. Três homens estavam sentados em seu interior.

– Monsieur Poirot e o capitão Hastings chegaram, Sir Guy – anunciou Tosswill.

O mais jovem dos três homens levantou-se imediatamente e adiantou-se para nos cumprimentar. Havia certa impulsividade em suas maneiras que me lembravam a mãe dele. Não estava tão bronzeado quanto os outros. Isso e mais os olhos fundos faziam com que parecesse mais velho do que seus 22 anos. Era evidente que estava se esforçando ao máximo para se manter firme, sob uma tremenda tensão mental.

Apresentou-nos a seus dois companheiros, o Dr. Ames, um homem que transparecia competência, com 30 e poucos anos e têmporas grisalhas, e o Sr. Harper, o secretário, um jovem magro e simpático, usando a insígnia profissional de óculos de aros de chifre.

Depois de alguns minutos de conversa superficial, o secretário saiu e o Dr. Tosswill logo o seguiu. Ficamos a sós com Sir Guy e o Dr. Ames.

– Por favor, pode fazer quaisquer perguntas que desejar, Monsieur Poirot – disse Willard. – Estamos terrivelmente estarrecidos com essa estranha sucessão de acontecimentos, mas tenho certeza de que não... não pode ser algo mais do que uma horrível coincidência.

Havia certo nervosismo na atitude dele que parecia contradizer inteiramente suas palavras. Percebi que Poirot o examinava atentamente.

— Seu coração está realmente empenhado neste trabalho, Sir Guy?

— Claro que está! Não importa o que possa acontecer ou quais as consequências, o trabalho vai continuar. Não tenha a menor dúvida quanto a isso.

Poirot virou-se para o outro homem.

— E o que me diz quanto a isso, *monsieur le docteur*?

— Eu também não vou largar o trabalho.

Poirot exibiu uma daquelas suas carrancas expressivas e disse:

— Neste caso, *évidemment*, temos que descobrir exatamente qual é a situação. Quando ocorreu a morte do Sr. Schneider?

— Há três dias.

— Tem certeza de que foi mesmo tétano?

— Absoluta.

— Não poderia ser, por exemplo, um caso de envenenamento por estricnina?

— Não, Monsieur Poirot. Percebo aonde quer chegar. Mas foi um caso claro de tétano.

— Não injetou o soro antitetânico?

— Claro que injetei – respondeu o médico, secamente. – Foi tentado tudo o que era possível.

— Tinha o soro antitetânico aqui?

— Não. Mandamos buscá-lo no Cairo.

— Houve outros casos de tétano no acampamento?

— Nenhum.

— Tem certeza de que a morte do Sr. Bleibner não foi causada por tétano?

— Certeza absoluta. Ele arranhou o polegar, o ferimento infeccionou e sobreveio a septicemia. Um leigo pode não ver a diferença, mas são inteiramente diversas.

— Isso significa que temos quatro mortes e todas totalmente diferentes: um ataque cardíaco, um envenenamento do sangue, um suicídio e um tétano.

— Exatamente, Monsieur Poirot.

— Tem certeza de que não há nada que possa ligar as quatro mortes?

— Não estou entendendo.

— Vou ser mais claro. Houve algum ato cometido por esses quatro homens que pudesse ser considerado como um desrespeito ao espírito de Men-her-Ra?

O médico olhou surpreso para Poirot.

— Está dizendo um disparate, Monsieur Poirot. Não me diga que também acredita em toda essa conversa tola?

— Tudo isso não passa de um absurdo! — murmurou Willard, visivelmente furioso.

Poirot permaneceu placidamente impassível, piscando ligeiramente os olhos verdes de gato.

— Quer dizer que não acredita, *monsieur le docteur*?

— Não, não acredito — declarou o médico, taxativamente. — Sou um homem da ciência e acredito apenas no que a ciência ensina.

— E não havia ciência no Antigo Egito? — indagou Poirot, com suavidade. Ele não esperou por uma resposta, que por certo iria demorar, pois o Dr. Ames parecia momentaneamente confuso. — Não precisa responder, Dr. Ames. Só gostaria que me dissesse o seguinte: o que pensam de tudo isso os trabalhadores nativos?

— Creio que, quando os homens brancos perdem a cabeça, os nativos não ficam muito atrás. Reconheço que eles estão ficando o que se poderia classificar de apavorados... mas não há a menor razão para isso.

— Tenho minhas dúvidas — murmurou Poirot, calmamente.

Sir Guy inclinou-se para a frente, incrédulo:

— Mas não pode acreditar nisso! É absurdo demais! Se pensa assim, é que não conhece nada do Antigo Egito!

Como resposta, Poirot tirou do bolso um livro pequeno, já antigo e meio desfolhado. Quando ele o mostrou, pude ler o título: *A magia dos egípcios e caldeus*. Depois, virando-se bruscamente, meu pequeno amigo saiu da tenda. O médico ficou olhando para mim, aturdido.

— Qual é a pequena ideia dele?

A expressão, tão familiar nos lábios de Poirot, me fez sorrir, ao ouvi-la de outro.

— Não sei exatamente. Mas tenho a impressão de que ele tem algum plano para exorcizar os espíritos do mal.

Saí à procura de Poirot e encontrei-o conversando com o jovem de rosto encovado que fora o secretário do falecido Sr. Bleibner.

— Não. Estou com a expedição há apenas seis meses — estava dizendo o Sr. Harper. — E eu realmente conhecia bastante bem todos os negócios do Sr. Bleibner.

— Poderia contar-me tudo o que sabe a respeito do sobrinho dele?

— O rapaz apareceu aqui um belo dia, inesperadamente. Até que era simpático. Eu nunca o tinha visto antes, mas alguns dos outros já o conheciam... creio que Ames e Schneider. O velho não ficou nada satisfeito com a presença do sobrinho. E não demoraram a ter uma discussão violenta. "Não lhe vou dar um só centavo!", gritou o velho. "Nem agora nem depois que eu estiver morto! Tenciono deixar todo o meu dinheiro para financiar o trabalho da minha vida. Hoje mesmo conversei com o Sr. Schneider a esse respeito." E ele continuou a falar por mais algum tempo, repetindo o que dissera antes. O jovem Bleibner voltou imediatamente para o Cairo.

— Ele gozava de saúde perfeita na ocasião?

— O velho?

— Não, o rapaz.

– Tenho a impressão de que ele mencionou haver algo errado consigo. Mas não devia ser nada sério, caso contrário eu me lembraria agora.

– Só mais uma pergunta: o Sr. Bleibner deixou um testamento?

– Não, pelo que sabemos.

– Vai ficar com a expedição, Sr. Harper?

– Não, senhor. Partirei para Nova York, assim que deixar tudo aqui acertado. Pode rir, se quiser, mas não pretendo ser a próxima vítima desse maldito Men-her-Ra. Vai acabar me pegando, se eu continuar por aqui.

O jovem secretário enxugou o suor da testa. Poirot virou-se e começou a se afastar. Parou por um momento, virou a cabeça para trás e comentou, com um sorriso estranho:

– Não se esqueça de que ele foi pegar uma de suas vítimas em Nova York.

– Oh, diabo! – exclamou o Sr. Harper, angustiado.

Assim que nos afastamos, Poirot disse, pensativo:

– O rapaz está nervoso... muito nervoso...

Olhei para Poirot, curioso, mas seu sorriso enigmático nada me disse. Em companhia de Sir Guy Willard e do Dr. Tosswill demos uma volta pelas escavações. Os principais achados tinham sido transferidos para o Cairo, mas alguns dos ornamentos da tumba que ainda restavam eram extremamente interessantes. O entusiasmo do jovem baronete era evidente, mas tive a impressão de perceber uma sombra de nervosismo em sua atitude, como se ele não conseguisse livrar-se inteiramente de uma sensação de ameaça pairando no ar. Ao entrarmos na tenda que nos fora designada, para nos lavarmos antes da refeição vespertina, um homem alto e moreno, numa túnica branca, deu um passo para o lado, dando-nos passagem gentilmente e murmurando um cumprimento em árabe. Poirot parou.

– Você é Hassan, o criado do falecido Sir John Willard?

— Servi a meu lorde Sir John e agora sirvo ao filho dele. — Deu um passo em nossa direção e acrescentou, baixando a voz:
— Dizem que é um homem sábio, que sabe lidar com os espíritos do mal. Faça com que o jovem amo vá embora daqui. O mal está no ar, a nosso redor.

E com um gesto abrupto, sem esperar por uma resposta, afastou-se.

— O mal está no ar... — murmurou Poirot. — É verdade, estou sentindo...

A refeição não foi das mais animadas. O Dr. Tosswill falou durante a maior parte do tempo, discorrendo sobre as antiguidades egípcias. No momento em que estávamos prestes a sair, para repousarmos um pouco, Sir Guy segurou Poirot pelo braço e apontou. Um vulto sorrateiro estava se deslocando entre as tendas. Não era humano. Reconheci nitidamente a cabeça de cachorro que já vira esculpida nas paredes da tumba.

Senti o sangue literalmente congelar nas veias.

— *Mon Dieu!* — exclamou Poirot, fazendo o sinal da cruz, vigorosamente. — Anubis, o cabeça de chacal, o deus das almas que partem!

— Alguém está querendo nos enganar! — gritou o Dr. Tosswill, indignado, levantando-se rapidamente.

— Entrou em sua tenda, Harper — murmurou Sir Guy, com o rosto terrivelmente pálido.

— Não — disse Poirot, sacudindo a cabeça — entrou foi na tenda do Dr. Ames.

O médico ficou olhando para ele por um momento, com uma expressão de incredulidade. E, depois, repetiu as palavras do Dr. Tosswill:

— Alguém está querendo nos enganar! Vamos até lá pegar o sujeito!

Ele saiu correndo atrás da aparição furtiva e eu fui em seu encalço. Por mais que tenhamos procurado, no entanto, não conseguimos encontrar o menor vestígio de qualquer ser vivo

que tivesse passado por ali. Ao voltarmos, um tanto perturbados, descobrimos que Poirot estava tomando medidas drásticas, a sua maneira, para garantir a própria segurança. Estava ativamente cercando nossa tenda com diversos diagramas e inscrições, que desenhava na areia. Reconheci a estrela de cinco pontas, muitas vezes repetida. Como era seu hábito, estava ao mesmo tempo proferindo um discurso de improviso sobre feitiçaria e magia em geral, discorrendo sobre a magia branca em oposição à magia negra, entremeando com diversas referências ao Ka e ao *Livro dos mortos*.

Isso despertou o mais profundo desprezo do Dr. Tosswill, que me puxou para um lado, literalmente grunhindo de raiva. E ele exclamou, furioso:

– Nunca vi tanto disparate em minha vida! O homem não passa de um impostor! Não tem a menor ideia da diferença entre as superstições da Idade Média e as crenças do Antigo Egito! Nunca vi tamanha demonstração de ignorância e credulidade.

Tratei de acalmar o irado egiptólogo, e depois fui juntar-me a Poirot na tenda. Meu pequeno amigo estava radiante e declarou jovialmente:

– Agora podemos dormir em paz. E bem que estou precisando dormir um pouco! Minha cabeça está doendo terrivelmente. Ah, o quanto eu não daria agora por uma boa *tisane*!

Como em resposta a sua prece, a abertura da tenda foi empurrada para o lado e Hassan apareceu, trazendo uma xícara fumegante, que ofereceu a Poirot. Era chá de camomila, algo que Poirot apreciava particularmente. Ele agradeceu a Hassan e eu recusei a oferta de uma outra xícara para mim, e em seguida ficamos mais uma vez a sós. Depois de me despir, fiquei parado por algum tempo à entrada da tenda, contemplando o deserto.

– Um lugar maravilhoso e um trabalho maravilhoso – comentei, em voz alta. – Posso sentir todo o fascínio. Ah, a vida no deserto, à procura dos vestígios de uma civilização desaparecida... Não sente também a atração, Poirot?

Não obtive resposta. Virei-me, um pouco aborrecido. E, na mesma hora, meu aborrecimento se transformou em preocupação. Poirot estava deitado de costas no catre tosco, o rosto horrivelmente convulsionado. A seu lado estava a xícara vazia. Corri para o lado dele, depois saí quase voando da tenda e atravessei o acampamento até a tenda do Dr. Ames.

– Dr. Ames! Venha imediatamente!

– O que aconteceu? – perguntou o médico, aparecendo na entrada da tenda, de pijama.

– Meu amigo caiu doente! Está morrendo! Foi o chá de camomila! Não deixem Hassan sair do acampamento!

Como um relâmpago, o médico correu para nossa tenda. Poirot continuava deitado da maneira como eu o deixara.

– Extraordinário! – gritou Ames. – Parece um acesso... ou... o que foi mesmo que ele bebeu?

Abaixando-se, o médico pegou a xícara vazia. E, nesse momento, uma voz plácida disse:

– Só que eu não bebi.

Viramo-nos, espantados. Poirot estava sentado no catre, sorrindo. E acrescentou, suavemente:

– Isso mesmo, não bebi o chá. Enquanto meu bom amigo Hastings estava contemplando a noite, aproveitei a oportunidade para despejar a beberagem, não por minha garganta, mas sim num pequeno vidro. E esse pequeno vidro será entregue para análise química. – O médico fez um movimento súbito e Poirot disse: – Não, meu caro, não faça isso. Como um homem sensato, deve compreender que a violência de nada adiantará. Durante a breve ausência de Hastings para ir buscá-lo, tive tempo suficiente para guardar o vidro num lugar seguro. Ah, depressa, Hastings, agarre-o!

Interpretei erroneamente a ansiedade de Poirot. Ansioso em salvar meu amigo, joguei-me na frente dele. Mas o movimento rápido do médico tinha outro objetivo. Ele levou a mão

à boca, e um cheiro de amêndoas impregnou o ar. Logo depois, o Dr. Ames cambaleou para a frente e caiu.

– Outra vítima – disse Poirot, solenemente. – Mas é a última. Talvez seja melhor assim. Ele já tinha três mortes na consciência.

– O Dr. Ames? – gritei, atordoado. – Mas pensei que você acreditasse em influências ocultas!

– Creio que me entendeu mal, Hastings. Declarei que acredito na força terrível da superstição. A partir do momento em que se acredita firmemente que uma série de mortes é sobrenatural, pode-se quase apunhalar um homem em plena luz do dia, e isso será atribuído a alguma maldição, tão forte é o instinto do sobrenatural implantado na raça humana. Desconfiei desde o início que um homem estava tirando proveito desse instinto. Creio que a ideia lhe ocorreu com a morte de Sir John Willard. Surgiu imediatamente uma onda de superstição. Pelo que pude verificar, ninguém teria qualquer proveito com a morte de Sir John. O mesmo já não acontecia com a morte de Sr. Bleibner, que era um homem muito rico. A informação que recebi de Nova York continha diversos pontos bastante sugestivos. Para começar, o jovem Bleibner dissera que tinha um bom amigo no Egito, de quem poderia tomar dinheiro emprestado. Tacitamente, todos encararam tal declaração como uma referência ao tio. Mas pareceu-me que, se assim fosse, ele o teria dito expressamente. As palavras pareciam indicar algum amigo generoso que ele tinha aqui. Outra coisa: ele conseguiu arrumar dinheiro suficiente para viajar até o Egito; chegando aqui, o tio recusou dar-lhe um só centavo que fosse; mesmo assim, conseguiu pagar a passagem de volta para Nova York. Alguém devia ter emprestado o dinheiro necessário.

– Mas tudo isso é muito superficial, Poirot!

– Havia mais. Muitas vezes, Hastings, palavras pronunciadas metaforicamente são encaradas literalmente. O inverso também pode acontecer. Neste caso, as palavras que são ditas

literalmente podem ser encaradas como uma metáfora. O jovem Bleibner escreveu claramente: "Sou um leproso." Mas ninguém percebeu que ele cometeu suicídio porque pensava ter realmente contraído a terrível doença da lepra.

– O quê?

– Foi uma ideia astuciosa de uma mente diabólica. O jovem Bleibner estava sofrendo de alguma doença de pele sem maior importância. Vivera nas Ilhas dos Mares do Sul, onde tais doenças são bem frequentes. Ames era um velho amigo dele e um médico famoso. O jovem Bleibner jamais poderia duvidar das palavras dele. Quando cheguei aqui, minhas suspeitas se dividiam entre Harper e o Dr. Ames. Mas não demorei a compreender que somente o médico poderia ter cometido e ocultado os crimes. E descobri também, por intermédio de Harper, que o Dr. Ames já conhecia anteriormente o jovem Bleibner. Não resta a menor dúvida de que o jovem Bleibner deve ter feito um testamento ou um seguro de vida em favor do médico. E este viu sua grande oportunidade de ficar rico. Não teve a menor dificuldade em inocular os germes fatais no Sr. Bleibner. Depois, o sobrinho, esmagado pelo desespero diante da notícia terrível que o amigo lhe dera, acabou-se matando com um tiro. O Sr. Bleibner, quaisquer que fossem suas intenções, não tinha feito testamento. Toda sua fortuna passaria para o sobrinho e dele para o Sr. Ames.

– E o que me diz do Sr. Schneider?

– Não podemos ter certeza sobre o papel que ele desempenhou na história. Mas não nos esqueçamos que também conhecia antes o jovem Bleibner. Talvez tenha desconfiado de algo. Mas é possível também que o Dr. Ames tenha chegado à conclusão de que mais uma morte, sem motivo e sem sentido, iria reforçar a aura de superstição. Além do mais, Hastings, há um fato psicológico dos mais interessantes. Um assassino é invariavelmente dominado pelo desejo intenso de repetir seu crime bem-sucedido. Era esse o motivo de minhas apreensões

pelo jovem Willard. O vulto de Anubis que você viu esta noite era Hassan, assim vestido por ordens minhas. Eu queria ver se conseguia assustar o Dr. Ames. Mas seria preciso muito mais do que o sobrenatural para assustá-lo. Percebi que ele não acreditava inteiramente em minha simulação de crença nos poderes ocultos. Desconfiei de que ele tentaria fazer-me a próxima vítima. Ah, mas apesar de *la mer maudite*, do calor abominável e dos incômodos da areia, as pequenas células cinzentas ainda funcionavam!

Todas as suposições de Poirot foram confirmadas. Alguns anos antes, num auge de embriaguez, o jovem Bleibner fizera de brincadeira um testamento, deixando "minha cigarreira que ele tanto admira e tudo o mais que eu possuir ao morrer, o que consiste principalmente de dívidas, para meu bom amigo Robert Ames, que certa ocasião me salvou de um afogamento".

O caso foi abafado ao máximo possível. Até hoje, as pessoas ainda comentam a estranha sucessão de mortes relacionadas com a Tumba de Men-her-Ra como uma prova incontestável da vingança de um faraó do passado contra os profanadores. Tal crença, segundo Poirot ressaltou-me, é absolutamente contrária a todas as crenças e pensamentos dos antigos egípcios.

7
O roubo das joias no Grand Metropolitan

— Poirot, estou achando que uma mudança de ares lhe faria bem.

— Acha mesmo, *mon ami*?

— Tenho certeza.

— Eh... – murmurou meu amigo, sorrindo. – Quer dizer que já está tudo acertado, não é mesmo?

— E você irá?

— Para onde pretende me levar?

— Brighton. Se quer mesmo saber, um amigo meu na *City* me deu uma boa dica sobre o mercado financeiro e... para resumir, estou com dinheiro bastante para jogar fora, como se costuma dizer. Acho que um fim de semana no Grand Metropolitan nos faria muito bem.

— Obrigado, meu amigo. Aceito o convite, profundamente grato. Teve o bom coração de se lembrar de um velho. E um bom coração, afinal, vale todas as pequenas células cinzentas. Isso mesmo, meu amigo. Este que lhe fala neste momento de vez em quando corre o perigo de se esquecer isso.

Não fiquei muito satisfeito com as implicações do comentário. Tenho a impressão de que Poirot fica às vezes propenso a subestimar minha capacidade mental. Mas o prazer dele era tão intenso e evidente que tratei de esquecer minha contrariedade e me apressei em dizer:

— Ótimo!

E na noite de sábado estávamos jantando no Grand Metropolitan, em meio a uma alegre multidão. Parecia que o mundo todo estava em Brighton, acompanhado das esposas. Os vestidos eram suntuosos e as joias, usadas algumas vezes mais pelo amor à exibição do que pelo bom gosto, constituíam um espetáculo deslumbrante.

— *Hein*, é uma vista e tanto! — murmurou Poirot. — Esta é a casa dos Tubarões, não é mesmo, Hastings?

— Parece que sim. Mas vamos torcer para que eles não tenham os mesmos hábitos dos outros tubarões.

Poirot olhou ao redor, placidamente.

— A vista de tantas joias me faz querer ter concentrado meu cérebro no crime, em vez de me dedicar à investigação. Que magnífica oportunidade para um ladrão de classe! Olhe só para aquela mulher bem nutrida perto da coluna, Hastings! Como diria você, ela está recoberta de joias da cabeça aos pés!

Acompanhei o olhar dele.

— Ora, aquela é a Sra. Opalsen!

— Você a conhece?

— Um pouco. O marido dela é um rico corretor, que recentemente ganhou uma fortuna no *boom* do petróleo.

Depois do jantar, esbarramos com os Opalsen no salão. Apresentei Poirot. Conversamos por alguns minutos e acabamos por tomar o café juntos.

Poirot elogiou algumas das joias mais caras no colo amplo da Sra. Opalsen, que imediatamente respondeu animada.

— É um *hobby* meu, Monsieur Poirot. Simplesmente adoro joias. Ed conhece minha fraqueza. Todas as vezes que tudo está correndo bem, ele me compra uma joia nova. Também se interessa por pedras preciosas?

— Já lidei muito com joias, em diversas ocasiões, madame. Minha profissão levou-me a entrar em contato com algumas das joias mais famosas do mundo.

Poirot passou a narrar, discretamente, usando pseudônimos, a história das joias famosas e antigas de uma casa reinante da Europa. A Sra. Opalsen ouviu atentamente, fascinada. Quando Poirot terminou, ela exclamou:

— Mas que interessante! Parece até um filme! Sabe, Monsieur Poirot, tenho algumas pérolas que também possuem uma história. Creio que meu colar é considerado um dos melhores do mundo. As pérolas são lindas e iguais, a cor é perfeita. Acho que vou subir agora mesmo para buscar o colar.

— Ora, madame, é muito amável! – disse Poirot. – Por favor, não se incomode!

— Mas faço questão de lhe mostrar o colar!

A robusta senhora deslizou rapidamente até o elevador. O marido, que estava conversando comigo, olhou para Poirot, inquisitivamente.

— Madame sua esposa é tão amável que insistiu em mostrar-me seu colar de pérolas – explicou Poirot.

— Ah, as pérolas! — Opalsen sorriu, visivelmente satisfeito, antes de acrescentar: — Pode estar certo de que vale a pena vê-las. E custaram os olhos da cara! Mas não tenho a menor dúvida de que foi um dinheiro bem empregado. Posso conseguir de volta o que paguei a qualquer dia, talvez até mais. E é possível que daqui a pouco não me reste alternativa senão vendê-las, do jeito que os negócios estão indo. O dinheiro anda muito difícil de se ganhar na *City*.

E ele passou a discorrer sobre os problemas do mercado financeiro, assunto em que não me aventurei a acompanhá-lo. Foi interrompido por um garoto de recados, que se aproximou e murmurou algo em seu ouvido.

— Como... o quê? Irei imediatamente. Não aconteceu nada de grave com ela, não é? Com licença, cavalheiros.

O homem deixou-nos abruptamente. Poirot recostou-se e acendeu um dos pequenos cigarros russos. Depois, cuidadosa e meticulosamente, ajeitou as xícaras de café vazias numa fileira perfeita. Contemplou o resultado com uma expressão radiante.

Os minutos foram-se passando. Os Opalsen não voltavam.

— É estranho — comentei, finalmente. — Quando será que eles vão voltar?

Poirot observou as espirais ascendentes de fumaça e depois disse pensativo:

— Eles não vão voltar.

— Por quê?

— Porque algo aconteceu, meu amigo.

— Como sabe que algo aconteceu?

Poirot sorriu.

— Há poucos minutos, o gerente saiu apressadamente do escritório e subiu a escada quase correndo. Estava visivelmente nervoso. O rapaz do elevador está entretido numa conversa com um dos garotos de recados. A campainha do elevador já tocou três vezes, mas ele não deu a menor atenção. Além disso, até mesmo os garçons estão *distrait*. E para fazer com que um garçom

fique *distrait*... – Poirot meneou a cabeça, com um ar categórico, antes de arrematar: – O assunto deve ser realmente muito sério. Ah, era como eu estava pensando! Aí vem a polícia!

Dois homens tinham acabado de entrar no hotel, um de uniforme, o outro à paisana. Falaram com um dos funcionários e foram imediatamente levados para cima. Alguns minutos depois, o mesmo funcionário desceu e se aproximou do lugar em que estávamos sentados.

– O Sr. Opalsen envia seus cumprimentos e solicita a presença dos dois cavalheiros lá em cima.

Poirot levantou-se com agilidade. Um observador diria certamente que ele estava esperando pelo chamado. Segui-o, com igual entusiasmo.

O apartamento dos Opalsen ficava no segundo andar. Depois de bater na porta, o funcionário retirou-se e atendemos ao chamado de "Entrem!". Deparamos com uma cena estranha. Era o quarto da Sra. Opalsen e, bem no meio, derreada numa poltrona, estava a própria, soluçando desesperadamente. Por si só, ela se constituía um espetáculo extraordinário, com as lágrimas abrindo imensos sulcos no pó de arroz que revestia generosamente as faces. O Sr. Opalsen andava de um lado para outro, furioso. Os dois policiais estavam parados no meio do quarto, um deles com um caderninho de anotações nas mãos. Uma camareira, visivelmente apavorada, estava parada junto à lareira. No outro lado do quarto, uma francesa, obviamente a criada pessoal da Sra. Opalsen, chorava e retorcia as mãos, com um sofrimento tão intenso que chegava mesmo a rivalizar com o desespero da patroa.

Foi nesse pandemônio que Poirot entrou, impecável e sorridente. No mesmo instante, com uma energia surpreendente para uma pessoa tão volumosa, a Sra. Opalsen saltou da poltrona, na direção dele.

– Pronto! Ed pode dizer o que quiser, mas acredito na sorte. E foi a sorte que me fez encontrá-lo esta noite! Tenho a im-

pressão de que, se não puder recuperar minhas pérolas, ninguém mais será capaz de fazê-lo!

— Por gentileza, madame, acalme-se — murmurou Poirot, suavemente, afagando a mão dela. — Fique tranquila. Tudo vai acabar bem. Hercule Poirot está aqui para ajudá-la.

O Sr. Opalsen virou-se para o inspetor da polícia.

— Espero que não faça qualquer objeção ao fato de eu ter chamado este cavalheiro.

— De maneira alguma, senhor — respondeu polidamente o inspetor, mas com completa indiferença. — Talvez agora sua esposa já se sinta um pouco melhor e nos possa relatar todos os fatos.

A Sra. Opalsen olhou para Poirot, desorientada. Ele a conduziu até a poltrona.

— Sente-se, madame, e conte-nos toda a história, sem ficar nervosa.

Assim tratada, a Sra. Opalsen enxugou os olhos cuidadosamente e começou a falar:

— Subi logo depois do jantar a fim de buscar as pérolas, para mostrar ao Monsieur Poirot. A camareira e Célestine estavam no quarto, como de hábito...

— Com licença, madame, mas o que exatamente está querendo dizer com esse "como de hábito"?

Foi o Sr. Opalsen quem se encarregou de explicar:

— Determinei que ninguém entrasse neste quarto a menos que Célestine, a criada, também estivesse presente. A camareira arruma o quarto pela manhã na presença de Célestine e volta logo depois do jantar para preparar as camas, nas mesmas condições. Afora isso, ela nunca entra no quarto.

Assim que ele terminou de falar, a Sra. Opalsen retomou o relato:

— Como eu estava dizendo, subi para o quarto. Fui até o gaveteiro... — ela fez uma breve pausa, apontando para as gavetas

no lado direito da penteadeira – ... tirei a caixa de joias e a abri. Parecia tudo normal... mas as pérolas tinham desaparecido!

O inspetor, bastante ocupado com suas anotações, perguntou:

– Quando viu as pérolas pela última vez?

– Estavam na caixa quando desci para o jantar.

– Tem certeza?

– Absoluta. Estava indecisa, sem saber se usava ou não o colar de pérolas. Mas acabei decidindo-me pelo colar de esmeraldas e tornei a guardar o outro na caixa de joias.

– Quem trancou a caixa de joias?

– Fui eu mesma. Uso a chave pendurada em uma corrente no pescoço.

Ela suspendeu a chave, enquanto falava. O inspetor a examinou rapidamente e deu de ombros.

– O ladrão deve ter uma chave em duplicata. Não é algo difícil, pois se trata de uma fechadura das mais simples. O que fez depois de trancar a caixa de joias?

– Guardei-a na última gaveta, como sempre.

– Não trancou o gaveteiro?

– Não. É algo que nunca faço. Minha criada permanece no quarto até minha volta. Por isso, não há necessidade.

Então, a expressão do inspetor tornou-se solene:

– Quer dizer que as joias estavam ali quando desceu para o jantar e desde então *a criada não saiu deste quarto*?

Subitamente, como se somente então percebesse todo o horror da situação em que se encontrava, Célestine soltou um grito estridente e lançou-se sobre Poirot, despejando uma torrente de palavras em francês, de maneira quase incompreensível.

A insinuação era infame! Como podiam desconfiar de que ela roubara a Senhora? Todo mundo sabia que os policiais eram de uma estupidez inacreditável! Mas monsieur, que era um francês...

– Belga – interveio Poirot.

Célestine, porém, não deu a menor atenção à correção e continuou a falar. Monsieur não ia ficar de braços cruzados e permitir que ela fosse falsamente acusada, enquanto aquela infame camareira escapava impunemente. Ela jamais gostara da camareira, uma coisa ruim atrevida, de rosto vermelho, uma ladra nata. Dissera desde o início que aquela mulher não era honesta. E a vigiava com atenção, sempre que ela vinha arrumar o quarto da Senhora! Aqueles idiotas da polícia tinham que revistá-la. E seria de surpreender se não encontrassem em poder dela o colar de pérolas da Senhora!

Embora toda essa arenga fosse pronunciada num francês rápido e virulento, Célestine o entremeara com uma profusão de gestos. A camareira não demorou a perceber pelo menos uma parte do sentido. E ficou vermelha de raiva, declarando com a maior veemência:

— Se essa mulher estrangeira está dizendo que fui eu que roubei as pérolas, ela está mentindo descaradamente! Nunca cheguei sequer a ver essas pérolas!

— Revistem-na! – gritou a outra. – Vão descobrir as pérolas com ela!

— Sua mentirosa! – gritou a camareira, avançando na direção de Célestine. – Roubou as pérolas e quer lançar a culpa em mim! Ora, eu estava no quarto havia apenas uns três minutos, quando a Senhora subiu! E durante todo esse tempo você ficou sentada aí, como sempre faz, como um gato observando um rato!

O inspetor olhou para Célestine.

— Isto é verdade? Não deixou o quarto em momento algum?

— Claro que não ia deixá-la sozinha aqui – admitiu Célestine, relutantemente. – Mas fui duas vezes a meu próprio quarto, por aquela porta ali, a primeira para apanhar um pouco de algodão e a outra para buscar uma tesourinha. Ela deve ter aproveitado uma dessas ocasiões para roubar as pérolas.

— Em nenhuma das duas vezes esteve fora daqui mais de um minuto! – reagiu a camareira, furiosa. – Simplesmente saiu e voltou logo depois! Eu ficaria contente se a polícia me revistasse. Nada tenho a temer.

Nesse momento, houve uma batida na porta. O inspetor foi atender. Seu rosto se iluminou ao ver quem era.

— Ah, estamos com sorte! Mandei buscar uma das nossas auxiliares e ela acaba de chegar. Espero que não se incomodem de passar para o quarto ao lado.

Ele olhou para a camareira, que empinou a cabeça e passou para o quarto contíguo, seguida pela auxiliar da polícia.

A jovem francesa afundara, soluçando, numa cadeira. Poirot estava correndo os olhos pelo quarto. Fiz um desenho indicando as principais características do cômodo.

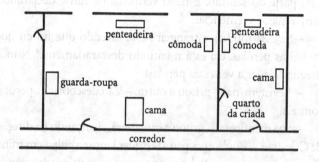

— Para onde dá aquela porta? – perguntou ele, acenando com a cabeça na direção da porta ao lado da janela.

— Creio que para a suíte contígua – respondeu o inspetor. – Seja como for, está com o ferrolho passado deste lado.

Poirot foi até a porta e tentou abri-la. Depois, puxou o ferrolho e tentou novamente. Em vão.

— Está trancada também do outro lado. Bem, isso parece excluir essa possibilidade.

Ele se aproximou das janelas, examinando-as meticulosamente.

– E aqui também... nada. Nem mesmo uma sacada do lado de fora.

– Mesmo que houvesse – disse o inspetor, de maneira impaciente –, não vejo como isso nos poderia ajudar, já que a criada não se afastou do quarto.

– *Évidemment* – respondeu Poirot, sem aparentar estar desconcertado. – Como mademoiselle declara positivamente que não deixou o quarto...

Ele foi interrompido pelo reaparecimento da camareira e da mulher da polícia, que foi lacônica:

– Nada.

– Eu já sabia que não iam encontrar nada! – declarou a camareira, indignada. – E essa sirigaita francesa devia se envergonhar de denegrir assim o caráter de uma trabalhadora honesta!

– Calma, calma, minha jovem – disse o inspetor, abrindo a porta. – Ninguém desconfia de você. Pode voltar para seu trabalho.

A camareira saiu, contrafeita.

– Não vai revistá-la? – perguntou a mulher, apontando para Célestine.

– Vou, sim! – Ele fechou a porta e passou a chave.

Célestine acompanhou a policial para o quarto contíguo. As duas voltaram alguns minutos depois. Nada fora encontrado.

A expressão do inspetor tornou-se ainda mais grave.

– Lamento, mas tenho de pedir-lhe que me acompanhe de qualquer maneira, senhorita – disse ele, virando-se em seguida para a Sra. Opalsen. – Sinto muito, senhora, mas tudo está apontando para sua criada. Se as pérolas não estão com ela, então deve tê-las escondido em algum lugar do quarto.

Célestine soltou novamente um grito lancinante e agarrou-se no braço de Poirot. Meu pequeno amigo inclinou-se e sussurrou algo no ouvido dela. Ela fitou-o, desconfiada.

– *Si, si, mon enfant...* asseguro-lhe que é melhor não resistir – disse Poirot, virando-se em seguida para o inspetor e acres-

centando: – Permite, monsieur? Gostaria de fazer uma pequena experiência... só para minha satisfação.

– Depende do que for – respondeu o policial, evitando assumir qualquer compromisso.

Poirot voltou a se dirigir a Célestine:

– Contou que foi até seu quarto para buscar um pouco de algodão. Onde estava esse algodão?

– Na gaveta de cima da cômoda, monsieur.

– E a tesourinha?

– Também.

– Seria um incômodo demasiado, mademoiselle, pedir-lhe que repita essas duas ações? Disse que estava sentada aqui na ocasião, não é mesmo?

Célestine sentou. Depois, a um sinal de Poirot, levantou-se e foi para o quarto contíguo, pegando um objeto na cômoda e retornando imediatamente.

Poirot dividiu sua atenção entre os movimentos dela e um imenso relógio em sua mão.

– Outra vez, por gentileza, mademoiselle.

Quando terminou o segundo desempenho, ele fez uma anotação em seu caderninho e tornou a guardar o relógio no bolso.

– Obrigado, mademoiselle. E também lhe agradeço, monsieur... – fez uma mesura para o inspetor – ...por sua cortesia.

O inspetor pareceu achar graça na polidez excessiva. Célestine partiu em meio a um fluxo de lágrimas, acompanhada pela mulher da polícia e pelo guarda.

Depois, pedindo desculpas à Sra. Opalsen, o inspetor começou a vasculhar o quarto. Puxou as gavetas, abriu os armários, desarrumou toda a cama, bateu no chão. O Sr. Opalsen fitava-o com uma expressão cética.

– Pensa realmente que irá encontrar as pérolas aqui?

– Exatamente, senhor. É a conclusão lógica. Ela não teve tempo de tirar o colar do quarto. A descoberta prematura do

roubo pela Senhora transtornou inteiramente os planos dela. O colar só pode estar aqui. Uma das duas deve tê-lo escondido... e é bastante improvável que tenha sido a camareira.

— Mais do que improvável... é impossível! — declarou Poirot, calmamente.

— Como assim? — perguntou o inspetor, desconcertado.

Poirot sorriu, modestamente.

— Vou demonstrar. Hastings, meu bom amigo, pegue meu relógio... com cuidado. É uma herança de família! Acabei de marcar o tempo dos movimentos de mademoiselle. A primeira ausência dela deste quarto durou 12 segundos, a segunda foi de 15 segundos. Agora, por gentileza, observem minhas ações. Quer ter a bondade de me emprestar a chave da caixa de joias, madame? Obrigado. Meu amigo Hastings queira ter a bondade de dizer "Agora!".

— Agora! — falei.

Com uma rapidez quase inacreditável, Poirot abriu a gaveta do lado direito da penteadeira, tirou a caixa de joias, enfiou a chave na fechadura, abriu, pegou uma joia ao acaso, fechou a caixa, passou a chave, tornou a guardá-la na gaveta. Seus movimentos eram rápidos como o raio.

— E então, *mon ami*? — perguntou-me, ofegante.

— Demorou 46 segundos.

— Estão vendo? — disse Poirot, olhando ao redor. — Não haveria tempo sequer para que a camareira tirasse o colar, muito menos para escondê-lo.

— Neste caso, a criada é de fato a culpada — disse o inspetor.

E ele voltou a sua busca. Um momento depois, passou para o quarto da criada. Poirot estava de rosto franzido, pensativo. Subitamente, fez uma pergunta para o Sr. Opalsen:

— O colar... estava no seguro, não é mesmo?

O Sr. Opalsen pareceu ficar um tanto surpreso com a pergunta e hesitou um pouco para responder:

– Estava, sim.

– Mas que importância isso tem? – interveio a Sra. Opalsen, em lágrimas. – É o meu colar que estou querendo! Não existe outro igual! Nenhum dinheiro pode compensar a perda dele!

– Compreendo, madame, compreendo perfeitamente – disse Poirot, gentilmente. – Para *la femme*, o sentimento é tudo... não é mesmo? Mas monsieur, que não possui tanta suscetibilidade, sem dúvida encontrará algum consolo no fato.

– Claro, claro... – murmurou o Sr. Opalsen, visivelmente indeciso. – Mesmo assim...

Ele foi interrompido por um grito de triunfo do inspetor, que apareceu na porta do outro quarto, balançando algum objeto entre os dedos. Soltando um grito, a Sra. Opalsen levantou-se da poltrona. Era outra mulher.

– Oh, meu colar!

Ela apertou o objeto contra o colo com as duas mãos. Todos nos agrupamos a seu redor.

– Onde estava? – perguntou Opalsen.

– Na cama da criada, entre as molas do colchão. Ela deve tê-lo roubado e escondido antes de a camareira aparecer.

– Permite, madame? – disse Poirot, gentilmente. Tirou o colar das mãos dela e examinou-o atentamente. Depois devolveu-o com uma mesura.

– Receio, *senhora*, que terá de nos entregar o colar por algum tempo – disse o inspetor. – Vamos precisar dele como prova para a acusação. Mas será devolvido assim que possível.

O Sr. Opalsen franziu o rosto.

– Isso é realmente necessário?

– Infelizmente, sim, senhor. Trata-se de uma formalidade que não podemos deixar de cumprir.

– Deixe-o levar o colar, Ed! – gritou a Sra. Opalsen. – Eu me sentirei mais segura sabendo que o colar está sob a guarda da

polícia. Não conseguiria dormir pensando que alguém mais poderia tentar roubá-lo. Ah, aquela garota miserável! E eu que não podia acreditar que ela fosse culpada!

– Calma, calma, minha querida. Não fique tão transtornada.

Senti um leve aperto no braço. Era Poirot.

– Vamos embora, meu amigo? Acho que nossos serviços não são mais necessários.

Mas assim que saímos do quarto, Poirot hesitou por um momento e depois comentou:

– Eu gostaria de dar uma olhada no quarto ao lado.

A porta não estava trancada e entramos. O quarto, que tinha uma cama de casal, estava desocupado. Havia bastante poeira e meu sensível amigo fez uma careta característica ao passar o dedo em torno de uma marca retangular na mesa perto da janela.

– O serviço aqui deixa a desejar – disse ele, secamente.

Poirot ficou olhando pela janela, parecendo absorto em profunda meditação.

– E então? – indaguei, impaciente. – Por que queria vir até aqui?

Ele me fitou, aturdido por um instante.

– *Je vous demande pardon, mon ami*. Desejava verificar se a porta estava realmente trancada também por este lado.

Olhei para a porta de comunicação com o outro quarto, que acabáramos de deixar.

– Pois agora já viu que está.

Poirot assentiu. Ainda parecia estar imerso em reflexão.

– Além do mais, que importância isso pode ter, Poirot? O caso está encerrado. Gostaria que você tivesse uma oportunidade melhor de demonstrar seu talento. Mas foi o tipo de caso que até mesmo um idiota empertigado como o inspetor não poderia deixar de resolver.

Poirot sacudiu a cabeça.

– O caso ainda não está encerrado, meu amigo. E não estará até descobrirmos quem roubou as pérolas.

– Mas foi a criada que roubou!

– Por que diz isso?

– Ora... o colar foi encontrado no colchão dela!

– *Ta ta ta!* – disse Poirot, impacientemente. – Aquelas pedras não eram as pérolas.

– Como?

– Não passavam de imitações, *mon ami*.

A declaração me deixou sem fôlego. Poirot sorria, placidamente.

– É óbvio que o bom inspetor nada conhece a respeito de pérolas. Mas daqui a pouco vai haver o maior tumulto.

– Vamos! – gritei, puxando-o pelo braço.

– Para onde?

– Temos que avisar imediatamente aos Opalsen!

– Acho melhor não fazê-lo.

– Mas aquela pobre mulher...

– *Eh bien*, aquela pobre mulher, como a chama, terá uma noite muito melhor se pensar que suas pérolas estão em segurança.

– Mas o ladrão pode escapar com as pérolas!

– Como sempre, meu amigo, fala sem pensar. Como sabe que as pérolas que a Sra. Opalsen tão cuidadosamente guardou esta noite eram as falsas e o verdadeiro roubo não ocorreu muito antes desta data?

– Oh! – exclamei, aturdido.

– Exatamente! – disse Poirot, radiante. – Vamos começar mais uma vez.

Ele saiu do quarto. Parou por um momento no corredor, como se decidisse o que ia fazer em seguida. Depois, foi até a extremidade do corredor, parando diante do pequeno quarto onde ficavam as respectivas camareiras e valetes de cada andar.

Nossa camareira particular parecia estar realizando um pequeno comício, descrevendo suas experiências recentes para uma audiência embasbacada. Ela parou de falar no meio de uma frase. Poirot fez uma mesura, com a polidez habitual.

— Desculpe incomodá-la, mas agradeceria se pudesse abrir-me a porta do quarto do Sr. Opalsen.

A mulher levantou-se prazerosamente e nós a seguimos pelo corredor. O quarto do Sr. Opalsen ficava no outro lado do corredor, a porta bem em frente ao quarto da esposa. A camareira abriu-a com a chave-mestra e entramos.

Poirot deteve-a quando ela já se ia afastando:

— Um momento, por gentileza. Por acaso viu um cartão igual a esse entre os pertences do Sr. Opalsen?

Ele estendeu um cartão branco, liso, que parecia vitrificado, com uma aparência incomum. A camareira pegou-o e examinou-o com cuidado.

— Não, senhor, não me lembro de ter visto. De qualquer maneira, é o valete que cuida de quase tudo nos aposentos dos cavalheiros.

— Está certo. Obrigado.

Poirot pegou novamente o cartão. A mulher foi embora. Meu amigo ficou imóvel por um momento, pensativo. Depois, sacudiu a cabeça bruscamente.

— Por gentileza, Hastings, toque a sineta. Três vezes, para chamar o valete.

Obedeci, dominado por intensa curiosidade. Enquanto isso, Poirot despejava no chão a cesta de papel e examinava rapidamente o conteúdo.

Momentos depois, o valete atendeu ao chamado. Poirot fez-lhe a mesma pergunta e entregou o cartão para ser examinado. Contudo, a resposta foi a mesma. O valete nunca vira um cartão como aquele entre os pertences do Sr. Opalsen. Poirot agradeceu e o homem se retirou, relutante, lançando um olhar

para a cesta virada e o lixo espalhado pelo chão. Não podia deixar de ouvir o comentário pensativo de Poirot, voltando a remexer os papéis amarrotados que se espalhavam pelo chão:

– E o colar estava no seguro...
– Estou entendendo agora, Poirot!
– Não está entendendo nada, meu amigo, como sempre. Absolutamente nada! É inacreditável... mas é isso mesmo. Vamos voltar para nossos aposentos.

Voltamos em silêncio. Assim que chegamos, para minha profunda surpresa, Poirot mudou de roupa.

– Vou para Londres esta noite, meu amigo. É indispensável.
– O quê?
– É absolutamente indispensável. O verdadeiro trabalho, o do cérebro (ah, essas maravilhosas pequenas células cinzentas!), já está feito. Mas tenho que buscar a confirmação. E irei encontrá-la! É impossível enganar Hercule Poirot!
– Um dia desses ainda vai acabar levando um tombo e tanto – comentei, um pouco irritado com a vaidade dele.
– Peço-lhe que não fique zangado comigo, *mon ami*. Conto com você para prestar-me um serviço... um serviço de amigo.
– Claro, claro – declarei ansiosamente, envergonhado do meu mau humor. – O que é?
– A manga do casaco que acabei de tirar... pode escová-la? Como está vendo, um pouco de pó branco ficou grudado nela. Certamente observou-me passar o dedo em torno da gaveta da penteadeira, não é mesmo?
– Não, não observei.
– Deveria observar minhas ações, meu amigo. Foi assim que fiquei com um pouco de pó branco na ponta do dedo. Como estava muito excitado, esfreguei o dedo na manga, uma ação sem método que deploro profundamente, contrária a todos os meus princípios.
– Mas o que era esse pó? – indaguei, não muito interessado nos princípios de Poirot.

— Posso lhe garantir que não era o veneno dos Bórgias — respondeu Poirot, piscando os olhos, com malícia. — Estou vendo sua imaginação alçar voo. Eu diria que era giz dos alfaiates.

— Giz?

— Isso mesmo. Os fabricantes de móveis usam-no para fazer as gavetas correrem suavemente.

Soltei uma risada.

— Ah, seu velho pecador! Pensei que me estava apresentando algo emocionante.

— *Au revoir*, meu amigo. Eu me salvo. E escapo daqui!

A porta foi fechada por Poirot. Sorrindo, um pouco desdenhoso, um pouco afetuoso, peguei o casaco e estendi a mão para a escova.

Na manhã seguinte, como não tivesse recebido qualquer notícia de Poirot, saí para dar uma volta, encontrei alguns amigos e fui almoçar no hotel em que estavam. De tarde, fomos dar outra volta. Um pneu furado nos atrasou e já passavam das 20 horas quando voltei ao Grand Metropolitan.

A primeira pessoa que avistei foi Poirot, parecendo ainda menor, espremido entre os Opalsen, radiante, num estado de plácida satisfação.

— *Mon ami* Hastings! — gritou ele, adiantando-se para receber-me. — Abrace-me, meu amigo! Tudo saiu às mil maravilhas!

Felizmente, o abraço foi apenas simbólico... não um abraço de verdade, como sempre se pode esperar de Poirot.

— Está querendo dizer, Poirot...

— Ele foi simplesmente maravilhoso! — interveio a Sra. Opalsen, um sorriso radiante no rosto gordo. — Eu não lhe disse, Ed, que se ele não pudesse recuperar minhas pérolas, ninguém mais poderia?

— Disse, minha cara, disse... E estava certa.

Olhei aturdido para Poirot, e ele imediatamente compreendeu.

– Meu amigo Hastings está totalmente por fora, como vocês costumam dizer. Mas sente-se e lhe contarei todo o caso, que terminou tão bem.

– Terminou?

– Exatamente. Eles estão presos.

– Eles quem?

– A camareira e o valete, *parbleu*! Não tinha desconfiado? Nem mesmo com aquela insinuação a respeito do giz que fiz ao partir?

– Disse que era usado pelos fabricantes de móveis.

– Claro que são... para fazer as gavetas deslizarem suavemente. Alguém queria que aquela gaveta deslizasse para fora e para dentro sem fazer qualquer barulho. Quem poderia ser? Obviamente, só a camareira. O plano era tão engenhoso que não saltou aos olhos imediatamente... nem mesmo aos olhos de Hercule Poirot!

"Escute que lhe vou contar como eles agiram. O valete estava no quarto vazio ao lado, esperando. A criada francesa saiu do quarto. Rápida como um relâmpago, a camareira abriu a gaveta, tirou a caixa de joias, puxou o ferrolho da porta, abriu-a e passou a caixa para o outro quarto. O valete abriu a caixa de joias facilmente, com a duplicata da chave que providenciara anteriormente, tirou o colar e ficou esperando. Célestine saiu novamente do quarto e a caixa voltou prontamente para o outro quarto e para a gaveta.

"A Sra. Opalsen chegou, o roubo foi descoberto. A camareira praticamente exigiu que a revistassem, exibindo a indignação apropriada. E depois saiu do quarto, sem qualquer mácula em sua reputação. O colar de imitação, que eles tinham providenciado, fora escondido na cama da jovem francesa naquela manhã, pela camareira... um golpe de mestre, *ça*!

– Mas o que você foi fazer em Londres?

– Lembra-se daquele cartão?

— Claro que me lembro. Fiquei um pouco confuso... e ainda estou. Pensei...

Hesitei um pouco, olhando para o Sr. Opalsen. Poirot riu, afetuoso.

— *Une blague!* Especialmente para o valete. O cartão tinha a superfície especialmente preparada... para gravar impressões digitais. Fui direto para a Scotland Yard, procurei nosso velho amigo, o inspetor Japp, e expus-lhe os fatos. Como eu já desconfiava, as impressões digitais foram verificadas e descobrimos que eram de dois conhecidos ladrões de joias, que havia algum tempo eram procurados pela polícia. Japp veio para cá comigo, os ladrões foram presos. O colar estava com o valete. Uma dupla muito esperta. Mas eles fracassaram por lhes faltar método. Eu já lhe disse, Hastings, pelo menos 36 vezes, que sem método...

— Pelo menos 36 mil vezes! — interrompi-o. — Mas onde foi que eles falharam no "método"?

— *Mon ami*, é um bom plano passar por camareira ou valete, mas a pessoa não deve esquivar-se ao trabalho. Eles deixaram um quarto vazio todo sujo de poeira. Assim, quando o homem pôs a caixa de joias em cima da mesinha perto da porta de comunicação com o outro quarto, deixou uma marca retangular.

— Estou lembrando agora!

— Antes, eu estava na dúvida. A partir desse momento... tive certeza!

Houve um instante de silêncio, que foi rompido pela Sra. Opalsen, como uma espécie de coro grego:

— E eu recuperei minhas pérolas!

— Acho que está na hora de eu ir jantar — falei.

Poirot acompanhou-me.

— Este caso deve ter-lhe proporcionado uma grande glória, Poirot — comentei.

— *Pas du tout* — respondeu meu amigo, tranquilamente. — Japp e o inspetor local vão dividir todo o crédito entre si. — Poirot fez uma pausa, bateu no bolso do paletó e acrescentou: — Mas

eu tenho aqui um cheque do Sr. Opalsen. O que acha disso, meu amigo? Este fim de semana não transcorreu de acordo com nossos planos. Vamos voltar no próximo... e desta vez à minha custa?

8
O primeiro-ministro sequestrado

Agora que a guerra e seus problemas são fatos do passado, creio que posso seguramente arriscar-me a revelar ao mundo o papel que meu amigo Poirot desempenhou num momento de crise nacional. O segredo tem sido bem guardado. Nem um simples rumor chegou aos ouvidos da imprensa. Porém, agora que a necessidade de sigilo já desapareceu, sinto que é um ato de justiça fazer com que a Inglaterra saiba da dívida que tem para com meu exótico amigo, cujo cérebro maravilhoso tão habilmente evitou uma catástrofe de grandes proporções.

Uma noite, depois do jantar – não vou indicar a data precisa, basta dizer que foi na ocasião em que "Paz por intermédio das negociações" tornou-se a máxima insistente dos inimigos da Inglaterra – meu amigo e eu estávamos sentados em seus aposentos. Depois que eu dei baixa do Exército, por semi-invalidez, passando a desempenhar funções burocráticas nos serviços de recrutamento, adquiri o hábito de ir todas as noites ao apartamento de Poirot, depois do jantar, a fim de conversar sobre os casos interessantes que ele pudesse estar investigando.

Eu estava tentando conversar com ele a respeito da notícia sensacional daquele dia, nada menos que a tentativa de assassinato do Sr. David MacAdam, o primeiro-ministro da Inglaterra. Era evidente que o relato dos jornais fora cuidadosamente

censurado. Não tinham sido publicados detalhes, exceto que o primeiro-ministro escapara por um triz, a bala apenas raspando seu rosto.

Comentei que nossa polícia devia ter sido negligente, para que tamanho ultraje fosse possível. Podia perfeitamente compreender que os agentes alemães na Inglaterra estavam dispostos a arriscar tudo em tal empreitada. "Mac, o Lutador", como seu próprio partido o apelidara, combatia de modo obstinado a influência pacifista que se estava tornando predominante.

Ele era mais do que o primeiro-ministro da Inglaterra: era a própria Inglaterra. Removê-lo de sua esfera de influência seria um golpe terrível, que sem dúvida paralisaria o país.

Poirot tinha a atenção voltada para um terno cinza, que limpava com uma minúscula esponja.

Nunca existiu um dândi como Hercule Poirot. Tinha verdadeira paixão pela arrumação e a ordem. Naquele momento, com o ar impregnado do odor de benzina, ele era incapaz de me dispensar maior atenção.

– Dentro de um minuto estarei com você, meu amigo. Estou quase acabando. A mancha de gordura... não é boa coisa... e por isso a removi... pronto!

E Poirot brandiu a pequena esponja, triunfante. Sorri, enquanto acendia outro cigarro. Depois de um ou dois minutos, perguntei:

– Está cuidando de algum caso interessante?

– Estou ajudando uma... como é mesmo que se chama?... ah, sim, uma faxineira a encontrar o marido. É um caso difícil, que exige muito tato. Pois tenho a impressão de que ele não ficará nada satisfeito ao ser encontrado. O que mais poderia fazer? Não posso deixar de admitir que dou razão a ele. Mostrou ser um homem de muito juízo ao se perder.

Não pude deixar de soltar uma risada.

– Ah, finalmente! A mancha desapareceu por completo. Estou agora a sua disposição.

– Perguntei o que você achava dessa tentativa de assassinar MacAdam.

– *Enfantillage*! Não se pode levar a tentativa a sério. Atirar com um rifle... nunca dá certo. Isso é coisa do passado.

– Mas quase deu certo dessa vez.

Poirot balançou a cabeça, impacientemente. Já ia responder quando a senhoria abriu a porta e informou-o de que dois cavalheiros estavam lá embaixo, desejando falar-lhe.

– Não quiseram dizer seus nomes, mas disseram que o assunto é muito importante.

– Mande-os subir – disse Poirot, dobrando com cuidado a calça cinza.

Os dois visitantes foram conduzidos ao apartamento poucos minutos depois. Senti o coração disparar quando reconheci lorde Estair em pessoa, líder do governo na Câmara dos Comuns. Seu companheiro era o Sr. Bernard Dodge, também membro do Gabinete de Guerra, e que eu sabia ser amigo pessoal e íntimo do primeiro-ministro.

– Monsieur Poirot? – falou lorde Estair.

Meu amigo fez uma pequena reverência. O grande homem olhou para mim, hesitante.

– O assunto que vim tratar é estritamente particular.

– Pode falar livremente na presença do capitão Hastings – declarou Poirot, fazendo um gesto com a cabeça para que eu permanecesse na sala. – Ele não possui meus talentos, mas garanto sua discrição!

Lorde Estair ainda estava hesitante, mas o Sr. Dodge interveio, abruptamente:

– Ora, vamos parar de rodeios! Pelo que estou imaginando toda a Inglaterra saberá muito em breve da encrenca em que estamos metidos! O tempo urge!

– Sentem-se, por favor – disse Poirot, com polidez. – Não prefere esta poltrona, milorde?

Lorde Estair estremeceu ligeiramente.

– O senhor me conhece?

Poirot sorriu.

– Certamente. Costumo ler os pequenos jornais com fotografias. Como poderia deixar de conhecê-lo?

– Monsieur Poirot, vim consultá-lo sobre um assunto de urgência vital. E devo lhe pedir sigilo absoluto.

– Tem a palavra de Hercule Poirot... não posso dizer mais nada! – declarou meu amigo, grandiloquente como sempre.

– É um problema que envolve o primeiro-ministro. Estamos numa tremenda dificuldade.

– Estamos em um mato sem cachorro! – interveio o Sr. Dodge.

– Quer dizer que o ferimento é sério? – indaguei.

– Que ferimento?

– O ferimento a bala.

– Ah, isso! – exclamou o Sr. Dodge, desdenhosamente. – Ora, isso já é história antiga!

Lorde Estair retomou o comando da conversa:

– Como disse meu colega, esse caso já está resolvido. Felizmente, fracassou. Eu gostaria de poder dizer o mesmo sobre o segundo atentado.

– Quer dizer que houve outro atentado?

– Houve, só que não da mesma natureza. Monsieur Poirot, o primeiro-ministro desapareceu.

– Como assim?

– Foi sequestrado!

– Impossível – gritei, atônito.

Poirot lançou-me um olhar fulminante, uma indicação clara de que eu deveria ficar de boca fechada.

– Infelizmente, por mais impossível que possa parecer, é verdade – continuou Lorde Estair.

Poirot olhou para o Sr. Dodge.

– Falou que o tempo era tudo, monsieur. O que estava querendo dizer com isso?

Os dois homens se entreolharam, e foi lorde Estair quem falou:

— Já ouviu falar da iminente Conferência Aliada, Monsieur Poirot?

Meu amigo assentiu.

— Por motivos óbvios, não foram divulgados os detalhes a respeito do local e da data em que deverá ser realizada. Mas embora a informação não tenha sido revelada para os jornais, é amplamente conhecida nos círculos diplomáticos. A Conferência deverá ser realizada amanhã, terça-feira, à noite, em Versalhes. Pode agora compreender a terrível gravidade da situação. Não lhe esconderei o fato de que a presença do primeiro-ministro na Conferência é uma necessidade vital. A propaganda pacifista, desencadeada e insuflada pelos agentes alemães infiltrados, tem sido bastante ativa. A opinião geral é de que o tom da Conferência será determinado pela personalidade forte do primeiro-ministro. Sua ausência poderá acarretar consequências da maior gravidade... possivelmente uma paz prematura e desastrosa. E não temos ninguém para enviar no lugar dele. Somente o primeiro-ministro pode representar a Inglaterra.

A expressão de Poirot era bastante grave.

— Quer dizer que considera o sequestro do primeiro-ministro uma tentativa direta de impedir a presença dele na Conferência?

— Exatamente. Ele estava, inclusive, a caminho da França quando aconteceu.

— E quando começará a Conferência?

— Às 21 horas de amanhã.

Poirot tirou um relógio enorme do bolso.

— Faltam 15 minutos para as 21 horas.

— Ou seja, dispomos de 24 horas – disse o Sr. Dodge, pensativo.

— E 15 minutos — corrigiu-o Poirot. — Não se esqueça desse quarto de hora, monsieur... pode ser extremamente útil. E agora vamos aos detalhes. O sequestro ocorreu na Inglaterra ou na França?

— Na França. O Sr. MacAdam fez a travessia para a França esta manhã. Deveria passar a noite como hóspede do comandante supremo, seguindo amanhã para Paris. Atravessou o canal da Mancha num contratorpedeiro. Em Boulogne, havia um carro do quartel-general a sua espera, com um dos ajudantes de ordens do comandante supremo.

— *Eh bien*?

— Eles partiram de Boulogne... mas nunca chegaram ao quartel-general.

— Como assim?

— Era um falso carro e um falso ajudante de ordens. O verdadeiro veículo foi encontrado numa estrada secundária, com o motorista e o ajudante de ordens amarrados e amordaçados.

— E o falso carro?

— Ainda está desaparecido.

Poirot fez um gesto de impaciência.

— Incrível! Mas o carro não pode passar despercebido por tanto tempo, não é mesmo?

— Foi o que também pensamos. Parecia ser apenas uma questão de empreender uma busca meticulosa. Aquela parte da França está sob lei marcial. Estávamos absolutamente convencidos de que o carro não poderia ir muito longe sem ser descoberto. A polícia francesa, agentes da nossa Scotland Yard e os militares estão vasculhando tudo. Como acabou de dizer, é incrível... mas ainda não se descobriu coisa alguma!

Neste momento soou uma batida na porta e um jovem oficial entrou com um envelope lacrado e entregou-o a lorde Estair.

— Acaba de chegar da França, senhor. Trouxe imediatamente para cá, como tinha determinado.

O ministro abriu rapidamente o envelope e soltou uma exclamação. O jovem oficial retirou-se.

– Aqui está finalmente uma notícia! O telegrama acabou de ser decifrado. Encontraram o falso carro e também o secretário do primeiro-ministro, Daniels, cloroformizado, amarrado e amordaçado, numa fazenda abandonada perto de C—. Ele não se recorda de coisa alguma, exceto de que algo foi comprimido por trás contra sua boca e nariz, e ele se debateu para se desvencilhar. A polícia está convencida de que o depoimento dele é genuíno.

– E não descobriram mais nada?

– Não.

– Nem o cadáver do primeiro-ministro? Sendo assim, ainda resta uma esperança. Mas é muito estranho. Por que, depois de tentarem matá-lo a tiros esta manhã, estão agora se dando a tanto trabalho para mantê-lo vivo?

Dodge meneou a cabeça.

– Só tenho certeza de uma coisa: eles estão determinados a impedir de qualquer maneira a presença do primeiro-ministro na Conferência.

– Se for humanamente possível, o primeiro-ministro estará presente. Só peço a Deus que não seja tarde demais. E agora, *messieurs*, contem-me tudo... desde o início. Gostaria que me falassem também desse atentado contra a vida dele.

– Ontem à noite, o primeiro-ministro, acompanhado por um dos seus secretários, o capitão Daniels...

– O mesmo que o acompanhou à França?

– Exatamente. Como estava falando, os dois foram de carro até Windsor, onde o primeiro-ministro teve uma audiência. Ele voltou para Londres no início desta manhã. A tentativa de assassinato ocorreu no caminho.

– Um momento, por gentileza. Quem é esse capitão Daniels? Tem o dossiê dele?

Lorde Estair sorriu.

— Imaginei que me pediria isso. Não sabemos muito a respeito dele. Não é de nenhuma família importante. Integra o Exército e é um secretário extremamente capaz, sendo, inclusive, um poliglota excepcional. Creio que fala fluentemente sete línguas. Foi justamente por isso que o primeiro-ministro o escolheu para acompanhá-lo à França.

— Ele tem parentes na Inglaterra?

— Duas tias: a Sra. Everard, que vive em Hampstead, e uma certa Srta. Daniels, e vive perto de Ascot.

— Ascot? Não fica próximo a Windsor?

— Não esquecemos esse detalhe. Mas as investigações não levaram a nada.

— Quer dizer que considera o capitão Daniels acima de qualquer suspeita?

Uma insinuação de amargura surgiu na voz de lorde Estair quando ele respondeu:

— Não, Monsieur Poirot. Nos dias atuais, eu hesitaria antes de declarar qualquer um como acima de suspeita.

— *Très bien*. Vamos adiante. Presumo, milorde, que o primeiro-ministro estivesse sob permanente proteção policial, a fim de impedir qualquer atentado, não é mesmo?

Lorde Estair baixou a cabeça.

— É isso mesmo. O carro do primeiro-ministro era seguido de perto por outro automóvel, levando detetives à paisana. O Sr. MacAdam nada sabia a respeito dessas precauções. É um homem de grande bravura pessoal e poderia sumariamente dispensar a proteção. Mas é claro que a polícia tomou todas as providências. O próprio motorista do primeiro-ministro, O'Murphy, é um homem do serviço de segurança.

— O'Murphy? Não é um nome irlandês?

— É, sim. Ele é irlandês.

— De que parte da Irlanda?

— Creio que de County Clare.

— *Tiens*! Mas continue, por favor, milorde.

— O primeiro-ministro rumou para Londres. O carro era fechado. Ele e o capitão Daniels estavam sentados no banco traseiro. O segundo carro seguiu-o, como de hábito. Mas, infelizmente, por algum motivo ignorado, o carro do primeiro-ministro se desviou da estrada principal...

— Num ponto em que a estrada faz uma curva? — indagou Poirot.

— Isso mesmo... mas como soube?

— Oh, *c'est évident*! Continue, por favor.

— Por algum motivo desconhecido, o carro do primeiro-ministro deixou a estrada principal. O carro da polícia, alheio a isso, continuou a seguir pela estrada principal. Pouco depois de entrar na estrada de pouco movimento, o carro do primeiro-ministro foi detido por um bando de homens mascarados. O motorista...

— Ah, o bravo O'Murphy! — murmurou Poirot, pensativo.

— O motorista, momentaneamente aturdido, pisou no freio. O primeiro-ministro pôs a cabeça para fora da janela. E imediatamente soou um tiro... depois outro. O primeiro disparo roçou no rosto do primeiro-ministro, o outro felizmente passou longe do alvo. O motorista, percebendo então o perigo, prontamente acelerou o carro, dispersando o bando de atacantes.

— Foi por um triz! — exclamei, sentindo um calafrio.

— O Sr. MacAdam recusou-se a dar qualquer importância ao seu ferimento. Declarou que não passava de um arranhão. Parou num pequeno hospital das proximidades, onde fez um curativo, sem revelar sua identidade. E depois seguiu direto para Charing Cross, onde um trem especial estava à espera para levá-lo a Dover. Depois que o capitão Daniels relatou brevemente a ocorrência aos preocupados policiais, os dois partiram para a França. Em Dover, o primeiro-ministro embarcou no contratorpedeiro. Em Boulogne, como já falei, um falso carro estava a sua espera com a bandeira inglesa e tudo o mais.

— Isso é tudo o que tem a me contar?

— Sim.

— Não há qualquer outra circunstância que tenha omitido, milorde?

— Há um outro fato um tanto estranho.

— E qual é?

— O carro do primeiro-ministro não voltou para a garagem depois de deixar a Charing Cross. A polícia estava ansiosa por interrogar O'Murphy e por isso foi iniciada uma busca imediatamente. O carro foi encontrado diante de um restaurante pequeno e fétido no Soho, que é conhecido como um ponto de encontro de agentes alemães.

— E o motorista?

— O motorista não foi encontrado em parte alguma. Ele também desapareceu.

— O que significa que há dois desaparecidos: o primeiro-ministro, na França, e O'Murphy, em Londres. — Poirot olhou atentamente para lorde Estair, que fez um gesto de desespero.

— Posso apenas dizer, Monsieur Poirot, que, se alguém me tivesse sugerido ontem que O'Murphy era um traidor, eu teria rido na cara dele.

— E hoje?

— Hoje já não sei o que pensar.

Poirot assentiu, muito sério. Consultou novamente o relógio e disse:

— Presumo que eu tenha carta branca, *messieurs*... em tudo, não é mesmo? É indispensável que eu possa ir para onde quiser e como quiser.

— Perfeitamente. Há um trem especial prestes a partir para Dover, com um contingente adicional da Scotland Yard. Será acompanhado por um oficial do Exército e por um agente do Serviço Secreto, que ficarão inteiramente a sua disposição. O arranjo é satisfatório?

– É sim. Só mais uma pergunta antes de irem embora, *messieurs*. Por que vieram me procurar? Afinal, sou um desconhecido, um obscuro, nessa sua grande Londres.

– Nós o procuramos com a recomendação expressa e o desejo de um grande homem de seu próprio país.

– *Comment*? Meu velho amigo, o *Préfet*...?

Lorde Estair acenou negativamente com a cabeça.

– Alguém mais alto que o *Préfet*. Alguém cuja palavra já foi lei na Bélgica... e que voltará a ser! E isso é um juramento solene da Inglaterra!

A mão de Poirot se levantou rapidamente numa saudação dramática.

– Amém a isso! Ah, meu Mestre não esquece... *Messieurs*, eu, Hercule Poirot, irei servi-los fielmente. Apenas espero que ainda haja tempo. Mas estamos no escuro... não consigo enxergar nada.

Assim que os dois ministros se retiraram e a porta se fechou, perguntei aflito para Poirot:

– E então, Poirot, o que acha?

Meu amigo estava ocupado arrumando uma valise pequena, com movimentos rápidos e hábeis. Ele meneou a cabeça, pensativo.

– Ainda não sei o que pensar. Meu cérebro me abandona.

– Por que sequestrá-lo, como você disse, se uma pancada na cabeça teria igual resultado?

– Perdoe, *mon ami*, mas eu não disse isso exatamente. Não resta a menor dúvida de que sequestrá-lo interessa muito mais a eles.

– Mas por quê?

– Porque a incerteza cria pânico. Esse é um dos motivos. Se o primeiro-ministro estivesse morto, seria uma terrível calamidade, mas a situação teria que ser enfrentada. Nas presentes circunstâncias, o que temos é a paralisia. O primeiro-ministro irá ou não reaparecer? Será que está morto ou vivo? Ninguém

sabe, e até que se tenha certeza não se poderá tomar qualquer providência concreta. Como eu disse, a incerteza gera o pânico e é exatamente o que os *boches* estão querendo. Além do mais, se os sequestradores o estão mantendo secretamente em algum lugar, têm a vantagem de poder negociar com os dois lados. O governo alemão não é um pagador generoso, como regra geral, mas não resta a menor dúvida de que é possível arrancar-lhe somas substanciais num caso como este. E não podemos esquecer de que o sequestro não os faz correr o risco de um encontro com o laço do carrasco. Por tudo isso, Hastings, pode ver que o sequestro era de fato a melhor opção para eles.

— Mas, neste caso, por que tentaram primeiro assassinar o primeiro-ministro a tiros?

Poirot fez um gesto de irritação.

— Ah, é justamente isso que não consigo compreender! É inexplicável... estúpido mesmo! Eles já tinham tudo providenciado (e muito bem providenciado, diga-se de passagem) para o sequestro. No entanto, arriscaram tudo com um ataque melodramático, digno do cinema e inteiramente irreal. É quase impossível acreditar nisso, em tal bando de homens mascarados, a menos de 30 quilômetros de Londres!

— Não teriam sido dois atentados separados, independentes um do outro?

— Ah, não, isso seria uma grande coincidência! Além do mais... quem é o traidor? Teria que haver um traidor... pelo menos no primeiro atentado. Mas quem foi, Daniels ou O'Murphy? Só pode ter sido um dos dois. Ou, então, por que o carro do primeiro-ministro deixou a estrada principal? Não podemos imaginar que o primeiro-ministro fosse conivente numa tentativa de assassinar a si próprio. Será que O'Murphy saiu da estrada principal por sua própria iniciativa ou foi Daniels quem lhe deu a ordem para tanto?

— É claro que só pode ter sido determinado por O'Murphy.

– Exatamente. Se fosse culpa de Daniels, o primeiro-ministro teria ouvido a ordem e pediria uma explicação. Mas a verdade é que existem muitos "porquês" neste caso e eles se contradizem. Sendo O'Murphy um homem honesto, *por que* deixou a estrada principal? Mas se não o era, *por que* arrancou com o carro novamente, quando apenas dois tiros haviam sido disparados... salvando assim, segundo as probabilidades, a vida do primeiro-ministro? E se ele era honesto, por que foi, logo depois de deixar Charing Cross, para um conhecido ponto de encontro de espiões alemães?

– A situação parece muito difícil e grave.

– Vamos examinar o caso com método. O que temos a favor e contra esses dois homens? Vamos começar por O'Murphy. Contra: seu comportamento ao deixar a estrada principal foi suspeito; ele é um irlandês de County Clare; desapareceu de maneira altamente suspeita. A favor: a presteza com que arrancou novamente com o carro, salvando a vida do primeiro-ministro; o fato de ser um homem da Scotland Yard, obviamente, pela função que lhe foi confiada, um agente digno de confiança. Agora, vamos a Daniels. Não há muitas evidências contra ele, a não ser que pouco se sabe a respeito de seus antecedentes e que fala línguas demais para um bom inglês! (Perdoe, *mon ami*, mas vocês, ingleses, são deploráveis como poliglotas!) A favor dele, temos o fato de que foi encontrado amordaçado, amarrado e cloroformizado... o que parece indicar que ele nada tinha a ver com o sequestro.

– Ele poderia ter amordaçado e amarrado a si mesmo, para desviar as suspeitas.

Poirot meneou a cabeça.

– A polícia francesa não cometeria um erro desse tipo. Além do mais, a partir do momento em que ele atingiu seu objetivo, com o sequestro do primeiro-ministro, não haveria qualquer proveito em ficar para trás. É claro que os cúmplices poderiam tê-lo amordaçado, amarrado e cloroformizado, mas

não consigo perceber com que objetivo. Daniels não poderia ter muita utilidade para os sequestradores a partir desse momento, já que inevitavelmente passaria a ser atentamente vigiado, até serem esclarecidas devidamente todas as circunstâncias do desaparecimento do primeiro-ministro.

— Será que o objetivo não era possibilitar a Daniels lançar a polícia numa falsa pista?

— Então por que ele não o fez? Limitou-se a dizer que algo fora comprimido contra seu rosto e boca e que não se lembrava de mais nada. Não há qualquer pista falsa nessa declaração. Ao contrário, soa extraordinariamente como verdadeira.

Olhei para o relógio e comentei:

— Acho que é melhor seguirmos logo para a estação. Você pode descobrir mais pistas na França.

— Possivelmente, *mon ami*. Mas duvido muito. Ainda acho inacreditável que o primeiro-ministro não tenha sido descoberto naquela área restrita, onde as dificuldades em escondê-lo devem ser tremendas. Se os militares e as polícias de dois países não conseguiram descobri-lo, que possibilidades tenho eu?

Em Charing Cross, fomos recebidos pelo Sr. Dodge.

— Este é o detetive Barnes, da Scotland Yard, e este é o major Norman. Eles estão inteiramente a sua disposição, Monsieur Poirot. Boa sorte. A situação é desesperadora, mas ainda não perdi de todo as esperanças. E agora... adeus! — O ministro afastou-se rapidamente.

Conversamos superficialmente com o major Norman. No centro do pequeno grupo na plataforma, reconheci o rosto de furão do sujeito que conversava com um homem alto e louro. Era um velho conhecido de Poirot, o inspetor-detetive Japp, considerado um dos mais capazes agentes da Scotland Yard. Ele se aproximou e cumprimentou meu amigo efusivamente.

— Soube que também está nesse caso. Foi um bom trabalho. Até agora, eles conseguiram esconder direitinho a mercadoria. Mas não creio que consigam ocultá-la por muito mais

tempo. Nossos homens estão vasculhando a França com um pente fino e o mesmo estão fazendo os franceses. Tenho certeza de que, agora, é apenas uma questão de horas.

– Se ele ainda estiver vivo... – comentou em voz alta o detetive, sombriamente.

A expressão de Japp tornou-se desolada.

– Tem razão... Mas, não sei por que, tenho a impressão de que ele ainda está vivo.

Poirot assentiu.

– Também acho que ele está vivo. Mas será que conseguiremos encontrá-lo a tempo? Como você, meu caro Japp, eu também não acreditava que ele pudesse ser mantido escondido por tanto tempo.

O apito soou e todos nós embarcamos apressadamente no trem. Devagar, aos solavancos, o trem deixou a estação.

Foi uma estranha viagem. Os homens da Scotland Yard se reuniram. Mapas do norte da França foram abertos, dedos ansiosos acompanharam os percursos de estradas, fixaram-se em aldeias. Cada homem tinha sua teoria particular. Poirot não exibiu sua loquacidade habitual. Ficou sentado o tempo todo, com uma expressão que me fazia pensar numa criança desconcertada. Conversei com Norman, a quem achei extremamente interessante e divertido. Quando chegamos a Dover, o comportamento de Poirot divertiu-me bastante. Ao embarcarmos no navio, o homenzinho agarrou-se desesperadamente em meu braço. O vento soprava furiosamente.

– *Mon Dieu!* – murmurou ele. – Isso é terrível!

– Tenha coragem, Poirot. Você vai conseguir. Irá encontrá-lo. Tenho certeza absoluta.

– Ah, *mon ami*, está-se equivocando quanto a minha emoção. É esse mar atroz que me perturba! O *mal de mer*... é um sofrimento horrível!

– Ah... – murmurei, um tanto desconcertado.

Sentimos a primeira pulsação dos motores, e Poirot gemeu, fechando os olhos.

— O major Norman tem um mapa do norte da França. Não gostaria de examiná-lo?

Poirot sacudiu a cabeça, impacientemente.

— Absolutamente! Deixe-me em paz, meu amigo. O estômago e o cérebro devem sempre estar em harmonia. Laverguier criou um método excelente para evitar o *mal de mer*. Você aspira... e expira... lentamente... virando a cabeça da esquerda para a direita e contando até seis entre cada respiração.

Deixei-o empenhado em seus esforços de ginástica e saí para o convés.

Ao nos aproximarmos do porto de Boulogne, em velocidade reduzida, Poirot reapareceu impecável e sorridente, anunciando-me, num sussurro, que o método de Laverguier novamente funcionara "às mil maravilhas".

O dedo indicador de Japp ainda estava traçando percursos imaginários em seu mapa.

— Isso é bobagem! O carro partiu de Boulogne... E nesse ponto eles saíram da estrada principal. Minha suspeita é de que transferiram o primeiro-ministro para outro carro. Está percebendo tudo agora?

— Vou verificar em todos os portos — declarou o detetive alto.
— Aposto dez contra um como tentaram levá-lo num navio.

Japp meneou a cabeça.

— Isso é óbvio demais. Além disso, foi dada imediatamente a ordem para fecharem todos os portos.

O dia estava começando a romper quando desembarcamos. O major Norman tocou o braço de Poirot e disse:

— Há um carro militar a sua espera ali, senhor.

— Obrigado, monsieur. Mas, no momento, não pretendo sair de Boulogne.

— Como?

147

– Isso mesmo. Não tenho a menor intenção de deixar Boulogne agora. Vamos ficar neste hotel, à beira do cais.

Poirot passou das palavras à ação, pediu e conseguiu um quarto particular. Nós três o seguimos, perplexos, sem compreender coisa alguma. Subitamente, ele nos disse:

– Não é assim que um bom detetive deve agir... não é isso o que estão pensando? Já sei. Um bom detetive deve mostrar intensa energia, correr de um lado para o outro, prostrar-se numa estrada poeirenta para procurar marcas de pneus através de uma lentezinha. E deve também recolher pontas de cigarro e fósforos usados. É isso o que pensam, não mesmo? – Os olhos de Poirot nos desafiavam. – Mas eu... Hercule Poirot... digo-lhes que não é nada disso! As verdadeiras pistas estão dentro... *aqui*! – E bateu na testa, dramaticamente, antes de continuar: – A rigor, eu não precisaria ter saído de Londres. Teria sido suficiente para mim ficar sentado tranquilamente em meus aposentos. Tudo o que importa são as pequenas células cinzentas que estão aqui dentro. Secretamente, silenciosamente, elas vão cumprindo sua parte, até que de repente peço um mapa, ponho um dedo num lugar determinado e digo: o primeiro-ministro está *aqui*! E é isso mesmo! Com método e lógica, pode-se conseguir qualquer coisa! Essa corrida frenética para a França foi um erro... é brincar de esconde-esconde, como crianças. Porém, nesse momento, embora possa ser tarde demais, vou começar a trabalhar de maneira correta, aqui dentro. Silêncio, meus amigos, por gentileza.

E durante cinco longas horas o homenzinho ficou sentado no quarto do hotel, imóvel, as pestanas batendo como as de um gato, os olhos verdes faiscando, tornando-se cada vez mais verdes. O homem da Scotland Yard estava obviamente desdenhoso, o major Norman estava entediado e impaciente, e eu próprio descobri que o tempo passava com uma lentidão cansativa e exasperante.

Finalmente, levantei-me e fui até a janela, procurando não fazer qualquer barulho. Aquilo estava-se transformando numa farsa. Mostrava-me secretamente preocupado por meu amigo. Se ele tivesse mesmo que fracassar, eu preferiria que fracassasse de uma maneira menos ridícula. Pela janela, fiquei observando um barco atracar, arrotando colunas de fumaça para o ar.

Subitamente, fui despertado de meus devaneios pela voz de Poirot, bem perto de mim:

— *Mes amis*, vamos começar!

Virei-me. Uma transformação extraordinária ocorrera em meu amigo. Seus olhos faiscavam de excitação, e o peito estava estufado ao máximo.

— Tenho sido um imbecil, meus amigos! Mas finalmente vejo a luz do dia!

O major Norman encaminhou-se apressadamente para a porta.

— Vou chamar o carro.

— Não há necessidade. Não vou usá-lo. Graças a Deus que o vento amainou.

— Está querendo dizer que pretende ir a pé, senhor?

— Não, meu jovem amigo. Não sou São Pedro. Prefiro atravessar o mar de barco.

— Atravessar o mar?

— Exatamente. Para trabalhar com método, deve-se começar do início. E o início desse caso foi na Inglaterra. Portanto, vamos voltar para a Inglaterra.

ÀS 15 HORAS, estávamos novamente na plataforma de Charing Cross. Poirot ignorou firmemente todos os nossos protestos e reiterou incontáveis vezes que começar pelo início não era um desperdício de tempo, mas a única maneira de se agir com correção. Durante a travessia, ele conferenciara em particular com Norman, que enviara inúmeros telegramas, ao chegarmos a Dover.

Com os passes especiais apresentados por Norman, ultrapassamos todas as barreiras e fizemos a viagem em tempo recorde. Em Londres, um carro da polícia estava a nossa espera, com policiais à paisana. Um deles entregou uma folha de papel datilografada a meu amigo. Ele respondeu a meu olhar inquisitivo:

— É uma relação dos pequenos hospitais a oeste de Londres. Telegrafei de Dover pedindo a lista.

Atravessamos rapidamente as ruas de Londres. Entramos na Bath Road. Passamos por Hammersmith, Chiswick e Brentford. Comecei a perceber nosso objetivo. Passamos por Windsor, a caminho de Ascot. Senti o coração disparar. Ascot era o lugar onde vivia uma tia de Daniels. Estávamos atrás dele e não de O'Murphy!

Paramos diante do portão de uma propriedade bem-cuidada. Poirot saltou e tocou a campainha. Percebi que seu rosto se franzia em perplexidade, diminuindo o brilho radiante que o iluminava. Era evidente que ele não estava muito satisfeito. Atenderam ao chamado. Poirot foi conduzido à casa. Voltou logo depois, e entrou no carro, balançando a cabeça. Minhas esperanças começaram a se desvanecer. Já passavam de 16 horas. Mesmo que encontrássemos provas incriminando Daniels, de que adiantaria isso, a menos que ele pudesse arrancar de alguém o local exato da França em que estavam escondendo o primeiro-ministro?

Na viagem de volta a Londres, desviamo-nos várias vezes da estrada principal, algumas das quais parando em pequenos prédios que não tive a menor dificuldade em reconhecer como hospitais rurais. Poirot passava apenas uns poucos minutos em cada prédio. A cada parada, tornava-se mais seguro.

Ele sussurrou algo para Norman, que respondeu:

— Se virarmos à esquerda, vamos encontrá-los à espera junto da ponte.

Entramos numa estrada secundária. À luz fraca do fim da tarde, avistei um segundo carro, esperando à beira da estrada.

Era ocupado por dois homens à paisana. Poirot saltou e foi falar com eles. Depois, partimos novamente, na direção norte, seguidos pelo outro veículo.

Era evidente que nosso objetivo era um dos subúrbios ao norte de Londres. Paramos finalmente diante de uma casa alta, um pouco recuada da rua.

Norman e eu ficamos no carro. Poirot e um dos detetives foram até a porta da casa e tocaram a campainha. Uma criada impecável abriu a porta. O detetive falou:

— Sou da polícia e tenho um mandato para revistar a casa.

A jovem soltou um gritinho e uma mulher alta e bonita, de meia-idade, apareceu por trás dela, no vestíbulo.

— Feche a porta, Edith! Devem ser ladrões!

Mas Poirot, rapidamente, enfiou o pé na porta e ao mesmo tempo soprou um apito. No mesmo instante, os outros detetives correram para a casa e invadiram-na, fechando a porta.

Norman e eu ficamos esperando no carro durante cerca de 5 minutos, amaldiçoando nossa inatividade forçada. Finalmente, a porta se abriu de novo e os homens saíram, escoltando três prisioneiros, uma mulher e dois homens. A mulher e um dos homens foram levados para o segundo carro. O outro homem foi levado até nosso automóvel pelo próprio Poirot.

— Tenho que ir com os outros, meus amigos. Mas tomem muito cuidado com esse cavalheiro. Não o conhecem, não é mesmo? *Eh bien*, deixem-me apresentá-lo... Sr. O'Murphy!

O'Murphy! Eu estava boquiaberto quando o carro arrancou. O'Murphy não estava algemado, mas não imaginei que fosse tentar escapar. Ele ficou sentado no carro, olhando fixamente para a frente, como se estivesse atordoado. Seja como for, Norman e eu poderíamos facilmente dominá-lo.

Para minha surpresa, continuamos a seguir para o norte. Não íamos voltar para Londres! Fiquei perplexo. Então, quando o carro diminuiu a velocidade, descobri que estávamos perto do aeródromo de Hendon. Compreendi no mesmo instante o plano de Poirot. Ele pretendia chegar à França de avião.

Era uma boa ideia, mas não das mais práticas. Um telegrama chegaria muito mais depressa. O tempo urgia. Poirot deveria deixar para outros a glória pessoal de salvar o primeiro-ministro.

Ao chegarmos, o major Norman saltou do carro e um homem à paisana tomou seu lugar. Ele conferenciou com Poirot por alguns minutos e depois afastou-se rapidamente.

Saltei também e segurei o braço de Poirot.

— Meus parabéns, companheiro! Já lhe revelaram o esconderijo? Acho, porém, que deve mandar agora mesmo um telegrama para a França. Chegará atrasado se quiser ir pessoalmente.

Poirot fitou-me em silêncio, com uma expressão curiosa, por um longo tempo, antes de enfim dizer:

— Infelizmente, meu amigo, há certas coisas que não podem ser enviadas por telegrama.

O MAJOR NORMAN voltou nesse momento, acompanhado por um jovem oficial com o uniforme da Força Aérea.

— Este é o capitão Lyall, que irá levá-lo para França. Ele pode partir imediatamente.

— Será necessário um agasalho, senhor — disse o jovem piloto. — Se quiser, posso lhe emprestar um casaco.

Poirot estava consultando seu enorme relógio e murmurou para si mesmo:

— Ainda há tempo... foi por bem pouco... — Depois, levantou a cabeça e fez uma reverência para o jovem piloto, dizendo:

— Agradeço-lhe, monsieur, mas não serei eu o seu passageiro, e sim este cavalheiro aqui.

Ele se afastou para o lado enquanto falava, e um vulto emergiu da escuridão. Era o segundo prisioneiro, que fora no outro carro. Quando a luz incidiu no rosto dele, deixei escapar uma exclamação de surpresa.

Era o primeiro-ministro!

— Pelo amor de Deus, conte-me logo toda a história! – gritei, impaciente, quando Poirot, Norman e eu voltávamos de carro para Londres. Como eles conseguiram trazê-lo de volta secretamente para a Inglaterra?

— Não havia necessidade de trazê-lo de volta – respondeu Poirot, secamente. – O primeiro-ministro nunca saiu da Inglaterra. Foi sequestrado na viagem de Windsor para Londres.

— *O quê?*

— Vou esclarecer tudo. O primeiro-ministro estava em seu carro, com o secretário ao lado. De repente, um chumaço de algodão com clorofórmio foi comprimido contra seu rosto...

— Mas por quem?

— Pelo astucioso poliglota, o capitão Daniels. Assim que o primeiro-ministro ficou inconsciente, Daniels ordenou ao motorista que virasse à direita. O'Murphy obedeceu, sem desconfiar de nada. Alguns metros adiante, naquela estrada quase deserta, havia um carro parado, que aparentava estar enguiçado. O motorista fez sinal para que O'Murphy parasse. O'Murphy diminuiu a velocidade. O estranho se aproximou. Daniels inclinou-se para fora da janela. Provavelmente com a ajuda de um anestésico instantâneo, como éter acético, foi repetido o mesmo esquema do clorofórmio. Em poucos segundos, dois homens inconscientes foram transferidos para o outro carro, e uma dupla substituiu-os.

— Impossível!

— *Pas du tout*! Será que nunca viu os artistas de *music-hall* imitando celebridades com maravilhosa precisão? Nada é mais fácil do que caracterizar uma personalidade pública. O primeiro-ministro da Inglaterra é mais fácil de imitar do que o Sr. John Smith, de Clapham, por exemplo. Quanto a O'Murphy, ninguém iria mesmo prestar muita atenção a ele, pelo menos até a partida do primeiro-ministro. Àquela altura, o substituto de O'Murphy já teria desaparecido. Ele seguiu de Charing Cross diretamente para o ponto de encontro com seus amigos.

Entrou ali como O'Murphy, saiu como um homem inteiramente diferente. Assim, O'Murphy desapareceu, deixando uma trilha convenientemente suspeita.

– Mas o homem que se disfarçou como o primeiro-ministro foi visto por uma porção de pessoas!

– Não foi visto por ninguém que o conhecesse particular ou intimamente. E Daniels procurou evitar ao máximo possível o contato com os outros. Além do mais, ele estava com um curativo no rosto e qualquer atitude estranha poderia ser atribuída ao choque resultante do atentado contra sua vida. O Sr. MacAdam sempre teve problemas de garganta e procura poupar a voz antes de fazer qualquer discurso importante. Era muito fácil manter a fraude até a chegada na França. Ali, seria impraticável e impossível. E foi por isso que o primeiro-ministro desapareceu. A polícia deste país correu para o outro lado do canal da Mancha e ninguém se deu o trabalho de examinar com cuidado os detalhes do primeiro atentado. Para reforçar a ilusão de que o sequestro ocorrera na França, Daniels foi amordaçado, amarrado e cloroformizado, de maneira convincente.

– E o que aconteceu com o homem que desempenhou o papel do primeiro-ministro?

– Ele se livrou de seu disfarce. Poderia ser preso, junto com o falso motorista, como um personagem suspeito. Mas ninguém jamais sequer sonharia em suspeitar de sua verdadeira participação no drama e acabaria sendo solto, por falta de provas.

– E o que aconteceu com o verdadeiro primeiro-ministro?

– Ele e O'Murphy foram levados diretamente para a casa da "Sra. Everard", em Hampstead, a suposta "tia" de Daniels. Na verdade, é *frau* Bertha Ebenthal, e a polícia há algum tempo estava a sua procura. É um presentinho valioso que estou entregando à polícia... sem falar de Daniels! Ah, foi um plano astucioso! Ele não contava, porém, com a inteligência e a astúcia de Hercule Poirot!

Creio que é preciso desculpar meu amigo por esse momento de vaidade.

– Quando foi que começou a suspeitar realmente da verdade, Poirot?

– Quando comecei a trabalhar da maneira certa... de *dentro*! Não conseguia enquadrar direito os detalhes do primeiro atentado. Só comecei a perceber tudo quando concluí que o resultado prático fora *o fato de o primeiro-ministro ter ido para a França com o rosto parcialmente coberto*! E depois que visitei todos os hospitais de campo entre Windsor e Londres, verificando que ninguém que correspondesse a minha descrição fizera um curativo no rosto na referida manhã, então tive certeza! Depois disso, foi uma simples brincadeira de criança para uma mente como a minha!

Na manhã seguinte, Poirot mostrou-me o telegrama que acabara de receber. O lugar de origem não estava indicado e também não tinha assinatura. Dizia apenas:

"A tempo."

Ao fim da tarde, os jornais vespertinos publicaram amplo noticiário sobre a Conferência Aliada. Ressaltaram especialmente a espetacular ovação ao Sr. David MacAdam, cujo discurso inspirado causara uma impressão profunda e duradoura.

9
O desaparecimento do Sr. Davenheim

Poirot e eu esperávamos nosso velho amigo inspetor Japp, da Scotland Yard, para o chá, sentados à mesa. Poirot acabara de endireitar cuidadosamente as xícaras e os pires, que a senhoria tinha o hábito de jogar descuidadamente sobre a mesa, sem arrumá-los. Em seguida, ele soprou com vigor o bule de metal e o poliu com o lenço de seda. A chaleira estava no fogo e, a seu lado, havia uma pequena panela esmaltada, contendo um pouco

de chocolate, espesso e doce, que agradava mais ao paladar de Poirot do que o que ele descrevia como "o veneno inglês".

Soou uma batida lá embaixo e, pouco depois, Japp entrou na sala, apressadamente.

– Espero não ter chegado atrasado – disse ele, depois de nos cumprimentar. – Demorei porque estava conversando com Miller, o homem encarregado do caso Davenheim.

Fiquei atento. Havia três dias que os jornais praticamente não falavam em outra coisa que não no estranho desaparecimento do Sr. Davenheim, sócio sênior de Davenheim & Salmon, conhecidos banqueiros e financistas. No sábado anterior, ele saíra de casa e nunca mais fora visto desde então. Pensei em arrancar algumas informações interessantes de Japp, e por isso comentei:

– Pensava que fosse quase impossível alguém "desaparecer" hoje em dia.

Poirot deslocou ligeiramente uma travessa com pão e manteiga e disse incisivamente:

– Seja mais exato, meu amigo. O que está querendo dizer com "desaparecer"? A que classe de desaparecimento está-se referindo?

– Quer dizer que os desaparecimentos são classificados e rotulados? – indaguei, com uma risada.

Japp sorriu. Poirot franziu o rosto para nós dois.

– Mas claro que são! Há três categorias principais. A primeira, e a mais comum, é a do desaparecimento voluntário. A segunda, tão injuriada, é a da "perda de memória"... rara, mas às vezes genuína. A terceira é o assassinato e o sumiço mais ou menos bem-sucedido do corpo. Está se referindo a todas as três categorias ao falar na impossibilidade de execução?

– Eu diria que sim. Uma pessoa pode perder a memória, mas alguém acabaria por reconhecê-la... sobretudo no caso de um homem tão conhecido como Davenheim. E não se pode fazer com que um corpo desapareça em pleno ar. Mais cedo ou

mais tarde, sempre acaba sendo descoberto, escondido em algum lugar ermo, metido num tronco oco. E o assassinato será descoberto. Da mesma forma, o contador fugitivo ou o homem que abandona a esposa está condenado a ser encontrado, nessa época da telegrafia sem fio. Ele pode querer escapar para outro país, mas os portos e estações ferroviárias estarão vigiados. E quanto à possibilidade de se esconder nesse país, suas feições e aparência serão conhecidas de toda pessoa que ler um jornal. Ele está enfrentando a civilização moderna.

– Está cometendo um erro, *mon ami*. Não está levando em consideração o fato de que um homem que decidiu dar cabo de outro... ou de si mesmo, num sentido figurado... pode ser aquele caso raro, um homem de método. Pode empregar na tarefa inteligência, talento, uma atenção meticulosa aos detalhes. Num caso desses, não vejo motivo para que ele não possa frustrar os esforços da polícia.

– Mas não a você, não é mesmo? – disse Japp, jovialmente, piscando para mim. – Ele não conseguiria enganá-lo, hein, Monsieur Poirot?

Poirot esforçou-se, com acentuado insucesso, em parecer modesto.

– A mim também! Por que não? É verdade que eu abordo tais problemas como a ciência exata, com precisão matemática, o que, infelizmente, parece ser uma raridade nessa nova geração de detetives!

Japp sorriu, comentando:

– Não penso assim. Miller, o homem que está encarregado do caso, é um detetive dos mais hábeis. Pode estar certo de que ele não irá deixar passar qualquer pegada, uma cinza de charuto, até mesmo uma migalha de pão. Tem olhos que veem tudo.

– A mesma coisa acontece, *mon ami*, com o pardal de Londres. Mesmo assim, eu não iria pedir a esse passarinho que resolvesse o problema do Sr. Davenheim.

– Ora, Monsieur Poirot, está querendo negar o valor dos detalhes como pistas?

– Absolutamente. Tais coisas podem ser muito úteis, à sua maneira. O perigo é a possibilidade de assumirem uma importância indevida. A maioria dos detalhes é insignificante, apenas um ou dois são valiosos e vitais. É no cérebro, nas pequenas células cinzentas – e Poirot bateu na testa, num gesto típico – que devemos confiar. Os sentidos nos podem enganar. Devemos procurar a verdade dentro... e não fora.

– Está querendo insinuar, Monsieur Poirot, que poderia resolver um caso sem sair de sua cadeira?

– Exatamente... desde que os fatos estejam a minha disposição. Considero-me um especialista consultor.

Japp deu uma palmada no joelho.

– Macacos me mordam se eu não aceitar seu desafio! Aposto 5 libras como não pode descobrir o paradeiro do Sr. Davenheim, vivo ou morto, antes de transcorrida uma semana.

Poirot pensou por um momento.

– *Eh bien, mon ami*, aceito a aposta. *Le sport* é a paixão de vocês, ingleses. Agora... vamos aos fatos.

– No último sábado, como sempre fazia, o Sr. Davenheim pegou o trem das 12h40, de Victoria para Chingside, onde fica sua magnífica propriedade rural, chamada The Cedars. Depois do almoço, deu uma volta pelos terrenos dando diversas instruções aos jardineiros. Todos confirmam que a atitude dele era absolutamente normal, o comportamento habitual. Depois do chá, o Sr. Davenheim foi até a sala particular da esposa e avisou que ia dar um passeio a pé até a cidade, e aproveitaria para despachar algumas cartas. Acrescentou que estava esperando a chegada de um tal Sr. Lowen, numa visita de negócios. Se Lowen aparecesse antes de sua volta, deveria ser levado ao escritório para esperar. O Sr. Davenheim saiu de casa pela porta da frente, desceu tranquilamente pelo caminho, cruzou o portão... e nunca mais foi visto. A partir desse momento, desapareceu por completo.

– Ah, um probleminha dos mais interessantes! – murmurou Poirot. – Mas continue, meu bom amigo.

– Cerca de 15 minutos depois, um homem alto e moreno, com um bigode preto, tocou a campainha da porta da frente e explicou que tinha um encontro marcado com o Sr. Davenheim. Disse que se chamava Lowen. De acordo com as instruções do banqueiro, foi conduzido ao escritório. Quase uma hora se passou. O Sr. Davenheim ainda não tinha voltado. Finalmente, o Sr. Lowen tocou a sineta e declarou que não podia esperar mais, pois tinha que pegar o trem de volta para Londres. A Sra. Davenheim pediu desculpas pelo atraso do marido, que parecia inexplicável, pois sabia que ele estava esperando o visitante. O Sr. Lowen lamentou o desencontro e depois foi embora.

"Como todo mundo sabe, o Sr. Davenheim simplesmente não voltou. No início da manhã de domingo, a polícia foi avisada, mas não conseguiu chegar a nenhuma conclusão. O Sr. Davenheim parecia ter literalmente desaparecido em pleno ar. Não estivera na agência dos correios, não fora visto na cidade. Na estação, tinham certeza de que não partira em nenhum trem. Seu próprio carro não tinha deixado a garagem. Se houvesse alugado um carro para ir apanhá-lo em algum lugar isolado, era certo que a essa altura o motorista já se teria apresentado para revelar tudo o que soubesse, tendo em vista a vultosa recompensa que foi oferecida por qualquer informação. É verdade que houve uma corrida de cavalos em Entfield, que fica a cerca de 8 quilômetros de distância. Se o Sr. Davenheim tivesse ido a pé até essa estação, poderia ter passado despercebido no meio da multidão. Mas, desde então, sua fotografia e uma descrição minuciosa já foram publicadas em todos os jornais, sem que ninguém pudesse dar qualquer informação. É claro que recebemos muitas cartas, de todas as partes da Inglaterra, mas todas as pistas até agora resultaram em desapontamento.

"Na manhã de segunda-feira, houve uma descoberta importante. No escritório do Sr. Davenheim, por trás de uma

portière, há um cofre, que havia sido arrombado e saqueado. As janelas estavam devidamente trancadas por dentro, o que parece excluir a possibilidade de um ladrão comum, a menos que um cúmplice no interior da casa tenha depois trancado tudo. Por outro lado, como o domingo fora um dia de confusão e caos na casa, é provável que o roubo tenha sido cometido no sábado, só tendo sido descoberto na manhã de segunda-feira.

Poirot interveio nesse momento, dizendo secamente:

– *Précisément*. E ele já foi preso, *ce pauvre* monsieur Lowen? Japp sorriu.

– Ainda não. Mas está sob vigilância permanente.

Poirot assentiu.

– Tem alguma ideia do que levaram do cofre?

– Verificamos essa questão com o sócio júnior da firma e com a Sra. Davenheim. Aparentemente, havia uma quantidade considerável de títulos ao portador e uma soma vultosa em dinheiro, decorrente de uma transação recente. Todas as joias da Sra. Davenheim eram também guardadas no cofre. Nos últimos anos, a compra de joias tornara-se uma paixão para o Sr. Davenheim. Dificilmente se passava um mês sem que ele comprasse alguma joia rara e de alto valor para a esposa.

– No todo, um roubo e tanto – comentou Poirot, pensativo. – E o que me diz de Lowen? Sabe-se por acaso qual o negócio que ele ia tratar com Davenheim naquela tarde?

– Ao que parece, os dois não mantinham um relacionamento dos melhores. Lowen é um especulador em pequena escala. Apesar disso, parece que já tinha dado alguns golpes em cima de Davenheim, no mercado. Pelo que sei, os dois nunca se haviam encontrado pessoalmente. O encontro naquela tarde seria para tratar de alguns interesses comuns na América do Sul.

– Quer dizer que Davenheim tinha negócios na América do Sul?

– Creio que sim. A Sra. Davenheim mencionou inclusive que o marido passou todo o outono em Buenos Aires.

— Davenheim tinha algum problema na vida doméstica? Marido e mulher mantinham um bom relacionamento?

— Eu diria que a vida doméstica dele era tranquila e rotineira. A Sra. Davenheim é uma mulher simpática, embora não muito inteligente. Talvez se possa classificá-la como insignificante.

— Nesse caso, não devemos procurar a solução do mistério por esse lado. Davenheim tinha inimigos?

— Tinha muitos rivais no mercado financeiro, e é certo que diversas pessoas, sobre as quais levou a melhor em negócios, não tinham motivo para querer-lhe bem. Mas não se conhece alguém que pudesse chegar ao ponto de liquidá-lo. E se isso por acaso aconteceu, onde está o corpo?

— É justamente essa a questão. Como Hastings disse, os cadáveres têm o hábito de aparecer, mais cedo ou mais tarde, com uma persistência fatal.

— Por falar nisso, um dos jardineiros diz ter avistado um vulto contornando a casa, na direção do roseiral. As janelas francesas do escritório dão para o roseiral, e o Sr. Davenheim frequentemente entrava e saía de casa por esse caminho. Mas o jardineiro estava distante, trabalhando nuns canteiros de pepino, e não pode dizer com certeza se era ou não seu patrão. Também não pode determinar a hora com precisão. Deve ter sido antes das 18 horas, já que os jardineiros normalmente param de trabalhar a essa hora.

— E quando o Sr. Davenheim saiu de casa?

— Por volta das 17h30.

— O que existe além do roseiral?

— Um lago.

— Com uma garagem para barcos?

— Isso mesmo. Dois pequenos botes são guardados na garagem. Está pensando em suicídio, Monsieur Poirot? Pois não me importo de dizer que Miller já providenciou tudo para que

o pequeno lago seja dragado amanhã. Por aí pode perceber o tipo de homem que ele é!

Poirot sorriu debilmente e virou-se para mim:

— Hastings, por favor, passe-me o exemplar do *Daily Megaphone* que está ali em cima. Se não se engano, há uma fotografia excepcionalmente nítida do homem desaparecido.

Levantei-me e fui buscar o jornal. Poirot examinou a fotografia atentamente.

— Hum, hum... — murmurou ele, pensativo. — Os cabelos são um tanto compridos e ondulados, o bigode é espesso, a barba pontuda, as sobrancelhas densas. Olhos escuros?

— Exatamente.

— Cabelos e barba começando a ficar grisalhos?

O inspetor assentiu.

— E então, Monsieur Poirot, o que tem a dizer? Tudo claro como o dia?

— Ao contrário, o caso parece-me extremamente obscuro.

O homem da Scotland Yard ficou visivelmente satisfeito. Mas Poirot acrescentou, de maneira plácida:

— O que me dá grandes esperanças de resolvê-lo.

— Hein?

— Sempre considero que é um bom sinal quando um caso está obscuro. Se algo está claro como o dia... *eh bien*, desconfie! É que alguém assim o providenciou.

Japp balançou a cabeça, quase compassivamente.

— Cada um com sua fantasia. Mas não é nada ruim ver claramente o caminho à nossa frente.

— Pois eu não vejo — murmurou Poirot. — Fecho os olhos... e penso.

Japp suspirou.

— Tem uma semana inteira para pensar.

— E irá me informar de toda e qualquer novidade... como, por exemplo, o resultado dos trabalhos do infatigável inspetor Miller, o homem de olhos de lince?

— Claro! Isso faz parte do acordo!

Acompanhei Japp até a porta, ocasião em que ele me disse:

— Não acha que é uma vergonha? É como roubar uma criancinha!

Não pude deixar de concordar, com um sorriso. Ainda estava sorrindo quando voltei à sala, e Poirot imediatamente me disse:

— *Eh bien*! Está-se divertindo à custa de *Papa* Poirot, não é mesmo? — Sacudiu o dedo em minha direção e acrescentou: — Não confia em suas células cinzentas? Ah, não fique tão confuso! Vamos discutir esse pequeno problema... ainda incompleto, é verdade, mas já apresentando alguns pontos muito interessantes.

— O lago! — exclamei, sugestivamente.

— E muito mais que o lago, a garagem de barcos!

Fitei Poirot atentamente. Ele estava sorrindo, à sua maneira indecifrável. Senti que, por enquanto, seria inteiramente inútil tentar arrancar-lhe qualquer conjetura.

Não recebemos notícia alguma de Japp até a noite seguinte, quando ele veio nos visitar, por volta das 21 horas. Percebi imediatamente, pela expressão dele, que trazia alguma notícia importante. Poirot disse:

— *Eh bien*, meu amigo, está tudo bem? Não me venha dizer que descobriram o corpo do Sr. Davenheim no lago, porque não acreditarei.

— Não encontramos o corpo, mas descobrimos suas roupas... roupas idênticas às que ele usava naquele dia. O que acha disso?

— Outras roupas desapareceram da casa?

— Não. O valete do Sr. Davenheim foi bastante positivo a respeito. E há mais: prendemos Lowen. Uma das criadas, que tem como função trancar as janelas dos quartos, declarou ter visto Lowen encaminhar-se para o escritório, através do

roseiral, por volta das 18h15 horas. Ou seja, aproximadamente 10 minutos antes de ele ir embora da casa.

– E o que o próprio Lowen disse a respeito?

– Negou a princípio que tivesse sequer saído do escritório. Mas a criada foi categórica, e ele fingiu depois que havia esquecido de ter saído por um momento para examinar uma espécie rara de rosa. Uma explicação pouco conveniente! E surgiram novas provas contra Lowen. O Sr. Davenheim sempre usava um grosso anel de ouro, com um diamante solitário, no dedo mínimo da mão direita. Pois esse anel foi empenhado em Londres, na noite de sábado, por um homem chamado Billy Kellett. Ele já era conhecido da polícia. No outono anterior, passou três meses na cadeia, por ter roubado o relógio de um homem. Parece que tentou empenhar o anel em nada menos de cinco lugares, antes de finalmente consegui-lo. Depois, ficou completamente embriagado, atacou um guarda e foi preso por isso. Fui com Miller até a delegacia da rua Bow, para falar com Kellett. Ele já estava bastante sóbrio e não me importo de admitir que precisamos deixá-lo apavorado, insinuando que poderia ser acusado de homicídio. E ele acabou nos contando a história toda, das mais estranhas.

"Esteve nas corridas em Entfield no sábado, embora eu deva dizer que o negócio dele parece ser mais bater carteiras do que apostar. Seja como for, Kellett estava sem sorte e teve um péssimo dia. Seguiu a pé pela estrada, na direção de Chingside. Sentou na vala à beira da estrada, para descansar um pouco, antes de entrar na cidade. Alguns minutos depois, avistou um homem avançando pela estrada, na direção da cidade. Um 'sujeito de pele escura, com um bigode imenso, um grã-fino da cidade', foi a descrição que ele fez.

"Kellett estava meio escondido da estrada por uma pilha de pedras. O homem parou de repente, olhou para um lado e outro da estrada, constatou que estava aparentemente deserta, depois tirou um pequeno objeto do bolso e jogou-o no mato.

E seguiu adiante, em direção à estação. O objeto arremessado no mato fez um clique metálico ao cair, o que despertou a curiosidade do farrapo humano que estava na vala. Ele foi ver o que era, procurou um pouco e acabou descobrindo o anel. Essa é a história de Kellett. É claro que Lowen a nega com veemência e é claro também que não podemos absolutamente confiar na palavra de um homem como Kellett. Não é impossível que ele tenha encontrado Davenheim num trecho deserto da estrada, acabando por roubá-lo e matá-lo.

Poirot balançou a cabeça.

– É extremamente improvável, *mon ami*. Ele não teria condições de dar um sumiço no corpo. A esta altura dos acontecimentos, já teria sido encontrado. Em segundo lugar, a maneira aberta como empenhou o anel torna bem improvável a possibilidade de que tenha assassinado para consegui-lo. Em terceiro lugar, o ladrão sorrateiro raramente é também um assassino. Em quarto lugar, como ele está na prisão desde sábado, seria coincidência demais que pudesse dar uma descrição tão acurada de Lowen.

Japp assentiu.

– Não estou dizendo que não está certo. Não obstante, será impossível convencer um júri com base no depoimento de um ladrão reincidente. O que me parece estranho é que Lowen não tivesse encontrado um meio mais inteligente de se livrar do anel.

Poirot deu de ombros.

– Ora, se o anel fosse encontrado nas vizinhanças, sempre se poderia alegar que fora o próprio Davenheim quem o deixara cair.

– Mas por que tirar o anel do corpo? – indaguei.

– Pode ter havido uma razão para isso – explicou Japp. – Um pouco além do lago, há um pequeno portão que dá acesso ao morro. E a menos de 3 minutos de caminhada, chega-se... imaginem a quê?... a um forno de cal!

– Santo Deus! – exclamei. – Está querendo dizer que a cal que destruiu o corpo não iria afetar o metal do anel?

– Exatamente.

– Tenho a impressão de que isso explica tudo. Mas que crime horrível!

Por consenso tácito, ambos nos viramos e olhamos para Poirot. Ele parecia estar imerso em seus pensamentos, as sobrancelhas unidas, como se fizesse um supremo esforço mental. Senti que a inteligência intensa dele finalmente se manifestava. Quais seriam suas primeiras palavras? Não ficamos curiosos por muito tempo. Com um suspiro, Poirot relaxou, virou-se para Japp e perguntou:

– Tem alguma ideia, meu amigo, se o Sr. e a Sra. Davenheim ocupavam o mesmo quarto?

A pergunta parecia tão ridícula e inadequada que, por um momento, eu e o homem da Scotland Yard ficamos aturdidos, no mais completo silêncio. Depois, Japp soltou uma risada e disse:

– Essa não, Monsieur Poirot! Pensei que fosse sair com algo surpreendente e sensacional. Quanto a sua pergunta, devo dizer que não tenho a menor ideia.

– Mas poderia descobrir? – indagou Poirot, com uma estranha persistência.

– Certamente... se está mesmo querendo saber.

– *Merci, mon ami*. Eu agradeceria se não esquecesse.

Japp ficou olhando para ele, desconcertado. Mas Poirot parecia ter esquecido por completo nossa presença. Dali a pouco, o inspetor sacudiu a cabeça tristemente e murmurou para mim:

– Pobre coitado! A guerra foi demais para ele! – E, com essas palavras, Japp retirou-se.

Como Poirot continuasse mergulhado em seus devaneios, peguei um pedaço de papel e, para me distrair, comecei a escrever. Não demorou muito para que a voz dele me despertasse de meus próprios devaneios. Poirot parecia novamente ativo e alerta.

– *Que faites vous là, mon ami?*

– Estava anotando o que me parecem ser os pontos de maior interesse no caso.

– Está-se tornando metódico... finalmente!

O tom de Poirot era de aprovação e não consegui disfarçar minha satisfação.

– Quer que eu leia?

– Claro!

– Um: tudo aponta para Lowen como o homem que arrombou o cofre. Dois: ele tinha motivos, pois ressentir-se de Davenheim. Três: mentiu em sua declaração inicial de que não saíra do escritório em momento algum. Quatro: a se aceitar como verdadeira a história de Billy Kellett, Lowen está inegavelmente incriminado.

Fiz uma pausa e depois indaguei:

– O que acha, Poirot?

Eu estava bastante convencido de que anotara todos os fatos de importância vital. No entanto, Poirot me fitou com a expressão compassiva, meneando a cabeça gentilmente.

– *Mon pauvre ami!* Mas há que se desculpar, pois não possui o talento! Jamais seria capaz de perceber o detalhe realmente importante! Além disso, seu raciocínio está incorreto.

– Como assim?

– Vamos analisar os quatro pontos que você destacou. Um: o Sr. Lowen não poderia saber que teria uma oportunidade de abrir o cofre. Foi à casa para um encontro de negócios. Não poderia saber de antemão que o Sr. Davenheim estaria ausente, tendo ido à cidade despachar uma carta, o que lhe permitiu ficar sozinho no escritório.

– Mas ele não poderia ter aproveitado a oportunidade, mesmo sem estar esperando por isso?

– E as ferramentas necessárias? Os cavalheiros da *City* não costumam ir a todos os lugares munidos de pés de cabra, na ex-

pectativa de que se lhes apareça uma boa oportunidade. E não seria possível arrombar aquele cofre com um canivete, *bien entendu*!

— E o que me diz do segundo ponto?

— Você escreveu que Lowen tinha um ressentimento contra o Sr. Davenheim. Mas, na verdade, ele conseguiu algumas vezes levar a melhor sobre o outro. E presumivelmente tais transações foram normais no mercado financeiro. Seja como for, não se costuma guardar ressentimento contra um homem a quem conseguimos superar. O inverso é mais comum. Qualquer ressentimento que pudesse haver, seria lógico que fosse da parte do Davenheim.

— Mas não se pode negar que ele mentiu ao declarar que em nenhum momento havia saído do escritório, não é mesmo?

— Não. Porém não podemos esquecer que ele devia estar apavorado. Lembre-se de que tinham acabado de encontrar no lago as roupas do homem desaparecido. É claro que, como sempre, ele teria agido melhor se contasse logo a verdade.

— E o quarto ponto?

— Concordo com você. Se a história de Kellett é verdadeira, Lowen está inequivocamente implicado. E é justamente isso o que torna o caso tão interessante.

— Quer dizer que acertei pelo menos em um fato vital?

— Talvez... mas ignorou por completo os dois pontos mais importantes, aqueles que realmente constituem a chave para solucionar todo o mistério.

— E que pontos são esses?

— Primeiro: a paixão do Sr. Davenheim, nos últimos anos, pela compra de joias. Segundo: sua viagem a Buenos Aires no outono passado.

— Está querendo brincar comigo, Poirot!

— Ao contrário, meu amigo, estou falando seriamente. *Ah, sacré tonnerre*, só espero que Japp não se esqueça da pequena missão de que o encarreguei!

Mas nosso inspetor, aderindo ao bom humor, não havia esquecido. E na manhã seguinte, por volta das 11 horas, chegou um telegrama para Poirot. A pedido dele, abri a mensagem e a li:

Marido e mulher ocupavam quartos separados desde o inverno passado.

— *Aha!* — exclamou Poirot. — E agora estamos em meados de junho! O caso está resolvido!

Fiquei olhando para ele, aturdido.

— Por acaso tem dinheiro no banco de Davenheim & Salmon, *mon ami*?

— Não. Por quê?

— Porque eu o aconselharia a retirar... antes que fosse tarde demais.

— O que acha que acontecerá?

— Pode haver um grande estouro dentro de alguns dias... talvez antes. O que me faz lembrar que devemos retribuir à cortesia do *dépêche* de Japp. Arrume-me um lápis e um formulário de telegrama, por gentileza. *Voilà!* "Aconselho retirar qualquer dinheiro depositado na firma em questão." Isso vai deixar o bom Japp intrigado! Os olhos dele vão ficar arregalados... muito arregalados! Ele não compreenderá absolutamente nada, até amanhã... ou depois de amanhã!

Mantive-me cético. Mas, na manhã seguinte, não pude deixar de prestar tributo à extraordinária capacidade de meu amigo. Em todos os jornais, a manchete era a espetacular bancarrota do banco de Davenheim. À luz da situação financeira do banco, o desaparecimento do famoso financista assumia características totalmente diferentes.

Antes que terminássemos o café da manhã, a porta se abriu e Japp entrou, quase correndo. Na mão direita trazia um jornal e na esquerda o telegrama de Poirot, que ele jogou em cima da mesa, diante do meu amigo.

– Como soube, Monsieur Poirot? Como diabo pôde prever que isso iria acontecer?

Poirot sorriu, placidamente.

– Ah, *mon ami*, depois que recebi seu telegrama, passei a ter certeza! Desde o começo, o roubo do cofre me pareceu um tanto extraordinário. Joias, uma quantia vultosa em dinheiro, títulos ao portador... tudo tão convenientemente preparado para... para quem? O bom Sr. Davenheim era um desses homens que costumam cuidar primeiro de si próprio, como se costuma dizer. Pareceu-me quase certo de que estava tudo preparado... para ele próprio! E havia também a paixão dele, nos últimos anos, pela compra de joias. Que simplicidade excepcional! Os fundos que ele desviou foram convertidos em joias, sendo provavelmente substituídos por duplicatas forjadas. Assim, acumulou uma fortuna considerável, que iria desfrutar sob outro nome, no devido tempo, quando os perseguidores estivessem totalmente despistados. Quando já estava tudo pronto, ele marcou um encontro com o Sr. Lowen (que cometera no passado a imprudência de atravessar o caminho do grande homem), arrombou o cofre, deixou instruções para que levassem o visitante a seu gabinete e foi embora... para onde? – Poirot parou de falar e estendeu a mão para um ovo cozido. Franziu o rosto e comentou: – É realmente insuportável que cada galinha tenha de pôr ovos de tamanhos diferentes! Que simetria se pode ter assim à mesa? Mas pelo menos deviam separá-los na loja!

– Não se preocupe com os ovos – disse Japp, impaciente. – Que as galinhas os ponham quadrados, se assim quiserem! Diga-nos para onde foi o nosso homem depois que saiu de The Cedars... se é que sabe!

– *Eh bien*, ele foi direto para seu esconderijo. Ah, esse Sr. Davenheim pode ter alguma deformação em suas células cinzentas, mas não se pode negar que elas são de primeira qualidade!

– Sabe onde ele está escondido?

— Claro que sei! E é um plano dos mais engenhosos!

— Pelo amor de Deus, diga logo de uma vez!

Poirot recolheu cuidadosamente todos os fragmentos de casca do seu prato e colocou-os na taça de ovo, pondo a outra metade da casca, agora vazia, por cima. Concluída essa pequena operação, contemplou o resultado com um sorriso de satisfação e só depois nos fitou, com a expressão radiante.

— Vamos, meus amigos, afinal ambos são inteligentes. Façam a si mesmos a pergunta que me fiz. "Se eu fosse esse homem, onde iria esconder-me?" O que me diz, Hastings?

— Tenho a impressão de que eu não tentaria nenhuma fuga espetacular. Continuaria em Londres, no próprio local dos acontecimentos, andando de metrô, de ônibus. Sou capaz de apostar dez contra um como não seria reconhecido. Há uma surpreendente segurança no meio da multidão.

Poirot virou-se para Japp, com uma expressão inquisitiva. E o homem da Scotland Yard respondeu:

— Não concordo. Eu trataria de escapar o mais depressa possível... pois seria a única chance de ficar impune. Teria tempo suficiente para preparar tudo de antemão, cuidadosamente. Teria um iate a minha espera e partiria imediatamente para algum canto esquecido do mundo, antes que começasse o clamor público. — Ambos olhamos para Poirot, e Japp acrescentou: — E você, o que faria?

Por um momento, Poirot permaneceu em silêncio. Depois, um sorriso curioso estampou-se em seu rosto.

— Meus amigos, se eu quisesse me esconder da polícia, sabem onde iria me ocultar? *Numa prisão!*

— *O quê?*

— Estão procurando o Sr. Davenheim a fim de metê-lo na prisão. Assim, jamais pensariam em verificar se ele já não está numa prisão!

— Como assim?

— Disse-me que a Sra. Davenheim não é uma mulher muito inteligente. Não obstante, creio que se a levasse à delegacia

da rua Bow e a confrontasse com Billy Kellett, ela certamente iria reconhecê-lo, apesar de ele ter raspado a barba e o bigode, ter desbastado as sobrancelhas espessas e cortado os cabelos bem rentes! Uma mulher quase sempre reconhece o próprio marido, mesmo quando o restante do mundo se deixa enganar.

– Billy Kellett? Mas ele já é conhecido da polícia!

– Eu não disse que Davenheim era um homem muito esperto? Preparou seu álibi com bastante antecedência. Não esteve em Buenos Aires no outono passado... mas sim criando o personagem chamado Billy Kellett, passando três meses na cadeia, a fim de que a polícia não desconfiasse de nada, quando chegasse o momento. Não se esqueçam de que estavam em jogo uma fabulosa fortuna e também a liberdade pessoal dele. Valeu a pena preparar tudo tão meticulosamente. Só que...

– Qual o problema, Poirot?

– *Eh bien*, depois que ele passou a usar barba postiça e uma peruca, tendo que se maquiar para parecer consigo mesmo... tornou-se passível de ser descoberto. Não podia correr o risco de continuar a partilhar o mesmo quarto de sua esposa. E você, Japp, descobriu para mim que, nos últimos seis meses ou desde a suposta volta dele de Buenos Aires, os dois ocupavam quartos separados. Foi a partir desse momento que tive certeza absoluta. Todos os fatos se ajustavam. O jardineiro que teve a impressão de avistar o patrão contornando a casa estava certo. O Sr. Davenheim foi até a garagem dos barcos, vestiu as roupas de "vagabundo", que evidentemente tinham sido mantidas ocultas dos olhos de seu valete, jogou as outras roupas no lago e iniciou a execução de seu plano. Empenhou o anel abertamente, depois agrediu um guarda e conseguiu chegar em segurança ao refúgio da rua Bow, onde ninguém jamais sequer sonharia em ir procurá-lo!

– Mas isso é impossível! – murmurou Japp.

– Peça à Sra. Davenheim para fazer o reconhecimento – sugeriu meu amigo, sorrindo.

Na manhã seguinte, havia uma carta registrada ao lado do prato de Poirot. Ele abriu o envelope, e de dentro dele caiu uma nota de 5 libras. Meu amigo franziu a testa.

– *Ah, sacré!* Mas o que vou fazer com isso? Estou com remorso. *Ce pauvre Japp!* Ah, tenho uma ideia! Vamos almoçar juntos nós três! Isso me consola. Foi realmente fácil demais. Estou até envergonhado. Eu, que não roubaria uma criança... *mille tonnerres! Mon ami*, o que deu em você para começar a rir tanto?

10
A aventura do nobre italiano

Poirot e eu tínhamos muitos amigos e conhecidos bem pouco convencionais. Entre eles, posso citar um vizinho nosso, o Dr. Hawker, um médico. Ele tinha o hábito de nos visitar de vez em quando, à noite, para conversar com Poirot, cujo gênio admirava intensamente. Um homem franco e confiante, o médico não se incomodava em manifestar sua admiração por alguém cujos talentos eram tão diferentes dos seus.

Numa noite em particular, em princípios de junho, ele apareceu por volta das 20h30 e logo se lançou a uma conversa animada sobre o tema bastante ameno da predominância do envenenamento por arsênico nos crimes. Cerca de um quarto de hora havia-se passado quando a porta da sala foi subitamente aberta e uma mulher visivelmente aturdida entrou.

– Oh, doutor, estão a sua procura! Mas que voz terrível! Provocou-me um calafrio!

Logo reconheci a visitante: era a Srta. Rider, a governanta do Dr. Hawker. O médico era solteiro e vivia numa casa velha e lúgubre a alguns quarteirões de distância. A Srta. Rider,

uma mulher geralmente plácida, estava naquele momento muito nervosa.

– Que voz terrível é essa de que está falando? Quem me está procurando? Qual é o problema?

– Foi pelo telefone, doutor. Atendi... e uma voz falou: "Socorro... socorro, doutor. Eles me mataram!" E depois a voz pareceu sumir. "Quem está falando?", perguntei. "Quem está falando?" A resposta foi um mero sussurro e tive a impressão de ouvir "Foscatine"... ou algo parecido... e "Regent's Court".

O Dr. Hawker deixou escapar uma exclamação de espanto.

– O conde Foscatini! Ele mora num apartamento em Regent's Court. Tenho que ir imediatamente. O que terá acontecido?

– É um paciente seu? – indagou Poirot.

– Tratei-o de uma pequena doença há algumas semanas. É italiano, mas fala inglês com perfeição. Bem... tenho que me despedir, Monsieur Poirot. A menos que... – O Dr. Hawker hesitou.

Sorrindo, Poirot disse:

– Já sei o que está pensando, doutor. Terei o maior prazer em acompanhá-lo. Hastings, por gentileza, vá providenciar um táxi para nós.

Os táxis são sempre difíceis quando se está com pressa e mais se precisa deles. Mas finalmente consegui arrumar um e seguimos para Regent's Park. O Regent's Court era um prédio de apartamentos novos, na St. John's Wood Road. Fora construído recentemente e dispunha dos serviços mais modernos.

Não havia ninguém no saguão. O médico apertou impacientemente a campainha do elevador e se dirigiu bastante ansioso ao ascensorista:

– Apartamento 11, conde Foscatini. Soube que houve um acidente lá.

O homem ficou surpreso.

– Não sei de nada. O Sr. Graves, o empregado do conde Foscatini, saiu há cerca de meia hora e não disse nada.

— O conde está sozinho no apartamento?
— Não, senhor. Dois cavalheiros estão jantando com ele.
— Como são eles? — indaguei, ansioso.

Já estávamos no elevador, subindo rapidamente para o segundo andar, onde ficava o apartamento 11.

— Não os vi pessoalmente, senhor, mas ouvi dizer que eram estrangeiros.

O ascensorista puxou a porta de ferro e saímos para o patamar. O apartamento 11 ficava em frente. O médico tocou a campainha. Não houve resposta. Podíamos ouvir a campainha retinir lá dentro. O médico tocou outra vez mais e mais outra. Ouvíamos o retinir da campainha, mas nenhum sinal de vida recompensou o esforço insistente.

— O caso está parecendo ser muito sério — murmurou o Dr. Hawker. Virando-se bruscamente para o homem do elevador, perguntou: — Existe alguma chave-mestra para essa porta?

— Há uma no escritório do gerente, lá embaixo.

— Pois vá buscá-la. E acho melhor aproveitar para também chamar a polícia.

Poirot aprovou a providência com um aceno de cabeça.

O homem não demorou a voltar, acompanhado pelo gerente.

— Poderiam me dizer, cavalheiros, o que significa tudo isto?

— Claro! Recebi um telefonema do conde Foscatini dizendo que tinha sido atacado e estava morrendo. Pode compreender agora por que não há muito tempo a perder... se é que não chegamos tarde demais.

O gerente entregou imediatamente a chave-mestra. Abrimos a porta e entramos no apartamento.

Passamos primeiro para um pequeno vestíbulo, quadrado. Uma porta à direita estava entreaberta. O gerente indicou-a com um aceno de cabeça.

— Ali é a sala de jantar.

O Dr. Hawker entrou na frente e o seguimos. Deixei escapar uma exclamação de espanto ao avistar a cena que estava a

nossa espera. A mesa redonda no centro da sala ainda exibia os remanescentes de uma refeição. Três cadeiras estavam empurradas para trás, como se seus ocupantes se tivessem acabado de levantar. No canto, à direita da lareira, havia uma escrivaninha grande, à qual estava sentado um homem... ou o que fora um homem. A mão direita ainda segurava a base do telefone, mas ele tombara para a frente, atingido por um violento golpe na cabeça, desferido por trás. A arma do crime estava ali perto. Uma estatueta de mármore jazia no lugar onde fora deixada às pressas, com a base manchada de sangue.

O Dr. Hawker não levou mais de um minuto para examinar o corpo.

– Está morto. A morte deve ter sido quase instantânea. Fico até admirado de ele ter conseguido chegar ao telefone. É melhor não mexer no corpo até a chegada da polícia.

Por sugestão do gerente, demos uma busca no apartamento, mas o resultado já era previsto. Não era provável que os assassinos estivessem escondidos ali, quando tudo o que tinham de fazer era abrir a porta e sair.

Voltamos para a sala de jantar. Poirot não nos acompanhara na busca. Encontrei-o a examinar atentamente a mesa redonda no centro da sala. Fui me postar a seu lado. Era uma mesa de mogno, envernizada. Um vaso de rosas decorava o centro e toalhas brancas rendadas repousavam sobre a superfície reluzente. Havia uma travessa de frutas, mas os três pratos de sobremesa não tinham sido tocados. Havia também três xícaras de café, com restos no fundo, duas com café puro e a terceira de café com leite. Todos os três homens haviam tomado vinho do Porto e a garrafa, pela metade, estava diante do prato do meio. Um dos homens fumara charuto, os outros dois, cigarros. Uma caixa de casco de tartaruga e guarnições de prata, contendo charutos e cigarros, estava aberta sobre a mesa.

Enumerei todos esses fatos para mim mesmo, mas fui forçado a admitir que não contribuíam em nada para esclarecer a

situação. Imaginei o que Poirot estaria vendo naquela cena para se mostrar tão interessado e acabei por perguntar.

— Não está entendendo, *mon ami*. Procuro por algo que não estou vendo.

— E o que é?

— Um erro... até mesmo um erro pequeno... da parte do assassino.

Avançando rapidamente até a pequena cozinha adjacente, Poirot deu uma olhada e meneou a cabeça. Virou-se em seguida para o gerente e disse:

— Monsieur, gostaria, por gentileza, que explicasse a rotina para servir as refeições.

O gerente foi até uma pequena portinhola na parede.

— Este é o serviço de elevador, que vai até a cozinha, no alto do prédio. Pode-se fazer o pedido pelo telefone e os pratos são baixados por este elevador, um de cada vez. Os pratos sujos e as travessas são enviados da mesma maneira. Assim, os moradores não precisam ter preocupações domésticas e ao mesmo tempo evitam a incômoda publicidade de sempre jantarem num restaurante.

Poirot assentiu.

— Isso significa que os pratos e as travessas usados aqui esta noite estão lá em cima, na cozinha. Permite que eu suba até lá?

— Claro, se assim o deseja! Roberts, o ascensorista, irá levá-lo até lá em cima e apresentá-lo. Mas receio que não irá descobrir nada que possa ser interessante. A cozinha cuida de centenas de pratos e travessas e todos estão misturados.

Mas Poirot permaneceu firme e visitamos juntos a cozinha, interrogando o homem que recebera o pedido do apartamento 11.

— O pedido foi para três pessoas: *soup julienne, filet de sole normande, tournedor* e um *soufflé* de arroz. A que horas? Por volta das 20 horas. Não, infelizmente todos os pratos e travessas já foram lavados. Estava pensando em impressões digitais, não é mesmo?

– Não exatamente – respondeu Poirot, com um sorriso enigmático. – Estou mais interessado no apetite do conde Foscatini. Ele se serviu de todos os pratos?

– Claro. Mas não posso dizer o quanto comeu de cada um. As travessas estavam sujas e os pratos, vazios. Isto é, à exceção do *soufflé* de arroz. Deixaram uma boa quantidade dele.

– Ah! – exclamou Poirot, parecendo bastante satisfeito com a informação.

Ao descermos ao apartamento, meu amigo comentou, em voz baixa:

– Decididamente, estamos lidando com um homem de método.

– Está-se referindo ao assassino ou ao conde Foscatini?

– Não resta a menor dúvida de que o conde Foscatini era um homem metódico. Depois de implorar socorro e anunciar sua morte iminente, desligou cuidadosamente o telefone, pondo o fone no gancho.

Olhei para Poirot. Suas palavras e as perguntas recentes insinuaram-me uma ideia súbita.

– Desconfia de veneno, Poirot? Será que o golpe na cabeça foi apenas uma simulação?

Poirot limitou-se a sorrir.

Entramos no apartamento e descobrimos que o inspetor local da polícia já chegara, acompanhado por dois guardas. Pareceu ficar contrariado com nossa presença, mas Poirot tratou de acalmá-lo, mencionando nosso amigo da Scotland Yard, o inspetor Japp. Assim, recebemos uma relutante permissão para permanecer no apartamento. E foi muita sorte que isso tivesse acontecido, pois menos de 5 minutos depois um homem de meia-idade entrou correndo no local, aparentando profundos desespero e nervosismo.

Era Graves, o valete-mordomo do falecido conde Foscatini. A história que ele tinha para contar era sensacional.

Na manhã anterior, dois homens tinham ido visitar seu patrão. Eram italianos e o mais velho, em torno dos 40 anos,

disse se chamar *signor* Ascanio. O mais jovem era um rapaz bem vestido, em torno dos 25 anos.

O conde Foscatini estava obviamente esperando pela visita e imediatamente mandara Graves sair, para cumprir alguma missão sem maior importância. Nesse momento, o valete-mordomo fez uma pausa em sua narrativa e hesitou por um momento. Acabou por admitir que, curioso quanto ao objetivo do encontro, não obedecera logo à ordem, demorando-se mais do que o necessário, num esforço para ouvir algo da conversa.

Mas esta era em voz tão baixa que não tivera o menor sucesso. Contudo, dera para ouvir uma ou outra palavra, o suficiente para compreender que alguma proposta monetária estava sendo discutida e que a base era uma ameaça. A discussão não fora absolutamente amigável. Ao fim, o conde Foscatini alteara a voz ligeiramente, e Graves ouvira com nitidez as seguintes palavras:

— Não tenho tempo para continuar a discutir o assunto nesse momento, cavalheiros. Se quiserem jantar comigo amanhã de noite, às 20 horas, poderemos retomar a discussão.

Com receio de ser descoberto a escutar a conversa, Graves tratara de se retirar, apressadamente, a fim de cumprir a missão de que o patrão o incumbira. Naquela noite, os dois homens retornaram pontualmente às 20 horas. Durante o jantar, conversaram sobre assuntos superficiais, como política, o tempo e o mundo teatral. Depois de pôr na mesa o vinho do Porto e servir o café, Graves recebera do patrão o aviso de que poderia tirar folga no restante da noite.

— Esse era um procedimento habitual dele quando recebia convidados? – perguntou o inspetor.

— Não, senhor, não era. Foi isso o que me fez pensar que o conde ia tratar de algum assunto muito sério e fora do normal com aqueles dois cavalheiros.

Graves não tinha mais nada a contar. Saíra por volta das 20h30 horas e encontrara um amigo, que o acompanhara ao Metropolitan Music Hall, na Edgware Road.

Ninguém vira os dois homens se retirar, mas a hora do crime foi fixada com toda precisão, às 20h47. Um pequeno relógio fora derrubado da escrivaninha pelo braço do conde Foscatini, parando nessa hora, o que se ajustava ao telefonema de pedido de socorro que a Srta. Rider recebera.

O médico da polícia examinou o corpo, que foi colocado em seguida no sofá. Vi o rosto do conde Foscatini pela primeira vez, a pele cor de oliva, o nariz comprido, o bigode preto exuberante, os lábios vermelhos e cheios, ligeiramente repuxados, deixando à mostra dentes muito brancos. Não era um rosto dos mais simpáticos.

Fechando seu caderninho de anotações, o inspetor disse:

— O caso parece bastante claro. A única dificuldade será encontrar esse *signor* Ascanio. Será que o endereço dele não estaria na carteira de documentos do falecido?

Como Poirot dissera, o falecido conde Foscatini era um homem metódico. O inspetor encontrou, escrita numa letra pequena e impecável, a informação que desejava: "*Signor* Paolo Ascanio, hotel Grosvenor."

O inspetor foi falar ao telefone e depois virou-se para nós, com um sorriso.

— Bem a tempo. Nosso amigo italiano já estava saindo para pegar o trem que o levaria à costa, de onde pegaria um barco para o continente. Bem, acho que não temos mais nada a fazer aqui. É um caso horrível, mas bastante claro. Aposto como foi uma dessas vendetas italianas.

Assim dispensados, tratamos de descer. O Dr. Hawker estava bastante excitado.

— Como o início de uma novela, hein? Um caso realmente emocionante! Eu não acreditaria se lesse a história!

Poirot não fez qualquer comentário. Estava pensativo. Mal falara durante a noite inteira. Dando-lhe uma pancadinha no ombro, Hawker perguntou:

– O que diz o mestre dos detetives? Não precisa pôr em funcionamento suas pequenas células cinzentas nesse caso, não é mesmo?

– Acha que não?

– O que mais há para se explicar?

– Há, por exemplo, o problema da janela.

– A janela? Mas estava trancada! Foi um dos fatos que notei. Ninguém poderia sair por ali.

– E por que notou especialmente a janela?

O médico pareceu ficar desconcertado e Poirot apressou-se em explicar:

– Estou-me referindo às cortinas. Não estavam puxadas, o que é um tanto estranho. E há também o problema do café. Era um café muito forte.

– E o que isso significa?

– Café muito forte e o fato de quase não terem comido o *soufflé* de arroz... o que isso pode significar?

– Uma combinação das mais exóticas – disse o médico, rindo. – Está caçoando de mim, Monsieur Poirot.

– Jamais faço isso. Hastings pode confirmar que estou falando sério.

– Mesmo assim, não tenho a menor ideia de onde está querendo chegar, Poirot – confessei. – Por acaso desconfia do criado? Acha que ele poderia estar mancomunado com a quadrilha e pôs algum narcótico no café? Mas a polícia vai verificar o álibi dele, não é mesmo?

– Sem dúvida, meu amigo. Mas é o álibi do *signor* Ascanio que me interessa.

– Acha que ele tem um álibi?

– É justamente isso o que me preocupa. Não tenho a menor dúvida de que logo saberemos tudo a esse respeito.

O *Daily Newsmonger* colocou-nos a par de todos os acontecimentos subsequentes.

O *signor* Ascanio foi preso e acusado do assassinato do conde Foscatini. Negou até mesmo conhecer o conde, declarou que nem chegara perto do Regent's Court na noite do crime ou na manhã anterior. O homem mais jovem desaparecera inteiramente. O *signor* Ascanio chegara sozinho do hotel Grosvenor, dois dias antes do crime, vindo do continente. Fracassaram todos os esforços para localizar o segundo homem.

Ascanio, no entanto, não chegou a ser levado a julgamento. Nada menos que o próprio Embaixador da Itália apresentou-se e declarou no inquérito policial que Ascanio estivera em sua companhia na Embaixada, das 20 às 21 horas daquela noite. O prisioneiro foi solto. Naturalmente, muitas pessoas acharam que o crime era político e estava sendo deliberadamente abafado.

Poirot demonstrava o maior interesse pelo caso. Mesmo assim, fiquei surpreso quando ele me informou certa manhã que estava esperando um visitante às 11 horas e que não era outro senão o próprio Ascanio.

— Ele deseja consultá-lo?

— *Du tout*, Hastings. Eu é que desejo consultá-lo.

— Sobre o quê?

— Sobre o assassinato no Regent's Court.

— Pretende provar que ele foi o culpado?

— Um homem não pode ser julgado duas vezes pelo mesmo homicídio, Hastings. Procure ter um pouco de bom-senso. Ah, deve ser o nosso amigo que está tocando.

Alguns minutos depois, o *signor* Ascanio foi conduzido à sala. Era um homem baixo e magro, com uma expressão furtiva nos olhos. Ficou de pé, lançado olhares desconfiados de um para o outro.

— Monsieur Poirot?

Meu pequeno amigo bateu de leve no próprio peito.

— Sente-se, *signor*. Recebeu meu bilhete. Estou decidido a chegar ao fundo desse mistério. E, de certa forma, pode ajudar-

me. Vamos começar. Na companhia de um amigo, visitou o falecido conde Foscatini na manhã de terça-feira, dia nove...

O italiano fez um gesto furioso.

– Não visitei ninguém! Jurei no tribunal...

– *Précisément*... e tenho a pequena ideia de que jurou em falso.

– Está-me ameaçando? Ora, não tenho nada a temer de você! Já fui absolvido!

– Exatamente. E como não sou um imbecil, não é com a força que o estou ameaçando... mas sim com a publicidade. Publicidade, entende? Vejo que a palavra não o agrada. Já imaginava que não agradaria. Minhas pequenas ideias são extremamente valiosas para mim. Vamos, *signor*, sua única chance é ser franco comigo. Não estou querendo saber que indiscrições o trouxeram à Inglaterra. Já sei que veio expressamente para falar com o conde Foscatini.

– Ele não era nenhum conde – resmungou o italiano.

– Também já verifiquei que o nome dele não consta do *Almanach de Gotha*. Mas isso não tem maior importância. O título de conde é frequentemente útil na profissão de chantagista.

– Estou percebendo que é melhor dizer tudo, com toda franqueza. Parece que sabe muita coisa.

– Tenho utilizado minhas células cinzentas com algum proveito. Vamos, *signor* Ascanio, diga a verdade: visitou o falecido na manhã de terça-feira, não é mesmo?

– Visitei. Mas não estive lá na noite seguinte. Não havia necessidade. Vou lhe contar tudo. Uma determinada informação, a respeito de um homem de grande destaque na Itália, caiu em poder desse canalha. Ele exigiu uma vultosa quantia, em troca dos documentos. Vim à Inglaterra para tratar do assunto. Marquei um encontro naquela manhã. Um dos jovens secretários da embaixada acompanhou-me. O conde mostrou-se mais cordato do que eu esperava, embora a quantia que eu lhe paguei tivesse sido realmente vultosa.

— Perdoe a interrupção, mas pode dizer-me como efetuou o pagamento?

— Em notas italianas, de valor relativamente pequeno. Paguei na hora. Ele me entregou os documentos comprometedores. E nunca mais tornei a vê-lo.

— Por que não declarou tudo isso quando foi preso?

— Na posição delicada em que eu me encontrava, tinha de negar qualquer associação com o homem.

— Como então pode explicar os acontecimentos da noite seguinte?

— Posso apenas imaginar que alguém se fez passar por mim. Pelo que ouvi dizer, não encontraram o dinheiro no apartamento.

Poirot fitou-o atentamente e balançou a cabeça, murmurando:

— Estranho... Todos nós temos as pequenas células cinzentas. E são bem poucos aqueles que sabem como usá-las. Muito bom dia, *signor* Ascanio. Acredito em sua história. É praticamente o que eu já tinha imaginado. Mas precisava confirmar.

Depois de se despedir do visitante com uma mesura, Poirot voltou a refestelar-se em sua poltrona, sorrindo.

— E então, *Monsieur le Capitaine* Hastings, o que acha do caso?

— Creio que Ascanio está certo... alguém se fez passar por ele.

— Ah, *mon Dieu*, será que você nunca vai usar o cérebro que o bom Deus lhe deu? Procure se lembrar de algumas palavras que eu disse ao deixar o apartamento, naquela noite. Fiz uma referência ao fato de as cortinas não estarem arriadas. Estamos em junho. Ainda há claridade às 20 horas. A luz do dia só começa a desaparecer cerca de meia hora depois. *Ça vous dit quelque chose?* Percebo que algo começa a acontecer dentro de sua mente. Tenho a impressão de que algum dia ainda chegará lá. Mas vamos continuar. O café, como eu disse, estava muito

forte. Os dentes do conde Foscatini eram excepcionalmente brancos. O café mancha os dentes. Podemos deduzir, assim, que o conde Foscatini não costumava tomar café. Contudo, havia café nas três xícaras. Por que alguém haveria de simular que o conde Foscatini tomara café, quando isso não acontecera?

Meneei a cabeça, totalmente desconcertado.

— Vamos, *mon ami*, faça um esforço. Vou ajudá-lo. Qual a prova de que dispomos de que Ascanio e seu amigo, talvez duas outras pessoas passando por ambos, estiveram no apartamento naquela noite? Ninguém os viu entrar, ninguém os viu sair. Temos apenas o depoimento de um único homem e um punhado de objetos inanimados.

— Como assim?

— Estou-me referindo a facas, garfos, travessas e pratos vazios. Ah, mas foi uma ideia das mais inteligentes! Graves é um ladrão e assassino, mas que homem de método! Ouviu uma parte da conversa pela manhã, o suficiente para compreender que Ascanio ficaria numa situação difícil, constrangedora, não poderia defender-se devidamente. Na noite seguinte, por volta das 20 horas, diz ao patrão que o estão chamando ao telefone. Foscatini senta-se, estende a mão para o telefone. Por trás, Graves golpeia-o com a estatueta de mármore. Depois, liga rapidamente para a copa e pede jantar para três! O jantar chega, ele põe a mesa, suja os pratos, garfos, facas etc. Mas precisa também livrar-se da comida. Não apenas é um homem inteligente, como também possui um estômago amplo e resistente. Mas depois de comer três *tournedors*, o *soufflé* de arroz é demais para ele. Chega até mesmo a fumar um charuto e dois cigarros, a fim de completar a ilusão. Ah, mas foi tudo espetacularmente meticuloso e metódico! Depois, ele moveu os ponteiros do relógio para 20h47 e jogou-o ao chão, fazendo-o parar. Mas se esqueceu de baixar as cortinas. Mas se houvesse um jantar de verdade, as cortinas teriam sido baixadas assim que a claridade começasse a diminuir. Tudo preparado, Graves saiu apressada-

mente, mencionando os visitantes ao homem do elevador, na passagem. Foi até uma cabine telefônica e, mais ou menos às 20h47, ligou para o nosso Dr. Hawker, murmurando as palavras agonizantes do patrão. O plano era tão hábil que ninguém se deu o trabalho de perguntar se houvera algum telefonema do apartamento 11 nessa ocasião.

– Exceto Hercule Poirot, não é mesmo? – indaguei, sarcasticamente.

– Nem mesmo Hercule Poirot – disse meu amigo, sorrindo. – Mas vou perguntar agora. Tenho que provar minha teoria para você primeiro. Mas vai ver como estou certo. E depois provarei a Japp, a quem já fiz uma insinuação, para que possa prender o respeitável Graves. Será que este já gastou muito dinheiro?

Poirot estava certo. Ele sempre está, com todos os diabos!

11
O caso do testamento desaparecido

O problema que nos foi apresentado pela Srta. Violet Marsh provocou uma mudança agradável em nossa rotina de trabalho. Poirot recebera um bilhete curto e objetivo, solicitando um encontro. Marcara para as 11 horas do dia seguinte.

Ela chegou pontualmente; era uma jovem alta, bonita, vestida com simplicidade, mas impecavelmente, e com uma atitude segura e prática. Era sem dúvida uma jovem que tencionava afirmar-se por si mesma no mundo. Não sou um grande admirador do tipo que se costuma chamar de Nova Mulher. Assim, apesar da aparência dela, não me senti particularmente predisposto a favor dela.

– O assunto que me trouxe aqui é de natureza um tanto incomum, Monsieur Poirot – disse ela, depois de se acomodar

numa cadeira. – É melhor eu começar pelo princípio e contar-lhe toda a história.

– Como achar melhor, mademoiselle.

– Sou órfã. Meu pai tinha um irmão, e ambos eram filhos de um pequeno fazendeiro de Devonshire. A fazenda era muito pobre, e meu tio Andrew, o mais velho, emigrou para a Austrália, onde foi bem-sucedido e acabou se tornando bastante rico, por meio de especulação imobiliária. Meu pai, Roger, não possuía a menor inclinação para a vida agrícola. Instruiu-se por sua própria conta, arrumando um emprego como escriturário numa firma pequena. Casou-se com uma jovem de nível social ligeiramente superior. Minha mãe era filha de um artista pobre. Papai morreu quando eu tinha 6 anos. Mamãe juntou-se a ele na sepultura quando eu estava com 14 anos. Meu único parente vivo era tio Andrew, que voltara recentemente da Austrália e comprara uma pequena propriedade, Crabtree Manor, em seu condado natal. Tio Andrew foi excepcionalmente bondoso com a filha órfã do irmão. Levou-me para viver em sua companhia e tratou-me como se eu fosse sua própria filha.

"Crabtree Manor, apesar do nome pomposo, não passa de uma velha fazenda. A agricultura estava no sangue de meu tio, que se interessava profundamente por modernos métodos agrícolas. Embora me tratasse com bondade, tinha certas ideias peculiares e profundamente arraigadas sobre a educação das mulheres. Ele próprio era um homem de pouca ou nenhuma instrução, embora possuísse uma astúcia extraordinária. Não dava muito valor ao que chamava desdenhosamente de 'conhecimento livresco'. Opunha-se especialmente à educação das mulheres. Na opinião dele, as jovens deveriam aprender apenas as tarefas domésticas e alguma função numa fazenda, tendo o mínimo possível de instrução. Propôs-se a criar-me de acordo com esses princípios, para meu extremo e amargo desapontamento. Rebelei-me abertamente. Sabia que possuía bastante

inteligência e não tinha a menor vocação para os serviços domésticos. Meu tio e eu tivemos muitas discussões ásperas a respeito do assunto. Embora fôssemos ambos afeiçoados um ao outro, éramos também teimosos. Tive sorte de ganhar uma bolsa de estudos e, até certo ponto, consegui vencer por mim mesma. A crise irrompeu quando decidi ir para Girton. Tinha algum dinheiro próprio, deixado por minha mãe, e estava determinada a tirar o melhor proveito possível dos talentos que Deus me dera. Meu tio e eu tivemos uma discussão longa e decisiva. E ele me a apresentou os fatos de maneira franca. Não tinha outros parentes e tencionava me tornar a sua única herdeira. Como eu disse antes, ele era um homem muito rico. Mas se eu insistisse em minhas 'ideias moderninhas', não precisaria esperar nada dele. Permaneci polida, porém firme. Disse que seria sempre profundamente afeiçoada a ele, mas tinha que levar minha própria vida. E assim nos separamos. 'Pensa que é muito inteligente, menina', foram as últimas palavras dele. 'Não tenho nenhum conhecimento livresco, mas qualquer dia desses vou empenhar minha inteligência contra a sua. E vamos ver o que irá acontecer.'

"Isso aconteceu há nove anos. Depois disso, passei diversos fins de semana com meu tio. Nosso relacionamento sempre permaneceu amistoso, embora as opiniões dele não se alterassem. Nunca fez qualquer referência ao fato de eu ter-me matriculado numa universidade, nunca mencionou o diploma que conquistei. Nos três últimos anos, a saúde de meu tio foi-se tornando gradativamente pior e ele enfim morreu, há um mês.

"Estou chegando agora ao motivo de minha visita, Monsieur Poirot. Meu tio deixou um testamento incomum. Crabtree Manor e todos os seus bens ficam a minha disposição por um ano inteiro, a partir da data de sua morte... 'durante esse período, minha esperta sobrinha deve demonstrar sua inteligência'. Ao fim desse período, 'ficando comprovado que minha inte-

ligência é superior à inteligência dela', a casa e o resto da vasta fortuna de meu tio passam para diversas instituições de caridade.

– É um pouco duro para consigo, mademoiselle já que é a única parenta do Sr. Marsh.

– Não vejo por esse ângulo. Tio Andrew advertiu-me com toda franqueza e eu é que escolhi meu caminho. Já que eu não estava disposta a atender aos desejos dele, meu tio tinha toda liberdade de deixar seu dinheiro para quem lhe aprouvesse.

– O testamento foi elaborado por um advogado?

– Não. Foi escrito num desses formulários impressos de testamento. Assinaram como testemunhas o homem e a mulher que vivem na casa e serviam a meu tio.

– Há alguma possibilidade de anular esse testamento?

– Eu nem mesmo o tentaria.

– Acha então que o testamento contém um desafio da parte de seu tio?

– Exatamente.

– É realmente a interpretação que se pode fazer – comentou Poirot, pensativo. – Em algum lugar daquela casa antiga, seu tio escondeu uma grande quantia em dinheiro ou possivelmente um segundo testamento, dando-lhe o prazo de um ano para demonstrar sua inteligência e descobri-lo.

– Exatamente, Monsieur Poirot. E estou-lhe fazendo o elogio de pressupor que sua inteligência será superior a minha.

– É muita gentileza de sua parte, Srta. Marsh. Minhas células cinzentas estão a sua disposição. Já deu uma busca na casa?

– Apenas superficial. Mas tenho muito respeito pela capacidade inegável de meu tio para imaginar que não será um trabalho fácil.

– Trouxe consigo o testamento ou uma cópia?

A Srta. Marsh estendeu um documento para Poirot, que o leu rapidamente, balançando a cabeça.

– Este testamento foi feito há três anos. A data foi 25 de março e a hora está também indicada: onze horas. O que é bas-

tante sugestivo, pois restringe o campo de busca. Não resta a menor dúvida de que há outro testamento, que teremos de procurar. Tal documento pode ter sido elaborado até mesmo meia hora depois, e iria cancelar este. *Eh bien*, mademoiselle, o problema que me apresentou é dos mais atraentes. Terei o maior prazer em resolvê-lo. Mesmo reconhecendo que seu tio era um homem de grande capacidade, as células cinzentas dele não podiam ter a mesma qualidade das de Hercule Poirot!

(Realmente, a vaidade de Poirot é por demais clamorosa!)

– Felizmente, não estou tratando de nenhum outro caso nesse momento. Hastings e eu partiremos para Crabtree Manor esta noite. O casal que trabalhava para seu tio ainda está lá, não é mesmo?

– Está, sim. O nome deles é Baker.

NA MANHÃ SEGUINTE, iniciamos a busca propriamente dita. Tínhamos chegado na noite anterior. O Sr. e a Sra. Baker haviam recebido um telegrama da Srta. Marsh e estavam à nossa espera. O casal era simpático, o homem enrugado e de faces rosadas, a esposa uma mulher de vastas proporções, com a tradicional calma de Devonshire.

Fatigados pela viagem de trem e pelo estirão de quase 14 quilômetros desde a estação, estávamos tão cansados que fomos diretamente para a cama, depois do jantar de galinha assada, bolo de maçã e creme de Devonshire. Ao acordar, serviram-nos um excelente desjejum, e estávamos agora sentados numa pequena sala, revestida de madeira, usada como escritório e sala de estar pelo falecido Sr. Marsh. Encostada numa parede, havia uma escrivaninha de tampo corrediço, atulhada de papéis, impecavelmente arrumados e classificados. Uma grande poltrona de couro apresentava indícios inconfundíveis de que fora o lugar de repouso predileto do seu dono. Na parede do lado oposto, havia um grande sofá, revestido de chita. O banco junto à janela também era coberto de chita, já desbotada, de um padrão antiquado.

— *Eh bien, mon ami* – disse Poirot, acendendo um dos seus cigarros –, temos que definir nosso plano de trabalho. Já fiz um rápido levantamento da casa, mas estou convencido de que qualquer pista será encontrada nesta sala. Teremos que examinar os documentos na escrivaninha com todo cuidado. É evidente que não espero encontrar o testamento ali, mas talvez algum papel aparentemente sem importância oculte a pista para o esconderijo. No entanto, primeiro, temos que obter uma pequena informação. Toque a sineta, por gentileza.

Obedeci. Enquanto esperávamos, Poirot andava de um lado para outro, olhando ao redor com uma expressão de aprovação.

— Esse Sr. Marsh era um homem de método. Veja como os papéis estão impecavelmente arrumados e classificados. E a chave de cada gaveta tem sua etiqueta... assim como a chave da cristaleira. E veja a precisão com que a louça de porcelana está arrumada! É de sensibilizar o coração de qualquer um! Não há nada aqui que possa ofender a vista...

Ele fez uma pausa abrupta, com a atenção atraída pela chave da própria escrivaninha, à qual estava afixado um envelope sujo. Poirot franziu o rosto, retirando-a da fechadura. No envelope estavam rabiscadas as palavras "Chave da Escrivaninha de Tampo Corrediço", numa letra irregular, muito diferente das inscrições impecáveis encontradas nas outras chaves.

— Uma estranha anotação – comentou Poirot, ainda de rosto franzido. – Eu poderia jurar que aqui não temos mais a personalidade do Sr. Marsh. Mas quem mais esteve na casa? Somente a Srta. Marsh... a qual, se não me engano, é também uma jovem de método e ordem.

Baker apareceu na porta, atendendo a nosso chamado.

— Pode fazer o favor de buscar a senhora sua esposa e responder a algumas perguntas?

Baker se retirou e voltou logo depois, acompanhado pela Sra. Baker, que enxugava as mãos no avental e tinha uma expressão radiante.

Em poucas palavras, Poirot explicou o objetivo de sua missão. Os Baker logo se declararam dispostos a cooperar.

– Não queremos ver a Srta. Violet sem aquilo a que tem direito – disse a mulher. – Seria horrível se tudo fosse para os hospitais.

Poirot começou a fazer suas perguntas. O Sr. e Sra. Baker se recordavam perfeitamente de servirem como testemunhas ao testamento. Baker recebera antes a ordem de ir buscar dois formulários impressos de testamento na aldeia vizinha.

– Dois? – indagou Poirot, abruptamente.

– Isso mesmo, senhor. Acho que era uma medida de precaução, no caso de o Sr. Marsh estragar um... e foi justamente o que aconteceu. Assinamos um...

– A que horas foi isso?

Baker coçou a cabeça, mas a esposa foi mais rápida:

– Eu tinha acabado de pôr no fogo o leite para o chocolate das 11 horas. Não se lembra? Estava todo derramado em cima do fogão quando voltamos à cozinha.

– E depois?

– Deve ter sido uma hora mais tarde. Fomos chamados novamente. "Cometi um erro e tive que rasgar o testamento", disse o velho amo. "Vão ter que assinar de novo." E nós assinamos. O amo deu então um bom dinheiro para cada um e disse: "Não deixei nada para vocês no meu testamento, mas todos os anos, enquanto eu viver, receberão um dinheiro assim, para terem um pé-de-meia depois que eu morrer." E ele nunca se esqueceu de fazer isso.

Poirot pensou por um momento.

– Depois que assinou pela segunda vez, lembra-se do que o Sr. Marsh fez?

– Foi até a cidade para pagar o negociante de livros.

Essa informação não parecia muito útil. Poirot fez outra tentativa. Mostrou a chave da escrivaninha e perguntou:

– Essa é a letra do Sr. Marsh?

Talvez eu tenha apenas imaginado, mas a verdade é que tive a impressão de que Baker hesitou por um momento, antes de responder:

— É, sim, senhor.

"Ele está mentindo", pensei. "Mas por quê?

— O Sr. Marsh por acaso alugou esta casa? Houve estranhos aqui nos últimos três anos?

— Não, senhor.

— Nenhum visitante?

— Só a Srta. Violet.

— Nenhum estranho esteve nesta sala?

— Não, senhor.

— Está esquecendo aqueles operários, Jim — recordou-lhe a esposa.

— Operários? — repetiu Poirot, virando-se para a mulher. — Que operários?

A Sra. Baker explicou que, cerca de dois anos e meio antes, alguns operários haviam estado na casa, para fazer consertos. Ela se mostrou bastante vaga a respeito dos consertos. Parecia achar que tudo não passara de um capricho do falecido Sr. Marsh, que as obras, no fundo, haviam sido desnecessárias. Os operários passaram algum tempo no escritório, mas ela não sabia dizer o que tinham feito ali, já que o Sr. Marsh não deixara nenhum dos dois entrar no aposento durante as obras. Infelizmente, não se recordava do nome da firma contratada, sabendo apenas que era de Plymouth.

Assim que os Bakers se retiraram, Poirot disse, esfregando as mãos:

— Estamos progredindo, Hastings. É evidente que ele fez um segundo testamento e depois chamou os operários de Plymouth para construir um esconderijo apropriado. Em vez de perdermos tempo levantando as tábuas do assoalho e batendo nas paredes, vamos direto para Plymouth.

Com algum esforço, conseguimos obter a informação que procurávamos. Depois de algumas tentativas, localizamos a firma que o Sr. Marsh contratara.

Os empregados da firma eram todos antigos e foi fácil encontrar os dois homens que tinham trabalhado sob as ordens do Sr. Marsh. Recordavam-se perfeitamente daquele trabalho. Entre diversos pequenos reparos, haviam levantado um dos tijolos da antiquada lareira, fazendo uma cavidade por baixo. O tijolo fora novamente ajustado, de tal forma que não se podia divisar nada. Comprimindo-se o segundo tijolo, a partir da extremidade, acionava-se uma alavanca, que levantava tudo, deixando à mostra a cavidade. Fora um trabalho bastante complicado e o velho se mostrara bastante exigente. Nosso informante foi um homem chamado Coghan, alto, esquelético, com um bigode grisalho. Parecia ser um sujeito inteligente.

Voltamos bastante animados a Crabtree Manor. Trancando a porta do escritório, tratamos de confirmar a informação recém-adquirida. Era impossível distinguir qualquer marca nos tijolos. Mas quando apertamos o segundo tijolo, da maneira indicada, uma cavidade profunda ficou imediatamente à mostra.

Ansiosamente, Poirot enfiou a mão no interior do buraco. A expressão dele, então, passou de exultação complacente para a de consternação. Retirou a mão, que segurava apenas um fragmento de papel chamuscado. A não ser por aquilo, a cavidade estava vazia.

– *Sacré*! – gritou Poirot, furioso. – Alguém deve ter estado aqui antes de nós!

Examinamos com ansiedade o fragmento de papel. Não havia a menor dúvida de que era o resto do que procurávamos. Ainda se podia ver uma parte da assinatura de Baker, mas não existia a menor indicação de quais tinham sido os termos do testamento.

Poirot ficou de cócoras. A expressão dele teria sido cômica, se não estivéssemos tão abalados.

– Não compreendo – murmurou ele. – Quem destruiu este testamento? E qual seria o objetivo deles?

– Dos Baker?

– *Pourquoi?* Nenhum dos testamentos deixa qualquer bem para eles e é mais provável que sejam mantidos pela Srta. Marsh do que se Crabtree Manor passar a ser propriedade de um hospital. Como alguém poderia tirar algum proveito da destruição do testamento? Os hospitais se beneficiam, é verdade, mas não se pode desconfiar de instituições desse tipo.

– Talvez o velho tenha mudado de ideia e ele próprio destruiu o testamento.

Poirot levantou-se, limpando a poeira da calça, com o cuidado habitual.

– É bem possível, Hastings. Eis uma observação sua das mais sensatas. Bem, nada mais temos a fazer aqui. Já fizemos tudo o que um mortal poderia fazer. Tivemos sucesso no embate de inteligência com o falecido Andrew Marsh. Mas, infelizmente, a sobrinha dele nada irá ganhar com nosso sucesso.

Seguindo imediatamente para a estação, conseguimos pegar um trem para Londres, embora não fosse o expresso. Poirot estava triste e insatisfeito. Eu estava muito cansado e cochilei. Então, quando estávamos começando a sair de Taunton, Poirot soltou um grito estridente.

– *Vite*, Hastings! Acorde e pule! Vamos, estou dizendo para pular logo!

Antes que eu tivesse alguma ideia do que acontecia, estávamos parados na plataforma, sem chapéu e sem nossas valises, enquanto o trem desaparecia na noite. Fiquei furioso. Mas Poirot não me deu a menor atenção, gritando para si mesmo:

– Ah, que imbecil que tenho sido! Três vezes imbecil! Nunca mais vou me gabar de minhas pequenas células cinzentas!

– Já é alguma coisa – murmurei, irritado. – Mas pode me explicar por que saltamos aqui?

Como sempre acontecia quando estava imerso em uma de suas ideias, Poirot não me deu a menor atenção.

– Não levei em consideração o homem nos livros... o homem da papelaria! Mas... onde? Onde? Não importa, pois não posso estar errado! Temos que voltar imediatamente!

Era mais fácil falar do que agir. Conseguimos pegar um trem para Exeter, onde Poirot alugou um carro. Chegamos a Crabtree Manor de madrugada. Não vou descrever o espanto dos Baker quando finalmente conseguimos acordá-los. Sem dar a menor atenção a ninguém, Poirot seguiu direto para o escritório.

– Não fui um imbecil só três vezes, mas sim um imbecil 36 vezes! E agora, meu amigo, atenção!

Indo até à escrivaninha, Poirot pegou a chave e tirou o envelope que estava afixado. Fiquei olhando para ele, aturdido. Será que meu amigo estava esperando encontrar um imenso formulário de testamento dentro daquele envelope tão pequeno? Com extremo cuidado, Poirot abriu todo o envelope, alisando-o. Depois, acendeu o fogo e aproximou a superfície lisa interior do envelope da chama. Em poucos minutos, algumas letras começaram a aparecer.

– Olhe só, *mon ami*! – gritou Poirot, triunfante.

Eram apenas umas poucas linhas, declarando sucintamente que o Sr. Marsh deixava tudo o que possuía para a sua sobrinha, Violet Marsh. Estava datado de 25 de março, 12h30, levando as assinaturas, como testemunhas, de Albert Pike, confeiteiro, e Jessie Pike, doméstica.

– Mas tal testamento é legal, Poirot?

– Pelo que sei, não há nenhuma lei proibindo que se escreva testamento com tinta invisível. A intenção do testador é clara e a beneficiária é sua única parenta viva. Ah, mas a esperteza dele! Previu todos os passos que alguém daria na procura do

testamento desaparecido... todos os passos que eu, um imbecil, dei! Comprou dois formulários de testamento, fez os criados assinarem duas vezes, depois saiu com o testamento escrito com tinta invisível na parte interna de um envelope sujo, levando também a caneta-tinteiro com sua tinta especial. Sob algum pretexto, fez com que o confeiteiro e a esposa assinassem por baixo de sua própria assinatura. Depois, prendeu o envelope na chave da escrivaninha e riu satisfeito. Se a sobrinha descobrisse o estratagema, estaria justificando a vida que escolheu e a instrução esmerada, tendo todo o direito de desfrutar seu dinheiro.

– Mas ela realmente não conseguiu descobrir, não é mesmo? Parece-me um tanto injusto, Poirot. Na realidade, o velho venceu.

– Claro que não, Hastings! Acho que você já não está mais raciocinando direito. A Srta. Marsh demonstrou toda sua inteligência e o valor de uma instrução superior para as mulheres ao entregar o problema a meus cuidados. Procure sempre o especialista para resolver seus problemas! Ela provou assim que tem todo direito ao dinheiro!

Às vezes me pergunto o que o velho Andrew Marsh teria pensado a respeito...

12
A dama de véu

Havia algum tempo Poirot vinha-se tornando cada vez mais insatisfeito e inquieto. Não tivéramos recentemente nenhum caso interessante, nada em que meu pequeno amigo pudesse exercitar sua inteligência e seus extraordinários poderes de dedução. Naquela manhã, ele largou o jornal com um impaciente

"*Tchah!*", uma de suas exclamações prediletas, que soava exatamente como um gato espirrando.

— Eles me temem, Hastings! Os criminosos de sua Inglaterra me temem! Quando o gato está à espera, os ratos não mais aparecem à procura do queijo!

— Tenho a impressão de que a maioria nem mesmo sabe de sua existência — comentei, rindo.

Poirot me lançou um olhar de censura. Ele sempre imagina que o mundo inteiro está pensando e falando em Hercule Poirot. Não restava a menor dúvida de que ele conquistara uma respeitável reputação em Londres, mas eu não podia acreditar que sua existência semeasse o terror no mundo do crime.

— O que me diz daquele roubo de joias em plena luz do dia que ocorreu na rua Bond, Poirot?

— Um excelente *coup* — respondeu meu amigo, com um ar de aprovação. — Mas não é na minha linha. *Pas de finesse, seulement de l'audace*! Um homem quebra a vitrine de uma joalheria com a bengala e pega diversas joias. É imediatamente agarrado por respeitáveis cidadãos. Um guarda se aproxima. O ladrão é apanhado em flagrante, com as joias nas mãos. É conduzido à delegacia e só então se descobre que as joias não passam de imitações. Ele entregou as verdadeiras a um cúmplice, um dos cidadãos respeitáveis antes mencionados. O homem vai para a prisão, é verdade; porém, ao sair, terá uma considerável fortuna a sua espera. Foi um golpe de boa imaginação. Mas eu poderia ter feito melhor. Às vezes, Hastings, lamento minha disposição moral. Até que seria agradável trabalhar contra a lei, para variar.

— Ânimo, Poirot. Você sabe perfeitamente que é único em seu campo.

— Mas o que tenho para fazer em meu campo de atividade?

Peguei o jornal.

— Eis aqui o caso de um inglês que morreu misteriosamente na Holanda.

— É o que sempre dizem... e mais tarde se descobre que o homem simplesmente comeu peixe estragado e que sua morte foi perfeitamente natural.

— Ora, se está querendo apenas reclamar e resmungar, então continue de braços cruzados!

— *Tiens*! — disse Poirot, que fora até a janela e olhava para a rua. — Lá está o que se costuma chamar nas novelas de "uma dama envolta por um véu impenetrável". Está subindo os degraus, aperta a campainha... vem nos consultar. Eis a possibilidade de algum caso interessante. Quando se é jovem e bonita como ela, não se cobre o rosto com um véu a não ser que haja algum motivo muito sério.

Um minuto depois, a visitante foi conduzida à sala. Como Poirot dissera, seu rosto estava de fato oculto por um véu. Era impossível distinguir-lhe as feições, até que levantou o véu preto de renda espanhola. Descobri então que a intuição de Poirot mais uma vez estava certa; a jovem era excepcionalmente bonita, com cabelos louros e grandes olhos azuis. Pelas roupas simples, mas caras, deduzi imediatamente que pertencia à camada superior da sociedade.

— Estou com um problema terrível, Monsieur Poirot — disse a jovem, em voz suave e musical. — É difícil mesmo acreditar que possa me ajudar. No entanto, ouvi falar maravilhas a seu respeito que vim procurá-lo para suplicar que faça o impossível, literalmente. É a minha última esperança.

— O impossível sempre me atrai, mademoiselle. Continue, por favor. — A visitante hesitou e Poirot acrescentou: — Mas deve ser franca. Não me deve ocultar absolutamente nenhuma informação.

— Está certo, terei confiança absoluta no senhor. Já ouviu falar em lady Millicent Castle Vaughan?

Fiquei interessado no mesmo instante. Alguns dias antes fora anunciado o noivado de lady Millicent com o jovem duque de Southshire. Ela era a quinta filha de um casal irlandês

sem dinheiro, e o duque de Southshire era considerado um dos melhores partidos da Inglaterra.

— Pois eu sou lady Millicent. Deve ter lido a notícia do meu noivado. Eu deveria ser nesse momento uma das jovens mais felizes do mundo. Mas... oh, Monsieur Poirot, estou com um problema terrível! Há um homem... um homem horrível, chamado Lavington, que... nem sei como contar! Havia uma carta que eu escrevi... tinha apenas 16 anos na ocasião... e ele... ele...

— Uma carta que escreveu para esse Sr. Lavington?

— Oh, não... não foi para ele! Para um jovem soldado... de quem eu gostava muito... e que morreu na guerra...

— Compreendo — murmurou Poirot, bondosamente.

— Foi uma carta tola e um tanto indiscreta. Mas, no fundo, não tinha nada demais, Monsieur Poirot. Havia, porém, frases que... que podem ter uma interpretação diferente.

— Estou entendendo. E essa carta foi cair em poder do Sr. Lavington?

— Exatamente. E agora ele está ameaçando enviá-la para o duque, a menos que eu lhe pague uma quantia vultosa, que me é inteiramente impossível obter.

— Ah, mas que porco imundo! — exclamei, num impulso. — Perdoe-me, lady Millicent.

— Não seria melhor confessar tudo a seu futuro marido?

— Não me atrevo a isso, Monsieur Poirot. O duque é um homem peculiar, ciumento e desconfiado, propenso a acreditar sempre no pior. Seria romper o noivado no mesmo instante.

— Hum, hum... — murmurou Poirot, com uma careta expressiva. — E o que deseja que eu faça, milady?

— Pensei que poderia pedir ao Sr. Lavington que viesse conversar com o senhor. Eu lhe diria que o autorizei a discutir o assunto por mim. Talvez conseguisse reduzir as exigências dele.

— Ele já revelou a quantia que está querendo?

— Vinte mil libras... o que é totalmente impossível para mim! Duvido muito que eu pudesse sequer obter mil libras.

– Talvez pudesse tomar algum dinheiro emprestado com base em seu casamento iminente... mas duvido que conseguisse arrumar sequer a metade dessa quantia. Além do mais... *eh bien*, repugna-me a ideia de que tenha de pagar qualquer valor, por menor que seja! Pode estar certa de que o talento de Hercule Poirot derrotará seus inimigos! Mande esse Sr. Lavington me procurar. Acha possível que ele traga a carta consigo?

A jovem sacudiu a cabeça.

– Não creio. É um homem muito cauteloso.

– Não há a menor dúvida de que ele está realmente de posse da carta?

– Ele me mostrou a carta quando fui a sua casa.

– Foi à casa dele? Isso foi uma grande imprudência, milady.

– Acha? Mas eu estava desesperada. Pensei que minhas súplicas pudessem comovê-lo.

– *Oh là là*! Os Lavingtons deste mundo não se comovem com súplicas. Ao contrário, ele deve tê-las apreciado, por mostrarem quanta importância atribui ao documento. Onde mora esse cavalheiro de fino trato?

– Em Buona Vista, Wimbledon. Fui até lá depois que escureceu... – A jovem fez uma pausa, enquanto Poirot soltava um grunhido. E depois continuou: – Declarei que iria comunicar à polícia, mas ele se limitou a rir, de uma maneira horrível, zombeteira. E disse: "Não tenho nada a opor, minha cara lady Millicent. Faça o que achar melhor."

– Não é um caso para a polícia – comentou Poirot.

– E aquele homem horrível acrescentou, Monsieur Poirot: "Mas acho que é inteligente o bastante para saber que isso não é o melhor para a senhora. Veja, aqui está sua carta, nessa pequena caixa chinesa!" Ele pegou a carta, para que eu pudesse ver. Tentei pegá-la, mas ele foi mais rápido. Dobrou-a, com um sorriso repulsivo, tornou a guardar na caixa. E disse: "Posso assegurar-lhe de que a carta estará perfeitamente segura aqui. E a

própria caixa fica guardada num lugar tão difícil que jamais a encontrará." Olhei para o pequeno cofre na parede, mas o homem balançou a cabeça, rindo. "Tenho um cofre melhor do que esse", disse ele. Oh, mas que homem abominável! Acha que poderá me ajudar, Monsieur Poirot?

– Tenha fé em *Papa* Poirot. Hei de encontrar um jeito.

Aquelas palavras tranquilizadoras não custavam nada, pensei, enquanto Poirot galantemente acompanhava nossa cliente de partida, mas parecia-me que se tratava de um osso duro de roer. E foi o que falei a Poirot, quando ele voltou. Meu pequeno amigo assentiu, com tristeza.

– Tem razão, *mon ami*. Infelizmente, a solução não salta aos olhos. Esse Sr. Lavington está com a faca e o queijo nas mãos. No momento, não consigo perceber nenhum meio de derrotá-lo.

O Sr. Lavington foi nos procurar no mesmo dia à tarde. Lady Millicent dissera a verdade ao descrevê-lo como um homem repulsivo. Senti uma comichão na ponta dos pés, tão intenso era o meu desejo de expulsá-lo a pontapés. A atitude dele era arrogante. Desdenhou as sugestões de Poirot, demonstrou que estava no controle absoluto da situação. Não pude deixar de sentir que meu amigo não parecia estar em sua melhor forma. Dava a impressão de estar abatido e desanimado.

Ao pegar o chapéu, Lavington disse:

– Ao que parece, cavalheiros, não conseguimos progredir muito. A situação é a seguinte: vou reduzir o preço, já que lady Millicent é uma jovem tão encantadora. Sorriu zombateiramente, antes de acrescentar: – Aceitarei 18 mil libras. Vou viajar hoje para Paris, pois tenho um pequeno negócio a tratar por lá. Estarei de volta na terça-feira. A menos que o dinheiro seja pago até a noite de terça-feira, a carta será enviada ao duque. Não me digam que lady Millicent não tem condições de obter o dinheiro. Alguns de seus amigos teriam o maior prazer

de fazer um empréstimo a uma jovem tão encantadora... se ela souber pedir da maneira certa!

Fiquei com o rosto vermelho de raiva e dei um passo à frente. Mas Lavington saíra rapidamente da sala, ao pronunciar as últimas palavras.

— Deus do céu! — gritei. — É preciso fazer algo! Parece que está muito desanimado, Poirot!

— Tem um coração excelente, meu amigo... mas suas células cinzentas estão num estado lamentável. Não tenho o menor desejo de deixar o Sr. Lavington impressionado com minha capacidade. Quanto mais pusilânime ele me julgar, melhor será.

— Por quê?

— É curioso que eu tenha manifestado o desejo de trabalhar pelo menos uma vez contra a lei, pouco antes de lady Millicent chegar... — murmurou Poirot, reminiscente.

— Está pensando em invadir a casa dele, durante sua ausência?

— Às vezes, Hastings, seus processos mentais são surpreendentemente rápidos.

— E se ele levar a carta para a França?

Poirot meneou a cabeça.

— Isso é bastante improvável. É evidente que ele possui em sua casa um esconderijo que julga absolutamente inviolável.

— E quando... quando vamos invadir a casa de Lavington?

— Amanhã de noite. Partiremos daqui por volta das 23 horas.

QUANDO A HORA se aproximou, eu já estava devidamente preparado. Vestira um terno escuro e um chapéu também escuro, de aba caída. Poirot fitou-me com uma expressão afetuosa e sorridente.

— Estou vendo que se preparou realmente para o papel, Hastings. Vamos pegar o metrô até Wimbledon.

— Não vamos levar nada conosco? Nem mesmo ferramentas para arrombar a casa?

– Ora, meu caro Hastings, Hercule Poirot não adota métodos tão grosseiros.

Retraí-me com a repreensão, mas minha curiosidade fora despertada. Queria ver como Poirot faria para entrar na casa.

Já era meia-noite quando entramos no pequeno jardim suburbano de Buona Vista. A casa estava inteiramente às escuras e silenciosa. Poirot foi direto a uma janela nos fundos da casa, levantou-a sem fazer qualquer barulho e fez-me um sinal para que entrasse.

– Como sabia que essa janela estaria aberta? – sussurrei, pois aquilo me parecia realmente fantástico.

– Porque serrei o ferrolho pela manhã.

– Mas é impossível!

– Ao contrário, meu amigo, foi muito simples. Vim aqui esta manhã, apresentei um cartão fictício e um dos cartões oficiais do inspetor Japp. Disse que fora mandado por recomendação da Scotland Yard para instalar alguns ferrolhos à prova de ladrões, que o Sr. Lavington desejava que fossem colocados durante sua ausência. A governanta recebeu-me com o maior entusiasmo. Ao que parece, houve aqui duas tentativas recentes de roubo, embora nada levassem de valor. Evidentemente, nossa pequena ideia já tinha ocorrido a outros clientes do Sr. Lavington. Examinei todas as janelas, fiz meu pequeno preparativo, proibi as empregadas de tocar nas janelas até amanhã, alegando que estavam ligadas a um alarme elétrico e depois fui embora.

– Você é mesmo maravilhoso, Poirot!

– Ora, *mon ami*, foi tudo muito simples. E, agora, vamos ao trabalho! As criadas dormem no segundo andar e, assim, haverá pouco risco de despertá-las.

– O cofre deve estar embutido em algum ponto da parede, não é mesmo?

– Cofre? Nem pense nisso! O Sr. Lavington é um homem inteligente. Deve ter imaginado um esconderijo muito mais

engenhoso do que um simples cofre. Afinal, um cofre é sempre o primeiro lugar em que todo mundo vai procurar.

Iniciamos uma busca sistemática. Mas, depois de termos vasculhado a casa durante algumas horas, nada conseguimos encontrar. Percebi sintomas de raiva se acumulando no rosto de Poirot.

— Ah, *sapristi*! Será que Hercule Poirot vai ser derrotado? Vamos ficar calmos. Vamos refletir. Vamos raciocinar. Vamos... *enfin*!... usar nossas pequenas células cinzentas!

Poirot parou por um momento, com as sobrancelhas franzidas, em concentração. E não demorou muito para que surgisse em seus olhos o brilho esverdeado que eu tão bem conhecia.

— Mas tenho sido um imbecil! A cozinha!
— A cozinha? Isso é impossível, Poirot. E as criadas?
— Exatamente! É justamente isso o que diriam 99 em cem pessoas! E por isso mesmo a cozinha é o lugar ideal para um esconderijo. Afinal, está cheia de utensílios domésticos. *En avant*, para cozinha!

Segui-o, inteiramente cético. Fiquei observando, enquanto Poirot revirava cestas de pão, levantava as tampas de panelas, metia a cabeça dentro do forno. Ao fim, cansado de observá-lo, voltei para o escritório. Eu estava convencido de que ali, somente ali, encontraríamos o *cache*. Empreendi uma busca meticulosa, notando que já eram 4h15 e em breve o dia começaria a raiar. Depois, voltei para a cozinha.

FIQUEI ESPANTADO ao descobrir que Poirot estava agora dentro do depósito de carvão, para a ruína total de seu terno claro. Ele fez uma careta ao me ver e comentou:

— Tem razão, meu amigo. É contra todos os meus instintos arruinar de tal forma minha aparência. Mas o que posso fazer?

— Ora, Lavington não poderia ter escondido a carta debaixo do carvão, não é mesmo?

– Se usasse melhor seus olhos, teria reparado que não é o carvão que estou examinando.

Só então notei que, por trás do depósito de carvão, havia uma prateleira sobre a qual encontravam-se empilhadas algumas achas. Poirot as removia com agilidade, uma a uma. Subitamente, soltou uma exclamação.

– Sua faca, Hastings!

Entreguei-lhe a faca, sem entender nada. Poirot enfiou a lâmina na madeira e, sem que eu esperasse, a acha se abriu ao meio. Fora serrada com precisão e uma cavidade havia sido feita no meio. Foi dessa cavidade que Poirot tirou uma caixinha de madeira, de fabricação chinesa.

– Meus parabéns! – gritei, levado pelo entusiasmo.

– Quieto, Hastings! Não fale tão alto assim. E agora vamos embora, antes que o dia amanheça.

Enfiando a caixa no bolso, ele pulou por cima do depósito de carvão. Parou por um momento, a fim de limpar as roupas da melhor forma possível. Saímos pelo mesmo caminho por que havíamos entrado e caminhamos rapidamente na direção de Londres.

– Mas que esconderijo extraordinário! – comentei. – Embora também perigoso. Afinal, uma das criadas poderia ter pegado aquela acha para pôr na lareira.

– Em julho, Hastings? Além do mais, estava no fundo da pilha. Um esconderijo dos mais engenhosos. Ah, lá está um táxi! E agora vamos para casa, para um bom banho e um sono reparador!

DORMI ATÉ TARDE, depois das emoções da noite. Quando finalmente acordei e fui para a sala de estar, pouco antes das 13 horas, fiquei surpreso ao encontrar Poirot refestelado na poltrona, com a caixa chinesa aberta a seu lado, lendo tranquilamente a carta.

Sorriu-me afetuosamente e bateu de leve no papel que segurava.

— Lady Millicent estava certa. O duque jamais teria perdoado esta carta. Contém alguns dos termos de afeição mais extravagantes que já vi.

— Ora, Poirot, acho que não deveria ler essa carta — comentei, um tanto irritado. — É o tipo de coisa que não se faz.

— Mas está sendo feito por Hercule Poirot — respondeu meu amigo, imperturbável.

— E há mais outra coisa, Poirot. Acho que não deveria ter usado ontem o cartão oficial de Japp. Isso não faz parte da regra do jogo.

— Só que eu não estava empenhado em jogo algum, Hastings, mas sim em resolver um caso.

Dei de ombros. Não se pode argumentar com um ponto de vista.

— Estou ouvindo passos na escada — disse Poirot. — Deve ser lady Millicent.

Nossa CLIENTE entrou na sala, com uma expressão ansiosa, que imediatamente se transformou em satisfação ao ver a carta e a caixa nas mãos de Poirot.

— Oh, Monsieur Poirot, que coisa maravilhosa! Como conseguiu?

— Valendo-me de métodos um tanto repreensíveis, milady. Mas tenho certeza de que o Sr. Lavington não me irá processar. Essa é a sua carta, não é mesmo?

Lady Millicent examinou o papel.

— É, sim! Oh, não sei como lhe agradecer! É um homem maravilhoso! Onde estava escondida?

Poirot contou tudo.

— Como foi inteligente, Monsieur Poirot!

Ela pegou a caixa que estava em cima da mesa e acrescentou:

— Vou guardar isto, como *souvenir*.

— Esperava, milady, que me permitisse ficar com a caixa... também como *souvenir*.

— E eu espero mandar-lhe um *souvenir* muito melhor... no dia do meu casamento. Irá descobrir que não sou absolutamente ingrata, Monsieur Poirot.

— O prazer de prestar-lhe um pequeno serviço é muito mais importante que um cheque. Assim, permita que eu fique com a caixa.

— Oh, não, Monsieur Poirot, não posso concordar com isso! — gritou a jovem, rindo. — Tenho de guardar esta caixa como recordação!

Ela estendeu a mão para a caixa, mas Poirot se antecipou. Pôs a mão sobre a caixa e disse, com a voz subitamente mudada:

— Não vou permitir.

— Como assim? — A voz de lady Millicent também mudara de repente, tornando-se um pouco mais ríspida.

— De qualquer maneira, minha cara, permita pelo menos que eu retire o resto do conteúdo. Como pode observar, a cavidade original foi reduzida à metade. Na parte de cima, está a carta comprometedora; e por baixo...

Poirot fez um gesto rápido e depois estendeu a mão para a frente. Na palma, estavam quatro pedras grandes e faiscantes e duas pérolas brancas imensas.

— Se não estou enganado, são as pedras que foram roubadas outro dia na rua Bond — murmurou Poirot. — Japp nos poderá confirmar.

Para meu espanto, Japp saiu nesse momento do quarto de Poirot, que disse para lady Millicent, polidamente:

— Creio que se trata de um velho amigo seu.

— Por Deus, fui apanhada em flagrante! — gritou lady Millicent, com uma mudança brusca de atitude. — Ah, seu demônio velho e esperto!

E ela olhou para Poirot, com uma expressão de raiva e respeito, quase afetuosa.

– Acho que desta vez chegou ao fim da linha, minha cara Gertie – disse Japp. – Não imaginava revê-la tão cedo. E já agarramos também seu companheiro, o cavalheiro que esteve aqui outro dia, dizendo chamar-se Lavington. Quanto ao verdadeiro Lavington, aliás, Croker, aliás Reed, foi o homem esfaqueado outro dia na Holanda. Qual foi o membro da quadrilha que o atacou? Pensavam que a mercadoria estivesse com ele, não é mesmo? Mas acontece que não estava. Traiu-os direitinho... escondendo as joias em sua própria casa. Mandaram dois sujeitos revistar a casa, mas nada foi encontrado. Resolveram então armar um estratagema para usar Monsieur Poirot. E, num golpe de sorte surpreendente, ele conseguiu encontrar as joias.

– Fala demais, hein? – disse a ex-lady Millicent. – Calma, calma, não precisa de nada disso. Pode deixar que irei quietinha. Ninguém pode dizer que não sou uma perfeita dama!

Assim que eles se retiraram, e eu ainda aturdido demais para dizer qualquer coisa, Poirot explicou:

– Os sapatos estavam errados, Hastings. Tenho feito algumas pequenas observações a respeito de sua nação inglesa. E uma dama, uma dama de verdade, é sempre exigente e cuidadosa com seus sapatos. As roupas podem estar em péssimo estado, mas ela estará sempre bem calçada. Contudo, essa lady que aqui se apresentou tinha roupas elegantes e caras, mas sapatos ordinários. Não era provável que você ou eu já tivéssemos visto pessoalmente a verdadeira lady Millicent. Ela esteve muito poucas vezes em Londres e a jovem que nos veio procurar tinha alguma semelhança superficial. Como eu disse, foram os sapatos que inicialmente despertaram minhas suspeitas. Depois, a história dela... e o véu... não acha que eram um pouco melodramáticos? A caixa chinesa, com a falsa carta comprometedora por cima, deveria ser do conhecimento de toda a quadrilha. Mas a acha foi uma ideia particular do

próprio Sr. Lavington. *Eh, par exemple*, Hastings, espero que não vá novamente ferir meus sentimentos, como fez ontem, ao dizer que sou desconhecido das classes criminosas. *Ma foi*, eles até mesmo querem me contratar quando têm algum problema no qual já fracassaram!

13
A mina perdida

Larguei o talão de cheques com um suspiro e comentei:

— É curioso, mas parece que nunca consigo diminuir meu saldo negativo.

— E isso não o perturba? — indagou Poirot. — Se acontecesse comigo, eu não conseguiria dormir a noite inteira.

— É que você deve manter sempre um saldo considerável.

— Tenho um saldo de exatamente 444 libras e 44 *pence* — informou meu amigo, com alguma complacência. — Não acha que é uma cifra extraordinária?

— O seu gerente de banco deve ser um homem de muito tato. Evidentemente, conhece sua paixão pelos detalhes simétricos. Mas o que me diz de investir umas 300 libras nos campos petrolíferos de Porcupine? A perspectiva, pelo que se pode ler nos jornais de hoje, é de que pagarão cem por cento de dividendos no próximo ano.

— Não é para mim — disse Poirot, sacudindo a cabeça. — Não gosto do que é sensacional. Prefiro o investimento seguro, prudente, *les rentes*.

— Nunca fez um investimento especulativo?

— Não, *mon ami*. E os únicos títulos que possuo e que podem ser assim considerados são 14 mil ações das Minas da Birmânia Ltda.

Poirot fez uma pausa, com o ar de quem esperava ser encorajado para continuar. Não me fiz de rogado e disse:

— É mesmo?

— E não gastei nenhum dinheiro para adquiri-las. Nada disso. Ganhei-as como recompensa pelo exercício de minhas pequenas células cinzentas. Não gostaria de ouvir a história?

— Claro que gostaria!

— Essas minas estão situadas no interior da Birmânia, a mais de 300 quilômetros de Rangoon. Foram descobertas pelos chineses no século XV e exploradas até a época da Rebelião Maometana, sendo finalmente abandonadas em 1868. Os chineses extraíram minério rico em chumbo e prata da camada superior do depósito, ficando apenas com a prata e deixando grandes quantidades de escória de chumbo. É claro que isso foi descoberto assim que se iniciaram os trabalhos de prospecção na Birmânia. Mas como as antigas escavações estavam cheias de refugos e água, falharam todas as tentativas de se descobrir a fonte do minério. Os grandes grupos mineiros despacharam expedições para a área, realizando em vão inúmeras escavações. Finalmente, o representante de um desses grupos mineiros foi informado da existência de uma família chinesa, que ainda possuía, segundo se dizia, um registro completo da situação e posição das minas. O chefe da família se chamava Wu Ling.

— Mas que página fascinante de romance comercial! — exclamei, num súbito impulso.

— Não é mesmo? Ah, *mon ami*, pode-se ter romance sem jovens de beleza inigualável e cabelos dourados... não, não, estou enganado; são os cabelos avermelhados que mais o excitam! Está lembrado...

Antes que Poirot pudesse dizer mais alguma coisa, apressei-me em interrompê-lo:

— Por favor, continue a contar a história.

– *Eh bien*, meu amigo, esse Wu Ling foi imediatamente procurado. Era um comerciante de prestígio, bastante respeitado na província onde vivia. Logo admitiu que possuía os documentos em questão e declarou-se disposto a negociar sua venda. Recusou-se, no entanto, a tratar com quaisquer outros que não os diretores da corporação. Finalmente, ficou acertado que ele iria à Inglaterra, para uma reunião com a diretoria da corporação.

"Wu Ling viajou para a Inglaterra no *Assunta*, que atracou em Southampton numa manhã fria e nevoenta de novembro. Um dos diretores, o Sr. Pearson, seguiu para Southampton, a fim de esperar o navio. Mas o trem atrasou consideravelmente, por causa do nevoeiro. Quando ele finalmente conseguiu chegar, Wu Ling já desembarcara e seguira de trem para Londres. O Sr. Pearson voltou para Londres, bastante aborrecido, já que não tinha a menor ideia do lugar onde o chinês se hospedara. Mais tarde, nesse mesmo dia, Wu Ling telefonou para o escritório da companhia. Estava hospedado no hotel Russel Square. Sentia-se um pouco indisposto depois da viagem, mas assegurou que estaria em perfeitas condições para comparecer a uma reunião da diretoria no dia seguinte.

"A reunião da diretoria foi marcada para as 11 horas. Às 11h30, como Wu Ling ainda não tivesse aparecido, o secretário telefonou para o hotel Russel. Foi informado de que o chinês saíra, com um amigo, por volta das 10h30. Tudo indicava que ele deixara o hotel com a intenção de comparecer à reunião. Mas a manhã chegou ao fim sem que ele tivesse aparecido. Era bem possível que se tivesse perdido, já que não conhecia Londres. Porém, tarde da noite, ainda não tinha voltado ao hotel. Já então alarmado, o Sr. Pearson comunicou o desaparecimento à polícia. No dia seguinte, também não houve o menor sinal do chinês desaparecido. Mas, ao anoitecer, foi encontrado um corpo no Tâmisa. Era o desventurado

Wu Ling. Nem no corpo nem na bagagem havia o menor sinal dos documentos relativos às minas.

"Foi nessa altura, *mon ami*, que entrei no caso. O Sr. Pearson me procurou. Embora profundamente chocado com a morte de Wu Ling, sua principal preocupação era recuperar os documentos, que haviam sido o motivo da visita do chinês à Inglaterra. A principal preocupação da polícia, como não podia deixar de ser, era encontrar o assassino. A recuperação dos documentos era uma consideração secundária. O Sr. Pearson desejava que eu colaborasse com a polícia, embora trabalhando no interesse da companhia.

"Aceitei o caso imediatamente. Era evidente que havia dois campos de busca abertos a minha frente. De um lado, poderia procurar entre os funcionários da companhia que estavam a par da chegada do chinês; de outro, poderia procurar entre os passageiros do navio, que talvez tivessem tomado conhecimento de sua missão em Londres. Comecei pelo segundo, que me pareceu um campo mais restrito. Nisso, minha opinião coincidiu com a do inspetor Miller, que estava encarregado do caso. Trata-se de um homem inteiramente diferente do nosso amigo Japp; presunçoso, grosseiro, simplesmente insuportável. Juntos, interrogamos os oficiais do navio. Não tinham muito para contar. Wu Ling praticamente não se envolvera com os outros passageiros durante a viagem. Só tivera um contato maior com dois outros passageiros: um europeu arruinado, chamado Dyer, que mais parecia um urso e tinha uma péssima reputação; e um jovem bancário, Charles Lester, que estava voltando de Hong-Kong. Tivemos sorte de obter fotografias de ambos. A essa altura, parecia não haver a menor dúvida de que, se um dos dois estava implicado no crime, só podia ser Dyer. Sabia-se que ele andara envolvido com uma quadrilha de chineses e, por tudo, era o mais provável suspeito.

"Nossa próxima iniciativa foi visitar o hotel Russel Square. Mostramos uma fotografia de Wu Ling, que foi prontamente

reconhecido. Apresentamos em seguida a fotografia de Dyer. Mas, para nosso desapontamento, o recepcionista declarou taxativamente que não fora aquele homem que aparecera no hotel na manhã fatídica. Num súbito impulso, mostrei a fotografia de Lester. E ficamos espantados quando o recepcionista o reconheceu de imediato.

"'Foi esse o cavalheiro que apareceu aqui por volta das 10h30 e pediu para falar com o Sr. Wu Ling' declarou o recepcionista do hotel. 'Logo em seguida, os dois saíram juntos'.

"O caso estava progredindo rapidamente. Nossa providência seguinte foi interrogar o Sr. Charles Lester. Ele nos recebeu prazerosamente, declarou-se desolado com a morte prematura do chinês e colocou-se a nossa inteira disposição, para ajudar no que fosse possível. Contou-nos uma estranha história. Combinara com Wu Ling que o iria procurar no hotel, às 10h30. Wu Ling, no entanto, não aparecera. Em vez disso, o criado dele se apresentara, explicando que o patrão tivera de sair e oferecendo-se para conduzi-lo ao lugar onde ele se encontrava naquele momento. Sem desconfiar de nada, Lester concordara. O chinês chamara um táxi. Seguiram na direção das docas. Subitamente, Lester desconfiara de que algo estava errado, mandara o táxi parar e saltara, ignorando os protestos do criado. Assegurou-nos que isso era tudo o que sabia.

"Aparentemente satisfeitos, agradecemos e despedimo-nos. Não demoramos a verificar que a história dele era um tanto inacurada. Para começar, Wu Ling não se apresentara com nenhum criado, nem no navio nem no hotel. Depois, o motorista de táxi que conduzira os dois homens naquela manhã apresentou-se à polícia. Declarou que Lester não deixara o táxi no meio do caminho, como nos dissera. Ao contrário, o chofer levara os dois a uma casa de péssima reputação, em Limehouse, no coração de Chinatown. A casa era relativamente bem conhecida como um antro de fumadores de ópio. Os dois homens tinham entrado. Cerca de uma hora depois, o inglês, a

quem ele identificou pela fotografia, tinha saído sozinho. Estava pálido, parecia estar passando mal. Ordenara ao motorista que o levasse à estação mais próxima do metrô.

"Investigamos a situação de Charles Lester e descobrimos que, apesar de sua excelente reputação, estava bastante endividado e tinha uma paixão secreta pelo jogo. E claro que não tínhamos perdido Dyer de vista. Afinal, havia uma ligeira possibilidade de que ele se tivesse apresentado como o outro homem. Mas verificamos que isso era inteiramente impossível. Seu álibi para o dia em questão era absolutamente incontestável. É claro que o proprietário do antro de ópio negou tudo, com uma fleuma oriental. Nunca vira Wu Ling, nunca vira Charles Lester. Os dois cavalheiros não tinham entrado em seu estabelecimento naquela manhã. Além do mais, a polícia estava inteiramente equivocada: jamais se havia fumado ópio ali.

"As negativas dele, apesar de bem-intencionadas, em nada contribuíram para ajudar Charles Lester. Ele foi preso pelo assassinato de Wu Ling. Demos uma busca em seus pertences, mas não descobrimos o menor sinal dos documentos relativos às minas. O proprietário do antro de ópio também foi preso, mas uma batida em seu estabelecimento nada revelou. O zelo da polícia não foi recompensado nem mesmo por um único pacote de ópio.

"Durante todo esse tempo, o Sr. Pearson estava ficando cada vez mais apreensivo e nervoso. Foi me visitar e ficou andando de um lado para outro da sala, lamentando-se fervorosamente.

"'Mas não pode deixar de ter algumas ideias, Monsieur Poirot!', disse ele. 'Já tem algumas ideias, não é mesmo?'

"'Claro que tenho ideias', respondi, cautelosamente. 'Mas é justamente esse o problema. Quando se tem ideias demais, todas levam a direções diferentes'.

"'Por exemplo?', insinuou ele.

"'Por exemplo: o motorista do táxi. Temos apenas a palavra dele de que levou os dois homens até aquela casa. Isso é uma ideia. Há outras. Por exemplo: será que os dois se dirigiram realmente àquela casa? Não poderiam ter deixado o táxi parado ali na frente, atravessado a casa, saído por outra porta e ido a algum outro lugar?'

"O Sr. Pearson pareceu ficar impressionado com essa possibilidade, mas disse: 'E não faz nada a não ser ficar sentado aqui, pensando? Será que não podemos fazer nada?', Era um homem muito impaciente.

"'*Monsieur*', falei, com toda dignidade, 'não é do feitio de Hercule Poirot sair correndo de um lado para outro nas ruas mal-afamadas de Limehouse, como um cachorro sem dono nem criação. Fique calmo. Meus agentes estão em ação.

"No dia seguinte, eu já tinha notícias para ele. Os dois homens haviam realmente passado pela casa investigada pela polícia, mas o verdadeiro objetivo deles fora uma pequena pensão junto ao rio. Foram vistos entrando ali e depois Lester saíra sozinho.

"E não pode imaginar o que aconteceu então, Hastings. Uma ideia desproposita da dominou o Sr. Pearson. Queria porque queria que fôssemos a essa pensão, para investigarmos pessoalmente. Argumentei e supliquei, mas ele não me quis atender. Falou em disfarçar-se, sugeriu até mesmo que eu... que eu deveria... hesito em confessá-lo, Hastings... mas ele insinuou que eu deveria raspar o bigode! Isso mesmo, *rien que ça*! Ressaltei-lhe que era uma ideia ridícula e absurda. Não se pode destruir impensadamente algo que é extremamente bonito. Além do mais, argumentei, será que um cavalheiro belga de bigode não poderia querer conhecer a vida e fumar ópio tanto quanto outro sem bigode?

"*Eh bien*, ele acabou cedendo nesse ponto, mas continuou a insistir na execução de seu projeto. Apareceu-me novamente naquela noite. *Mon Dieu*, mas que figura! Usava o que dizia ser

uma jaqueta de marinheiro, estava com o queixo sujo, a barba por fazer; tinha no pescoço um cachecol imundo, uma verdadeira ofensa ao olfato. E o pior de tudo você não pode imaginar, Hastings: ele estava-se divertindo imensamente com a aventura! Não há a menor dúvida de que os ingleses são todos doidos! Ele fez algumas alterações em minha própria aparência, com minha permissão. Pode-se argumentar com um maníaco? E então partimos. Afinal, eu não poderia deixá-lo ir sozinho, um menino usando uma fantasia!

— Fez muito bem em acompanhá-lo, Poirot.

— Mas deixe-me continuar. Chegamos à tal casa. O Sr. Pearson falava um inglês dos mais estranhos. Fingia ser um homem do mar, chamava os outros de "marujo", falava em "portaló" e não sei mais o quê. Era uma sala pequena e baixa, repleta de chineses. Comemos alguns pratos exóticos. *Ah, Dieu, mon estomac!* — Nessa altura da narrativa, Poirot fez uma pausa, apertando ternamente a referida porção de sua anatomia. — Depois, apareceu-nos o proprietário, um chinês a se desmanchar em sorrisos diabólicos.

"'Vocês cavalheiros não gostam da comida daqui, não é?', disse ele. 'Vieram para o que gostam mais, não é? Querem agora um cachimbo, não é?'

"O Sr. Pearson desferiu-me um violento pontapé por baixo da mesa. (Para completar o disfarce, ele estava até usando botas de marinheiro!) E disse:

"'Acho que é uma boa ideia, John. Vamos em frente'.

"O chinês sorriu e levou-nos por uma porta, depois para um porão. Abriu um alçapão, descemos alguns degraus e chegamos a uma sala cheia de divãs e almofadas, tudo muito confortável. Deitamos, e um garoto chinês tirou-nos as botas. Foi o melhor momento da noite. Depois, trouxeram os cachimbos de ópio e fingimos fumar, depois adormecer e sonhar. Mas quando ficamos a sós, o Sr. Pearson chamou-me sussurrando e imediatamente começamos a rastejar pela sala. Entramos em

outra sala, onde havia algumas pessoas dormindo. Seguimos adiante, até ouvirmos dois homens conversando. Ficamos escondidos atrás de uma cortina, escutando. Estavam falando de Wu Ling.

"'O que aconteceu com os papéis?', disse um dos homens.

"'O Sr. Lester ficou com eles', respondeu o outro, que era chinês. 'Disse que ia guardar num lugar seguro, onde a polícia não podia encontrar'.

"'Mas ele foi agarrado pela polícia', disse o primeiro.

"'Porém, vão acabar soltando o Sr. Lester. A polícia não tem certeza se foi ele'.

"Os dois conversaram mais um pouco, sem dizer nenhuma outra novidade. Depois, quando parecia que vinham em nossa direção, tratamos de voltar para nossa sala.

"Depois que se passaram alguns minutos, Pearson disse:

"'Acho melhor sairmos daqui o mais depressa possível. Este lugar não é dos mais saudáveis'.

"'Tem toda razão, monsieur', concordei. Já nos entregamos a essa farsa por muito tempo'.

"Conseguimos finalmente escapar dali, pagando caro pelo ópio que não tínhamos fumado. Assim que deixamos Limehouse para trás, Pearson soltou um longo suspiro.

"'Estou contente por ter saído daquele lugar', disse ele. 'Mas valeu a pena, porque agora temos certeza'.

"'Tem toda razão', concordei. 'E imagino agora que não teremos muita dificuldade em descobrir o que estamos querendo... depois da mascarada desta noite'.

"E não houve realmente a menor dificuldade – concluiu Poirot, subitamente.

Aquele final abrupto parecia tão extraordinário que fiquei olhando para ele, aturdido, em silêncio, por um minuto. Só depois é que perguntei:

– Mas... mas onde estavam os documentos?
– No bolso dele... *tout simplement*.

— Mas no bolso de quem?

— Do Sr. Pearson, *parbleu*!

Percebendo meu espanto, Poirot acrescentou, suavemente:

— Ainda não percebeu? O Sr. Pearson, como Charles Lester, estava bastante endividado. O Sr. Pearson, como Charles Lester, gostava de jogar. E teve a ideia de roubar os documentos do chinês. Encontrou-se com Wu Ling em Southampton, veio com ele para Londres e levou-o diretamente para Limehouse. Era um dia enevoado, o chinês não podia perceber de imediato para onde estava indo. Imagino que o Sr. Pearson tinha o hábito de ir até lá fumar ópio e por isso tinha inúmeros amigos chineses. Não creio que tivesse inicialmente a intenção de assassinar Wu Ling. Sua ideia era fazer com que um dos seus amigos chineses passasse por Wu Ling e recebesse o dinheiro pela venda dos documentos. Mas, para a mente oriental, era muito mais simples matar Wu Ling e jogar o corpo no rio. Os cúmplices chineses de Pearson seguiram seus próprios métodos, sem o consultar. Imagine o desespero que deve ter dominado Pearson. Alguém poderia tê-lo visto no trem com Wu Ling e um assassinato é muito mais grave do que um simples sequestro.

"A salvação dele dependia do chinês que estava se passando por Wu Ling no hotel Russell Square. Se o corpo não fosse descoberto antes do tempo, talvez conseguisse escapar. Provavelmente Wu Ling lhe tinha falado que combinara de se encontrar com Charles Lester no hotel. Pearson compreendeu que esse era o caminho para desviar as suspeitas de si mesmo. Charles Lester seria a última pessoa a ser vista em companhia de Wu Ling. O chinês impostor recebeu ordens de se apresentar a Lester como o criado de Wu Ling, devendo levá-lo o mais depressa possível para Limehouse. Ali, provavelmente, ofereceram um drinque a Lester. O drinque devia estar devidamente drogado. Quando Lester saiu, uma hora depois, não podia deixar

de ter uma ideia muito vaga e nebulosa sobre o que acontecera. Foi por isso que, ao saber da morte de Wu Ling, Lester perdeu por completo a coragem e negou que sequer tivesse chegado a Limehouse.

"E, com isso, ele fez justamente o jogo de Pearson. Mas este se contentou? Absolutamente não! Estava apreensivo com minha atitude e decidiu completar o caso contra Lester, não deixar a menor margem a qualquer dúvida. Por isso, providenciou aquela mascarada. Eu deveria engolir a isca com anzol e tudo. Não acabei de dizer que ele parecia um menino fantasiado, brincando de charadas? *Eh bien*, desempenhei meu papel. Ele voltou para casa, no maior regozijo. No entanto, pela manhã, o inspetor Miller foi bater a sua porta. Os documentos foram encontrados em seu poder. Era o fim da linha para Pearson. Amargurado, ele se lamentou pela ousadia de ter tentado representar uma farsa em cima de Hercule Poirot! Só houve realmente uma tremenda dificuldade em todo o caso.

– E qual foi? – indaguei, curioso.

– Foi convencer o inspetor Miller! Mas que animal! Ele é ao mesmo tempo teimoso e imbecil! E, no fim, foi ele que acabou ficando com todo o crédito pela solução!

– O que é lamentável, Poirot.

– Mas eu fui recompensado por meus serviços. Os demais diretores da Minas da Birmânia Ltda. deram-me 14 mil ações da empresa. Nada mal, não? Porém, em matéria de investir dinheiro, Hastings, eu lhe peço que seja sempre conservador. As notícias que lemos nos jornais podem não ser verdadeiras. Os diretores da Porcupine... podem perfeitamente ser outros Srs. Pearsons!

14
A caixa de bombons

Era uma noite horrível. Lá fora, o vento uivava furiosamente e a chuva batia em rajadas violentas contra as janelas.

Poirot e eu estávamos sentados diante da lareira, com as pernas estendidas na direção do fogo revigorante. Entre nós, havia uma mesa pequena. No meu lado da mesa, havia um ponche quente, cuidadosamente preparado. No lado de Poirot, havia uma xícara com uma mistura espessa e forte de chocolate, que eu não beberia nem que me dessem 100 libras. Poirot pegou a xícara de porcelana rosa e tomou um gole da beberagem, suspirando de contentamento.

– *Quelle belle vie!* – murmurou ele.

– Tem toda a razão. É um mundo dos melhores. Aqui estou eu, com um bom emprego, como não podia querer melhor. E aqui está você, famoso...

– Oh, *mon ami!* – protestou Poirot.

– Mas você é mesmo famoso, Poirot. E com toda justiça, diga-se de passagem. Quando penso em sua longa sucessão de triunfos espetaculares, não posso deixar de ficar espantado. Não acredito que jamais tenha sofrido um só fracasso!

– Só um doido ou um palhaço é que poderia afirmar que jamais conheceu o fracasso.

– Falando sério, Poirot: alguma vez já fracassou?

– Inúmeras vezes, meu amigo. O que você queria? *La bonne chance* nem sempre pode estar do nosso lado. Muitas vezes fui chamado quando já era tarde demais. Em outras ocasiões, homens trabalhando com o mesmo objetivo conseguiram chegar na minha frente. Por duas vezes, fui acometido por doença, quando estava próximo do sucesso. É preciso aceitar as derrotas assim como as vitórias, meu amigo.

– Não era a isso que eu me estava referindo, Poirot. Queria saber se alguma vez já fracassou inteiramente num caso por sua própria culpa.

– Ah, estou entendendo! Quer saber se eu alguma vez já banquei um perfeito idiota, não é mesmo? Uma vez, meu amigo... – Poirot fez uma pausa, e um sorriso pensativo se insinuou em seu rosto, antes de acrescentar: – Isso mesmo, houve uma ocasião em que fui um perfeito idiota.

Empertiguei-me abruptamente na cadeira.

– Sei que está mantendo um registro de meus pequenos sucessos, *mon ami*. Deve acrescentar mais uma história a sua coletânea... a história de um fracasso!

Poirot inclinou-se para a frente e colocou mais uma acha de lenha na lareira. Depois de limpar meticulosamente as mãos no pano de pó pendurado de um prego no lado da lareira, ele tornou a recostar-se e começou a contar a história.

– A história (começou Monsieur Poirot) aconteceu na Bélgica, há muitos anos. Foi na ocasião em que havia uma terrível luta na França entre a Igreja e o Estado. *Monsieur* Paul Déroulard era um deputado francês famoso. Todos sabiam, um desses segredos de polichinelo, que havia uma pasta ministerial a sua espera. Ele era um dos membros mais mordazes do partido anticatólico. Não restava a menor dúvida de que, quando subisse ao poder, teria que enfrentar uma violenta oposição. Sob muitos aspectos, era um homem peculiar. Embora não bebesse nem fumasse, não era tão escrupuloso em outros aspectos. Creio que compreende, Hastings, *c'etait des femmes... toujours des femmes*!

"Casara-se alguns anos antes com uma jovem de Bruxelas, que levara um dote considerável. Não resta a menor dúvida de que o dinheiro foi extremamente útil na carreira dele, já que sua família não era rica. É verdade que, por outro lado, ele podia se intitular Monsieur le Baron, se assim o desejasse. Não tiveram filhos e a esposa morreu dois anos depois, em consequência de

uma queda de escada. Entre as propriedades que deixou para o marido, estava uma casa na avenida Louise, em Bruxelas.

"Foi nessa casa que ocorreu a morte súbita de Déroulard, coincidindo com a renúncia do ministro cuja pasta ele deveria herdar. Todos os jornais publicaram longas reportagens sobre a carreira de Déroulard. A morte dele, inteiramente inesperada, logo depois do jantar, foi atribuída a uma parada cardíaca.

"Nessa ocasião, *mon ami*, como já sabe, eu era um membro da força policial belga. A morte de Monsieur Déroulard não me interessou particularmente. Como também sabe, sou um *bon catholique* e a morte dele me parecia das mais apropriadas.

"Três dias depois, quando eu acabara de entrar em férias, recebi uma visita em meu apartamento. Era uma dama, oculta por detrás de um véu impenetrável, mas obviamente muito jovem. Percebi no mesmo instante que se tratava de uma *jeune fille tout à fait comme il faut*.

"'É Monsieur Hercule Poirot?', perguntou ela, em voz baixa e suave.

"Fiz uma reverência.

"'O detetive?'

"Fiz outra reverência, dizendo: 'Sente-se, por favor, mademoiselle.'

Ela se sentou e puxou o véu para o lado. O rosto era encantador, mas visivelmente afetado pelas lágrimas e abalado, como se alguma ansiedade pungente a atormentasse.

"'Monsieur Poirot, soube que neste momento está de férias. Assim sendo, poderá aceitar um caso particular. Espero que compreenda que não desejo chamar a polícia'.

"Balancei a cabeça firmemente.

"'Receio que me esteja pedindo algo impossível, mademoiselle. Embora de férias, ainda sou da polícia'.

Ela se inclinou para a frente, ansiosamente.

"'*Ecoutez*, monsieur! Tudo o que lhe peço é para investigar. E tem toda liberdade de comunicar à polícia o resultado de suas

investigações. Se aquilo em que acredito for verdade, precisaremos de toda a engrenagem da lei para fazer justiça'.

"Tal declaração situava o caso sob uma luz inteiramente diferente e coloquei-me a seu serviço sem mais delongas. Um ligeiro rubor surgiu no rosto dela.

"'Eu lhe agradeço, monsieur. Vim lhe pedir que investigue a morte de Monsieur Paul Déroulard.

"'*Comment*?', exclamei, surpreso.

"'Monsieur, nada tenho em que me basear... além do meu instinto de mulher. Mas estou convencida, absolutamente convencida, de que Monsieur Déroulard não teve uma morte natural!'

"'Mas os médicos...'

"'Os médicos podem se enganar. Ele era um homem forte e saudável! Ah, Monsieur Poirot, eu lhe suplico que me ajude...'

"A pobre criança estava quase fora de si. Queria até se ajoelhar diante de mim. Tratei de confortá-la, da melhor forma que podia.

"'Vou ajudá-la, mademoiselle. Tenho quase certeza de que seus temores são infundados, mas mesmo assim investigarei o caso. Antes de mais nada, gostaria que me dissesse quem são as pessoas que viviam na casa'.

"'Há as empregadas, Jeannette, Félicie, e Denise, a cozinheira. Denise está há muitos anos no emprego, as outras duas são simples camponesas. Há ainda François, mas ele é um empregado muito antigo. Também moravam na casa a mãe do Sr. Déroulard e eu. Meu nome é Virginie Mesnard e sou uma prima pobre da falecida Sra. Déroulard. Vivo com a família há mais de três anos. São essas as pessoas que moravam na casa. Porém, na ocasião, havia também dois hóspedes'.

"'E quem eram?'

"'Sr. de Saint Alard, um vizinho do Sr. Déroulard na França, e o Sr. John Wilson, um amigo inglês'.

"'Ambos ainda estão na casa?'

"'O Sr. Wilson está, mas o Sr. de Saint Alard foi embora ontem.

"'E qual é sua ideia, Mademoiselle Mesnard?'

"'Se for até a casa daqui a pouco, já terei providenciado alguma história para explicar sua presença. Acho melhor apresentá-lo como alguém ligado ao jornalismo, de alguma forma. Direi que veio de Paris, trazendo um cartão de apresentação do Sr. Saint Alard. A Sra. Déroulard tem uma saúde precária e não prestará muita atenção aos detalhes'.

"Sob o pretexto engenhoso de mademoiselle, fui admitido na casa. Depois de uma rápida entrevista com a mãe do deputado falecido, uma senhora maravilhosamente altiva e aristocrática, embora certamente de saúde precária, fui autorizado a examinar a casa inteira.

"Não sei, meu amigo (continuou Poirot), se é capaz de imaginar as dificuldades da missão de que me haviam incumbido. Monsieur Déroulard morrera três dias antes. Se sua morte fora de fato criminosa, só havia uma possibilidade: *poison*! E eu não tinha a menor possibilidade de ver o corpo, não havia a menor possibilidade de examinar o meio pelo qual o veneno poderia ter sido administrado. Não havia pistas, falsas ou verdadeiras. Será que o homem fora realmente envenenado? Teria sido simplesmente uma morte natural? Eu, Hercule Poirot, sem nada em que me basear, tinha que tomar uma decisão.

"Primeiro, interroguei as empregadas. Com a ajuda delas, reconstituí todos os acontecimentos daquela noite. Concentrei minha atenção especialmente na comida servida no jantar e no método em que havia sido servida. A sopa fora tirada de uma terrina pelo próprio Monsieur Déroulard. Em seguida, houve um prato de costeletas e, depois, um de galinha. E, finalmente, houve um prato de compotas. Todos os pratos foram colocados na mesa e servidos pessoalmente por Monsieur Déroulard. Por esse lado, *mon ami*, não havia a menor possibilidade. Era impossível envenenar uma pessoa sem envenenar também a todas as outras!

"Depois do jantar, Madame Déroulard se retirara para seus aposentos, acompanhada por Mademoiselle Virginie. Os três homens tinham ido para o escritório de Monsieur Déroulard. Haviam conversado amigavelmente por algum tempo. Súbita e inesperadamente, o deputado caíra ao chão. Monsieur de Saint Alard saíra correndo e mandara François buscar um médico. Garantira que era apoplexia. Quando o médico chegara, já não era mais possível fazer nada por Monsieur Déroulard.

"O Sr. John Wilson, a quem fui apresentado por Mademoiselle Virginie, era o que se podia chamar de um inglês típico, corpulento e de meia-idade. O relato dele, feito numa mistura de francês e inglês, foi substancialmente o mesmo: 'Déroulard ficou de uma hora para outra com o rosto muito vermelho e caiu ao chão'.

"Não havia mais nada a se descobrir por esse lado. Fui para o local da tragédia, o escritório. A meu próprio pedido, deixaram-me sozinho. Até então, eu não encontrara nada que pudesse confirmar a teoria de Mademoiselle Virginie. Não podia deixar de pensar que não passava de uma ilusão dela. Evidentemente, acalentara uma paixão romântica pelo falecido, o que não lhe permitia encarar o caso por um prisma normal. Não obstante, fiz uma busca meticulosa no escritório. Era possível que tivessem colocado uma seringa hipodérmica na cadeira do falecido, de maneira a possibilitar uma injeção fatal. Era mais do que provável que a picada minúscula passasse despercebida. Mas não descobri nenhum indício que pudesse confirmar essa teoria. Sentei-me na cadeira, com um gesto de desespero, dizendo em voz alta:

"'*Enfin*, desisto! Não há a menor pista! Tudo está perfeitamente normal!'

"No momento em que acabei de pronunciar essas palavras, meus olhos se fixaram numa caixa grande de bombons, que estava numa mesa próxima. Senti o coração disparar. Podia não ser uma pista para a morte de Monsieur Déroulard, mas era pelo

menos algo que não se podia considerar normal. Levantei a tampa. A caixa estava cheia, parecia intacta. Não faltava um único bombom. Mas isso só contribuiu para que eu achasse aquilo ainda mais estranho. O detalhe que me atraíra a atenção, Hastings, era o fato de que a caixa propriamente dita era rosa, enquanto a tampa era *azul*! Encontra-se frequentemente uma fita azul numa caixa rosa e vice-versa. Mas uma caixa de uma cor e a tampa de outra... não, decididamente, *ça ne se voit jamais*!

"Eu ainda não podia perceber como esse pequeno detalhe poderia ter alguma utilidade no esclarecimento do caso, mas estava disposto a investigar, já que se tratava da única coisa fora do normal. Toquei a campainha, chamando François. Perguntei-lhe se o falecido patrão gostava de bombons. Um sorriso triste se estampou no rosto de François.

"'Para dizer a verdade, monsieur, ele adorava bombons. Tinha sempre uma caixa de bombons em casa. Acho que era porque nunca tomava vinho'.

"'E, no entanto, esta caixa não foi tocada, não é mesmo?', indaguei, levantando a tampa.

"'É uma caixa nova, comprada no dia mesmo da morte do patrão, já que a outra estava quase acabando.'

"'Quer dizer que a outra caixa acabou no dia em que ele morreu?'

"'Exatamente, monsieur. Encontrei-a vazia pela manhã e joguei-a fora'.

"'Monsieur Déroulard costumava comer bombons a qualquer hora do dia?'

"'Geralmente só comia depois do jantar, monsieur.'

"Comecei a enxergar os fatos com alguma clareza.

"'Será que poderia ser discreto, François?'

"'Se for necessário, monsieur.'

"'*Bon*! Neste caso, quero que saiba que sou da polícia. Pode localizar-me a outra caixa?'"

"'Sem a menor dúvida, monsieur. Deve estar ainda na lata de lixo.'

François retirou-se. Voltou minutos depois, com um objeto coberto de poeira. Era exatamente igual à caixa que estava no gabinete, com uma única diferença: a caixa propriamente dita era *azul*, enquanto a tampa era *rosa*. Agradeci a François, recomendei-lhe novamente que nada revelasse e deixei a casa da avenue Louise.

"Fui visitar o médico que atendera a Monsieur Déroulard. Não foi uma entrevista fácil. Ele entrincheirou-se por trás de uma muralha de fraseologia erudita. Mas tive a impressão de que não estava tão seguro a respeito do caso quanto queria aparentar. Quando consegui finalmente desarmá-lo um pouco, ele comentou:

"Tem havido muitas ocorrências desse tipo. Um súbito acesso de raiva, uma emoção violenta... depois de um copioso jantar, *c'est entendu*... o sangue sobe à cabeça e... pronto, temos mais uma vítima!'

"'Mas Monsieur Péroulard não teve qualquer emoção violenta.'

"'Não? Pelo que soube, ele estava tendo uma violenta discussão com o Sr. de Saint Alard.'

"'Por que os dois iriam discutir?'

"'*C'est évident*!' O médico deu de ombros e acrescentou: 'O Sr. de Saint Alard não era um católico dos mais fanáticos? A amizade entre os dois estava sendo destruída pela questão entre a Igreja e o Estado. Não se passava um só dia sem que discutissem. Para o Sr. de Saint Alard, Déroulard parecia quase como o Anticristo.'

"Era uma revelação inesperada, e deu-me em que pensar.

"'Só mais uma pergunta, doutor: seria possível introduzir uma dose fatal de veneno num chocolate?

"'Acho que seria possível. Ácido prússico puro poderia ser introduzido num bombom, se não houvesse possibilidade de

evaporação. Poderia ser engolido sem que a pessoa percebesse. Mas não parece ser uma suposição das mais prováveis. Um bombom cheio de morfina ou estricnina...' O médico fez uma careta antes de continuar: 'Uma só mordida seria suficiente, Monsieur Poirot. O incauto morreria quase que instantaneamente.'

"'Obrigado, *Monsieur le Docteur*.'

"Retirei-me. Em seguida, fui interrogar os farmacêuticos, especialmente os que eram estabelecidos nas proximidades da avenida Louise. É muito bom ser da polícia. Obtive a informação que desejava sem maiores dificuldades. Somente um dos farmacêuticos vendera veneno para a casa em questão. Tinham sido algumas gotas de sulfato de atropina, que Madame Déroulard usava nos olhos. A atropina é um veneno poderoso. No momento, fiquei exultante. Mas os sintomas de envenenamento por atropina são muito parecidos com os de ptomaína. E não tinham a menor semelhança com os do caso que eu estava investigando. Além do mais, a receita era antiga. Madame Déroulard sofria de catarata em ambos os olhos há muitos anos. Eu já me ia afastando, desanimado, quando o farmacêutico me chamou:

"'*Un moment*, Monsieur Poirot. Estou lembrando agora que a jovem que aqui esteve comentou que precisava ir a outro farmacêutico a fim de comprar algo para o inglês. Talvez isso lhe permita descobrir o que está procurando.'

"E realmente descobri, graças a minha posição oficial. No dia anterior à morte do Monsieur Déroulard, outro farmacêutico aviara uma receita para o Sr. John Wilson. Não era nada demais, simples tabletes de trinitrina. Perguntei se podia ver algum desses tabletes. O farmacêutico mostrou-me e senti o coração bater mais depressa... pois os pequenos tabletes eram de chocolate!

"'Isso é veneno?'

"'Não, monsieur.'

"'Pode descrever-me os efeitos?'

"'Serve para baixar a pressão sanguínea. É receitado para algumas formas de distúrbios do coração, como *angina pectoris*, por exemplo. Alivia a tensão arterial. Na arterioesclerose...'

"Interrompi-o bruscamente:

"'*Ma foi*! Isso não me diz nada. Essa droga faz com que o rosto da pessoa fique vermelho?'

"'Claro.'

"'E se eu comesse dez ou vinte desses tabletes... o que aconteceria?'

"'Eu não o aconselharia a tentar', respondeu o farmacêutico, secamente.

"'Mesmo assim, diz que não é veneno?'

"'Há muitas coisas que não são consideradas veneno mas podem matar uma pessoa.'

"Deixei a farmácia exultante. Finalmente parecia estar no caminho certo!

"Sabia agora que John Wilson dispusera dos meios para cometer o crime. Mas será que teria algum motivo? Ele viera à Bélgica a negócios e fora hospedado pelo Monsieur Déroulard, a quem conhecia apenas superficialmente. Em princípio, não havia nenhum meio de a morte de Déroulard beneficiá-lo. Além disso, descobri também, por meio de investigações na Inglaterra, que havia alguns anos ele sofria dessa forma de doença do coração bastante dolorosa conhecida como angina. Portanto, não havia nada de anormal em estar de posse daqueles tabletes de chocolate. Não obstante, eu estava convencido de que alguém fora mexer na caixa de bombons, abrindo primeiro, por engano, a que estava cheia. Depois, pegara a outra caixa, removera todo o recheio do último bombom e ali colocara o máximo possível de tabletes de trinitrina. Os bombons eram grandes, podiam conter perfeitamente de 20 a 30 tabletes. Mas quem teria feito isso?

"Havia dois hóspedes na casa. John Wilson tinha os meios. Saint Alard tinha o motivo. Não se esqueça de que ele era um fanático e não há fanático pior que o religioso. Será que ele encontrara alguma maneira de se apoderar da trinitrina de John Wilson?

"Ocorreu-me outra pequena ideia. Ah, você sorri de minhas pequenas ideias! Por que Wilson ficara sem trinitrina? Certamente deveria ter trazido um suprimento adequado da Inglaterra. Fui novamente visitar a casa na avenida Louise. Wilson não estava, mas conversei com a jovem que arrumava o quarto dele, Félicie. Perguntei-lhe imediatamente se não era verdade que o Sr. Wilson perdera um vidro havia algum tempo. Ela respondeu, com a maior ansiedade, que era de fato verdade, que inclusive fora responsabilizada. O cavalheiro inglês pensara que ela quebrara o vidro e ficara com medo de confessar. Mas ela, Félicie, nem sequer tocara no vidro. Certamente fora Jeannette... sempre bisbilhotando onde não devia...

"Tratei de estancar o fluxo de palavras dela e me retirei. Já sabia tudo o que precisava. Restava-me agora obter as provas necessárias. Tinha certeza de que não seria fácil. *Eu* podia estar absolutamente convencido de que Saint tirara o vidro de trinitrina de John Wilson, mas teria que obter provas para convencer os outros. E não tinha nenhuma prova para apresentar!

"Mas não importava. *Eu sabia*... e isso era o mais importante. Lembra-se de nossa dificuldade no caso Styles, Hastings? Eu também sabia de tudo, mas levei bastante tempo para descobrir o último elo para provar tudo contra o assassino.

"Solicitei uma entrevista com Mademoiselle Virginie. Ela foi me procurar imediatamente. Pedi-lhe o endereço de Monsieur Saint Alard. Uma expressão ansiosa se estampou no rosto dela.

"'Por que deseja saber, monsieur?'

"'É absolutamente necessário, mademoiselle.'

"Ela parecia estar desconfiada, apreensiva.

"'Ele nada poderá dizer-lhe. É um homem cujos pensamentos não estão neste mundo. Mal percebe o que está acontecendo a seu redor.'

"'É possível, mademoiselle. Não obstante, era um velho amigo de Monsieur Déroulard. Talvez nos possa prestar informações úteis... coisas do passado... velhos ressentimentos... antigos casos de amor...

"A jovem corou e mordeu levemente o lábio.

"'Como quiser... mas... mas... tenho certeza agora de que me enganei. Foi muito generoso ao atender meu pedido, mas eu estava na ocasião bastante transtornada... profundamente abalada. Compreendo agora que não há mistério algum para ser esclarecido. Largue o caso, por favor, monsieur.'

"Fitei-a atentamente.

"'Mademoiselle, às vezes é difícil para um cachorro farejar um cheiro. Mas a partir do momento em que consegue farejá-lo, nada no mundo poderá fazer com que se desvie da pista. Isto é, se for um bom cachorro. E eu, mademoiselle, eu, Hercule Poirot, sou um excelente cão farejador!'

"Sem dizer mais nada, ela se retirou. Voltou alguns minutos depois, com o endereço escrito num pedaço de papel. Deixei a casa. François estava-me esperando do lado de fora. Parecia nervoso.

"'Alguma novidade, monsieur?'

"'Ainda não, meu amigo.'

"'*Ah, pauvre* Sr. Déroulard! Eu também penso como ele. Não gosto dos padres. É verdade que jamais diria isso nessa casa. As mulheres são todas devotas... o que talvez seja uma boa coisa. *Madame est très pieuse... et Mademoiselle Virginie aussi.*'

"Mademoiselle Virginie? Ela também era '*très pieuse*'? Recordei-me, pensativo, do rosto apaixonado e abalado pelas lágrimas que vira naquele primeiro dia.

"Tendo obtido o endereço de Monsieur Saint Alard, não perdi tempo. Fui até as proximidades de seu *château* nas

Ardennes, mas passaram-se alguns dias antes que conseguisse encontrar um pretexto para ir até lá. Acabei entrando na casa... imagine como?... como um bombeiro, *mon ami*! Não foi difícil providenciar um pequeno vazamento de gás no quarto dele. Saí para buscar minhas ferramentas e tomei a precaução de só voltar numa hora em que sabia que não seria incomodado. Não vou dizer que sabia exatamente o que estava procurando. Mas tinha certeza de que não teria a menor possibilidade de encontrar o que era realmente importante. Saint Alard jamais correria o risco de guardá-lo.

"Mesmo assim, quando encontrei um pequeno armário trancado, por cima do lavatório, não pude resistir à tentação de ver o que havia lá dentro. Era uma fechadura simples, fácil de abrir. Não tive a menor dificuldade. O armário estava repleto de vidros. Examinei-os, um a um, com as mãos trêmulas. E, de repente, soltei um grito. Imagine só, meu amigo, que eu tinha nas mãos um pequeno frasco com o rótulo de um farmacêutico inglês. E nele estavam escritas as seguintes palavras: 'Tabletes de Trinitrina. Tomar um quando necessário. Sr. John Wilson.'

"Controlei minha emoção, fechei o pequeno armário, meti o vidro no bolso e continuei a consertar o vazamento de gás. Afinal, não se pode deixar de ser metódico. Depois, deixei o *château* e peguei o primeiro trem para meu país. Cheguei a Bruxelas tarde da noite. Pela manhã, eu estava escrevendo um relatório para o *préfet* quando recebi um bilhete. Era da velha Madame Déroulard, e me convocava para um encontro imediato na casa da avenida Louise.

"François abriu-me a porta.

"'A Sra. la Barone está a sua espera.'

"Ele conduziu-me aos aposentos dela. Madame Déroulard estava sentada, imponente, numa poltrona. Mademoiselle Virginie não estava presente.

"'Monsieur Poirot, acabei de saber que não é o que declarou. É um oficial da polícia.'

"'Exatamente, madame.'

"'Veio a essa casa para investigar as circunstâncias da morte de meu filho?'

"'Exatamente, madame.

"'Ficaria agradecida se pudesse me dizer o que já descobriu.'

"Hesitei por um instante.

"'Primeiro, madame, eu gostaria de saber como descobriu minha verdadeira identidade.'

"'Por intermédio de alguém que não está mais neste mundo.'

"As palavras dela e a maneira solene como as pronunciou provocaram-me um calafrio. Por um momento, não fui capaz de falar nada.

"'Portanto, Monsieur, eu lhe peço que me diga exatamente o que já descobriu em suas investigações.'

"'A investigação está encerrada, madame.'

"'E meu filho...?'

"'Foi morto deliberadamente.'

"'Sabe por quem?'

"'Sei, madame.'

"'E quem foi?'

"'Monsieur de Saint Alard.'

"A velha senhora balançou a cabeça.

"'Está enganado. O Sr. Alard é incapaz de um crime assim.'

"'Tenho todas as provas.'

"'Eu lhe peço, mais uma vez, que me conte tudo.'

"Dessa vez obedeci, relatando todas as etapas que me haviam levado à descoberta da verdade. Ela escutou com atenção. Ao fim, assentiu e disse:

"'Foi tudo exatamente como falou, exceto um fato. Não foi o Sr. Saint Alard quem matou meu filho. Fui eu, sua própria mãe.

"Fiquei atordoado. Ela continuou a menear a cabeça, gentilmente.

"'Foi ótimo eu tê-lo chamado. E foi a providência do bom Deus que levou Virginie a me contar o que fizera, antes de partir para o convento. Quero que preste toda atenção, Monsieur Poirot. Meu filho era um homem diabólico. Perseguia a Igreja. Levou uma existência de pecado mortal. E arrastou outras almas para a lama. Mas houve pior do que isso. Certa manhã, quando eu saía do meu quarto, aqui nessa casa, avistei minha nora parada no alto da escada. Estava lendo uma carta. Vi meu filho se aproximar dela, por trás, silenciosamente. Um rápido empurrão e ela caiu, batendo a cabeça nos degraus de mármore. Já estava morta quando a pegaram. Meu filho era um assassino e eu, sua mãe, era a única que sabia.'

"Fechou os olhos por um momento.

"'Não pode imaginar, monsieur, a minha agonia, o meu desespero. O que deveria fazer? Denunciá-lo à polícia? Não podia fazer isso. Era meu dever, mas minha carne era fraca. Além do mais, será que acreditariam em mim? Havia algum tempo que minha visão vinha enfraquecendo cada vez mais. Diriam simplesmente que eu me enganara. Mas a consciência não me deu sossego. Ao manter silêncio, eu também era uma assassina. Meu filho herdou o dinheiro da esposa e tudo lhe saía bem. Agora, estava para ganhar uma pasta no ministério. E havia Virginie. A pobre criança, linda, naturalmente devota, estava fascinada por meu filho. Ele possuía um estranho e terrível poder sobre as mulheres. Vi o que estava para acontecer. Nada podia fazer para evitar. Ele não tinha a menor intenção de casar-se com Virginie. E chegou o momento em que ela estava preparada para ceder-lhe tudo.'

"'Foi então que compreendi o que deveria fazer. Ele era meu filho. Eu lhe dera a vida. Era responsável por ele. Matara o corpo de uma mulher, agora ia matar a alma de outra! Fui ao quarto do Sr. Wilson e peguei o vidro de tabletes. Ele dissera certa ocasião, rindo, que os tabletes podiam matar um homem.

Fui em seguida para o gabinete e abri a grande caixa de bombons que sempre estava em cima da mesa. Por engano, abri uma caixa nova. A outra estava também em cima da mesa. Só restava um bombom. Isso simplificava. Ninguém mais comia os bombons, a não ser meu filho e Virginie. Eu a manteria ocupada a meu lado naquela noite. Tudo transcorreu conforme eu planejara...' Ela fez uma pausa, fechando os olhos novamente. Logo tornou a abri-los e acrescentou: 'Estou em suas mãos, Monsieur Poirot. Disseram que não me restam muitos dias de vida. Estou disposta a responder por meu ato perante o bom Deus. Devo fazê-lo também aqui na terra?'

"Hesitei por um momento e depois disse, para ganhar tempo:

"'Mas o vidro vazio, madame! Como foi parar em poder de Monsieur Saint Alard?'

"'Quando ele foi despedir-se de mim, Monsieur, meti o vidro no bolso dele. Não sabia como iria me livrar daquele vidro. Estou tão fraca que praticamente não posso andar sem a ajuda de alguém. Se descobrissem o vidro vazio em meus aposentos, isso iria certamente despertar suspeitas. Quero que compreenda, monsieur...' Fez uma breve pausa, empertigando-se, antes de arrematar: '...que não tinha a menor intenção de lançar suspeitas sobre o Sr. Saint Alard. Isso jamais me passou pela cabeça. Pensei que o valete dele iria encontrar o vidro vazio e jogaria fora, sem pensar mais no caso.

"Baixei a cabeça e murmurei:

"'Claro que compreendo, madame.'

"'E qual é a sua decisão, monsieur?'

"A voz dela era firme e forte, e a cabeça estava mais erguida do que nunca.

"Levantei-me.

"'Madame, tenho a honra de desejar-lhe muito bom dia. Fiz algumas investigações... e fracassei! O caso está encerrado!'

Poirot ficou em silêncio por algum tempo, murmurando em seguida:

– Ela morreu apenas uma semana depois. Mademoiselle Virginie passou pelo noviciado e fez os votos. É essa a história, meu amigo. Não posso deixar de reconhecer que meu papel não foi dos melhores.

– Mas, a rigor, não se pode considerar que foi um fracasso, Poirot. O que mais você poderia ter pensado, nas circunstâncias?

– *Ah, sacré, mon ami*! – gritou Poirot, animando-se subitamente. – Será que não percebe? Mas eu fui 36 vezes idiota! Minhas células cinzentas não funcionaram! O tempo todo eu tive a verdadeira pista em minhas mãos!

– Que pista?

– *A caixa de bombons*! Não percebe? Alguém, com a visão perfeita, poderia cometer um erro daqueles? Eu sabia que Madame Déroulard sofria da catarata, por causa das gotas de atropina. Somente uma pessoa naquela casa não podia perceber que estava repondo as tampas trocadas. Foi a caixa de bombons que me lançou na pista. E, no fim, acabei não entendendo o verdadeiro significado!

"Além disso, minha psicologia também foi falha. Se Monsieur Saint Alard fosse o criminoso, jamais iria guardar o vidro incriminador. A descoberta do vidro em seu poder era uma prova de inocência. Eu já sabia, informado por Mademoiselle Virginie, que ele era um homem extremamente distraído. No todo, foi um caso lamentável. Você é a única pessoa a quem já o contei. Uma velha senhora comete um crime de maneira tão simples e inteligente que até eu, Hercule Poirot, sou completamente enganado. *Sapristi*! É melhor até nem pensar nesse caso! Esqueça-o! Ou melhor, não o esqueça. E se algum dia achar que me estou tornando por demais presunçoso... o que não é provável, mas pode acontecer...

Disfarcei um sorriso e Poirot acrescentou:

— *Eh bien*, meu amigo, basta dizer-me "Caixa de bombons". Combinado?

— Negócio fechado!

— Mas, no fim das contas, foi uma boa experiência — murmurou Poirot, pensativo. — Eu, que indubitavelmente possuo o melhor cérebro da Europa na atualidade, posso me dar o luxo de ser magnânimo!

— Caixa de bombons — falei, gentilmente.

— *Pardon, mon ami?*

Olhei para o rosto inocente de Poirot, inclinado em minha direção, com uma expressão inquisitiva. Senti um aperto no coração. Sofrera muitas vezes nas mãos dele. Mas eu também, embora não possuísse o melhor cérebro da Europa, podia me dar o luxo de ser magnânimo.

— Nada — menti. E acendi novamente o cachimbo, sorrindo para mim mesmo.

fim

EDIÇÕES BESTBOLSO

Assassinato no campo de golfe

Agatha Mary Clarissa Miller (1890-1976) nasceu em Devonshire, Inglaterra. Filha de um norte-americano e de uma inglesa, foi educada dentro das tradições britânicas, severamente cultuadas por sua mãe. Adotou o sobrenome do primeiro marido, o coronel Archibald Christie, com quem se casou em 1914, pouco antes da Primeira Guerra Mundial. Embora já tivesse se aventurado na literatura, a escritora desenvolveu sua primeira história policial aos 26 anos, estimulada pela irmã Madge. Com a publicação de *O misterioso caso de Styles*, em 1917, nascia a consagrada autora de romances policiais Agatha Christie.

Com mais de oitenta livros publicados, Agatha Christie criou personagens marcantes, como Hercule Poirot, Miss Marple e o casal Tommy e Tuppence Beresford. Suas obras foram traduzidas para quase todas as línguas, e algumas foram adaptadas para o cinema. Em 1971, Agatha Christie recebeu o título de Dama da Ordem do Império britânico.

Agatha Christie

Assassinato
no campo de
golfe

LIVRO VIRA-VIRA 1

Tradução de
A. B PINHEIRO DE LEMOS

2ª edição

EDIÇÕES
BestBolso
RIO DE JANEIRO – 2012

CIP-BRASIL. CATALOGAÇÃO-NA-FONTE
SINDICATO NACIONAL DOS EDITORES DE LIVROS, RJ

Christie, Agatha, 1890-1976
C479a   Assassinato no campo de golfe – Livro vira-vira 1 / Agatha Christie;
2ª ed.   tradução de A. B. Pinheiro de Lemos. – 2ª edição – Rio de Janeiro:
BestBolso, 2012.

Tradução de: The Murder On the Links
Obras publicadas juntas em sentido contrário
Com: Poirot investiga / Agatha Christie; tradução de A. B.
Pinheiro de Lemos
ISBN 978-85-7799-298-0

1. História de suspense. 2. Ficção inglesa. I. Lemos, A. B. Pinheiro
de (Alfredo Barcellos Pinheiro de), 1938-. II. Título.

                                    CDD: 823
10-4145   CDU: 821.111-3

Assassinato no campo de golfe, de autoria de Agatha Christie.
Título número 189 das Edições BestBolso.
Segunda edição vira-vira impressa em junho de 2012.
Texto revisado conforme o Acordo Ortográfico da Língua Portuguesa.

Título original do romance inglês:
THE MURDER ON THE LINKS

GATHA CHRISTIE™ Copyright © 2010 Agatha Christie Limited, a Chorion
company. All rights reserved.
The Murder On the Links © 1923 by Agatha Christie Limited, a Chorion company.
All rights reserved.Translation intitled *Assassinato no campo de golfe* © 1996 by
Agatha Christie Limited, a Chorion company. All rights reserved.

Assassinato no campo de golfe é uma obra de ficção. Nomes, personagens, fatos e
lugares são frutos da imaginação da autora ou usados de modo fictício. Qualquer
semelhança com fatos reais ou qualquer pessoa, viva ou morta, é mera coincidência.

A logomarca vira-vira (vira-vira) e o slogan 2 LIVROS EM 1 são marcas registradas e
de propriedade da Editora Best Seller Ltda, parte integrante do Grupo Editorial
Record.

www.edicoesbestbolso.com.br

Ilustração e design de capa: Tita Nigrí.

Todos os direitos reservados. Proibida a reprodução, no todo ou em parte, sem
autorização prévia por escrito da editora, sejam quais forem os meios empregados.

Direitos exclusivos de publicação em língua portuguesa para o Brasil em formato
bolso adquiridos pelas Edições BestBolso um selo da Editora Best Seller Ltda. Rua
Argentina 171 – 20921-380 Rio de Janeiro, RJ – Tel.: 2585-2000.

Impresso no Brasil

ISBN 978-85-7799-298-0

Para meu marido,
um grande entusiasta de histórias de detetives,
a quem sou muito grata
pelos conselhos e pelas críticas.

1
Uma companheira de viagem

Se bem me lembro, existe uma história bastante conhecida de um jovem escritor que, decidido a fazer com que o começo de sua história fosse forte e original o bastante o para atrair e prender a atenção do mais *blasé* dos editores, criou a seguinte frase:

"– Diabo! – disse a duquesa."

Por mais estranho que possa parecer, esta minha história se inicia da mesma maneira. Só que a mulher que soltou a exclamação não era uma duquesa!

Foi no início de junho. Eu tinha ido a Paris para tratar de negócios e estava voltando a Londres, onde dividia o quarto com meu velho amigo, o ex-detetive belga Hercule Poirot.

O expresso de Calais estava excepcionalmente vazio. No meu compartimento havia apenas outra pessoa. Como havia deixado o hotel um tanto às pressas, estava ocupado verificando se tinha recolhido todos os meus pertences quando o trem começou a se mover. Até esse momento, mal notara minha companheira de vagão. Mas, de maneira súbita e violenta, tive de me dar conta de sua existência. Levantando-se com um pulo, a mulher abriu a janela, pôs a cabeça para fora e recolheu-a um instante depois, com a breve e terrível exclamação:

– Diabo!

Confesso que sou um homem antiquado. Considero que uma mulher deve ser, antes de tudo, feminina. Não tenho a menor paciência com a jovem neurótica moderna, que dança de manhã à noite, fuma como uma chaminé e usa uma linguagem que deixaria corada uma pescadora de Billingsgate.

Levantei a cabeça nesse momento, franzindo a testa ligeiramente, e contemplei um rosto bonito e petulante, que sustentava um chapeuzinho vermelho elegante. Cachos pretos escondiam as duas orelhas. Calculei que não devia ter mais que 17 anos.

Sem o menor constrangimento, ela retribuiu meu olhar de modo bastante expressivo.

– Oh, céus, deixamos chocados os amáveis cavalheiros! – comentou, como se estivesse se dirigindo a uma plateia imaginária. – Peço desculpas pelo meu linguajar! Sei que não é nada feminino, mas pode estar certo de que havia motivo suficiente para isso! Sabe que acabei de perder minha única irmã?

– É mesmo? – murmurei, de forma polida. – É uma pena.

– Ele desaprova! Desaprova totalmente... a mim e a minha irmã... o que, no caso dela, é uma injustiça, pois nunca a viu!

Abri a boca para falar, mas ela me deteve.

– Não diga mais nada! Ninguém me ama! Vou para o jardim e passarei a viver de minhocas! Estou desolada!

Ela escondeu-se por trás de um jornal francês. Momentos depois, no entanto, percebi que estava me espiando furtivamente por cima do jornal. Não pude deixar de sorrir. E no instante seguinte ela largou o jornal e desatou a rir alegremente.

– Eu sabia que não era tão rabugento quanto aparentava!

Seu riso era tão contagiante que acabei aderindo, apesar de não gostar muito da palavra rabugento. É claro que a jovem era tudo o que eu menos apreciava, mas isso não era motivo para que eu assumisse uma atitude ridícula. Preparei-me para fazer uma concessão. Afinal, ela era extremamente bonita.

– Ah, agora somos amigos! Diga que lamenta por minha irmã...

– Estou desolado!

– Assim é melhor!

– Deixe-me acabar. Ia acrescentar que, embora esteja desolado, posso perfeitamente suportar a ausência dela.

E arrematei com uma pequena reverência. Mas aquela jovem surpreendente e inexplicável franziu o rosto e sacudiu a cabeça.

– Corta essa. Prefiro a linha da "desaprovação distinta". Ah, a sua cara! "Não é uma de nós", dizia ela. E está absolutamente certo quanto a isso. Embora, se não se importa que eu o diga, seja muito difícil afirmar com certeza hoje em dia. Não é todo mundo que pode distinguir entre uma plebeia e uma duquesa. Ah, creio que o choquei outra vez! Parece até que saiu do meio do mato e não está acostumado a essas coisas. Não que eu me importe, diga-se de passagem. Até que seria ótimo se existissem mais alguns do seu tipo. Simplesmente detesto os homens petulantes. Fico furiosa!

E ela sacudiu a cabeça de forma vigorosa.

– Como você fica quando está furiosa? – indaguei, sorrindo.

– Viro um pequeno demônio! Mas não dê muita importância ao que eu digo nem ao que faço! Certa vez, quase dei um jeito num camarada! De verdade! Mas ele bem que merecia. Tenho sangue quente, italiano. Um dia desses ainda vou me meter numa encrenca dos diabos.

Assumi uma expressão suplicante e disse:

– Por favor, não fique furiosa comigo.

– Não vou ficar. Simpatizei com você desde o primeiro momento em que o vi. Mas tinha uma cara tão desaprovadora que achei que nunca seríamos amigos.

– Pois ficamos. Fale-me mais alguma coisa a seu respeito.

– Sou uma atriz. Não... não é do tipo que está pensando, que almoça no Savoy coberta de joias, com a fotografia em todos os jornais, dizendo o quanto adora o creme facial da senhora Fulana de Tal. Mas estou no palco desde os 6 anos... dando cambalhotas.

– Como assim? – perguntei, perplexo.

– Nunca viu crianças acrobatas?

– Ah, sim...

– Nasci nos Estados Unidos, mas passei a maior parte da minha vida na Inglaterra. Nós temos agora um novo número...

– Nós?

– Minha irmã e eu. É um número de canto e dança, com algumas anedotas intercaladas. E é um sucesso toda vez que nos apresentamos. Ainda vai dar muito dinheiro...

Minha nova conhecida inclinou-se para a frente e discursou de forma imprecisa. Muitos dos termos que usou eram totalmente ininteligíveis para mim. Mas não pude deixar de sentir um interesse cada vez maior por ela. Era uma curiosa mistura de menina e mulher. Embora com experiência do mundo e perfeitamente capaz – como ela mesma fez questão de dizer – de tomar conta de si mesma, era, ao mesmo tempo, ingênua, em sua atitude simples de encarar a vida, em sua fervorosa determinação de "se sair bem". Esse vislumbre de um mundo que me era desconhecido não deixava de ter os seus encantos e me senti deliciado ao contemplar a intensa animação daquele rostinho bonito, enquanto a ouvia falar.

Passamos por Amiens. O nome despertou-me recordações. Minha companheira de viagem pareceu ter um conhecimento intuitivo do que se passava por minha mente.

– Está pensando na guerra?

Assenti.

– Esteve nela?

– Estive. Fui ferido e considerado incapaz de voltar ao combate. Durante algum tempo, continuei no Exército, em funções burocráticas. E agora sou uma espécie de secretário particular de um membro do Parlamento.

– É preciso um bocado de crânio para isso!

– Nem tanto. Para dizer a verdade, há muito pouca coisa para se fazer. Em geral, acabo tudo em menos de duas horas de trabalho por dia. E é também um trabalho dos mais enjoados. Não sei o que me aconteceria se não tivesse algo interessante com que me ocupar.

– Não me diga que coleciona insetos!

– Não é nada disso. Divido um apartamento com um homem dos mais curiosos. É um belga... um ex-detetive. Ele abriu um escritório de investigações particulares em Londres e está se saindo muito bem. Devo dizer que se trata de um homenzinho maravilhoso. Por várias vezes ele já conseguiu resolver mistérios depois de a polícia ter fracassado.

A jovem escutava com atenção, de olhos arregalados.

– Mas que interessante! Adoro crimes. Não perco um filme de mistério. E quando há um assassinato, devoro os jornais para saber de tudo.

– Lembra-se do caso Styles?

– Deixe-me pensar... Não foi o caso daquela velha dama que foi envenenada em algum lugar lá de Essex?

Assenti.

– Foi o primeiro grande caso de Poirot. Não resta a menor dúvida de que, se não fosse por ele, o assassino teria escapado impune. Foi uma espetacular demonstração do trabalho de um detetive.

Entusiasmado com o assunto, passei a discorrer sobre o caso, relatando os acontecimentos, até o desfecho inesperado e triunfante. A jovem ficou escutando atentamente, fascinada. Estávamos tão absortos que o trem chegou à estação de Calais sem que percebêssemos.

– Oh, Santo Deus! – gritou minha companheira de viagem. – Meu pó de arroz!

Ela se pôs a lambuzar o rosto liberalmente. Depois, aplicou uma camada de batom aos lábios, observando o resultado num pequeno espelho de bolsa. Sorriu em aprovação e guardou tudo na bolsa.

– Assim está melhor. Manter as aparências é um tanto cansativo, mas uma jovem que se respeita não pode afrouxar.

Providenciei dois carregadores e desembarcamos. A jovem estendeu-me a mão.

– Adeus. E prometo que vou controlar minha linguagem daqui por diante.

— Mas não deixará que tome conta de você no navio?

— Talvez não no navio. Tenho de verificar se minha irmã já embarcou. De qualquer forma, foi um prazer conhecê-lo.

— Mas vamos nos encontrar de novo, não é mesmo? Eu... eu...

Hesitei por um momento, antes de acrescentar:

— Eu gostaria de conhecer sua irmã...

Ambos rimos.

— É muita gentileza da sua parte. Contarei isso a ela. Mas acho que não voltaremos a nos encontrar. A sua companhia durante a viagem foi um prazer, especialmente depois que o provoquei. Mas a sua reação inicial, que deixou transparecer na expressão, é absolutamente verdadeira. Não sou o seu tipo. E se voltarmos a nos encontrar, vai terminar em encrenca... e falo com conhecimento de causa.

A expressão dela mudou inteiramente. Por um momento, toda a alegria despreocupada desapareceu. O rosto parecia agora irado... vingativo.

— Por isso... adeus! – arrematou ela, num tom mais ameno.

— Não vai ao menos me dizer seu nome? – gritei, no momento em que ela ia embora.

Ela virou a cabeça, olhando para trás por cima do ombro.

— Cinderela! – respondeu, rindo.

Naquele momento, eu não podia imaginar quando e em que circunstâncias voltaria a ver Cinderela.

2
Um pedido de socorro

Passavam cinco minutos das 9 horas quando entrei em nossa sala de estar comum, para tomar o café, na manhã seguinte. Meu amigo Poirot, pontual como sempre, estava quebrando a casca do segundo ovo.

Fitou-me com uma expressão radiante.

– Dormiu bem, meu amigo? Já se recuperou da terrível travessia? É espantoso, quase não se atrasou esta manhã! *Pardon*, mas sua gravata não está simétrica. Permita que eu a arrume.

Já descrevi Hercule Poirot anteriormente. Que homenzinho extraordinário! Altura, 1,63 metro, cabeça em formato de ovo, um pouco espichada para um lado, olhos que tinham um estranho brilho verde quando estava entusiasmado, um bigodinho militar impecável, um ar de imensa dignidade! A aparência era irretocável, puxando para o dândi. Diga-se de passagem, Poirot tinha uma paixão absoluta por ver tudo impecável. Ver um ornamento torto, poeira ou algum desalinho, por menor que fosse, nos trajes de outra pessoa, era uma verdadeira tortura para o homenzinho. E não descansava até dar um jeito de endireitar tudo. "Ordem" e "Método" eram os seus deuses. Tinha algum desdém por provas tangíveis, como pegadas e cinzas de cigarro, argumentando que tais coisas, por si só, jamais permitiriam a um detetive encontrar a solução para um problema. E depois de fazer tal comentário dava um tapinha na cabeça em formato de ovo, com uma complacência ridícula, acrescentando, com imensa satisfação:

– O verdadeiro trabalho é feito aqui *dentro. Com a massa cinzenta...* jamais se esqueça das pequenas células cinzentas, *mon ami!*

Acomodei-me na cadeira e comentei, distraído, em resposta ao cumprimento de Poirot, que uma hora de viagem entre Calais e Dover dificilmente podia merecer ser chamada de "terrível".

Poirot brandiu a colher numa refutação vigorosa à minha observação.

– *Du tout!* Se no espaço de uma hora a pessoa experimenta sensações e emoções terríveis, então viveu muitas horas! Um dos poetas ingleses não disse que o tempo é contado não por horas, mas sim por batidas do coração?

– Mas tenho a impressão de que Browning estava se referindo a algo mais romântico que um simples enjoo no mar.

– Porque era um inglês, um ilhéu, para quem *la Manche* nada significava. Ah, vocês, ingleses! Com *nous autres* é muito diferente!

Subitamente, ele empertigou-se e apontou para as torradas, gritando:

– Ah, *par exemple, c'est trop fort!*

– A que está se referindo?

– A esta torrada! Está observando agora?

Poirot pegou a torrada e estendeu-a para que eu a examinasse.

– É quadrada? Não. É um triângulo? Também não. É ao menos redonda? Não. Possui algum formato agradável à vista, mesmo que remotamente? Absolutamente nenhum!

– Foi cortada de um pão assim, Poirot – expliquei, suavemente.

Poirot lançou-me um olhar fulminante, exclamando em tom sarcástico:

– Ah, mas que inteligência a do meu amigo Hastings! Espero que compreenda que não proibi esse pão... um pão tão informe e feito de qualquer maneira que nenhum padeiro que se preza deveria tê-lo feito!

Achei melhor desviá-lo daquele assunto.

– Apareceu alguma coisa interessante na correspondência?

Poirot sacudiu a cabeça, com uma expressão insatisfeita.

– Ainda não examinei a correspondência, mas não há nada interessante atualmente. Os grandes criminosos, os criminosos de método, não existem mais. Os casos para os quais tenho sido contratado recentemente são banais ao extremo. Para dizer a verdade, estou limitado a recuperar cachorros de estimação para damas da sociedade! O último problema que apresentava algum interesse foi aquele pequeno caso, um tanto intrincado, do diamante Yardly. E isso foi... há quantos meses mesmo, meu amigo?

Tornou a sacudir a cabeça, abatido.

– Ânimo, Poirot. A sorte vai mudar. Abra a correspondência. Afinal, sempre pode haver um caso com C maiúsculo surgindo no horizonte.

Poirot sorriu. Pegando a espátula com que abria sua correspondência, pôs-se a rasgar diversos envelopes que estavam ao lado do prato.

– Uma conta... Outra conta... Parece até que estou me tornando um esbanjador na velhice. Ah, um bilhete de Japp!

– É mesmo?

Fiquei imediatamente alerta. O inspetor da Scotland Yard já nos encaminhara, algumas vezes, a casos dos mais interessantes.

– Ele apenas me agradece (à sua maneira) por um pequeno serviço que lhe prestei no caso Aberystwyth, ajudando-o a seguir na trilha certa.

– E como ele agradece? – indaguei, curioso, pois sabia como Japp era.

– Ele foi bem generoso para dizer que sou um bom sujeito para a minha idade e que está satisfeito por ter me deixado participar do caso.

Era tão típico de Japp que não pude evitar uma risada. Poirot continuou a ler a correspondência, placidamente.

– Uma sugestão para que eu faça uma conferência para os escoteiros locais... A condessa de Forfanock ficaria grata por minha visita. Sem dúvida, é outro cachorro perdido... E, agora, por fim... Ah!

Levantei a cabeça rapidamente, percebendo a mudança de tom. Poirot estava lendo com toda atenção. Um minuto depois, estendeu-me a carta.

– É uma carta fora do comum, *mon ami*. Dê uma olhada.

A carta era escrita em um tipo de papel estrangeiro, com uma letra forte e característica:

Villa Geneviève
Merlinville-sur-Mer
France

Prezado senhor,

Estou precisando da ajuda de um detetive. Por motivos que explicarei posteriormente, não desejo chamar a polícia. Ouvi falar a seu respeito por diversas fontes, e todas as informações concordam que é não apenas um homem de comprovada capacidade, mas que também sabe ser discreto. Não gostaria de entrar em detalhes por carta. Mas posso adiantar que, devido a um segredo que conheço, corro perigo de vida diariamente. Estou convencido de que o perigo é iminente. Por isso, peço-lhe que não perca tempo e atravesse o canal para a França o mais depressa possível. Mandarei um carro ir esperá-lo em Paris, se me enviar um telegrama informando quando vai chegar. Ficarei grato se largar todos os casos de que está tratando no momento a fim de dedicar-se inteiramente aos meus interesses. Estou disposto a pagar qualquer compensação que se faça necessária. Provavelmente, precisarei dos seus serviços por um período considerável, pois talvez haja necessidade de sua ida a Santiago, onde passei vários anos. Agradeceria se me comunicasse os honorários.

Reiterando que o assunto é urgente,

Atenciosamente,

P. T. RENAULD

Abaixo da assinatura havia uma frase rabiscada apressadamente, quase ilegível: *Pelo amor de Deus, venha depressa!*

Devolvi a carta a Poirot, sentindo que o coração batia um pouco mais depressa.

– Finalmente, Poirot! Eis aqui algo que é nitidamente fora do normal.

– Tem razão – murmurou Poirot, pensativo.

– Você irá, não é mesmo?

Poirot assentiu. Estava imerso em seus pensamentos. Depois de algum tempo, aparentemente tomou uma decisão. Olhou para o relógio, com uma expressão solene.

– Não há tempo a perder, meu amigo. O expresso Continental deixa a estação de Victoria às 11 horas. Mas também não precisa ficar nervoso. Há tempo suficiente. Podemos nos dar o luxo de perder dez minutos a discutir a questão. Vai me acompanhar, *n'est-ce pas*?

– Bem...

– Disse-me que seu empregador não iria precisar dos seus serviços pelas próximas semanas.

– Tem razão. Mas o Sr. Renauld deu a entender que o assunto é estritamente particular.

– *Ta-ta-ta!* Não se preocupe que darei um jeito no Sr. Renauld. Por falar nisso, por acaso conhece o nome?

– Há um conhecido milionário sul-americano com esse nome. Se não me engano, ele nasceu na Inglaterra. Mas não sei se se trata da mesma pessoa.

– Mas é claro que sim! Isso explica a referência a Santiago. Santiago fica no Chile e o Chile na América do Sul! Ah, mas já estamos fazendo progressos! Você observou o pós-escrito? O que achou?

– Ah, Poirot, já estou começando a sentir o cheiro de riquezas incalculáveis! – exclamei, sentindo o entusiasmo crescer. – Se tivermos sucesso, nossa fortuna estará garantida!

– Não tenha tanta certeza assim, meu amigo. Um homem rico e seu dinheiro não se separam com tanta facilidade. Já vi um famoso milionário revirar um bonde repleto de passageiros à procura de uma moeda perdida.

Não pude deixar de reconhecer a sabedoria daquelas palavras. Poirot continuou:

– Seja como for, não é o dinheiro que está me atraindo neste caso. Certamente será um prazer ter *carte blanche* em nossas investigações, pois é uma maneira de garantir que, assim, não

perderemos tempo. Mas há algo bizarro no problema que me desperta o interesse. Notou o pós-escrito? O que achou dele?

Pensei por um momento.

– Parece evidente que ele escreveu a carta mantendo todo o controle. Mas, no fim, acabou perdendo o controle e, num súbito impulso, rabiscou essas seis palavras desesperadas.

Mas meu amigo sacudiu a cabeça vigorosamente.

– Está enganado. Não reparou que a tinta da assinatura é quase preta, enquanto a do pós-escrito está bastante clara?

– E o que isso significa? – indaguei, perplexo.

– *Mon Dieu, mon ami*, use a sua massa cinzenta! Não é óbvio? O Sr. Renauld escreveu a carta. Sem usar o mata-borrão, releu-a com cuidado. Depois, não por um impulso súbito, mas deliberadamente, acrescentou aquelas últimas palavras, só então usando o mata-borrão.

– Mas por quê?

– *Parbleu!* Para produzir em mim o mesmo efeito que teve em você!

– Como assim?

– *Mais, oui...* para garantir a minha ida! Ele releu a carta e não ficou satisfeito. Achou que não era forte o bastante!

Poirot fez uma pausa, antes de acrescentar, suavemente, os olhos brilhavam com aquela luz verde que sempre indicava o seu entusiasmo interior:

– Portanto, *mon ami*, já que esse pós-escrito foi acrescentado não num súbito impulso, mas sobriamente, a sangue-frio, a urgência é realmente muito grande. Assim sendo, devemos partir o mais depressa possível.

– Merlinville... – murmurei, pensativo. – Tenho a impressão de que já ouvi falar desse lugar.

Poirot assentiu.

– É um lugar tranquilo, mas muito chique. Fica entre Boulogne e Calais. É um lugar da moda, frequentado por ingleses ricos que desejam sossego. O Sr. Renauld tem uma casa na Inglaterra, não é mesmo?

– Tem, sım. Se não me engano, fica em Rutland Gate. E tem também uma grande propriedade rural em algum lugar de Hertfordshire. Mas, para dizer a verdade, não sei muita coisa a respeito dele. Pelo que sei, não é muito sociável. Creio que possui grandes interesses sul-americanos na City e passou a maior parte da sua vida no Chile e na Argentina.

– Saberemos dos detalhes diretamente dele. E, agora, vamos tratar de fazer as malas. Uma valise pequena para cada um. E depois pegaremos um táxi até Victoria.

– E a condessa? – indaguei, com um sorriso.

– Ah, *je m'en fiche!* O caso dela, certamente, não tem o menor interesse.

– Por que tem tanta certeza assim?

– Se tivesse alguma importância, ela teria vindo me procurar pessoalmente, em vez de escrever. Uma mulher não sabe esperar... jamais se esqueça disso, Hastings.

Partimos de Victoria às 11 horas, a caminho de Dover. Antes da partida, Poirot passou um telegrama para o Sr. Renauld, comunicando a hora da nossa chegada a Calais.

– Estou surpreso por constatar que não fez nenhum investimento em alguns vidros de remédio contra enjoo, Poirot - comentei, maliciosamente, recordando a conversa na hora do café.

Meu amigo, que estava ansiosamente verificando o tempo, virou-se para me fitar com uma expressão de censura.

– Por acaso esqueceu o excelente método de Laverguier? Sempre pratico o sistema dele. Se está lembrado, basta manter o equilíbrio, virando a cabeça da esquerda para a direita, respirando fundo, contando até seis entre cada respiração.

– Vai estar um pouco cansado de se equilibrar e contar até seis quando chegar a Santiago ou Buenos Aires, qualquer que seja o lugar onde finalmente aportar.

– *Quelle idée!* Está realmente pensando que irei a Santiago?

– Foi o que o Sr. Renauld sugeriu na carta.

19

– Ele não conhece os métodos de Hercule Poirot. Não fico correndo de um lado para outro, em viagens intermináveis, agitando-me à toa. Meu trabalho é feito *aqui dentro*! – E Poirot bateu na testa, com um gesto expressivo. Como inevitavelmente acontecia, o comentário dele provocou a minha faculdade contestatória.

– Isso é muito bom, Poirot, mas acho que está começando a desprezar certas coisas em demasia. As impressões digitais já levaram a muitas prisões e já causaram a condenação de mais de um criminoso.

– E, sem a menor dúvida, também já serviram para enforcar mais de um homem inocente – comentou Poirot de maneira seca.

– Mas não acha que o estudo das impressões digitais e de pegadas, das diferentes espécies de lama, assim como outras pistas decorrentes da observação meticulosa dos detalhes, podem ter uma importância vital?

– Mas claro que acho! Aliás, nunca disse o contrário. O observador treinado, o *expert*, certamente é muito útil. Mas os outros, os Hercules Poirots, estão acima dos *experts*! Os *experts* entregam os fatos a eles, que cuidam então de definir o método do crime, da dedução lógica, da sequência e ordem apropriadas dos fatos. Acima de tudo, determinam a verdadeira psicologia do caso. Por acaso já caçou raposas?

– Umas poucas vezes – respondi, aturdido com aquela abrupta mudança de assunto. – Por quê?

– *Eh bien*, não é preciso cachorros para uma caçada a raposas?

– De caça. Claro!

Poirot sacudiu o dedo em minha direção.

– Ninguém desce do cavalo e sai correndo a farejar pelo chão, a soltar latidos, não é mesmo?

Contra a vontade, não pude deixar de soltar uma risada. Poirot assentiu, visivelmente satisfeito.

– É isso mesmo. Numa caça a raposas, deixa-se o trabalho dos cães para os cães. Contudo, estava querendo que eu, Hercule Poirot, assumisse um papel ridículo, deitando-me no chão (e possivelmente sobre a grama úmida!) para estudar pegadas hipotéticas. Lembre-se do mistério do expresso de Plymouth. O bom Japp foi fazer um levantamento da linha férrea. Quando voltou, eu, sem sair dos meus aposentos, pude dizer exatamente o que ele encontrara.

– Quer dizer, então, que na sua opinião Japp apenas desperdiçou tempo?

– Absolutamente, já que as provas que ele encontrou confirmaram minha teoria. Mas *eu* teria desperdiçado meu tempo, se tivesse ido. O mesmo acontece com os peritos. Lembre-se daqueles depoimentos sobre caligrafia no caso Cavendish. O advogado de acusação chamou a atenção para as semelhanças, enquanto a defesa ressaltava as diferenças. Tudo numa linguagem muito técnica. E qual foi o resultado? O que já sabíamos desde o início. A letra podia perfeitamente ser de John Cavendish. E a mente psicológica se vê diante da pergunta inevitável: por quê? Porque fora realmente escrito por ele? Ou porque alguém desejava fazer com que pensássemos dessa forma? Respondi a esta pergunta, *mon ami*... e respondi corretamente.

E tendo conseguido me silenciar de modo eficaz, como se tivesse me convencido, Poirot recostou-se, com um ar satisfeito.

No barco, compreendi que era melhor não perturbar a solidão do meu amigo. O tempo estava maravilhoso e o mar tão sereno quanto um lago comum. Por isso, não fiquei surpreso ao saber que o método de Laverguier mais uma vez dera certo quando um sorridente Poirot juntou-se a mim na hora do desembarque em Calais. Um desapontamento nos aguardava, pois não havia nenhum carro à espera. Mas Poirot atribuiu o fato desagradável a um atraso na entrega do telegrama.

– Já que temos *carte blanche*, vamos alugar um carro – disse ele, jovialmente.

Alguns minutos depois, estávamos a caminho de Merlinville, aos solavancos no carro mais desconjuntado e decrépito que já fora alugado.

Eu me sentia bastante animado.

— Ah, mas que ar maravilhoso! Tudo indica que esta será uma viagem maravilhosa!

— Para você, *mon ami*, é possível. Quanto a mim, não se esqueça de que estou vindo para cá a trabalho.

— Ora, isso não é nada! — declarei, alegremente. — Tenho certeza de que vai descobrir tudo, garantir a segurança do Sr. Renauld, desbaratar os possíveis assassinos e encerrar o caso num esplendor de glória!

— É muito otimista, meu amigo.

— Tem toda razão. Estou absolutamente certo do sucesso. Afinal, você não é o único e inigualável Hercule Poirot?

Mas meu pequeno amigo não mordeu a isca. Estava me observando atentamente, com uma expressão séria.

— Você é o que os escoceses chamam de *fey*, ou seja, aquele que está sob um encantamento. Isso pressagia o desastre.

— Não diga bobagem, Poirot. Seja como for, estou vendo que não partilha os meus pensamentos.

— Infelizmente, não. E estou até temeroso.

— Temeroso por quê?

— Não sei. Mas tenho um pressentimento... um certo *je ne sais quoi*!

Poirot falava tão seriamente que fiquei até impressionado, contra a vontade. Ele acrescentou, lentamente:

— Tenho o pressentimento de que este será um caso grande, um problema longo e difícil, que não terá uma solução fácil.

Tive vontade de interrogá-lo mais um pouco a respeito de seus temores, mas nesse momento entramos em Merlinville. Paramos o carro, a fim de perguntarmos qual era o caminho para a Villa Geneviève.

– Siga em frente direto, atravessando a cidade. A Villa Geneviève fica cerca de um quilômetro para o outro lado. Não há como errar. É uma casa enorme, junto ao mar.

Agradecemos ao informante e seguimos em frente, deixando a cidadezinha para trás. Uma bifurcação na estrada levou-nos a outra parada. Um camponês se aproximava. Ficamos esperando que chegasse mais perto, a fim de perguntarmos novamente qual era o caminho. Havia uma pequena casa à direita da estrada, mas era pequena e estava estragada demais para ser a que procurávamos. Enquanto esperávamos, o portão da propriedade se abriu e uma jovem saiu.

O camponês estava passando por nós nesse momento. O motorista inclinou-se para a frente e pediu uma orientação.

– Villa Geneviève? Mais alguns metros adiante, à direita, nesta mesma estrada. Poderia ver daqui, se não fosse pela curva.

O motorista agradeceu e tornou a ligar o carro. Meus olhos estavam fixados na moça, fascinados. Ela continuava parada no portão, a nos observar. Sou um admirador da beleza e ali estava uma beldade pela qual não se podia passar sem um olhar de admiração. Era alta, com as proporções de uma jovem deusa. A cabeça dourada, descoberta, brilhava ao sol. Disse a mim mesmo que era uma das mais lindas jovens que eu já tinha visto. Ao chegarmos à curva, virei a cabeça para contemplá-la pela última vez.

– Por Deus, Poirot, você reparou naquela jovem deusa?

Poirot franziu as sobrancelhas.

– *Ça commence!* Já viu uma deusa, *mon ami*.

– Mas ela não era linda?

– É possível. Não reparei nisso.

– Mas não olhou para ela?

– *Mon ami*, duas pessoas raramente veem a mesma coisa. Você, por exemplo, viu uma deusa, enquanto eu...

Poirot hesitou.

– O que você viu?

23

— Vi apenas uma jovem com uma expressão bastante ansiosa.

Nesse momento, paramos diante de um grande portão verde. E, simultaneamente, deixamos escapar uma exclamação de espanto. Diante do portão, estava parado um imponente *sergent de ville*. O homem levantou a mão, ordenando que parássemos.

— Não podem passar, senhores.

— Mas precisamos falar com o Sr. Renauld! – protestei. – Temos um encontro marcado. É aqui que ele mora, não é mesmo?

— É, sim, mas...

Poirot inclinou-se para a frente:

— Mas o quê?

— O Sr. Renauld foi assassinado esta manhã.

3
Na Villa Geneviève

No mesmo instante, Poirot saltou do carro, os olhos brilhando intensamente de excitamento. Agarrou o homem pelo ombro, gritando:

— O que foi que disse? Assassinado? Quando? Como?

O *sergent de ville* empertigou-se.

— Não posso responder a nenhuma pergunta, senhor.

— É verdade. Eu compreendo.

Poirot pensou por um momento.

— O comissário de polícia está lá dentro?

— Está, sim, senhor.

Poirot tirou um cartão do bolso e nele rabiscou algumas palavras.

— *Voilà!* Quer fazer a gentileza de providenciar para que este cartão seja entregue ao comissário imediatamente?

O homem pegou o cartão, virou a cabeça para trás, por cima do ombro, e assobiou. Alguns segundos depois, um companheiro seu apareceu e pegou o bilhete de Poirot. Houve alguns minutos de espera. Depois, um homem baixo e corpulento, com um imenso bigode, aproximou-se do portão, parecendo muito afobado. O *sergent de ville* bateu continência e deu um passo para o lado

– Meu caro Monsieur Poirot! E realmente um prazer vê-lo! E devo dizer que chegou num momento dos mais oportunos!

O rosto de Poirot ficou radiante.

– Sr. Bex! Mas que prazer!

Ele virou-se para mim e acrescentou:

– Este é um inglês amigo meu, capitão Hastings... Sr. Lucien Bex.

O comissário e eu nos cumprimentamos com uma mesura cerimoniosa. Depois, ele virou-se novamente para Poirot.

– *Mon vieux*, não o vejo desde aquela ocasião em Ostend, em 1909. Ouvi dizer que deixou a Força. É verdade?

– É sim. Estou agora com um negócio particular em Londres.

– E diz que tem informações que podem nos ser úteis?

– Provavelmente, já sabe de tudo. Sabia que vim até aqui a chamado?

– Não. A chamado de quem?

– Do homem morto. Parece que ele sabia que iam tentar matá-lo. Infelizmente, ele mandou chamar-me tarde demais.

– *Sacré tonnerre!* Quer dizer que ele previa o próprio assassinato? Isso abala inteiramente todas as nossas teorias! Mas vamos entrar logo de uma vez.

Ele abriu o portão. Começamos a seguir na direção da casa. O Sr. Bex continuou a falar:

– O magistrado encarregado do inquérito, Sr. Hautet, deve saber disso imediatamente. Ele já terminou de examinar a cena do crime e está agora iniciando os interrogatórios. É um homem muito simpático. Tenho certeza de que irá gostar dele. É um tanto original em seus métodos, mas é um excelente magistrado.

– Quando o crime foi cometido? – indagou Poirot.

– O corpo foi descoberto esta manhã, por volta das 9 horas. As informações da Sra. Renauld e os depoimentos dos médicos indicam que a morte ocorreu por volta das 2 horas. Mas entrem, por gentileza.

Tínhamos chegado aos degraus da porta da frente da casa. Outro *sergent de ville* estava sentado no vestíbulo. Levantou-se imediatamente ao ver o comissário, que lhe perguntou:

– Onde está o Sr. Hautet?

– No salão, senhor.

O Sr. Bex abriu a porta do lado esquerdo do vestíbulo e entramos no salão. O Sr. Hautet e seu assistente estavam sentados a uma mesa redonda bem grande. Viraram a cabeça para nos fitarem, quando entramos. O comissário apresentou-nos e explicou nossa presença.

O Sr. Hautet, o *Juge d'Instruction*, era um homem alto e magro, com olhos pretos penetrantes, uma barba grisalha impecavelmente aparada, que ele tinha o hábito de acariciar enquanto falava. Um homem idoso, com os ombros ligeiramente encurvados, estava de pé junto à parede. Foi-nos apresentado como o Dr. Durand.

– Que coisa extraordinária! – comentou o Sr. Hautet, assim que o comissário acabou de falar. – A carta está aí, senhor?

Poirot entregou a carta e o magistrado leu-a.

– Hum, hum... Ele fala em um segredo. É uma pena que não tenha sido mais explícito. Esperamos que nos dê a honra de ajudar em nossas investigações, Monsieur Poirot. Ou será que precisa retornar imediatamente a Londres?

– Pretendo permanecer aqui. Não cheguei a tempo de impedir a morte de meu cliente, mas tenho o compromisso de honra de descobrir o assassino.

O magistrado fez uma mesura.

– São sentimentos extremamente honrados, Monsieur Poirot. E tenho certeza de que a Sra. Renauld desejará contra-

tar seus serviços. Estamos esperando a chegada a qualquer momento do senhor Giraud, da Sûreté, de Paris. E também não tenho a menor dúvida de que ele ficará satisfeito em contar com a sua colaboração nas investigações. Enquanto esperamos, desejo que me faça a honra de estar presente aos interrogatórios. E não preciso dizer que se desejar algum esclarecimento, estamos inteiramente à sua disposição.

– Muito obrigado, senhor. No momento, como deve compreender, estou inteiramente no escuro. Não sei de absolutamente nada.

O Sr. Hautet fez um aceno com a cabeça para o comissário, que fez um relato sucinto dos fatos:

– Esta manhã, a velha criada Françoise, quando desceu para iniciar mais um dia de trabalho, encontrou a porta da frente entreaberta. Alarmada com a possibilidade de ladrões terem entrado na casa, ela foi dar uma olhada na sala de jantar. Mas a prataria estava intacta. Não pensou mais no caso, achando que o patrão certamente levantara cedo e saíra para dar uma volta.

– Perdão por interromper, senhor, mas ele por acaso tinha esse hábito?

– Não, não tinha. Mas a velha Françoise tem uma ideia fixa em relação aos ingleses: de que são todos loucos e estão sujeitos a fazerem as coisas mais inexplicáveis, nos momentos mais inesperados. Mais tarde, uma jovem criada, Léonie, subiu para chamar a patroa, como sempre fazia. E ficou horrorizada ao descobri-la amordaçada e amarrada. Nesse mesmo momento chegou a notícia de que o corpo do Sr. Renauld fora encontrado, morto, apunhalado pelas costas.

– Onde?

– Esse é um dos detalhes mais extraordinários do caso, Monsieur Poirot. O corpo estava caído, de rosto para baixo, *num túmulo aberto*.

– Como?

— Isso mesmo que eu disse, monsieur. Era uma cova recentemente escavada, alguns metros além dos limites da propriedade.

— E há quanto tempo ele estava morto?

Foi o Dr. Durand quem respondeu à pergunta:

— Examinei o corpo esta manhã, às 10 horas. A morte deve ter ocorrido sete, no máximo dez horas antes.

— Ou seja, entre a meia-noite e as 3 horas da madrugada.

— Exatamente. E o depoimento da Sra. Renauld situa a morte depois das 2 horas da madrugada, o que reduz ainda mais a margem de tempo. A morte deve ter sido instantânea e, naturalmente, não pode ter sido autoinfligida.

Poirot assentiu e o comissário retomou o relato:

— A Sra. Renauld foi rapidamente libertada das cordas que a prendiam pelas criadas horrorizadas. Estava num terrível estado de fraqueza, quase inconsciente devido à dor provocada pelas cordas. Ao que parece, dois homens mascarados entraram em seu quarto, amordaçaram-na e amarraram-na, sequestrando em seguida seu marido. Sabemos disso por intermédio das criadas. Ao tomar conhecimento da trágica notícia, ela caiu imediatamente num estado alarmante de nervosismo. Ao chegar, o Dr. Durand receitou um sedativo. Assim, ainda não tivemos a oportunidade de interrogá-la. Mas tenho certeza de que ela acordará mais calma e poderá aguentar a pressão do interrogatório.

O comissário fez uma pausa.

— Quantas pessoas moram nesta casa, senhor?

— A velha Françoise, a governanta, que vive aqui há muitos anos, desde os tempos dos antigos proprietários da Villa Geneviève. E há também duas moças, irmãs, Denise e Léonie Oulard. Elas são de Merlinville, de uma família respeitável. Há também o motorista, que o Sr. Renauld trouxe da Inglaterra. Mas, no momento, ele está ausente, de folga. E, por fim, há a Sra. Renauld e o filho, o Sr. Jack Renauld. Ele também está ausente.

Poirot assentiu, dando-se por satisfeito. o Sr. Hautet gritou:

– *Marchand!*

O *sergent de ville* apareceu.

– Traga a mulher chamada Françoise.

O homem bateu continência e desapareceu. Não demorou a voltar, escoltando a assustada Françoise.

– Seu nome é Françoise Arrichet?

– É, sim, senhor.

– Há quanto tempo trabalha na Villa Geneviève?

– Há 11 anos, desde o tempo da Sra. La Vicomtesse. Quando ela vendeu a propriedade ao milorde inglês, nesta primavera, concordei em continuar no serviço. Nunca imaginei...

O magistrado interrompeu-a bruscamente.

– Sem dúvida, sem dúvida... Agora, Françoise, poderia me dizer quem era a pessoa encarregada de trancar a porta de noite?

– Era minha obrigação, senhor. E jamais deixei de cumpri-la.

– Inclusive ontem à noite?

– Tranquei a porta, como de hábito.

– Tem certeza?

– Juro por todos os santos, senhor!

– A que horas trancou a porta?

– Na mesma hora de sempre, senhor, às 10h30 da noite.

– E todas as outras pessoas da casa já tinham ido deitar?

– A senhora havia se retirado algum tempo antes. Denise e Léonie subiram comigo. O senhor ainda estava em seu gabinete.

– Nesse caso, se alguém abriu a porta mais tarde, deve ter sido o próprio Sr. Renauld, não é mesmo?

Françoise sacudiu os ombros largos.

– Por que o Sr. Renauld haveria de fazer uma coisa dessas, com ladrões aparecendo por aqui a todo instante? Ele não era nenhum imbecil. E nem mesmo abriu a porta depois para *cette dame* sair...

– *Cette dame?* – interrompeu-a novamente o magistrado. – A que dama está se referindo?

– Ora, à dama que veio visitá-lo.

29

– Está querendo dizer que uma dama veio visitá-lo ontem à noite?

– Exatamente, senhor... e não só ontem à noite, como em muitas outras antes disso.

– E sabe quem ela era?

Uma expressão astuta estampou-se no rosto da velha Françoise.

– Como eu posso saber quem era? Não fui eu quem lhe abriu a porta ontem à noite.

– *Ei!* – rugiu o magistrado, dando um murro na mesa. – Não vai querer brincar com a polícia, não é mesmo? Exijo que me diga imediatamente o nome dessa mulher que vinha visitar o Sr. Renauld todas as noites!

– Ah, a polícia, a polícia... – Françoise resmungou. – Nunca pensei que algum dia ainda me envolveria com a polícia. Mas se está mesmo querendo saber, posso dizer quem era a mulher. Era a Sra. Daubreuil.

O comissário deixou escapar uma exclamação e inclinou-se subitamente para a frente, como se estivesse espantado.

– A Sra. Daubreuil... da Villa Marguerite, um pouco mais adiante?

– Foi isso mesmo o que eu disse, senhor. E como é bonita!

E a velha sacudiu a cabeça, desdenhosamente.

– Sra. Daubreuil... – murmurou o comissário. – Mas isso é impossível!

– *Voilà!* – resmungou Françoise. – Isso é tudo o que a gente ganha por contar a verdade.

– Absolutamente – disse o magistrado, suavemente, procurando tranquilizá-la. – Ficamos surpresos, mais nada. Quer dizer que a Sra. Daubreuil e o Sr. Renauld eram...

Ele fez uma pausa, delicadamente, antes de acrescentar:

– E então? Era isso mesmo?

– Como posso saber? Seja como for, o que se podia esperar, senhor? Ele era um *milord anglais... très riche.* E a Sra. Daubreuil era muito pobre... e *très chic*, apesar de viver de

maneira tão reclusa com a filha. Mas não resta a menor dúvida de que ela já teve a sua história. Já não é mais jovem, mas *ma foi*! Eu mesma tenho visto os homens virarem a cabeça para contemplá-la, quando ela passa pela rua. Além do mais, ela ultimamente dispõe de mais dinheiro para gastar... e toda a cidade sabe disso. As pequenas economias têm um fim.

Françoise sacudiu a cabeça com um ar de certeza inabalável. O Sr. Hautet acariciou a barba, pensativo...

– E a Sra. Renauld? – perguntou ele, finalmente. – Como ela aceitava... essa amizade?

Françoise voltou a dar de ombros.

– Ela se mostrava muito cordial... muito polida. Qualquer pessoa diria que ela não desconfiava de nada. Mas mesmo quando não se aparenta, o coração sofre, não é, senhor? Dia a dia, observei madame ficar cada vez mais pálida e magra. Ela já não era mais a mesma mulher que chegou aqui há um mês. O senhor também tinha mudado. Podia-se ver que ele estava à beira de uma crise de nervos. E quem podia se espantar, tendo um caso desse jeito? Sem a menor reserva, sem a menor discrição. *Style anglais*, com certeza!

Remexi-me em minha cadeira, indignado. Mas o magistrado prosseguiu em seu interrogatório, sem se deixar distrair pelos assuntos secundários.

– Disse que o Sr. Renauld não precisava destrancar a porta para deixar a Sra. Daubreuil sair. Quer dizer que ela já tinha ido embora antes?

– Já, sim, senhor. Ouvi-os saírem do gabinete e irem até a porta. Ele desejou boa-noite e fechou a porta assim que a Sra. Daubreuil saiu...

– A que horas foi isso?

– Cerca de 25 minutos depois da meia-noite, senhor.

– Sabe a que horas ele foi se deitar?

– Ouvi-o subir cerca de dez minutos depois que nós subimos. A escada range muito e por isso podemos ouvir quando alguém está subindo.

— E isso é tudo? Não ouviu mais nenhum barulho pertur-bador durante a noite?

— Não ouvi absolutamente mais nada, senhor.

— Qual das criadas foi a primeira a descer esta manhã?

— Fui eu, senhor. E percebi imediatamente que a porta estava entreaberta.

— E o que me diz das janelas daqui de baixo? Estavam todas trancadas?

— Estavam, sim, senhor. Não havia mais nada de suspeito em parte alguma.

— Está bem, Françoise. Pode ir.

A velha criada encaminhou-se para a porta, arrastando os pés. Parou no limiar e olhou para trás.

— Vou lhe dizer uma coisa, senhor. Aquela tal de senhora Daubreuil não presta. E pode estar certo disso. Uma mulher conhece outra. Não se esqueça.

E sacudindo a cabeça com um ar de sabedoria, Françoise saiu da sala.

— Léonie Oulard! — gritou o Sr. Hautet.

Léonie apareceu, desmanchando-se em lágrimas, prestes a ter um acesso de histeria. O magistrado tratou-a com extrema habilidade. O depoimento dela consistiu quase que totalmente em sua descoberta da patroa amordaçada e amarrada. Ela fez um relato um tanto exagerado. Assim como Françoise, não tinha ouvido coisa alguma durante a noite.

A irmã dela, Denise, foi chamada logo depois. Confirmou que o patrão mudara muito recentemente.

— A cada dia que passava, ele se tornava mais sombrio. E comia menos. Estava sempre deprimido.

Em seguida, Denise apresentou sua teoria para explicar tal mudança:

— Não resta a menor dúvida de que a máfia estava atrás dele. Dois homens mascarados... quem mais poderia ser? É uma sociedade terrível!

– Claro que isso é uma possibilidade – disse o magistrado de maneira suave. – E agora, minha jovem, pode me dizer se foi você quem abriu a porta para a Sra. Daubreuil ontem à noite?

– Ontem à noite não, senhor. Abri a porta para ela na noite anterior.

– Mas Françoise acaba de nos dizer que a Sra. Daubreuil esteve aqui ontem à noite!

– Não, senhor, não esteve. Uma dama veio realmente visitar o Sr. Renauld ontem à noite, mas não era a Sra. Daubreuil.

Surpreso, o Sr. Hautet insistiu, mas a moça manteve-se firme. Ela conhecia a Sra. Daubreuil perfeitamente, de vista. A dama que aparecera na noite anterior era também morena, mas bem mais baixa e também mais jovem. E não houve nada que abalasse o seu depoimento.

– Já tinha visto essa mulher antes?

– Nunca, senhor.

E depois de uma breve hesitação, ela acrescentou timidamente:

– Mas acho que ela era inglesa.

– Inglesa?

– Isso mesmo, senhor. Perguntou do Sr. Renauld num francês muito bom, mas o sotaque... a gente sempre pode dizer, *n'est-ce pas*? Além do mais, eles estavam falando inglês no momento em que saíram do gabinete.

– Ouviu por acaso o que eles disseram? Isto é, conseguiu entender o que estavam falando?

– Eu falo inglês muito bem, senhor! – declarou Denise, com visível orgulho. – A mulher estava falando depressa demais para que eu pudesse entender direito o que dizia. Mas ouvi as últimas palavras do Sr. Renauld, quando abriu a porta para ela sair.

Denise fez uma pausa e depois repetiu as palavras do patrão, em inglês, cuidadosamente, com a maior dificuldade:

– Está bem... está bem... mas, pelo amor de Deus, vá embora agora!

– Está bem, está bem, mas, pelo amor de Deus, vá embora agora! – repetiu o magistrado.

Ele dispensou Denise. Depois de alguma consideração, decidiu tornar a chamar Françoise. E perguntou-lhe se ela por acaso não cometera um erro ao fixar a noite da visita da Sra. Daubreuil como sendo a anterior. Françoise, contudo, mostrou-se inesperadamente obstinada. Tinha sido mesmo na noite passada que a senhora Daubreuil aparecera. Não tinha a menor dúvida de que era realmente ela. Denise estava apenas querendo bancar a interessante, *voilà tout!* Fora somente por isso que inventara aquela história sobre uma mulher desconhecida. E também quisera exibir os seus conhecimentos de inglês! Provavelmente, o Sr. Renauld jamais dissera aquela frase em inglês em momento algum. E mesmo que o tivesse feito, isso não provava coisa alguma, pois a Sra. Daubreuil também falava inglês perfeitamente. E, de um modo geral, costumava usar essa língua ao conversar com o Sr. e a Sra. Renauld.

– Afinal, o Sr. Jack, o filho do Sr. Renauld, geralmente estava presente e não falava francês muito bem.

O magistrado não insistiu. Em vez disso, interrogou-a a respeito do motorista. E soube que no dia anterior o Sr. Renauld dissera que provavelmente não iria usar o carro e que Masters podia tirar o dia de folga.

Poirot estava começando a franzir os olhos, com uma expressão de perplexidade.

– O que é? – sussurrei.

Ele sacudiu a cabeça, impaciente, e perguntou:

– Perdoe a interrupção, Sr. Bex, mas eu gostaria de saber se o Sr. Renauld não podia guiar o carro pessoalmente.

O comissário olhou para a velha Françoise, que respondeu prontamente:

– Não. O Sr. Renauld jamais guiava o carro.

A perplexidade de Poirot tornou-se ainda mais intensa. Perguntei-lhe, impaciente, num sussurro:

– Eu gostaria que me dissesse logo de uma vez o que o preocupa, Poirot.

– Será que não percebeu nada? Em sua carta, o Sr. Renauld disse que mandaria o carro me buscar em Calais.

– Talvez ele estivesse se referindo a um carro alugado – sugeri.

– Certamente deve ser essa a explicação. Mas por que alugar um carro quando se tem um? E por que ele foi escolher justamente o dia de ontem para dar folga de forma súbita ao motorista? Haveria algum motivo para que ele quisesse o motorista longe daqui antes da nossa chegada?

4

A carta assinada por "Bella"

Françoise havia se retirado. O magistrado estava tamborilando sobre a mesa, pensativo. Por fim, ele disse:

– Sr. Bex, temos dois depoimentos diretamente conflitantes. Em quem devemos acreditar, Françoise ou Denise?

– Denise – respondeu o comissário, sem a menor hesitação. – Foi ela quem abriu a porta para a visitante. Françoise é velha e teimosa e não resta a menor dúvida de que não gosta da Sra. Daubreuil. Além do mais, pelo que sabemos, tudo indica que Renauld estava envolvido com outra mulher.

– Tiens! – exclamou o Sr. Hautet. – Esquecemos de informar isso a Monsieur Poirot!

Ele procurou entre os papéis que estavam sobre a mesa, encontrou o que procurava e estendeu-o ao meu amigo.

– Achamos esta carta no sobretudo do falecido, Monsieur Poirot.

Poirot pegou a carta e desdobrou-a. Estava um tanto amarrotada. Estava escrita em inglês, com uma letra não muito firme:

Meu querido:
Por que passou tanto tempo sem me escrever? Ainda me ama, não é mesmo? Ultimamente, suas cartas têm sido diferentes, frias e estranhas. E, agora, este longo silêncio. Isso me faz ficar com medo. Se você deixasse de me amar... Mas isso é impossível. Que criança tola que eu sou, sempre imaginando coisas! Mas se você parasse de me amar, não sei o que eu faria... provavelmente me mataria! Não posso viver sem você. Às vezes, penso que outra mulher está se interpondo entre nós. Que ela trate de desistir... e você também! Prefiro matá-lo a permitir que ela o tenha! E estou falando sério!
Mas já estou começando a escrever bobagens novamente. Você me ama e eu o amo... isso mesmo, eu o amo, amo, amo!
Aquela que o adora
Bella

Não havia endereço nem data. Poirot devolveu a carta, com uma expressão séria.
– Qual é a suposição, senhor?
O magistrado deu de ombros.
– É evidente que o Sr. Renauld estava envolvido com essa inglesa... Bella. Ele vem para cá, conhece a Sra. Daubreuil, inicia um novo caso. Esfria o relacionamento com a outra mulher, que logo desconfia de alguma coisa. Esta carta contém uma ameaça inconfundível. A princípio, Monsieur Poirot, o caso parecia bastante simples. Uma questão de ciúme! O fato de o Sr. Renauld ter sido apunhalado pelas costas parecia apontar claramente para a possibilidade de ser um crime cometido por uma mulher.
Poirot assentiu.

– A punhalada pelas costas, é possível... mas não a cova! Isso era um trabalho árduo, difícil, e nenhuma mulher escava uma cova, senhor. Isso foi trabalho de homem.

O comissário exclamou, muito agitado:

– Mas é isso mesmo! Ainda não tínhamos pensado nisso!

– Como eu disse antes – continuou o Sr. Hautet –, o caso, a princípio, parecia simples. Mas os homens mascarados e a carta que recebeu do Sr. Renauld complicam tudo. Ao que tudo indica, temos agora outro conjunto de circunstâncias, inteiramente diferente, sem qualquer relação aparente. Sobre a carta que lhe foi escrita, Monsieur Poirot, acha que podia de alguma forma se referir a essa Bella e suas ameaças?

Poirot sacudiu a cabeça.

– Dificilmente. Um homem como o Sr. Renauld, que levou uma existência aventuresca, viajando por toda parte, não iria pedir proteção contra uma mulher.

O magistrado assentiu, de forma enfática.

– É exatamente essa a minha opinião. Sendo assim, devemos procurar uma explicação para a carta...

– Em Santiago – arrematou o comissário. – Passarei um cabograma para a polícia daquela cidade, pedindo informações detalhadas sobre a vida do Sr. Renauld lá, seus casos amorosos, transações comerciais, amizades e qualquer inimigo que possa ter arranjado. Será muito difícil não encontrar uma pista para elucidar este misterioso assassinato.

O comissário olhou ao redor, à procura de aprovação. Poirot apressou-se em dizer:

– Excelente ideia!

– A esposa dele talvez possa nos dar também algumas informações – sugeriu o magistrado.

– Não encontraram nenhuma outra carta dessa Bella entre os pertences do Sr. Renauld? – Poirot perguntou.

– Não. Até agora, é verdade, só verificamos os documentos que estavam no gabinete. Não descobrimos nada interes-

sante. Tudo parecia muito claro e normal. A única coisa que pode ter algum interesse é o testamento dele. Aqui está.

Poirot leu o documento rapidamente.

– Um legado de mil libras para o Sr. Stonor... quem é ele?

– É o secretário do Sr. Renauld. Ele permaneceu na Inglaterra, mas já esteve aqui algumas poucas vezes, passando o fim de semana.

– E ele deixou tudo mais, incondicionalmente, para sua amada esposa Eloise. Um testamento elaborado com a maior simplicidade, mas perfeitamente legal. E com as assinaturas, como testemunhas, de duas criadas, Denise e Françoise. Não há nada de estranho neste testamento.

Poirot devolveu o documento. Bex interveio:

– Talvez não tenha notado...

– A data? Notei, sim. O testamento foi feito há 15 dias. Possivelmente, foi nessa ocasião que ele teve a primeira indicação do perigo iminente. Muitos homens ricos morrem sem deixar testamento porque jamais consideram a possibilidade da própria morte. Mas é arriscado tirar conclusões precipitadas. Contudo, a carta parece indicar que ele tinha um afeto sincero pela esposa, apesar de seus casos amorosos.

– Tem razão – disse o Sr. Hautet, um tanto em dúvida. – Mas é uma injustiça com o filho, já que o deixa inteiramente dependente da mãe. Se ela casar outra vez, e o segundo marido tiver muita ascendência sobre ela, é possível que o rapaz jamais venha a tocar em um só centavo do dinheiro do pai.

Poirot deu de ombros.

– O homem é, acima de tudo, um animal vaidoso. O Sr. Renauld, certamente, imaginou que sua viúva jamais tornaria a casar. E quanto ao filho, pode ter sido uma precaução sensata deixar o dinheiro nas mãos da mãe. Os filhos dos ricos são proverbialmente descontrolados.

– É possível. E agora, Monsieur Poirot, sem dúvida, está querendo visitar o local do crime. Infelizmente, o corpo já foi

removido. Mas tiramos fotografias de todos os ângulos possíveis. Estarão à sua disposição assim que forem reveladas.

– Agradeço sensibilizado a sua cortesia, senhor.

O comissário levantou-se.

– Venham comigo, senhores.

Ele abriu a porta e fez uma mesura cerimoniosa para que Poirot saísse primeiro. Poirot, com igual polidez, fez uma mesura para o comissário.

– Senhor...

– Monsieur...

Saíram finalmente para o vestíbulo.

– Ali é o gabinete dele, *certo*? – indagou Poirot subitamente, indicando com a cabeça a porta no outro lado do vestíbulo.

– É, sim. Gostaria de vê-lo?

O comissário abriu a porta enquanto falava e entramos.

A sala que o Sr. Renauld escolhera para seu uso particular era pequena, mas mobiliada com muito conforto e bom gosto. Junto à janela havia uma escrivaninha de estilo profissional, com pequenos compartimentos. Diante da lareira, duas poltronas confortáveis, de couro. Entre elas havia uma mesa redonda, sobre a qual se podia avistar as mais recentes revistas e os últimos lançamentos em livros. Havia estantes em duas paredes. Na parede da janela, no lado oposto, um lindo aparador de carvalho, com diversas garrafas de cristal em cima. As cortinas eram de um verde suave e opaco, e o tapete combinava.

Poirot ficou parado por um momento à entrada da sala, falando. Depois avançou com rapidez, passou a mão pelas costas das poltronas de couro, pegou uma revista em cima da mesa redonda e cautelosamente passou um dedo sobre o aparador de carvalho. Seu rosto indicava completa aprovação.

– Não tem poeira? – indaguei, sorrindo.

Ele fitou-me com uma expressão radiante, satisfeito com o meu conhecimento de suas peculiaridades.

– Nem uma só partícula, *mon ami*! E, dessa vez, talvez isso seja uma pena!

Os olhos atentos e penetrantes de Poirot correram rapidamente pela sala.

— Ah! — exclamou ele subitamente, com uma entonação de alívio. — O capacho da lareira está torto!

Meu pequeno amigo abaixou-se para endireitar o tapete. De repente, soltou outra exclamação de surpresa. Levantando-se com um pequeno fragmento de papel na mão, comentou:

— Na França, como na Inglaterra, as domésticas sempre deixam de varrer debaixo dos tapetes!

Bex pegou o fragmento de papel e aproximei-me para examiná-lo.

— Está reconhecendo o que é isso, hein, Hastings?

Sacudi a cabeça, perplexo. Contudo, aquele pedaço de papel rosa parecia-me vagamente familiar. Os processos mentais do comissário foram mais rápidos que os meus.

— Um fragmento de um cheque! — exclamou ele.

O fragmento de papel não devia ter mais que 12 centímetros quadrados. Nele estava escrita a tinta a palavra *Duveen*.

— *Bien* — disse Bex. — Este cheque foi emitido por alguém chamado Duveen ou à sua ordem.

— Calculo que seja a segunda hipótese, pois me parece que a letra é do Sr. Renauld — comentou Poirot.

Isso ficou logo comprovado, comparando-se a letra no fragmento com a de um memorando que estava em cima da mesa. O comissário ficou desolado.

— Oh, Deus! Não consigo imaginar como deixei escapar isso!

Poirot soltou uma risada.

— A moral da história é que sempre devemos procurar debaixo dos tapetes! Meu amigo Hastings poderá dizer-lhe que qualquer coisa torta ou fora do lugar é um verdadeiro tormento para mim. Assim que percebi que o tapete estava torto, disse a mim mesmo: "*Tiens!* A perna da poltrona prendeu no tapete, ao ser puxada para trás. Possivelmente, há alguma coisa embaixo que a boa Françoise esqueceu."

— Françoise?

– Ou Denise ou Léonie. Quem quer que tenha arrumado esta sala. Como não há poeira, a sala deve ter sido arrumada esta manhã. Reconstituo o incidente da seguinte maneira. Ontem, possivelmente de noite, o Sr. Renauld fez um cheque em nome de alguém chamado Duveen. Depois, rasgou o cheque, os pedaços se espalharam pelo chão. E esta manhã...

Mas o Sr. Bex já estava puxando, impaciente, o cordão da campainha. Françoise veio atender. Havia realmente uma porção de pedaços de papel espalhados pelo chão naquela manhã. O que fizera com eles? Jogara no fogão na cozinha, é claro! O que mais iria fazer?

Com um gesto de desespero, Bex dispensou-a. Um instante depois, seu rosto voltou a se iluminar. Correu para a escrivaninha, procurando pelo talão de cheques do falecido. Depois, repetiu o gesto anterior de desânimo. O último canhoto estava em branco.

– Coragem! – disse Poirot, dando-lhe um tapinha nas costas. – Sem dúvida, a Sra. Renauld poderá dizer-nos alguma coisa a respeito dessa misteriosa pessoa chamada Duveen.

O semblante do comissário melhorou.

– Tem razão. Vamos embora.

Ao nos virarmos para sair da sala, Poirot comentou, distraidamente:

– Foi aqui que o Sr. Renauld recebeu sua visitante ontem à noite, não é mesmo?

– Foi, sim... mas como soube?

– Por *isto*! Encontrei-o nas costas da poltrona de couro.

E Poirot exibiu entre o indicador e o polegar um cabelo preto comprido... um cabelo de mulher!

O Sr. Bex levou-nos pelos fundos da casa até o lugar onde havia um pequeno barracão encostado na casa. Tirou uma chave do bolso e abriu-o.

– O corpo está aqui dentro. Nós o removemos do local do crime pouco antes de sua chegada, logo depois que os fotógrafos terminaram seu trabalho.

Entramos no barracão. O corpo estava estendido no chão, coberto por um lençol, que o Sr. Bex retirou. Renauld era um homem de estatura mediana, bastante esguio. Parecia ter em torno de 50 anos de idade e ostentava muitos fios brancos entre os cabelos pretos. Estava barbeado. O nariz era comprido e fino, os olhos um tanto juntos, a pele bastante bronzeada, de um homem que passou a maior parte de sua vida sob os céus tropicais. Os lábios estavam repuxados, deixando os dentes à mostra, uma expressão de absoluto espanto e terror gravada para sempre nas feições lívidas.

— Pode-se ver pelo rosto dele que foi apunhalado pelas costas — comentou Poirot.

Ele virou o corpo com delicadeza. Entre as omoplatas, destacando-se no sobretudo castanho-claro, havia uma mancha escura arredondada. No meio dessa mancha havia um rasgão no tecido. Poirot examinou-o atentamente.

— Já tem alguma ideia da arma do crime?

— Foi deixada no ferimento.

O comissário pegou um grande pote de vidro. Lá dentro havia um pequeno objeto, que me pareceu mais uma espátula que qualquer outra coisa. Tinha o cabo preto e a lâmina estreita e brilhante. Não devia ter mais de 25 centímetros de comprimento. Poirot experimentou a ponta cautelosamente, com o dedo.

— *Ma foi!* Como está afiada! Um instrumento dos mais apropriados para um assassinato.

— Infelizmente, não conseguimos encontrar o menor vestígio de impressões digitais — informou Bex, com tristeza. — O assassino deve ter usado luvas.

— Claro que usou! — disse Poirot, de maneira desdenhosa. — Até mesmo em Santiago eles já sabem que precisam ter o cuidado de usar luvas. Seja como for, é muito interessante o fato de não haver impressões digitais. Afinal de contas, seria muito fácil deixar as impressões de outra pessoa. E, assim, a polícia ficaria feliz!

Ele sacudiu a cabeça devagar, antes de acrescentar:

– Receio que o nosso criminoso não seja um homem de método... ou então estava com muita pressa! Mas... veremos!

Poirot deixou o corpo cair outra vez na posição original, comentando:

– Vejo que ele usava apenas as roupas de baixo, com o sobretudo por cima.

– Exatamente. O magistrado acha que isso é muito estranho.

Nesse momento, houve uma batida na porta, que Bex fechara logo depois de entrarmos. Ele foi abri-la. Era Françoise, que se esforçou em ver o que estava lá dentro, com uma curiosidade macabra.

– O que deseja? – indagou Bex, um tanto impaciente.

– A senhora mandou dizer que já se recuperou e está pronta para receber o magistrado.

– Ótimo! – exclamou Bex, bruscamente. – Vá dizer isso ao Sr. Hautet e informe-o de que já estamos a caminho.

Poirot ainda ficou para trás por um momento, olhando para o corpo. Por um instante tive a impressão de que ele ia fazer um discurso, declarar em voz alta a sua determinação de jamais descansar enquanto não descobrisse o assassino. Mas, quando falou, foi com um jeito tímido e hesitante, um tanto constrangido, fazendo um comentário ridiculamente inadequado à solenidade do momento:

– Ele usava um sobretudo muito comprido...

5
A história da Sra. Renauld

O Sr. Hautet estava esperando no vestíbulo e subimos juntos, com Françoise na frente, mostrando o caminho. Poirot subiu em zigue-zague, de uma maneira que me deixou espantado, até que ele sussurrou, com uma careta:

– Não é de admirar que as criadas tenham ouvido o Sr. Renauld subindo a escada. Todos os degraus rangem o bastante para se acordar os mortos!

No alto da escada havia um corredor que se bifurcava. Bex explicou:

– Aquele lado dá para os aposentos dos criados.

Seguimos pelo outro lado e Françoise foi bater na última porta à direita.

Uma voz fraca nos mandou entrar. O aposento era grande e bem iluminado, com vista para o mar, que de tão azul faiscava intensamente a cerca de meio quilômetro de distância.

Em um sofá, recostada em almofadas e assistida pelo Dr. Durand, estava uma mulher de aparência impressionante. Era de meia-idade e os cabelos outrora pretos estavam agora quase que inteiramente prateados. Mas a vitalidade e a força intensas de sua personalidade se teriam feito sentir em qualquer lugar. Percebia-se logo que se estava na presença do que os franceses costumam chamar de *"une maîtresse femme"*.

Ela cumprimentou-nos com um aceno distinto da cabeça e disse:

– Sentem-se, por favor, senhores.

Sentamos em cadeiras em torno do sofá e o assistente do magistrado foi instalar-se em uma mesa redonda.

– Não será muito esforço relatar-nos o que aconteceu ontem à noite, senhora? – indagou o Sr. Hautet.

– Não se preocupe com isso, senhor. Conheço a importância do tempo para que os assassinos sejam apanhados e punidos.

– Está certo, senhora. Creio que irei fatigá-la o mínimo possível se fizer perguntas e a senhora se limitar a respondê-las. A que horas foi se deitar ontem à noite?

– Às 21h30, senhor. Estava muito cansada.

– E seu marido?

– Creio que uma hora depois.

– Ele parecia perturbado... transtornado?

– Não... nada diferente do habitual.

– O que aconteceu em seguida?

– Dormimos. Fui despertada com alguém comprimindo a mão contra minha boca. Tentei gritar, mas a pressão da mão impediu. Havia dois homens no quarto. Ambos estavam mascarados.

– É capaz de descrevê-los de alguma forma?

– Um era alto e tinha uma barba preta comprida, o outro era baixo e corpulento. Sua barba era avermelhada. Ambos usavam chapéus abaixados até os olhos.

– Hum... – murmurou o magistrado, pensativo. – Acho que é barba demais.

– Está querendo dizer que eram falsas?

– Isso mesmo, senhora. Mas continue sua história, por favor.

– Era o homem baixo que estava me segurando. Forçou uma mordaça em minha boca e depois amarrou-me as mãos e os pés. O outro homem estava parado junto ao meu marido. Pegara a minha pequena adaga na penteadeira e a segurava sobre o peito dele, logo acima do coração. Depois que o mais baixo acabou de me amarrar, foi juntar-se ao companheiro. Juntos, obrigaram meu marido a se levantar e acompanhá-los ao quarto de vestir, que fica ao lado. Eu estava quase desmaiando de terror, mas mesmo assim, desesperadamente, procurei escutar tudo o que diziam. Só que estavam falando baixo demais para que eu pudesse entender. Mas reconheci a língua, um espanhol deturpado, falado em algumas regiões da América do Sul. Pareciam estar exigindo alguma coisa de meu marido. Dali a pouco, ficaram furiosos e suas vozes se altearam um pouco. Tenho a impressão de que era o homem alto quem estava falando: "Sabe muito bem o que estamos querendo! O *segredo*! Onde está?" Não sei o que meu marido respondeu, mas o homem reagiu com violência: "Está mentindo! Sabemos que está com você. Onde estão as chaves?" Depois, ouvi o barulho de gavetas sendo puxadas. Há um cofre na parede do quarto de vestir de meu marido, onde ele

sempre guarda muito dinheiro para emergências. Léonie me disse que o cofre estava aberto e o dinheiro tinha desaparecido. Mas, evidentemente, não era isso que os homens estavam procurando. Pouco depois, o homem alto ordenou a meu marido, com uma imprecação, que se vestisse. Tenho a impressão de que algum barulho na casa deve tê-los assustado, pois logo empurraram meu marido para o quarto, apenas meio vestido.

Poirot interrompeu-a nesse momento:

– *Pardon*, senhora, mas não há outra saída qualquer no quarto de vestir?

– Não, senhor. Só existe mesmo a porta de comunicação com o quarto. Eles passaram apressadamente, levando meu marido, o baixo na frente e o alto atrás, com a adaga ainda na mão. Paul tentou se desvencilhar dos dois, a fim de vir em meu socorro. Pude ver a expressão angustiada nos olhos dele. Virou-se para os invasores e disse: "Tenho de falar com ela." Aproximou-se da cama, pelo lado, e falou-me: "Está tudo bem, Eloise. Não precisa se preocupar. Voltarei antes do amanhecer." Mas embora ele procurasse falar em tom confiante, pude perceber o terror em seus olhos. Depois, os dois homens levaram-no pela porta afora. O alto disse: "Não se esqueça... o menor barulho e é um homem morto!"

A Sra. Renauld fez uma breve pausa, antes de acrescentar:

– Depois disso, devo ter desmaiado. A próxima coisa de que me recordo foi Léonie a me esfregar os pulsos e dar um pouco de conhaque.

– Sra. Renauld, tem alguma ideia do que os assassinos estavam procurando? – indagou o magistrado.

– Absolutamente nenhuma, senhor.

– Por acaso tinha conhecimento de alguma coisa que seu marido temia?

– Sabia que alguma coisa estava errada. Pude perceber a mudança nele.

– Há quanto tempo começou?

Ela pensou por um momento.

– Há uns dez dias.

– Não foi há mais tempo?

– É possível. Mas só há cerca de dez dias é que percebi.

– Chegou a interrogar seu marido a respeito da causa de tal mudança?

– Só uma vez. Mas ele respondeu com evasivas. Mesmo assim, fiquei convencida de que ele estava sofrendo de terrível ansiedade. Contudo, como era evidente que não desejava revelar-me o que estava acontecendo, tentei fingir que não tinha notado coisa alguma.

– Sabia que seu marido tinha contratado os serviços de um detetive?

– Um detetive? – repetiu ela, visivelmente surpresa.

– Exatamente. Este cavalheiro... o Monsieur Hercule Poirot.

Poirot fez uma mesura. O magistrado acrescentou:

– Ele chegou hoje, em resposta a um chamado de seu marido.

Tirando do bolso a carta, ele entregou-a à Sra. Renauld. Ela leu-a, aparentemente com uma surpresa genuína.

– Eu não sabia disso. É evidente que meu marido estava a par do perigo que corria.

– E agora, senhora, peço que seja franca. Há algum incidente na vida passada de seu marido, na América do Sul, que possa ajudar a esclarecer o assassinato?

A Sra. Renauld levou algum tempo a pensar, mas por fim sacudiu a cabeça.

– Não consigo me recordar de coisa alguma. É verdade que meu marido tinha muitos inimigos, pessoas sobre as quais levou a melhor, de um jeito ou de outro. Mas não me recordo de nenhum caso em particular. Não estou querendo dizer que não houve nenhum incidente assim... apenas que não estou a par.

O magistrado acariciou a barba, desconsolado.

– E pode determinar a hora em que os dois homens apareceram em seu quarto?

47

– Posso, sim. Recordo-me nitidamente de ter ouvido o relógio na lareira bater 2 horas.

Ela sacudiu a cabeça na direção de um relógio de viagem, em um estojo de couro, que estava sobre a lareira. Poirot levantou-se, foi examinar o relógio, com atenção. Depois assentiu, satisfeito.

– E aqui está um relógio de pulso que foi derrubado da penteadeira e totalmente arrebentado, certamente pelos assassinos – comentou o Sr. Bex. – Não sabiam que isso iria depor contra eles.

Gentilmente, o comissário recolheu os fragmentos de vidro. De repente, sua expressão mudou, para total estupefação, e ele exclamou:

– *Mon Dieu!*

– O que é?

– Os ponteiros do relógio estão marcando 19 horas!

– O quê? – gritou o magistrado, também atônito.

Mas Poirot, rápido como sempre, tirou o relógio quebrado das mãos do comissário e levou-o ao ouvido. Ele sorriu.

– O vidro está quebrado, mas o relógio continua a funcionar.

A explicação do mistério foi recebida com um sorriso aliviado. Mas o magistrado levantou outro problema:

– Mas não são 19 horas, não é mesmo?

– Não – respondeu Poirot, gentilmente. – Passam alguns minutos de 17 horas. O relógio deve adiantar um pouco, não é mesmo, senhora?

A Sra. Renauld estava de rosto franzido, visivelmente perplexa.

– Adianta, sim, mas nunca imaginei que adiantasse tanto.

Com um gesto impaciente, o magistrado afastou o assunto do relógio e prosseguiu com o interrogatório:

– A porta da frente estava entreaberta, senhora. Parece quase certo que os assassinos entraram por ela, já que não encontramos qualquer sinal de arrombamento. Pode sugerir alguma explicação para a porta estar aberta?

– Talvez meu marido tenha saído para dar uma volta ontem à noite e esqueceu de trancar a porta ao voltar.

– Acha mesmo que isso seria possível?

– Sim. Meu marido era o mais distraído dos homens.

Ela estava com a testa um pouco franzida ao falar, como se essa característica do falecido a tivesse irritado em mais de uma ocasião. Subitamente, o comissário comentou:

– Há uma conclusão a que podemos chegar. Já que os homens insistiram para que o Sr. Renauld se vestisse, tudo indica que o lugar para onde iam levá-lo, o lugar em que estava "o segredo", ficava a alguma distância daqui.

O magistrado assentiu.

– Tem razão. Deve ser algum lugar longe daqui, mas não muito, visto que o Sr. Renauld disse que voltaria pela manhã.

– A que horas o último trem deixa a estação de Merlinville? – indagou Poirot.

– Às 23h50 num sentido e à meia-noite e dezessete minutos no outro. Mas é mais provável que eles tivessem um carro à espera.

– Claro! – concordou Poirot, parecendo um tanto abatido.

– Talvez até seja esse um meio de identificá-los! – continuou o magistrado, mais animado. – Com certeza, alguém deve ter notado a presença de dois estrangeiros num carro. É uma excelente pista, Sr. Bex.

Ele sorriu e, depois, voltando a ficar sério, dirigiu-se à Sra. Renauld:

– Há mais uma pergunta, senhora. Conhece alguém que se chama Duveen?

– Duveen? – repetiu a Sra. Renauld, pensativa. – Não, no momento não consigo me recordar de ninguém com esse nome.

– Jamais ouviu seu marido mencionar alguém com esse nome?

– Nunca, que eu me lembre.

– Conhece alguma mulher chamada Bella?

O magistrado observava a Sra. Renauld atentamente, procurando surpreender qualquer sinal de raiva ou reconhe-

49

cimento. Mas ela apenas sacudiu a cabeça, com a maior naturalidade. O Sr. Hautet continuou com suas perguntas:

– Sabia que seu marido recebeu uma visita ontem à noite?

Ela começou a ficar ruborizada, mas respondeu calmamente:

– Não. Quem era?

– Uma mulher.

– É mesmo?

Mas, no momento, o magistrado contentou-se com isso, não quis ir adiante. Parecia improvável que a Sra. Daubreuil tivesse qualquer ligação com o crime e ele estava ansioso em não incomodá-la além do necessário.

Fez um sinal para o comissário, que respondeu com um aceno de cabeça. Levantando-se, o magistrado atravessou o aposento e voltou com o pote de vidro que tínhamos visto no barracão fora da casa. Tirou a adaga lá de dentro e disse gentilmente:

– Senhora, está reconhecendo isto?

Ela soltou um grito.

– É a minha adaga!

No instante seguinte, ela reparou na ponta manchada, encolhendo-se toda, os olhos arregalados de horror.

– Isso é... sangue?

– É, sim, senhora. Seu marido foi morto com esta arma.

O magistrado apressou-se em guardá-la e acrescentou:

– Tem certeza de que é a mesma espátula que estava em sua penteadeira ontem à noite?

– Claro que tenho! Foi presente do meu filho. Ele serviu na Força Aérea durante a guerra. Declarou uma idade superior à que tinha na ocasião.

Ela fez uma breve pausa. Havia um tom de orgulho maternal em sua voz.

– Foi feita com arame de avião, e meu filho me deu como *souvenir*.

– Entendo, senhora. Isso nos leva a outra questão. Onde está seu filho neste momento? É necessário avisá-lo imediatamente.

– Jack? Ele está a caminho de Buenos Aires.

– O quê?

– É isso mesmo. Meu marido passou-lhe um telegrama ontem. Enviara Jack a Paris, para tratar de negócios. Mas, ontem, descobriu que era necessário que ele seguisse sem demora para a América do Sul. Havia um navio que saía ontem à noite de Cherbourg para Buenos Aires e meu marido pediu a Jack que fosse nele.

– Tem alguma ideia do que seu filho iria tratar em Buenos Aires?

– Não, senhor, não sei do que se trata. Mas posso dizer que Buenos Aires não era o destino final de meu filho. De lá ele deveria seguir para Santiago.

Em uma só voz, o magistrado e o comissário exclamaram:

– Santiago! Outra vez Santiago!

Foi nesse momento, quando todos estávamos aturdidos com a nova referência a Santiago, que Poirot aproximou-se da Sra. Renauld. Até esse instante ele havia ficado de pé junto à janela, como um homem imerso em sonhos. Duvido muito que estivesse prestando alguma atenção ao que acontecia. Parou ao lado dela, fazendo uma mesura.

– *Pardon*, senhora, mas posso examinar seus pulsos?

Embora um tanto desconcertada com o pedido, ela estendeu os pulsos. Em torno de ambos havia um terrível vergão vermelho, nos lugares em que a corda apertara a pele. Enquanto Poirot os examinava, tive a impressão de que o lampejo momentâneo de excitamento nos olhos dele desaparecia.

– Eles devem ter-lhe causado muita dor – murmurou Poirot, parecendo mais perplexo do que nunca.

Mas o magistrado logo recomeçou a falar, muito agitado:

– O jovem Sr. Renauld deve ser avisado já, pelo telégrafo. É vital que saibamos de qualquer informação que ele possa nos dar a respeito de sua viagem a Santiago.

Ele hesitou por um instante, mas logo acrescentou:

– Gostaria que seu filho estivesse por perto, senhora, a fim de poupar-lhe um sofrimento inevitável.

Em voz baixa, a Sra. Renauld perguntou:

– Está se referindo à identificação do corpo de meu marido?

O magistrado abaixou a cabeça.

– Sou uma mulher forte, senhor. Posso suportar tudo o que for necessário. Estou pronta... agora.

– Não há necessidade de fazermos a identificação imediatamente. Podemos deixar para amanhã.

– Prefiro acabar com isso logo de uma vez – sussurrou ela, com uma expressão angustiada. – Pode fazer a bondade de me dar seu braço, doutor?

O médico adiantou-se prontamente. Um manto foi ajeitado sobre os ombros da Sra. Renauld. A lenta procissão começou a descer a escada. O Sr. Bex seguiu rapidamente na frente, a fim de abrir a porta do barracão. A Sra. Renauld parou na porta. Estava muito pálida, mas decidida. O Sr. Hautet falava sem parar, balbuciando condolências e desculpas.

Ela levou a mão ao rosto.

– Um momento, por favor, senhores, enquanto recupero as forças.

Um instante depois, ela tirou a mão do rosto e olhou para o cadáver. Foi nesse momento que o maravilhoso autocontrole que demonstrara até então finalmente abandonou-a. E ela gritou:

– Paul! Meu marido! Oh, Deus!

E oscilando para a frente, ela caiu no chão, inconsciente.

No mesmo momento, Poirot estava agachado ao lado dela. Levantou a pálpebra e sentiu o seu pulso. Afastou-se assim que se certificou de que ela estava de fato desmaiada. Segurou-me pelo braço e sussurrou:

– Fui um imbecil, meu amigo! Se alguma vez houve amor e dor na voz de uma mulher, foi o que ouvi agora. Minha pequena ideia estava inteiramente errada. *Eh bien!* Tenho que começar tudo novamente!

6
O local do crime

O Sr. Hautet e o Dr. Durand levaram a mulher inconsciente de volta para casa. O comissário ficou olhando para eles, sacudindo a cabeça.

– *Pauvre femme!* – murmurou para si mesmo. – O choque foi demais para ela. Bem, nada podemos fazer. E agora, Poirot, vamos visitar o local onde o crime foi cometido?

– Se não se importa, Sr. Bex...

Passamos pela casa e saímos pela porta da frente. Na passagem, Poirot olhou para o alto da escada e sacudiu a cabeça demonstrando insatisfação.

– Acho incrível que as criadas não tenham ouvido coisa alguma! O ranger dessa escada, com três pessoas descendo, seria capaz de despertar os mortos!

– Não se esqueça de que foi no meio da noite. Elas estavam num sono profundo no momento.

Mas Poirot continuou a sacudir a cabeça, como se não aceitasse a explicação. Na curva do caminho ele parou e olhou para a casa.

– O que teria levado os homens a verificar logo de saída se a porta da frente estava aberta? Era improvável que estivesse. Era muito mais natural que tentassem arrombar uma janela.

– Mas todas as janelas do andar térreo têm grades de ferro – argumentou o comissário.

Poirot apontou para uma janela no andar superior.

– Aquela é a janela do aposento onde estivemos, não é mesmo? E há uma árvore ao lado, pela qual seria muito fácil subir até lá.

– É possível. Mas eles não poderiam tê-lo feito sem deixar pegadas no canteiro.

53

Achei que as palavras do comissário faziam sentido. Havia dois imensos canteiros, com gerânios vermelhos, nos lados dos degraus que levavam à porta da frente. As raízes da árvore em questão ficavam na parte de trás do canteiro. Teria sido impossível alcançá-la sem pisar no canteiro.

— Por causa do tempo seco — continuou o comissário — não apareceriam pegadas no caminho. Mas a situação é inteiramente diferente na terra macia do canteiro.

Poirot aproximou-se do canteiro e examinou-o com atenção. Depois, começamos a nos afastar. Subitamente, meu amigo saiu correndo e pôs-se a examinar o outro canteiro.

— Sr. Bex! Venha dar uma olhada! Há uma porção de pegadas aqui!

O comissário chegou perto... e sorriu.

— Meu caro Monsieur Poirot, essas são, sem a menor dúvida, as pegadas deixadas pelas botas do jardineiro. De qualquer maneira, não têm qualquer importância, já que não há árvore neste lado e, por conseguinte, nenhum meio de se ter acesso às janelas do segundo andar.

— É verdade — murmurou Poirot, extremamente abatido. — Acha então que essas pegadas não têm importância?

— Absolutamente nenhuma.

E foi nesse momento que, para espanto meu, Poirot disse o seguinte:

— Não concordo, Sr. Bex. Imagino que essas pegadas são a coisa mais importante que já vimos até agora.

O Sr. Bex não fez qualquer comentário, limitou-se a dar de ombros. Era cortês demais para expressar a sua verdadeira opinião. Em vez disso, apenas indagou:

— Vamos?

— Claro! — disse Poirot, subitamente animado. — Posso investigar o problema das pegadas mais tarde.

Em vez de seguir pelo caminho até o portão, o Sr. Bex enveredou por uma trilha que saía em ângulo reto do caminho principal. Levava a uma pequena elevação à direita da

casa e era margeada por arbustos nos dois lados. De repente, chegamos a uma pequena clareira, da qual se tinha vista para o mar. Havia um banco ali e, um pouco adiante, um barracão que parecia prestes a desmoronar. Alguns metros mais adiante, uma fileira de pequenas moitas, que assinalavam o limite da propriedade. O Sr. Bex passou além dessas moitas e nos descobrimos à margem de uma extensa chapada. Olhei ao redor e compreendi algo que me deixou atônito. E exclamei:

— Ora, mas isso é um campo de golfe!

Bex assentiu, explicando:

— Ainda falta alguma coisa para concluí-lo. Mas deve estar tudo pronto para a inauguração no mês que vem. Foram alguns homens que estavam trabalhando no campo que descobriram o corpo esta manhã.

Deixei escapar uma exclamação de surpresa. À minha esquerda havia uma depressão estreita. E ali, virado de barriga para baixo, estava o corpo de um homem! Por um momento senti o coração disparar, passando-me pela cabeça a ideia terrível de que a tragédia fora duplicada. Mas o comissário logo acabou com minha ilusão, soltando uma exclamação de irritação e adiantando-se rapidamente.

— Mas que diabo minha polícia anda fazendo? Dei ordens rigorosas para que não permitissem a aproximação de ninguém sem as devidas credenciais!

O homem no chão virou a cabeça para trás, por cima do ombro, e disse:

— Acontece que tenho as devidas credenciais.

Ele se levantou, lentamente. O comissário gritou:

— Meu caro Sr. Giraud! Não sabia que já havia chegado. O magistrado o aguarda com a maior impaciência.

Enquanto ele falava, eu examinava o homem com grande curiosidade. Conhecia de nome o famoso detetive da Sûreté de Paris e estava extremamente interessado em vê-lo em carne e osso. Era bastante alto, tinha cerca de 30 anos, cabelos e bi-

gode castanho-avermelhados, um porte militar. Havia um indício de arrogância em sua atitude, a indicar que estava consciente de sua importância. Bex apresentou-nos, dizendo que Poirot era um colega. Um lampejo de interesse surgiu nos olhos do detetive parisiense.

— Já o conheço de nome, Monsieur Poirot. Foi um nome e tanto nos velhos tempos, não é mesmo? Mas hoje os métodos são muitos diferentes.

— Os crimes, no entanto, continuam a ser os mesmos — ressaltou Poirot, suavemente.

Percebi logo que Giraud estava disposto a se mostrar hostil. Era evidente que se ressentia da presença de Poirot e podia-se imaginar que, se descobrisse alguma pista importante, provavelmente a guardaria para si próprio.

— O magistrado...

Bex começou a falar, mas Giraud interrompeu-o bruscamente:

— Esqueça o magistrado! A luz é o mais importante agora. Para todos os propósitos práticos, já terá se acabado dentro de meia hora. Sei de tudo a respeito do caso e as pessoas na casa podem perfeitamente esperar até amanhã. Mas se queremos encontrar alguma pista dos assassinos, é aqui que devemos procurar. Foram os seus homens que estiveram andando por aqui? Pensei que todos os policiais já deviam saber como se comportar, atualmente.

— E pode estar certo de que meus homens sabem o que fazer. As marcas das quais está se queixando foram feitas pelos trabalhadores que encontraram o corpo.

O detetive parisiense deixou escapar um grunhido de irritação.

— Posso ver as pegadas no ponto em que os três homens passaram pela cerca viva, mas eles foram espertos. Pode-se perfeitamente reconhecer as pegadas do centro como sendo do Sr. Renauld. Mas as pegadas nos lados foram cuidadosa-

mente obliteradas. Não que fosse adiantar muita coisa, pois o chão está muito duro. Mas serve para mostrar que os homens não estavam dispostos a correr qualquer risco.

– Os indícios externos... – murmurou Poirot. – É isso o que está procurando, então?

O Sr. Giraud olhou-o fixamente.

– Mas é claro!

Um sorriso se esboçou nos lábios de Poirot. Ele parecia prestes a dizer alguma coisa, mas mudou de ideia. Abaixou-se no lugar em que estava uma pá.

– Foi com essa pá que escavaram a cova – informou Giraud. – Mas nada descobrirá por intermédio dela. A pá pertencia a Renauld e o homem que a usou estava de luvas. Que estão aqui!

Giraud apontou com o pé para um par de luvas, sujas de terra, ali perto, antes de acrescentar:

– E as luvas também eram de Renauld... ou pelo menos do jardineiro dele. O homem foi assassinado com sua própria adaga e seria enterrado com sua própria pá. Os homens não queriam deixar qualquer pista. Mas tenho certeza de que conseguirei descobrir quem são. Sempre resta alguma coisa. E irei encontrar!

Mas Poirot estava agora interessado, pelo menos aparentemente, em um pedaço de cano de chumbo, caído ao lado da pá. Tocou-o com o dedo, delicadamente.

– E será que isso também pertencia ao homem assassinado? – perguntou ele.

Tive a impressão de perceber uma ironia sutil em sua voz. Giraud deu de ombros, a indicar que não sabia nem se importava.

– Pode estar aqui há semanas. De qualquer maneira, é algo que não me interessa.

– Pois eu, ao contrário, acho extremamente interessante – afirmou Poirot, de maneira suave.

Imaginei que ele estava apenas querendo irritar o detetive parisiense. Se a intenção era essa, ele conseguiu. Giraud afastou-se, abruptamente, comentando que não tinha tempo a perder. Tornando a se deitar, recomeçou a busca meticulosa do solo.

Enquanto isso, como se tivesse uma ideia súbita, Poirot tornou a atravessar a cerca viva que indicava o limite da propriedade de Renauld e foi tentar abrir a porta do pequeno barracão.

– Está trancada! – gritou Giraud. – Mas é apenas o lugar em que o jardineiro guarda suas coisas. A pá não saiu daí, mas sim do barracão ao lado da casa.

– Maravilhoso! – murmurou o Sr. Bex para mim, extasiado. – Está aqui há apenas meia hora e já sabe de tudo! Mas que homem! Não resta a menor dúvida de que Giraud é o maior detetive vivo da atualidade!

Embora eu antipatizasse intensamente com o detetive parisiense, estava secretamente impressionado. O homem parecia irradiar eficiência. Não podia deixar de sentir que, até aquele momento, Poirot ainda não se destacara muito. O que me deixava bastante aborrecido. Ele parecia estar concentrando toda a sua atenção em coisas tolas e pueris, que não tinham nada a ver com o caso. E foi nesse exato momento que ele subitamente perguntou:

– Sr. Bex, poderia explicar-me o que significa essa linha de cal em torno do buraco? É algum expediente usado pela polícia?

– Não, Monsieur Poirot. Isso pertence ao campo de golfe. Mostra que aqui existe um *bunkair*, como os ingleses costumam chamar.

– Um *bunkair*? – repetiu Poirot, virando-se para mim. – Não é um buraco cheio de areia e com uma ribanceira de um lado?

Confirmei que era isso realmente.

– Não joga golfe, Monsieur Poirot? – perguntou Bex.

– Eu? Jamais! Que jogo horrível!

Ele ficou subitamente animado e acrescentou:

– Cada *hole* está a uma distância diferente. Os obstáculos não são arrumados simetricamente. Até mesmo os *greens* são frequentemente inclinados de um lado! Só há realmente uma coisa aprazível: os... como é mesmo que se chamam?... *tee-boxes*! Eles são pelo menos simétricos.

Não pude conter uma risada pela descrição de Poirot. Meu pequeno amigo sorriu-me afetuosamente, sem qualquer malícia, perguntando em seguida:

– O Sr. Renauld jogava golfe, não é mesmo?

– Jogava. E era um excelente golfista. Graças a seu estímulo e generosas contribuições, o campo de golfe está sendo concluído. Ele chegou mesmo a dar algumas opiniões na elaboração do projeto.

Poirot assentiu, pensativo. Um momento depois, ele comentou:

– Os homens não fizeram uma escolha das melhores... do lugar onde enterrar o corpo. Quando os trabalhadores começassem a escavar o solo, tudo acabaria sendo descoberto.

– Exato! – gritou Giraud, com uma expressão triunfante. – E isso prova que os assassinos desconheciam inteiramente um campo de golfe. É o que se pode chamar de uma excelente prova indireta.

– Acho que tem razão – murmurou Poirot, ainda em dúvida. – Ninguém que conhecesse um campo de golfe iria enterrar um corpo aqui... a menos... a menos que eles desejassem que o corpo fosse descoberto. E isso é um absurdo, não é mesmo?

Giraud nem ao menos se deu o trabalho de responder.

– É isso mesmo – murmurou Poirot, num tom um tanto insatisfeito. – Não resta a menor dúvida de que isso seria absurdo!

59

7
A misteriosa Sra. Daubreuil

Ao retornarmos à casa, o Sr. Bex pediu licença para nos deixar, explicando que precisava informar ao magistrado sobre a chegada de Giraud. O próprio Giraud ficara visivelmente deliciado quando Poirot declarara que já tinha visto tudo o que desejava. A última coisa que víramos, ao deixarmos o local do crime, fora Giraud de quatro, a se movimentar lentamente, em uma busca meticulosa, que eu não podia deixar de admirar. Poirot adivinhou meus pensamentos, pois comentou de forma irônica, assim que ficamos a sós:

— Finalmente conheceu o detetive que admira... o homem que sabe farejar como uma raposa! Não é mesmo, meu amigo?

— Pelo menos ele está fazendo alguma coisa! — comentei, um tanto rispidamente. — Se há algo a descobrir, tenho certeza de que ele encontrará. Enquanto você...

— *Eh bien!* Também descobri uma coisa! Um pedaço de cano de chumbo.

— Isso é bobagem, Poirot. Sabe perfeitamente que o pedaço de cano nada tem a ver com o caso. Estou me referindo às pequenas evidências, às pistas que podem levar sem dúvida à descoberta dos assassinos!

— *Mon ami*, uma pista de mais de meio metro de comprimento é tão valiosa quanto outra que mede apenas 2 milímetros! Mas existe uma ideia romântica de que todas as pistas importantes devem ser minúsculas. Quanto ao fato de o cano de chumbo não ter nada a ver com o crime, está dizendo isso só porque Giraud assim o disse.

Eu já ia fazer uma pergunta, mas Poirot não deixou:

— Não vamos mais falar a respeito disso. Que Giraud fique com as suas buscas e eu com as minhas ideias! O caso parece bastante claro... e, contudo... contudo... não estou satisfeito,

mon ami! E quer saber por quê? Por causa do relógio que está duas horas adiantado. E há também alguns outros pequenos pontos que não parecem se ajustar. Por exemplo: se o objetivo dos assassinos era a vingança, por que não apunhalaram Renauld enquanto ele dormia e acabaram com tudo da maneira mais simples e rápida?

– Eles estavam atrás do "segredo", Poirot.

Meu pequeno amigo limpou um vestígio de poeira na manga, com um ar insatisfeito.

– E onde está esse "segredo"? Presumivelmente, a alguma distância daqui, já que mandaram Renauld se vestir. Mas ele foi encontrado assassinado bem perto da casa, quase a distância de se poder ouvir tudo de lá. E há também o puro acaso de uma arma como a espátula estar à mão, pronta para ser usada.

Ele fez uma pausa, franzindo o rosto, antes de continuar:

– Por que as criadas não ouviram barulho algum? Estariam drogadas? Será que havia uma cúmplice dentro da casa e providenciou para que a porta da frente ficasse aberta? Fico imaginando se...

Poirot parou de falar repentinamente. Havíamos chegado ao caminho diante da casa. De repente, ele virou-se para mim e disse:

– Meu amigo, vou agora causar-lhe uma surpresa... e tenho certeza de que ficará satisfeito! Suas censuras calaram fundo em meu coração. Vamos examinar algumas pegadas.

– Onde?

– No canteiro da direita. O Sr. Bex diz que são pegadas do jardineiro. Vamos verificar se são mesmo. Ele está se aproximando, com seu carrinho de mão.

Naquele momento, um homem idoso estava atravessando o caminho, empurrando um carrinho de mão cheio de mudas. Poirot chamou-o. O velho largou o carrinho e aproximou-se mancando visivelmente.

– Vai pedir uma das botas dele para comparar com as pegadas, Poirot?

61

Minha fé em Poirot renasceu. Já que ele dissera que as pegadas no canteiro da direita eram importantes, deviam ser mesmo.

– Exatamente, *mon ami*.

– Mas ele não vai achar isso muito estranho?

– Ele não vai sequer pensar a respeito.

Não pudemos dizer mais nada, pois o velho já tinha chegado à nossa frente.

– Deseja alguma coisa, senhor?

– Desejo, sim. Há muito tempo que é jardineiro aqui, não é mesmo?

– Há 24 anos, senhor.

– E seu nome é...?

– Auguste, senhor.

– Eu estava admirando aqueles magníficos gerânios. São realmente esplêndidos. Foram plantados há muito tempo?

– Há algum tempo, senhor. Mas é claro que, para conservar os canteiros, é preciso estar sempre tirando as mudas novas e as plantas que já estão velhas, além de podar as que estão desabrochando.

– Plantou algumas mudas novas ontem, não é mesmo? As que estão ali no meio e também no outro canteiro...

– O senhor tem um olho atento. Sempre leva um dia ou dois para as mudas pegarem direito. Plantei dez em cada canteiro ontem à noite. Como o senhor certamente sabe, não se plantam mudas novas quando o sol está forte.

Auguste estava encantado com o interesse de Poirot e disposto a conversar.

– É um esplêndido espécime o que está ali – elogiou Poirot, apontando. – Será que não poderia arranjar-me uma muda?

– Claro, senhor!

O velho jardineiro entrou no canteiro e com cuidado tirou uma muda da planta que Poirot admirara. Meu amigo agradeceu profusamente e Auguste voltou para o seu carrinho de mão.

62

– Está vendo? – disse Poirot, com um sorriso, inclinando-se sobre o canteiro para examinar a pegada deixada pelo velho jardineiro. – Foi realmente muito simples.

– Não compreendi...

– Que o pé estaria dentro da bota? Não está usando muito bem as suas excelentes faculdades mentais. E, então, o que acha da pegada?

Examinei o canteiro com atenção.

– Todas as pegadas no canteiro foram feitas pela mesma bota – concluí finalmente.

– É o que acha? *Eh bien*, concordo com você.

Poirot parecia inteiramente desinteressado, como se estivesse pensando em outra coisa.

– Seja como for, Poirot, está agora com uma preocupação a menos.

– *Mon Dieu!* Mas que idioma! O que isso significa?

– Apenas que terá agora de desistir do seu interesse pelas pegadas.

Mas, para minha surpresa, Poirot sacudiu a cabeça.

– Não, não, *mon ami*. Finalmente estou no caminho certo. Ainda estou no escuro, é verdade, mas, como acabei de insinuar ao Sr. Bex, essas pegadas são as coisas mais importantes e interessantes no caso até agora. Ah, o pobre Giraud! Eu não ficaria surpreso se ele não desse a menor atenção a essas pegadas.

Nesse momento a porta da frente se abriu e o Sr. Hautet e o comissário desceram a escada. O magistrado disse:

– Ah, Monsieur Poirot, estávamos mesmo à sua procura. Já está ficando tarde, mas eu gostaria de fazer uma visita à Sra. Daubreuil. Não resta a menor dúvida de que ela ficará bastante transtornada com a morte do Sr. Renauld e talvez possamos descobrir uma pista qualquer. É possível que ele tenha revelado à mulher cujo amor o escravizou o segredo que não contou para a esposa. Sabemos onde ficam os pontos fracos dos nossos Sansões, não é mesmo?

Admirei o pitoresco da linguagem do Sr. Hautet. Desconfiava que o magistrado, àquela altura, estava apreciando intensamente o seu papel no misterioso drama.

– O Sr. Giraud não vai nos acompanhar? – indagou Poirot.

– O Sr. Giraud já demonstrou claramente que prefere conduzir as investigações à sua maneira – respondeu secamente o magistrado.

Não dissemos mais nada, nos pusemos a caminho. Poirot foi na frente, junto com o magistrado, enquanto eu e o comissário seguíamos alguns passos atrás.

– Não resta a menor dúvida de que a história de Françoise é substancialmente correta – confidenciou-me o comissário.
– Telefonei para o quartel-general pedindo que fizessem algumas verificações. Parece que três vezes, nas últimas seis semanas, ou seja, desde a chegada do Sr. Renauld em Merlinville, a Sra. Daubreuil depositou grandes quantias em notas na sua conta bancária. No total, 200 mil francos!

– Santo Deus! Isso deve dar em torno de 4 mil libras!

– Exatamente. Por isso, não resta a menor dúvida de que ele estava profundamente apaixonado. Mas falta descobrir se revelou o segredo a ela. O magistrado está esperançoso, mas eu não partilho de suas opiniões.

Enquanto conversávamos, caminhávamos na direção da bifurcação da estrada onde nosso carro parara no início daquela tarde. Não demorei a perceber que a Villa Marguerite, a casa da misteriosa Sra. Daubreuil, era a pequena residência da qual saíra a linda jovem.

– Ela mora aqui há muitos anos – informou o comissário, sacudindo a cabeça na direção da casa. – E vive discretamente, de um modo bastante recluso. Parece que não tem parentes nem amigos, apenas alguns conhecidos que fez em Merlinville. Nunca se refere ao passado nem ao marido. Nem mesmo se sabe se ele está vivo ou morto. Há um grande mistério em torno dela.

Assenti, meu interesse crescendo.

– E a filha?

– É uma jovem muito bonita, recatada, devota, tudo o que uma moça deve ser. Sente-se pena dela. Embora seja possível que desconheça inteiramente o passado, um homem que deseje pedir a mão em casamento deve fazer indagações e então...

O comissário deu de ombros, em um gesto expressivo.

– Mas não seria culpa dela! – exclamei, sentindo uma onda de indignação invadir-me.

– Tem razão, não seria mesmo. Mas o que se pode fazer. Um homem tem que ser exigente com os antecedentes de sua esposa.

Não pude apresentar novos argumentos, pois nesse momento chegamos à porta da casa. O Sr. Hautet tocou a campainha. Alguns minutos se passaram, até que ouvimos passos lá dentro e a porta se abriu. No limiar estava a minha jovem deusa daquela tarde. Ao nos ver, o sangue deixou seu rosto. Ficou terrivelmente pálida e os olhos se arregalaram de apreensão. Não havia a menor dúvida de que ela estava com medo.

– Senhorita Daubreuil – disse o Sr. Hautet, tirando o chapéu –, lamentamos incomodá-la, mas as exigências da lei... pode compreender, não é mesmo? Gostaria que apresentasse meus cumprimentos a sua mãe e perguntasse se ela poderia fazer a gentileza de conceder-nos alguns minutos de entrevista.

A jovem continuou inteiramente imóvel por um momento. A mão esquerda estava comprimida contra o peito, como se tentasse acalmar o coração subitamente disparado. Mas logo controlou-se e respondeu:

– Já vou falar com mamãe. Entrem, por favor.

Ela foi para um aposento à esquerda do hall de entrada e ouvimos o murmúrio baixo de sua voz. E depois ouvimos outra voz, praticamente no mesmo timbre, mas com uma inflexão um pouco mais dura por trás da aparente suavidade:

– Mas claro! Diga a eles para entrarem!

Um minuto depois estávamos face a face com a misteriosa Sra. Daubreuil.

Ela não chegava a ser tão bela quanto a filha. As curvas de seu corpo tinham toda a graça da maturidade. Os cabelos, ao contrário dos da filha, eram pretos, partidos ao meio, ao estilo de uma madona. Os olhos, meio escondidos pelas pálpebras abaixadas, eram azuis. Havia uma covinha no queixo arredondado. Os lábios entreabertos pareciam estar sempre pairando às vésperas de um sorriso misterioso. Havia algo quase que exageradamente feminino nela, ao mesmo tempo dócil e sedutor. Embora bastante conservada, certamente já não era mais jovem, mas seu encanto era do tipo que não dependia de idade.

Parada ali, de vestido preto, com gola e punhos brancos, as mãos cruzadas, parecia sutilmente suplicante e desamparada:

– Desejava falar comigo, senhor?

– Queria, sim, senhora.

O Sr. Hautet limpou a garganta antes de continuar:

– Estou investigando a morte do Sr. Renauld. Já soube disso, não é mesmo?

Ela baixou a cabeça, sem dizer nada. A expressão não se alterou.

– Viemos perguntar se pode... ahn... prestar algum esclarecimento sobre as circunstâncias que cercam o caso.

– Eu?

O tom de surpresa era impecável.

– Exatamente, senhora. Talvez fosse melhor se pudéssemos conversar a sós.

Ele lançou um olhar significativo na direção da jovem. A Sra. Daubreuil virou-se para a filha.

– Marthe, querida...

Mas a jovem sacudiu a cabeça, determinada.

– Não, *maman*, não vou sair. Já não sou mais criança. Estou com 22 anos. Não sairei.

A Sra. Daubreuil virou-se novamente para o magistrado.

– Pode dizer o que deseja, senhor.

– Preferia não falar na presença da Srta. Daubreuil.

– Como minha filha disse, ela não é mais uma criança.

O magistrado hesitou por um momento, aturdido.

– Está bem, senhora – disse ele, finalmente. – Seja como achar melhor. Temos razões para crer que costumava visitar o falecido, de noite, na casa dele. Isso de fato acontecia?

A Sra. Daubreuil ficou ruborizada, mas respondeu calmamente:

– O senhor não tem direito de fazer-me tal pergunta!

– Estamos investigando um homicídio, senhora.

– E daí? Não tenho nada a ver com esse homicídio.

– Não insinuamos isso em nenhum momento, senhora. Mas conhecia bem o falecido. Alguma vez ele lhe confidenciou algum perigo que o ameaçava?

– Nunca.

– Alguma vez lhe falou a respeito de sua vida em Santiago e de quaisquer inimigos que possa ter feito lá?

– Não.

– E não pode nos prestar alguma ajuda?

– Receio que não. Para dizer a verdade, não sei por que vieram procurar-me. A esposa dele não pode contar-lhes tudo o que desejam saber?

A voz dela tinha um ligeiro tom de ironia.

– A Sra. Renauld já contou-nos tudo o que sabe.

– Ahn... – murmurou a Sra. Daubreuil. – Fico imaginando...

– Fica imaginando o quê, senhora?

– Nada.

O magistrado fitou-a em silêncio por algum tempo. Era evidente que sabia estar travando um duelo e que a antagonista não era fácil.

– Insiste em sua declaração de que o Sr. Renauld não lhe confidenciou coisa alguma?

– Por que acha possível que ele tenha me confidenciado alguma coisa?

Com uma brutalidade deliberada, o Sr. Hautet disse:

— Porque, senhora, um homem costuma dizer à amante o que não conta à esposa.

A Sra. Daubreuil deu um passo para a frente, os olhos ardendo como se estivessem em chamas.

— Está me insultando, senhor! E na presença de minha filha! Nada posso dizer-lhe! E, agora, tenha a bondade de se retirar da minha casa!

Não havia a menor dúvida de que a Sra. Daubreuil vencera o combate. Deixamos a Villa Marguerite como um bando de colegiais envergonhados. O magistrado murmurava imprecações iradas para si mesmo. Poirot parecia totalmente imerso em seus pensamentos, mas de repente ele saiu de seu devaneio com um sobressalto e perguntou ao Sr. Hautet se não havia algum bom hotel nas proximidades.

— Há um lugar pequeno e muito bom, o Hôtel des Bains, neste lado da cidade, na estrada, algumas centenas de metros adiante. Poderá instalar-se ali para continuar suas investigações. Posso então presumir que voltaremos a nos encontrar pela manhã?

— Claro! E obrigado por tudo, Sr. Hautet.

Depois dos cumprimentos mútuos, nós nos separamos, Poirot e eu seguindo na direção de Merlinville, o magistrado e o comissário voltando para a Villa Geneviève.

— O sistema policial francês é realmente maravilhoso — comentou Poirot, olhando para os dois vultos que se afastavam. — É extraordinário como eles possuem informações a respeito de todas as pessoas, até os menores detalhes. Embora o Sr. Renauld tenha chegado aqui há apenas pouco mais de seis semanas, a polícia já está a par de seus gostos e tendências. A qualquer momento é capaz de apresentar informações como a conta bancária da Sra. Renauld e os depósitos que foram efetuados recentemente! Não resta a menor dúvida de que o dossiê é uma grande instituição. Mas o que é isso?

Poirot virou-se abruptamente. Uma pessoa estava correndo pela estrada, sem chapéu, em nossa direção. Era Marthe Daubreuil.

– Peço que me perdoem – disse ela, ofegante, quando nos alcançou. – Eu... eu sei que não deveria fazer isso. E não devem contar nada a minha mãe. Mas é verdade o que todos estão dizendo, que o Sr. Renauld chamou um detetive pouco antes de morrer e... que esse detetive é o senhor?

– É verdade, sim, senhorita – disse Poirot, gentilmente. – Mas como soube?

– Françoise contou à nossa Amélie – explicou Marthe, corando.

Poirot fez uma carranca.

– É inteiramente impossível guardar segredo num caso como este! Não que isso tenha alguma importância, diga-se de passagem. Mas o que deseja saber, senhorita?

A jovem hesitou. Parecia estar querendo muito falar, mas ao mesmo tempo estava receosa. Finalmente, quase num sussurro, ela indagou:

– Há alguém de quem já se esteja suspeitando?

Poirot fitou-a com atenção, antes de responder de maneira evasiva:

– A suspeita paira no ar neste momento, senhorita.

– Sei disso. Mas... suspeita-se de alguém em particular?

– Por que deseja saber?

A jovem pareceu ficar assustada com a pergunta. No mesmo instante, recordei-me das palavras de Poirot no início da tarde: a "jovem com olhos ansiosos"!

– O Sr. Renauld sempre me tratou muito bem – disse a jovem finalmente. – É natural que eu esteja interessada.

– Compreendo perfeitamente, senhorita. Se quer saber, as suspeitas pairam neste momento em torno de duas pessoas.

– Duas?

Eu seria capaz de jurar que havia um tom de surpresa e alívio na voz dela.

– Seus nomes são desconhecidos, por enquanto, mas presume-se que sejam chilenos, de Santiago. Agora, senhorita, já

sabe o que a juventude e a beleza podem conseguir. Fez-me trair segredos profissionais!

Ela riu jovialmente. Depois, um tanto timidamente, agradeceu.

— E agora tenho que voltar correndo, se não *maman* vai perceber a minha ausência.

E ela virou-se e saiu correndo pela estrada, como se fosse uma moderna Atalanta. Fiquei contemplando-a. Em tom irônico e gentil, Poirot comentou:

— *Mon ami*, será que vamos passar a noite inteira parados aqui, só porque viu uma linda jovem e sua cabeça mais parece um turbilhão?

Soltei uma risada e pedi desculpas.

— Mas reconheça que ela é realmente muito bonita, Poirot. Pode-se desculpar qualquer homem que fique aturdido ao vê-la.

Poirot deixou escapar um grunhido.

— *Mon Dieu!* Isso só acontece porque você tem um coração muito sensível!

— Está se recordando do caso Styles, Poirot, quando...

— Quando você se apaixonou por duas mulheres encantadoras e acabou não ficando com nenhuma das duas? Claro que me lembro.

— Você me consolou dizendo que talvez algum dia voltássemos a nos envolver em outro caso e então...

— *Eh bien?*

— Estamos novamente envolvidos num caso e...

Fiz uma pausa, soltando uma risada, um tanto constrangido. Para minha surpresa, Poirot sacudiu a cabeça, com uma expressão compenetrada.

— *Ah, mon ami*, não deixe que seu coração se entusiasme com Marthe Daubreuil. Ela também não lhe está reservada. Aceite o conselho de *papa* Poirot.

— Mas o comissário garantiu-me que ela é uma moça tão boa quanto linda! Um anjo perfeito!

– Alguns dos maiores criminosos que conheci tinham cara de anjo – comentou Poirot, jovialmente. – Uma deformação da massa cinzenta pode perfeitamente coincidir com um rosto impecável como o de uma madona.

Fiquei horrorizado.

– Poirot, não pode estar querendo insinuar que desconfia de uma criança inocente como ela!

– *Ta-ta-ta!* Não fique nervoso, meu amigo. Eu não disse que suspeitava da moça. Mas deve admitir que a ansiedade dela em saber detalhes sobre o caso é um tanto estranha.

– Pela primeira vez, Poirot, estou percebendo mais do que você. A ansiedade dela não é por si mesma, mas sim pela mãe.

– Meu amigo, como sempre acontece, não está percebendo absolutamente nada. A Sra. Daubreuil é perfeitamente capaz de cuidar de si mesma, não precisa que a filha se preocupe com ela. Reconheço que estava caçoando de você, mas, mesmo assim, repito o que disse antes: não deixe que seu coração se entusiasme por aquela jovem. Ela não é para você! Eu, Hercule Poirot, sei disso. *Sacré!*, se ao menos eu conseguisse recordar onde já vi aquele rosto antes...

– Que rosto? – indaguei, surpreso. – O da filha?

– Não. O da mãe.

Percebendo meu espanto, Poirot assentiu, enfaticamente:

– É isso mesmo, *mon ami*. Foi há tanto tempo, quando eu ainda trabalhava com a polícia, na Bélgica. Nunca vi a mulher pessoalmente antes, mas já vi a fotografia dela... e relacionada a algum caso. Tenho até a impressão...

– A impressão de quê?

– Posso estar enganado, mas tenho a impressão de que era um caso de homicídio!

8
Um encontro inesperado

Voltamos à *villa* na manhã seguinte, muito cedo. Dessa vez o homem de sentinela no portão não nos barrou a entrada; em vez disso, respeitosamente, prestou continência. Entramos na casa. A criada Léonie estava naquele momento descendo a escada e parecia não estar avessa à possibilidade de uma pequena conversa.

Poirot perguntou como estava passando a Sra. Renauld. Léonie sacudiu a cabeça.

— Ela está terrivelmente transtornada, *la pauvre dame*! Não quer comer nada... absolutamente nada! E está pálida como um fantasma. É horrível vê-la nesse estado. Ah, *par exemple*, eu é que não sofreria tanto assim por um homem que tivesse me enganado com outra mulher!

Poirot assentiu, com uma expressão compreensiva.

— O que está dizendo é perfeitamente justo. Mas quem pode saber o que irá acontecer? O coração de uma mulher que ama é capaz de perdoar muitos golpes. Mesmo assim, com certeza, houve muitas cenas de recriminação entre os dois nos últimos meses, não é mesmo?

Léonie tornou a sacudir a cabeça.

— Não, senhor, nunca houve. Jamais ouvi a senhora dizer qualquer palavra de protesto... muito menos de censura! Ela tinha o temperamento e a disposição de um anjo... e nisso era muito diferente do Sr. Renauld!

— O Sr. Renauld não tinha o temperamento de um anjo?

— Muito pelo contrário! Quando ele tinha um acesso de raiva, todos da casa sabiam. O dia em que discutiu com o Sr. Jack... *ma foi!*, podia-se até ouvi-los na praça do mercado, de tão alto que gritavam!

– É mesmo? – disse Poirot. – E quando foi que essa discussão ocorreu?

– Foi pouco antes de o Sr. Jack ir para Paris. Ele quase perdeu o trem. Saiu da biblioteca correndo e pegou a mala que deixara no vestíbulo. O automóvel estava no conserto e por isso teve que correr até a estação. Eu estava arrumando o salão e o vi passar. O Sr. Jack estava muito pálido, com duas manchas vermelhas nas faces. Ah, estava um bocado furioso!

Era evidente que Léonie estava apreciando intensamente o próprio relato.

– E sobre o que eles discutiram?

– Isso eu não sei, senhor. É verdade que estavam gritando, mas as vozes eram tão altas e estridentes e falavam tão depressa que somente uma pessoa que conhecesse muito bem o inglês poderia ter entendido. O senhor passou o resto do dia furioso. Foi impossível satisfazê-lo em qualquer coisa.

O barulho de uma porta fechando, lá em cima, interrompeu a loquacidade de Léonie.

– Françoise está me esperando! – exclamou ela, despertando para uma tardia recordação de suas obrigações. – Ela está sempre reclamando!

– Um momento, por gentileza, senhorita. Pode nos informar onde está o magistrado?

– Eles saíram para ver o automóvel, lá na garagem. O comissário teve a ideia de que ele pode ter sido usado na noite do crime.

– *Quelle idée!* – murmurou Poirot, enquanto a jovem desaparecia.

– Vai ao encontro deles, Poirot?

– Não. Ficarei esperando que voltem lá no salão. Deve ser o único lugar fresco nesta manhã quente.

Essa maneira plácida de encarar os acontecimentos não me parecia das mais elogiáveis.

– Se não se importa, Poirot...

Hesitei e ele apressou-se em dizer:

— Absolutamente. Deseja fazer algumas investigações por conta própria, não é mesmo?

— Estou pensando em procurar Giraud, se é que ele está por aqui, para verificar o que anda fazendo.

— Ah, o perdigueiro humano! — murmurou Poirot, recostando-se em uma poltrona confortável e fechando os olhos. — Claro que não me importo, meu amigo. *Au revoir.*

Saí pela porta da frente. Estava realmente fazendo muito calor. Segui pelo mesmo caminho que percorrêramos no dia anterior. Pensava em examinar o local do crime, mas não fui direto para lá. Em vez disso, embrenhei-me pelos arbustos, a fim de chegar ao campo de golfe algumas centenas de metros à direita do local ao crime. Se Giraud ainda estivesse por lá, eu queria observar seus métodos, antes que percebesse a minha presença. Ao chegar, por fim, ao campo de golfe, fi-lo de maneira tão inesperada e com tanto vigor que esbarrei em uma moça que ali estava parada, de costas para os arbustos.

Ela soltou um grito abafado, o que não era de espantar. Mas eu também soltei uma exclamação de surpresa. Pois ali estava a minha companheira de viagem, Cinderela em pessoa!

A surpresa foi mútua.

— Você! — exclamamos ao mesmo tempo.

Ela foi a primeira a se recuperar:

— O que está fazendo aqui?

— Por falar nisso, o que *você* está fazendo? — eu respondi.

— Quando o vi pela última vez, anteontem, estava a caminho da Inglaterra, como um menino comportado. Será que eles lhe deram um passe de ida e volta para viajar à vontade, por conta do seu membro do Parlamento?

Ignorei a última frase.

— E quando eu a vi pela última vez, estava a caminho de casa, em companhia de sua irmã, como uma boa menina. Por falar nisso, como está sua irmã?

Um clarão de dentes brancos me recompensou.

– Quanta gentileza perguntar! Minha irmã está muito bem, obrigada.

– Ela está aqui com você?

– Não, ficou na cidade – respondeu-me a jovem espevitada, com toda dignidade.

– Não acredito que você tenha uma irmã – declarei, com uma risada. – Se tivesse, o nome dela teria que ser Harris!

– Lembra-se por acaso do meu nome? – perguntou ela, com um sorriso.

– Cinderela. Mas vai me dizer o seu verdadeiro nome, não é mesmo?

Ela sacudiu a cabeça, com um olhar malicioso.

– Nem mesmo por que está aqui?

– Ah, isso! Suponho que já ouviu falar que as pessoas da minha profissão costumam "repousar".

– Numa dispendiosa estação de águas francesa?

– Pode ser bem barato, quando se sabe para onde ir.

Fitei-a com atenção.

– Mesmo assim, não tinha a menor intenção de vir para cá quando nos encontramos há dois dias, não é mesmo?

– Todos temos os nossos desapontamentos – declarou Cinderela solenemente. – E já lhe contei até demais. Os garotos como você não devem ser perguntadores. Além do mais, ainda não me contou o que *você* está fazendo aqui. Pelo que imagino, está a reboque do seu membro do Parlamento, divertindo-se na praia.

Sacudi a cabeça.

– Dê outro palpite. Lembra-se de que eu lhe disse que tinha um grande amigo que era detetive?

– E daí?

– E por acaso ainda não ouviu falar a respeito do crime... na Villa Geneviève?

Ela ficou aturdida. Deixou escapar uma exclamação de surpresa, os olhos se arregalaram.

– Quer dizer que está... metido nisso?

Assenti. Não havia a menor dúvida de que eu causara uma profunda impressão nela. Sua emoção, ao me fitar, era mais do que evidente. Não disse nada por alguns segundos, depois sacudiu a cabeça, vigorosamente, e murmurou:

— Essa é ótima! Conte-me tudo! Quero saber de todos os horrores!

— O que está querendo dizer com isso?

— Exatamente o que eu falei. Ainda não lhe disse que adoro crimes? Por que acha que estou arriscando meus tornozelos nesses saltos? Estou bisbilhotando por aqui há horas! Tentei entrar pela frente, mas aquele gendarme francês cabeçudo não se deixou persuadir. Aposto que se Helena de Troia, Cleópatra e Mary, rainha da Escócia, aparecessem por aqui, não conseguiriam derreter o gelo que é aquele homem! Mas vamos logo, mostre-me tudo!

— Ei, espere um pouco! Não posso fazer isso. Ninguém tem permissão para entrar. Eles são muito rigorosos quanto a isso.

— Você e seu amigo não são os figurões por aqui?

Eu detestava a ideia de renunciar à minha posição de importância. Mesmo assim, ainda tentei resistir, indagando debilmente:

— Por que está tão curiosa? E o que desejava ver?

— Quero ver tudo! O local do crime, a arma, o cadáver, quaisquer impressões digitais e outras coisas interessantes desse tipo! Nunca tive oportunidade de me envolver diretamente num crime como agora! Não quero perdê-la! Isso é algo de que vou me lembrar pelo resto da minha vida!

O entusiasmo macabro da jovem deixou-me um pouco nauseado. Já tinha lido a respeito das multidões de mulheres que assediavam os tribunais quando algum pobre coitado estava sendo julgado por um crime que previa a pena capital. Algumas vezes, perguntara-me como seriam tais mulheres. Sabia agora a resposta. Eram todas parecidas com Cinderela, ainda jovens, mas obcecadas por um anseio de excitamento

mórbido, por sensações a qualquer custo, sem um mínimo de decência e bons sentimentos. Mantive a minha primeira impressão, de desaprovação e aversão. Era um rostinho lindo, mas com uma mente mórbida por trás.

– Ei, já está na hora de voltar à terra! – disse ela, subitamente. – E não fique com essa cara. Quando foi chamado a trabalhar nesse caso, por acaso ficou farejando o ar, depois declarou que era repugnante e não queria se envolver?

– Não, mas...

– Se estivesse aqui de férias, não iria também querer bisbilhotar, da mesma forma como estou fazendo? Claro que iria!

– Mas acontece que eu sou homem, e você é mulher.

– Estou vendo que a sua ideia de mulher é alguém que sobe numa cadeira e começa a gritar freneticamente quando avista um rato. Tudo isso é pré-histórico. E agora vai me mostrar tudo, não é mesmo? Se quer saber, isso pode ser muito importante para mim.

– De que maneira?

– Eles estão mantendo todos os repórteres a distância. Posso conseguir um grande furo para algum jornal. Não tem ideia do quanto eles pagam por algumas informações exclusivas.

Hesitei. Ela pôs a mão sobre a minha e murmurou suavemente:

– *Por favor...* seja bonzinho...

Capitulei Secretamente, sabia que iria apreciar o papel de mestre de cerimônias. Afinal, a atitude moral exibida pela jovem não era da minha conta. Senti-me um pouco nervoso ao pensar no que o magistrado poderia dizer, mas tratei de tranquilizar-me com o pensamento de que não haveria mal algum.

Fomos, primeiro, ao local onde o corpo fora encontrado. Um homem estava montando guarda ali. Prestou continência, respeitosamente, pois me conhecia de vista. Não levantou qualquer objeção à minha companheira. Provavelmente, calculou que eu a afiançava. Expliquei à Cinderela como ocorrera a descoberta. Ela escutou com toda atenção, interpondo de

vez em quando uma pergunta inteligente. Depois, seguimos na direção da casa. Avancei com cuidado, pois não estava muito ansioso, para dizer a verdade, para encontrar-me com quem quer que fosse. Levei a jovem pelas moitas até os fundos da casa, onde ficava o pequeno barracão. Na noite anterior, o Sr. Bex, depois de trancar a porta, deixara a chave com o *sergent de ville* Marchaud, "no caso de o Sr. Giraud precisar entrar aqui, enquanto eu estiver lá em cima". Achei que era bem provável que o detetive da Sûreté tivesse devolvido a chave a Marchaud depois de usá-la. Deixando Cinderela escondida nas moitas, entrei na casa. Marchaud estava de guarda na porta do salão. Era possível ouvir o murmúrio de vozes lá dentro.

— O senhor deseja falar com o magistrado? Ele está lá dentro, interrogando Françoise novamente.

— Não, não quero falar com ele — apressei-me em dizer. — Mas gostaria que me desse a chave do barracão, se não for contra os regulamentos.

— Mas claro, senhor! — disse ele, tirando a chave do bolso. — O magistrado deu ordens para que ficássemos inteiramente à disposição dos senhores, facilitando tudo que fosse possível. Só peço que me devolva a chave depois que terminar.

— Pode ficar tranquilo quanto a isso.

Senti uma imensa satisfação ao compreender que, pelo menos aos olhos de Marchaud, eu estava no mesmo nível de importância que Poirot. A jovem estava à minha espera. Soltou uma exclamação de prazer ao ver a chave em minha mão.

— Quer dizer que conseguiu a chave?

— Claro — respondi, friamente. — Mas quero que saiba que o que estou fazendo é irregular.

— Você está sendo incrivelmente maravilhoso e pode estar certo de que não me esquecerei. E, agora, vamos indo. Eles não podem nos ver da casa, não é mesmo?

— Espere um instante! — exclamei, no momento em que ela começava a se adiantar de forma ansiosa. — Não vou impe-

di-la, se deseja entrar no barracão. Mas é isso mesmo o que está querendo? Já viu o local do crime e o resto da propriedade, já soube de todos os detalhes do caso. Será que não é suficiente? O que vai ver agora é um tanto horrendo e... extremamente desagradável.

Ela ficou me olhando em silêncio por um momento, com uma expressão que não consegui definir. Depois, soltou uma risada e disse:

– Adoro as coisas horrendas! Vamos logo!

Em silêncio, chegamos à porta do barracão. Abri-a e entramos. Aproximei-me do corpo e, gentilmente, puxei o lençol, como o Sr. Bex fizera na noite anterior. Uma exclamação de espanto escapou dos lábios da jovem. Virei-me para fitá-la. Havia agora uma expressão de horror no rosto dela e o ar jovial desaparecera. Não quisera aceitar meu conselho e era agora punida por isso. Senti-me singularmente impiedoso. Ela teria agora que aguentar até o fim. Com cuidado, virei o cadáver.

– Como está vendo, ele foi apunhalado pelas costas.

A voz dela era quase inaudível.

– Com o quê?

Sacudi a cabeça na direção do pote de vidro.

– Com aquela espátula.

De repente, a jovem cambaleou e caiu ao chão. Corri para ajudá-la.

– Está se sentindo mal – murmurei. – Vamos sair daqui. A cena foi demais para você.

– Água... – balbuciou ela. – Depressa... água...

Deixei-a e entrei correndo na casa. Por sorte, nenhuma das criadas estava por ali. Pude pegar o copo com água sem que ninguém me visse. Acrescentei algumas gotas de conhaque de um frasco de bolso. Alguns minutos depois, estava de volta ao barracão. A jovem continuava caída no chão, exatamente como a deixara. Alguns goles da água com conhaque reanimaram-na de maneira maravilhosa.

— Leve-me daqui... depressa, depressa! — balbuciou ela, estremecendo.

Amparando-a com o braço, levei-a para fora. Ela puxou a porta depois que passamos e respirou fundo.

— Já estou melhor... Oh, foi horrível! Por que me deixou entrar?

Achei essa reação tão feminina que não pude conter um sorriso. Secretamente, até que não estava insatisfeito com o desmaio, pois provava que ela não era tão insensível como eu imaginara. Afinal, era pouco mais que uma criança e sua curiosidade fora provavelmente impensada.

— Sabe que fiz todo o possível para impedi-la — murmurei, de maneira gentil.

— Acho que tem razão... E agora... adeus.

— Ei, vamos com calma! Não pode ir embora assim... sozinha. Não está em condições para isso. Insisto em acompanhá-la de volta a Merlinville.

— Não é preciso. Já estou me sentindo bem agora.

— E caso se sinta fraca novamente? Vou acompanhá-la de qualquer maneira.

Mas ela se opôs à minha proposta com uma energia inesperada. Por fim, acabei prevalecendo, conseguindo obter permissão para acompanhá-la pelo menos até os arredores da cidade. Seguimos pelo mesmo caminho pelo qual viéramos, passamos de novo pela cova e fizemos um desvio para chegar à estrada. No momento em que avistamos as primeiras casas da cidadezinha, ela parou e estendeu-me a mão.

— Adeus... e obrigada por ter me acompanhado até aqui.

— Tem certeza de que já está se sentindo bem?

— Claro que estou. Obrigada por tudo. E espero que não tenha qualquer problema por ter me mostrado as coisas.

Descartei a possibilidade com simpatia.

— Adeus — disse ela.

— *Au revoir* — apressei-me em corrigir. — Se vai continuar por aqui, nos encontraremos novamente.

Ela presenteou-me com um sorriso.

– Tem razão. *Au revoir.*

– Ei, espere um instante! Ainda não me disse o seu endereço.

– Estou no Hôtel du Phare. É pequeno, mas muito bom. Vá visitar-me amanhã.

– Irei! – exclamei, talvez com um *empressement* desnecessário.

Fiquei observando-a se afastar, depois virei-me e voltei para a Villa Geneviève. Tinha me lembrado de que não trancara a porta do barracão. Felizmente, ninguém tomou conhecimento. Tranquei a porta e devolvi a chave ao *sergent de ville.* E, ao fazê-lo, ocorreu-me subitamente que Cinderela podia ter me dado seu endereço, mas eu ainda ignorava o seu nome.

9
O Sr. Giraud descobre algumas pistas

No salão encontrei o magistrado interrogando o velho jardineiro, Auguste. Poirot e o comissário, que também estavam presentes, cumprimentaram-me com um sorriso e uma mesura polida, respectivamente. Acomodei-me em uma cadeira, em silêncio. O Sr. Hautet foi meticuloso e insistente ao extremo, mas não conseguiu arrancar nada de importante do velho jardineiro.

Auguste admitiu que as luvas de jardinagem lhe pertenciam. Usava-as quando tratava de determinadas espécies de prímulas, que eram venenosas para algumas pessoas. Não sabia dizer quando as usara pela última vez. Não dera pela falta delas. Onde as guardava? Às vezes, em um lugar, às vezes, em outro. A pá em geral ficava no pequeno barracão de ferramentas. E o barracão ficava trancado? Claro que sim. E onde guardava a chave? *Parbleu*, na própria fechadura, é claro! Não

havia nada de valor no barracão. Quem imaginaria que por ali apareceria um bando de bandidos, de assassinos? Essas coisas não aconteciam no tempo da Sra. La Vicomtesse. O Sr. Hautet disse que não tinha mais nada a perguntar e o velho jardineiro retirou-se, resmungando até o fim. Recordando a inexplicável insistência de Poirot com relação às pegadas nos canteiros de flores, fiquei observando atentamente o velho jardineiro, enquanto ele prestava depoimento. E cheguei à conclusão de que ele nada tinha a ver com o crime, ou então era um ator de extrema competência. De repente, no momento em que ele estava cruzando a porta, ocorreu-me uma ideia. E falei:

— *Pardon*, Sr. Hautet, mas permite que eu faça uma pergunta a Auguste?

— Claro, senhor!

Assim encorajado, virei-me para Auguste e indaguei:

— Onde guarda suas botas?

— *Sac à papier!* — resmungou o velho. — Nos meus pés, é claro! Onde mais poderia ser?

— E quando se deita, à noite?

— Deixo as botas debaixo da cama.

— Mas quem as limpa?

— Ninguém. Por que deveria limpá-las? Por acaso tenho que me mostrar bonitinho como um rapaz? Aos domingos, *bien entendu*, uso as botas dos domingos. Mas, afora isso...

Ele deu de ombros. Sacudi a cabeça, desanimado. O magistrado voltou a falar:

— Creio que não conseguimos descobrir muita coisa. E, sem dúvida, continuaremos assim até chegar a resposta do cabograma que mandamos para Santiago. Alguém viu Giraud? Para ser franco, eis alguém que carece de polidez! Estou pensando em mandar chamá-lo e...

— Não vai ser preciso, senhor.

A voz tranquila e inesperada surpreendeu a todos nós. Giraud estava parado do lado de fora, olhando pela janela aberta. Pulou para dentro da sala e foi até a mesa.

– Aqui estou, senhor, inteiramente à sua disposição. Aceite as minhas desculpas por não ter me apresentado mais cedo.

– Não foi nada, não foi nada... – murmurou o magistrado, visivelmente confuso.

– É claro que sou apenas um detetive e nada sei de interrogatórios. Mas se me coubesse dirigir um interrogatório, tomaria a providência de não deixar nenhuma janela aberta. Qualquer pessoa que estiver lá fora pode ouvir tudo o que se passa aqui dentro. Mas isso não tem grande importância.

O Sr. Hautet ficou vermelho de raiva. Era evidente que não havia a menor empatia entre o magistrado e o detetive encarregado oficialmente do caso. Desde o início houvera uma repulsa mútua. Talvez isso tivesse ocorrido quaisquer que fossem as circunstâncias. Para Giraud, todos os magistrados encarregados de inquéritos não passavam de tolos; para o Sr. Hautet, que levava suas funções muito a sério, a atitude indiferente do detetive de Paris não podia deixar de ser encarada como ofensiva.

– *Eh bien*, Sr. Giraud, certamente esteve empregando seu tempo de maneira admirável, não é mesmo? – disse o magistrado, um tanto rispidamente. – Já tem os nomes dos assassinos para nos revelar, não é mesmo? E também o local exato em que poderemos encontrá-los, não é mesmo?

Giraud não se deixou abalar pela ironia e respondeu com calma:

– Sei pelo menos de onde eles vieram.

– *Comment?*

Giraud tirou do bolso dois objetos pequenos e colocou-os sobre a mesa. Todos nos aproximamos para olhar. Eram dois objetos muito simples: uma guimba de cigarro e um fósforo. O detetive parisiense virou-se bruscamente para Poirot e perguntou:

– O que está vendo aqui?

Havia algo de brutal em seu tom. Senti minhas faces arderem, mas Poirot permaneceu impassível. Limitou-se a dar de ombros e dizer:

– Uma guimba de cigarro e um fósforo.

– E o que isso lhe diz?

Poirot abriu os braços.

– Não me diz nada.

– Ah! – exclamou Giraud, extremamente satisfeito. – É que não examinou estas coisas! Não é um fósforo comum... ou pelo menos não neste país. Mas é bastante comum na América do Sul. Felizmente, não foi riscado, caso contrário eu poderia não ter reconhecido. É evidente que um dos homens jogou fora a guimba e acendeu outro cigarro, deixando um fósforo cair da caixa ao fazê-lo.

– E o outro fósforo? – perguntou Poirot.

– Que fósforo?

– Aquele com que o homem acendeu o cigarro. Também o encontrou?

– Não.

– Talvez não tenha procurado direito.

– Não procurei direito...

Por um momento tive a impressão de que o detetive de Paris ia ter um acesso de raiva. Mas ele conseguiu se controlar e acrescentou:

– Estou vendo que adora uma brincadeira, Monsieur Poirot. Seja como for, com fósforo ou sem fósforo, a ponta de cigarro seria suficiente. É um cigarro sul-americano, com um papel impregnado de alcaçuz.

Poirot fez uma mesura. O comissário interveio na conversa:

– A guimba de cigarro e o fósforo podiam ser do Sr. Renauld. Não se esqueça de que ele voltou da América do Sul há apenas dois anos.

– Não me esqueci – disse Giraud, confiante. – E já dei uma busca entre os pertences do Sr. Renauld. O cigarro e o fósforo que ele usava eram inteiramente diferentes.

– Não acha um tanto esquisito que esses estranhos aparecessem aqui sem uma arma, sem luvas e sem pá, encontrando todas essas coisas tão convenientemente à mão? – indagou Poirot.

84

Giraud sorriu, com um ar de superioridade.

— Certamente é muito esquisito. Na verdade, sem a teoria que formulei, seria até inexplicável.

— Uma cúmplice! — exclamou o Sr. Hautet. — Uma cúmplice dentro da casa!

— Ou do lado de fora — disse Giraud, com um sorriso peculiar.

— Mas alguém deve ter aberto a porta para eles, não é mesmo? Não se pode admitir que, num incrível golpe de sorte, encontrassem a porta entreaberta justamente na noite em que vieram até aqui.

— *D'accord*, senhor. A porta foi aberta para eles, mas poderia facilmente ter sido aberta pelo lado de fora... por alguém que tivesse uma chave.

— E quem tinha essa chave?

Giraud deu de ombros.

— Quem quer que estivesse com essa chave, jamais irá admiti-lo, se puder evitar. Mas diversas pessoas poderiam ter uma chave da porta. Por exemplo: o Sr. Jack, o filho. É verdade que ele está a caminho da América do Sul. Mas poderia ter perdido a chave. Ou então ela foi roubada. E há também o jardineiro. Afinal, trabalha aqui há muitos anos. Uma das criadas mais moças pode ter um amante. Não é difícil tirar o molde de uma chave e mandar fazer outra igual. Há inúmeras possibilidades. E não nos esqueçamos de uma outra pessoa que, a meu ver, provavelmente tem uma chave desta casa em seu poder.

— Quem é?

— A Sra. Daubreuil — respondeu secamente o detetive de Paris.

— Quer dizer que já está a par disso? — murmurou o magistrado, um pouco desconsolado.

— Estou a par de tudo — respondeu Giraud, imperturbável.

— Há uma coisa que sou capaz de jurar como ainda não sabe — disse o Sr. Hautet.

Ele estava deliciado em mostrar que possuía um conhecimento superior ao do detetive de Paris. E sem mais delongas relatou a história da misteriosa visitante da noite anterior. Também mencionou o cheque emitido em nome de *Duveen* e, por fim, entregou a Giraud a carta assinada por *Bella*.

Giraud escutou em silêncio, examinou a carta com toda atenção e depois devolveu-a.

– Tudo isso é muito interessante, magistrado. Mas minha teoria não foi afetada.

– E qual é a sua teoria?

– Por enquanto, prefiro não revelar. Não se esqueça de que mal estou começando minhas investigações.

Subitamente, Poirot interveio:

– Gostaria que me dissesse uma coisa, Sr. Giraud. Pelo que vejo, sua teoria foi formulada com base na hipótese de alguém ter aberto a porta para os assassinos. Mas não explica por que deixaram a porta aberta. Quando os homens partiram, o mais natural seria deixarem a porta trancada. Afinal, o *sergent de ville* de ronda poderia vir até a casa, como acontece de vez em quando, para verificar se estava tudo bem. Os assassinos poderiam ter sido descobertos e rapidamente dominados.

– Isso não tem a menor importância. Eles simplesmente esqueceram. Foi um erro que cometeram, nada mais.

Nesse momento, para surpresa minha, Poirot repetiu praticamente as mesmas palavras que dissera a Bex, na noite anterior:

– Não concordo. A porta foi deixada entreaberta deliberadamente ou por necessidade. E qualquer teoria que não leve esse fato em consideração é totalmente falha.

Todos olhamos para o homenzinho com grande espanto. A confissão de ignorância em relação ao fósforo devia tê-lo deixado humilhado, em minha opinião. Mas ali estava ele agora, enfatuado como sempre, a ditar a lei para o grande Giraud, sem a menor hesitação.

O detetive de Paris torceu o bigode, olhando para o meu amigo com uma expressão um tanto zombeteira.

– Não concorda comigo, hein? O que o impressiona particularmente neste caso, Monsieur Poirot? Vamos ouvir suas opiniões.

– Há algo que me parece extremamente significativo. Diga-me uma coisa, Sr. Giraud, não há neste caso nada que lhe pareça familiar? Não há nada que o faça recordar-se de algo?

– Familiar? Recordar-me de algo? Assim, de improviso, nada posso dizer. Mas acho que não.

– Creio que está enganado. Um crime bastante semelhante já foi cometido antes.

– Quando? E onde?

– Ah, infelizmente não estou conseguindo me recordar. Esperava que pudesse me ajudar.

Giraud emitiu um grunhido de incredulidade.

– Já houve inúmeros casos de homens mascarados. É claro que não posso me recordar dos detalhes de todos. Afinal, todos esses crimes são mais ou menos parecidos.

– Mas há sempre o que se pode chamar de toque pessoal.

Poirot fez uma breve pausa. Assumiu de súbito a sua atitude professoral e passou a dirigir-se a todos nós, coletivamente:

– Estou me referindo à psicologia do crime. O Sr. Giraud sabe perfeitamente que cada criminoso possui seu método particular. A polícia, quando é chamada a investigar um caso de assalto, por exemplo, pode muitas vezes adivinhar quem foi o criminoso pelo estudo do método específico utilizado. (Japp lhe diria a mesma coisa, Hastings.) O homem é um animal sem qualquer originalidade. Não o é em sua vida cotidiana normal, dentro da lei, assim como também não o é quando se coloca fora dela. Se um homem comete um crime, qualquer outro crime que cometer, daí por diante, será extremamente parecido. O assassino inglês que liquidou diversas esposas, afogando-as na banheira, é um exemplo disso. Se tivesse variado os métodos, poderia não ter sido descoberto até hoje. Mas ele obedeceu a um preceito comum da natureza humana, achando que o que dera certo uma vez iria dar certo novamente. E pagou com a vida por sua falta de originalidade.

– E onde está querendo chegar com toda essa conversa? – indagou Giraud, de maneira desdenhosa.

– Que sempre que se tem dois crimes precisamente similares, no planejamento e na execução, irá se encontrar o mesmo cérebro por trás de ambos. Estou procurando por esse cérebro, Sr. Giraud, e haverei de encontrá-lo. Temos aqui uma verdadeira pista... uma pista... uma pista psicológica. Pode saber de tudo a respeito de cigarros e fósforos, Sr. Giraud, mas eu, Hercule Poirot, conheço a mente humana!

E o ridículo homenzinho arrematou dando uma pancadinha significativa na testa. Giraud não estava absolutamente impressionado. Poirot continuou:

– Para sua orientação, Sr. Giraud, gostaria de informá-lo de um fato que talvez ainda desconheça. O relógio de pulso da Sra. Renauld estava adiantado duas horas, no dia seguinte à tragédia. Talvez esteja interessado em examinar esse ponto.

Giraud estava agora um tanto aturdido.

– O relógio não costumava adiantar?

– Para ser franco, fui informado que isso de fato acontecia.

– *Eh bien!* Qual é, então, a importância desse fato?

– Adiantar duas horas é muita coisa – disse Poirot, suavemente. – E não nos esqueçamos também das pegadas no canteiro de flores.

Ele sacudiu a cabeça na direção da janela aberta. Giraud foi até lá no mesmo instante e olhou para fora, ansiosamente.

– Neste canteiro?

– Exato.

– Mas não estou vendo nenhuma pegada!

– Nem podia ver – disse Poirot, endireitando uma pilha de livros que estava sobre a mesa. – Não há nenhuma pegada aí.

Por um momento, uma raiva quase assassina estampou-se no rosto de Giraud. Deu dois passos na direção de seu algoz, mas nesse exato momento a porta foi aberta e Marchaud anunciou:

– Sr. Stonor, o secretário, acaba de chegar da Inglaterra. Ele pode entrar?

10
Gabriel Stonor

O homem que entrou na sala era uma figura impressionante. Muito alto, com o corpo atlético, tinha o rosto e o pescoço extremamente bronzeados. Era de fato uma presença dominante. Até mesmo Giraud parecia anêmico ao lado dele. Depois que o conheci melhor, descobri que Gabriel Stonor era uma personalidade das mais extraordinárias. Inglês de nascimento, já havia percorrido o mundo inteiro. Caçara na África, trabalhara em ranchos na Califórnia, fora negociante nas ilhas dos mares do Sul, fora secretário de um magnata das ferrovias em Nova York e passara um ano acampado no deserto, com uma tribo de árabes.

Seus olhos infalíveis fixaram-se logo no Sr. Hautet.

– É o magistrado que está encarregado do inquérito? Prazer em conhecê-lo. É uma terrível tragédia. Como está a Sra. Renauld? Ela está conseguindo resistir? Deve ter sido um choque e tanto para ela!

– Foi realmente terrível – murmurou o Sr. Hautet. – Permita que lhe apresente o Sr. Bex, nosso comissário de polícia, e o Sr. Giraud, da Sûreté. Esse cavalheiro é Monsieur Hercule Poirot. O Sr. Renauld pediu-lhe que viesse até aqui, mas ele chegou tarde demais para poder evitar a tragédia. E esse é um amigo de Monsieur Poirot, capitão Hastings.

Stonor olhou para Poirot com algum interesse.

– Então ele mandou chamá-lo?

– Quer dizer que não sabia que o Sr. Renauld estava pensando em contratar os serviços de um detetive? – indagou Bex.

– Não, não sabia. Mas isso não me surpreende.

– Por quê?

– Porque o velho estava bastante abalado e apavorado! Não sei o que estava acontecendo. Ele não me contou. Nosso rela-

89

cionamento não se estendia a confidências. Mas que estava abalado, não tenho a menor dúvida... e muito!

– Hum... – murmurou o magistrado. – Mas não tem a menor ideia da causa?

– Foi exatamente o que eu disse.

– Peço que me perdoe, Sr. Stonor, mas temos de começar por algumas formalidades. Seu nome, por favor.

– Gabriel Stonor.

– Há quanto tempo era secretário do Sr. Renauld?

– Há cerca de dois anos, praticamente desde que ele voltou da América do Sul. Conheci-o por intermédio de um amigo em comum. Ele ofereceu-me o cargo. Era um bom patrão.

– Ele falava muito a respeito da vida que levara na América do Sul?

– Bastante.

– Sabe se ele foi alguma vez a Santiago?

– Várias vezes, se não me engano.

– Ele nunca mencionou nenhum incidente que tenha ocorrido por lá? Algo que fosse capaz de provocar uma vingança?

– Não que eu me lembre. Mas, para ser franco, havia um mistério em torno dele. Nunca o ouvi falar de sua infância, por exemplo. Nem de qualquer incidente anterior à sua ida para a América do Sul. Creio que era franco-canadense de nascimento, mas jamais o ouvi falar de sua vida no Canadá. Quando queria, sabia fechar-se como uma ostra.

– Pelo que sabemos até agora, o Sr. Renauld não tinha inimigos. Não poderia por acaso nos dar alguma ideia de um segredo que ele possuísse e que pudesse ter sido a causa de seu assassinato?

– Não.

– Sr. Stonor, por acaso já ouviu falar no nome de Duveen relacionado com o Sr. Renauld?

– Duveen, Duveen...

Stonor pensou por um momento, antes de acrescentar:

– Não me lembro. Mas o nome me parece familiar.

– E por acaso conhece uma mulher, uma amiga do falecido, cujo primeiro nome é Bella?

Stonor sacudiu a cabeça.

– Bella Duveen? É esse o nome todo? Curioso... Tenho
certeza que o conheço, mas, no momento, não consigo recordar em que circunstâncias.

O magistrado tossiu delicadamente.

– Espero que compreenda, Sr. Stonor, que não podem haver quaisquer reservas neste caso, tendo em vista as circunstâncias. Talvez esteja sendo movido por um sentimento de
consideração para com a Sra. Renauld, por quem deve ter grande estima e afeição...

O magistrado ficou perdido no meio da frase, sem saber
como encerrá-la. Fez uma breve pausa e arrematou:

– *Enfin*, não deve ter a menor reserva!

Stonor ficou olhando para ele, um brilho de compreensão
surgindo em seus olhos. E disse suavemente:

– Não estou entendendo. Onde é que a Sra. Renauld entra nesse caso? Tenho imenso respeito e profunda afeição por
ela. É uma mulher extraordinária, maravilhosa mesmo. Não
vejo como minhas reservas ou quaisquer outras restrições
poderiam afetá-la.

– E se constatássemos que essa Bella Duveen era algo mais
que uma simples amiga do marido dela?

– Ah! – exclamou Stonor. – Estou compreendendo agora.
Mas sou capaz de apostar até o meu último centavo como
está equivocado. O velho jamais sequer olhou para outra mulher. Adorava a esposa. Formavam o casal mais devotado que
já conheci.

O Sr. Hautet sacudiu a cabeça, gentilmente.

– Sr. Stonor, temos uma prova incontestável, uma carta
de amor escrita por essa Bella para o Sr. Renauld, acusando-o
de ter-se cansado dela. Além disso, temos provas de que, por
ocasião de sua morte, o Sr. Renauld estava mantendo um caso
amoroso com uma francesa, Sra. Daubreuil, que reside na *villa*

mais próxima. E é esse o homem que, segundo disse, jamais sequer olhou para outra mulher!

Os olhos do secretário se estreitaram.

– Espere um momento, senhor. Acho que está seguindo pelo caminho errado. Conheci Paul Renauld muito bem. O que acabou de dizer é totalmente impossível. Há alguma outra explicação.

O magistrado deu de ombros.

– Que outra explicação pode haver?

– O que o leva a pensar que se tratava de um caso de amor?

– A Sra. Daubreuil tinha o hábito de vir visitar o Sr. Renauld aqui, quase todas as noites. E desde que ele se instalou na Villa Geneviève, a Sra. Daubreuil fez diversos depósitos em sua conta bancária, chegando a um total de 4 mil libras.

– Quanto a isso, está absolutamente certo – disse Stonor calmamente. – Eu mesmo providenciei o dinheiro, a pedido dele. Só que não se tratava de nenhum caso amoroso.

– *Eh mon Dieu!* O que mais poderia ser?

– *Chantagem!* – exclamou Stonor, abruptamente, dando um murro na mesa. – Era isso!

– *Ah, voilà une idée!* – gritou o magistrado, visivelmente abalado.

– Chantagem... – repetiu Stonor. – O velho estava sendo vítima de chantagem... e com toda força! Quatro mil libras em dois meses não é pouca coisa! Eu disse que havia um mistério qualquer em torno de Renauld. É evidente que essa Sra. Daubreuil sabia o bastante para arrancar-lhe muito dinheiro.

– É possível... é bem possível... – murmurou o comissário, bastante animado.

– Possível? – rugiu Stonor. – É absolutamente certo! Por acaso já interrogaram a Sra. Renauld a respeito desse suposto caso de amor do marido?

– Não, senhor. Não quisemos causar-lhe qualquer sofrimento que nos fosse possível evitar.

– Sofrimento? Ela iria achar graça! Podem estar certos do que estou lhes dizendo: ela e Renauld formavam um casal perfeito.

– Isso me fez lembrar de outro ponto – disse o Sr. Hautet. – O Sr. Renauld por acaso falou-lhe a respeito das disposições de seu testamento?

– Claro. Eu é que levei o testamento para os advogados, depois que ele o elaborou. Posso dar-lhes os nomes dos advogados, se desejarem consultá-los. Eles é que estão com o testamento, que é muito simples. Metade da fortuna vai para a esposa, em usufruto, a outra metade para o filho. Há alguns legados. Se bem me lembro, ele deixou-me mil libras.

– E quando esse testamento foi feito?

– Há cerca de um ano e meio.

– Ficaria muito surpreso, Sr. Stonor, se soubesse que o falecido fez outro testamento, há menos de 15 dias?

Stonor ficou obviamente surpreso.

– Eu não tinha a menor ideia! E o que diz esse novo testamento?

– Toda a fortuna dele vai para a esposa, sem quaisquer restrições. Não há qualquer menção ao filho.

Stonor deixou escapar um assobio prolongado.

– Isso me parece um tanto injusto com o rapaz. É verdade que a mãe o adora. Mas todos vão pensar que o pai não confiava nele. Vai ser um duro golpe para o orgulho de Jack. Contudo, isso serve para confirmar o que eu lhes disse, ou seja, que Renauld e a esposa se davam muito bem.

– Tem razão – disse o Sr. Hautet. – É possível que tenhamos de rever nossas opiniões sobre diversas coisas. Passamos um cabograma para Santiago e estamos esperando a resposta a qualquer momento. É bem possível que tudo fique então esclarecido. Por outro lado, se sua sugestão de chantagem for verdadeira, a Sra. Daubreuil está em condições de nos fornecer informações valiosas.

Poirot interveio nesse momento:

— Sr. Stonor, o motorista inglês, Masters, está há muito tempo com o Sr. Renauld?

— Há mais de um ano.

— Sabe se ele já esteve alguma vez na América do Sul?

— Tenho certeza de que não. Antes de vir trabalhar com o Sr. Renauld, Masters passou muitos anos a serviço de uma família em Gloucestershire, que conheço muito bem.

— Pode afiançar que ele está acima de qualquer suspeita?

— Posso.

Poirot pareceu ficar um tanto desolado. Enquanto ocorria esse diálogo, o magistrado tinha chamado Marchaud, a quem disse:

— Apresente meus cumprimentos à Sra. Renauld e diga-lhe que eu ficaria grato se pudesse falar-lhe por alguns minutos. Diga também que ela não precisa se incomodar, pois eu subirei para falar com ela.

Marchaud bateu continência e desapareceu.

Ficamos esperando por alguns minutos. De repente, para nossa surpresa, a porta se abriu e a Sra. Renauld entrou na sala, extremamente pálida.

O Sr. Hautet adiantou-se rapidamente com uma cadeira, enquanto apresentava mil desculpas. Ela agradeceu-lhe, com um sorriso. Stonor estava segurando uma das mãos dela, em um gesto eloquente de simpatia. Era evidente que não conseguiria encontrar as palavras apropriadas para expressar o que sentia. A Sra. Renauld virou-se para o magistrado e disse:

— O que desejava perguntar-me, senhor?

— Com sua permissão, senhora. Soube que seu marido era franco-canadense de nascimento. Poderia dizer-me alguma coisa a respeito da juventude ou infância dele?

Ela sacudiu a cabeça.

— Meu marido sempre foi multo reticente a respeito de si mesmo, senhor. Imagino que teve uma infância infeliz, pois nunca se deu o trabalho de falar sobre essa época de sua vida. Vivíamos inteiramente no presente e para o futuro.

– Havia algum mistério na vida pregressa de seu marido?

A Sra. Renauld sorriu e sacudiu a cabeça.

– Tenho certeza de que não havia nada de tão romântico quanto pode estar imaginando, senhor.

O Sr. Hautet também sorriu.

– Tem razão, senhora. Não devemos nos tornar melodramáticos. Só mais uma coisa...

Ele hesitou por um instante e Stonor aproveitou para intervir, impetuosamente:

– Eles estão com uma ideia extraordinária na cabeça, Sra. Renauld. Acham que o Sr. Renauld estava tendo um caso amoroso com uma certa Sra. Daubreuil, que por acaso mora na casa mais próxima.

O rosto da Sra. Renauld ficou subitamente vermelho. Ela levantou a cabeça bruscamente, depois mordeu os lábios, estremecendo. Stonor ficou olhando para ela em silêncio, atônito. O Sr. Bex inclinou-se para a frente e disse gentilmente:

– Lamentamos ter que lhe causar tanto sofrimento, mas tem algum motivo para acreditar que a Sra. Daubreuil era amante de seu marido?

Com um soluço de angústia, a Sra. Renauld enterrou o rosto entre as mãos. Os ombros começaram a se sacudir, convulsivamente. Depois de algum tempo ela levantou a cabeça e balbuciou:

– Ela pode ter sido...

Nunca, em toda a minha vida, eu tinha visto nada igual ao espanto no rosto de Stonor. Ele estava totalmente aturdido.

11
Jack Renauld

Não sei qual poderia ter sido o rumo da conversa dali por diante, pois nesse momento a porta foi violentamente empurrada e um jovem alto entrou na sala.

Por um instante experimentei a sensação macabra de que o morto ressuscitara. Mas percebi logo em seguida que não havia um único fio branco entre os cabelos pretos e que quem nos interrompera sem a menor cerimônia era pouco mais que um menino. Ele foi certeiro na direção da Sra. Renauld, com uma impetuosidade que ignorava totalmente a presença dos outros.

— Mamãe!

— Jack! – gritou ela, abraçando-o. – Oh, meu querido! Mas por que está aqui? Não devia ter partido de Cherbourg no *Anzora* há dois dias?

Depois, recordando-se subitamente da presença dos outros, ela virou-se e disse, com extrema dignidade:

— Senhores, este é meu filho.

— Muito prazer – disse o Sr. Hautet, respondendo à mesura do rapaz. – Então não partiu no *Anzora*?

— Não, senhor. O *Anzora* ficou retido no porto por 24 horas, por causa de um problema nas máquinas. Eu deveria ter partido ontem à noite, em vez da noite anterior. Mas por acaso comprei um jornal e deparei com o relato da... terrível tragédia que se abatera sobre nós...

O rapaz não conseguiu mais se controlar. As lágrimas afloraram a seus olhos e ele começou a soluçar:

— Meu pobre pai... meu pobre pai...

Fitando-o com uma expressão aturdida, como se estivesse sonhando, a Sra. Renauld repetiu:

— Quer dizer que não viajou?

E depois, com um gesto de cansaço infinito, ela murmurou, como se falasse consigo mesma:

— Mas, agora, isso já não tem mais qualquer importância...

— Sente-se, por gentileza, Sr. Renauld – disse o magistrado, indicando uma cadeira. – Apresento-lhe meus pêsames. Deve ter sido um choque terrível tomar conhecimento da tragédia pelos jornais. Contudo, foi ótimo que não tivesse embarcado. Tenho a esperança de que possa nos dar as informações de que precisamos para esclarecer o mistério.

— Estou à sua disposição, senhor. Pode fazer as perguntas que desejar.

— Para começar, soube que ia fazer a viagem a pedido de seu pai. Isso é verdade?

— É, sim. Recebi um telegrama determinando que eu seguisse imediatamente para Buenos Aires. De lá deveria seguir, pelos Andes, para Valparaíso e Santiago.

— E qual era o objetivo da viagem?

— Não tenho a menor ideia, senhor.

— Como assim?

— Só iria saber quando chegasse. Aqui está o telegrama.

O Sr. Hautet pegou o telegrama e leu-o em voz alta:

— "Siga imediatamente para Cherbourg e embarque no *Anzora*, que segue para Buenos Aires esta noite. Destino final: Santiago. Novas instruções estarão à sua espera em Buenos Aires. Não falhe. Assunto de extrema importância. Renauld." E não houve qualquer correspondência anterior a respeito da viagem?

Jack Renauld sacudiu a cabeça.

— Essa é a única informação que tenho a respeito. É claro que eu sabia que meu pai, tendo vivido tanto tempo na região, tinha necessariamente muitos interesses na América do Sul. Mas nunca antes ele insinuara a possibilidade de me mandar até lá.

— Passou muito tempo na América do Sul, não é mesmo, Sr. Renauld?

— Morei lá quando era criança. Mas fui educado na Inglaterra e passava as férias nesse país. Por isso, conheço a Améri-

ca do Sul muito menos do que se poderia supor. A guerra começou quando eu tinha 17 anos.

– O senhor servia a Força Aérea britânica, certo?

– Sim, senhor.

O Sr. Hautet assentiu e prosseguiu com o interrogatório, nas mesmas linhas já tão bem conhecidas. Em resposta, Jack Renauld declarou que desconhecia inteiramente qualquer inimigo que o pai pudesse ter feito na cidade de Santiago ou em qualquer outra parte do continente sul-americano, que não notara qualquer mudança no comportamento do pai nos últimos tempos e que jamais o ouvira referir-se a um segredo. Considerara que a sua missão na América do Sul seria para resolver algum problema de negócios.

No momento em que o Sr. Hautet fez uma pausa, a voz tranquila de Giraud aproveitou para interromper:

– Gostaria de fazer algumas perguntas, magistrado.

– Pode fazer, Sr. Giraud, se assim o deseja – respondeu o magistrado, friamente.

Giraud aproximou a cadeira da mesa.

– Mantinha boas relações com seu pai, Sr. Renauld?

– Claro!

– Isso é absolutamente certo?

– Claro que é!

– Não costumavam discutir?

Jack deu de ombros.

– Todos podem ter divergência de opiniões de vez em quando.

– Sei que isso é perfeitamente natural, Sr. Renauld. Mas se alguém afirmasse que, na véspera de sua partida para Paris, teve uma violenta discussão com seu pai, tal pessoa estaria mentindo?

Não pude deixar de admirar a esperteza de Giraud. Sua jactância – "Eu sei de tudo" – não fora ociosa. Jack Renauld estava visivelmente desconcertado com a pergunta.

– Nós... nós tivemos uma discussão – ele finalmente admitiu.

– Ah, sim... uma discussão... E por acaso, durante essa discussão, não usou a frase: "Quando você tiver morrido, poderei fazer o que bem me aprouver"?

– Posso ter usado... Não sei dizer com certeza.

– Em resposta a isso, seu pai não teria dito: "Mas ainda não estou morto"? E você por acaso não teria respondido: "Eu gostaria que estivesse"?

O rapaz não respondeu. As mãos ficaram mexendo nervosamente nas coisas que estavam sobre a mesa, à sua frente.

– Sou obrigado a exigir uma resposta, por favor, Sr. Renauld – insistiu Giraud, rispidamente.

Soltando uma exclamação furiosa, o rapaz jogou no chão uma pesada espátula.

– Que importância isso tem? É claro que pode saber! Isso, tive uma discussão com meu pai! E posso ter dito todas essas coisas! Estava tão furioso que nem me lembro do que falei! Estava com tanta raiva que talvez fosse até capaz de matá-lo naquele momento! Pronto, já falei! Agora, pode tirar disso o proveito que bem desejar!

Ele recostou-se na cadeira, o rosto vermelho, com uma atitude de desafio. Giraud sorriu, recuou a cadeira ligeiramente e disse:

– Isso é tudo o que eu desejava saber. Agora, magistrado, pode continuar o interrogatório.

– Está certo – disse o magistrado. – Pode me dizer qual o motivo da discussão, Sr. Renauld?

– Recuso-me a dizer.

O Sr. Hautet empertigou-se na cadeira.

– Sr. Renauld, ninguém tem permissão para brincar com a lei! Qual era o motivo da discussão?

O jovem Renauld continuou calado, o rosto sombrio e mal-humorado. Mas outra voz interveio nesse momento, uma voz imperturbável e calma, a voz de Hercule Poirot:

– Posso informar qual o motivo da discussão, se assim o desejar, magistrado.

– E sabe qual foi?

– Claro que sei! Pai e filho discutiram a propósito da Srta. Marthe Daubreuil.

Jack Renauld levantou-se de um pulo, aturdido. O magistrado inclinou-se para a frente e perguntou:

– Foi isso mesmo, senhor?

Jack abaixou a cabeça.

– Foi, sim. Amo a Srta. Daubreuil e desejo me casar com ela. Quando disse isso a meu pai, ele teve um violento acesso de raiva. É claro que eu não podia ficar de braços cruzados ouvindo a moça a quem amo ser insultada. E acabei perdendo também a cabeça.

O Sr. Hautet olhou para a Sra. Renauld.

– Sabia dessa... afeição, senhora?

– Eu temia que isso pudesse acontecer.

– Mamãe! – gritou o rapaz. – Você também? Marthe é uma ótima moça, além de ser linda. O que pode ter contra ela?

– Não tenho nada em particular contra a Srta. Daubreuil. Mas preferia que casasse com uma inglesa. E se tiver que ser com uma francesa, que seja pelo menos uma moça cuja mãe não tenha antecedentes duvidosos!

O rancor que ela sentia pela Sra. Daubreuil era visível em seu tom de voz. Pude compreender o golpe terrível que ela devia ter sentido ao saber que seu filho único estava apaixonado pela filha da rival.

A Sra. Renauld continuou a falar, dirigindo-se ao magistrado:

– Talvez eu devesse ter falado a meu marido sobre o assunto. Mas acalentei a esperança de que fosse apenas um namoro de crianças, que tudo acabaria mais depressa se não déssemos qualquer importância. Agora, culpo a mim mesma por ter ficado em silêncio. Mas é que meu marido, como eu disse antes, parecia tão ansioso e preocupado, tão diferente do habitual, que achei melhor não lhe dar mais motivo para se preocupar.

O Sr. Hautet assentiu e voltou a dirigir-se a Jack:

– Quando informou a seu pai que pretendia casar com a Srta. Daubreuil, ele por acaso demonstrou surpresa?

– Ele pareceu ficar totalmente aturdido. Depois ordenou-me, autoritário, que tirasse tal ideia da cabeça. Nunca daria seu consentimento para o casamento. Mortificado, perguntei o que ele tinha contra a Srta. Daubreuil. Meu pai não deu qualquer resposta satisfatória, limitando-se a falar em termos gerais sobre o mistério que envolvia as vidas da mãe e da filha. Retruquei que ia casar com Marthe e não com os antecedentes dela. Mas ele pôs-se a gritar, recusando-se categoricamente a continuar a discutir o assunto. Eu tinha que desistir daquela ideia. A injustiça e a arbitrariedade de tudo aquilo me deixaram furioso, especialmente porque papai se esforçava em ser atencioso com as Daubreuil e volta e meia estava sugerindo que deveríamos convidá-las a nos visitarem. Perdi a cabeça e discutimos violentamente. Meu pai recordou-me que eu era inteiramente dependente dele. E foi em resposta a isso que eu devo ter feito o comentário de que poderia fazer o que bem me aprouvesse depois de sua morte...

Poirot interrompeu-o com uma pergunta:

– Estava a par nessa ocasião dos termos do testamento de seu pai?

– Sabia que ele deixaria metade da sua fortuna para mim e que a outra metade ficaria para mamãe, em usufruto, revertendo a meu favor quando ela morresse.

– Continue a contar a sua história, por favor – disse o magistrado.

– Ficamos gritando um com o outro, dominados pela raiva, até que subitamente percebi que poderia perder o trem para Paris. Tive de sair correndo para a estação, ainda dominado por uma raiva intensa. Mas não demorei a me acalmar. Escrevi para Marthe, relatando o que acontecera. A resposta dela contribuiu para acalmar-me ainda mais. Marthe ressaltou que precisávamos apenas nos manter firmes e que, assim, toda e qualquer oposição acabaria

cedendo. Nosso amor tinha que ser posto à prova. Quando meus pais compreendessem que não se tratava de uma paixão sem maiores consequências da minha parte, acabariam cedendo. É claro que não contei a Marthe a principal objeção de meu pai ao casamento. Não demorei a compreender que não conseguiria melhorar minha situação por meio da violência. Meu pai escreveu-me diversas cartas, depois que cheguei a Paris. Eram afetuosas e não continham qualquer alusão à nossa discussão, nem ao motivo que a provocara. Respondi às cartas no mesmo tom.

— Pode mostrar essas cartas? — perguntou Giraud.

— Não as guardei.

— Não faz mal. Isso não tem mesmo muita importância.

Renauld ficou olhando para ele em silêncio por algum tempo. Mas o Sr. Hautet logo recomeçou o interrogatório:

— Passando para outra questão, Sr. Renauld, conhece por acaso alguma pessoa chamada Duveen?

— Duveen? — repetiu Jack. — Duveen?

Ele inclinou-se lentamente e pegou a espátula que derrubara no chão. Ao levantar a cabeça, seus olhos se encontraram com os olhos vigilantes de Giraud.

— Duveen? Não, acho que não conheço ninguém com esse nome.

— Gostaria que lesse esta carta, Sr. Renauld, e depois me dissesse se tem alguma ideia de quem foi a pessoa que a escreveu para seu pai.

Jack Renauld pegou a carta e leu-a rapidamente; seu rosto foi ficando vermelho.

— Esta carta foi endereçada ao meu pai?

A emoção e indignação em seu tom eram evidentes.

— Exato. Nós a encontramos no bolso do sobretudo dele.

— Será...

Ele hesitou por um instante, lançando um rápido olhar para a mãe. O magistrado compreendeu.

— Pode nos dar alguma indicação sobre a identidade da pessoa que a escreveu, Sr. Renauld?

– Não tenho a menor ideia.

O Sr. Hautet suspirou.

– Ah, um caso extremamente misterioso... Bom, suponho que podemos excluir a carta inteiramente. O que acha, Sr. Giraud? Parece que a carta não vai nos levar a parte alguma.

– Claro que não vai! – disse o detetive de Paris, enfaticamente.

– Ah, é uma pena! – murmurou o magistrado. – No início este caso prometia ser tão primoroso e simples!

Ele olhou inteiramente confuso para a Sra. Renauld, que o fitava atenta e corou. Tossiu para disfarçar seu constrangimento, revirando os papéis sobre a mesa.

– Deixe-me ver... Onde estávamos mesmo? Ah, sim... a arma. Receio que isso lhe causará algum sofrimento. Afinal, pelo que eu soube, foi um presente que deu a sua mãe. É muito triste... lamentável...

Jack Renauld inclinou-se para a frente. O rosto, que ficara bastante corado durante o episódio da carta, estava agora terrivelmente pálido.

– Está querendo dizer que foi com a espátula feita com arame de avião que meu pai foi... morto? Mas isso é impossível! É uma coisa pequena demais!

– Infelizmente, Sr. Renauld, é a pura verdade. Eu diria mesmo que se trata de um instrumento ideal, afiado e fácil de manejar.

– Onde está a espátula agora? Posso vê-la? Ainda está no... corpo?

– Claro que não! Já foi removida há muito tempo. Gostaria de vê-la para ter certeza? Talvez seja até bom, embora a senhora já a tenha identificado. Mesmo assim... Sr. Bex, pode fazer a gentileza de ir buscar a arma do crime?

– Claro! Irei buscá-la imediatamente.

– Não seria melhor levar o Sr. Renauld até o barracão? – sugeriu Giraud, suavemente. – Certamente ele gostaria de ver também o corpo do pai.

O rapaz estremeceu, fazendo um gesto de negativa. O magistrado, sempre disposto a contrariar Giraud toda vez que uma oportunidade se apresentasse, respondeu:

– É melhor não... por enquanto. O Sr. Bex fará o favor de ir buscar a arma do crime.

O comissário saiu da sala. Stonor foi até Jack e apertou-lhe a mão. Poirot se levantara e estava endireitando um par de candelabros que atraíra seu olho treinado, pois estavam ligeiramente tortos. O magistrado lia a misteriosa carta de amor mais uma vez, agarrando-se desesperadamente à sua teoria inicial, de ciúme e uma punhalada pelas costas.

De repente, a porta se abriu e o comissário entrou correndo:

– Magistrado! Magistrado!

– O que aconteceu?

– A arma desapareceu!

– Como?

– Desapareceu! A arma do crime sumiu! O pote de vidro em que a tínhamos guardado está vazio!

– O quê? – gritei. – Mas é impossível! Esta manhã mesmo eu vi...

As palavras morreram-me na boca. Mas a esta altura a atenção de todos já se desviara para mim.

– O que está dizendo? – gritou o comissário. – Esteve no barracão esta manhã!

– Estive lá e vi a espátula esta manhã – falei, devagar. – Para ser mais exato, foi há cerca de uma hora e meia.

– E como conseguiu a chave para entrar no barracão?

– Pedi ao *sergent de ville*.

– E por que queria entrar lá?

Hesitei por um momento, mas acabei decidindo que o melhor era contar tudo.

– Magistrado, cometi um grave erro, pelo qual suplico a sua indulgência.

– *Eh bien!* Pode contar o que aconteceu, senhor.

Desejando estar em qualquer lugar do mundo, menos ali, comecei a falar:

— Encontrei-me com uma jovem que já conhecia antes. Ela manifestou o desejo de ver tudo o que havia para ser visto. E... para encurtar a história, peguei a chave do barracão a fim de mostrar a ela o cadáver.

— Ah, *par exemple*! — gritou o magistrado, indignado. — É uma falta muito grave a que cometeu, capitão Hastings. Fez algo totalmente irregular. Não entendo como pôde ter se permitido tamanha loucura!

— Sei disso — murmurei, humildemente. — Nada do que me disser será severo demais.

— Por acaso convidou essa jovem a vir até aqui?

— Claro que não! Trata-se de uma jovem inglesa que por acaso se encontra em Merlinville. Mas eu não sabia disso, até o momento em que a encontrei, inesperadamente.

— Bem, bem... — murmurou o magistrado, acalmando-se. — Foi certamente irregular, mas trata-se de uma jovem muito bonita? Ah, o que é ser jovem!

E o Sr. Hautet suspirou, sentimentalmente. Mas o comissário, menos romântico e mais prático, insistiu:

— Mas não tornou a fechar e trancar a porta depois que se retirou?

— O problema é justamente esse. Por isso é que estou me sentindo tão angustiado. Minha amiga ficou transtornada com a cena. Quase desmaiou. Fui buscar um pouco de conhaque e água. Depois, insisti em acompanhá-la de volta à cidade. No excitamento do momento, esqueci de trancar a porta. Só o fiz quando voltei à *villa*.

— Quer dizer que durante vinte minutos pelo menos...

O comissário interrompeu a frase no meio.

— Exatamente — murmurei.

— Vinte minutos... — repetiu Bex.

— É realmente lamentável! — disse o magistrado, recuperando a firmeza. — Algo sem precedentes!

105

Subitamente, outra voz se manifestou:

– Acha deplorável, magistrado? – perguntou Giraud.

– Claro que acho!

– Pois eu acho admirável!

O aliado inesperado deixou-me aturdido.

– Admirável, Sr. Giraud? – indagou o magistrado, examinando-o cautelosamente, pelo canto dos olhos.

– Precisamente.

– E por quê?

– Porque sabemos agora que o assassino ou uma pessoa que é sua cúmplice esteve perto da casa há cerca de uma hora. Sabendo disso, é bem possível que muito em breve consigamos agarrá-lo.

Giraud fez uma pausa. Havia um tom de ameaça em sua voz.

– Ele se arriscou muito para pegar a arma do crime. Talvez temesse que pudéssemos encontrar impressões digitais.

Poirot virou-se para Bex.

– Não disse que não havia impressões digitais?

Giraud deu de ombros.

– Talvez o assassino não tivesse certeza.

Poirot fitou-o.

– Está enganado, Sr. Giraud. O assassino usava luvas. Portanto, devia ter certeza.

– Não estou dizendo que tenha sido o próprio assassino. Pode ter sido um cúmplice que não sabia disso.

– *Ils sont mal renseignés, les accomplices!* – murmurou Poirot, calando-se em seguida.

O assistente do magistrado estava recolhendo os papéis espalhados sobre a mesa. O Sr. Hautet dirigiu-se a todos nós:

– Nosso trabalho aqui está encerrado. Talvez, Sr. Renauld, queira ficar escutando enquanto meu assistente lê seu depoimento. Deliberadamente, tenho mantido os procedimentos os mais informais possíveis. Muitas pessoas já disseram

que meus métodos são originais, mas continuo a sustentar que a originalidade é extremamente importante. O caso está agora nas mãos do renomado Sr. Giraud. Não tenho a menor dúvida de que ele saberá se distinguir nas investigações. Para ser franco, estou admirado que ele ainda não tenha agarrado os assassinos! Senhora, gostaria de apresentar-lhe novamente minhas profundas condolências. Desejo a todos um bom dia.

Acompanhado por seu assistente e pelo comissário, o Sr. Hautet retirou-se. Poirot tirou do bolso o relógio imenso, que mais parecia um nabo, e verificou as horas.

– Vamos voltar para o hotel a fim de almoçarmos, *mon ami*. E no caminho poderá fazer-me um relato detalhado de sua indiscrição desta manhã. Ninguém está nos observando. Não precisaremos apresentar nossos *adieux*.

Saímos discretamente da sala. O magistrado estava se afastando em seu carro. Eu já ia descer quando a voz de Poirot me deteve:

– Um momento, por favor, meu amigo.

Rapidamente, ele tirou do bolso uma fita métrica e pôs-se a medir um sobretudo que estava pendurado no vestíbulo, do colarinho à bainha. Eu não o tinha visto pendurado ali antes e imaginei que devia pertencer a Stonor ou a Jack Renauld.

Depois, com um pequeno grunhido de satisfação, Poirot tornou a guardar a fita no bolso e saiu da casa junto comigo.

12
Poirot esclarece alguns pontos

— Por que mediu aquele sobretudo? – perguntei, com alguma curiosidade, enquanto caminhávamos pela estrada muito quente.

107

– *Parbleu!* Para ver qual era o comprimento! – respondeu meu amigo, imperturbável.

Fiquei irritado. O hábito de Poirot de fazer mistério a respeito de tudo quase sempre me deixava furioso. Caí no silêncio, mergulhando em meus próprios pensamentos. Embora não tivesse lhes dado a menor importância na ocasião, algumas palavras que a Sra. Renauld endereçara ao filho me voltavam agora, emolduradas por um novo significado. "Quer dizer que não viajou?", perguntara ela, para acrescentar pouco depois: *"Mas, agora, isso já não tem mais qualquer importância..."*

O que ela quisera dizer com isso? As palavras eram enigmáticas... e significativas. Seria possível que ela soubesse mais do que imaginávamos? Negara ter qualquer conhecimento sobre a misteriosa missão que o marido confiara ao filho. Mas será que realmente ignorava tanto quanto alegava? Será que ela, se assim o decidisse, poderia prestar-nos esclarecimentos de importância vital? Será que aquele silêncio era parte de um plano preconcebido e cuidadosamente elaborado?

Quanto mais pensava a respeito, mais me convencia disso. A Sra. Renauld sabia mais do que estava disposta a revelar. Em sua surpresa ao ver o filho ela se traíra momentaneamente. Fiquei convencido de que ela sabia, se não quem eram os assassinos, pelo menos o motivo do assassinato. Mas razões muito fortes deviam estar obrigando-a a se manter calada.

– Está pensando muito profundamente, meu amigo – comentou Poirot, interrompendo meus pensamentos. – O que o deixa tão intrigado?

Contei-lhe tudo, certo de que estava pisando em terreno firme, embora na expectativa de que ele pudesse ridicularizar minhas suspeitas. Mas, para surpresa minha, Poirot assentiu, pensativo.

– Acho que está certo, Hastings. Desde o início que estou convencido de que ela está escondendo alguma coisa. A princípio desconfiei até que, se ela não inspirara o crime, pelo menos o cometera.

– Quer dizer que desconfiou dela?

– Claro que desconfiei! Ela se beneficia imensamente com a morte do marido. Na verdade, pelo novo testamento, é a única que se beneficia. Por isso, desde o princípio, ela atraiu minha atenção. Deve estar recordando que logo que a encontramos aproveitei a primeira oportunidade para examinar-lhe os pulsos. Queria verificar se havia alguma possibilidade de ela ter amarrado e amordaçado a si mesma. *Eh bien*, percebi imediatamente que não houvera qualquer fingimento. As cordas foram tão apertadas que até lhe cortaram a pele. Isso excluía a possibilidade de ter cometido o crime sozinha. Mas ainda era possível que tivesse sido conivente ou instigado o crime, por intermédio de um cúmplice. Além do mais, a história que ela contou soou-me estranhamente familiar. Os homens mascarados que não podia reconhecer, a referência ao "segredo"... eu já tinha ouvido ou lido a respeito de todas essas coisas antes. Outro pequeno detalhe confirmou minha convicção de que ela não estava contando toda a verdade. *O relógio de pulso, Hastings, o relógio de pulso!*

Novamente a menção ao relógio de pulso! Poirot me fitava com uma expressão estranha.

– Está percebendo agora, *mon ami*? Está compreendendo?

– Não – respondi, com algum mau humor. – Não estou percebendo nem compreendendo nada. Você transforma tudo em mistério e é inútil pedir-lhe explicações. Sempre gosta de manter tudo em segredo, até o último minuto.

– Não fique zangado comigo, meu amigo – disse Poirot, sorrindo. – Explicarei tudo, se é o que deseja. Mas não diga uma só palavra a Giraud, *c'est entendu*? Ele me trata como uma peça de museu, sem a menor importância! *Veremos!* Para fazer-lhe justiça, dei-lhe uma pista. Se não quiser segui-la, o problema é dele!

Assegurei a Poirot que podia contar com a minha discrição.

– *C'est bien!* Vamos pôr nossa massa cinzenta para trabalhar. Diga-me uma coisa, meu amigo: em sua opinião, a que horas a tragédia ocorreu?

— Ora, às 2 horas da madrugada ou por volta desse horário — respondi, atônito. — Deve estar lembrado de que a Sra. Renauld disse ter ouvido o relógio bater 2 horas no momento em que os dois homens estavam em seu quarto.

— Exatamente. E com base nisso, você, o magistrado, Bex, todos aceitaram esse horário, sem pensarem mais a respeito. Mas eu, Hercule Poirot, afirmo que a Sra. Renauld mentiu. *O crime ocorreu pelo menos duas horas antes.*

— Mas os médicos...

— Eles declararam, depois de examinar o corpo, que a morte havia ocorrido entre sete e dez horas antes. *Mon ami*, por alguma razão, era essencial que o crime parecesse ter ocorrido depois da hora em que foi realmente cometido. Já leu ou ouviu falar de um relógio quebrado a registrar a hora exata em que um crime ocorreu? A fim de que a hora não se baseasse somente no depoimento da Sra. Renauld, alguém adiantou os ponteiros daquele relógio de pulso em duas horas e depois jogou-o violentamente no chão. Mas, como acontece com frequência, os assassinos frustraram seu próprio objetivo. O vidro foi quebrado, mas o mecanismo ficou intacto. Foi uma manobra das mais desastrosas da parte deles, pois logo atraiu minha atenção para dois pontos: primeiro, o de que a Sra. Renauld estava mentindo; segundo, o de que devia haver alguma razão vital para adiantar a hora.

— Mas que razão poderia haver para isso?

— Ah, essa é justamente a questão! É nisso que está todo o mistério. Por enquanto, ainda não posso explicá-lo. Só tenho uma ideia, que pode ter uma possível relação.

— E que ideia é essa?

— O último trem partiu de Merlinville 17 minutos depois da meia-noite.

Demorei um pouco a compreender.

— Quer dizer que, criando-se as aparências de que o crime ocorreu duas horas depois, alguém que tivesse embarcado nesse trem estaria com um álibi indiscutível!

— Perfeito, Hastings! Acertou em cheio!

Empertiguei-me.

– Devemos imediatamente ir perguntar na estação! Eles não podem ter deixado de perceber dois estrangeiros que embarcaram naquele trem! Vamos até lá agora mesmo, Poirot!

– É o que está pensando, Hastings?

– Claro! Vamos indo!

Poirot conteve meu ardor com um leve toque no braço.

– Pode ir até lá, *mon ami*, se é o que deseja. Mas, se for mesmo, aconselho-o a não perguntar por dois estrangeiros.

Fitei-o, aturdido, e Poirot acrescentou, um tanto impaciente:

– *Là, là*, não está acreditando em toda essa lenga-lenga, não é mesmo? Os homens mascarados e todo o resto de *cette histoire-là!*

As palavras dele me deixaram tão confuso que fiquei sem saber o que responder. E Poirot prosseguiu, serenamente:

– Não me ouviu dizer a Giraud que todos os detalhes do crime pareciam-me familiares? *Eh bien*, isso pressupõe uma de duas coisas: ou o cérebro que planejou o primeiro foi o mesmo que tramou este, ou então o relato lido de uma *cause célèbre* permaneceu inconscientemente na memória do assassino, levando-o à escolha de tais detalhes. Poderei dar um pronunciamento definitivo a respeito disso mais tarde...

Poirot parou subitamente de falar. Eu estava revolvendo na mente diversos assuntos.

– E a carta do Sr. Renauld, Poirot? Menciona especificamente um "segredo" e Santiago.

– Certamente havia um segredo na vida do Sr. Renauld. Não se pode ter a menor dúvida a respeito disso. Por outro lado, a palavra Santiago parece-me como algo que surge a todo instante no caminho só para despistar-nos. É possível que tenha sido usada da mesma forma com o Sr. Renauld, para afastar as suspeitas dele de um ponto bem mais próximo. Pode estar certo, Hastings, que o perigo que o ameaçava não estava em Santiago e sim aqui mesmo, na França.

Poirot falava tão gravemente e com tanta segurança que não pude deixar de ficar convencido. Mas ainda ensaiei uma última objeção:

— E o fósforo e a guimba de cigarro encontrados perto do cadáver? O que me diz disso?

— Foram colocados ali! Deixaram-nas ali, deliberadamente, para que Giraud ou algum outro de sua tribo os encontrasse! Ah, esse Giraud é muito esperto, sabe fazer bons truques. Mas um cão de caça também sabe. Ele está muito satisfeito consigo mesmo. Passou horas e horas a se arrastar sobre a barriga. "Vejam o que encontrei!", diz ele. E depois acrescenta para mim: "O que está vendo aqui?" E eu, com a mais profunda sinceridade, respondo simplesmente: "Nada." E Giraud, o grande Giraud, solta uma risada e pensa consigo mesmo: "Ah, mas como esse velho é imbecil!" *Mas veremos!*

Minha mente, no entanto, já retornara aos fatos principais do caso.

— Então quer dizer que toda aquela história dos homens mascarados...?

— É falsa.

— O que realmente aconteceu?

Poirot deu de ombros.

— Só uma pessoa pode nos dizer: a Sra. Renauld. Mas ela não irá falar. Ameaças e súplicas não conseguirão demovê-la. É uma mulher extraordinária, Hastings. Assim que a vi, compreendi que estava lidando com uma mulher de personalidade excepcional. A princípio, como já lhe disse, fiquei propenso a desconfiar dela, achando que estava envolvida no crime. Mais tarde, no entanto, mudei de opinião.

— Por que chegou a essa conclusão?

— Por causa do sofrimento espontâneo e genuíno dela ao ver o cadáver do marido. Posso jurar que aquele grito de agonia foi realmente autêntico.

— Tem razão, Poirot. Ninguém pode se enganar com essas coisas.

– Peço que me desculpe por discordar, meu amigo, mas é sempre possível a pessoa se enganar. Pense numa grande atriz: a representação de sofrimento dela não o deixa impressionado como se fosse real? Por mais forte que fosse minha impressão e convicção, eu precisava de outra prova, antes de dar-me por satisfeito. O grande criminoso pode também ser um grande ator. Baseio a minha certeza neste caso não em minha própria impressão, mas sim no fato inegável de que a Sra. Renauld realmente desmaiou. Levantei as pálpebras dela e senti-lhe o pulso. Não se tratava de uma fraude. O desmaio foi genuíno. Assim, fiquei convencido de que a angústia dela era verdadeira e não simulada. Além do mais, um pequeno ponto adicional, não de todo destituído de interesse, reforçou a minha convicção. Era desnecessário que ela exibisse uma dor incontrolável. Ela já tivera um paroxismo ao saber da morte do marido e não havia necessidade de simular outro, ainda mais violento, ao ver o corpo dele. Não, a Sra. Renauld não assassinou o marido. Mas por que ela mentiu? E ela realmente mentiu sobre o relógio de pulso, mentiu sobre os homens mascarados... e mentiu sobre uma terceira coisa. Diga-me uma coisa, Hastings: qual é a sua explicação para a porta aberta?

Fiquei um pouco envergonhado.

– Ora, isso foi apenas um descuido. Eles simplesmente esqueceram de trancar a porta.

Poirot sacudiu a cabeça, suspirando.

– Essa é a explicação de Giraud. Não me satisfaz. Há um significado qualquer por trás dessa porta aberta. Só que, nesse momento, não consigo determiná-lo.

– Tenho uma ideia! – gritei subitamente.

– *A la bonne heure!* Vamos ouvi-la.

– Estamos de acordo que a história da Sra. Renauld é uma invenção. Sendo assim, não é possível que o Sr. Renauld tenha saído de casa para ir a um encontro marcado, possivelmente com o assassino, deixando a porta da frente aberta para a volta?

Acontece que ele não voltou, e na manhã seguinte seu corpo foi encontrado no campo de golfe, apunhalado pelas costas.

– Uma teoria admirável, Hastings. Mas há dois fatos que não são levados em consideração nela. Primeiro: quem amarrou e amordaçou a Sra. Renauld? Por que diabo os homens iriam voltar para fazer isso? E segundo: nenhum homem do mundo sairia de casa para ir a um encontro apenas com as roupas de baixo e um sobretudo por cima. Há circunstâncias em que um homem pode usar pijama e um sobretudo por cima... mas só as roupas de baixo, nunca!

– É verdade – murmurei, desolado.

– Temos que procurar em outra parte, meu amigo, a solução para o mistério da porta aberta. Há uma coisa da qual tenho certeza absoluta: eles não saíram pela porta, mas sim pela janela.

– Está esquecendo, Poirot, que não havia nenhuma pegada no canteiro daquele lado.

– Não havia realmente... *mas devia haver!* Não se esqueça do que disse Auguste, o jardineiro. Você também ouviu as declarações dele. Na tarde anterior, Auguste plantou mudas em ambos os canteiros. Num deles, havia inúmeras pegadas de suas botas imensas. No outro... não havia absolutamente nada! Está percebendo agora? Alguém tinha passado por ali, alguém que, para apagar suas pegadas, alisou a terra do canteiro com um ancinho.

– E onde foi que eles arrumaram um ancinho?

– Onde pegaram a pá e as luvas. Isso não seria um problema.

– Mas o que o faz pensar que eles foram embora por ali? Não acha que é muito mais provável que eles tenham entrado pela janela e saído pela porta?

– É claro que isso é possível. Mas tenho uma forte impressão de que eles partiram pela janela.

– Acho que está enganado.

– Talvez, *mon ami.*

Fiquei em silêncio por algum tempo, pensando no novo campo de conjecturas que as deduções de Poirot haviam aberto

à minha frente. Recordei-me do meu espanto diante das alusões enigmáticas de meu pequeno amigo aos canteiros de flores e ao relógio de pulso. Os comentários dele tinham parecido tão sem sentido na ocasião que eu ficara atônito. Agora, pela primeira vez, percebi a maneira extraordinária como Poirot, a partir de uns poucos incidentes aparentemente sem a menor importância, conseguira desvendar boa parte do mistério que envolvia o caso. Não pude deixar de prestar uma homenagem tardia a meu amigo. Como se lesse meus pensamentos, Poirot assentiu, muito compenetrado.

— Método, entende, *mon ami*? É tudo uma questão de método. Ponha os fatos em ordem. Ponha as suas próprias ideias em ordem. E se algum pequeno fato por acaso não se ajustar, em vez de descartá-lo, examine-o ainda mais atentamente. Embora o significado dele possa lhe escapar no momento, fique certo de que é importante.

— E enquanto esperamos, embora já saibamos muito mais do que no início, ainda estamos muito longe de solucionar o mistério de quem matou o Sr. Renauld.

— Ao contrário, meu amigo — disse Poirot, jovialmente. — Estamos agora bem adiantados.

O fato pareceu proporcionar-lhe uma satisfação tão intensa que fiquei a fitá-lo, espantado. Poirot não demorou a perceber minha reação e sorriu.

Mas eu não estava prestando atenção às palavras dele. Uma luz surgira subitamente dentro de mim.

— Já sei, Poirot. Estou compreendendo tudo agora! A Sra. Renauld deve estar querendo proteger alguém!

— Tem razão, meu amigo — comentou Poirot, pensativo. — Protegendo alguém... ou encobrindo alguém. Só pode ser uma das duas coisas.

Eu não via muita diferença entre as duas palavras e tratei de desenvolver o tema com o maior entusiasmo. Mas Poirot manteve uma atitude rigorosamente neutra, repetindo de vez em quando:

– Pode ser... tem razão, é possível. Mas, por enquanto, ainda não sei! Há algo de muito profundo ocorrendo neste caso. Você vai ver. Algo realmente muito profundo...

E no momento em que entramos no hotel, Poirot impôs-me o silêncio com um gesto categórico.

13
A moça de olhos ansiosos

Almoçamos com excelente apetite. Eu já tinha compreendido que Poirot não desejava discutir a tragédia em um lugar onde poderíamos ser facilmente ouvidos. Mas, como sempre acontece quando um assunto nos preenche totalmente o pensamento e exclui todos os demais, não encontramos mais nenhum outro tema interessante sobre o qual pudéssemos conversar. Comemos em silêncio por algum tempo. E, de repente, Poirot comentou, maliciosamente:

– *Eh bien!* E as suas indiscrições? Ainda não as relatou, não é mesmo?

Senti que corava.

– Está se referindo ao que aconteceu esta manhã?

Esforcei-me em adotar um tom de absoluta indiferença. Mas não estava à altura de Poirot, não era um adversário que pudesse enfrentar. Em poucos minutos ele já me havia arrancado toda a história, e seus olhos faiscavam enquanto o fazia.

– *Tiens!* Uma história das mais românticas! E como é o nome dessa encantadora jovem?

Tive de confessar que não sabia.

– Ainda mais romântico! O primeiro *rencontre* no trem de Paris, o segundo, aqui. As viagens sempre terminam em encontros de amor... não é o que costumam dizer?

— Não diga bobagem, Poirot.

— Ontem era a Srta. Daubreuil, hoje é a Srta... Cinderela! Decididamente, você possui o coração de um turco, Hastings! Deveria criar um harém!

— Está querendo caçoar de mim, Poirot. A Srta. Daubreuil é uma moça muito bonita e a admiro imensamente... e não me importo de admitir! A outra nada significa... e acho até que nunca mais voltarei a vê-la. A conversa durante a viagem de trem foi extremamente divertida, mas não é o tipo de moça pela qual eu seria capaz de me entusiasmar.

— Por quê?

— Bem... pode parecer esnobe, mas a verdade é que ela não é uma dama, em qualquer acepção da palavra.

Poirot assentiu, pensativo. E já não havia tanta zombaria em sua voz quando perguntou:

— Quer dizer que acredita em criação e educação?

— Posso ser antiquado, mas não acredito em casar com uma mulher de outra classe. Nunca dá certo.

— Concordo plenamente com você, *mon ami*. Noventa e nove vezes em cem acontece exatamente como está dizendo. Mas há sempre a centésima vez! Seja como for, tal possibilidade nem deve ser levada em consideração, já que não pretende encontrar-se novamente com a jovem.

As últimas palavras dele foram quase uma pergunta. Percebi o olhar intenso que Poirot me lançava. E, diante de meus olhos, escritas em imensas letras de fogo, avistei as palavras *Hôtel du Phare*. E ouvi a voz dela dizendo "Vá visitar-me amanhã" e a minha própria resposta, com algum *empressement*: "Irei!"

E daí? Na ocasião, eu pretendia mesmo ir. Mas, desde então, tivera tempo para refletir. Não gostava da jovem. Pensando bem, friamente, chegava à conclusão de que sentia a mais intensa antipatia por ela. Eu me arriscara muito para satisfazer a curiosidade mórbida dela. E, agora, não tinha a menor vontade de tornar a vê-la.

Respondi a Poirot com a maior indiferença:

– Ela me convidou a ir visitá-la, mas é claro que não irei.

– Por que esse "claro"?

– Porque... não quero ir.

– Estou entendendo...

Poirot fez uma pausa, fitando-me atentamente por alguns minutos.

– Estou entendendo perfeitamente. E acho que está sendo muito sensato. Procure sempre ater-se ao que diz.

– Parece que esse é o seu conselho invariável – comentei, um tanto ressentido.

– Ah, meu amigo, tenha fé em *papa* Poirot. Algum dia, se me permitir, ainda irei arrumar-lhe um casamento dos mais convenientes.

– Obrigado – respondi, soltando uma risada. – Mas confesso que a perspectiva não me desperta o menor entusiasmo.

Poirot suspirou, sacudindo a cabeça.

– Ah, *les anglais*! Não têm qualquer método, absolutamente nenhum! Deixam tudo ao acaso!

Ele franziu o rosto e mudou a posição do saleiro, antes de acrescentar:

– A Srta. Cinderela está hospedada no Hôtel d'Angleterre, não foi o que disse?

– Não. Ela está no Hôtel du Phare.

– É isso mesmo. Eu tinha esquecido.

Um momento de apreensão me passou pela cabeça. Não havia mencionado nenhum hotel a Poirot. Fitei-o e me senti tranquilizado. Ele estava cortando o pão em pequenos quadrados impecáveis, completamente absorvido na tarefa. Devia certamente ter imaginado que eu lhe dissera onde estava a jovem.

Tomamos café do lado de fora, contemplando o mar. Poirot fumou um dos seus cigarros pequenos e depois tirou o relógio do bolso.

– O trem para Paris vai partir às 2h25, *mon ami*. Acho que já está na hora de eu me preparar.

– Paris?

– Foi o que eu disse, meu amigo.

– Vai a Paris? Por quê?

Poirot respondeu muito sério:

– Vou procurar o assassino do Sr. Renauld.

– Acha que ele está em Paris?

– Tenho certeza de que não está. Apesar disso, é lá que devo procurá-lo. Sei que não está compreendendo, mas lhe explicarei tudo no devido momento. Mas pode estar certo de que essa minha viagem a Paris é absolutamente necessária. Não ficarei ausente por muito tempo; provavelmente, voltarei amanhã. E não proponho que me acompanhe. Fique aqui, de olho em Giraud. Cultive também a companhia do Sr. Jack. E em terceiro lugar, se assim o desejar, esforce-se em afastá-lo da Srta. Marthe. Mas receio que não terá muito sucesso nessa empreitada.

Não gostei muito do último comentário.

– Isso me lembra de uma coisa, Poirot. Estava querendo perguntar-lhe como descobriu que os dois estão apaixonados.

– Conheço a natureza humana, *mon ami*. Basta juntar um rapaz como Renauld e uma linda moça como a Srta. Marthe e o resultado é quase inevitável. E havia também a discussão. Só podia ter sido por causa de dinheiro ou de uma mulher. Recordando a descrição que Léonie fez da raiva do rapaz, decidi pela segunda hipótese. Assim, apresentei o meu palpite... e acertei em cheio!

– E foi por isso que me advertiu a não me entusiasmar pela jovem? Já desconfiava de que ela estivesse apaixonada pelo jovem Renauld?

Poirot sorriu.

– Para dizer o mínimo... percebi que ela tinha *olhos ansiosos*. É assim que sempre penso na Srta. Daubreuil... *como a jovem de olhos ansiosos*.

A voz dele era tão solene que me causou uma impressão incômoda.

– O que está querendo dizer com isso, Poirot?

– Tenho a impressão, meu amigo, que iremos saber disso antes que se passe muito tempo. Mas, agora, tenho que partir.

– Ainda tem muito tempo.

– É possível. Mas gosto de chegar à estação com bastante antecedência. Não gosto de correr, de me apressar, de ficar preocupado com a possibilidade de não chegar na hora.

Comecei a me levantar, dizendo:

– Vamos indo. Eu o levarei até a estação.

– Não fará nada disso. Eu o proíbo.

Poirot foi tão taxativo que fiquei espantado. Ele assentiu, enfático:

– Estou falando sério, *mon ami. Au revoir!* Permite que eu lhe dê um abraço? Ah, não, esqueci que esse não é o costume inglês. *Une poignée de main, alors.*

Senti-me um tanto desorientado depois que Poirot foi embora. Caminhei pela porta, contemplando os banhistas, sem sentir a menor vontade de juntar-me a eles. Imaginava que Cinderela pudesse estar por ali, divertindo-se, usando algum traje maravilhoso. Mas não vi o menor sinal dela. Caminhei pela areia, a esmo, na direção da extremidade da cidade. Ocorreu-me que, no fim das contas, a atitude mais decente da minha parte seria indagar pela moça. E isso poderia evitar problemas mais tarde. Se a procurasse agora, poderia deixar tudo resolvido. Não haveria a menor necessidade de continuar a me preocupar com ela. É que, se eu não fosse procurá-la, ela poderia perfeitamente ir me procurar na Villa Geneviève. E isso seria um terrível incômodo. Não restava a menor dúvida de que o melhor mesmo era fazer-lhe uma rápida visita, durante a qual deixaria bastante claro que nada mais poderia fazer para satisfazê-la, no papel de mestre de cerimônias.

Assim, deixei a praia e comecei a procurar o Hôtel du Phare. Não demorei a encontrá-lo. Era um prédio pequeno e despretensioso. Eu me sentia bastante irritado por não saber o nome da

jovem. Para salvar minha dignidade, decidi entrar no hotel e olhar ao redor. Provavelmente, iria encontrá-la no salão. Merlinville era um lugar pequeno. Deixava-se o hotel para ir à praia e saía-se da praia para voltar ao hotel. Não havia nenhuma outra atração.

Eu havia percorrido toda a praia sem avistá-la. Portanto, ela só podia estar no hotel. Entrei. Diversas pessoas estavam sentadas no pequeno salão, mas minha presa não estava entre elas. Procurei em outros lugares, mas não vi o menor sinal dela. Esperei por algum tempo, até que finalmente minha impaciência prevaleceu. Chamei o *concierge* para um lado e pus uma nota de 5 francos na mão dele.

– Gostaria de falar com uma jovem que está hospedada aqui. É uma inglesa, pequena e morena. Não tenho certeza de como ela se chama.

O homem sacudiu a cabeça, parecia estar contendo um sorriso.

– Não existe nenhuma jovem com essa descrição hospedada aqui, senhor.

– Talvez ela seja norte-americana – sugeri.

"Esses *concierges* são tão estúpidos", pensei. Mas o homem continuou a sacudir a cabeça.

– Não, senhor. No total, estão hospedadas aqui apenas seis ou sete mulheres inglesas e norte-americanas. E são todas muito mais idosas que a jovem que está procurando. Não será aqui que irá encontrá-la, senhor.

Ele se mostrava tão positivo que me senti em dúvida.

– Mas a jovem me disse que estava hospedada aqui!

– O senhor deve ter cometido um engano... ou mais provavelmente foi a jovem que o cometeu, já que um outro cavalheiro esteve aqui antes perguntando por ela.

– Como? – exclamei, surpreso.

– Isso mesmo, senhor. E o cavalheiro descreveu a jovem exatamente como acaba de fazê-lo.

– Como ele era?

121

— Era um cavalheiro pequeno, bem-vestido, impecável, o bigode muito bem aparado, a cabeça com um formato peculiar e os olhos verdes.

Poirot! Então fora por isso que ele não me permitira acompanhá-lo até a estação! Mas que impertinência! Eu lhe agradeceria se não se intrometesse nos meus assuntos. Será que ele imaginava que eu estava precisando de uma enfermeira para cuidar de mim?

Agradeci ao *concierge* e fui embora, um tanto desorientado e ainda muito furioso com o meu amigo intrometido. Lamentava que, no momento, ele estivesse fora do meu alcance. Teria o maior prazer em dizer-lhe o que achava da sua interferência indesejável. Eu não lhe dissera, com toda clareza, que não tinha a menor intenção de voltar a me encontrar com a jovem? Decididamente, os amigos podem ser até solícitos demais!

Mas onde estaria a moça? Pus a minha ira de lado e tentei decifrar o enigma. Evidentemente, por uma inadvertência, ela indicara o hotel errado. E foi nesse momento que outro pensamento me ocorreu. Teria sido mesmo por inadvertência? Ou será que fora deliberadamente que ela não me revelara seu nome e ainda por cima me dera o endereço errado?

Quanto mais eu pensava a respeito, mais ficava convencido de que a última suposição era a certa. Por alguma razão, ela não desejava que o encontro acidental desabrochasse em amizade. E embora meia hora antes esse fosse também o meu desejo, não estava agora me sentindo muito feliz, pois não gostava de ser repelido. Todo o caso era profundamente insatisfatório. Segui para a Villa Geneviève dominado por um terrível mau humor. Não entrei na casa. Continuei em frente, subindo pela trilha até o banco perto do barracão de ferramentas. Sentei-me ali, ainda sombrio e irritado.

Fui distraído de meus pensamentos pelo ruído de vozes ali perto. Um instante depois, percebi que não vinham do jardim onde eu me encontrava, mas sim do jardim contíguo, da Villa Marguerite, e estavam se aproximando rapidamente.

Uma voz de mulher estava falando, uma voz que reconheci como sendo da linda Marthe:

– *Chéri*, é realmente verdade? Todos os nossos problemas estão mesmo terminados?

– Sabe muito bem disso, Marthe – respondeu Jack Renauld. – Nada pode nos separar, minha querida. O último obstáculo à nossa união já foi removido. Nada pode tirá-la de mim!

– Nada? – murmurou a moça. – Oh, Jack, Jack... estou com tanto medo!

Eu já estava começando a me afastar, percebendo que, sem qualquer intenção, estava escutando indevidamente uma conversa que não me dizia respeito. Ao levantar, vislumbrei os dois através de uma abertura na sebe. Estavam virados para o meu lado, o braço do rapaz em torno dos ombros da moça, os olhos dele fixados nos dela. Formavam um casal de aparência esplêndida: o jovem moreno e forte, a jovem deusa loura. Pareciam feitos sob medida um para o outro, felizes, apesar da terrível tragédia que lhes toldara as jovens vidas.

Mas o rosto da jovem estava conturbado e Jack Renauld percebeu-o. Apertou-a contra si e perguntou:

– Mas de que tem medo, minha querida? O que há para temer... agora?

E, nesse momento, vi a expressão nos olhos dela, a expressão sobre a qual Poirot falara. Ela murmurou, tão baixo que mais adivinhei do que ouvi as palavras:

– Tenho medo... por *você*.

Não ouvi a resposta do jovem Renauld, pois minha atenção foi atraída por algo extremamente estranho, na sebe, alguns metros adiante. Havia ali uma moita já descolorida, o que parecia muito estranho, para dizer o mínimo, com o verão mal começando. Adiantei-me para investigar. Mas a moita recuou precipitadamente e virou-se para mim, com um dedo nos lábios. Era Giraud.

Impondo-me cautela e silêncio, Giraud levou-me até o outro lado do barracão, onde poderíamos falar sem que fôssemos ouvidos.

— O que estava fazendo ali? — indaguei.

— Exatamente a mesma coisa que você estava fazendo: escutando.

— Mas eu não estava ali deliberadamente para escutar!

— Pois eu estava.

Como sempre, não pude deixar de admirar o homem, apesar de toda a minha antipatia. Giraud fitou-me de alto a baixo com um ar de desaprovação desdenhosa.

— Não ajudou em nada se intrometendo — disse ele. — Eu poderia ter ouvido alguma coisa interessante dentro de mais um minuto. O que fez com o seu velho fóssil?

— Monsieur Poirot foi a Paris — respondi, friamente. — E posso lhe garantir, Sr. Giraud, que ele pode ser qualquer coisa, menos um velho fóssil. Já solucionou muitos casos que deixaram a polícia inglesa inteiramente desorientada.

— Ora, a polícia inglesa! — exclamou Giraud, estalando os dedos desdenhosamente. — Os policiais do seu país devem estar no mesmo nível que os nossos magistrados encarregados de inquéritos. Quer dizer que ele foi a Paris, hein? Até que foi uma boa coisa. Quanto mais tempo ele ficar por lá, melhor será. Mas o que ele está pensando que poderá encontrar em Paris?

Pensei perceber um ligeiro tom de inquietação na pergunta e isso foi o bastante para que me reanimasse.

— Não tenho autorização para revelar.

Giraud lançou-me um olhar penetrante, antes de comentar bruscamente:

— Ele provavelmente teve o bom-senso de não lhe contar. Boa tarde. Estou muito ocupado.

E com essas palavras Giraud virou-se e deixou-me, sem a menor cerimônia. As coisas pareciam estar em um impasse na Villa Geneviève. Giraud, evidentemente, não desejava a mi-

nha companhia. E pelo que eu vira, parecia certo de que o mesmo se podia dizer de Jack Renauld.

Voltei para a cidade, tomei um banho de mar e depois fui para o hotel. Deitei-me bem cedo, imaginando se o dia seguinte iria trazer alguma coisa interessante.

Mas estava totalmente despreparado para o que o novo dia trouxe. Eu estava comendo o *petit déjeuner*, no salão de jantar, quando o garçom, que evidentemente estivera conversando com alguém lá fora, voltou agitado. Hesitou por um instante, retorcendo o guardanapo entre as mãos, depois encaminhou-se para a minha mesa.

– *Pardon*, senhor, mas está ligado ao caso da Villa Geneviève, não é mesmo?

– Estou, sim. Por quê?

– O senhor ainda não soube da notícia?

– Que notícia?

– Um outro homicídio foi cometido lá ontem à noite!

– *O quê?*

Interrompendo o café da manhã, peguei o chapéu e corri o mais depressa que podia. Outro assassinato... e Poirot estava ausente! Que fatalidade! Mas quem teria sido assassinado?

Atravessei correndo os portões. As criadas estavam paradas no caminho, falando e gesticulando. Puxei Françoise para o lado.

– O que aconteceu?

– Oh, senhor! Senhor! Outra morte! É terrível! Há uma maldição sobre esta casa! Isso mesmo, uma maldição! Deviam mandar chamar o padre para que trouxesse água benta! Nunca mais vou dormir outra noite sequer sob esse teto! Pode ser minha vez... quem sabe?

E Françoise fez o sinal da cruz.

– Mas quem foi morto, Françoise?

– E eu sei? Foi um homem... um estranho. Encontraram-no lá em cima... no barracão... a menos de 100 metros do lugar onde descobriram o pobre senhor. E isso não é tudo! Ele foi apunhalado... no coração... *com a mesma espátula!*

125

14
O segundo cadáver

Não esperando por mais nada, virei-me e subi correndo pela trilha que levava ao barracão. Os dois homens que estavam de guarda na porta afastaram-se para me dar passagem. Entrei no barracão, dominado por intenso nervosismo.

Estava bastante escuro lá dentro. Era uma construção de madeira tosca, para guardar vasos velhos e ferramentas. Eu havia avançado impetuosamente, mas contive-me e parei no limiar, fascinado pelo espetáculo à minha frente.

Giraud estava de quatro, uma lanterna de bolso na mão, examinando meticulosamente cada palmo de terreno. Levantou a cabeça e franziu o rosto ao me ouvir entrar. Relaxou um instante depois, assumindo uma expressão divertida e desdenhosa.

— Ah, c'est l'anglais! Entre, entre! Vamos ver o que consegue descobrir!

Um tanto irritado pelo tom dele, abaixei a cabeça e entrei no barracão.

— Está ali – disse Giraud, apontando a lanterna para o canto do barracão.

Fui até lá.

O homem morto estava caído de costas. Era de estatura mediana, pele morena, possivelmente em torno dos 50 anos. Estava impecavelmente vestido, com um terno azul-escuro bem-cortado e feito provavelmente por um alfaiate de categoria. Mas não era novo. O rosto estava terrivelmente convulsionado. No lado esquerdo, um pouco acima do coração, destacava-se o cabo de uma espátula, preto e brilhante. Reconheci-a imediatamente. Era a mesma espátula que eu vira guardada dentro do pote de vidro na manhã anterior!

— Estou esperando a chegada do médico a qualquer momento — explicou Giraud. — Se bem que praticamente não

precisaremos dele. Não resta a menor dúvida do que causou a morte do homem. Ele foi apunhalado no coração e a morte deve ter sido instantânea.

– Quando aconteceu? Ontem à noite?

Giraud sacudiu a cabeça.

– Dificilmente. Prefiro sempre esperar pelo depoimento dos médicos, mas posso apostar que esse homem está morto há mais de 12 horas. Quando viu a espátula pela última vez?

– Às 10 horas da manhã de ontem.

– Nesse caso, estou propenso a concluir que o crime ocorreu não muito depois disso.

– Mas havia gente passando por aqui, de um lado para o outro, o tempo todo!

Giraud soltou uma risada desagradável.

– Está progredindo maravilhosamente! Quem lhe disse que o homem foi assassinado neste barracão?

Senti que corava.

– Eu... eu... imaginei que...

– Ah, mas que grande detetive! Olhe só para ele, *mon petit*. Será que um homem apunhalado no coração cai desse jeito, com os pés impecavelmente juntos, os braços estendidos junto ao corpo? Claro que não! E será que um homem se deita de costas e permite que o apunhalem no coração sem levantar a mão para se defender? É um absurdo, não é mesmo? Mas veja aqui... e aqui...

Giraud passou a lanterna pelo chão. Vi marcas estranhas e irregulares na terra.

– Ele foi arrastado para cá, depois que o mataram. Meio arrastado, meio carregado, por duas pessoas. As pegadas deles não aparecem na terra dura lá fora. E, aqui dentro, tomaram a precaução de apagá-las. Mas sempre fica alguma coisa. E posso lhe assegurar, meu jovem amigo, que uma das pessoas era mulher.

– Uma mulher?

– Isso mesmo.

127

— Mas se as pegadas foram apagadas, como pode saber?

— Por mais que tenham sido disfarçadas, as pegadas dos sapatos da mulher são inconfundíveis. E sei também... por causa *disso*!

Inclinando-se para a frente, Giraud pegou alguma coisa no cabo da espátula e estendeu em minha direção. Era um fio de cabelo de mulher, comprido e preto, como o que Poirot tirara das costas da poltrona na biblioteca.

Com um sorriso ligeiramente irônico, ele tornou a enrolar o fio de cabelo no cabo da espátula.

— Vamos deixar as coisas como estão, na medida do possível. O magistrado certamente vai preferir que assim seja. *Eh bien*, não está percebendo mais nada?

Fui forçado a sacudir a cabeça.

— Olhe para as mãos dele.

Olhei. As unhas estavam quebradas e embaçadas, a pele parecia calosa. Isso não me esclareceu coisa alguma, como eu desejaria que tivesse acontecido. Tornei a olhar para Giraud.

— Não são as mãos de um cavalheiro — explicou ele, em resposta ao meu olhar. — Enquanto isso, as roupas são de um homem próspero. Não acha que isso é extremamente curioso?

— Tem razão — concordei.

— E nenhuma peça de roupa está marcada. O que podemos deduzir disso? Esse homem estava tentando se passar por outro. Ou seja, estava disfarçado. Por quê? Será que temia alguma coisa? Ao assumir um disfarce, estaria tentando escapar de alguém? Por enquanto, ainda não sabemos. Mas de uma coisa podemos ter certeza: ele estava tão ansioso em ocultar sua verdadeira identidade quanto nós estamos agora em descobri-la.

Giraud tornou a olhar para o corpo e acrescentou:

— Como aconteceu antes, não há impressões digitais no cabo da espátula. O assassino deve ter novamente usado luvas.

— Acha então que o assassino foi o mesmo, nos dois casos? — indaguei, ansioso.

Mas Giraud assumiu uma expressão inescrutável.

– Não importa o que eu penso. Vamos ver o que acontecerá. Marchaud!

O *sergent de ville* apareceu na porta.

– Pois não, senhor?

– Por que a Sra. Renauld ainda não está aqui? Mandei chamá-la há 15 minutos!

– Ela está se aproximando neste momento, senhor. E o filho a acompanha.

– Ótimo! Mas quero que só deixe entrar um de cada vez!

Marchaud bateu continência e retirou-se. Ele reapareceu um momento depois, com a Sra. Renauld.

– Aqui está, senhora.

Giraud adiantou-se, fazendo uma mesura brusca.

– Por aqui, madame.

Ele levou-a até o outro lado do barracão. Estacou abruptamente e disse:

– Aqui está o homem. Conhece-o?

E enquanto ele falava os olhos pareciam verrumas a se cravarem no rosto da Sra. Renauld, procurando ler-lhe os pensamentos, registrando toda e qualquer reação.

Mas ela permaneceu perfeitamente calma... calma até demais, pensei. Olhou para o cadáver quase que sem interesse, certamente sem qualquer sinal de nervosismo ou reconhecimento.

– Não – disse ela. – Nunca vi esse homem. Ele me é totalmente desconhecido.

– Tem certeza?

– Absoluta.

– Não o reconhece, por exemplo, como um dos atacantes que invadiram sua casa?

– Não.

Ela pareceu hesitar por um instante, como se só agora a possibilidade lhe ocorresse, antes de acrescentar:

– Não, acho que não. É claro que eles usavam barbas... postiças, na opinião do magistrado... mas, mesmo assim... não, esse homem não era um deles.

Ela fez outra pausa, parecendo chegar a uma conclusão definitiva, e arrematou:

– Tenho certeza de que esse homem não era um deles.

– Está certo, senhora. Isso é tudo.

Ela saiu, com a cabeça erguida, o sol faiscando nos fios de cabelo prateados. Jack Renauld entrou em seguida. Também não reconheceu o homem, reagindo com a maior naturalidade.

Giraud limitou-se a grunhir. Era impossível dizer se estava satisfeito ou aborrecido com aquele resultado. Chamou Marchaud novamente.

– A outra já chegou?

– Já, sim, senhor.

– Mande-a entrar.

"A outra" era a Sra. Daubreuil. E estava indignada, protestando com veemência.

– Eu protesto, senhor! Isso é um ultraje! O que tenho a ver com tudo isso?

– Senhora, estou investigando não apenas um, mas dois assassinatos! – disse Giraud, rispidamente. – Pelo que posso saber, é possível que tenha cometido esses dois assassinatos.

– Como se atreve a dizer uma coisa dessas? Como se atreve a insultar-me com uma acusação tão absurda? É uma infâmia.

– Acha que é uma infâmia? E o que me diz disso?

Abaixando-se rapidamente, Giraud pegou o fio de cabelo no cabo da espátula e suspendeu-o.

– Está vendo isto, senhora? Permite que o compare, para ver se é igual?

Soltando um grito, a Sra. Daubreuil recuou bruscamente, pálida até nos lábios.

– É falso... juro que é falso! Não sei de nada sobre o crime... sobre nenhum dos dois crimes! Quem quer que diga que estou envolvida, estará mentindo! Ah, *mon Dieu*, o que vou fazer?

– Antes de mais nada, senhora, vai acalmar-se – disse Giraud, friamente. – Ninguém a acusou... por enquanto. Mas será melhor responder às minhas perguntas sem qualquer hesitação.

– Pode perguntar o que desejar, senhor.

– Olhe para o cadáver. Já viu esse homem antes?

Aproximando-se do cadáver, com um pouco de cor retornando a seu rosto, a Sra. Daubreuil olhou-o atentamente, com algum interesse e curiosidade. Depois, sacudiu a cabeça.

– Não o conheço.

Parecia impossível duvidar dela, pois falou com a maior naturalidade. Giraud dispensou-a com um aceno de cabeça.

– Vai deixá-la ir embora? – perguntei, em voz baixa. – Acha que isso é sensato? Afinal, o cabelo preto é dela.

– Não preciso que ninguém me ensine o meu ofício – disse Giraud, secamente. – Ela está sob vigilância. Não desejo prendê-la por enquanto.

Depois, franzindo o rosto, ele olhou para o cadáver. E subitamente perguntou:

– Diria que se trata de um tipo hispânico?

Examinei o rosto atentamente.

– Não. Tenho a impressão de que é mesmo um francês.

Giraud soltou um resmungo de insatisfação.

– É também a minha impressão.

Ele ficou imóvel por mais um momento. Depois, com um gesto autoritário, ordenou-me que ficasse de lado. E novamente de quatro, recomeçou a vasculhar o chão do barracão. Era realmente admirável. Nada lhe escapava. Centímetro a centímetro, vasculhou todo o chão, virando vasos, verificando sacos velhos. Atacou uma trouxa de roupas junto à porta, mas era constituída apenas de um casaco e uma calça esfarrapados. Duas luvas velhas atraíram-lhe a atenção por algum tempo. Mas, ao final, sacudiu a cabeça e largou-as. Voltou aos vasos, revirando-os metodicamente, um a um. Depois de muito tempo, levantou-

131

se e sacudiu a cabeça, pensativo. Parecia desconcertado e perplexo. Acho que se esquecera da minha presença.

Foi nesse momento que ouvimos vozes e passos lá fora. Nosso velho amigo, o magistrado encarregado do inquérito, entrou no barracão, acompanhado por seu assistente, pelo Sr. Bex e o médico.

— Mas isso é extraordinário, Sr. Giraud! – exclamou o Sr. Hautet. – Outro crime! Ah, ainda não chegamos ao fundo deste caso! Há algum mistério profundo por aqui. Mas quem é a vítima dessa vez?

— É justamente isso o que ninguém parece capaz de nos dizer, magistrado. O homem ainda não foi identificado.

— Onde está o cadáver? – perguntou o médico.

Giraud afastou-se para o lado.

— Ali no canto. Foi apunhalado no coração, como estão vendo. E com a espátula que foi roubada ontem de manhã. Tenho a impressão de que o assassinato foi cometido logo depois do roubo... mas determinar isso é algo que compete ao senhor, doutor. Pode tirar a espátula do corpo sem a menor preocupação, pois não há impressões digitais.

O médico ajoelhou-se ao lado do corpo. Giraud virou-se para o magistrado.

— Um problema que parece bastante difícil, não é mesmo? Mas vamos resolvê-lo.

— E ninguém é capaz de identificá-lo... – murmurou o magistrado, pensativo. – Será que era um dos assassinos? É bem possível que eles tenham brigado entre si.

Mas Giraud sacudiu a cabeça.

— O homem é francês... sou capaz de jurar...

Ele não pôde continuar, pois nesse instante soou uma exclamação de espanto do médico, que estava acocorado junto ao corpo.

— Disse que ele foi morto ontem de manhã?

— Estou calculando a hora do crime com base no roubo da espátula — explicou Giraud. — Mas é claro que ele pode ter sido morto mais tarde.

— Mais tarde? Nada disso! Esse homem está morto pelo menos há 48 horas, provavelmente há mais tempo!

Ficamos olhando um para o outro, totalmente perplexos.

15
Uma fotografia

As palavras do médico eram tão surpreendentes que por algum tempo ficamos todos perturbados demais e sequer nos mexemos. Ali estava um homem apunhalado com uma espátula que sabíamos ter sido roubada apenas 24 horas antes. Contudo, o Dr. Durand assegurava, positivamente, que o homem estava morto pelo menos há 48 horas! Tudo parecia fantástico demais.

Ainda estávamos nos recuperando da surpresa provocada pela revelação do médico quando vieram entregar-me um telegrama. Fora enviado do hotel para a *villa*. Abri-o. Era de Poirot, e anunciava sua volta pelo trem que chegava a Merlinville às 12h28.

Olhei para o relógio e constatei que mal teria tempo para chegar à estação e recebê-lo. Achei que era de extrema importância que ele soubesse imediatamente daquela nova e desconcertante ocorrência.

Evidentemente, refleti, Poirot não tivera a menor dificuldade em encontrar o que fora procurar em Paris. A rapidez de seu retorno confirmava isso. Umas poucas horas tinham sido suficientes. Fiquei imaginando como ele receberia as notícias surpreendentes que eu tinha para transmitir-lhe.

O trem chegou alguns minutos atrasado. Fiquei andando de um lado para outro da plataforma, a esmo, até que me ocorreu que poderia aproveitar o tempo indagando quem deixara Merlinville de trem na noite da tragédia.

Fui procurar o chefe da estação, um homem que parecia inteligente. Não tive a menor dificuldade em persuadi-lo a falar sobre o assunto. Era uma desgraça que a polícia, declarou ele com extrema veemência, deixasse que assassinos tão impiedosos escapassem impunes. Insinuei que havia alguma possibilidade de os assassinos terem partido no trem da meia-noite. Mas ele negou categoricamente tal possibilidade. Tinha certeza absoluta de que notaria se estrangeiros tivessem embarcado no trem. Somente umas vinte pessoas haviam partido no trem da meia-noite, e observara todas.

Não sei o que meteu a ideia na minha cabeça. Talvez tenha sido a profunda ansiedade que percebera na voz de Marthe Daubreuil. Seja como for, perguntei subitamente:

— O jovem Renauld... não embarcou por acaso nesse trem?

— Claro que não, senhor. Afinal, chegar e partir num prazo de meia hora não é nada agradável.

Fiquei olhando para o homem, aturdido, o significado de suas palavras quase me escapando. Mas logo entendi tudo. Senti o coração acelerar.

— Está querendo dizer que o Sr. Jack Renauld chegou a Merlinville naquela noite?

— Exatamente, senhor. Veio no último trem em sentido contrário, que para aqui às 23h40.

Meu cérebro era um turbilhão. Fora esse então o motivo da terrível ansiedade de Marthe Daubreuil. Jack Renauld estava em Merlinville na noite do crime! Mas por que ele não o dissera? Por que, ao contrário, deixara-nos pensar que ficara em Cherbourg? Recordando o semblante franco do rapaz, eu mal podia acreditar que ele tivesse qualquer relação com o crime.

Contudo, por que ele guardara silêncio sobre um ponto tão vital? Só uma coisa era certa: Marthe sabia o tempo todo. Fora essa a causa de sua ansiedade, o motivo das perguntas que fizera a Poirot, querendo saber se já havia algum suspeito.

Minhas reflexões foram interrompidas pela chegada do trem. Minutos depois, eu estava cumprimentando Poirot. O homenzinho estava radiante. Ria e falava alto. Esquecendo minha relutância britânica, abraçou-me calorosamente na plataforma.

– *Mon cher ami*, eu consegui! E consegui de uma maneira admirável!

– É mesmo? Fico satisfeito por saber. Mas já soube o que aconteceu aqui?

– Como ia querer que eu soubesse de alguma coisa? Mas quer dizer que há novidades então? O bravo Giraud por acaso efetuou alguma prisão? Ou teriam sido prisões? Ah, mas vou fazer com que ele passe por tolo! Mas para onde está me levando, meu amigo? Não vamos para o hotel? É necessário que eu cuide de meu bigode, que está caído, num estado deplorável, por causa do calor intenso. E é certo também que há poeira em meu casaco! E preciso arrumar a gravata!

Tratei de interromper os protestos dele:

– Meu caro Poirot, não se importe com nada disso. Precisamos ir até a Villa Geneviève imediatamente. *Houve outro assassinato!*

Frequentemente, fico desapontado ao transmitir a meu amigo notícias que julgo serem importantes. Ou ele já sabe ou descarta a notícia como sendo irrelevante para a questão principal. Os acontecimentos subsequentes, em geral, confirmam que ele estava certo. Mas, dessa vez, não pude me queixar de não ter causado um efeito profundo. Nunca antes eu tinha visto um homem tão aturdido. A boca se entreabriu. Toda a vivacidade desapareceu de sua atitude.

— O que está dizendo? Outro assassinato? Nesse caso, estou inteiramente errado! Fracassei redondamente! Giraud poderá zombar de mim... terá toda razão para isso!

— Quer dizer que não esperava por isso?

— Era a última coisa que eu podia imaginar no mundo! Destrói minha teoria... arruína tudo... acaba... Ah, não!

Poirot estacou abruptamente, espetando o dedo em meu peito.

— É impossível! Não posso estar errado! Os fatos, dispostos metodicamente e na devida ordem, só admitem uma única explicação. Devo estar certo! *Estou* certo!

— Mas então...

Ele interrompeu-me:

— Espere um pouco, meu amigo. Devo estar certo. Portanto, esse novo assassinato é impossível, a menos... a menos... oh, espere um pouco, eu lhe imploro! Não diga nada...

Poirot ficou em silêncio por mais um momento. Depois, retomando sua atitude habitual, ele disse, em voz calma e confiante:

— A vítima é um homem de meia-idade. O corpo foi encontrado no barracão trancado perto do local do crime. Estava morto há pelo menos 48 horas. E é bem provável que tenha sido apunhalado de forma parecida à de Renauld, embora não necessariamente pelas costas.

Foi a minha vez de ficar boquiaberto... e como escancarei a boca! Durante todo o tempo em que eu conhecia Poirot, ele jamais fizera algo tão espantoso como aquilo. E, quase inevitavelmente, uma dúvida me passou pela cabeça.

— Está zombando de mim, Poirot! Já tinha ouvido falar do que aconteceu!

Ele me fitou com uma expressão de censura.

— Acha mesmo que eu faria uma coisa dessas? Eu lhe asseguro que não tinha ouvido falar de coisa alguma! Não observou o choque que a notícia me causou?

— Mas como poderia saber de tudo isso?

– Quer dizer que eu acertei? Sabia que só podia ser isso. A pequena massa cinzenta, meu amigo, a pequena massa cinzenta! Ela é que me revelou tudo. Era a única possibilidade de haver uma segunda morte. Agora, conte-me tudo. Se virarmos à esquerda, aqui, podemos seguir por um atalho pelo campo de golfe e chegarmos aos fundos da Villa Geneviève muito mais depressa.

Enquanto seguíamos pelo caminho que Poirot indicara, relatei tudo o que sabia. Poirot escutou atentamente.

– Quer dizer que a espátula estava no ferimento, hein? Isso é curioso. Tem certeza de que era a mesma?

– Certeza absoluta. É isso que torna esse segundo assassinato tão impossível.

– Nada é impossível. É possível que existissem duas espátulas iguais.

Franzi as sobrancelhas.

– Não acha que isso parece extremamente improvável? Seria uma coincidência extraordinária.

– Como sempre acontece, Hastings, está falando sem pensar. Em alguns casos, a existência de duas armas idênticas seria extremamente improvável. Mas não neste caso. Essa arma em particular era um *souvenir* que Jack Renauld mandou fazer. Na verdade, é extremamente improvável, quando se pensa mais um pouco a respeito, que ele tenha mandado fazer apenas uma espátula. Ao contrário, é mais do que provável que ele tenha encomendado outra, para seu próprio uso.

– Mas ninguém fez qualquer alusão a isso!

Um tom professoral se fez presente na voz de Poirot:

– Meu amigo, ao se investigar um caso, não se pode levar em consideração apenas o que é dito. Não há qualquer razão para se mencionar muitos fatos que podem ser importantes. Da mesma forma, há também excelentes razões para não se mencionar outros. Pode escolher entre as duas opções.

Fiquei calado, bastante impressionado, contra a vontade. Mais alguns minutos e chegamos ao barracão. Encontramos todos os nossos companheiros ali reunidos. Depois de uma troca polida de amenidades, Poirot começou a trabalhar.

Tendo observado Giraud em ação, fiquei extremamente interessado. Poirot lançou um olhar apenas superficial ao ambiente. A única coisa que examinou foi a pilha de roupas junto à porta, o casaco e a calça esfarrapados. Um sorriso desdenhoso estampou-se no rosto de Giraud. Como se o tivesse notado, Poirot largou as roupas e perguntou:

– As roupas velhas do jardineiro?

– Exatamente – respondeu Giraud.

Poirot ajoelhou-se junto ao corpo. Os dedos movimentaram-se rápido, mas metodicamente. Examinou o tecido das roupas, certificou-se de que não tinham etiquetas nem quaisquer outras marcas. Submeteu as botas a um exame especial, assim como a terra nas unhas quebradas. Enquanto examinava as unhas, lançou uma rápida pergunta a Giraud:

– Viu isso?

– Vi, sim – respondeu o detetive de Paris, permanecendo impassível.

Subitamente, Poirot empertigou-se.

– Dr. Durand!

– Sim? – disse o médico, adiantando-se.

– Há espuma nos lábios dele. Já tinha percebido?

– Não, não tinha percebido.

– Mas está observando agora?

– Claro que estou!

Poirot fez outra pergunta a Giraud:

– Já tinha notado isso, não é mesmo?

Giraud não respondeu. Poirot prosseguiu na investigação. A espátula já fora retirada do ferimento. Estava novamente no pote de vidro, ao lado do corpo. Poirot examinou-a, depois estudou o ferimento atentamente. Ao levantar a cabeça, os olhos estavam bastante agitados, brilhando com aquele clarão verde que eu tão bem conhecia.

– É um ferimento bastante estranho. Não sangrou. Não há qualquer mancha nas roupas. A lâmina da espátula está ligeiramente manchada e mais nada. Qual é a sua opinião, doutor?

– Posso dizer apenas que é bastante anormal.

– Creio que não há nada de anormal. Ao contrário, é muito simples. O homem foi apunhalado *depois que já estava morto.*

E cortando o clamor de vozes que se ergueu com um aceno de mão, Poirot virou-se para Giraud e acrescentou:

– Concorda comigo, não é mesmo, Sr. Giraud?

Qualquer que fosse a verdadeira convicção de Giraud, ele aceitou a situação sem mexer um músculo. Calmamente, quase que de forma desdenhosa, ele respondeu:

– Claro que concordo.

O murmúrio de surpresa e interesse voltou a irromper.

– Mas que ideia! – gritou o Sr. Hautet. – Como se pode apunhalar um homem depois de sua morte? É uma barbaridade! Incrível! Só pode ter sido uma reação de ódio incontrolável!

– Creio que não, magistrado – disse Poirot. – Eu diria que foi algo feito a sangue-frio... para criar uma determinada impressão.

– Que impressão?

– A impressão que quase criou – disse Poirot, solene.

O Sr. Bex ficara pensando o tempo todo e perguntou:

– Então como o homem foi morto?

– Ele não foi morto, simplesmente morreu. E se não estou enganado, magistrado, morreu de um ataque epiléptico!

Essa declaração de Poirot despertou outra comoção. O Dr. Durand ajoelhou-se novamente ao lado do corpo e fez um exame meticuloso. Finalmente levantou-se.

– E então, doutor?

– Monsieur Poirot, estou inclinado a acreditar que está certo em sua afirmativa. Minha atenção foi inicialmente desviada dos fatos. O fato indiscutível de o homem ter sido apunhalado levou-me a não prestar atenção aos outros indícios.

Poirot era o herói do momento. O magistrado derramou-se em elogios. Poirot respondeu polidamente e depois pediu

licença para se retirar, alegando que nem ele nem eu tínhamos almoçado e que desejava se recuperar do cansaço da viagem. Quando já íamos nos retirar do barracão, Giraud aproximou-se e disse, em voz suave e zombeteira:

— Só mais uma coisa, Monsieur Poirot. Encontramos isto enrolado no cabo da espátula... um fio de cabelo de mulher.

— Ah! — exclamou Poirot. — Um cabelo de mulher, hein? E qual é a mulher?

— É o que eu também gostaria de saber — disse Giraud, fazendo uma mesura e se afastando em seguida.

Ao nos encaminharmos para o hotel, Poirot comentou, pensativo:

— O bom Giraud foi extremamente insistente. Para que lado estará querendo me desviar? Um cabelo de mulher... hummm...

Almoçamos com grande apetite, mas achei que Poirot parecia um tanto distraído e desatento. Depois que fomos para a nossa sala de estar, pedi-lhe que me relatasse a sua misteriosa viagem a Paris.

— Será um prazer, meu amigo. Fui a Paris para encontrar *isto*!

Ele tirou do bolso um pequeno recorte de jornal, já amarelado. Era a reprodução de uma fotografia de mulher, que me entregou. Soltei uma exclamação de espanto.

— Está reconhecendo, meu amigo?

Assenti. Embora fosse evidente que a fotografia já tinha muitos anos e os cabelos estivessem penteados de maneira diferente, a semelhança era inconfundível.

— Sra. Daubreuil!

Poirot sacudiu a cabeça, sorrindo.

— Não é bem assim, meu amigo. Ela não usava esse nome na ocasião em que essa fotografia foi tirada. Essa é uma fotografia da famosa Sra. Beroldy!

Sra. Beroldy! Num relance, recordei-me de toda a história. O julgamento por homicídio fora sensacional e atraíra as atenções do mundo inteiro.

O caso Beroldy.

16
O caso Beroldy

Cerca de 20 anos antes de se iniciar essa história, o Sr. Arnold Beroldy, natural de Lyon, chegou a Paris, acompanhado pela linda esposa e pela filha pequena, ainda um bebê. O Sr. Beroldy era associado de uma empresa de comerciantes de vinhos. Era um homem de meia-idade, corpulento, apreciava as coisas boas da vida, era devotado à esposa encantadora e inteiramente comum, sob todos os aspectos. A empresa à qual o Sr. Beroldy era associado era pequena. Embora tivesse um movimento razoável, não lhe proporcionava um rendimento muito alto. Os Beroldy ocupavam um apartamento pequeno e viviam modestamente. Pelo menos no início.

O Sr. Beroldy podia ser um homem um tanto apagado, mas a esposa era uma mulher deslumbrante, com uma aura de romance. Jovem, bonita e com um charme excepcional, a Sra. Beroldy não demorou a criar a maior sensação no quarteirão, sobretudo depois que começou a circular o rumor de que algum mistério atraente envolvia seu nascimento. Dizia-se que era a filha ilegítima de um grão-duque russo. Outros asseguravam que era uma arquiduquesa austríaca, que a união era legal, embora morganática. Mas todas as histórias concordavam em um ponto: que Jeanne Beroldy era o centro de algum mistério. Interrogada pelos mais curiosos, a Sra. Beroldy não desmentia os rumores. E dava a entender que seus lábios estavam lacrados, mas havia um fundo de verdade em todas as histórias que contavam a seu respeito. Para as amigas íntimas, ela falava mais alguma coisa, insinuava a existência de intrigas políticas, aludia a misteriosos "documentos", a perigos obscuros que a ameaçavam. Falava-se muito também que as joias da Coroa estavam para ser vendidas e que ela seria a intermediária.

Entre os amigos e conhecidos dos Beroldy havia um jovem advogado, Georges Conneau. Logo ficou patente que a fascinante Jeanne escravizara inteiramente o coração dele. A Sra. Beroldy encorajava o rapaz de maneira discreta, mas tinha sempre a cautela de volta e meia declarar sua total devoção ao marido de meia-idade. Não obstante, muitas pessoas rancorosas não hesitavam em afirmar que o jovem Conneau era amante dela... e que não era o único!

Quando os Beroldy já estavam em Paris há cerca de três meses, outro personagem entrou em cena. Era o Sr. Hiram P. Trapp, natural dos Estados Unidos e extremamente rico. Apresentado à encantadora e misteriosa Sra. Beroldy, ele prontamente tornou-se vítima fácil do fascínio dela. A admiração dele era evidente, embora rigorosamente respeitosa.

Mais ou menos nessa ocasião, a Sra. Beroldy tornou-se cada vez mais expansiva em suas confidências. Para diversas pessoas amigas declarou que estava bastante preocupada com o marido. Explicou que o Sr. Beroldy se envolvera em diversas maquinações de natureza política. Referiu-se também a alguns documentos importantes que lhe tinham sido confiados para guardar e que continham um "segredo" de importância capital para os destinos da Europa. Os documentos tinham sido deixados com ele para despistar os perseguidores, mas a Sra. Beroldy andava muito nervosa, pois avistara em Paris membros importantes dos círculos revolucionários.

O golpe terrível ocorreu no dia 28 de novembro. A mulher que ia diariamente arrumar o apartamento e cozinhar para os Beroldy ficou surpresa ao encontrar a porta escancarada. Ouvindo gemidos vindos do quarto, ela foi imediatamente até lá. E deparou com uma cena impressionante. A Sra. Beroldy estava caída no chão, de mãos e pés amarrados, soltando débeis gemidos, depois de conseguir livrar-se de uma mordaça. Na cama, o Sr. Beroldy estava caído no meio de uma poça de sangue, com um punhal cravado no coração.

A história da Sra. Beroldy era bem simples. Fora despertada abruptamente e deparara com dois homens debruçados sobre a cama, ambos mascarados. Sufocando seus gritos, haviam-na amordaçado e amarrado. Depois, haviam exigido que o Sr. Beroldy lhes revelasse o famoso "segredo".

Mas o intrépido comerciante de vinhos recusara-se categoricamente a consentir. Irritado com a recusa, um dos homens no mesmo instante desferira-lhe uma punhalada no coração. Pegando as chaves do homem assassinado, os mascarados abriram o cofre que havia no canto e levaram inúmeros papéis. Ambos eram barbados e usavam máscaras, mas a Sra. Beroldy declarou, com toda certeza, que eram russos.

O caso provocou a maior sensação. Passou a ser conhecido como o "Mistério Russo". O tempo foi passando e os misteriosos mascarados barbados não eram descobertos. E no momento em que o interesse público estava começando a se dissipar, ocorreu um fato surpreendente. A Sra. Beroldy foi presa e acusada do assassinato do marido.

O julgamento atraiu a atenção do mundo inteiro. A juventude e a beleza da acusada, juntamente com sua história misteriosa, eram suficientes para fazer dele uma *cause célèbre*. As pessoas se colocavam ardorosamente contra ou a favor da acusada. Mas os partidários dela receberam diversos golpes que lhes arrefeceram o entusiasmo. Verificou-se que o passado romântico da Sra. Beroldy, o sangue real, as intrigas misteriosas em que estaria envolvida, tudo não passava de meras fantasias da imaginação.

Ficou comprovado, além de qualquer dúvida, que os pais de Jeanne Beroldy viviam nos arredores de Lyon, um casal de comerciantes de frutas, simples e respeitável. O grão-duque russo, as intrigas da corte e as maquinações políticas provinham da mesma fonte: ou seja, da própria Sra. Beroldy. De sua mente é que haviam nascido aqueles mitos engenhosos. Ficou comprovado que ela conseguira arrancar bastante dinheiro de várias pessoas crédulas com as fictícias "joias da Coroa", que não passavam

de imitações ordinárias. Implacavelmente, toda a história da vida dela foi sendo revelada. Descobriu-se que o motivo para o assassinato tinha sido Hiram P. Trapp. O norte-americano bem que se esforçou, mas, exaustivamente interrogado, acabou reconhecendo que amava a Sra. Beroldy e a teria pedido em casamento, se ela fosse livre. O fato de as relações entre os dois serem declaradamente platônicas só contribuíram para fortalecer o caso contra a acusada. Impedida de se tornar amante dele por causa da natureza honrada do homem, Jeanne Beroldy concebera o plano monstruoso de livrar-se do marido mais velho e insignificante, a fim de poder tornar-se a esposa do rico norte-americano.

Durante todo o tempo a Sra. Beroldy enfrentou seus acusadores com extremo sangue-frio e autocontrole. Sua história jamais variava. Continuou a declarar, obstinadamente, que era de sangue real e fora substituir a filha do negociante de frutas quando era ainda muito pequena. Por mais absurdas que fossem essas declarações, sem absolutamente nada para confirmá-las, muitas pessoas acreditaram que eram verdadeiras.

Mas a acusação foi implacável. Denunciou os mascarados "russos" como um mito e assegurou que o crime fora cometido pela Sra. Beroldy e seu amante, Georges Conneau. Foi emitida uma ordem de prisão contra o advogado, mas ele tomara a sábia precaução de desaparecer. Os depoimentos indicaram que os laços que haviam prendido os pulsos da Sra. Beroldy estavam tão frouxos que ela poderia ter se desvencilhado facilmente.

E quando o julgamento já estava se aproximando do fim, o promotor público recebeu uma carta, despachada de Paris mesmo. Era de Georges Conneau. Sem revelar seu paradeiro, continha uma confissão detalhada do crime. Ele declarava que realmente desfechara o golpe fatal, instigado pela Sra. Beroldy. O crime fora planejado pelos dois. Acreditando que o marido a tratava cruelmente e enlouquecido por sua paixão pela Sra. Beroldy, uma paixão que ele pensava ser retribuída, Conneau ajudara a planejar o crime e desferira o golpe fatal, certo de que estava assim

libertando a mulher a quem amava de grilhões odiosos. Só agora é que ele sabia, pela primeira vez, do papel em toda a história do Sr. Hiram P. Trapp, compreendendo que fora traído pela mulher a quem amava. Não era por ele que a Sra. Beroldy desejava estar livre, mas sim para poder casar com o rico norte-americano! Ela simplesmente o usara. E, então, dominado pela raiva e pelo ciúme, Conneau denunciou-a, declarando que agira durante todo o tempo instigado por ela.

A Sra. Beroldy provara, então, que era realmente uma mulher extraordinária. Sem a menor hesitação, abandonou a defesa anterior, reconhecendo que os "russos" não passavam de pura invenção de sua parte. O verdadeiro assassino fora Georges Conneau. Enlouquecido pela paixão, ele cometera o crime, jurando que se vingaria de maneira terrível se ela por acaso não mantivesse silêncio. Aterrorizada com a ameaça, ela acabara concordando. Temia também que, se contasse a verdade, poderia ser acusada de ser conivente com o crime. Mas se recusara terminantemente a ter mais qualquer relacionamento com o assassino de seu marido. Era para se vingar dessa atitude da parte dela que Georges Conneau escrevera a carta acusando-a. A Sra. Beroldy jurou solenemente que nada tivera a ver com o planejamento do crime, que despertara naquela noite fatídica para encontrar Georges Conneau debruçado sobre ela, com uma faca suja de sangue na mão.

Era uma defesa um tanto insustentável. A história da Sra. Beroldy não tinha a menor credibilidade. Mas aquela mulher, cujos contos de fadas a respeito de intrigas reais haviam sido tão amplamente aceitos, tinha a arte suprema de parecer convincente. Seu depoimento perante o júri foi uma verdadeira obra-prima de eloquência. As lágrimas lhe escorriam pelas faces, ela falou da filha pequena, da sua honra de mulher, de seu desejo de manter a reputação intacta, pelo bem da menina. Reconheceu que, como Georges Conneau fora seu amante, podia ser moralmente responsabilizada pelo crime... mas,

diante de Deus, jurava que nada mais fizera! Sabia que cometera um grave erro ao não denunciar Conneau, mas declarou, com a voz embargada, que nenhuma mulher seria capaz de tal atitude. Ela o amara! Deveria enviá-lo para a guilhotina por suas próprias mãos? Fora culpada de muitas coisas, mas estava inocente do crime que lhe era atribuído.

Mesmo que fosse culpada, o fato é que sua eloquência e personalidade acabaram prevalecendo. Em meio a uma emoção sem precedentes, a Sra. Beroldy acabou sendo absolvida.

Apesar de todos os esforços da polícia, Georges Conneau jamais fora descoberto. Quanto à Sra. Beroldy, ninguém jamais voltara a ouvir falar dela. Levando a filha, tinha deixado Paris, a fim de começar uma vida nova.

17
Novas investigações

Relatei aqui todo o caso Beroldy. É claro que, na ocasião da minha conversa com Poirot, não me recordei de todos os detalhes, como acabei de contar. Apesar disso, lembrava-me muito bem do caso. Atraíra um imenso interesse na época e fora amplamente noticiado pelos jornais ingleses. Assim, não precisei de grande esforço de memória para recordar os fatos principais.

Por um momento, em meu entusiasmo, cheguei a pensar que aquilo esclarecia todo o mistério em que estávamos agora envolvidos. Reconheço que sou um impulsivo, e Poirot vive deplorando meu hábito de tirar conclusões precipitadas. Mas creio que, naquelas circunstâncias, isso se justificava. É que me ocorreu, imediatamente, a maneira extraordinária pela qual aquela descoberta confirmava todas as opiniões de Poirot. E declarei:

— Meus parabéns, Poirot. Estou percebendo tudo agora.

– Se isso é realmente verdade, eu é que lhe dou os parabéns, *mon ami*. Afinal, como regra geral, você não costuma se destacar por perceber as coisas... não é mesmo?

Fiquei um pouco aborrecido.

– Ora, Poirot, não vá começar agora! Você tem se mostrado tão misterioso, desde o início, com suas insinuações de detalhes insignificantes, que qualquer um poderia deixar de perceber onde estava querendo chegar.

Poirot acendeu um dos seus pequenos cigarros, com a precisão habitual. Depois, fitou-me atentamente e disse:

– Já que está percebendo tudo agora, *mon ami*, poderia me contar o que está percebendo exatamente?

– Ora, que foi a Sra. Daubreuil-Beroldy quem assassinou o Sr. Renauld. A semelhança entre os dois casos prova isso sem deixar qualquer possibilidade de dúvida.

– Acha, então, que a absolvição da Sra. Beroldy foi um erro? Acha que ela era realmente culpada de cumplicidade no assassinato do marido?

Arregalei os olhos.

– Mas é claro! E você não acha?

Poirot foi distraidamente até o outro lado da sala, endireitou uma cadeira e depois disse, pensativo:

– Essa também é a minha opinião. Só que não existe nada de "claro", meu amigo. Tecnicamente falando, a Sra. Beroldy é inocente.

– Daquele crime, é possível. Mas não deste.

Poirot sentou novamente e fitou-me, a expressão pensativa estava ainda mais acentuada.·

– Quer dizer que não tem a menor dúvida, Hastings, de que a Sra. Daubreuil assassinou o Sr. Renauld?

– Tenho certeza de que ela é a culpada.

– E qual foi o motivo?

Poirot fez a pergunta tão abruptamente que fiquei tonto. E balbuciei:

– O motivo? O motivo? Ora, porque... porque...

Não continuei a falar. Poirot sacudiu a cabeça para mim.

– Como está vendo, deparou com um obstáculo imediatamente. Por que a Sra. Daubreuil iria assassinar o Sr. Renauld? Não podemos encontrar o menor motivo. Ela não se beneficia com a morte dele. Ao contrário, assim como o amante ou o chantagista, só tem a perder. Não se pode ter um assassinato sem um motivo. O primeiro crime foi diferente. Havia um apaixonado rico, esperando para tomar o lugar do marido.

– O dinheiro não é o único motivo para um assassinato, Poirot.

– Tem razão – concordou Poirot, placidamente. – Há dois outros. Um deles é o chamado *crime passionnel*. E existe um terceiro motivo, mais raro: o assassinato por uma ideia, o que implica em alguma forma de distúrbio mental do assassino. A mania homicida e o fanatismo religioso pertencem a essa categoria. Mas podemos excluir tal motivo, neste caso.

– E o que me diz de *crime passionnel*? Podemos também excluir esse motivo? Se a Sra. Daubreuil era amante de Renauld, se descobriu que a afeição dele estava acabando, se o ciúme dela foi provocado por alguma razão, será que não poderia tê-lo assassinado, numa súbita explosão de raiva?

Poirot sacudiu a cabeça.

– Se... e note bem que estou dizendo *se*... a Sra. Daubreuil era amante de Renauld, ele chegou a ter tempo para cansar-se dela. E, além do mais, você está se enganando com a personalidade dela. É uma mulher que pode simular uma grande tensão emocional. É uma magnífica atriz. Mas, vendo as coisas de maneira imparcial, chega-se à conclusão de que a vida dela desmente as aparências. Não nos esqueçamos de que ela sempre mostrou sangue-frio e foi extremamente calculista em seus motivos e ações. Não foi para ligar sua vida à do jovem amante que ela concebeu o assassinato do marido. O norte-americano rico, com quem ela provavelmente não se importava muito, em termos sentimen-

tais, é que era o seu objetivo. Se cometesse um crime, seria visando exclusivamente o ganho pessoal. Mas, nesse caso, ela nada teria a ganhar. Além disso, como você pode explicar a abertura da sepultura? Isso foi trabalho de um homem.

– Ela poderia ter um cúmplice – sugeri, não querendo renunciar à minha convicção.

– Vamos passar à outra objeção. Falou da semelhança entre os dois crimes. Onde está essa semelhança, meu amigo?

Fiquei atônito.

– Ora, Poirot, foi você mesmo quem destacou a semelhança! A história dos homens mascarados, o segredo, os documentos!

Poirot sorriu.

– Eu lhe peço para não ficar tão indignado, *mon ami*. Não estou repudiando nada do que falei. A semelhança entre as duas histórias vincula inevitavelmente os dois casos. Mas pense agora em algo muito curioso. Não é a Sra. Daubreuil quem está nos contando a história agora. Se fosse, seria tudo muito simples. Quem nos conta é a Sra. Renauld. Será que ela está mancomunada com a outra?

– Não posso acreditar – respondi, falando bem devagar. – Se é assim, ela deve ser a mais brilhante atriz que o mundo já conheceu.

– *Ta-ta-ta* – disse Poirot, impacientemente. – Está novamente usando o sentimento e não a lógica! Se é necessário para uma criminosa ser uma atriz competente, então vamos supor que ela de fato o é. Mas será mesmo que é necessário? Não acredito que a Sra. Renauld esteja mancomunada com a Sra. Daubreuil por diversos motivos, alguns dos quais já lhe apresentei. Os outros são mais do que evidentes. Portanto, eliminada essa possibilidade, chegamos muito perto da verdade, que é extremamente curiosa e interessante, como sempre costuma acontecer.

– O que mais você sabe, Poirot?

— Deve fazer as suas próprias deduções, *mon ami*. Teve acesso aos fatos! Ponha em funcionamento a sua massa cinzenta. Raciocine... não como Giraud, mas como Hercule Poirot.

— Mas você tem certeza?

— Meu amigo, tenho sido um imbecil em muitas coisas. Mas, agora, estou vendo tudo claramente.

— Já sabe de tudo?

— Descobri o que o Sr. Renauld me chamou para descobrir.

— E sabe quem é o assassino?

— Sei quem é um assassino.

— Como assim?

— Creio que estamos falando de coisas diferentes. Não há apenas um crime, mas dois. O primeiro, esclareci, o segundo... *eh bien*, vou confessar, ainda não tenho certeza!

— Mas pensei que tivesse dito, Poirot, que o homem no barracão teve morte natural!

— *Ta-ta-ta!* — disse Poirot, repetindo a sua exclamação predileta de impaciência. — Ainda não está compreendendo. Pode-se ter um crime sem assassino, mas para que haja dois crimes é essencial que existam dois corpos.

Essa observação de Poirot me pareceu tão estranha, tão carente de qualquer lucidez, que o fitei com alguma ansiedade. Mas ele parecia estar perfeitamente normal. Levantou-se subitamente e foi até a janela, dizendo:

— Lá vem ele.

— Ele quem?

— O Sr. Jack Renauld. Mandei um bilhete pedindo a ele que viesse até aqui.

Isso alterou inteiramente o curso dos meus pensamentos. Perguntei a Poirot se sabia que Jack Renauld estava em Merlinville na noite do crime. Esperava descobrir meu astuto amigo em um cochilo. Mas, como sempre, ele mostrou que era onisciente. Também andara perguntando na estação.

– E não tenho a menor dúvida de que não fomos originais nisso, Hastings. O excelente Giraud provavelmente também já andou fazendo suas perguntas.

– Não acha que...

Parei de falar abruptamente. Respirei fundo e arrematei:

– Ah, não, isso seria horrível demais!

Poirot me lançou um olhar inquisitivo, mas eu não disse mais nada. Acabara de me ocorrer que, enquanto havia sete mulheres direta ou indiretamente ligadas ao caso – Sra. Renauld, Sra. Daubreuil e sua filha, a misteriosa visitante e as três criadas –, havia apenas, com exceção do velho Auguste, que mal podia se levar em consideração, um único homem: Jack Renauld. *E somente um homem poderia ter escavado a sepultura.*

Não tive tempo de esmiuçar a assustadora possibilidade mais a fundo, pois nesse momento Jack Renauld entrara na sala.

Poirot cumprimentou-o com uma atitude profissional.

– Sente-se, por favor, senhor. Lamento imensamente incomodá-lo, mas talvez possa compreender que o ambiente da *villa* não me é muito conveniente. O Sr. Giraud e eu não nos vemos mutuamente com bons olhos. Já deve ter percebido a polidez fria com que ele me trata e certamente pode compreender que não tenciono beneficiá-lo, sob quaisquer formas possíveis, com algumas pequenas descobertas que eu possa fazer.

– Acho que tem toda razão, Monsieur Poirot – disse o rapaz. – Aquele Giraud é um homem grosseiro e mal-educado. Terei o maior prazer em ver alguém levar vantagem sobre ele.

– Posso então pedir-lhe um pequeno favor?

– Mas claro!

– Queria que fosse até a estação e pegasse um trem até a estação seguinte, Abbalac. Pergunte ali, no depósito, se dois estrangeiros guardaram uma valise na noite do crime. É uma estação pequena e certamente irão lembrar. Pode me fazer esse favor?

– Claro! – respondeu o rapaz, totalmente perplexo, embora disposto a atender ao pedido.

– Eu e meu amigo temos que cuidar de outros assuntos urgentes – explicou Poirot. – Há um trem dentro de 15 minutos. E eu lhe pediria que não voltasse à *villa* agora, pois não quero que Giraud desconfie de sua missão.

– Está certo. Seguirei direto para a estação.

Ele levantou-se. A voz de Poirot deteve-o:

– Um momento, por favor, Sr. Renauld. Há algo que não consigo entender. Por que não disse ao Sr. Hautet, esta manhã, que estava em Merlinville na noite do crime?

O rosto de Jack Renauld ficou imediatamente vermelho. Ele controlou-se com grande esforço.

– Está enganado, Monsieur Poirot. Eu estava em Cherbourg, exatamente como disse ao magistrado esta manhã.

Poirot fitou-o fixamente, os olhos se estreitando, como os de um gato, até ficarem reduzidos a um brilho verde.

– Nesse caso, trata-se de um engano dos mais singulares, já que é partilhado também pelo pessoal da estação. Eles disseram que chegou pelo trem das 23h40.

Jack Renauld hesitou por um momento, depois tomou sua decisão:

– E se eu cheguei? Não está querendo me acusar de cumplicidade no assassinato de meu próprio pai, não é mesmo?

Ele fez a pergunta altivamente, empinando a cabeça.

– Eu gostaria de ter uma explicação quanto ao motivo que o trouxe até aqui.

– É muito simples. Vim visitar minha noiva, a Srta. Daubreuil. Estava às vésperas de uma longa viagem, sem saber quando voltaria. Desejava vê-la antes de partir, a fim de assegurar-lhe minha devoção eterna.

– E esteve com ela?

Os olhos de Poirot não se desviaram por um só instante do rosto do rapaz. Houve uma pausa prolongada, antes que Jack Renauld respondesse:

– Estive.

– E depois?

– Descobri que tinha perdido o último trem. Fui a pé até St. Beauvais, onde encontrei uma garagem aberta e consegui um carro para levar-me a Cherbourg.

– St. Beauvais? Não fica a 15 quilômetros daqui? É uma caminhada e tanto, Sr. Renauld.

– Eu... eu estava com vontade de andar.

Poirot inclinou a cabeça, indicando que aceitava a explicação. Jack Renauld pegou o chapéu e foi embora. No mesmo instante, Poirot levantou-se de um pulo.

– Depressa, Hastings! Vamos atrás dele!

Mantendo-nos atrás, a uma distância discreta, seguimos Jack Renauld pelas ruas de Merlinville. Mas ao ver que ele realmente se encaminhava para a estação, Poirot estacou abruptamente.

– Está tudo bem. Ele mordeu a isca. Vai até Abbalac e perguntará pela valise imaginária e pelos estrangeiros imaginários. É isso mesmo, *mon ami*, tudo isso não passava de uma pequena invenção minha.

– Queria que ele estivesse fora do caminho?

– Sua percepção é espantosa, Hastings! Agora, se não se importa, vamos até a Villa Geneviève.

18
Giraud em ação

Fomos caminhando pelo calor da estrada.

– Já ia me esquecendo de uma coisa, Poirot. Tenho uma reclamação a fazer-lhe. Sei que suas intenções foram boas, mas não é realmente da sua conta ir bisbilhotar no Hôtel du Phare sem ao menos me falar alguma coisa.

Poirot lançou-me um rápido olhar de lado, antes de perguntar:

– E como sabe que estive lá?

Bastante contrariado, senti que ficava vermelho.

– Por acaso dei uma passada por lá e perguntei – expliquei, com o máximo de dignidade que consegui encontrar.

Temi uma caçoada de Poirot. Mas, para meu alívio e surpresa, ele limitou-se a sacudir a cabeça, com uma seriedade inesperada.

– Se ofendi a sua suscetibilidade por algum motivo, peço que me perdoe. Em breve irá compreender melhor. Mas, creia em mim, tenho me esforçado para concentrar todas as minhas energias no caso.

– Não há problema – murmurei, acalmado com o pedido de desculpas. – Sei que fez isso porque sempre se preocupa com os meus interesses. Mas posso cuidar de mim perfeitamente.

Poirot parecia prestes a dizer mais alguma coisa, mas mudou de ideia e ficou calado.

Ao chegarmos à propriedade, Poirot seguiu diretamente para o barracão onde fora encontrado o segundo cadáver. Mas não entrou. Parou junto ao banco, que ficava a alguns metros do barracão, como já mencionei antes. Depois de contemplar o banco por um momento, caminhou cuidadosamente até a sebe que assinalava o limite entre a Villa Geneviève e a Villa Marguerite. Depois voltou para junto do banco, sacudindo a cabeça enquanto andava. Retornando mais uma vez à sebe, entreabriu as moitas com as mãos. E comentou para mim, virando a cabeça para trás:

– Com um pouco de sorte, a Sra. Marthe talvez esteja no jardim. Desejo falar com ela e preferia não ir procurá-la formalmente na Villa Marguerite. Ah, lá está ela! Psiu, senhorita! Psiu! *Un moment, s'il vous plaît.*

Juntei-me a Poirot no momento em que Marthe Daubreuil, parecendo ligeiramente espantada, aproximou-se correndo da sebe, atendendo ao chamado.

— Gostaria de lhe fazer umas perguntinhas, se me permite, senhorita.

— Claro, Monsieur Poirot.

Apesar de sua aquiescência, os olhos dela pareciam perturbados e apreensivos.

— Senhorita, lembra-se de ter ido atrás de mim na estrada, no dia em que fui até sua casa com o magistrado encarregado do inquérito? Perguntou-me se já desconfiávamos de alguém como autor do crime.

— E me disse que tinham sido dois chilenos.

A voz dela soava um tanto ofegante e a mão esquerda subiu ao peito.

— Poderia fazer-me a mesma pergunta novamente, senhorita?

— Como assim?

— Se me repetisse a pergunta, eu daria uma resposta diferente. Diria que temos um suspeito... e não é um chileno.

— E quem é então?

As palavras saíram dos lábios dela como um sussurro quase inaudível.

— O Sr. Jack Renauld.

— O quê? – disse ela, mais um grito que outra coisa qualquer. – Jack? Mas isso é impossível! Quem se atreve a desconfiar dele?

— Giraud.

— Giraud! – repetiu Marthe, extremamente pálida. – Tenho medo desse homem. Ele é cruel. E irá... irá...

A voz lhe faltou. Percebi coragem e determinação se acumulando no rosto dela. Compreendi nesse momento que ela era uma lutadora. Poirot também a observava atentamente.

— Sabe que ele esteve aqui na noite do crime, não é mesmo, senhorita?

— Sei, sim – respondeu ela, mecanicamente. – Jack me contou.

— Foi uma insensatez tentar esconder isso.

— Tem razão, tem razão — disse a jovem, impacientemente. — Mas não podemos perder tempo a nos lamentar. Temos de encontrar algum meio de ajudá-lo. Claro que Jack é inocente, mas isso de nada adiantará com um homem como Giraud, que tem de zelar por sua reputação. Ele terá que prender alguém, e esse alguém será Jack.

— Os fatos estão contra ele — comentou Poirot. — Pode perceber isso, não é mesmo?

Marthe fitou Poirot nos olhos e disse as mesmas palavras que eu já a ouvira pronunciar na sala de estar de sua casa, para a mãe:

— Não sou mais uma criança, senhor. Posso ser brava e enfrentar as coisas. Jack é inocente, e temos que salvá-lo.

Ela falou com uma espécie de energia desesperada. Depois ficou em silêncio, franzindo o rosto enquanto pensava. Observando-a atentamente, Poirot disse:

— Senhorita, não está por acaso omitindo alguma informação que nos poderia ser útil?

Ela assentiu, desconcertada.

— Tem razão, sei realmente de uma coisa. Mas acho que não vai acreditar em mim. Parece tão absurda!

— Diga-nos o que é, assim mesmo, senhorita.

— É o seguinte: o Sr. Giraud mandou me chamar, para ver se eu podia identificar o homem lá dentro.

Marthe fez uma breve pausa, sacudindo a cabeça na direção do barracão, antes de acrescentar:

— Não reconheci o homem. Ou, pelo menos, na ocasião, não me lembrei de quem poderia ser. Mas desde então tenho pensado...

— E a que conclusão chegou?

— Parece muito estranho, mas tenho quase certeza. Na manhã do dia em que o Sr. Renauld foi assassinado, eu estava passeando aqui pelo jardim quando ouvi vozes de homens discutindo.

Entreabri os arbustos e dei uma olhada. Um dos homens era o Sr. Renauld e o outro, um vagabundo, de aspecto horrível, em trapos imundos. Ele estava alternadamente se lamuriando e ameaçando. Imaginei que estava pedindo dinheiro. Mas nesse momento *maman* chamou-me de casa e tive de ir embora. Isso é tudo. Só que... tenho quase certeza de que aquele vagabundo e o homem morto lá no barracão são a mesma pessoa.

Poirot deixou escapar uma exclamação.

— Mas por que não disse isso na ocasião, senhorita?

— Porque, a princípio, tive apenas a impressão de que o rosto me era familiar. O homem estava vestido de maneira diferente e aparentemente pertencia a uma classe superior. Mas diga-me uma coisa, Monsieur Poirot: não é possível que esse vagabundo tenha atacado e matado o Sr. Renauld, tirando dele as roupas e o dinheiro?

— É uma ideia, senhorita. Deixa muita coisa por explicar, mas certamente é uma ideia. Vou pensar a respeito.

Uma voz chamou-a do interior da casa.

— É *maman* — sussurrou Marthe. — Tenho que ir.

E ela esquivou-se rapidamente, entre as moitas.

— Vamos embora — disse Poirot, segurando-me o braço e seguindo na direção da *villa*.

— O que achou? — indaguei, com extrema curiosidade. — Será que a história é verdadeira ou a garota inventou-a a fim de desviar as suspeitas de seu namorado?

— É uma história estranha, mas creio que é verdadeira. Involuntariamente, a Srta. Marthe contou-nos também a verdade sobre outra questão... e de passagem denunciou a mentira de Jack Renauld. Percebeu a hesitação dele quando perguntei se tinha visto Marthe Daubreuil na noite do crime? Ele fez uma pausa antes de responder afirmativamente. Desconfiei que estava mentindo. Era necessário que eu me encontrasse com a Srta. Marthe antes que Jack Renauld pudesse alertá-la. Três pequenas palavras me forneceram a informa-

ção que desejava. Quando perguntei à jovem se sabia que Jack Renauld estivera aqui na noite do crime, ela respondeu: "Jack me contou." E agora, Hastings, pode me dizer o que Jack Renauld veio fazer aqui naquela noite fatídica? Se não era para ver a Srta. Marthe, quem ele veio procurar?

Fiquei irritado.

— Ora, Poirot, não pode acreditar que um garoto como ele fosse capaz de assassinar o próprio pai!

— *Mon ami*, você continua a insistir num sentimentalismo incrível! Já vi mães assassinarem os filhos pequenos por causa do dinheiro do seguro. Depois disso, pode-se acreditar em qualquer coisa.

— E o motivo?

— Dinheiro, é claro. Lembre-se de que Jack Renauld pensava que ficaria com a metade da fortuna quando o pai morresse.

— E o vagabundo? Onde é que ele entra nessa história?

Poirot deu de ombros.

— Giraud diria que ele foi um cúmplice... que ajudou o jovem Renauld a cometer o crime e que depois foi convenientemente posto fora do caminho.

— E o cabelo de mulher em torno do cabo da espátula?

— Ah! — disse Poirot, sorrindo jovialmente. — Esse é o arremate da pequena brincadeira de Giraud. Segundo ele, não é absolutamente um cabelo de mulher. Lembre-se de que alguns rapazes de hoje usam os cabelos penteados para trás e assentados na cabeça com cremes. Por isso, alguns fios são consideravelmente compridos.

— E também acredita nisso?

— Não — disse Poirot, com um sorriso curioso. — Sei que o cabelo era de uma mulher. Mais do que isso: sei de que mulher!

— Sra. Daubreuil! — anunciei, positivo.

— Talvez — murmurou Poirot, com uma expressão zombeteira. Mas não me permiti ficar furioso.

No momento em que entrávamos na casa, perguntei:

– O que vamos fazer agora?

– Desejo revistar os pertences do Sr. Jack Renauld. Foi por isso que o mandei para longe por algumas horas.

– Mas será que Giraud já não revistou tudo antes?

– Claro! Ele constrói um caso como um castor constrói uma represa, na base do trabalho incansável. Mas certamente não procurou pelas coisas que estou procurando. É bem provável que Giraud não percebesse a importância delas, mesmo que as encontrasse. Vamos começar logo.

Metódica e meticulosamente, Poirot foi abrindo uma gaveta de cada vez, examinando o que havia dentro e depois arrumando exatamente como antes. Era um trabalho extremamente insípido e desinteressante. Poirot pegava colarinhos, pijamas, meias. Ouvi um barulho e fui até a janela. E no mesmo instante gritei:

– Poirot! Um carro acaba de parar! E nele estão Giraud, Jack Renauld e dois gendarmes!

– *Sacré tonnere!* Será que aquele animal do Giraud não podia esperar? Agora não terei tempo de arrumar as coisas dessa última gaveta com o método apropriado! Vamos, depressa!

Sem a menor cerimônia, Poirot derrubou as coisas no chão, principalmente gravatas e lenços. Subitamente, soltando um grito de triunfo, ele pegou algo, um pequeno cartão quadrado, evidentemente uma fotografia. Metendo-a no bolso, tornou a guardar as coisas na gaveta, de qualquer maneira. Depois, agarrando-me pelo braço, saiu do quarto e desceu rapidamente a escada. Giraud estava parado no hall, olhando para seu prisioneiro.

– Boa tarde, Sr. Giraud – disse Poirot. – O que aconteceu?

Giraud sacudiu a cabeça na direção de Jack.

– Ele estava tentando escapar, mas fui mais esperto. Está preso pelo assassinato do pai, o Sr. Paul Renauld.

Poirot virou-se para fitar o rapaz, que estava encostado na porta e tinha o rosto extremamente pálido.

– O que tem a dizer, *jeune homme*?

Jack Renauld retribuiu o olhar com uma expressão impassível e respondeu:

– Nada.

19
Uso minha massa cinzenta

Eu estava estarrecido. Até o último momento, não podia acreditar que Jack Renauld fosse culpado. Esperava uma declaração categórica de sua inocência quando Poirot o interpelou. Mas ao observá-lo, pálido e abatido, encostado na porta, ouvindo a fatídica admissão saindo de seus lábios, não duvidei mais.

Mas Poirot tinha se virado para Giraud e estava perguntando:

– Quais são as bases que tem para prendê-lo?

– Espera mesmo que eu lhe conte?

– Claro... por uma questão de cortesia.

Giraud ficou em dúvida. Estava indeciso entre o desejo de recusar rudemente e o prazer de triunfar sobre seu adversário. Acabou dizendo, desdenhosamente:

– Acha que estou cometendo um erro, não é mesmo?

– Isso não me surpreenderia – respondeu Poirot, com uma *soupçon* de malícia.

Giraud ficou subitamente vermelho.

– *Eh bien*, venha comigo que lhe direi tudo. Poderá julgar por si mesmo.

Ele abriu a porta do salão e entramos. Jack Renauld ficou no hall, sob a vigilância dos dois gendarmes. Depois de pôr o chapéu em cima da mesa, Giraud começou a falar, com extremo sarcasmo:

– E agora, Monsieur Poirot, vou fazer-lhe uma pequena preleção sobre o trabalho de detetive. Irei lhe mostrar como nós, detetives modernos, trabalhamos.

– *Bien!* – exclamou Poirot, acomodando-se para escutar.

– Irei lhe mostrar como a velha guarda sabe escutar admiravelmente!

Ele recostou-se e fechou os olhos. Tornou a abri-los um instante depois, para acrescentar:

– Não fique com receio que eu possa dormir. Acompanharei seu relato com toda atenção.

– Está certo. Logo percebi que aquela história chilena não passava de bobagem. Dois homens estavam envolvidos... mas não eram estrangeiros misteriosos! Tudo não passava de uma farsa.

– Muito louvável de sua parte, meu caro Giraud – murmurou Poirot. – Especialmente depois daquele truque esperto deles, com o fósforo e a ponta de cigarro.

Giraud lançou-lhe um olhar furioso, antes de continuar:

– Era preciso que um homem estivesse envolvido no caso, a fim de escavar a sepultura. Não há, na verdade, nenhum homem que se beneficie com o crime. Mas havia um homem que pensava que iria beneficiar-se. Soube da discussão de Jack Renauld com o pai e das ameaças que fizera. O motivo estava determinado. Agora, vamos aos meios. Jack Renauld estava em Merlinville naquela noite. Escondeu o fato... o que transformou minha suspeita em certeza. Depois, encontramos uma segunda vítima... *apunhalada com a mesma espátula.* Sabemos quando a espátula foi roubada. O capitão Hastings, aqui presente, pôde determinar a hora. Jack Renauld, chegando de Cherbourg, era a única pessoa que poderia tê-la apanhado. Já verifiquei todos os outros membros da casa.

Poirot interrompeu-o:

– Está enganado, Giraud. Há uma outra pessoa que poderia ter pegado a espátula.

– Está se referindo ao Sr. Stonor? Ele entrou pela porta da frente, saltando de um automóvel que o trouxera diretamente de Calais. Pode estar certo de que verifiquei tudo. O Sr. Jack Renauld chegou de trem. Decorreu uma hora entre a sua chegada e o momento em que se apresentou nesta casa. Não resta a menor dúvida de que ele viu o capitão Hastings e a jovem que o acompanhava deixando o barracão. Entrou lá sem que ninguém o visse, pegou a arma, apunhalou seu cúmplice ali mesmo...

– Um cúmplice que já estava morto!

Giraud deu de ombros.

– Possivelmente, ele não observou esse fato. Pode ter pensado que o homem estava apenas dormindo. Não resta a menor dúvida de que os dois tinham um encontro marcado. De qualquer maneira, o jovem Renauld sabia que esse suposto segundo assassinato iria complicar consideravelmente o caso. E foi o que aconteceu.

– Mas jamais poderia ter enganado o Sr. Giraud – murmurou Poirot.

– Continua a caçoar de mim, não é mesmo? Mas vou lhe dar uma última prova incontestável. A história da Sra. Renauld era falsa... uma invenção do princípio ao fim. Acreditamos que a Sra. Renauld amava o marido... *mas ela mentiu para proteger o assassino dele!* Por quem uma mulher é capaz de mentir? Algumas vezes, por si mesma, em geral, pelo homem a quem ama, e invariavelmente pelos filhos. Essa é a última... a prova incontestável. Não pode ignorá-la.

Giraud fez uma pausa, corado e triunfante. Poirot fitava-o atentamente.

– Esse é o meu caso – acrescentou Giraud. – O que tem agora a dizer?

– Somente que há uma coisa que não levou em consideração.

– E o que é?

– Jack Renauld, presumivelmente, sabia como seria o campo de golfe. Assim, não poderia ignorar que o corpo seria des-

coberto quase que imediatamente quando começassem a escavar o *bunker*.

Giraud soltou uma risada.

– Mas o que está dizendo é uma idiotice! Ele queria que o corpo fosse descoberto! Enquanto o corpo não fosse encontrado, o pai não poderia ser declarado morto e ele não entraria na posse da herança.

Percebi um brilho verde nos olhos de Poirot quando ele se levantou e perguntou suavemente:

– Então, por que enterrar o corpo? Pense um pouco, Giraud. Já que Jack Renauld desejava que o corpo fosse descoberto o mais depressa possível, *por que haveria de escavar uma cova?*

Giraud não respondeu. A pergunta encontrara-o despreparado. Deu de ombros, como a insinuar que isso não tinha a menor importância. Poirot encaminhou-se para a porta. Fui atrás.

– Há mais uma coisa que deixou de levar em consideração, Giraud – disse ele, antes de sair.

– E o que é?

– O pedaço de cano de chumbo – respondeu Poirot, saindo da sala em seguida.

Jack Renauld ainda estava no hall, o rosto aturdido e pálido. Ao sairmos da sala, levantou a cabeça bruscamente para fitar-nos. Nesse momento, ouvimos o ruído de passos na escada. A Sra. Renauld estava descendo. Ao ver o filho entre os dois gendarmes, ela estacou abruptamente, como se estivesse petrificada.

– Jack... – balbuciou. – O que aconteceu, Jack?

– Eles me prenderam, mamãe.

– O quê?

Ela soltou um grito lancinante. Antes que alguém tivesse tempo de ampará-la, oscilou por um momento e depois caiu. Ambos corremos para ela e a levantamos. Um instante depois, Poirot disse:

163

— Ela sofreu um corte grave na cabeça, ao bater no canto da escada. E creio que há também uma pequena concussão. Se Giraud quiser um depoimento dela, vai ter que esperar. A Sra. Renauld, provavelmente, ficará inconsciente pelo menos durante uma semana.

Denise e Françoise tinham corrido para ajudar a patroa. Deixando a Sra. Renauld aos cuidados delas, Poirot saiu da casa. Caminhava com a cabeça abaixada, olhando para o chão, o rosto franzido, a expressão pensativa. Por algum tempo, preferi não dizer nada. Mas, finalmente, arrisquei-me a fazer-lhe uma pergunta:

— Acredita realmente que, apesar de todas as evidências, Jack Renauld pode não ser o culpado?

Poirot não respondeu de imediato. Depois de uma longa espera, disse gravemente:

— Não sei, Hastings. Há apenas uma pequena possibilidade. É claro que Giraud está enganado... e enganado do princípio ao fim. Se Jack Renauld é culpado, isso acontece apesar dos argumentos de Giraud e não por causa deles. E só eu conheço a mais grave acusação contra ele.

— Qual é? — indaguei, impressionado.

— Se usasse a sua massa cinzenta e visse o caso tão claramente quanto eu, tenho certeza de que já teria percebido, meu amigo.

Era o que eu considerava como uma das típicas respostas irritantes de Poirot. Ele continuou a falar, sem esperar por qualquer comentário meu.

— Vamos seguir adiante até o mar. Poderemos sentar em cima daquela elevação, contemplar a praia e repassar o caso. Vai saber de tudo o que eu sei, mas preferia que chegasse à verdade por seus próprios esforços... e não levado por minha mão.

Acomodamo-nos no outeiro coberto de relva que Poirot indicara, contemplando o mar. De muito longe, na praia,

164

podíamos ouvir os gritos de banhistas. O mar estava azul-claro e a serenidade da paisagem fez-me recordar o dia em que chegamos a Merlinville, a minha boa disposição, a sugestão de Poirot de que eu estava "encantado". Que longo tempo parecia ter transcorrido desde então, embora se tivessem passado apenas três dias!

– Pense, meu amigo – disse Poirot, estimulando-me. – Ponha as suas ideias em ordem. Seja metódico. Seja organizado. Esse é o segredo do sucesso.

Empenhei-me em obedecer, pondo minha mente a reconstituir todos os detalhes do caso. E de maneira relutante fui chegando à conclusão de que a única solução clara e possível era a de Giraud... a que Poirot desprezava. Refleti novamente. Se havia perspectiva de luz em alguma parte, era na direção da Sra. Daubreuil. Giraud ignorava a ligação dela com o caso Beroldy. Poirot dissera-me que o caso Beroldy era de suma importância. Era por ali que eu devia procurar. Estava agora no caminho certo. Estremeci subitamente, quando uma ideia de intensa luminosidade despontou em meu cérebro. Fui construindo a minha hipótese.

– Teve uma pequena ideia, hein, *mon ami*? Ótimo! Estamos progredindo!

– Poirot, tenho a impressão de que fomos muito descuidados. Estou falando na primeira pessoa do plural, embora devesse dizer apenas *eu*. Mas, por outro lado, você é responsável por ter guardado segredo. Assim sendo, digo outra vez que *nós* temos sido estranhamente negligentes. Há uma pessoa que esquecemos inteiramente.

– E quem é essa pessoa? – indagou Poirot, com os olhos faiscando.

– Georges Conneau!

20
Uma declaração surpreendente

No mesmo instante Poirot abraçou-me afetuosamente.

– *Enfin!* Você conseguiu! E por si mesmo! É maravilhoso! Mas continue o seu raciocínio. E saiba que está certo. Não resta a menor dúvida de que cometemos um erro ao esquecermos Georges Conneau.

Senti-me tão lisonjeado com a aprovação do homenzinho que mal pude continuar. Mas, finalmente, ordenei meus pensamentos e segui adiante:

– Georges Conneau desapareceu há 20 anos, mas não temos motivo algum para acreditar que esteja morto.

– *Aucunement* – concordou Poirot. – Continue.

– Portanto, vamos supor que ele ainda esteja vivo.

– Exatamente.

– Ou que estava vivo até recentemente.

– *De mieux en mieux!*

Sentindo o entusiasmo aumentar cada vez mais, continuei a minha exposição:

– Vamos presumir que ele ficou numa situação terrível. Tornou-se um criminoso, um vagabundo... Por acaso, chega a Merlinville. E aqui encontra a mulher que jamais deixou de amar.

– Eh, eh! Cuidado com o sentimentalismo! – advertiu Poirot.

– Quando se ama, também se odeia – citei, certo ou errado, não sei. – Seja como for, ele a encontra aqui, vivendo sob um nome falso. Mas ela tinha um novo apaixonado, o inglês, Renauld. Georges Conneau, a recordação dos velhos erros a ferver dentro dele, discute com Renauld. E fica emboscado, esperando pelo momento em que Renauld vai visitar a amante. Apunhala-o pelas costas. Depois, aterrorizado com o que acabou de fazer, co-

meça a cavar uma cova. Imagino que a Sra. Daubreuil tenha saído de casa à procura do amante. Ela e Conneau têm uma cena terrível. Ele a arrasta para o barracão. E ali, subitamente, tem um ataque epiléptico e morre. Suponhamos agora que Jack Renauld aparece nesse momento. A Sra. Daubreuil lhe conta tudo, aponta as desastrosas consequências para sua filha se esse escândalo do passado for ressuscitado. O assassino do pai dele está morto. O melhor é abafar o caso. Jack Renauld concorda. Vai até sua casa e conversa com a mãe, conseguindo persuadi-la a cooperar. Depois de ouvir a história sugerida pela Sra. Daubreuil, ela se deixa amarrar e amordaçar. E, então, Poirot, o que acha?

Recostei-me, corado de orgulho por minha reconstituição bem-sucedida. Poirot olhou-me pensativo, levando um longo tempo para responder:

— Acho que deveria escrever para o cinema, *mon ami*.

— Está querendo dizer...?

— A história que acaba de me contar daria um excelente filme... mas não tem nada a ver com a vida real.

— Reconheço que não abordei todos os detalhes, mas...

— Acho que foi mais longe do que isso, meu amigo: simplesmente ignorou os detalhes de maneira espetacular. O que me diz da maneira como os dois homens estavam vestidos? Está sugerindo que depois de apunhalar sua vítima Conneau tirou-lhe as roupas, vestiu-se e tornou a espetar a espátula no ferimento?

— Não vejo que importância isso pode ter — objetei, um tanto contrariado. — Ele pode ter obtido roupas e dinheiro da Sra. Daubreuil, à força de ameaças, no início do dia.

— Ameaças, hein? Está mesmo apresentando essa suposição a sério?

— Claro! Conneau pode ter ameaçado revelar a identidade dela aos Renauld, o que provavelmente representaria o fim de todas as esperanças da Sra. Daubreuil de conseguir um bom casamento para a filha.

– Está enganado, Hastings. Conneau não podia chantageá-la, pois era ela quem estava com o açoite nas mãos. Não se esqueça de que Georges Conneau ainda é procurado por homicídio. Uma palavra da Sra. Daubreuil e ele correria o risco de ir parar na guilhotina.

Fui obrigado, um tanto relutante, a reconhecer a verdade disso. E comentei acidamente:

– A *sua* teoria é certamente correta em todos os detalhes, não é mesmo?

– Minha teoria é a verdade – declarou Poirot, calmamente. – E a verdade é necessariamente correta. Em sua teoria, Hastings, você cometeu um erro fundamental. Permitiu que sua imaginação o desviasse do caminho certo, com encontros à meia-noite e cenas de amor ardente. Mas ao investigar um crime devemos nos ater aos lugares-comuns. Quer que eu lhe faça uma demonstração dos meus métodos?

– Mas será um prazer! Vamos logo a essa demonstração!

Poirot sentou-se ereto e começou a falar, sacudindo o polegar, para destacar os pontos principais:

– Vou começar do mesmo ponto que você, do fato básico de que Georges Conneau não morreu. A história que a Sra. Beroldy contou no tribunal, dos "russos", era reconhecidamente uma invenção. Se era inocente de qualquer cumplicidade no crime, a história foi inventada por ela, que foi também a única pessoa a declará-la. Por outro lado, se não era inocente, a história poderia ter sido inventada por ela ou por Georges Conneau. Neste caso que estamos agora investigando, vamos encontrar novamente a mesma história. Como já lhe ressaltei, os fatos indicam que é altamente improvável que a Sra. Daubreuil tenha inspirado tal história. Assim, caímos na hipótese de que a história teve sua origem no cérebro de Georges Conneau. Pois muito bem. Sendo assim, é possível que Georges Conneau tenha planejado o crime, com a Sra. Renauld sendo sua cúmplice. É ela quem está em primeiro plano. Por trás, nos bastidores,

está um personagem furtivo, cujo pseudônimo nos é desconhecido. Agora, vamos repassar cuidadosamente o caso Renauld, desde o início, determinando cada ponto significativo, em sua ordem cronológica. Tem aí papel e lápis? Ótimo! Agora, qual é o primeiro ponto que devemos anotar?

– A carta para você?

– Essa foi a primeira coisa de que tomamos conhecimento, mas não é o verdadeiro começo do caso. Eu diria que o primeiro ponto significativo foi a mudança que ocorreu no Sr. Renauld, pouco depois de sua chegada a Merlinville, fato que é comprovado por diversas testemunhas. Devemos também levar em consideração a amizade dele com a Sra. Daubreuil e as quantias vultosas que andou pagando a ela. A partir disso, podemos passar diretamente para o dia 23 de maio.

Poirot fez uma pausa, limpou a garganta, indicou-me que começasse a escrever.

23 de maio: o Sr. Renauld discute com o filho, por causa do desejo deste de casar com Marthe Daubreuil. O filho parte para Paris.

24 de maio: o Sr. Renauld altera seu testamento, deixando todo o controle de sua fortuna nas mãos da esposa.

7 de junho: o Sr. Renauld discute com um vagabundo no jardim, o que é presenciado por Marthe Daubreuil.

Carta escrita para Monsieur Hercule Poirot, implorando por ajuda.

Telegrama enviado para Jack Renauld, determinando que este embarque no *Anzora* e siga imediatamente para Buenos Aires.

O motorista, Masters, recebe uma folga.

Visita de uma mulher, naquela noite. Ao levá-la até a porta, as palavras do Sr. Renauld são as seguintes: "Está bem, está bem. Mas agora, pelo amor de Deus, vá embora!"

Poirot fez uma pausa, depois de me fazer escrever todos esses pontos.

— Aí está, Hastings. Analise cada um desses fatos com cuidado, isoladamente ou em relação ao todo. E veja se não consegue lançar uma nova luz sobre o caso.

Esforcei-me conscienciosamente em fazer o que Poirot dissera. Depois de algum tempo, acabei dizendo, um tanto em dúvida:

— Quanto aos primeiros pontos, a questão parece ser se devemos adotar a teoria da chantagem ou da paixão súbita pela Sra. Daubreuil.

— Não resta a menor dúvida de que era chantagem. Ouviu o que Stonor disse quanto ao caráter e hábitos do Sr. Renauld.

— A Sra. Renauld não confirmou o que ele disse, Poirot.

— Já verificamos que não podemos confiar plenamente no depoimento da Sra. Renauld. Nesse ponto, devemos confiar em Stonor.

— Mesmo assim, se Renauld teve um caso com uma mulher chamada Bella, parece haver a probabilidade de que tivesse outro com a Sra. Daubreuil.

— Posso lhe assegurar que não havia absolutamente nenhuma possibilidade, Hastings.

— Está esquecendo a carta, Poirot.

— Não, não estou. Mas o que o faz pensar que a carta era realmente endereçada ao Sr. Renauld?

— Ora, a carta foi encontrada no bolso do sobretudo dele e... e...

— E isso é tudo! Não havia referência a qualquer nome para indicar a quem a carta era endereçada, Hastings. Imaginamos que era para o falecido só porque estava no bolso do sobretudo dele. Por falar no sobretudo, *mon ami*, houve algo nele que me atraiu a atenção, como algo fora do normal. Medi-o e verifiquei que o sobretudo era comprido demais para o Sr. Renauld. Essa observação deveria tê-lo feito pensar.

— Pensei que estivesse dizendo isso apenas por dizer – confessei.

— Ah, *quelle idée!* Mais tarde, observou-me medindo o sobretudo do Sr. Jack Renauld. *Eh bien,* o Sr. Jack Renauld usa um sobretudo muito curto. Reúna esses dois fatos e acrescente um terceiro: o de que o Sr. Jack Renauld saiu apressadamente de casa por ocasião de sua partida para Paris. E agora me diga qual a conclusão que tira de tudo isso.

— Estou entendendo — murmurei, lentamente, percebendo o significado das observações de Poirot. — A carta foi escrita para Jack Renauld... não para o pai dele. Em sua pressa e nervosismo, Jack Renauld pegou o sobretudo errado.

Poirot assentiu.

— *Precisément!* Podemos voltar a esse ponto mais tarde. No momento, vamos nos contentar com o conhecimento de que a carta nada tinha a ver com o Sr. Renauld *père.* Passemos ao ponto seguinte na ordem cronológica.

— 23 de maio — li. — O Sr. Renauld discute com o filho, por causa do desejo deste de casar com Marthe Daubreuil. O filho parte para Paris. Não vejo muita coisa para se acrescentar aqui. E a alteração no testamento, o item seguinte, também me parece bastante clara. Foi uma decorrência direta da discussão.

— Estamos de acordo, *mon ami...* pelo menos quanto à causa. Mas qual o motivo exato por trás da atitude do Sr. Renauld?

Arregalei os olhos, surpreso.

— Claro que foi a raiva que sentia do filho!

— O que não o impediu de escrever cartas afetuosas para o filho em Paris, não é mesmo?

— Isso é o que Jack Renauld disse. Mas ele não mostrou as cartas.

— É possível. Mas vamos seguir adiante, Hastings.

— Chegamos agora ao dia da tragédia. Situou os acontecimentos da manhã numa ordem determinada. Tem algum motivo para isso?

— Verifiquei que a carta para mim foi despachada na mesma ocasião que o telegrama para o filho. Masters foi informa-

do de que poderia tirar uma folga pouco depois. Na minha opinião, a discussão com o vagabundo ocorreu antes de tais acontecimentos.

— Não vejo como pode determinar isso com tanta certeza... a menos que interrogue a Sra. Daubreuil novamente.

— Não há necessidade. Tenho certeza absoluta. E se não percebe isso, Hastings, então não está percebendo nada!

Fiquei olhando para ele em silêncio, por um longo momento.

— Mas é claro! Estou bancando o idiota. Se o vagabundo era Georges Conneau, foi depois da conversa tempestuosa que o Sr. Renauld sentiu o perigo. Tratou de afastar o motorista, Masters, suspeitando que estava em conluio com seus inimigos, telegrafou para o filho e mandou a carta para você.

Poirot contraiu os lábios num débil sorriso.

— Não acha que é estranho que ele usasse na carta as mesmas expressões que a Sra. Renauld iria usar mais tarde ao contar sua história? Se a alusão a Santiago era uma farsa, por que Renauld iria falar nisso? E, o que é mais importante, por que mandaria o filho para lá?

— Reconheço que é um tanto misterioso, Poirot. Mas talvez encontremos alguma explicação mais tarde. Chegamos agora ao início da noite e à visita da mulher misteriosa. Confesso que isso me deixa inteiramente aturdido. Só se foi a Sra. Daubreuil, como Françoise afirmou desde o início.

Poirot sacudiu a cabeça.

— Meu amigo, meu amigo, por onde anda a sua inteligência? Lembre-se do fragmento de cheque e do fato de que o nome Bella Duveen pareceu vagamente familiar a Stonor. Creio que podemos partir do princípio de que Bella Duveen é o nome completo da correspondente desconhecida de Jack e que foi justamente ela quem apareceu na Villa Geneviève naquela noite. Não podemos ter certeza se ela pretendia se encontrar com Jack ou apenas fazer um apelo ao pai dele. Mas acho que podemos su-

por que foi a segunda coisa que ocorreu. Ela apresentou sua reivindicação a respeito de Jack, provavelmente mostrou as cartas que recebera dele. Renauld *père* tentou comprá-la com um cheque. Indignada, ela rasgou o cheque. Os termos de sua carta são de uma mulher genuinamente apaixonada, que provavelmente ficaria profundamente ressentida se lhe oferecessem dinheiro. Ao final, ele acabou livrando-se dela. E as palavras que usou nesse momento foram significativas.

– "Está bem, está bem. Mas, agora, pelo amor de Deus, vá embora!" – repeti. – Parecem-me talvez um pouco veementes, mais nada.

– Isso é suficiente. Ele estava desesperadamente ansioso para se livrar da moça. Por quê? Não era apenas porque se tratava de uma entrevista desagradável. Não, era o tempo que estava passando depressa. E por algum motivo o tempo era precioso.

– Por que deveria ser? – indaguei, surpreso.

– É o que devemos nos perguntar. Por que o tempo seria tão importante? Mais tarde houve o incidente do relógio de pulso... o que novamente nos mostra que o tempo tem um papel extremamente importante no crime. Estamos agora nos aproximando rapidamente do drama em si. Eram 22h30 quando Bella foi embora. Pelo relógio de pulso, sabemos que o crime foi cometido... ou pelo menos encenado... antes da meia-noite. Já repassamos todos os acontecimentos anteriores ao homicídio. Só resta um que ainda não foi situado. Pelo depoimento do médico, o vagabundo, ao ser encontrado, já estava morto pelo menos há 48 horas... com uma possível margem de mais 24 horas. Nesse momento, sem quaisquer outros fatos para me ajudar, além dos que acabamos de analisar, digo que a morte do vagabundo ocorreu na manhã de 7 de junho.

Fiquei estupefato.

– Mas como? Por quê? Como pode saber?

– Porque somente assim a sequência de acontecimentos pode ser logicamente explicada. *Mon ami*, levei-o passo a passo

173

ao longo do caminho. Não está percebendo agora o que é tão flagrantemente óbvio?

– Meu caro Poirot, não estou conseguindo perceber nada de óbvio. Pensei que estava começando a ver o caminho antes, mas agora estou totalmente às cegas.

Poirot fitou-me com uma expressão desconsolada, sacudindo a cabeça.

– *Mon Dieu!* Mas é muito *triste!* Uma boa inteligência... e lamentavelmente carecendo de método! Existe um exercício excelente para o desenvolvimento dessa massa cinzenta. Vou dizer-lhe o que...

– Pelo amor de Deus, não agora! Você é realmente o homem mais irritante que existe no mundo, Poirot. Vamos, pelo amor de Deus, diga-me logo quem matou o Sr. Renauld!

– É justamente isso o que ainda não tenho certeza.

– Mas não disse que era flagrantemente óbvio?

– Estamos novamente falando de coisas diferentes, meu amigo. Lembre-se de que são *dois* crimes que estamos investigando... para os quais, como já ressaltei, temos os dois cadáveres necessários. Calma, calma, *ne vous impatientez pas!* Vou explicar tudo. Para começar, vamos aplicar nossa psicologia. Temos três ocasiões em que o Sr. Renauld demonstra uma nítida mudança de atitude. Ou seja, três momentos psicológicos. O primeiro ocorreu logo depois de sua chegada a Merlinville; o segundo em seguida à discussão com o filho, sobre um determinado assunto; e o terceiro na manhã de 7 de junho. Agora, vamos às causas. Podemos atribuir a primeira mudança ao encontro dele com a Sra. Daubreuil. A segunda está indiretamente relacionada com ela, já que diz respeito ao casamento entre o seu filho e a filha da Sra. Daubreuil. Mas a causa da terceira mudança nos é desconhecida. Temos que deduzi-la. Agora, *mon ami*, deixe-me fazer-lhe uma pergunta: quem acreditamos que planejou esse crime?

– Georges Conneau – respondi, desconfiado, olhando cautelosamente para Poirot.

– Exatamente. Giraud declarou, como um axioma, que uma mulher mente para salvar a si mesma, ao homem a quem ama e ao seu filho. Como estamos certos de que foi Georges Conneau quem inventou a mentira que a Sra. Renauld contou e como sabemos também que Georges Conneau não é Jack Renauld, podemos ter certeza de que ela não mentiu para salvar o filho. Atribuindo-se o crime a Georges Conneau, podemos excluir também a primeira possibilidade, a de que a Sra. Renauld mentiu para salvar a si mesma. Assim, somos forçados a ficar com a segunda possibilidade: a de que a Sra. Renauld mentiu para salvar o homem a quem amava. Ou seja, mentiu para salvar Georges Conneau. Concorda com isso?

– Concordo. Parece bastante lógico.

– *Bien!* A Sra. Renauld ama Georges Conneau. Sendo assim, quem é Georges Conneau?

– O vagabundo.

– Temos algum indício a demonstrar que a Sra. Renauld amava o vagabundo?

– Não. Mas...

– Muito bem. Não se apegue a teorias quando os fatos não mais as sustentam. Pergunte a si mesmo, em vez disso, a quem a Sra. Renauld amava.

Sacudi a cabeça, perplexo.

– *Mais, oui,* você sabe perfeitamente. A quem a Sra. Renauld amava tão profundamente que, ao ver o seu cadáver, no mesmo instante desmaiou?

Eu estava mais aturdido do que nunca. Mal consegui balbuciar:

– O marido dela?

Poirot assentiu.

– O marido dela... ou Georges Conneau, como quer que prefira chamá-lo.

Recuperei-me imediatamente.

– Mas é impossível!

175

– Como "impossível"? Não concordamos ainda há pouco que a Sra. Daubreuil estava em condições de fazer chantagem contra Georges Conneau?

– Sim, mas...

– E ela não conseguiu, eficazmente, fazer chantagem contra o Sr. Renauld?

– Isso pode ser verdade, mas...

– E não é um fato que nada sabemos a respeito da infância e juventude do Sr. Renauld? E não é um fato que ele aparece abruptamente como um franco-canadense, exatamente há 22 anos?

– Tudo isso pode ser verdade – declarei, mais firmemente. – Mas você parece estar esquecendo um ponto importante.

– E qual é, meu amigo?

– Ora, já concluímos que Georges Conneau planejou o crime. Isso nos leva à conclusão ridícula de que ele planejou o próprio assassinato!

– *Eh bien, mon ami* – disse Poirot, placidamente –, foi exatamente isso o que ele fez!

21
Hercule Poirot em ação

Em tom cadenciado, Poirot iniciou a sua exposição:

– Parece-lhe estranho, *mon ami*, que um homem planejasse a própria morte? É tão estranho que prefere rejeitar a verdade como fantástica e se apega a uma história que, na realidade, é dez vezes mais impossível. Mas é isso mesmo, o Sr. Renauld planejou a própria morte. Só que há um detalhe que talvez lhe tenha escapado: ele não pretendia morrer.

Sacudi a cabeça, aturdido. Poirot continuou, bondosamente:

– Não, não há nada tão estranho assim. É tudo realmente muito simples. Para o crime que o Sr. Renauld planejava, não havia necessidade de um assassino, como eu ressaltei. Mas era indispensável que houvesse um corpo. Vamos reconstituir tudo, já agora vendo os acontecimentos por um ângulo diferente. Georges Conneau foge da justiça, vai para o Canadá. Adota um nome falso, acaba casando. Mais tarde, adquire uma fortuna na América do Sul. Mas sente uma profunda nostalgia de seu país. Vinte anos se passaram, sua aparência é bastante diferente. Além do mais, sendo agora um homem rico e respeitável, ninguém irá ligá-lo com um fugitivo da justiça que desapareceu há muitos anos. Ele julga que sua volta é bastante segura. Fixa-se na Inglaterra, mas tenciona passar os verões na França. E o azar, a justiça obscura que molda o destino dos homens e não lhes permite escapar às consequências de seus atos, leva-o a Merlinville. Ali, entre tantos lugares na França, está a única pessoa que é capaz de reconhecê-lo. É claro que é uma mina de ouro para a Sra. Daubreuil... e uma mina de ouro da qual ela não demora a se aproveitar. Ele está indefeso, totalmente em seu poder. E ela o suga impiedosamente.

Poirot continua:

– E é então que acontece o inevitável. Jack Renauld se apaixona pela linda jovem que vê quase diariamente e deseja casar com ela. Isso deixa o pai desesperado. Tem que impedir, a qualquer custo, que o filho case com a filha daquela mulher diabólica. Jack Renauld desconhece inteiramente o passado do pai, mas a Sra. Renauld sabe de tudo. É uma mulher de personalidade forte e profundamente devotada ao marido. Os dois discutem o problema. Renauld só vê um meio de escapar: a morte. Precisa dar a impressão de que morreu, enquanto na realidade escapa para outro país, onde começará uma nova vida, com outro nome. A Sra. Renauld, depois de representar o papel de viúva por algum tempo, irá se encontrar

com ele. É essencial que ela tenha o controle de todo o dinheiro e por isso Renauld altera seu testamento. Não sei como eles pretendiam a princípio executar o plano. Talvez pensassem em utilizar um desses esqueletos encontrados nas universidades e provocar um incêndio, talvez algum outro esquema similar. Mas, muito antes de seu plano estar amadurecido, há um incidente que parece caído do céu. Um vagabundo grosseiro, violento e abusado, aparece no jardim. Há uma luta, o Sr. Renauld tenta expulsá-lo. Mas, de repente, o vagabundo tem um ataque epiléptico e morre. O Sr. Renauld chama a esposa. Juntos, arrastam o cadáver do vagabundo até o barracão. Como sabemos, o incidente ocorreu perto do barracão. Os dois percebem que é uma oportunidade maravilhosa que lhes cai nas mãos. O homem não tem a menor semelhança com o Sr. Renauld. Mas é de meia-idade, de uma aparência francesa comum. Isso é suficiente.

A suposta trama ficava cada vez mais complexa.

— Imagino que eles sentaram no banco, onde não podiam ser ouvidos por quem estivesse na casa, para discutir o assunto. O plano foi rapidamente elaborado. A identificação devia resultar exclusivamente do depoimento da Sra. Renauld. Jack Renauld e o motorista (que trabalhava havia cerca de dois anos com Renauld) precisam ser afastados. Era improvável que as criadas francesas se aproximassem do cadáver. De qualquer maneira, Renauld pretendia tomar providências que iriam enganar a qualquer pessoa que não prestasse muita atenção a detalhes. Masters recebeu uma folga, um telegrama foi despachado para Jack. Escolheram Buenos Aires como o lugar para onde mandá-lo, pois isso aparentemente confirmaria a história que Renauld imaginara para explicar sua morte misteriosa. Tendo ouvido falar a meu respeito, como um detetive idoso e um tanto obscuro, Renauld escreveu seu pedido de socorro. Sabia que quando eu chegasse e apresentasse a carta isso causaria um tremendo efeito sobre o magistrado encarregado do inquérito. O que realmente aconte-

ceu. Vestiram no cadáver do vagabundo um terno do Sr. Renauld. Deixaram o casaco e a calça esfarrapados dele junto à porta, não se atrevendo a levá-los para a casa. Em seguida, para dar credibilidade à história que a Sra. Renauld iria contar, enfiaram a espátula no coração do vagabundo morto. Naquela noite, o Sr. Renauld iria, primeiro, amarrar e amordaçar a esposa e, depois, pegaria uma pá para cavar uma sepultura no campo de golfe. O local escolhido foi justamente aquele onde seria mais tarde feito um... como é mesmo que vocês chamam?... ah, sim... um *bunkair*. Era essencial que o corpo fosse descoberto, pois não podiam permitir que a Sra. Daubreuil desconfiasse de alguma coisa. Por outro lado, se se passasse algum tempo, os perigos de um reconhecimento seriam consideravelmente reduzidos. Depois, o Sr. Renauld vestiria as roupas do vagabundo e iria até a estação, embarcando, sem ser notado, no trem de meia-noite e dez. Como o crime só iria supostamente ocorrer duas horas depois, ninguém suspeitaria dele.

E Poirot concluiu:

– Pode compreender agora por que ele ficou tão aborrecido com a visita inoportuna da jovem Bella Duveen. Qualquer atraso podia ser fatal para os planos dele. Mas ele consegue se livrar de Bella o mais depressa que pode. Depois, entra em ação. Deixa a porta da frente ligeiramente entreaberta, para dar a impressão de que os assassinos saíram por ali. Amarra e amordaça a Sra. Renauld, não cometendo o mesmo erro de 22 anos antes, quando o fato de as cordas estarem frouxas lançou suspeitas sobre sua cúmplice. Mas transmitiu à Sra. Renauld basicamente a mesma história que inventara antes, provando o recuo inconsciente da mente contra qualquer originalidade. A noite está fria e ele veste um sobretudo por cima das roupas de baixo, tencionando deixá-lo na cova, junto ao cadáver do vagabundo. Sai pela janela, alisando cuidadosamente o canteiro de flores e fornecendo assim a prova mais positiva contra si mesmo. Vai até o campo de golfe e abre uma cova. E é então...

– E é então o quê?

– E é então que a justiça, à qual Renauld por tanto tempo se esquivou, finalmente o alcança. Uma mão desconhecida o apunhala pelas costas... Agora, Hastings, você pode compreender o que estou querendo dizer ao falar em *dois* crimes. O primeiro crime, o crime que o Sr. Renauld, em sua arrogância, pediu-nos para investigar (Ah, mas ele cometeu um grande erro nisso! Subestimou Hercule Poirot!), está resolvido. Mas por trás dele há um enigma mais profundo. E não será nada fácil resolvê-lo, já que o criminoso, em sua sabedoria, contentou-se em aproveitar-se de tudo o que o Sr. Renauld já preparara. É um mistério particularmente desconcertante. Um jovem como Giraud, que não dá a menor importância à psicologia, quase que certamente irá fracassar.

– Você é maravilhoso, Poirot! – exclamei, com a mais profunda admiração. – Absolutamente maravilhoso! Ninguém no mundo poderia ter feito igual!

Acho que meu elogio agradou-o em cheio. Pela primeira vez, vi Poirot parecer quase envergonhado.

– Ah, quer dizer que não mais despreza o pobre e velho *papa* Poirot? Está renunciando à sua apreciação pelo perdigueiro humano?

A expressão com que ele se referia a Giraud jamais deixava de me fazer sorrir.

– Inteiramente! Levou a melhor sobre ele de maneira espetacular!

– O pobre Giraud... – murmurou Poirot, tentando, sem sucesso, parecer modesto. – Não tenho a menor dúvida de que não é tudo estupidez. É verdade que ele teve algumas vezes *la mauvaise chance*. Como aquele cabelo preto enrolado no cabo da espátula, por exemplo. Para dizer o mínimo, era uma pista enganadora.

– Para ser franco, Poirot, até agora ainda não entendo esse detalhe. De quem era o cabelo?

– Da Sra. Renauld, é claro. É onde *la mauvaise chance* entra em cena. O cabelo dela, originalmente preto, está agora quase que totalmente prateado. Poderia facilmente ter sido um cabelo branco. Se assim fosse, Giraud não conseguiria, por mais que se esforçasse, convencer-se de que saíra da cabeça de Jack Renauld! Mas tudo faz parte do mesmo padrão. Os fatos devem sempre ser distorcidos, para se ajustarem à teoria. Giraud não descobriu os vestígios de duas pessoas, um homem e uma mulher, no barracão? E como isso se ajusta à reconstituição do caso que ele fez? Vou lhe dizer: não se ajusta! Por isso, não mais ouviremos falar a respeito! E eu lhe pergunto: essa é uma maneira metódica de se trabalhar? O grande Giraud! O grande Giraud não passa de um balão de brinquedo... inflado com a sua própria importância! Mas eu, Hercule Poirot, a quem ele despreza, serei o pequeno alfinete que irá estourar o grande balão... *comme ça*!

E Poirot fez um gesto expressivo. Depois, acalmando-se, ele retomou o relato:

– Não tenho a menor dúvida de que a Sra. Renauld irá contar tudo, assim que se recuperar. A possibilidade de o filho ser acusado pelo assassinato nunca lhe havia ocorrido. Afinal, ele deveria estar em segurança no mar, a bordo do *Anzora*. Ah, *voilà une femme*. Hastings! Que força, que controle! Ela só cometeu um deslize. Diante da volta inesperada do filho, ela disse: "*Agora não tem mais importância.*" E ninguém notou, ninguém percebeu o significado dessas palavras. Ah, que terrível papel a pobre mulher teve que representar! Imagine o choque que deve ter sentido quando foi identificar o corpo e descobriu que, em vez do que esperava encontrar, lá estava o cadáver de seu marido, que deveria estar a quilômetros de distância! Não é de se admirar que ela tenha desmaiado. Mas, desde então, apesar de todo o sofrimento e desespero, ela tem representado seu papel com um controle extraordinário. Como ela deve estar angustiada! Não pode dizer uma só palavra para lançar-nos na pista dos verdadeiros assassinos. Para o bem do filho, ninguém deve saber que Paul

181

Renauld era Georges Conneau, o criminoso. O golpe final e mais amargo foi a sua admissão pública de que a Sra. Daubreuil era amante do marido, pois qualquer insinuação de chantagem poderia ser fatal ao seu segredo. "Tenho certeza de que não era nada de tão romântico, magistrado." Foi perfeito, o tom indulgente, a *soupçon* de zombaria triste. No mesmo instante, o Sr. Hautet sentiu-se tolo e melodramático. É isso mesmo, é uma mulher e tanto! Se amava um criminoso, ela o amava de verdade!

Poirot parou de falar, mergulhando em contemplação.

– Só mais uma coisa, Poirot: o que significa aquele pedaço de cano de chumbo?

– Ainda não compreendeu? Era para desfigurar o rosto da vítima, a fim de torná-lo irreconhecível. Foi a primeira pista que me lançou no caminho certo. E aquele imbecil do Giraud ficou vasculhando por toda parte, à procura de fósforos! Eu não lhe disse que uma pista de meio metro era tão boa quanto uma pista de 2 milímetros?

– Giraud agora vai cantar mais baixo – apressei-me em comentar, a fim de desviar a conversa das minhas próprias falhas.

– Como eu disse antes, será que vai mesmo? Se ele chegar à pessoa certa, mesmo que seja pelo método errado, não vai se perturbar só por isso.

– Mas certamente...

Parei de falar, divisando uma nova tendência.

– Vamos ter que começar tudo outra vez, Hastings. Quem matou o Sr. Renauld? Alguém que estava perto da *villa* pouco antes da meia-noite, naquela noite fatídica. Alguém que se beneficiaria com a morte dele. A descrição se ajusta perfeitamente a Jack Renauld. O crime não tinha que ser premeditado. E há também a questão da espátula.

Estremeci. Ainda não pensara nisso.

– Mas é claro, Poirot! A segunda espátula, que encontramos no vagabundo, era da Sra. Renauld. Portanto, eram de fato duas.

– Não tenho a menor dúvida quanto a isso. E como eram iguais, tudo indica que a outra pertencia a Jack Renauld. Mas isso não me preocupa muito. Tenho até uma ideiazinha a respeito. Não, o grande problema não é esse. A pior acusação contra ele é de natureza psicológica: a hereditariedade, *mon ami*, a hereditariedade! Tal pai, tal filho. Afinal, não nos esqueçamos de que Jack Renauld é filho de Georges Conneau.

Seu tom era bastante grave e fiquei involuntariamente impressionado.

– Qual é a pequena ideia que mencionou, Poirot?

Como resposta, Poirot consultou o relógio imenso e depois perguntou:

– A que horas sai de Calais o barco da tarde?

– Por volta das 17 horas, se não me engano.

– Está ótimo. Teremos tempo.

– Vai para a Inglaterra?

– Vou, meu amigo.

– Por quê?

– Para encontrar uma possível... testemunha.

– Quem é?

Com um sorriso um tanto estranho, Poirot respondeu:

– Bella Duveen.

– Mas como conseguirá encontrá-la? O que sabe a respeito dela?

– Nada sei a respeito dela... mas posso adivinhar muita coisa. Podemos ter certeza de que o nome dela é de fato Bella Duveen. Como o nome pareceu vagamente familiar ao Sr. Stonor, embora não em relação com a família Renauld, é provável que ela trabalhe no palco. Jack Renauld era um jovem com muito dinheiro e 20 anos de idade. Pode-se perfeitamente presumir que foi encontrar seu primeiro amor no palco. Isso explicaria também a tentativa do Sr. Renauld de apaziguá-la com um cheque. Creio que a descobrirei sem maiores dificuldades, especialmente com a ajuda disto!

E Poirot tirou do bolso a fotografia que eu o vira pegar na gaveta de Jack Renauld. No canto, estava escrito: *Com amor, de Bella*. Mas não foi isso o que me prendeu a atenção. A semelhança não era extraordinária, mas mesmo assim era inconfundível para mim. Senti um calafrio, como se alguma terrível catástrofe tivesse se abatido sobre mim.

Era o rosto de Cinderela.

22
Encontro o amor

Por um momento fiquei totalmente imóvel, como se estivesse congelado, com a fotografia ainda na mão. Depois, reunindo toda a coragem de que dispunha para parecer impassível, devolvi-a a Poirot. Ao mesmo tempo, lancei-lhe um rápido olhar. Será que ele notara alguma coisa? Para alívio meu, Poirot parecia não estar me observando. E qualquer coisa de anormal na minha reação certamente lhe escapara.

Poirot levantou-se abruptamente.

– Não temos tempo a perder. Devemos fazer logo os preparativos para a viagem. O tempo está bom... o mar deve estar calmo.

Na agitação da partida, não tive tempo para pensar. Mas assim que embarcamos, quando fiquei longe da observação de Poirot (como sempre, ele estava "praticando o excelente método de Laverguier"), decidi enfrentar os fatos e analisá-los de maneira imparcial. O quanto Poirot sabia? Será que imaginava que a minha conhecida do trem e Bella Duveen eram a mesma pessoa? Por que ele fora ao Hôtel du Phare? Por minha causa, como eu pensara? Ou será que isso não passara de presunção minha e a visita tivera um objetivo mais profundo e sinistro?

Seja como for, por que ele estava determinado a encontrar a jovem? Será que desconfiava que ela vira Jack Renauld cometer o crime? Ou será que desconfiava... Mas, não, isso era impossível! A jovem não tinha qualquer rancor contra Renauld, não tinha o menor motivo para desejar a morte dele. O que a teria levado de volta ao local do crime? Repassei os fatos cuidadosamente. Ela saltou do trem em Calais, onde eu me despedi dela, naquele primeiro dia. Não era de admirar que eu não tivesse conseguido encontrá-la no barco. Se ela tivesse jantado em Calais e pegado um trem para Merlinville, teria chegado na Villa Geneviève mais ou menos na hora indicada por Françoise. O que ela fez ao sair da casa, pouco depois das 10 horas? Presumivelmente, foi para um hotel ou voltou para Calais. E depois? O crime foi cometido na noite de terça-feira. Na manhã de quinta-feira ela estava novamente em Merlinville. Será que chegou a deixar a França? Eu duvido muito. O que a mantivera ali? A esperança de se encontrar com Jack Renauld? Eu disse a ela (conforme acreditávamos na ocasião) que Jack estava em alto-mar, a caminho de Buenos Aires. Era possível que ela soubesse que o *Anzora* não havia zarpado. Mas para saber disso ela devia ter se encontrado com Jack. Será que era isso que Poirot estava querendo saber? Será que Jack Renauld, voltando para ver Marthe Daubreuil, acabou deparando, em vez disso, com Bella Duveen, a jovem a quem ele desalmadamente rejeitou?

Comecei a ver a luz do dia. Se era esse o caso, poderia proporcionar a Jack o álibi que ele estava necessitando. Contudo, nas circunstâncias, o silêncio dele parecia difícil de explicar. Por que ele não disse tudo? Por acaso temia que seu relacionamento anterior chegasse ao conhecimento de Marthe Daubreuil? Sacudi a cabeça, insatisfeito. Uma ligação anterior parecia algo inofensivo, sem maiores consequências. Refleti, cinicamente, que o filho de um milionário não seria repelido por uma jovem francesa sem dinheiro, que ainda por cima o amava profundamente, a não ser que houvesse um motivo muito mais grave.

Acabei chegando à conclusão de que, no todo, a história era bastante desconcertante e as respostas possíveis insatisfatórias. Não me agradava estar associado a Poirot na caça à Cinderela. Mas não via meio algum de evitá-lo, sem revelar-lhe tudo. O que, por alguma razão, era algo que me repugnava.

Poirot reapareceu, revigorado e sorridente, em Dover. A viagem a Londres transcorreu sem qualquer novidade. Já passava de 21 horas quando chegamos. Imaginei que seguiríamos direto para o nosso apartamento e não faríamos coisa alguma até a manhã seguinte. Mas Poirot tinha outros planos.

— Não temos tempo a perder, *mon ami*! A notícia sobre a prisão só estará nos jornais depois de amanhã, mas não podemos perder tempo.

Não consegui entender o raciocínio dele, mas limitei-me a perguntar como pretendia descobrir a jovem.

— Lembra de Joseph Aarons, o agente teatral? Não? Eu o ajudei no caso do lutador japonês. Um probleminha dos mais interessantes. Tenho que lhe contar algum dia. Aarons, certamente, poderá indicar-nos o caminho para descobrir o que estamos querendo.

Levamos algum tempo para encontrar Aarons e já passava de meia-noite quando finalmente o conseguimos. Ele cumprimentou Poirot efusivamente e declarou que estava pronto para nos prestar qualquer serviço.

— Não há muita coisa na profissão que eu não conheça — declarou ele, radiante.

— *Eh bien*, Sr. Aarons, estou querendo encontrar uma jovem chamada Bella Duveen.

— Bella Duveen... Conheço o nome, mas no momento não estou conseguindo situá-la. O que ela faz?

— Não sei... mas aqui está uma fotografia dela.

Ele examinou a fotografia por um momento, depois seu rosto se iluminou.

– Mas é claro! – exclamou ele, dando uma palmada na coxa. – As Garotas Dulcibella!

– Garotas Dulcibella?

– Exatamente. São irmãs. Acrobatas, dançarinas e cantoras. Apresentam um bom número. Se não me engano, estão em algum lugar das províncias... se não estiverem descansando. Estiveram em Paris há duas ou três semanas.

– Pode descobrir para mim exatamente onde elas estão agora?

– Não há problema. Pode ir para casa e eu lhe darei a resposta pela manhã.

Com essa promessa, nós nos despedimos dele. Aarons cumpriu a palavra. No dia seguinte, por volta das 11 horas, recebemos um bilhete: *As Garotas Dulcibella estão neste momento no Palace, em Coventry. Boa sorte.*

Partimos imediatamente para Coventry. Poirot não fez quaisquer indagações, limitando-se a comprar ingressos para o espetáculo daquela noite.

Diga-se de passagem, o espetáculo era incrivelmente entendiante... ou talvez fosse a minha disposição que assim o fez parecer. Famílias japonesas equilibravam-se precariamente, supostos homens elegantes, com *smokings* esverdeados e cabelos lustrosos, falavam um jargão da sociedade e dançavam, um comediante esforçou-se em imitar George Robey e acabou fracassando.

Finalmente, foi anunciado o número das Garotas Dulcibella. Meu coração bateu mais depressa. Lá estava ela! Ou, melhor, lá estavam elas, uma loura, outra morena, do mesmo tamanho, saias fofas. Pareciam duas crianças provocantes. Começaram a cantar. As vozes eram vigorosas, talvez um tanto finas, muito ao estilo *music-hall*, mas agradáveis.

Era um bom número. Elas dançavam muito bem e fizeram algumas acrobacias difíceis. As letras das canções eram picantes. Quando a cortina caiu, houve uma explosão de aplausos. Evidentemente, as Garotas Dulcibella eram um sucesso.

Subitamente, senti que não podia continuar ali por mais tempo. Tinha que respirar um pouco de ar fresco. Sugeri a Poirot que fôssemos embora.

— Pode ir, *mon ami*. Estou me divertindo e ficarei até o fim. Irei encontrar-me com você mais tarde.

O hotel não ficava muito longe do teatro. Subi para o quarto e pedi um uísque com soda. Sentei, com o copo na mão, olhando para a lareira vazia. Ouvi a porta abrir-se e virei a cabeça para olhar, pensando que era Poirot. E levantei-me de um pulo. Era Cinderela quem estava parada na porta. Ela falou aos arrancos, a respiração entrecortada:

— Eu o vi no teatro. Você e seu amigo. Quando se levantou para ir embora, eu estava esperando lá fora e o segui. Por que está aqui, em Coventry? O que estava fazendo no teatro? O homem que estava em sua companhia... é o detetive?

Ela continuou parada na porta, o manto que pusera por cima da roupa do palco escorregando dos ombros. Percebi a palidez em suas faces por baixo do ruge, ouvi o terror em sua voz. E nesse momento compreendi tudo... compreendi por que Poirot estava à procura dela. Era o que ela e meu coração temiam.

— É, sim — respondi, suavemente.

— Ele está... à minha procura?

As palavras saíram em um sussurro quase inaudível. Como eu não respondi, ela afundou em uma poltrona e desatou a soluçar, violenta e amargamente.

Ajoelhei-me ao seu lado, abraçando-a, removendo gentilmente os cabelos caídos em seu rosto.

— Não chore, menina, não chore, pelo amor de Deus. Está segura aqui. Tomarei conta de você. Não chore, querida. Eu sei... sei de tudo.

— Não, não sabe de nada!

— Acho que sei...

Algum tempo depois, quando os soluços dela começaram a se espaçar, perguntei:

— Foi você quem pegou a espátula, não é mesmo?

– Foi.

– Foi por isso que me pediu para mostrar-lhe tudo, não é mesmo? E foi para isso que fingiu desmaiar?

Ela tornou a assentir. Foi um estranho pensamento que me ocorreu nesse momento, mas o fato é que me senti contente ao constatar que o motivo dela fora esse e não a curiosidade mórbida de que a acusara na ocasião. Como ela representara bravamente o seu papel naquele dia, apesar de nervosa e apreensiva por dentro! Pobre menina, tendo que suportar o fardo de uma ação impulsiva!

– Por que pegou a espátula? – perguntei dali a pouco.

Ela respondeu com a simplicidade de uma criança:

– Fiquei com medo que houvesse impressões digitais.

– Mas não se lembra que você usou luvas?

Ela sacudiu a cabeça, parecendo extremamente aturdida. E depois perguntou, devagar:

– Vai me denunciar à polícia?

– Mas claro que não!

Os olhos dela procuraram os meus e assim ficaram, por um longo tempo, antes que por fim perguntasse, com uma voz que parecia estar com medo de si mesma:

– Por que não?

Parecia um estranho lugar e um estranho momento para uma declaração de amor... e Deus sabe que, com toda a minha imaginação, jamais pudera conceber que o amor me chegasse daquela maneira. Mas respondi simplesmente:

– Porque eu a amo, Cinderela.

Ela abaixou a cabeça, como se estivesse envergonhada, e balbuciou:

– Não pode... não pode... não se souber...

Um instante depois, como se tivesse se recuperado subitamente, ela levantou a cabeça e me fitou nos olhos, indagando:

– O que você sabe?

189

— Sei que foi procurar o Sr. Renauld naquela noite. Ele ofereceu-lhe um cheque e você rasgou-o, indignada. Depois saiu da casa...

Parei de falar.

— Vamos, continue. O que aconteceu em seguida?

— Não tenho certeza se já sabia que Jack Renauld iria aparecer naquela noite ou se apenas ficou esperando para ver se ele aparecia. Mas o fato é que ficou esperando. Talvez estivesse apenas se sentindo desesperada. Começou a caminhar a esmo. Seja como for, ainda estava ali por perto pouco antes da meia-noite. Viu um homem no campo de golfe...

Parei de falar novamente. Tinha descoberto a verdade num relance, no momento em que a vira entrar. Mas, agora, a cena surgia diante de mim de maneira ainda mais convincente. Vi o sobretudo no corpo do Sr. Renauld, recordei-me da extraordinária semelhança que por um momento me levara a pensar que o morto ressuscitara, no momento em que seu filho interrompera nossa reunião na Villa Geneviève.

— Continue — repetiu a jovem, firmemente.

— Imagino que ele estava de costas para você... mas reconheceu-o. Ou pensou tê-lo reconhecido. O vulto e o porte lhe eram familiares, assim como o sobretudo.

Fiz outra pausa.

— Contou-me no trem, quando partíamos de Paris, que tinha sangue italiano nas veias, que certa ocasião quase se metera numa tremenda encrenca. Fez uma ameaça numa de suas cartas a Jack Renauld. Quando o viu ali, no campo de golfe, a raiva e o ciúme a dominaram por completo, levaram-na à loucura... e atacou-o! Não acredito absolutamente que pretendesse matá-lo. Mas a verdade é que o matou, Cinderela...

Ela ergueu as mãos para cobrir o rosto e disse, a voz sufocada:

— Tem razão... tem razão... posso ver tudo como está descrevendo.

Subitamente, ela tirou as mãos do rosto e fitou-me, quase furiosamente:

— E você me ama? Sabendo o que sabe, como pode me amar?

— Não sei... Acho que o amor é assim mesmo... uma coisa contra a qual nada se pode fazer. Bem que tentei resistir, desde o momento em que a conheci. Mas o amor foi mais forte do que eu.

E de repente, quando eu menos esperava, ela desmoronou novamente, soluçando freneticamente.

— Oh, não posso! Não sei o que fazer! Não sei para que lado me virar! Oh, Deus, que alguém tenha piedade de mim e diga o que devo fazer!

Ajoelhei-me ao lado dela, procurando acalmá-la da melhor forma possível.

— Não tenha medo de mim, Bella. Pelo amor de Deus, não tenha medo de mim. Eu a amo, é verdade... mas não quero nada em troca. Apenas deixe-me ajudá-la. Continue a amá-lo, se é o que deseja, mas deixe-me ajudá-la, já que ele não pode.

Foi como se minhas palavras a tivessem transformado em pedra. Ela ficou inteiramente imóvel por um momento, depois levantou a cabeça, tirou as mãos do rosto e fitou-me. A voz era um sussurro:

— É isso o que pensa? Acha que amo Jack Renauld?

Meio rindo, meio chorando, ela enlaçou-me ardorosamente pelo pescoço e comprimiu o rosto macio contra o meu.

— Não como eu amo você... — murmurou ela. — Jamais como eu amo você!

Os lábios roçaram minha face, depois procuraram a boca, em um beijo interminável, suave e ardente ao mesmo tempo, uma sensação como eu nunca experimentara antes. Jamais irei esquecer enquanto viver o ardor e a maravilha daquele beijo!

Foi um barulho na porta que nos fez interromper o beijo. Olhamos e deparamos com Poirot, parado na entrada, a nos

fitar. Não hesitei. Levantando-me de um pulo, agarrei-lhe os braços e imobilizei-o. E gritei para Cinderela:

– Saia daqui! Depressa! Ficarei segurando-o!

Lançando-me um rápido olhar, ela saiu correndo do quarto. Continuei a imobilizar Poirot com mãos de ferro.

– *Mon ami* – disse ele de repente, em tom humilde –, faz esse tipo de coisa muito bem. O homem forte me segura com suas mãos de ferro e fico impotente como uma criança. Mas isso é incômodo e um tanto ridículo. Vamos sentar e nos acalmar.

– Não vai persegui-la?

– *Mon Dieu*, não! Sou por acaso Giraud? Vamos, meu amigo, solte-me.

Vigiando-o atentamente, desconfiado, pois fazia o elogio a Poirot de reconhecer que não era adversário à altura da astúcia dele, larguei-o. Ele afundou em uma cadeira, massageando os braços gentilmente.

– Tem a força de um touro quando é provocado, Hastings! *Eh bien*, acha que se comportou de maneira decente com seu velho amigo? Eu lhe mostro a fotografia da moça e você a reconhece, mas não me diz uma só palavra.

– Não havia necessidade de dizer nada, se você sabia que eu a tinha reconhecido – respondi, amargurado.

Então Poirot sabia desde o início! Eu não consegui enganá-lo por um instante sequer.

– *Ta-ta!* Não sabia que eu sabia disso. E esta noite ajudou a moça a escapar, depois que tivemos tanto trabalho para encontrá-la! *Eh bien!* Tudo se resume ao seguinte: vai trabalhar do meu lado ou contra mim, Hastings?

Por um momento fiquei sem saber o que responder. Romper com meu velho amigo era um terrível sofrimento. Contudo, naquele momento, eu tinha que me colocar contra ele. Será que ele poderia algum dia me perdoar? Até aquele momento, Poirot se mostrara estranhamente calmo. Mas eu sabia que ele possuía um autocontrole admirável.

– Sinto muito, Poirot. Reconheço que me comportei pessimamente com você. Mas há ocasiões em que um homem não tem alternativa. E, no futuro, posso ter que voltar a fazer a mesma coisa.

– Entendo...

O brilho zombeteiro desapareceu de seus olhos e ele falou-me com uma sinceridade e uma bondade que me surpreenderam:

– Então é isso, não é meu amigo? É o amor que chegou. Não como o imaginava, todo enfeitado, com lindas penas, mas sim tristemente, com os pés sangrando. Bom, bom... eu bem que o avisei. Quando compreendi que essa moça devia ter apanhado a arma do crime, eu o avisei. Talvez esteja lembrado. Mas, àquela altura, já era tarde demais. Só gostaria que me dissesse uma coisa, Hastings: o quanto você sabe?

Fitei-o nos olhos.

– Nada do que possa me dizer seria uma surpresa para mim, Poirot. Compreenda isso. Mas caso esteja pensando em recomeçar a procurá-la, gostaria que soubesse de uma coisa. Se pensa que ela está envolvida no crime ou foi a mulher misteriosa que visitou Renauld naquela noite, quero que saiba que está redondamente enganado. Atravessei a França em companhia dela naquele dia, embarcamos no mesmo navio e só nos despedimos já de noite, na estação de Victoria. Assim, é totalmente impossível que ela estivesse em Merlinville.

– Ah! – exclamou Poirot, fitando-me com uma expressão pensativa. – E seria capaz de jurar isso num tribunal?

– Claro!

Poirot levantou-se e fez uma reverência.

– *Mon ami! Vive l'amour!* O amor pode realizar milagres. Isso que você pensou é decididamente sincero. Derrota até a perspicácia de Hercule Poirot!

23
Dificuldades pela frente

Depois de um momento de tensão como o que acabei de descrever, a reação pode demorar um pouco. Naquela noite fui me deitar com uma sensação de triunfo. Mas ao acordar compreendi que ainda não estava, absolutamente, fora da floresta. É verdade que não podia ver qualquer falha no álibi que concebera tão de repente. Tinha que me apegar à minha história. Com ela, não havia a menor possibilidade de Bella ser condenada. Não havia entre nós uma amizade antiga que poderia ser alegada para insinuarem que eu estava cometendo perjúrio. Na verdade, podia ser provado que eu só vira a jovem em três ocasiões. Não, eu estava satisfeito com a minha ideia. O próprio Poirot não reconhecera que eu o derrotara?

Mas eu sentia que havia necessidade de avançar com cautela. Meu pequeno amigo podia admitir que estava momentaneamente desorientado. Mas eu tinha muito respeito por suas faculdades para imaginar que ficaria contente em permanecer em tal situação. E tinha uma opinião muito humilde a respeito de minha própria esperteza em comparação com a dele. Poirot não aceitaria a derrota. De um jeito ou de outro, ele se empenharia em inverter a situação, o que poderia acontecer no momento em que eu menos esperasse.

Na manhã seguinte nos encontramos à mesa do café como se nada tivesse acontecido. A boa disposição de Poirot era imperturbável. Mas tive a impressão de perceber uma pequena reserva na atitude dele, uma reserva que não existia antes. Depois de comermos anunciei minha intenção de sair para dar uma volta. Um brilho malicioso surgiu nos olhos de Poirot.

— Se é informação que deseja procurar, meu amigo, não precisa se incomodar. Posso dizer-lhe tudo o que está queren-

do saber. As Garotas Dulcibella cancelaram seu contrato e deixaram Coventry, para destino ignorado.

– Está falando sério, Poirot?

– Pode aceitar minha palavra, Hastings. Andei fazendo algumas indagações assim que me levantei. Mas, afinal, o que você estava esperando?

Ele tinha razão. Nas circunstâncias, não se podia esperar outra coisa. Cinderela aproveitara a pequena dianteira que eu conseguira lhe proporcionar e certamente não iria perder um momento de se colocar fora do alcance de seu perseguidor. Era a minha intenção e justamente o que planejara. Apesar disso, senti que estava me enredando em uma nova teia de dificuldades.

Não tinha nenhum meio de me comunicar com a jovem e era vital que ela soubesse a defesa que me ocorrera e que tencionava pôr em prática. É claro que era possível que ela me enviasse alguma mensagem, mas eu achava que isso era um tanto improvável. Ela saberia o risco que correria, caso a mensagem fosse interceptada por Poirot, que poderia então sair de novo em seu encalço. Evidentemente, a única saída dela era desaparecer, pelo menos por enquanto.

Mas o que Poirot iria fazer enquanto esperava? Examinei-o com atenção. Ele estava exibindo a sua expressão mais inocente e pensativa, o olhar perdido na distância. Parecia por demais plácido para proporcionar-me a tranquilidade que eu precisava. Aprendera com o próprio Poirot que, quanto menos perigoso ele parecia, mais perigoso se tornava. A serenidade e complacência dele alarmaram-me. Observando a minha apreensão, ele sorriu gentilmente.

– Está surpreso, Hastings? Já perguntou a si mesmo por que não estou saindo em perseguição?

– É mais ou menos isso que estou pensando...

– É o que você faria, se estivesse no meu lugar. Posso compreendê-lo perfeitamente. Mas não sou do tipo que adora correr de um lado para outro, procurando uma agulha num

palheiro, como vocês, ingleses, costumam dizer. Nada disso! Deixemos a Srta. Duveen ir embora. Sem a menor dúvida, saberei como encontrá-la, quando chegar o momento. Até lá, contento-me em esperar.

Fiquei olhando para ele em silêncio, desconfiado. Será que Poirot estava tentando me enganar? Eu tinha o pressentimento irritante de que, mesmo naquele momento, Poirot continuava a ter o domínio da situação. Meu sentimento de superioridade estava rapidamente se desvanecendo. Conseguira possibilitar a fuga da jovem e concebera um plano brilhante para salvá-la das consequências de seu ato impensado. Mas não conseguia me tranquilizar. A calma aparente de Poirot despertava-me mil apreensões.

— Devo ou não perguntar-lhe quais são os seus planos, Poirot? Já perdi esse direito, não é mesmo?

— Absolutamente, meu amigo. Não há segredos entre nós. Vamos voltar já para a França.

— *Nós?*

— Precisamente: *nós*. Sabe muito bem que não pode se dar o luxo de perder *papa* Poirot de vista. Não é isso mesmo, meu amigo? Mas pode ficar na Inglaterra, se é o que deseja...

Sacudi a cabeça. Poirot, como sempre, fora direto ao ponto. Eu realmente não podia perdê-lo de vista. Embora não pudesse esperar sua confiança depois do que acontecera, ainda assim poderia fiscalizar suas ações. O único perigo para Bella seria da parte de Poirot. Giraud e a polícia francesa eram indiferentes à existência dela. A qualquer custo, eu devia ficar perto de Poirot.

Ele me observava atentamente, enquanto tais pensamentos me passavam pela cabeça. Vi-o assentir, num gesto de satisfação.

— Estou certo, não é mesmo, meu amigo? E como é perfeitamente capaz de querer seguir-me disfarçado, usando algo ridículo como uma barba postiça... que qualquer um iria

perceber, *bien entendu*... prefiro que façamos a viagem juntos. Eu ficaria profundamente aborrecido se alguém caçoasse de você.

— Está certo, Poirot. Mas devo avisá-lo...

— Já sei... já sei de tudo. Você é meu inimigo. Pois seja meu inimigo! Isso não me preocupa em nada.

— Contanto que seja tudo justo e honesto, eu também não me importo.

— Você tem paixão britânica pelo *fair play*! Agora que seus escrúpulos estão satisfeitos, podemos partir já. Não há tempo a perder. Nossa estada na Inglaterra foi curta, mas suficiente. Já sei o que desejava saber.

O tom era jovial, mas percebi uma ameaça velada em suas palavras.

— Mesmo assim...

Parei de falar.

— Certamente sente-se satisfeito com o papel que está representando, meu amigo. Mas eu estou neste momento preocupado com Jack Renauld.

Jack Renauld! As palavras me provocaram um sobressalto. Esquecera completamente esse aspecto do caso. Jack Renauld na prisão, a sombra da guilhotina a ameaçá-lo! Vi o papel que estava representando sob uma luz mais sinistra. Podia salvar Bella... mas ao fazê-lo corria o risco de mandar um homem inocente para a guilhotina.

Afastei o pensamento rapidamente, horrorizado. Não podia acontecer. Jack Renauld tinha que ser absolvido. Claro que seria absolvido! Mas o medo insistiu em voltar. E se ele não fosse absolvido? O que aconteceria? Será que eu ficaria com aquilo na consciência... Que pensamento horrível! Será que tudo terminaria assim? Uma decisão: Bella ou Jack Renauld? O impulso de meu coração era salvar a jovem a quem eu amava a qualquer custo para mim mesmo. Mas se o custo fosse para outro, o problema ficava diferente.

197

O que diria a própria Bella? Recordei-me de que não dissera coisa alguma a respeito da prisão de Jack Renauld. Ela ainda não sabia que seu antigo amor estava na prisão, acusado de um crime horrendo, que ele não cometera. Quando ela soubesse, como iria reagir? Iria permitir que sua vida fosse salva à custa da vida de Jack Renauld? É certo que ela não devia tomar nenhuma atitude precipitada. Jack Renauld podia e provavelmente seria absolvido, sem qualquer intervenção da parte dela. Se assim fosse, seria ótimo. Mas se ele não fosse absolvido? Esse era o problema terrível, o problema para o qual não havia resposta. Imaginei que Bella não corria nenhum risco de ser condenada à pena capital. As circunstâncias do crime eram bastante diferentes no caso dela. Poderia alegar ciúme e extrema provocação. Sua juventude e beleza ajudariam-na consideravelmente. O fato de que, por um engano trágico, fora o velho Sr. Renauld e não o filho quem acabara morrendo, não alterava o motivo do crime. Mas, de qualquer forma, por mais indulgente que o tribunal pudesse ser, a sentença não deixaria de ser uma prolongada temporada na cadeia.

Não, Bella devia ser protegida de qualquer maneira. E, ao mesmo tempo, Jack Renauld tinha que ser salvo. Eu não podia imaginar como poderia conseguir tudo isso. Mas concentrei toda minha esperança e fé em Poirot. Ele sabia. Acontecesse o que acontecesse, Poirot encontraria um meio de salvar um homem inocente. Ele haveria de encontrar algum outro pretexto para o crime, além do verdadeiro. Podia ser difícil, mas ele conseguiria dar um jeito. E com Bella livre de suspeitas e Jack Renauld absolvido, tudo terminaria de forma satisfatória.

Foi o que disse a mim mesmo, insistentemente. Mas no fundo do meu coração ainda havia um medo intenso.

24
"Salve-o!"

Atravessamos o Canal da Mancha para a França no barco do fim da tarde. Na manhã seguinte estávamos em Saint-Omer, para onde Jack Renauld fora levado. Poirot não perdeu tempo e foi imediatamente visitar o Sr. Hautet. Como ele parecia não fazer qualquer objeção à minha presença, acompanhei-o na visita.

Depois de várias formalidades e preliminares, fomos conduzidos à sala do magistrado. Ele cumprimentou-nos cordialmente.

– Fui informado de que tinha voltado à Inglaterra, Monsieur Poirot. Fico contente por constatar que isso não aconteceu.

– É verdade que fui à Inglaterra, magistrado, mas foi apenas para uma rápida visita. Era uma questão secundária, mas achei que valia a pena investigar.

– E descobriu algo importante?

Poirot deu de ombros. O Sr. Hautet assentiu, suspirando.

– Receio que teremos de nos resignar. Aquele Giraud é um verdadeiro animal, com maneiras abomináveis. Mas não se pode negar que é esperto. Não há muita possibilidade de um homem assim cometer algum erro.

– É o que realmente pensa?

Foi a vez de o magistrado dar de ombros.

– *Eh bien*, falando franca e confidencialmente, *c'est entendu*... pode chegar a alguma outra conclusão?

– Para ser franco, parece que há muitos pontos que ainda estão obscuros.

– Tais como...?

Mas Poirot não ia revelar o que não desejava.

– Ainda não os determinei. Fiz apenas um comentário de ordem geral. Simpatizei com o rapaz e não estou querendo

199

acreditar que ele seja capaz de um crime tão horrendo. Por falar nisso, o que ele tem a dizer em sua defesa?

O magistrado franziu o rosto.

— Não consigo compreender o rapaz. Ele parece incapaz de apresentar qualquer defesa. Foi extremamente difícil fazê-lo responder a algumas perguntas. Ele se limita a fazer uma negativa de caráter geral e depois se refugia num silêncio obstinado. Vou interrogá-lo novamente amanhã. Não gostaria de estar presente?

Aceitamos o convite com *empressement*.

— Um caso desolador — comentou o magistrado, suspirando. — Minha compaixão pela Sra. Renauld é profunda.

— E como ela está?

— Ainda não recuperou a consciência. O que, de certa forma, é até misericordioso. A pobre mulher está sendo poupada. Os médicos dizem que não há perigo, mas que ela não deve ter qualquer emoção mais forte depois que recuperar os sentidos. Pelo que eu pude entender, foi tanto a queda quanto o choque que a deixaram no estado em que se encontra. Seria terrível se o cérebro dela ficasse permanentemente afetado. Mas eu não ficaria absolutamente espantado se isso acontecesse...

O Sr. Hautet recostou-se na cadeira, sacudindo a cabeça, como se sentisse um prazer lúgubre, enquanto pensava nas perspectivas sombrias. Acabou emergindo de seus devaneios e comentou, com um estremecimento:

— Isso me lembra de uma coisa. Tenho uma carta que lhe é dirigida, Monsieur Poirot. Onde foi mesmo que a guardei?

Ele vasculhou entre seus papéis e finalmente encontrou a carta, entregou a Poirot e explicou:

— A carta me foi encaminhada. Mas como o senhor não deixou endereço, Monsieur Poirot, não pude remetê-la.

Poirot examinou a carta com atenção. Estava escrita com uma letra estranha, comprida e enviesada. Não restava a menor dúvida de que era letra de mulher. Poirot não abriu-a. Em vez disso, guardou-a no bolso e se levantou.

– Até amanhã, magistrado. Muito obrigado por sua cortesia e amabilidade.

– Não há de quê. Estou sempre às suas ordens. Esses jovens detetives da escola de Giraud são todos iguais, homens grosseiros e zombeteiros. Não compreendem que um magistrado de inquérito com a minha experiência não pode deixar de possuir um certo discernimento, um certo... *flair*. *Enfin*, a polidez da velha escola agrada-me infinitamente mais. Portanto, meu prezado amigo, peça-me tudo o que desejar. Sabemos de algumas coisas, eu e você, hein?

E rindo jovialmente, satisfeito consigo mesmo e conosco, o Sr. Hautet apresentou suas despedidas. Lamento ter que registrar que o primeiro comentário de Poirot, ao sairmos da sala e atravessarmos o corredor, foi o seguinte:

– Mas que velho imbecil! É de uma estupidez que me dá pena!

Estávamos saindo do prédio quando deparamos com Giraud, parecendo mais janota do que nunca e imensamente satisfeito consigo mesmo.

– Ah, Monsieur Poirot! – gritou ele, jovialmente. – Quer dizer que já voltou da Inglaterra?

– Como pode muito bem ver.

– O fim do caso não está muito longe agora.

– Concordo plenamente, Sr. Giraud.

Poirot parecia estar desolado, o que deliciou o detetive da Sûreté.

– Nunca vi um criminoso tão insignificante! – disse ele. – Nem mesmo está se defendendo. É extraordinário!

– Tão extraordinário que dá o que pensar, não acha? – sugeriu Poirot suavemente.

Mas Giraud nem mesmo estava escutando. Girou a bengala alegremente e acrescentou:

– Muito bom dia, Monsieur Poirot. Fico contente por constatar que finalmente está convencido da culpa do jovem Renauld.

– *Pardon!* Mas não estou absolutamente convencido. Ao contrário, estou certo que Jack Renauld é inocente.

Giraud fitou-o com uma expressão aturdida por um momento e depois desatou a rir, batendo com a mão na cabeça, significativamente, e exclamou:

– *Toqué!*

Poirot empertigou-se. Um brilho perigoso surgiu em seus olhos.

– Sr. Giraud, durante todo este caso sua atitude em relação a mim foi deliberadamente insultuosa. Precisa aprender uma lição. Estou disposto a apostar 500 francos como posso descobrir o assassino do Sr. Renauld antes que o faça. Aceita?

Giraud fitou-o com uma expressão impotente e tornou a murmurar:

– *Toqué!*

– E então, aceita a aposta? – insistiu Poirot.

– Não desejo tirar o seu dinheiro.

– Pode ficar tranquilo, pois isso não vai acontecer!

– Está bem, aceito! Fala da minha atitude insultuosa. *Eh bien*, a sua atitude também me desagradou algumas vezes.

– Fico encantado em saber disso! Muito bom dia, Sr. Giraud. Vamos, Hastings.

Eu não disse nada enquanto andávamos pela rua. Sentia o coração amargurado. Poirot demonstrara claramente suas intenções. Eu duvidava mais do que nunca da minha capacidade de salvar Bella das consequências do ato impensado que ela cometera. Aquele infeliz encontro com Giraud provocara Poirot e o pusera em brios.

De repente, senti a mão de alguém em meu ombro. Virei-me e deparei com Gabriel Stonor. Paramos e o cumprimentei. Ele se propôs a acompanhar-nos até o hotel.

– O que está fazendo por aqui, Sr. Stonor? – indagou Poirot.

– É preciso ficar perto dos amigos que estão precisando – respondeu Stonor, secamente. – Em especial quando eles são injustamente acusados.

– Quer dizer que não acredita que Jack Renauld tenha cometido o crime? – indaguei, ansiosamente.

– Claro que não foi ele. Conheço o rapaz. Reconheço que houve algumas coisas nessa história que me deixaram aturdido. Mesmo assim, apesar da tolice em aceitar a acusação, jamais acreditarei que Jack Renauld seja um assassino.

Senti uma onda de afeto pelo secretário. As palavras dele pareciam tirar-me um peso do coração.

– Não tenho a menor dúvida de que muitas pessoas pensam da mesma maneira! – exclamei. – Há realmente bem poucos indícios contra Jack Renauld. Eu diria que não há qualquer dúvida quanto a absolvição dele... absolutamente nenhuma dúvida!

Mas Stonor não reagiu como eu esperava, limitando-se a dizer:

– Gostaria imensamente de pensar assim também.

Virou-se em seguida para Poirot e acrescentou:

– Qual é a sua opinião, senhor?

– Acho que a situação dele não é das melhores.

– E pensa que ele é culpado? – insistiu Stonor, bruscamente.

– Não. Mas acho que ele terá dificuldades em provar sua inocência.

– Ele está se comportando de maneira muito estranha – comentou Stonor. – Compreendo perfeitamente que há muito mais neste caso do que parece à primeira vista. Giraud não percebe isso, mas tudo é muito estranho. Mas quanto menos se disser, melhor. Se a Sra. Renauld quer abafar alguma coisa, não farei coisa alguma em contrário. Tenho muito respeito pelo julgamento dela para me intrometer. Mas não posso apoiar a atitude de Jack. A impressão que se tem é que ele deseja que os outros pensem que é de fato culpado.

– Mas isso é um absurdo! – gritei. – Por um lado, a espátula...

Fiz uma pausa, sem saber o quanto Poirot gostaria que eu revelasse. Mas logo continuei, escolhendo com cuidado as palavras:

– Sabemos que a espátula não poderia estar com Jack Renauld naquela noite. A Sra. Renauld sabe disso.

– Tem razão – disse Stonor. – Quando ela se recuperar, tenho certeza de que vai dizer isso e muito mais. Bom, agora tenho que ir.

– Um momento, por favor! – disse Poirot, erguendo a mão para detê-lo. – Pode dar um jeito para que eu seja avisado assim que a Sra. Renauld recuperar a consciência?

– Certamente. Não haverá problema.

– Essa questão da espátula é muito boa, Poirot – comentei, ao subirmos a escada. – Não pude falar muito abertamente na presença de Stonor.

– Agiu bem. É melhor guardarmos essa informação para nós mesmos, enquanto for possível. Se bem que, se for verdade, isso não ajuda muito a Jack Renauld. Lembra-se de que eu estive ausente durante uma hora esta manhã, antes de partirmos de Londres?

– O que estava fazendo?

– Estava tentando descobrir a firma que Jack Renauld contratou para fazer seus *souvenirs*. Não foi muito difícil. *Eh bien*, Hastings, eles fizeram, por encomenda de Jack Renauld, não duas espátulas, mas *três*!

– E daí?

– E daí que depois de dar uma à mãe e outra a Bella Duveen, ainda havia uma terceira, que certamente conservou para seu próprio uso. Não, Hastings, receio que a questão da espátula não irá nos ajudar a salvá-lo da guilhotina.

– Acho que a situação não vai chegar a esse extremo.

Poirot sacudiu a cabeça, visivelmente incerto.

– Você irá salvá-lo!

Poirot olhou-me friamente.

– Não tornou isso impossível, *mon ami*?

– Tem que haver algum outro meio...

– *Ah, Sapristi!* Está me pedindo um milagre, Hastings. Não, não diga mais nada. Em vez disso, vamos ver o que há nessa carta.

Ele tirou o envelope do bolso. Abriu-o, pegou a carta e leu, o rosto se contraindo. Depois, entregou-me a carta, comentando:

– Há outras mulheres que sofrem no mundo, Hastings.

A letra era tremida. O bilhete fora evidentemente escrito em um momento de grande nervosismo:

Prezado Monsieur Poirot:

Se receber este bilhete, eu lhe suplico que venha em meu socorro. Não tenho mais ninguém a quem recorrer e é preciso salvar Jack a qualquer custo. Eu lhe imploro, de joelhos, que nos ajude!

Marthe Daubreuil

Devolvi a carta, comovido.

– Vai procurá-la, Poirot?

– Imediatamente. Vamos providenciar um carro.

Meia hora depois estávamos na Villa Marguerite. Marthe estava na porta para nos receber. Levou Poirot para dentro, segurando uma de suas mãos.

– Ah, foi muita bondade sua ter vindo! Eu estava desesperada, sem saber o que fazer. Eles nem mesmo querem me deixar visitá-lo na prisão. Sofro horrivelmente, estou quase enlouquecendo. É verdade o que estão dizendo, que Jack não nega o crime? Mas isso é loucura! É impossível que tenha sido ele! Nunca acreditarei!

– Eu também não acredito, senhorita – disse Poirot, gentilmente.

– Mas, então, por que ele não fala? Não estou compreendendo!

– Talvez porque ele esteja querendo proteger alguém – sugeriu Poirot, observando-a.

Marthe franziu o rosto.

— Protegendo alguém? Está se referindo à mãe dele? Ah, desde o início eu desconfiei dela! Quem vai herdar toda aquela vasta fortuna? Ela! É fácil usar roupas de viúva e bancar a hipócrita. E disseram que no momento em que Jack foi preso, ela caiu... *assim*.

Ela fez um gesto dramático para indicar a queda, antes de continuar:

— E não há a menor dúvida de que o Sr. Stonor, o secretário, ajudou-a. Aqueles dois são muito unidos. É verdade que ela é mais velha, mas os homens não se importam muito quando a mulher é rica!

Havia um vestígio de amargura na voz dela.

— Stonor estava na Inglaterra na ocasião — comentei.

— É o que ele diz, mas quem pode ter certeza?

— Senhorita — disse Poirot —, se vamos trabalhar juntos, eu e você, devemos deixar tudo bem claro. Antes de mais nada, eu gostaria de fazer-lhe uma pergunta.

— E qual é, monsieur?

— Sabe qual é o verdadeiro nome de sua mãe?

Marthe ficou olhando em silêncio por um minuto inteiro. Depois, pôs a cabeça entre os braços e desatou a chorar.

— Calma, calma — murmurou Poirot, afagando-a nos ombros. — Fique calma, *petite*. Estou vendo que sabe. Agora, uma segunda pergunta. Sabia quem era o Sr. Renauld?

— Sr. Renauld?

Ela levantou a cabeça, espantada.

— Ah, estou vendo que não sabia isso. Agora, quero que escute atentamente.

Passo a passo, Poirot repassou todo o caso, quase como fizera comigo, no dia anterior à nossa partida para a Inglaterra. Marthe ficou escutando, fascinada. Quando Poirot acabou, ela respirou fundo e disse:

— Mas é maravilhoso, Monsieur Poirot! É magnífico! É o maior detetive do mundo!

Rapidamente, Marthe saiu da cadeira e foi ajoelhar-se diante de Poirot, com um abandono que era tipicamente francês.

– Salve-o, monsieur! Eu o amo tanto! Oh, salve-o, salve-o!

25
Um desfecho inesperado

Na manhã seguinte, estávamos presentes ao novo interrogatório de Jack Renauld. Passara-se pouco tempo, mas fiquei chocado com a mudança que ocorrera no jovem prisioneiro. O rosto estava extremamente pálido, havia manchas escuras e fundas por baixo dos olhos, parecia conturbado, como alguém que há várias noites vem tentando dormir mas sempre em vão. Não deixou transparecer qualquer emoção ao ver-nos.

O prisioneiro e seu advogado, Maître Grosier, sentaram-se. Um guarda imponente, armado com um sabre, postou-se na porta. O paciente *greffier* sentou-se à mesa. O interrogatório começou.

– Renauld, nega que estava em Merlinville na noite do crime? – indagou o magistrado.

Jack não respondeu imediatamente. Depois, com uma hesitação lamentável, balbuciou:

– Eu... eu já disse que estava em Cherbourg.

Maître Grosier franziu o rosto e suspirou. Percebi que Jack Renauld estava obstinadamente decidido a conduzir seu caso da maneira como desejava, para desespero de seu advogado. O magistrado virou-se para o guarda na porta e ordenou:

– Mande entrar a testemunha da estação.

Um momento depois, a porta se abriu e entrou um homem que reconheci como funcionário da estação de Merlinville.

– Estava de serviço na noite de 7 de junho?

— Estava, senhor.

— Viu a chegada do trem das 23h40?

— Vi, sim, senhor.

— Olhe para o prisioneiro. Reconhece-o como um dos passageiros que desembarcaram?

— Reconheço, magistrado.

— Não há a menor possibilidade de estar enganado?

— Não, senhor. Conheço o Sr. Jack Renauld muito bem.

— Também não está enganado em relação à data?

— Não, senhor. Lembro-me perfeitamente porque foi na manhã seguinte, 8 de junho, que soubemos do assassinato.

Outro funcionário da estação foi acompanhado até a sala e confirmou o depoimento do primeiro. O magistrado olhou para Jack Renauld.

— Esses homens o identificaram positivamente. O que tem a dizer?

— Nada.

O Sr. Hautet trocou um olhar com o *greffier*, que registrava velozmente tudo o que se dizia.

— Reconhece isto, Renauld? – indagou o magistrado.

Ele pegou algo na mesa ao seu lado e estendeu na direção do prisioneiro. Estremeci ao perceber que era a espátula feita com uma peça de avião.

— *Pardon!* – gritou Maître Grosier. – Exijo o direito de conversar com meu cliente antes que ele responda a essa pergunta!

Mas Jack Renauld não tinha a menor consideração pelos sentimentos de seu pobre advogado. Acenou-lhe para que sentasse e respondeu calmamente:

— Claro que reconheço. É um presente que dei a minha mãe, como *souvenir*.

— Ao que sabe, existe alguma duplicata desta espátula?

Novamente Maître Grosier tentou intervir e novamente foi silenciado por Jack.

208

– Não, ao que eu saiba. E acho difícil, pois fui eu mesmo que fiz o desenho.

Até mesmo o magistrado ficou aturdido com a resposta. Parecia até que Jack estava correndo ao encontro do seu destino. É claro que eu compreendi a necessidade vital de Jack esconder a existência da duplicata da espátula, a fim de proteger Bella. Enquanto todos imaginassem que só existia uma espátula, ninguém iria desconfiar da jovem. Ele estava bravamente defendendo a mulher a quem amava... mas a que custo para si mesmo! Foi nesse momento que comecei a perceber a magnitude da tarefa de que encarregara Poirot. Não seria fácil garantir a absolvição de Jack Renauld por outro meio que não a verdade.

O Sr. Hautet voltou a falar, com uma inflexão singularmente mordaz:

– A Sra. Renauld disse-nos que esta espátula estava em sua penteadeira na noite do crime. Mas a Sra. Renauld é mãe! Isso certamente irá surpreendê-lo, Renauld, mas considero altamente provável que a Sra. Renauld estivesse enganada e que você, talvez por um descuido, tenha levado a espátula para Paris. Certamente irá negar...

Vi as mãos algemadas do rapaz se cruzarem, nervosamente. O suor lhe brotava em gotas na testa quando, num esforço supremo, interrompeu o Sr. Hautet, com a voz rouca:

– Não vou negar nada. É possível que isso tenha acontecido.

Foi um momento de perplexidade. Maître Grosier logo se levantou, protestando:

– Meu cliente passou por uma considerável tensão nervosa! Gostaria que constasse da ata que não o considero responsável pelo que está dizendo!

O magistrado obrigou-o a calar-se com um gesto furioso. Por um momento, uma dúvida pareceu surgir em sua própria mente. Jack Renauld tinha quase exagerado em seu papel. O magistrado inclinou-se para a frente e examinou atentamente o prisioneiro.

– Está compreendendo plenamente, Renauld, que pelas respostas que está me dando não terei alternativa que não levá-lo a julgamento por homicídio?

O rosto pálido de Jack ficou vermelho. Ele resistiu firmemente ao olhar do magistrado e disse:

– Sr. Hautet, juro que não matei meu pai.

Mas o breve momento de dúvida do magistrado já passara. Ele soltou uma risada curta e desagradável.

– Sem dúvida, sem dúvida... Nossos prisioneiros são sempre inocentes! Por suas próprias palavras, está se condenando. Não pode apresentar nenhuma defesa, nenhum álibi... apenas uma mera afirmativa que não enganaria um bebê: a de que não é culpado. Matou seu pai, Renauld, um assassinato cruel e covarde, pelo dinheiro que acreditava iria herdar com a morte dele. E sua mãe ajudou-o a encobrir o crime. Certamente, tendo em vista que ela agiu como mãe, os tribunais a tratarão com uma indulgência que não será extensiva a você. E estarão absolutamente certos! Seu crime foi horrendo... um crime a ser abominado por deuses e homens!

O Sr. Hautet estava apreciando seu papel, deleitando-se com a solenidade do momento, adorando bancar o representante da justiça.

– Matou seu pai, Renauld, e agora deve pagar pelas consequências do seu ato. Estou lhe falando não como um homem, mas como a Justiça, a Justiça Eterna, que...

– Magistrado, magistrado – balbuciou o guarda –, há uma dama lá fora que diz... que diz...

– Quem diz o quê? – gritou o magistrado, furioso com a interrupção. – Isso é altamente irregular. Proíbo qualquer interrupção. Proíbo terminantemente!

Mas um vulto esguio de mulher empurrou o confuso gendarme para o lado e entrou na sala. Estava toda de preto, com um véu que lhe ocultava o rosto.

Senti o coração disparar. Ela viera! Todos os meus esforços tinham sido em vão. Contudo, eu não podia deixar de admirar a coragem que a levara a dar aquele passo do qual não poderia recuar.

Ela levantou o véu... e fiquei boquiaberto! Embora as duas fossem extremamente parecidas, aquela jovem não era Cinderela! Por outro lado, agora que a via sem a peruca loura que usara no palco, podia reconhecê-la como a moça da fotografia que Poirot encontrara no quarto de Jack Renauld.

– É o magistrado, Sr. Hautet? – perguntou ela.

– Sou, sim. Mas proíbo...

– Meu nome é Bella Duveen. Desejo me entregar pelo assassinato do Sr. Renauld.

26
Recebo uma carta

Meu amigo:

Saberá de tudo quando receber esta carta. Nada do que eu disse foi capaz de demover Bella. Ela partiu para se entregar. Estou cansada de lutar.

Saberá agora que o enganei, que enquanto me deu confiança, eu lhe paguei com mentiras. Isso talvez lhe pareça indesculpável. Mas eu gostaria, antes de sair de sua vida para sempre, de contar-lhe como tudo aconteceu. Se eu soubesse que você me perdoou, isso tornaria a vida muito mais fácil para mim. Não foi por mim que fiz tudo... e isso é a única coisa que posso dizer em minha defesa.

Começarei pelo dia em que o conheci no trem de Paris. Eu estava preocupada com Bella. Ela andava de-

211

sesperada por causa de Jack Renauld. Praticamente se deitara no chão para que ele pisasse. Quando ele começou a mudar e suas cartas foram se tornando mais espaçadas, Bella ficou num estado terrível. Tinha a ideia fixa de que Jack estava apaixonado por outra mulher. E ela estava certa, conforme viemos a descobrir mais tarde. Bella tomou a decisão de ir a Merlinville e tentar se encontrar com Jack. Sabia que eu era contra essa atitude e procurou se esquivar da minha vigilância. Em Calais, descobri que ela não estava no trem e decidi que não voltaria para a Inglaterra sem levá-la. Tinha o pressentimento inquietante de que algo pavoroso estava para acontecer, se eu não pudesse evitá-lo.

Peguei o trem seguinte para Paris. Bella estava nesse trem, disposta a seguir logo depois para Merlinville, sem demora. Argumentei e supliquei, mas de nada adiantou. Bella não se deixou demover, estava resolvida a fazer o que achava certo, de qualquer maneira. Lavei as mãos. Havia feito tudo o que podia! Como já estava ficando tarde, fui para um hotel, enquanto Bella seguia para Merlinville. Eu não conseguia me livrar do meu pressentimento daquilo que os livros costumam chamar de "desastre iminente".

O dia seguinte chegou... mas não trouxe Bella. Ela combinara encontrar-se comigo no hotel, mas não apareceu. Não houve sinal dela durante o dia inteiro. Fui ficando cada vez mais e mais nervosa. E foi então que deparei com a notícia num jornal vespertino.

Foi terrível! Eu não podia ter certeza, é claro... mas estava apavorada. Imaginei que Bella encontrara *papa* Renauld e lhe contara tudo a respeito de seu romance com Jack e que ele então a insultara ou algo assim. Nós duas sempre fomos terrivelmente impulsivas e explosivas.

Depois, veio a notícia dos estrangeiros mascarados. Comecei a sentir-me mais tranquila. Mesmo assim, ainda estava preocupada, porque Bella não comparecera ao encontro que marcara comigo.

Na manhã seguinte eu estava tão nervosa que decidi ir a Merlinville para ver se descobria alguma coisa. E a primeira coisa que aconteceu foi esbarrar com você. Mas você sabe de tudo isso! Quando vi o cadáver, de um homem tão parecido com Jack e usando o sobretudo de Jack, compreendi tudo! E havia também a espátula idêntica a que Jack dera a Bella! Era dez contra um como Bella estava envolvida. Não tenho palavras para explicar-lhe o horror e desespero que me dominaram naquele momento. Só pensei numa coisa: tinha que me apoderar daquela espátula e escapar dali antes que descobrissem que ela havia desaparecido. Fingi desmaiar. Enquanto você ia buscar água, peguei a espátula e escondi-a no vestido.

Disse-lhe que estava hospedada no Hôtel du Phare, mas na verdade segui diretamente para Calais e peguei o primeiro barco para a Inglaterra. Quando estávamos no meio do Canal, larguei a fatídica espátula no mar. Só então é que senti que voltava a respirar.

Bella estava em nosso apartamento em Londres. Parecia muito estranha. Contei-lhe o que tinha feito e acrescentei que no momento ela estava em segurança. Bella ficou me olhando fixamente por um momento e depois desatou a rir, a rir sem parar. Ah, foi horrível ouvi-la! Achei que a melhor coisa a fazer era arranjar algo com que mantê-la ocupada. Bella acabaria enlouquecendo se tivesse tempo para pensar no que fizera. Felizmente, conseguimos um contrato quase que imediatamente.

E foi então que, uma noite, vi você e seu amigo a nos observarem no teatro. Fiquei terrivelmente aflita.

Deviam suspeitar ou não nos teriam seguido até lá. Eu tinha que saber o pior. Por isso, resolvi segui-lo. Estava desesperada. E depois, antes que eu tivesse tempo de dizer alguma coisa, descobri que era de mim que você desconfiava e não de Bella! Ou pelo menos você pensava que eu era Bella, já que roubara a espátula.

Gostaria, querido, que você pudesse ter visto o que havia no fundo da minha mente naquele momento. Talvez assim me perdoasse agora! Eu estava apavorada, confusa, desesperada. Só conseguira entender claramente uma coisa: que você estava disposto a fazer qualquer coisa para me salvar. Mas eu não sabia se você estaria também disposto a salvar Bella. Pensei que era bem provável que não. Afinal, não era a mesma coisa! E eu não podia correr o risco! Bella é minha irmã gêmea. Tenho que fazer o melhor possível por ela. Assim, continuei a mentir. Eu me senti vil... e ainda me sinto. Isso é tudo... e é demais, dirá você. Eu deveria ter confiado em você. Se o tivesse feito...

Assim que os jornais publicaram a notícia de que Jack Renauld tinha sido preso, compreendi que estava tudo acabado. Bella nem ao menos quis esperar para ver o que acontecia.

Estou muito cansada. Não posso escrever mais.

Ela começara a se assinar como Cinderela, mas depois riscara e escrevera *Dulcie Duveen*.

A carta estava toda borrada, a letra era difícil de entender. Mas a guardo comigo até hoje.

Poirot estava comigo quando a li. As folhas caíram-me das mãos e olhei para ele, ao terminar.

— Você sabia o tempo todo que era... a outra?

— Sabia, meu amigo.

— E por que não me disse?

– Para começar, eu não podia imaginar que você fosse capaz de cometer tal erro. Tinha visto a fotografia. As irmãs eram muito parecidas, mas é perfeitamente possível distingui-las.

– E os cabelos louros?

– Uma peruca, para fazer o contraste de loura e morena no palco. É possível que haja uma morena e outra loura em se tratando de gêmeas idênticas?

– Por que não me contou tudo naquela noite no hotel em Coventry?

– Foi um tanto despótico em seus métodos, *mon ami* – respondeu Poirot, secamente. – Não me deu a menor oportunidade.

– E depois?

– Ah, depois! Eu estava magoado com a sua falta de confiança em mim. E também queria ver se os seus... sentimentos iriam suportar o teste do tempo. Se era amor ou uma mera emoção temporária. Mas não o teria deixado em erro por muito tempo.

Assenti. O tom de Poirot era afetuoso demais para que eu me sentisse ressentido. Olhei para as folhas da carta espalhadas pelo chão e tratei de recolhê-las. Estendi-as para Poirot.

– Leia a carta, Poirot. Eu gostaria que soubesse o que está dito nela.

Ele leu rapidamente.

– O que o está preocupando, Hastings?

A atitude de Poirot era diferente. O ar zombeteiro desaparecera inteiramente. Pude dizer o que desejava sem maiores dificuldades:

– Ela não diz... ela não diz... ela não diz se gosta ou não de mim!

Poirot deu uma olhada nas páginas.

– Acho que está enganado, Hastings.

– Onde? – gritei, inclinando-me para a frente, ansiosamente.

Poirot sorriu.

215

— Ela o diz em cada frase da carta, *mon ami*.

— Mas onde vou encontrá-la? Ela não diz o endereço. A carta tem um selo francês e mais nada!

— Não fique nervoso, meu amigo. Deixe tudo com *papa* Poirot. Poderei encontrá-la assim que dispuser de cinco minutinhos!

27
A história de Jack Renauld

— Parabéns, Sr. Jack – disse Poirot, apertando efusivamente a mão do rapaz.

O jovem Renauld tinha ido nos procurar assim que fora libertado, antes mesmo de seguir para Merlinville, ao encontro de Marthe e da Sra. Renauld. Stonor o acompanhava. A exuberância dele fazia um contraste gritante com a aparência apática do rapaz. Era evidente que Jack estava à beira de um colapso nervoso. Embora livre do perigo imediato que o ameaçara, as circunstâncias de sua libertação eram dolorosas demais para que se sentisse totalmente aliviado. Sorriu tristemente para Poirot e disse em voz baixa:

— Passei por tudo isso para protegê-la e descubro agora que de nada adiantou.

— Não podia esperar que a jovem aceitasse o preço de sua vida – comentou Stonor, secamente. – Era inevitável que ela se entregasse à polícia, assim que percebesse que você estava seguindo direto para a guilhotina.

— *Eh ma foi*, estava seguindo mesmo! – arrematou Poirot, piscando o olho. – E teria na consciência a morte pela raiva de Maître Grosier se fosse!

– Ele não passava de um asno bem-intencionado – disse Jack. – Mas me preocupou terrivelmente. Afinal, eu não podia tomá-lo como confidente. Mas o que irá acontecer com Bella?

– Se eu fosse você, não me preocuparia com isso – disse Poirot, com toda franqueza. – Os tribunais franceses costumam ser indulgentes com jovens bonitas que cometem um *crime passionnel*. Um advogado esperto saberá tirar o máximo de proveito das circunstâncias atenuantes. Só que não será muito agradável para você...

– Não me importo com isso. De certa forma, Monsieur Poirot, eu me sinto culpado pelo assassinato de meu pai. Se não fosse por mim e por minha ligação com essa moça, ele ainda estaria vivo. E houve também o meu maldito descuido ao pegar o sobretudo errado. Não posso deixar de me sentir responsável por essa morte. Isso me atormentará pelo resto da vida!

– Não diga isso – falei, gentilmente.

– Claro que é horrível pensar que Bella matou meu pai – continuou Jack. – Mas é verdade também que a tratei de maneira vergonhosa. Depois que conheci Marthe e compreendi que cometera um erro, devia ter escrito e contado tudo a Bella com a maior franqueza. Mas fiquei com medo de uma cena e da possibilidade de a ligação chegar ao conhecimento de Marthe, que poderia pensar que houvera algo mais profundo que na realidade. Acabei bancando o covarde, na esperança de que tudo acabasse por si mesmo. Simplesmente fui me afastando, sem perceber que estava levando a pobre criança ao desespero. Se ela tivesse realmente me apunhalado, como pretendia, eu teria recebido o que bem merecia. E a maneira como ela se apresentou agora à polícia é de uma coragem extraordinária. Eu teria aguentado tudo em silêncio... até o fim.

Ele ficou em silêncio por um momento, antes de começar a falar sobre outra coisa:

– O que não consigo entender é por que meu pai estava andando em roupas de baixo e com o meu sobretudo, no jardim, àquela hora da noite. Imagino que ele acabara de se livrar dos tais estrangeiros e que mamãe deve ter se enganado ao pensar que já eram 2 horas. Ou... ou será que mamãe mudou o horário deliberadamente, pensando que eu fosse o culpado?

Poirot apressou-se em tranquilizá-lo:

– Não, não, Sr. Jack. Não tenha o menor receio quanto a isso. E algum dia desses eu lhe explicarei o resto. É bastante curioso. Mas agora não poderia contar-nos o que aconteceu exatamente naquela noite terrível?

– Há muito pouco para contar. Vim de Cherbourg, como já lhe disse antes, a fim de ver Marthe, antes de partir para o outro lado do mundo. O trem estava atrasado e decidi seguir pelo atalho através do campo de golfe. Por ali, poderia entrar facilmente no terreno da Villa Marguerite. Já estava quase chegando quando...

Ele fez uma pausa, engolindo em seco.

– O que aconteceu?

– Ouvi um grito terrível. Não era muito alto, um tanto sufocado, quase um ofego. Mas deixou-me assustado. Por um momento, fiquei estático. Depois, contornei uma moita. Era noite de lua cheia. Avistei a cova e um corpo caído ali, virado para baixo, com uma faca nas costas. E depois... depois... olhei e lá estava ela. Estava me olhando como se visse um fantasma. É o que deve ter pensado a princípio que eu fosse. Seu rosto parecia uma máscara de horror. Ela soltou um grito, virou-se e saiu correndo.

Ele parou de falar, tentando controlar a emoção.

– E o que aconteceu depois? – insistiu Poirot, gentilmente.

– Não sei realmente. Fiquei parado ali por algum tempo, totalmente aturdido. Depois, compreendi que era melhor afastar-me dali o mais depressa possível. Não me ocorreu que pudessem suspeitar de mim, mas não queria ser convocado a

prestar depoimento contra ela. Fui a pé até St. Beauvais, como disse antes, onde peguei um carro e voltei para Cherbourg.

Bateram na porta e um empregado do hotel entrou, com um telegrama que entregou a Stonor. Ele abriu e anunciou:

– A Sra. Renauld recuperou a consciência!

– Ah! – exclamou Poirot, levantando-se de um pulo. – Vamos já para Merlinville.

Partimos apressadamente. Stonor, a pedido de Jack, concordou em ficar e fazer tudo o que fosse possível por Bella Duveen. Poirot, Jack Renauld e eu seguimos no carro dos Renauld.

A viagem durou pouco mais de 40 minutos. Ao nos aproximarmos da entrada da Villa Marguerite, Jack Renauld lançou um olhar inquisitivo para Poirot.

– O que me diz de vocês irem na frente... para dar à mamãe a notícia de que estou livre...

– Enquanto você dá a notícia pessoalmente à Srta. Marthe, hein? – arrematou Poirot. – Mas claro! Eu ia mesmo propor isso.

Jack Renauld não esperou por mais nada. Parando o carro, saltou e saiu correndo na direção da casa. Continuamos até a Villa Geneviève.

– Poirot, lembra-se de como chegamos aqui naquele primeiro dia? – perguntei. – E como fomos recebidos pela notícia do assassinato do Sr. Renauld?

– Claro que me lembro. Não faz tanto tempo assim. Mas muitas coisas aconteceram desde então... especialmente para você, *mon ami*!

– Poirot, que providências já tomou para localizar Be... isto é, Dulcie?

– Acalme-se, Hastings. Eu dou um jeito em tudo.

– Está perdendo um tempo precioso – resmunguei.

Poirot mudou de assunto, dizendo, ao tocar a campainha:

– Naquela ocasião, foi o começo, agora é o fim. E, considerando tudo, o fim é profundamente insatisfatório.

– Tem razão – murmurei, suspirando.

— Está vendo as coisas do ponto de vista sentimental, Hastings. Não foi essa a minha intenção. Vamos torcer para que a Srta. Belle seja tratada com indulgência. Além do mais, no fim das contas, Jack Renauld não podia se casar com as duas moças. Mas eu estava me referindo ao ponto de vista profissional. Este não é um crime bem-ordenado e regular, como um detetive aprecia. A *mise en scène* projetada por Georges Conneau é realmente perfeita, mas o desfecho... oh, não! Um homem morto acidentalmente pelo acesso de raiva de uma moça... que ordem e método há nisso?

E no meio de um acesso de risada de minha parte, por causa das esquisitices de Poirot, a porta foi aberta por Françoise.

Poirot explicou que devia ver a Sra. Renauld imediatamente e Françoise levou-o ao segundo andar. Fiquei no salão. Algum tempo se passou antes que Poirot voltasse.

— *Vous voilà*, Hastings! *Sacré tonnerre*, mas vamos ter tempestades pela frente!

— Como assim?

— Você dificilmente acreditaria, mas as mulheres são realmente inesperadas – disse Poirot, pensativo.

— Lá vêm Jack e Marthe Daubreuil! – exclamei, olhando pela janela.

Poirot saiu correndo da sala e foi encontrar os dois nos degraus lá fora.

— Não entrem! É melhor ficarem aqui fora! Sua mãe está muito transtornada, Sr. Jack.

— Eu já esperava por isso. É melhor eu subir imediatamente.

— Não, estou lhe dizendo que não! É melhor não subir!

— Mas Marthe e eu...

— Seja como for, não leve a senhorita. Suba, se quiser. Mas acho que seria mais sensato seguir o meu conselho.

Uma voz na escada fez-nos estremecer.

– Agradeço seus bons ofícios, Monsieur Poirot, mas prefiro dizer claramente o que desejo.

Todos olhamos, atônitos. A Sra. Renauld estava descendo a escada, apoiada no braço de Léonie, a cabeça ainda envolta em ataduras. A jovem francesa estava chorando e implorando à patroa que voltasse para a cama.

– Senhora, vai se matar! Está contrariando todas as ordens médicas!

Mas a Sra. Renauld continuou a descer.

– Mamãe! – gritou Jack, adiantando-se.

Com um gesto, a Sra. Renauld obrigou-o a se afastar.

– Não sou sua mãe! Você não é meu filho! A partir deste momento, renuncio a você!

– Mamãe! – gritou o rapaz de novo, estupefato.

Por um momento ela pareceu hesitar, ceder à angústia na voz do filho. Poirot fez um gesto de mediação, mas ela prontamente recuperou o controle.

– O sangue de seu pai está sobre sua cabeça. É moralmente culpado pela morte dele. Contrariou-o e desafiou-o por causa dessa moça, e por causa do seu tratamento impiedoso com outra moça acabou por provocar a morte dele. Saia da minha casa. Amanhã tomarei as providências necessárias para garantir que você jamais tocará em um só vintém do dinheiro dele. Abra seu caminho pelo mundo da melhor maneira que puder, com a ajuda dessa moça, que é filha da mais cruel inimiga de seu pai!

E, lentamente, com visível dificuldade, ela tornou a subir a escada.

Estávamos todos aturdidos, totalmente despreparados para aquela cena. Jack Renauld, extenuado por tudo o que passara, cambaleou e quase caiu. Poirot e eu nos adiantamos rapidamente para ajudá-lo.

– Ele está esgotado – murmurou Poirot para Marthe. – Para onde podemos levá-lo?

— Para a minha casa! Para a Villa Marguerite! Mamãe e eu tomaremos conta dele! Meu pobre Jack!

Levamos o rapaz até a outra casa, onde o ajeitamos em um sofá, em estado de semiestupor. Poirot tateou-lhe a cabeça e as mãos.

— Ele está com febre. As consequências da longa tensão começam a se manifestar. Levem-no para a cama, enquanto Hastings e eu vamos buscar um médico.

O médico não demorou a chegar. Depois de examinar o rapaz, deu a opinião de que se tratava de um esgotamento nervoso. Com repouso e sossego, o rapaz estaria quase que totalmente recuperado no dia seguinte. Mas se ficasse por demais excitado havia a possibilidade de uma febre cerebral. Seria aconselhável que alguém passasse a noite inteira sentado à cabeceira dele.

Finalmente, depois de fazermos tudo o que estava ao nosso alcance, deixamos Jack aos cuidados de Marthe e da mãe e voltamos para a cidade. Já passara há muito da hora em que habitualmente jantávamos e estávamos ambos famintos. O primeiro restaurante que encontramos aliviou a nossa fome com um excelente omelete e um *entrecôte* igualmente delicioso.

— E, agora, vamos dormir — disse Poirot, depois de tomar o *café noir* com que encerramos a refeição. — O que me diz de tentarmos o nosso velho conhecido, o Hôtel des Bains?

Seguimos imediatamente para o hotel. Eles dispunham de acomodações para nós, dois bons quartos, de frente para o mar. Foi então que Poirot fez uma pergunta que me deixou espantado:

— Uma dama inglesa, a senhorita Robinson, já chegou?

— Já, sim, senhor. Ela está no pequeno salão.

— Ah!

Segui atrás dele pelo corredor, esforçando-me em acompanhar seus passos rápidos, ao mesmo tempo em que perguntei:

— Poirot, quem é essa senhorita Robinson?

Ele virou a cabeça, fitando-me com uma expressão afetuosa.

– Estou lhe arranjando um casamento, Hastings.

– Mas...

– Ora! – exclamou Poirot, empurrando-me gentilmente quando chegamos à entrada do pequeno salão. – Acha que eu deveria anunciar aos altos brados o nome de Duveen aqui em Merlinville?

Era realmente Cinderela quem se levantou para nos cumprimentar. Segurei as duas mãos dela. Meus olhos disseram o resto. Poirot tossiu delicadamente.

– *Mes enfants*, no momento não temos tempo para os sentimentos. Temos trabalho pela frente. Senhorita, conseguiu fazer o que lhe pedi?

Em resposta, Cinderela tirou da bolsa um objeto enrolado em jornal e entregou-o a Poirot, sem dizer nada. Ele desembrulhou. Estremeci... ao descobrir que era a espátula que Cinderela dissera ter jogado no mar. "É estranho como as mulheres sempre relutam em destruir os objetos e documentos mais comprometedores", pensei.

– *Très bien, mon enfant!* – disse Poirot. – Estou satisfeito com você. E agora pode ir descansar. Hastings e eu temos um trabalho a fazer. Você o verá amanhã.

– Para onde vão? – perguntou a moça.

– Saberá de tudo amanhã.

– Estou perguntando agora porque, para onde quer que estejam indo, eu irei também.

– Mas senhorita...

– Vou também e está acabado!

Poirot compreendeu que era inútil discutir.

– Está certo, senhorita. Mas não será nada divertido. É bem provável que nada aconteça.

A jovem não respondeu.

Vinte minutos depois estávamos a caminho. Era uma noite escura e sufocante. Poirot seguiu na frente, deixando a cidade

e indo na direção da Villa Geneviève. Mas ele parou quando chegamos à Villa Marguerite.

– Eu gostaria de verificar se Jack Renauld está passando bem. Venha comigo, Hastings. É melhor a senhorita ficar esperando aqui fora. A Sra. Daubreuil pode dizer-lhe alguma coisa desagradável.

Abrimos o portão e subimos pelo caminho. Ao contornarmos o lado da casa, chamei a atenção de Poirot para uma janela no andar superior. Podia-se divisar o perfil de Marthe Daubreuil.

– Ah! – exclamou Poirot. – Imagino que aquele é o quarto onde iremos encontrar Jack Renauld.

A Sra. Daubreuil abriu-nos a porta. Explicou que Jack continuava no mesmo estado, mas talvez quiséssemos verificar pessoalmente. Levou-nos até o quarto no segundo andar. Marthe Daubreuil estava bordando em uma mesa, sobre a qual estava um lampião. Levou o dedo aos lábios quando entramos.

Jack Renauld estava dormindo, um sono inquieto e agitado, virando a cabeça de um lado para outro, o rosto anormalmente corado.

– O médico virá vê-lo novamente? – perguntou Poirot, em um sussurro.

– Não, a menos que o mandemos chamar. Ele está dormindo... o que é ótimo. *Maman* preparou uma tisana.

Ela voltou a sentar com seu bordado quando saímos do quarto. A Sra. Daubreuil acompanhou-nos. Descemos a escada. Desde que eu soubera do passado dela, passara a olhá-la com um interesse crescente. Mantinha os olhos abaixados, com o mesmo sorriso enigmático de que eu tão bem me recordava da primeira vez em que a vira. Subitamente, senti medo daquela mulher, da mesma forma como se receia uma linda serpente venenosa.

– Espero que não a tenhamos incomodado, senhora – disse Poirot, polidamente, quando ela abriu a porta para sairmos.

– Absolutamente, senhor.

– Por falar nisso – disse Poirot, como se subitamente se lembrasse de algo –, o Sr. Stonor por acaso apareceu hoje em Merlinville?

Não consegui compreender o motivo de tal pergunta, que eu sabia ser totalmente insignificante para Poirot. A Sra. Daubreuil respondeu tranquilamente:

– Não, ao que eu saiba.

– Ele não tinha um encontro marcado com a Sra. Renauld?

– Como vou saber, senhor?

– Tem razão. Pensei apenas que pudesse tê-lo visto passar por aqui. Boa noite, senhora.

Assim que nos afastamos, comecei a perguntar:

– Por que...?

Mas Poirot não me deixou continuar:

– Nada de "porquês" agora, Hastings. Haverá bastante tempo para isso mais tarde.

Fomos nos encontrar com Cinderela e seguimos rapidamente na direção da Villa Geneviève. Poirot olhou para trás, por cima do ombro, para a janela iluminada e o perfil de Marthe, debruçada sobre seu trabalho. E murmurou:

– Ele está sendo bem guardado para qualquer eventualidade...

Chegamos à Villa Geneviève. Poirot foi postar-se atrás de algumas moitas, à esquerda do caminho. Fomos também para lá. Podíamos ver a casa e qualquer pessoa que se aproximasse, mas não podíamos ser vistos. A casa estava totalmente escura. Era evidente que todos estavam deitados e dormindo. Estávamos quase diretamente abaixo da janela do quarto da Sra. Renauld. Notei logo que era justamente a janela que estava aberta. E percebi também que os olhos de Poirot pareciam fixar-se ali.

– O que vamos fazer agora? – sussurrei.

– Ficar vigiando.

– Mas...

225

– Não espero que aconteça coisa alguma, na próxima hora, talvez duas, mas...

Mas as palavras dele foram interrompidas por um grito estridente:

– Socorro!

Uma lanterna brilhou num cômodo do segundo andar, no lado direito da casa. O grito partira dali. E enquanto observávamos avistamos sombras de duas pessoas engalfinhadas na janela.

– *Mille tonnerres!* – gritou Poirot. – Ela deve ter mudado de quarto!

Correndo velozmente, ele arremeteu contra a porta da frente, que estava trancada. Correu para a árvore no canteiro de flores, subindo com a agilidade de um gato. Segui-o, enquanto ele dava um pulo e entrava pela janela aberta. Olhando para trás, vi Dulcie começando a subir também na árvore.

– Tome cuidado! – exclamei.

– Mande sua avó tomar cuidado! – gritou ela. – Isso é brincadeira de criança para mim!

Poirot tinha corrido pelo quarto vazio e estava batendo na porta que dava para o corredor.

– Está trancada por fora! – resmungou ele. – E vai levar muito tempo para arrombá-la!

Os gritos de socorro estavam se tornando cada vez mais fracos. Vi o desespero nos olhos de Poirot. Juntos, jogamos os ombros contra a porta.

A voz de Cinderela, calma e controlada, soou na janela:

– Vocês vão chegar atrasados. Acho que sou a única que pode fazer alguma coisa.

Antes que eu pudesse fazer qualquer coisa para impedi-la, ela pareceu dar um pulo para cima, pelo espaço. Corri até a janela e olhei. Para meu horror, avistei-a dependurada pelas mãos na beira do telhado, avançando aos arrancos na direção da janela iluminada.

— Santo Deus! — gritei. — Ela vai morrer!

— Está esquecendo que ela é uma acrobata profissional, Hastings. Foi a providência divina que a levou a insistir em vir conosco esta noite. Rezo apenas para que ela chegue a tempo. Ah!

Um grito de terror absoluto flutuou pela noite no momento em que a jovem desapareceu pela janela iluminada. Um instante depois, ouvimos a voz firme e incisiva de Cinderela a dizer:

— Não, não vai fazer isso! Peguei você... e meus pulsos são como aço!

Nesse momento, a porta da nossa prisão foi aberta cautelosamente por Françoise. Poirot empurrou-a sem a menor cerimônia e saiu correndo pelo corredor, na direção do lugar onde as criadas estavam agrupadas, diante da última porta.

— Está trancada por dentro, senhor.

Houve um barulho de algo grande caindo lá dentro. Depois de um momento, ouvimos a chave girar e a porta foi aberta, lentamente. Cinderela, muito pálida, fez sinal para que entrássemos.

— Ela está bem? — perguntou Poirot.

— Está, sim. Cheguei bem a tempo. Ela estava exausta.

A Sra. Renauld estava na cama, meio sentada, meio deitada, ofegando.

— Quase que me estrangulou — murmurou ela, falando com a maior dificuldade.

Cinderela pegou alguma coisa no chão e entregou a Poirot. Era uma escada de corda de seda, enrolada, muito fina, mas bastante forte.

— O caminho para a fuga — disse Poirot. — Pela janela, enquanto batíamos na porta. Onde está... a outra?

Cinderela deu um passo para lado e apontou. No chão, estava estendido um corpo envolto em algum tecido preto, uma dobra a lhe ocultar o rosto.

— Morta?

Cinderela assentiu.

— Acho que sim.

— A cabeça deve ter batido na quina de mármore.

— Mas quem é? – gritei.

— A assassina do Sr. Renauld, Hastings. E a quase assassina da Sra. Renauld.

Aturdido, sem entender nada, ajoelhei-me e levantei a dobra de pano que ocultava o rosto. E contemplei, na beleza da morte, o rosto de Marthe Daubreuil.

28
O fim da jornada

Tenho recordações confusas dos acontecimentos subsequentes daquela noite. Poirot parecia surdo às minhas insistentes perguntas. Estava empenhado em arrasar Françoise com censuras por não lhe ter avisado que a Sra. Renauld mudara de quarto.

Agarrei-o pelo ombro, decidido a atrair-lhe a atenção de qualquer maneira.

— Mas você já devia saber, Poirot! Essa tarde, subiu para visitar a Sra. Renauld no quarto dela!

Poirot dignou-se conceder-me um breve momento de atenção, explicando:

— Ela tinha sido levada num sofá com rodas para o aposento do meio... que é sua sala íntima.

— Mas a senhora mudou de quarto quase que imediatamente após o crime, senhor! – gritou Françoise. – As recordações... eram terríveis demais!

— Então, por que não fui informado? – berrou Poirot, dando um murro na mesa, em uma demonstração irrepreensível

de fúria. – Eu quero saber por que não fui informado! Você não passa de uma velha completamente imbecil! E Léonie e Denise não ficam atrás! São três idiotas! A estupidez de vocês quase causou a morte de sua patroa! Se não fosse por essa brava menina...

Poirot parou de falar abruptamente e correu para o outro lado do quarto, onde Cinderela estava ajudando a Sra. Renauld a se recuperar. Abraçou-a com um típico ardor gaulês, o que me deixou ligeiramente irritado.

Fui despertado do meu estado de torpor mental por uma ordem brusca de Poirot para ir buscar o médico imediatamente, a fim de cuidar da Sra. Renauld. Depois disso, eu poderia chamar a polícia. E Poirot acrescentou, deixando-me profundamente ressentido:

– E não há necessidade de você voltar para este quarto. Estarei muito ocupado para dar-lhe atenção e estou nomeando a senhorita para *garde-malade*.

Retirei-me com o resto de dignidade que ainda pude encontrar. Depois de cumprir minhas missões, voltei para o hotel. Não estava entendendo praticamente nada do que ocorrera. Os acontecimentos da noite pareciam-me fantásticos e impossíveis. E ninguém respondia às minhas perguntas. Ninguém parecia sequer ouvi-las. Furioso, joguei-me na cama e dormi o sono dos aturdidos e extremamente exaustos.

Ao acordar, descobri o sol entrando pelas janelas abertas e Poirot, impecável e sorridente, sentado ao meu lado.

– *Enfin* você acorda! Mas você é um emérito dorminhoco, Hastings! Sabe que já são quase 11 horas?

Soltei um resmungo e levei a mão à cabeça.

– Devo ter sonhado um bocado, Poirot. Acreditaria se eu lhe contasse que sonhei termos encontrado o corpo de Marthe Daubreuil no quarto da Sra. Renauld e que você declarou que ela era a assassina do Sr. Renauld?

– Não estava sonhando, Hastings. Tudo isso é verdade.

— Mas não foi Bella Duveen quem matou o Sr. Renauld?

— Não, Hastings, não foi ela. Bella disse que era a culpada, mas apenas para salvar da guilhotina o homem a quem amava.

— O quê?

— Lembre-se da história de Jack Renauld. Ambos chegaram ao local no mesmo instante... e cada um julgou que fora o outro quem cometera o crime. A jovem o olha horrorizada, depois solta um grito e foge por entre as moitas. Mas quando descobre que o crime foi atribuído a ele, não consegue suportar e se apresenta à polícia declarando-se culpada, a fim de salvá-lo da morte certa.

Poirot recostou-se na cadeira e uniu as pontas dos dedos, em um gesto familiar.

— O caso não era inteiramente satisfatório para mim. Desde o início eu tinha a forte impressão de que se tratava de um crime premeditado e a sangue-frio, cometido por uma pessoa que se contentara (muito inteligentemente) em usar os próprios planos do Sr. Renauld, a fim de despistar a polícia. O grande criminoso (talvez se lembre de que já falei isso antes) é sempre extremamente simples.

Assenti.

— Mas para confirmar essa teoria era necessário que o criminoso... ou criminosa... estivesse a par de todos os planos do Sr. Renauld. O que nos leva à Sra. Renauld. Mas os fatos não confirmam qualquer teoria que a aponte como culpada. Alguém mais poderia ter conhecimento dos fatos? Uma pessoa poderia. Dos próprios lábios de Marthe Daubreuil ouvimos a confissão de que ela tinha escutado a discussão do Sr. Renauld com o vagabundo. Se ela pôde ouvir essa discussão, não havia qualquer razão para que não pudesse ter também escutado tudo mais, especialmente se o senhor e a senhora Renauld foram bastante imprudentes para discutir seus planos sentados no banco lá fora. Lembre-se de quão facilmente você ouviu a conversa de Marthe com Jack Renauld, quando estava sentado no banco.

– Mas qual o motivo que Marthe poderia ter para assassinar o Sr. Renauld?

– Que motivo? Dinheiro! O Sr. Renauld era várias vezes milionário. Com sua morte (ou pelo menos era o que ela e Jack acreditavam), metade de sua fortuna passaria para o filho. Vamos reconstituir o que aconteceu do ponto de vista de Marthe Daubreuil. Ela ouve a conversa entre Renauld e a esposa. Até aquele momento, ele tinha sido uma boa fonte de renda para as Daubreuil, mãe e filha. Mas, agora, ele estava planejando escapar às garras delas. A princípio, provavelmente, a ideia dela era impedir que ele escapasse. Mas uma ideia mais arrojada começa a se formar... e é uma ideia que absolutamente não causa o menor horror à filha de Jeanne Beroldy! No momento, o Sr. Renauld se interpõe inarredavelmente no caminho de seu casamento com Jack. Se o filho desafiar a vontade do pai, será um homem pobre... o que não é o ideal da Srta. Marthe. Na verdade, duvido muito que ela sentisse alguma coisa por Jack Renauld. Pode simular emoção, mas no fundo é da mesma espécie fria e calculista da mãe. Duvido também que ela tivesse certeza de seu domínio sobre as afeições do rapaz. Ela o fascinara e cativara. Mas se ele se afastasse, como o pai exigia, ela poderia muito bem perdê-lo. Mas com o Sr. Renauld morto e Jack o herdeiro de metade de seus milhões, o casamento poderia ocorrer imediatamente. Num golpe súbito, ela alcançaria a riqueza, não apenas uns poucos milhares como tinham conseguido arrancar até então. O cérebro inteligente de Marthe formula tudo com a maior simplicidade. É muito fácil. O Sr. Renauld está planejando todas as circunstâncias de sua morte... ela só precisa aparecer no momento oportuno e transformar a farsa em uma terrível realidade. E aqui entra o segundo ponto que me levou infalivelmente a Marthe Daubreuil: a espátula! Jack Renauld tinha mandado fabricar *três* desses *souvenirs*. Um ele deu à mãe, outro a Bella Duveen. Não era bastante provável que tivesse dado o terceiro a Marthe Daubreuil?

E Poirot continuou:

– Portanto, para resumir, havia quatro pontos muito fortes apontando para ela: Marthe Daubreuil poderia ter ouvido os planos do Sr. Renauld; Marthe Daubreuil tinha um interesse direto na morte do Sr. Renauld; Marthe Daubreuil era a filha da notória Sra. Beroldy, que na minha opinião foi moral e virtualmente a assassina do marido, embora possa ter sido a mão de Georges Conneau que desferiu o golpe fatal; e Marthe Daubreuil era a única pessoa, além de Jack Renauld, que poderia estar de posse da terceira espátula.

Poirot fez uma pausa para limpar a garganta.

– É claro que, quando eu soube da existência da outra moça, Bella Duveen, compreendi que era possível que ela tivesse matado o Sr. Renauld. A solução não era das mais apropriadas. Afinal, como eu lhe disse, Hastings, um perito como eu gosta de encontrar um adversário à altura. Mesmo assim, devemos aceitar os crimes como acontecem e não como gostaríamos que acontecessem. Mas não parecia muito provável que Bella Duveen fosse sair para passear a esmo levando uma espátula que ganhara de presente. Havia, é claro, a possibilidade de ela estar acalentando alguma ideia de vingança contra Jack Renauld. Quando ela se apresentou à polícia e confessou o assassinato, parecia que estava tudo acabado. Contudo... eu não estava satisfeito, *mon ami. Eu não estava satisfeito!* Repassei o caso todo mais uma vez, minuciosamente. Cheguei à mesma conclusão que antes. Se não tinha sido Bella Duveen, a única outra pessoa que poderia ter cometido o crime era Marthe Daubreuil. Só que eu não tinha uma única prova contra ela. E foi nessa ocasião que você me mostrou a carta da Srta. Dulcie. Percebi imediatamente uma oportunidade de resolver a questão de uma vez por todas. A espátula do crime tinha sido roubada por Dulcie Duveen e jogada no mar... já que ela pensava que pertencia a sua irmã. Mas se, por acaso, a espátula não era de Bella Duveen, mas sim a que Jack dera

a Marthe Daubreuil, então a Srta. Dulcie poderia encontrar intacta a espátula da irmã! Não lhe disse nada, Hastings (não era momento para romance), mas procurei a Srta. Dulcie, contei-lhe tanto quanto julguei necessário e pedi que desse uma busca entre os pertences da irmã. Imagine o meu júbilo quando ela veio me procurar (de acordo com minhas instruções) como Srta. Robinson, trazendo o precioso *souvenir*! Enquanto isso, eu tinha tomado providências para forçar a Srta. Marthe a se denunciar. Por ordens minhas, a Sra. Renauld repudiou o filho e declarou sua intenção de fazer um novo testamento no dia seguinte, excluindo-o inteiramente da fortuna, vedando-lhe o acesso a um só vintém do dinheiro. Era uma medida desesperada, mas necessária. A Sra. Renauld estava plenamente preparada para assumir o risco... embora, infelizmente, ela não tenha se recordado de mencionar a mudança de quarto. Calculei que ela imaginava que eu sabia qual era o seu quarto. Tudo aconteceu exatamente como eu previa. Marthe Daubreuil fez uma última e desesperada tentativa de se apossar dos milhões dos Renauld... e fracassou!

– O que mais me deixa aturdido, Poirot, é como ela conseguiu entrar na casa sem que a víssemos. Parece um milagre. Nós a deixamos na Villa Marguerite e seguimos diretamente para a Villa Geneviève... e mesmo assim ela chegou antes de nós!

– Acontece que não a deixamos para trás, meu amigo. Ela saiu da Villa Marguerite pelos fundos, enquanto conversávamos com sua mãe no hall. Foi nisso que ela levou a melhor sobre Hercule Poirot.

– E a sombra na janela? Nós a vimos da estrada!

– *Eh bien*, quando olhamos, a Sra. Daubreuil já tivera tempo de subir a escada correndo e ocupar o lugar dela.

– A Sra. Daubreuil?

– Exatamente. Uma é velha, a outra é jovem, uma é morena, a outra é loura. Mas os perfis em silhueta atrás de uma janela são perfeitamente iguais! Até mesmo eu não desconfiei... um triplo

imbecil que sou! Pensei que tinha bastante tempo à minha frente... que ela não tentaria entrar na Villa Geneviève até muito mais tarde. Ela tinha cérebro, a linda senhorita Marthe!

– E o objetivo dela era assassinar a Sra. Renauld?

– Exatamente. Toda a fortuna passaria então para o filho. E o assassinato teria passado por suicídio, *mon ami*! No chão, ao lado do corpo de Marthe Daubreuil, encontrei um chumaço e um pequeno vidro de clorofórmio, além de uma seringa hipodérmica, contendo uma dose fatal de morfina. Está entendendo? O clorofórmio primeiro... depois, quando a vítima estivesse inconsciente, a picada da agulha. Pela manhã, o cheiro de clorofórmio já teria desaparecido inteiramente e a seringa estaria em cima da cama, aparentemente caída da mão da Sra. Renauld. O que iria dizer o nosso bom Sr. Hautet? "Pobre mulher! Eu não disse? O choque de alegria foi demais para ela, depois de tudo o que aconteceu! Eu não disse que não ficaria surpreso se o cérebro dela não aguentasse? Um caso extremamente trágico esse, o caso Renauld!" Contudo, Hastings, as coisas não transcorreram exatamente como a Srta. Marthe havia planejado. Para começar, a Sra. Renauld estava acordada, à espera dela. Há uma luta. Mas a Sra. Renauld ainda está terrivelmente fraca. Há uma última chance para Marthe Daubreuil. A ideia de suicídio está perdida. Mas se ela conseguir matar a Sra. Renauld com as próprias mãos, escapar com sua escada de seda enquanto estamos tentando arrombar a porta, e voltar para Villa Marguerite, antes que apareçamos por lá, seria difícil provar qualquer coisa contra ela. Mas Marthe Daubreuil foi frustrada em seus planos... não por Hercule Poirot, mas sim pela *petite acrobate* de punhos de aço!

Pensei um pouco sobre toda a história.

– Quando começou a desconfiar de Marthe Daubreuil, Poirot? Quando ela nos contou que ouvira a discussão no jardim?

Poirot sorriu.

– Meu amigo, lembra-se de quando chegamos a Merlin-ville, naquele primeiro dia? Lembra-se da linda jovem que vimos no portão? Perguntou-me se eu não tinha reparado numa jovem deusa e respondi que vira apenas uma moça de olhos ansiosos. *A moça com olhos ansiosos!* Por que ela está ansiosa? Não por causa de Jack Renauld, pois não sabia nessa ocasião que ele estivera em Merlinville na noite anterior.

– Por falar nisso, Poirot, como está Jack Renauld?

– Muito melhor. Ainda está na Villa Marguerite. Mas a Sra. Daubreuil desapareceu. A polícia está à procura dela.

– Acha que ela tramou tudo junto com a filha?

– Nunca saberemos. A Sra. Daubreuil é uma mulher que sabe guardar seus segredos. E duvido que a polícia consiga algum dia encontrá-la.

– Jack Renauld já sabe de tudo?

– Ainda não.

– Será um choque terrível para ele.

– Naturalmente. Mas quer saber de uma coisa, Hastings? Duvido muito que o coração dele jamais tenha estado realmente comprometido. Até agora, temos encarado Bella Duveen como uma simples sereia, enquanto Marthe Daubreuil seria a moça a quem ele realmente amava. Mas acho que se invertermos as posições estaremos próximos da verdade. Marthe Daubreuil era muito bonita. Empenhou-se em fascinar Jack, e conseguiu. Mas lembre-se da curiosa relutância dele em romper definitivamente com a outra moça. E não se esqueça de que ele estava disposto a ir para a guilhotina a fim de protegê-la. Tenho uma pequena ideia de que, quando ele souber da verdade, ficará horroriza-do... revoltado. E seu falso amor irá definhar.

– E o que aconteceu com Giraud?

– Ele teve uma crise de nervos. Foi obrigado a voltar cor-rendo para Paris.

Ambos sorrimos.

Poirot demonstrou que era um verdadeiro profeta. Quando finalmente o médico declarou que Jack Renauld estava forte o bastante para saber da verdade, foi Poirot quem lhe contou tudo. O choque foi terrível. Contudo, Jack recuperou-se melhor e mais depressa do que eu imaginara que fosse possível. A devoção da mãe ajudou-o a passar por aqueles dias difíceis. Mãe e filho tornaram-se inseparáveis.

Havia mais uma revelação a ser feita. Poirot revelou à Sra. Renauld que conhecia o segredo dela. Convenceu-a de que Jack não devia ser deixado na ignorância do passado do pai.

— Esconder a verdade jamais dá certo. Seja brava e conte-lhe tudo!

Apreensiva, a Sra. Renauld acabou concordando. O filho soube que o pai a quem tanto amara tinha sido um fugitivo da justiça. Uma pergunta hesitante foi prontamente respondida por Poirot:

— Pode ficar tranquilo, Sr. Jack. O mundo não sabe de nada. Quanto a mim, não tenho a menor obrigação de contar o que sei à polícia. Durante todo o caso, procurei trabalhar não pela polícia, mas sim por seu pai. A justiça finalmente alcançou-o, mas ninguém precisa saber que ele e Georges Conneau eram a mesma pessoa.

Havia, é claro, diversos pontos que ficaram meio obscuros para a polícia. Mas Poirot encontrou explicações tão plausíveis que as indagações foram gradativamente cessando.

Pouco depois de voltarmos para Londres, encontrei um magnífico modelo de perdigueiro enfeitando a lareira de Poirot. Em resposta a meu olhar curioso, Poirot disse:

— *Mais, oui!* Ganhei meus 500 francos! Não é uma esplêndida criatura? Dei-lhe o nome de Giraud.

Alguns dias depois, Jack Renauld foi visitar-nos, com uma expressão determinada no rosto.

— Monsieur Poirot, vim apresentar minhas despedidas. Estou de partida para a América do Sul. Meu pai tinha gran-

des interesses naquele continente e pretendo começar uma vida nova lá.

— Vai sozinho, Sr. Jack?

— Minha mãe vai comigo... e conservei Stonor como meu secretário. Ele gosta de lá.

— E ninguém mais vai acompanhá-lo?

Jack corou.

— Está querendo...?

— Uma moça que o ama profundamente... uma moça que estava disposta a sacrificar a própria vida para salvá-lo.

— Como eu poderia procurá-la? Depois de tudo o que aconteceu, acha que poderia ir procurá-la e... Que história estropiada eu teria para contar?

— *Les femmes*... elas possuem um gênio extraordinário para fabricar muletas para histórias assim!

— É possível, mas... Tenho sido um grande idiota!

— Todos nós o somos, em uma ou outra ocasião — comentou Poirot, filosoficamente.

Mas o rosto de Jack ficou subitamente sombrio.

— Há mais uma coisa. Sou o filho do meu pai. Alguém casaria comigo sabendo disso?

— Diz que é o filho do seu pai. Meu amigo Hastings, aqui presente, poderá dizer-lhe o que penso da hereditariedade.

— Mas...

— Espere um pouco. Conheço uma mulher, uma mulher de coragem e resignação, capaz de um amor profundo, de supremo autossacrifício...

Os olhos do rapaz se suavizaram.

— Minha mãe!

— Exatamente. Você é filho de sua mãe, tanto quanto de seu pai. Vá procurar a Srta. Bella. Conte-lhe tudo. Não esconda nada... e espere pelo que ela dirá.

Jack parecia ainda estar indeciso.

– Vá procurá-la não mais como um menino, mas como um homem... um homem dominado por um destino do passado e um destino do presente, mas olhando para a frente, à procura de uma vida nova e maravilhosa. Peça a ela para partilhar essa vida nova com você. Pode não perceber, mas o amor de vocês dois foi testado no fogo e resistiu. Ambos se dispuseram a sacrificar cada um a sua própria vida pelo outro.

E o que o capitão Arthur Hastings, humilde cronista destas páginas, pode falar a respeito de si mesmo?

Fala-se em ir ao encontro dos Renauld numa fazenda do outro lado do oceano. Mas, para terminar esta história, prefiro voltar a uma manhã no jardim da Villa Geneviève.

– Não posso chamá-la de Bella, já que não é esse o seu nome – disse eu. – E Dulcie não me parece familiar. Assim, vou chamá-la de Cinderela. Lembre-se de que Cinderela casou com o príncipe. Não sou um príncipe, mas...

Ela interrompeu-me:

– Tenho certeza de que Cinderela advertiu-o. Afinal, ela não podia prometer que se transformaria numa princesa, pois era apenas uma humilde lavadora de pratos...

– É a vez de o príncipe interromper. Sabe o que ele disse?

– Não.

– "Diabo!" disse o príncipe... e beijou-a.

E eu adequei a ação àquela palavra.

fim